BASTEI
LÜBBE
TASCHENBUCH

Weitere Titel von Sabine Martin:

Die Tränen der Henkerin

Über die Autoren:

Hinter **Sabine Martin** verbirgt sich ein erfahrenes Autorenduo. **Martin Conrath** hat bereits einige Kriminalromane veröffentlicht, von denen einer als *Tatort* verfilmt wurde. **Sabine Klewe** verfasste mehrere, z. T. historische Kriminalromane und arbeitet als Übersetzerin und Dozentin. Die Autoren leben und schreiben in Düsseldorf.

Am Tag ist der Uhu blind,
bei Nacht der Hase.
Wen aber die Rache verblendet,
der ist blind bei Tag und Nacht.

Nach einem indischen Sprichwort

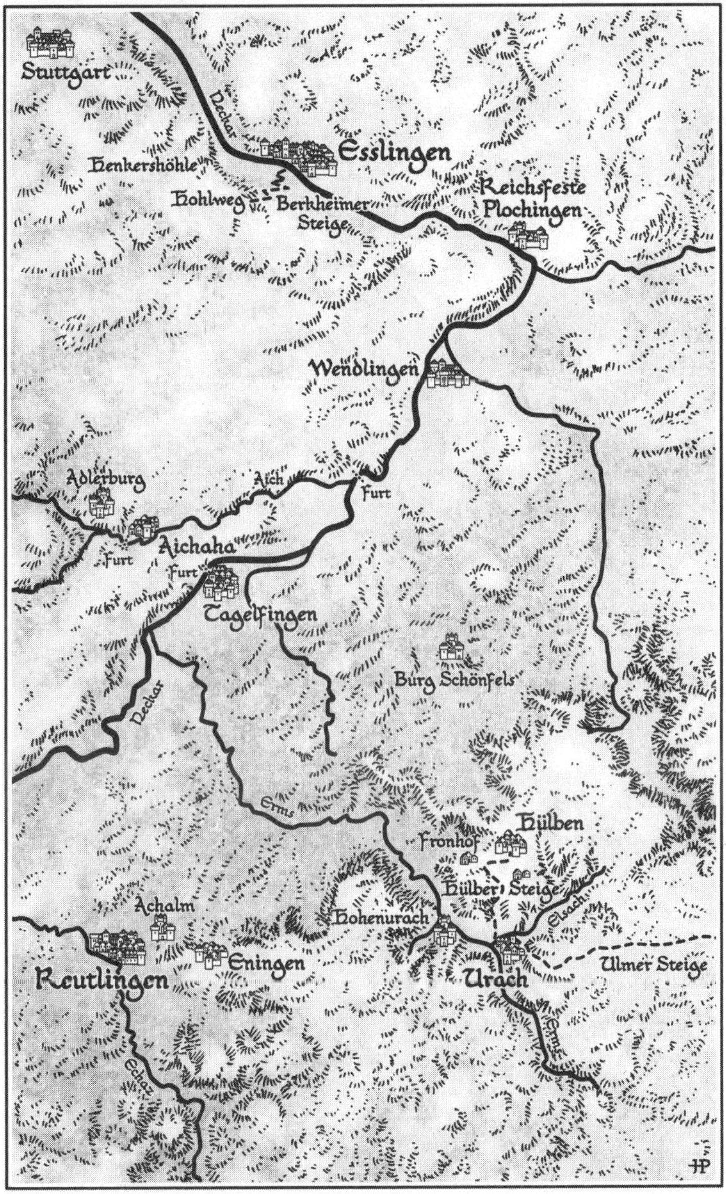
Stuttgart
Neckar
Esslingen
Henkershöhle
Hohlweg
Berkheimer Steige
Reichsfeste Plochingen
Wendlingen
Adlerburg
Aich
Furt
Aichaha
Furt
Furt
Tagelfingen
Burg Schönfels
Neckar
Erms
Hülben
Fronhof
Hülber Steige
Elsach
Achalm
Hohenurach
Eningen
Reutlingen
Urach
Ulmer Steige
Erms
Echaz
HP

Der Hinterhalt

Juni 1325

De Bruce tätschelte Diabolos Hals. Der Rappe schnaubte leise und scharrte mit den Hufen.

»Immer mit der Ruhe, mein Guter. Es wird nicht mehr lange dauern. Bald wirst du ein Schauspiel erleben, das seinesgleichen sucht. Allerdings darfst du nicht mitspielen. Du bist mir zu wertvoll, als dass ich es zulassen könnte, dass du im Kampf verletzt wirst. Das musst du verstehen.«

Das Pferd legte die Ohren nach hinten und schüttelte die Mähne. De Bruce nickte Adam, seinem neuen Knappen, zu, der ein wenig abseits stand und die Schlucht hinunterspähte. »Diabolo versteht mich immer noch am besten von allen, ist es nicht so?«

Adam neigte den Kopf. »Wie immer habt Ihr recht, Herr.«

De Bruce hob eine Augenbraue. »Du hängst dein Fähnchen nach dem Wind, pass auf, dass nicht eines Tages ein Sturm das Fetzchen Stoff in Stücke reißt.«

Der Knappe lächelte verschmitzt. »Wenn der Sturm kommt, wird die Fahne eingerollt. Meine zumindest. Nur wer versucht, dem Sturm zu trotzen, wird davongeweht.«

De Bruce lachte. Auch zusammengerollte Fähnchen trat er mühelos in den Staub, das würde dieser vorwitzige Bursche noch früh genug begreifen. Er fischte eine Mohrrübe aus einem Leinenbeutel am Sattel und hielt sie dem Pferd vor die Nase. Vorsichtig pickte es die Möhre aus de Bruce' metallbewehrter Faust.

De Bruce streckte sich und seufzte zufrieden. Er wandte

sich Adam zu, der mit zusammengekniffenen Augen den Wald absuchte. »Ja, schau nur. Du wirst nichts sehen. Sie werden es erst merken, wenn sie in der Falle sitzen. Der Sturm wird so schnell über sie hinwegfegen, dass sie keine Zeit haben werden, ihre Fähnchen in Sicherheit zu bringen. Nichts wird von ihnen bleiben. Wie gut, dass die Menschen so einfältig sind, nicht wahr? Und jetzt mach schon, hilf mir hoch.«

Adam stellte einen kleinen Holzschemel vor das Pferd, führte seinen Herrn an die richtige Stelle, hob erst das eine, dann das andere Bein auf den Schemel.

De Bruce griff mit einer Hand an den Sattelknauf, mit der anderen fasste er den Sattel. Mit einem Ruck und Adams tatkräftiger Hilfe schob er sich auf das Pferd, das einen kleinen Schritt zur Seite machen musste, um das Gewicht abzufangen. Reiter und Rüstung wogen an die zweihundertfünfzig Pfund, und das war auch für ein geborenes Schlachtross wie Diabolo keine Kleinigkeit.

»Das machst du gut, mein Bester.« Liebevoll tätschelte de Bruce seinem Pferd den Hals. Er beabsichtigte zwar nicht, sich am Kampf zu beteiligen, war aber dennoch mit der Rüstung auf Nummer sicher gegangen. Ein verirrter Armbrustbolzen, eine Axt, die ihr Ziel verfehlte, oder ein Speer, der irgendwo abprallte, waren jederzeit gefährlich. Außerdem konnte immer noch das Unmögliche geschehen, dass er doch eingreifen musste, und dann brauchte er so viel Metall um sich herum wie möglich. Auf jeden Fall würde er dann das Pferd wechseln. Diabolo durfte keiner Gefahr ausgesetzt werden.

Adam prüfte den Sitz der Beinschienen und die Festigkeit des Sattelgurtes, zog den Schweifgurt strammer, damit der Sattel nicht nach vorne wegrutschen konnte. Die Schlucht war steil, ein Sturz vom Pferd mit großer Wahrscheinlichkeit tödlich.

»Ich danke dir, Adam«, sagte de Bruce. »Wie immer machst du gute Arbeit. Eines Tages wirst du hier oben sitzen, und ein Knappe wird dir dienen. Da bin ich mir sicher.« Vorausgesetzt, du bleibst nicht so ein verweichlichter Geck, der blass wird, wenn man einem Mann die Zunge herausreißt, fügte er in Gedanken hinzu. So einen wie Adam hätte er sich niemals ausgesucht, aber er hatte keine Wahl gehabt. Graf Eberhard I., sein Lehnsherr, hatte ihn gebeten, Adam unter seine Fittiche zu nehmen, ihn jedoch nicht allzu hart anzufassen. Und die Bitte des Grafen kam einem Befehl gleich. Nun war Eberhard tot, und Adam stand unter dem Schutz seines Sohnes, des Grafen Ulrich III., was bedeutete, dass er in fünf Jahren, wenn er einundzwanzig wurde, zum Ritter geschlagen würde, auch wenn er sich im Kampf nicht bewährte.

De Bruce verzog das Gesicht. Schweiß sammelte sich auf seiner Haut, auf dem Rücken, unter den Achseln und am Kopf. Sogar seine Hände begannen zu schwitzen. Der Tag war noch nicht weit fortgeschritten, doch die Luft flimmerte bereits vor Hitze, und die Polsterungen machten aus der Rüstung einen Backofen. Zum Glück würde die Schlacht ohnehin nicht lange dauern.

»Gut.« De Bruce straffte die Schultern. »Lass uns etwas Unglaubliches vollbringen.«

Als er sah, dass Adam sich bekreuzigte, lachte er schallend. »Mein lieber Freund, wenn Gott keinen Gefallen an mir hätte, dann wäre ich schon lange tot. Auf jetzt, unsere Beute wartet!«

* * *

Melisande rutschte unruhig auf dem harten Holz hin und her. Anfangs hatte sie versucht, sich dem Rhythmus der Ochsen anzupassen, die den Karren zogen, aber das hatte sie schnell aufgegeben. Der Weg strotzte von Unebenheiten und Löchern, sodass sie sich festhalten musste, um nicht von der Kleidertruhe zu fallen. Immer wenn eins der mühlsteingroßen Räder in den Untergrund einsackte, hob sich das andere in die Luft.

Konrad, Melisandes Vater, hatte darauf bestanden, die Familie in diesem unbequemen Gefährt nach Hause zu bringen. Und Beata, Melisandes Mutter, hatte dafür gesorgt, dass sie ein hässliches Leinenkleid anzog. Wie ein Sack hing der grobe Stoff an ihr herunter, sie sah damit aus wie ein Bauernjunge, der etwas zu schmal geraten war. Die rindsledernen Schuhe hatte Melisande ausgezogen, um sich ein wenig Kühlung zu verschaffen. Ihre langen feuerroten Haare hatte sie mit einer silbernen Spange hochgesteckt, das einzige Schmuckstück, das sie als Tochter der reichen Kaufmannsfamilie Wilhelmis auswies.

Es kam Melisande vor, als seien sie schon seit Tagen unterwegs. Dabei waren sie erst am Morgen aufgebrochen, und es war nicht mehr weit bis Esslingen, wo sie ein großes Haus am Marktplatz bewohnten. Trotzdem fragte sie ihre Mutter wohl zum hundertsten Mal, wann sie denn endlich da sein würden.

»Wenn die Sonne untergeht, sind wir zu Hause«, sagte Beata geduldig und streichelte Gertrud, die in ihren Armen schlief, über den Kopf.

Melisande verzog das Gesicht. Ihre kleine Schwester konnte immer und überall schlafen. Selbst wenn Blitz und Donner alle in Angst und Schrecken versetzten, lag sie zusammengerollt auf ihrem Lager und wachte nicht auf. Sie selbst sehnte sich nach irgendeiner Beschäftigung. Wenn sie wenigstens sticken könnte. Oder lesen. Aber das ging bei dem Gerumpel nicht. Bevor sie auch nur einen Stich in den Stoff gemacht hätte, hätte sie sich zehnmal mit der Nadel in den Finger gestochen. Und die Buchstaben, die von den Abenteuern der edlen Ritter Parzival und Gawan erzählten, würden so wild vor ihren Augen herumtanzen, dass ihr übel würde.

Schreiben war erst recht unmöglich. Sonst hätte sie den Psalm übersetzen können, den ihr der Magister aufgegeben hatte. Psalmen, wie furchtbar! Melisande las lieber Geschichten von Rittern und Drachen. Gawan, das war ein Held nach ihrem Geschmack. Wie tapfer er war! Und wie gewandt. Wenn sie doch nur im wirklichen Leben einmal einem solchen Ritter begegnen würde! Stattdessen musste sie die Bücher Moses abschreiben und Psalmen auswendig lernen.

Immerhin, Vater und Mutter waren stolz auf sie. Und weil sie so gut war in Latein, Rechnen und Lesen, durfte sie manchmal mit Pfeil und Bogen üben. Den anderen Mädchen war das nicht erlaubt, und Vater und Mutter hatten ihr eingeschärft, es niemandem zu erzählen.

Das Gefährt bäumte sich wieder auf, Melisande krallte sich am Karrenrand fest und spürte einen harten Stoß im Steißbein. Wenn das so weiterging, würde sie eine Woche lang nicht sitzen können. Sie rutschte von der Truhe und schlug die Plane beiseite, die Vater gespannt hatte, um Mutter vor der Sonne zu schützen. Beata sah ulkig aus mit ihrem dicken Bauch und den großen Brüsten. Und ihr Gesicht war auch ganz rund. Alles an ihr war rund, seit das neue Geschwisterchen in ihr wuchs. Vater hatte gesagt, es würde bestimmt ein Junge werden, aber Mutter hatte nur stumm gelächelt.

Melisande blinzelte in die Sonne. Direkt vor ihr klapperte eine Rüstung. Vielfach spiegelte sich die Sonne in dem polierten Metall. Melisande kannte den Mann nicht. Er machte den Eindruck, jeden Gegner in den Staub treten zu können. Sein Ross war mächtig wie ein Zuchtbulle, schnaubte wie ein Drache und schien ständig nach irgendetwas Ausschau zu halten, das es angreifen konnte. In der Rechten hielt der Mann eine Lanze, an der linken Seite hing eine Armbrust und auf dem Rücken ein Bihänder, mit dem man mit einem einzigen Streich einen Mann von oben bis unten in zwei Teile spalten konnte. Sofern man die Kraft besaß, die schwere Waffe zu heben.

Einmal hatte Melisande ein solches Schwert anfassen dürfen. Mit Müh und Not hatte sie es vom Boden hochbekommen. Einen Hieb hatte sie damit nicht führen können. Der Onkel hatte es ihr vorgeführt: Wie einen Strohhalm hatte er die Waffe geschwungen und ein totes Schwein von oben bis unten gespalten. Mutter war puterrot geworden vor Wut und hatte dem Gatten ihrer Schwester alle Höllenqualen angedroht, wenn er solch einen Unfug noch einmal machen würde, aber Vater war ruhig geblieben. Er hatte Mutter auf die Seite genommen, gelächelt und leise mit ihr gesprochen. Sie hatte sich wohl durchgesetzt, denn Vater und Onkel waren danach einige Tage mürrisch und wortkarg durch die Gegend gelaufen. Vor zwei Jahren war das gewesen, und seitdem hatte sie nie wieder eine solche Waffe anfassen dürfen.

»Wenn ich dich mit einem Schwert erwische, dann stecke ich dich ins Kloster! Haben wir uns verstanden?«, hatte Mutter ihr mit dem Zeigefinger vor der Nase prophezeit.

Melisande hatte verstanden. Und sie hatte sich daran gehalten, denn Mutter pflegte ihre Drohungen wahr zu machen.

Die Rüstung schepperte. Der Söldner hatte sich im Sattel umgedreht und spähte in die Ferne. Von weit hinten im Zug rief Vater, es sei alles bestens. Der Mann drehte sich wieder um und entdeckte Melisande, die unter der Plane hervorgekrabbelt war und die Gelegenheit nutzte, ihn mit Fragen zu bestürmen.

»Wer seid Ihr? Ich habe Euch noch nie bei uns gesehen. Kommt Ihr von weit her? Seid Ihr so tapfer wie der edle Gawan? Habt Ihr schon viele Drachen getötet? Gibt es einen Krieger, den Ihr noch nicht herausgefordert habt?«

Der Söldner verzog keine Miene. »Ich bin Siegfried von Rabenstein. Meine Heimat liegt vierzehn Tagesreisen von hier. Nein, ich habe noch keinen Drachen getötet, weil es keine Drachen gibt. Und Krieger gibt es so viele, die kann man nicht alle herausfordern, geschweige denn töten.«

»Warum seid Ihr hier?«

»Euer Vater hat es so gewünscht.«

Melisande lehnte sich aus dem Karren, schaute nach vorn und nach hinten und zählte. Soweit sie sehen konnte, begleiteten zehn Berittene in voller Rüstung den Zug. So viele waren es noch nie gewesen. Außerdem liefen vorne und hinten noch jeweils zehn Lanzenträger, die sogar Schwerter an der Seite trugen. Der Weg war hier so eng, dass sie nur zu dritt nebeneinanderlaufen konnten, der dichte Wald erstreckte sich rechts und links über Meilen.

Melisande bewunderte Ritter. Auch wenn ihr Bruder Rudger ihr erzählt hatte, dass es auch solche gab, an denen nichts Bewundernswertes war. Verarmte Raufbolde, die reisende Kaufleute und arme Pilger überfielen und töteten, um deren Habe an sich zu bringen.

Rudger war drei Jahre älter als Melisande, gerade sechzehn geworden. Früher hatten sie gemeinsam auf dem Dachboden zwischen den Stoffballen gehockt, mit denen Vater handelte, und mit selbst geschnitzten Holzrittern gespielt, Strategien für Schlachten und Belagerungen ausgeheckt. Obwohl Rudger sie immer damit geneckt hatte, dass sie wohl ein Junge sei, der versehentlich als Mädchen auf die Welt gekommen war, hatte sie ihre Zeit am liebsten mit ihm verbracht. Inzwischen hatte er längst keine Muße mehr für solche Spiele, weil er von morgens bis abends dem Vater bei der Arbeit helfen musste. Manchmal waren die beiden auch wochenlang fort. Mit einem Händlertross auf Reisen. Was für wundersame Geschichten er jedes Mal bei seiner Rückkehr erzählte! In zwei oder drei Jahren sollte er eine Frau nehmen und mit ihr eine Niederlassung im hohen Norden leiten. Melisande wollte gar nicht daran denken. Rudger fort – furchtbar. Aber bis dahin dauerte es ja noch lange. Fast so lange wie diese langweilige Reise.

Bevor sie Siegfried noch mehr Fragen stellen konnte, rief Beata sie zur Ordnung. »Melisande! Komm zurück unter die Plane. Es schickt sich nicht für ein Mädchen, einen Ritter auszufragen.«

»Ja, Mutter.« Melisande fügte sich widerwillig und nahm ihren Platz auf der Truhe wieder ein.

***

Rudger lenkte sein Pferd neben das seines Vaters. »Wir kommen bald in den Hohlweg. Das wäre der einzige Ort, an dem er zuschlagen könnte.«

Konrad Wilhelmis nickte. »Es sei denn, er bietet zweihundert Berittene auf. Aber das kann sich sogar de Bruce nicht leisten.« Er schüttelte die rotbraunen Locken und lächelte. »Unsere Späher haben nichts entdeckt. Da oben ist niemand.« Er deutete mit seiner Hand auf die aufragenden Felsen vor ihnen.

Rudger runzelte die Stirn. »Ich habe so ein seltsames Gefühl. So als ob ich etwas nicht sehen könnte, das dennoch da ist.«

»Das ist die Angst vor der Gefahr.« Konrad legte ihm die Hand auf die Schulter. »Hier gibt es nichts, worum wir uns sorgen müssten, mein Sohn. Aber es ist gut, sich seiner Angst bewusst zu sein. Nur so kannst du im entscheidenden Moment richtig handeln.«

»Du hast sicher recht, Vater.« Rudger wendete sein Pferd und kehrte auf seine Position am Ende des Zuges zurück. Vater hatte seine Worte gut gewählt, aber zwischen seinen Schultern kribbelte es trotzdem. Genau wie damals, als er den Bären erlegt hatte, der sich lautlos angepirscht und dann erbarmungslos zugeschlagen hatte. Rudger hatte die Gefahr gespürt. So wie jetzt. Am liebsten hätte er seinen Vater zur Umkehr bewegt, aber das war aussichtslos. Er musste sich zusammennehmen. Die Späher hatten nichts gefunden, also war da auch nichts.

* * *

Melisande seufzte. Rudger hatte es gut, er durfte reiten, musste nicht hier in dem engen, harten Wagen die Zeit totschlagen.

»Warum reisen so viele Bewaffnete mit uns, Mutter?«, fragte sie, obwohl sie die Antwort kannte.

»Der Wald ist tief, es gibt Räuber, gegen die wir uns schützen müssen, das weißt du doch.«

Melisande setzte zum Sprechen an, aber rechtzeitig fiel ihr ein, dass sie besser schweigen sollte. Sonst hätte sie sich verraten. Sie hatte ihre Eltern vor zwei Tagen belauscht, rein zufällig.

Vater und Mutter hatten auf dem Flur gestanden und miteinander gesprochen. Sie bemühten sich zwar zu flüstern, doch Melisande konnte sie durch die angelehnte Tür gut verstehen. Ein Astloch ermöglichte ihr sogar den Blick auf den Flur.

»Ich traue ihm nicht«, hatte Vater gesagt und die Faust geballt.

Mutter hatte ihm widersprochen. »So etwas würde auch ein Ottmar de Bruce nicht wagen. Du siehst Gespenster. Außerdem muss ihm klar sein, dass wir keine Schuld tragen. Es war Notwehr. Jeder weiß das. Die Söldner kosten viel Geld, sehr viel Geld. Wie willst du das aufbringen? Du erschöpfst unsere ganzen Reserven für diesen Irrsinn. Wenn die Trockenheit anhält, brauchen wir das Geld für Lebensmittel und Viehfutter. Außerdem komme ich mir schon vor wie eine Gefangene. Nirgends kann ich hingehen ohne waffenstarrende Söldner an meiner Seite.« Mutter schüttelte den Kopf. »Das ist Verschwendung. Wir brauchen nicht so viele Männer. Er würde niemals wagen ...«

»Du hast ihn nicht erlebt. Ottmar de Bruce ist vollkommen wahnsinnig geworden. Niemand glaubt seine Anschuldigungen, das ist wahr. Das ist aber auch gar nicht nötig. Es reicht, wenn er sie selbst glaubt. Ich könnte es nicht ertragen, dich oder eins meiner Kinder zu verlieren. Ihr seid mehr wert als alles Geld der Welt. Sollte er wirklich so verrückt sein, uns anzugreifen – diese Männer sind hervorragende Kämpfer, die mit jedem Gegner fertig werden.« Vater nahm Mutter in die Arme.

Sie klammerte sich an ihn. »Niemand wird mit jedem Gegner fertig. Das weißt du genau«, flüsterte sie.

»Das mag sein. Aber de Bruce hat weder Moral noch Glauben. Das macht ihn schwach. Gott steht auf der Seite der Gerechten.«

Melisande kannte ihren Vater und wusste, wann er etwas meinte, wie er es sagte. Der letzte Satz bedeutete eindeutig: »Wenn es nur so wäre.«

»Er wird es nicht wagen, niemals …« Mutters Stimme versickerte in den Wänden.

»De Bruce ist zu allem fähig. Er beschuldigt mich eines Verbrechens, das ich nicht begangen habe«, zischte Vater und löste sich von Mutter. »Seit Generationen sind unsere Familien verfeindet. Und warum? Weil die de Bruce gierige Betrüger sind.«

»Nicht alle, Konrad, nicht alle. Das weißt du genauso gut wie ich. Gernot hätte nicht sterben müssen. Er war doch noch ein dummer Junge.«

Melisande sah, wie sich die Augen ihres Vaters zu Schlitzen verengten. Bevor er richtig wütend werden konnte, legte ihre Mutter einen Finger auf seine Lippen. »Glaubst du, ich würde sein Leben gegen das deine tauschen wollen?« Sie lächelte, und Konrad entspannte sich.

»Aber denke an de Bruce' Großvater«, fuhr die Mutter fort. »Er hat versucht, zwischen den Familien Frieden zu stiften. Und warum ist er gescheitert? Weil *dein* Vater sich nicht einen Schritt bewegt hat. Und wir alle müssen dafür büßen. Es ist furchtbar.«

Konrad Wilhelmis verzog das Gesicht. »Du magst richtigliegen, aber trotzdem sind nicht wir es gewesen, die die Fehde begonnen haben. Es ist, wie es ist, und solange Ottmar de Bruce lebt, werden wir keine Ruhe finden. Du weißt, wie grausam er ist, wie er seine Leute behandelt. Noch vor wenigen Wochen hat er einen Knecht totpeitschen lassen, der es gewagt hat, ihm zu widersprechen. Wir sind bereit. Soll er nur kommen, er wird es bitter bereuen. Und jetzt lass uns gehen. Das Fest beginnt.« Vater hatte gezögert, tief Luft geholt und Mutters Kopf zärtlich in seine großen Hände genommen. »Beata, du siehst wundervoll aus. Und ich liebe dich. Das ist alles, was zählt.«

Melisande hätte fast losgegickelt, als sich die beiden um den Hals fielen und abschleckten wie die Welpen. Aber noch lange nachdem sie fortgegangen waren, hinunter auf den Hof, wo das Hochzeitsfest in vollem Gange war, tanzten Beatas ängstlich geflüsterte Worte über den Flur.

***

De Bruce hatte sich vom Hohlweg zurückgezogen, vorher aber noch einmal kontrolliert, ob alle Spuren verwischt waren. Im Schatten eines Baumes wartete er geduldig wie eine Katze auf die Maus. Adam nutzte die Zeit, übte mit dem Kurzschwert und brachte seinem Herrn von Zeit zu Zeit etwas mit Quellwasser gemischten Wein.

Warten war eine ritterliche Tugend. Wenn der richtige Augenblick gekommen war, hieß es schnell und hart zuschlagen. Verpasste man ihn, hieß es wieder warten. Eine halbe Stunde konnte über den Ausgang einer Schlacht entscheiden, ein Wimpernschlag über Leben oder Tod im Zweikampf. Warten hieß, seine Gefühle zu beherrschen. Es war eine hohe Kunst, und de Bruce beherrschte sie meisterlich. Dafür war er seinem Vater dankbar. Er hatte ihm alles Weinerliche, Weibische und Schlaffe ausgetrieben. Anfangs war es hart gewesen, aber mit den Jahren hatte de Bruce den unbezahlbaren Vorteil erkannt, den ein Mensch hatte, der sich nicht von seinen Gefühlen kontrollieren ließ.

Elf Monate waren vergangen, seit Konrad Wilhelmis Gernot ermordet hatte, seinen einzigen Sohn. Dieser hinterhältige Mörder hatte dem Jungen keine Zeit für einen fairen Kampf gelassen. De Bruce war sich sicher, dass Wilhelmis die Zeugen gekauft hatte, die geschworen hatten, Gernot habe das Schwert zuerst gezogen. Das Gericht hatte Wilhelmis freigesprochen. De Bruce jedoch wusste, dass Gernot es nicht gewagt hätte, gegen seinen Befehl zu handeln, und der hatte gelautet: »Greif einen Wilhelmis niemals ohne einen zweiten Mann als Deckung an, niemals vor Zeugen und niemals von vorne.«

Konrad Wilhelmis war ein Feigling, der all seine Aufforderungen abgelehnt hatte, ihm Genugtuung zu leisten. Erbärmlich. Hätte er sich dem Zweikampf gestellt, hätte er seine Familie retten können. Vielleicht.

Ottmar de Bruce leckte sich die Lippen. Schon seit einiger Zeit hatte er einen ganz besonderen Leckerbissen im Auge, der ihm die Vorfreude auf die Schlacht zusätzlich versüßte: Wilhelmis' Tochter Melisande. Alles war vorbereitet, bald würde die schmackhafte, aber noch unreife Beute in seinen Armen zappeln.

* * *

Die Langeweile brach wieder über Melisande herein. »Spät am Abend, wenn es dunkel wird«, wiederholte sie in Gedanken. Sie seufzte. Also würde sie noch viele Stunden ausharren müssen, denn es war Frühsommer, und die Tage waren lang. Gewöhnlich freute sie sich darüber, denn dann konnte sie länger draußen spielen, durch die Wälder streifen und mit dem Bogen Hasen jagen. Bisher hatte sie allerdings noch keinen erlegen können. Zu schnell sprangen die Tiere davon, und die Pfeile waren, wie verhext, jedes Mal danebengegangen. Rudger lachte immer nur, wenn sie ihm von ihren Misserfolgen erzählte. Er erlegte einen Hasen mit einem einzigen Schuss. Kein Wunder. Er übte ja viele Stunden am Tag, nutzte jeden freien Augenblick, in dem er nicht über den Büchern brüten musste oder mit Vater unterwegs war. Rudger hatte ein schönes Leben. Abenteuer. Reisen. Er hatte schon viele Städte gesehen: Köln, Trier, Lucca und Venedig. Zwei Monate waren sie beim letzten Mal fort gewesen, Melisande musste zu Hause bleiben und nähen lernen und kochen. Rudger war halt ein Mann. Er konnte gehen, wann und wohin er wollte, während sie immer eine Begleitung haben musste.

Eines Tages wollte Melisande auch so frei sein wie Rudger. Dabei hatte sie es ja noch ganz gut. Wenn sie da an Gerrit dachte, die Tochter des Gewürzhändlers Antonis. Die Arme! Die durfte nicht einmal reiten. Geschweige denn mit Pfeil und Bogen hantieren. Den ganzen Tag musste sie im Haus arbeiten, ihrer Mutter zur Hand gehen wie eine Magd.

Ein kräftiger Stoß ließ Melisande von der Truhe purzeln. Sie rollte sich auf dem Boden zusammen und rieb sich den schmerzenden Arm. Beata flog gegen die harten Planken und stöhnte, hielt sich den Bauch. Gertrud murmelte im Schlaf. Der Karren blieb ruckartig stehen.

Von draußen hörte Melisande ihren Vater fluchen. »Seid ihr von allen guten Geistern verlassen? Habt ihr das Loch nicht gesehen? Wollt ihr meine Frau und mein Kind umbringen? Passt gefälligst auf, oder ihr könnt euch woanders Arbeit suchen!«

Die Plane flog zur Seite, Konrad sprang auf den Karren herauf, kniete vor seiner Frau nieder und schaute sie besorgt an. »Alles in Ordnung, mein Engel?«

Beata lächelte matt. »Du sollst nicht fluchen, und du sollst mich nicht Engel nennen. Du solltest vielmehr dafür sorgen, dass es bald weitergeht. Ich habe keine Lust, auch noch die Nacht auf diesem hölzernen Foltergerät zu verbringen.«

Konrad schickte sich nicht an, die Anordnungen seiner Frau auszuführen. Er legte seine Hand vorsichtig auf ihren Bauch. »Da drin alles in Ordnung?«

Beata schob die Hand zur Seite. »Ja. Geh jetzt, mach den Knechten Beine. Ich brauche ein Bad, mein Bett und viel Ruhe.«

Melisande hatte schweigend zugesehen und nutzte die Gunst des Augenblicks. »Vater, darf ich zu dir aufs Pferd? Ich bleibe auch ganz ruhig sitzen«, versicherte sie und setzte ihr süßestes Lächeln auf. Normalerweise reichte das aus, ihren Vater zu erweichen. Doch er blieb hart.

»Du«, er zeigte auf sie, »und deine kleine Schwester, ihr bleibt hier und passt auf Mutter auf. Ich kann euch Flöhe da draußen nicht gebrauchen.«

»Aber Vater ...« Melisande wechselte von zuckersüß auf Schmollmund.

Konrad holte tief Luft, gab ihr einen Kuss auf die Wange. »Wir müssen schnell weiter«, sagte er sanft. »Morgen reiten wir aus. Nur wir beide. Ist das ein Wort, Mel? Du bist doch meine Prinzessin.«

Melisande fiel ihrem Vater um den Hals und überschüttete ihn mit Küssen. Er lachte und machte sich vorsichtig los. Die Plane fiel, Vater war verschwunden, Melisande kauerte sich zu Füßen ihrer Mutter nieder und schloss die Augen. Sie dachte an die Hochzeitsfeier, an das viele gute Essen, die Musik und die ausgelassenen Tänze. Das Gesicht der Braut. Sie hatte eher verschreckt als fröhlich dreingeblickt. Vier Tage hatte das Fest gedauert. Wie wohl ihre eigene Hochzeit aussehen würde? Und ihr Bräutigam? Er müsste ein Ritter sein, so gut und schön wie der edle Gawan ...

Die Bilder begannen vor Melisandes Augen zu verschwimmen. Dann war sie eingeschlafen.

***

Konrad schwang sich auf sein Pferd. Nur noch eine halbe Meile bis zum Hohlweg. Aber er ließ den Zug noch nicht losfahren. Rasch winkte er von Rabenstein zu, er solle ihm folgen. Sie galoppierten an den Kopf des Zuges, vorbei an den mit dem Gepäck der Reisegesellschaft schwer beladenen Wagen und an den Fußsoldaten, deren vernarbte Gesichter Zeugnis davon ablegten, dass sie so manche Schlacht und so manche Krankheit überlebt hatten. Konrad hielt sein Pferd an. »Ich will mir die Schlucht noch einmal selbst anschauen.«

Rabenstein nickte. »Wie ihr meint. Aber die Späher haben jeden Stein umgedreht.«

»Dann drehe ich sie ein weiteres Mal um, damit ich mir sicher bin, dass sich keine Schlangen darunter verbergen. Kommt mit!« Konrad ließ sein Pferd im Schritt gehen und spähte nach allen Seiten.

Rabenstein schloss zu ihm auf. »Darf ich Euch eine Frage stellen?«

Konrad nickte, ließ seinen Blick aber weiterhin über die Wände der Schlucht gleiten.

»Ihr seid Händler, und dennoch kennt ihr Euch mit dem Kriegshandwerk gut aus. Euer Sohn ist bereits ein großer Kämpfer, und Ihr wisst mit dem Schwert umzugehen wie ein Soldat. Die kleine Armee, die ihr zusammengestellt habt, ist schlagkräftig, die Männer sind keine dahergelaufenen Söldner, sondern von gutem Ruf. Die Auswahl der Waffen und die Staffelung sind ebenfalls eines Hauptmanns würdig. Wie kommt Ihr dazu?«

Konrad lachte grimmig. »Seit Generationen liegen unsere Familie und die Familie de Bruce in Fehde. Mein Ururgroßvater war kein Händler, sondern Soldat. Er stammte nicht aus einem adligen Haus, also musste er durch Können wettmachen, was ihm das Schicksal verweigert hatte. Er brachte es bis zum Hauptmann, der von seinen Männern geachtet und geliebt wurde. Mit Richard Löwenherz zog er gegen Saladin und besiegte ihn in der Schlacht von Arsuf. Dennoch kehrte mein Ururgroßvater nicht aus dem Morgenland zurück. Ein de Bruce erschlug ihn von hinten im Streit um die Beute. Ihr könnt Euch vorstellen, dass die Fehde unausweichlich wurde. Damit wir uns verteidigen konnten, wurde das Kriegshandwerk fester Bestandteil der Erziehung eines jeden Wilhelmis. Außerdem bin ich Hauptmann der Zunftwehr der Tuchhändler. Manche kaufen sich vom Wehrdienst frei. Ich halte das für gotteslästerlich.«

Rabenstein nickte. »Ich verstehe.«

Sie ritten weiter durch die Schlucht. Steil ragten die Felswände auf. Beata hatte Konrad davon überzeugen wollen, die Schlucht zu meiden, aber das hätte einen Umweg und einen steilen Anstieg bedeutet, der mit den Karren und für die Schwangere gefährlich geworden wäre und de Bruce viel Zeit gegeben hätte, ihnen doch noch einen Hinterhalt zu legen.

Konrad hielt sein Pferd an, stieg ab und zeigte auf ein seltsames Muster im Sand. »Sieht aus, als hätte jemand Spuren verwischen wollen.«

Rabenstein begutachtete den Boden. »Ich glaube, ein Raubtier hat seine Beute in ein Versteck geschleift. Seht hier.« Er deutete auf einige runde Abdrücke im Sand. »Bärentatzen. Und dort. Blut.«

Konrad nickte. »Ich sehe schon Gespenster. Ihr habt recht. Lasst uns dennoch einmal hindurchreiten.«

Rabenstein trieb sein Pferd an, Konrad saß auf und folgte ihm. »Haltet Ihr mich für ängstlich, Rabenstein?«

Der Ritter grinste. »Nein. Mit Sicherheit nicht. Im Gegenteil. Ich muss zugeben, an Eurer Stelle wäre ich der Hochzeit ferngeblieben.«

Konrad schüttelte den Kopf. »Das hieße, sich de Bruce zu ergeben. Niemals. Er kann uns nichts anhaben. Seht Euch um. Irgendetwas Verdächtiges?«

»Ja.«

Konrad stutzte. »Und das wäre?«

»Dass es nichts Verdächtiges gibt. Wir sollten die Wachen auf der Höhe verdoppeln.«

»Das ist kein Problem«, erwiderte Konrad. »Ich werde es anordnen, drei Reiter sollen Ausschau halten. Aber Ihr selbst habt gesagt, dass wir die Schlucht passiert haben, bevor sich aus den Wäldern Gefahr nähern kann.«

»Richtig. Bis zum Waldsaum sind es gut sieben Bogenschüsse. Selbst im gestreckten Galopp bräuchte ich für diese Strecke genauso viel Zeit wie für die Durchquerung der Schlucht. Ich habe es mehrfach versucht.«

»Seht Ihr? Lasst uns zurückkehren und melden, dass keine Gefahr droht.«

* * *

Raimund pfiff ein fröhliches Liedchen vor sich hin. An heißen Tagen wie diesem würde er sich am liebsten von morgens bis abends in die Sonne legen und einfach nichts tun. Aber die Pflicht rief, er musste noch etwas Quendel finden. Huflattich und Garbenkraut hatte er schon zur Genüge beisammen.

Er trat zwischen den Bäumen hervor auf die kahle Höhe, beschattete seine Augen und erkundete die Gegend. Am Rande der Schlucht machte er drei Reiter aus, die mit dem Rücken zu ihm standen. Seine Augen waren scharf wie die eines Adlers, so manche Einzelheit konnte er auf diese Entfernung erkennen, die anderen verborgen blieb. Feldzeichen oder Wappen waren nicht darunter. Das verhieß nichts Gutes. Seit einiger Zeit wurde die Gegend von Raubrittern unsicher gemacht, die einen armen Schlucker wie ihn einfach so zum Spaß aufspießen würden, wenn sie ihn vor die Lanze bekämen.

Er trat zurück in den Schatten der Bäume, der ihn für die Reiter unsichtbar machte. Was immer sie dort suchten, sie waren nicht darauf gefasst, Gefahren zu begegnen, die sich von hinten näherten. Hätte Raimund Übles im Schilde geführt, hätte er sich durch das Gras anschleichen und die drei töten können, ohne dass sie eine Gelegenheit gehabt hätten, sich zu wehren. Den Ersten mit einem Axtwurf. Sobald die Axt geschleudert war, aufspringen und mit dem Bogen den Nächsten abschießen. Bevor der Dritte sein Schwert gezogen hätte, wäre Raimund über ihm gewesen und hätte ihm die Kehle durchgeschnitten.

Raimund bereute seine Zeit als Söldner nicht, er wäre wohl dabeigeblieben, hätte Gott ihm nicht eines Tages ein deutliches Zeichen gesandt, heimzukehren und das Handwerk seines Vaters zu übernehmen. Mit einer Handvoll Leute war er in einen Hinterhalt geraten, ihr Leben war keinen Heller mehr wert gewesen. Da hatte Raimund dem Herrgott den Schwur geleistet, auf der Stelle nach Esslingen zurückzukehren, wenn er sein Leben und das seiner Kameraden verschonte, und im selben Moment war unerwartet Verstärkung gekommen und hatte sie gerettet.

Viel gelernt hatte er in jenen Jahren über die Menschen. Nicht nur über ihre Seele, sondern auch über das, was unter der Haut steckte, im Kopf und im Bauch. Sehnen, Knochen, Blut, Adern, Eingeweide, Gehirn. Einigen hatte er das Leben gerettet, vielen mit seinen schmerzstillenden, betäubenden Tränken unnötiges Leiden erspart. Angeekelt hatten ihn die Männer, die über Dörfer herfielen, vergewaltigten, mordeten und brandschatzten. Daran wollte er sich nicht beteiligen, weshalb er bei vielen als Schwächling galt. Wenn sie dann aber verletzt und fiebernd auf ihrem Lager dem Tod schon in die Augen sahen, dann war Raimund der beste Kamerad, und Kameraden halfen einander bekanntlich.

Raimund schüttelte die Gedanken ab und überlegte, wie er am besten ungesehen an die Stelle kam, wo der Quendel wuchs. Er folgte dem Waldrand, schlug einen Bogen und gelangte zu einer kleinen Baumgruppe in der Nähe der Schlucht. Die Reiter standen immer noch mit dem Rücken zu ihm, keine sechshundert Fuß entfernt, aber sie konnten ihn weder hören noch sehen.

Raimund ließ sich auf alle viere nieder, kroch ein Stück näher und ließ sich fallen, als er das Geräusch eines Armbrustbolzens hörte. Die Männer fielen fast gleichzeitig, nur einen Moment später saßen wieder drei Reiter im Sattel, die den Gefallenen zum Verwechseln ähnlich sahen. Zwei davon kannte er: Schergen von Ottmar de Bruce. Raimund drückte sich noch tiefer in die Mulde. Würde er jetzt entdeckt, wäre das sein sicherer Tod.

Aus dem Boden wuchsen immer mehr Soldaten. Sie blieben dicht über der Erde, schoben ihre Armbrüste lautlos vor sich her. Einer der Reiter ritt nah an die Schlucht heran und machte ein Zeichen.

Was er da beobachtete, war ein Hinterhalt! Und der konnte nur der Familie Wilhelmis gelten. Raimund kannte die Geschichte, wusste, dass die de Bruce und die Wilhelmis Todfeinde waren. Zuletzt hatte Gernot de Bruce dran glauben müssen, ein junger Heißsporn, der schon mit acht Jahren in einem Wutanfall einen Mann getötet hatte, aber als Sohn des Grafen Ottmar de Bruce ohne gerechte Strafe davongekommen war. De Bruce machte seine eigenen Gesetze, setzte sie gnadenlos durch. Gernot war sein einziger Sohn gewesen, sein Tod ein harter Schlag für ihn, und er hatte Rache geschworen an dem Mann, der Gernot erschlagen hatte. Raimund hatte den Zweikampf nicht gesehen, aber er hatte gehört, dass Gernot zuerst gezogen und Konrad Wilhelmis nicht viel Federlesens mit ihm gemacht hatte. Konrad hatte nur zehn Hiebe gebraucht, dann hatte Gernot in seinem Blut gelegen, die toten Augen gen Himmel gerichtet. Es hatte einige Zeugen gegeben, die alle dasselbe ausgesagt hatten: »Ein gerechter Kampf. Notwehr, denn Konrad hatte sich schon halb abgewandt, als Gernot das Schwert zog.«

Raimund kannte Konrad Wilhelmis als einen strengen, gottesfürchtigen Mann, dessen Wort mehr wert war als eine Urkunde mit dem Siegel des Königs. Aber das mit Gernot war ein Fehler gewesen. Es hätte genügt, ihn zu entwaffnen und ihn damit zu demütigen.

Raimund tastete nach seinem Dolch und beobachtete die andere Seite der Schlucht. Auch dort waren die Späher ausgeschaltet und ersetzt worden, waren Armbrustschützen in Stellung gegangen. Raimund musste de Bruce widerwillig Respekt zollen. Die Schützen mussten Höhlen in die Erde gegraben und sich darin versteckt haben.

Vorsichtig kehrte er zurück. Diese Falle war makellos, und sie würde jeden Augenblick zuschnappen. Niemand, der jetzt in der Schlucht festsaß, würde lebend herauskommen. Raimund wusste genau, wie die Schützen vorgehen würden. Zuerst die gepanzerten Reiter ausschalten. Ein Leichtes mit Armbrüsten und starken Bögen. Dann das Fußvolk. Wer danach noch lebte, wurde von den Schwertkämpfern zerhackt.

Und Raimund konnte nichts dagegen tun. »Herr, du bist gerecht.« Er fasste seine Gebetsschnur. »Nimm dich der armen Seelen an, die in der Schlacht den Tod finden werden, und nimm sie auf in dein Reich.«

Die Schützen erhoben sich aus ihren Erdlöchern und begannen ihre blutige Arbeit. Raimund betete stumm, während die ersten Schreie durch die Schlucht hallten. Lautlos zog er sich an den Waldrand zurück. Er hatte genug gesehen und gehört. Die Lichtung, auf der er das Kraut vermutete, war nicht mehr weit. Vorsichtig eilte er von Deckung zu Deckung.

***

Ein Schrei riss Melisande aus dem Schlaf. Der Karren ruckte und blieb stehen. Schon wieder ein Loch?

Einen endlosen Augenblick lang war es totenstill, dann hörte sie ein vertrautes Geräusch. Ein Sirren, das schnell lauter wurde. Danach einen erstickten Laut. Die Plane rutschte zur Seite, Siegfried von Rabenstein begrub sie unter sich, als er auf den Karren stürzte. Fassungslos starrte Melisande ihn an. Ein Armbrustbolzen steckte in seiner Kehle, seine Augen waren weit aufgerissen. Blut gurgelte aus seinem Hals, seine Glieder zuckten, als wäre er von einem bösen Geist besessen. Ohne Warnung fiel er in sich zusammen und starb.

Überall setzte Geschrei ein. Ein Bolzen nach dem anderen ging nieder. Jemand brüllte Befehle, Pferde schnaubten unruhig. Melisande sah zu ihrer Mutter. Sie war leichenblass, presste Gertrud schützend an sich. Rasch kauerten sie sich zwischen die Truhe und ein Fass. Beata zitterte, Gertrud wimmerte verschlafen.

»Er wagt es tatsächlich«, flüsterte Beata. »Gott sei uns gnädig.« Sie faltete die Hände und betete.

Wieder schrie jemand. Gertrud fuhr hoch und heulte los. Bolzen schossen jetzt über den Karren hinweg, von rechts und links prasselten sie auf den Zug nieder. Melisande, Gertrud und Beata wurden nicht getroffen, wie durch ein Wunder verfehlten die Bolzen den Karren und ihre menschliche Fracht. Endlos schien das Sirren der Geschosse, die Schreie der Männer.

Schließlich hielt es Melisande nicht mehr aus. Vorsichtig lugte sie über den Rand des Fasses. Was sie sah, erschreckte sie zu Tode. Sie befanden sich im Hohlweg. Zu beiden Seiten ging es steil den Berg hoch. Die Ochsen waren tot, ebenso der Wagenknecht, der sie gelenkt hatte. Um den Wagen herum waren die Söldner in Deckung gegangen, schützten sich mit Schilden vor den Bolzen. Es mussten mindestens zwei Dutzend Schützen sein, die oberhalb des Weges im hohen Gras lauerten, so dicht regneten die tödlichen Geschosse auf sie herab.

Das Kampfgeschrei wurde lauter. Ängstlich blickte Melisande in alle Richtungen. Wo war Vater? Wo Rudger? Von beiden Seiten drangen jetzt Bewaffnete auf die Verteidiger ein. Melisande schluckte. Das Herz schlug so heftig in ihrer Brust, dass es schmerzte. Da war Vater! Er stand hinter seinen Männern und schickte Pfeil um Pfeil in die Gegner.

* * *

Rudger und Konrad hatten die Schilde hochgerissen und waren damit dem sofortigen Tod entgangen. Fast ein Drittel der Männer war gefallen, von den zehn Rittern lebten noch drei. Wer gerade im Gespräch gewesen war oder unaufmerksam, hatte Konrads Schrei »Schilde hoch!« nicht gehört. Die schwer gepanzerten Ritter fielen von den Pferden wie reifes Obst von den Bäumen. Mit einem solchen Angriff hatte niemand gerechnet. Die Wagen waren mit Eisenplatten gepanzert, Schilde waren in ausreichender Menge vorhanden, aber die Überrumpelung war perfekt. Dennoch machten sich Konrads Umsicht und das viele Geld bezahlt. Die Schilde hatte er verstärken lassen, damit sie dem Beschuss von Armbrüsten standhielten. Ohne diesen Panzer hätte keiner der Männer den ersten Angriff überlebt.

Als der Bolzenregen aufhörte, spähte Konrad vorsichtig nach oben. Die Schützen verzogen sich, aber schon brach der Angriff auf das Ende und den Anfang des Zuges los.

»Erste Reihe Schilde«, schrie Konrad. »Zweite Reihe Pfeile los!« Er selbst gab seinen Schild weiter, nahm den Bogen und schoss einen Pfeil nach dem anderen in die Reihen der anrückenden Fußsoldaten. Auch diese schützten sich mit Schilden, aber immer wieder schrie ein Mann auf, wenn ein Pfeil eine Schwachstelle in der Deckung fand.

Konrads Köcher war schnell leer, auch die Armbrustbolzen hielten nicht lange. Aus den Augenwinkeln beobachtete er seinen Sohn und konnte nicht umhin, trotz seiner Angst vor allem Stolz zu empfinden. Ruhig, fast kalt kämpfte Rudger. Auch er hatte seinen letzten Pfeil abgeschossen, warf den Bogen hin und griff zum Schwert.

Konrad hielt seinen Schwertarm fest. »Rudger, mein Sohn, du bist mein ganzer Stolz. Geh, und rette deine Mutter und deine Geschwister. Geh jetzt sofort. Ich komme nach.«

Rudger zögerte nicht und rannte los. Zwei Söldner füllten seine Lücke und ließen ihre Bihänder auf die Angreifer niedersausen. Schon wankte die Front der Angreifer, Hoffnung keimte auf.

***

Melisande jauchzte. Bald würde ihr Vater die Angreifer in den Staub treten und den Anstifter zur Rechenschaft ziehen.

Da setzte ein erneuter Pfeilhagel ein. Bogenschützen waren nachgerückt und schossen einen Verteidiger nach dem anderen ab. Die Männer konnten sich nicht mehr gegen die Pfeile schützen, die Schilde lagen unerreichbar hinter der Frontlinie. Wie im Traum sah Melisande das Schlachtfeld, als würde sie darüberschweben.

Beata versuchte, sie zu sich hinter die Truhe zu zerren, doch Melisande konnte ihren Blick nicht von dem abwenden, was draußen geschah. Warum kamen Vater und Rudger nicht hierher, damit sie fliehen konnten? Aber nein. Sie schalt sich selbst ein dummes Ding. Niemand konnte irgendwohin fliehen. Sie saßen in der Falle. Oft hatte sie mit Rudger genau diesen Ablauf durchgespielt: ein Hohlweg, der von vorne und hinten von Söldnern blockiert wird, die im Wald unter Laub, in Gräben und auf Bäumen versteckt gewartet haben. Die Späher werden getötet und durch eigene Männer ersetzt, die Täuschung ist nicht zu durchschauen.

Mit dem Kreuzfeuer der Bögen und Armbrüste konnten wenige Männer eine ganze Armee vernichten. Melisande schauderte, faltete die Hände und betete inbrünstig. »Bitte, bitte, lass meinen Vater, meine Mutter und meine Geschwister nicht sterben. Wir haben nichts Unrechtes getan. Bitte, bitte. Ich werde auch nie wieder die heilige Messe versäumen oder Böses über Pater Nikodemus denken.«

Die Schreie der verletzten Männer wurden immer lauter, immer gellender. Melisande konnte nicht anders. Sie musste wieder hinsehen. Der Pfeilhagel war versiegt, die Feinde hatten alles verschossen, was sie hatten. Immer mehr Männer drängten gegen die Verteidiger an. Vater und die überlebenden Söldner hatten eine Phalanx gebildet und hielten mit Piken und Bihändern die Gegner auf Distanz. Überall lagen Männer, die vor Schmerz schrien, Blut färbte die Erde rot. Melisande hätte nicht gedacht, dass in einem Menschen so viel Blut fließen konnte. Sie erkannte den Hausverwalter, einen alten Mann, der nicht mehr kämpfen konnte und ihr wie ein Großvater lieb war. Mehrere Pfeile ragten aus seiner Brust, aber er lebte noch. Seine Lippen bebten, die Hände hatte er zum Gebet gefaltet.

Ohne nachzudenken, sprang sie vom Wagen, achtete nicht auf die Angstschreie ihrer Mutter und lief zu ihm, kniete sich nieder, nahm seine Hand. Das Blut rann aus vielen Wunden. »Ich bin da, Meister Albrecht, habt keine Angst.«

Er schlug die Augen auf und lächelte. »Melisande.« Sein Blick wurde ernst. »Ihr müsst fliehen«, flüsterte er kraftlos. »Sofort. Nehmt Eure Mutter und Eure kleine Schwester, und flieht. In der großen Truhe auf dem Karren ist ein Beutel Goldmünzen. Nehmt ihn mit. Bindet ihn Euch um. Macht schnell. Sonst werden sie Euch alle umbringen.«

Melisande drückte seine Hand fester. »Aber wohin?«

Der Hausverwalter hustete, Blut lief ihm aus dem Mundwinkel. »Geht ein Stück dort entlang.« Er deutete mit einer schwachen Kopfbewegung zum Karren. »Da steht ein Wacholderbusch. Dahinter führt ein Weg auf die Höhe. Geht, Melisande, geht jetzt sofort!« Die Augen des Verwalters brachen, sein Kopf fiel nach hinten.

Tränen schossen Melisande in die Augen, aber sie hatte

verstanden. Mit ein paar Sprüngen war sie am Wagen, fischte den Beutel aus der Truhe, band ihn unter ihr Kleid und zerrte die Mutter am Ärmel, die immer noch hinter dem Fass hockte, Gertrud fest an sich gepresst. »Wir müssen weg hier, sofort! Meister Albrecht ist tot. Er hat mir einen Fluchtweg gezeigt.«

Beata stöhnte und presste sich eine Hand auf den Bauch. »Nicht jetzt«, stöhnte sie. »Nicht jetzt.«

»Doch, Mutter. Bitte. Komm schon! Du musst leben! Denk an ihn!« Melisande zeigte auf ihren Bauch, vor Verzweiflung liefen ihr Tränen über die Wangen. Aus den Augenwinkeln wurde sie gewahr, wie einer der Verteidiger unter den Hieben von zwei Angreifern zu Boden ging und verzweifelt versuchte, den tödlichen Schlägen zu entgehen. Zuerst hackten sie ihm einen Arm ab, danach stießen sie ihm die Schwerter in den Bauch. Er zappelte, dann lag er plötzlich still.

Beata machte einen Versuch, sich aufzurichten, doch ihr versagten die Kräfte. Melisande versuchte sie zu stützen, aber sie schaffte es nicht. Hilfesuchend blickte sie sich um. Jeder war mit sich selbst beschäftigt. Die wenigen Männer, die noch kämpfen konnten, wehrten sich verbissen gegen die Übermacht, die anderen waren entweder tot oder lagen verletzt am Boden. Vater kämpfte immer noch am hinteren Ende des Zuges, aber er hatte schon einige Meter zurückweichen müssen. Vorne am Zug sah es nicht anders aus. Stück für Stück gaben die Verteidiger nach, obwohl die Verluste der Angreifer erheblich waren.

Melisande suchte nach Rudger. Er stand nicht mehr neben Vater. Er war überhaupt nicht zu sehen. War er tot? Der Gedanke warf sie fast um. Sie riss sich zusammen. Sie hatte eine Aufgabe, musste Mutter, Gertrud und das Ungeborene retten.

Sie wandte sich wieder ihrer Mutter zu, rüttelte sie verzweifelt an der Schulter, schrie sie an: »Wir müssen weg! Hast du nicht verstanden? Wir müssen weg. Sofort. Steh auf! Steh jetzt auf! Sofort!« Aber Beata reagierte nicht. Melisande zögerte eine Sekunde, dann schlug sie ihrer Mutter mit der flachen Hand ins Gesicht.

Es wirkte. Beata rappelte sich hoch, langsam, viel zu langsam, und auch Gertrud sprang auf.

Melisande half ihnen beim Aussteigen. Der Karren neigte sich nach rechts, Beata verlor den Halt und kippte nach vorne. Melisande versuchte, sie zu halten, aber sie wusste, dass sie es nicht schaffen konnte.

Da griffen zwei Hände zu. Melisandes Herz hüpfte vor Freude. Rudger! Er lebte! Sein Gesicht war blutverschmiert, an seinem linken Arm klaffte eine Fleischwunde, die ihn jedoch offensichtlich nicht behinderte.

»Wir müssen weg«, sagte er ruhig. »Vater wird die Feinde aufhalten, bis wir in Sicherheit sind, und dann nachkommen. Wir haben viele von ihnen getötet. Es sind gekaufte Feiglinge, die für Geld alles tun, aber den Schwanz einziehen, wenn es wirklich darauf ankommt. Nicht mehr lange, und sie werden die Flucht ergreifen.« Seine Miene strafte seine Worte Lügen.

Sie nahmen ihre Mutter in die Mitte, Rudger trug Gertrud, deren Weinen einem erbärmlichen Wimmern gewichen war. Sie hielt die Hände auf die Ohren gepresst und blickte mit furchterfüllten Augen auf das Geschehen um sie herum. Die Schlucht verstärkte die Geräusche, das Kampfgeschrei war zu einem Orkan angeschwollen, das Klirren der Schwerter schmerzte in den Ohren.

Nach wenigen Schritten erreichten sie den Wacholderbusch, schoben die Zweige auseinander. Tatsächlich. Ein schmaler Pfad führte den Steilhang hinauf. Melisande sah sich noch einmal um. Die Feinde waren bis auf wenige Fuß an den Karren herangekommen. Die vordere Kampflinie drohte zu brechen, die hintere hielt stand, Vater und die Söldner hatten sogar Boden gutgemacht. Aber das würde ihnen nichts nutzen. Wenn die vordere Linie brach, waren sie rettungslos verloren.

Ein Lichtblitz blendete Melisande, sie hob schützend die Hand und blickte hoch. Oben auf dem Felsen thronte ein Reiter auf einem pechschwarzen Pferd. Reglos beobachtete er das Kampfgetümmel. Sie erkannte das Wappen, die Rüstung und den Rappen: Ottmar de Bruce. Gut hundert Fuß hoch war der Abhang, der ihn von Melisande und ihrer Familie trennte. Er schien hämisch zu ihr hinabzusehen, so als hätte er alle Zeit der Welt, sie einzuholen. Ein eiskalter Schauer lief Melisande über den Rücken, als er gemächlich sein Pferd wendete und langsam losritt.

***

De Bruce ließ Diabolo im Schritt gehen. Es erfüllte ihn mit tiefer Befriedigung, dass sein Plan bis zur letzten Kleinigkeit aufgegangen war. Er hatte seinen Männern eingeschärft, weder Melisande noch ihre Mutter oder ihre Schwester zu töten. Dass Rudger oder Konrad oder ein anderer ihnen zu Hilfe eilen würde, damit hatte er ebenfalls gerechnet und am Ausgang des Pfades drei Wachen postiert, die die Weiber durchlassen, alles was nachfolgte, aber niedermachen sollten. De Bruce lächelte. Der Zug war nicht ohne Grund genau an dieser Stelle aufgehalten worden. Nur wenn seine Beute den Fluchtweg fand, machte die Jagd Spaß.

Gerade als er Diabolo die Sporen geben wollte, hörte er

aufgeregte Schreie. Ein Scharführer rannte herbei, neigte das Haupt und berichtete atemlos: »Die hintere Linie droht zu brechen, Herr. Konrad Wilhelmis und zwei Ritter haben bereits zwölf Männer erschlagen.«

De Bruce konnte es nicht glauben. Wilhelmis musste mit dem Teufel im Bunde sein. Wie sonst konnte er dieser Übermacht standhalten? Aber de Bruce glaubte nicht an den Teufel. »Schickt die Schützen hinunter in die Schlucht«, befahl er. »Dann ruft meinen Hauptmann, Eberhard von Säckingen. Er soll dem Spiel ein Ende machen. Und merkt Euch: Am Ende werde ich allen Feiglingen die Haut abziehen.«

Er verscheuchte die aufkeimende Wut darüber, dass das Unmögliche doch eingetreten war und er ohne Pferdewechsel hinunter in die Schlucht musste. Mit einem Ruck wendete er Diabolo, verfluchte die Schwächlinge, die vor einem Pfeffersack zurückwichen, und preschte bergab. Gut, dass er und Diabolo durch harten Stahl geschützt waren!

Einige seiner Fußsoldaten kamen ihm entgegengerannt, Todesangst in den Augen. Dem ersten schlug er mit dem Schwert den Kopf ab. Entsetzt blieben die anderen stehen. De Bruce schwenkte sein blutiges Schwert und stieß einen Kampfschrei aus. Schon strömten die Schützen hinab in die Schlucht, sie hatten ihre Bögen durch Schilde und Schwerter ersetzt. Das Fußvolk wendete und warf sich ebenfalls wieder in die Schlacht.

De Bruce konnte nicht sagen, ob es aus Angst vor ihm geschah oder wegen der heraneilenden Verstärkung. Das spielte auch keine Rolle. Er hatte kostbare Zeit verloren. Zu viel Zeit. Seine Beute musste längst auf dem Kamm angekommen sein. Wenn er sich nicht beeilte, würde sie die baumlose Strecke schnell hinter sich bringen und sich in den

Wäldern verstecken, wo er sie nur schwer finden konnte. Sie durfte ihm nicht entkommen!

* * *

De Bruce kennt den Pfad, schoss es Melisande durch den Kopf. Aber er ist weit genug entfernt. Er muss die Schlucht umgehen. Wir können es schaffen. Wir müssen es schaffen.

Sie stürmte los und drängte Rudger, schneller zu machen. »De Bruce will uns abfangen«, schrie sie ihm zu.

Im Laufschritt hetzten sie den steilen Pfad hinauf, Beata schiebend und zerrend. Jeder Schritt wurde zur Qual, Gertrud wimmerte unaufhörlich.

Endlich erreichten sie den Kamm der Schlucht, verschwitzt und bis auf Rudger benommen vor Erschöpfung. Er ging ein paar Schritte zurück und spähte hinab, kam wieder zu Melisande und reichte ihr einen Dolch. »Nimm. Wenn ich nicht mehr kämpfen kann, musst du es tun.«

»Aber du kommst doch mit uns, Rudger! Du kannst uns nicht hier alleinlassen.«

»Ich muss euch den Rücken frei halten. Die Linien sind zusammengebrochen, die Schlacht tobt jetzt um die Wagen. Uns sind drei Männer den Steilhang hinauf gefolgt. Vielleicht haben sie auch hier auf uns gewartet, ich weiß es nicht. Ich werde sie töten, dann komme ich nach. Geh jetzt, Schwester. Wir werden uns wiedersehen. Wenn nicht in dieser Welt, dann im Himmel.«

Beata umarmte ihren Sohn, Tränen flossen über ihre bleichen Wangen. Rudger machte sich frei und stieß sie weg. »Flieht endlich. Bringt euch in Sicherheit, sonst war alles vergebens!«

* * *

Rudger sah seiner Mutter und seinen Schwestern ein paar Wimpernschläge lang hinterher, dann kniete er nieder, faltete die Hände und betete. Die Waffen der Verfolger klirrten, die Männer schnauften. Rudger hatte die Augen nur einen Spalt geöffnet, gerade so weit, dass er sehen konnte, wie die Feinde den Weg hochstürmten. Er betete weiter. Die Männer blieben stehen, atmeten schwer.

Einer zeigte auf Rudger. »Wunderbar, er hat eingesehen, dass er sterben muss, und fleht bei Gott um Gnade.«

Die anderen lachten und hoben ihre Schwerter. Rudger ließ sie herankommen, dann rollte er sich blitzschnell nach vorne ab, mitten durch die Angreifer hindurch, die nicht rasch genug reagieren konnten. Er zog das Schwert, schnellte hoch und stieß es in der Drehung durch die Kehle des ersten Feindes. Der sackte röchelnd zusammen. Die beiden anderen sprangen zurück.

»Du miese kleine Ratte! Ich werde dich in Stücke hacken«, schrie einer von ihnen.

Wutentbrannt drangen sie auf Rudger ein, der die Angriffe Hieb um Hieb parierte, aber bald am Ende seiner Kräfte war. Sie trieben ihn ein Stück weit auf ein paar Büsche zu. Einer stolperte, Rudger machte einen Schritt nach vorne und trieb ihm das Schwert in den Leib. Als er es herausziehen wollte, steckte es fest. Er setzte den Fuß auf den Brustkorb, zerrte an dem Schwert und spürte zugleich, wie die Waffe seines Feindes ihm in die Seite fuhr. Mit einer Hand packte er die Klinge und hielt sie fest, mit der anderen schaffte er es noch, sein Schwert freizubekommen und es seinem Mörder unter das Wams zu stoßen.

Rudger schwankte. Er wusste, dass er sterben musste. Doch er starb nicht vergebens. Seine Mutter und seine Schwestern waren entkommen. Das allein zählte. Er ließ die Klinge los, sah noch, wie der Söldner schmerzverzerrt grinste, dann holte ihn der Tod.

***

Melisande, Beata und Gertrud flohen weiter über die kahle Ebene auf die schützenden Bäume zu und erreichten mit letzter Kraft den Waldrand. Keuchend und sich nach allen Seiten umschauend, kauerten sie zwischen den Stämmen.

Melisande versuchte, ruhiger zu atmen und zu horchen. Doch sie konnte nichts hören außer dem Rauschen ihres eigenen Blutes. Plötzlich fuhr ihr die Todesangst in die Glieder. Hufschlag und Schnauben. De Bruce! Sie griff den Dolch fester. Sie würde ihre Schwester und ihre Mutter mit ihrem Leben verteidigen.

Wenige Herzschläge ruhten sie aus, dann zog und zerrte Melisande ihre Mutter weiter. Diese hielt sich den Bauch und hörte nicht auf zu weinen. Gertrud hingegen war verstummt. Wie eine Puppe lief sie ihnen hinterher, ihr Blick ging ins Leere.

Der Wald nahm kein Ende, Vögel flogen von den Ästen auf und kreischten aufgeregt. Irgendwann – Melisande hatte jedes Gefühl für Zeit verloren – stolperten sie auf eine Lichtung. Und erstarrten. In der Mitte stand einer von de Bruce' Männern, und er hielt ein blutverschmiertes Schwert in der Hand. Rudgers Schwert!

Der Mann kam näher, wog die Waffe in der Hand. »Er hat gut gekämpft, Euer Sohn, das muss man ihm lassen. Ich hätte nicht gedacht, dass ein Wilhelmis auch nur einen Funken Mut im Leib hat. Ihr könnt mit in den Tod nehmen, dass er wie ein Krieger gestorben ist.« Er leckte sich die Lippen. »Wie dumm, dass Eure Töchter noch keine richtigen Weiber sind. Und Ihr seid schwanger. Wie abstoßend!« Er schüttelte sich und grinste. »Ich werde mich dennoch an Euch schadlos halten.«

Melisande hätte sich am liebsten auf den Boden geworfen und wäre nie wieder aufgestanden. Rudger war tot! Das konnte nicht sein. Das durfte nicht sein! Rudger war der mutigste und stärkste Kämpfer, den es gab. Abgesehen von Vater natürlich. Bestimmt log der fremde Ritter. Aber wieso hatte er dann Rudgers Schwert?

Ein Geräusch schreckte Melisande auf. Ein Stöhnen, tief und schmerzerfüllt. Neben ihr wankte Beata, hatte Mühe, sich auf den Beinen zu halten. Rasch griff Melisande nach ihr und hielt sie fest. Sie musste sich zusammenreißen. Sie durfte nicht aufgeben, wenn nicht um ihretwillen, dann für Mutter, Gertrud und das ungeborene Geschwisterchen!

Tief atmete sie ein und aus. Sie musste klar denken. Der Mörder von Rudger musste sie im Wald überholt haben, um ihnen hier auf der Lichtung aufzulauern. Durch das dichte Laub hatten sie ihn nicht sehen können. Aber warum sprach er so merkwürdig? Als hätte er zu viel Wein getrunken ... Da sah sie es. Blut sickerte aus seinem Wams. Rudger musste ihn verletzt haben. Was tun? Ihn angreifen? Nein. Er schien immer noch Herr seiner Kräfte zu sein. Sie musste ihn kommen lassen und dann mit dem Dolch sein Herz treffen. Das war die einzige Möglichkeit.

»Ihr seid ein erbärmlicher Feigling«, rief sie mit zitternder Stimme. »Mit wie vielen Männern seid Ihr über meinen Bruder hergefallen? Mit zehn mindestens, sonst hätte er Euch alle in Stücke gehauen.« Sie deutete auf sich. »Und jetzt wollt Ihr gegen zwei Mädchen und eine Schwangere antreten. Bravo, edler Ritter! Ihr seid eine Zierde Eures Standes.«

Der Mann lief rot an. »Du kleines Stück Dreck, du widerliche Metze! Deiner Mutter werde ich das Kind aus dem Bauch schneiden, deine Schwester werde ich an einen Baum nageln, und dir werde ich bei lebendigem Leibe das Herz herausreißen und in dein Lästermaul stopfen.« Er schob sich ein paar Schritte näher, stockte. Seine Augen glänzten fiebrig, sein Schwertarm hing schlaff herunter.

Melisande traf eine Entscheidung. Sie rannte los, direkt auf ihn zu, schlug im letzten Moment einen Haken und sah, dass er wie betäubt reagierte. Langsam hob er das Schwert, aber bevor er zuschlagen konnte, war sie schon an ihm vorbei.

Sie drehte ihm eine Nase. »Mein Bruder hat auch dich in die Hölle geschickt. Du stirbst, du Aufschneider! Gott wird dich streng bestrafen. Im ewigen Feuer wirst du brennen, mit all den Gottlosen, die uns überfallen haben. Bete um dein Seelenheil, bete!«

Ihre Angst war grenzenloser Wut gewichen, sie nahm Anlauf, sprang vor dem Krieger hoch und rammte ihm den Dolch in die Brust. Wie vom Blitz gefällt stürzte er und riss Melisande mit sich.

Sie rollte sich zur Seite, kam wieder auf die Beine und rannte zu Mutter und Schwester zurück. Beata saß mit dem Rücken gegen einen Baum gelehnt, hatte die Augen geschlossen. Ihr Atem ging schwer und unregelmäßig. Gertrud hockte neben ihr und weinte lautlos.

»Lass uns weitergehen Mutter«, flehte Melisande. Aber Beata rührte sich nicht. Ihre Lider flatterten, langsam hoben sie sich. Ein feines Lächeln überzog ihr Gesicht, das von Schweiß glänzte. Sie streckte die Hand aus. Blut klebte an ihren Fingern.

»Mutter ...« Melisande konnte nicht weitersprechen.

Beatas Lippen öffneten sich einen Spalt. »Ein Armbrustbolzen. Schon auf dem Wagen ...« Sie stöhnte.

Eine eisige Hand griff nach Melisandes Herz.

Beata stöhnte. »Du musst mir versprechen ...« Sie atmete einige Male heftig. »Versprich mir etwas!«

Melisande nickte stumm.

»Lauf weiter. Lauf, so schnell du kannst. Bring deine Schwester in Sicherheit. Beschütze sie vor diesem Monster. Wirst du das tun?«

»Ja, Mutter. Das werde ich.« Melisande kniete sich vor Beata auf den Waldboden.

Beata nickte. »Und noch etwas, mein Kind. Noch etwas musst du mir versprechen. Bei deinem Leben.«

Melisande drückte die Hand ihrer Mutter. Sie war eiskalt.

»Ottmar de Bruce muss sterben. Versprich mir, dass du nicht ruhen wirst, bis er tot ist. Und du, du musst leben, du darfst nicht sterben.«

Melisande schluckte, ihr Hals war staubtrocken. »Ich verspreche es dir, Mutter. Ich schwöre es. Bei Gott. De Bruce wird sterben, und ich werde leben.«

Beata hatte nicht mehr die Kraft zu lächeln. »Braves Kind. Wir sehen uns wieder. Ich sehe schon die Himmelspforte. Es ist so, wie der Pater Nikodemus gesagt hat. Ein helles Licht, ein Licht ...« Beatas Kopf sackte zur Seite.

Melisande spürte ein leichtes Beben tief in ihrem Inneren. Und eine warme Welle, die ihr jeden Schmerz nahm. Die Welle erreichte ihren Kopf, plötzlich waren ihre Gedanken ganz klar. Gertrud. Sie musste ihre Schwester in Sicherheit bringen.

Sie schloss ihrer Mutter die Augen, nahm Gertrud an der Hand und zog sie weg. Aber das Mädchen sträubte sich, schrie und trat mit den Füßen nach ihr. »Ich gehe nicht mit dir! Ich bleibe hier! Lass mich los!«

Melisandes Hände begannen zu zittern. »Gertrud, Mutter

ist tot! Du kannst nicht hierbleiben. Wir müssen weiter! Schnell!«

Gertrud schrie und strampelte noch wilder. »Nein! Nein! Lass mich!«

Ängstlich schaute Melisande sich um. Noch war alles still. Kein verräterisches Knacken im Unterholz. Kein Verfolger in Sicht. Behutsam strich sie ihrer Schwester über den Kopf. »Hast du nicht gehört, was Mutter gesagt hat?«, fragte sie sanft. »Wir sollen weiterlaufen. Sie ruht sich aus und kommt später nach. Aber wir dürfen nicht länger verharren. Du musst Mutter gehorchen, das weißt du doch.«

Gertrud blickte auf und sah Melisande in die Augen. Sie nickte. Langsam, unendlich langsam erhob sie sich, warf einen letzten unsicheren Blick auf ihre tote Mutter, dann ließ sie sich von Melisande weiterführen. Rasch liefen sie Hand in Hand über die Lichtung. Das feuchte Gras kühlte ihre schmerzenden Füße.

Melisande sah sich unruhig um. Auf der anderen Seite begann dichtes Unterholz, dort würde de Bruce sie nicht so einfach finden. Und er würde zu Fuß nach ihnen suchen müssen. Kein Reiter kam da hindurch. Nur noch ein paar Schritte, dann hatten sie es geschafft.

Sie hörte das Sirren zu spät. Gertruds Hand löste sich aus ihrer, entsetzt fuhr Melisande herum. Ihre Schwester lag im Gras. Ein Pfeil hatte ihren schmalen Rücken durchschlagen und ihr das Herz zerrissen.

Auf der anderen Seite der Lichtung ließ Ottmar de Bruce den Bogen sinken. Er rutschte von seinem Rappen, stellte sich breitbeinig hin und stemmte die Hände in die Hüften. Er lachte aus vollem Hals.

Melisande machte einen Sprung ins Unterholz.

De Bruce hörte abrupt auf zu lachen. »Versteck dich nur,

kleines Hündchen. Glaubst du wirklich, dass du mir entkommen kannst? Niemand wird es wagen, dir zu helfen, denn es wäre sein sicherer Tod. Das Geschlecht der Wilhelmis wird am heutigen Tage für immer und alle Zeiten ausgelöscht. Willst du nicht herkommen und mit mir kämpfen? Nein? Dann sieh her. Sieh, welche Macht ich habe. Nicht einmal Gott kann mich von meinem Vorhaben abhalten.«

Er packte die tote Beata an den Fesseln und zerrte sie weg von dem Baum in die Lichtung hinein. Dort ließ er ihre Beine ins Gras fallen, zog das Schwert und schlitzte ihr den Bauch auf. Mit einem Griff zog er den Säugling heraus, durchschlug die Nabelschnur und hielt das blutige Bündel hoch, das zu atmen versuchte, einen glucksenden Laut von sich gab.

»Na? Wo ist Gott? Kein Blitz, keine Flut. Nichts. Die Macht hat derjenige, der sie sich nimmt.« De Bruce blickte dorthin, wo Melisande im Unterholz verschwunden war. »Ich gebe dir eine Chance. Du bist mutig. Ich habe gesehen, wie du diesen Trottel abgestochen hast.«

Er legte sein Schwert auf den Boden und zog sich an den Rand der Lichtung zurück. In aller Ruhe nahm er einen Pfeil, holte aus und nagelte den Säugling an einen Baum. Der wimmerte nicht einmal, lediglich ein Zucken lief durch seinen winzigen weißen Körper, bevor er starb.

De Bruce drehte sich um. »Was ist, du kleine rothaarige Hexe? Komm schon! Ich warte auch, bis du das Schwert aufgehoben hast. Willst du mich nicht töten? Ich habe deine Schwester umgebracht. Und deinen kleinen Bruder. Ja, es war ein Junge, es war dein Bruder.« Er deutete auf den Baum. »Ist das nicht furchtbar? Ungetauft! Dein Bruder ist ungetauft gestorben und wird folglich nicht in den Himmel kommen.«

Melisande würgte. Ihr ganzer Körper bebte, als würde sie immer noch in dem Karren sitzen und durch eine endlose

Folge riesiger Löcher ruckeln. Aus den Augenwinkeln beobachtete sie de Bruce, der herumstolzierte wie ein Gockel. Sie hatte tatsächlich eine Möglichkeit, keine große, aber einen Versuch war es wert. Sein Schwert war kein Bihänder, sondern ein Kurzschwert für den Nahkampf. Das konnte sie führen. Sie hatte Mutter versprochen, ihre kleine Schwester in Sicherheit zu bringen. Sie hatte kläglich versagt. Aber sie hatte ihrer Mutter noch etwas versprochen. Sie hatte geschworen, de Bruce zu töten. Sie würde nicht noch einmal versagen. Die Gelegenheit war günstig. Wahrscheinlich würde sie ihm nie wieder so nahe kommen, wenn er unbewaffnet war. Sie schloss die Augen und stellte sich vor, wie es sein würde. Aufspringen, losrennen, das Schwert aufheben, auf ihn zufliegen und, kurz bevor sie ihn erreichte, einen Haken schlagen. Aber rechnete er nicht genau damit? Er hatte ihre Finte ja beobachten können. Also würde sie den Haken nur antäuschen und ihm dann das Schwert in den Hals rammen. Sein Visier stand offen, er bot ihr seine Kehle dar, und seine Rüstung machte ihn schwerfällig.

»Was ist los? Bist du auch so ein Feigling wie dein Vater?« De Bruce brüllte wieder über die Lichtung hinweg. »Hast du nicht gesehen, wie er fliehen wollte? Mit seinen lächerlichen Blechsoldaten wollte er sich durchschlagen und abhauen. So seid ihr alle, ihr Wilhelmis. Feige und gierig und schwach.«

»Ihr lügt!« Melisandes Stimme zitterte.

De Bruce lachte. »Ganz wie du meinst. Dann beweis mir das Gegenteil, Melisande Wilhelmis!«

Melisande kniete sich hin und faltete ihre Hände zum Gebet. Eine unheimliche Ruhe war über sie gekommen. Was hatte sie noch zu verlieren? »Lieber Gott«, sprach sie. »Vielleicht werde ich bald bei dir sein. Und bei meiner Familie.

Bitte vergib mir alle Sünden, und nimm mich bei dir auf. Ich hoffe, du verstehst, dass ich dieses Scheusal nicht leben lassen darf. Ich habe einen heiligen Eid geschworen, und den darf man nicht brechen.«

Sie küsste das Kreuz, das um ihren Hals hing, stand langsam auf und wollte losrennen. Doch sie konnte nicht. Ein Arm legte sich um ihre Hüfte, eine Hand verschloss ihr mit eisernem Griff den Mund. Ehe sie sich versah, wurde sie hochgerissen und davongetragen.

Während der Unbekannte mit ihr durch das dichte Unterholz hastete, strampelte sie verzweifelt mit den Beinen und versuchte freizukommen. Vergebens. Als wäre sie mit einem starken Seil gefesselt, zappelte sie hilflos zwei Fuß über dem Waldboden, der unter ihr vorüberflog. Äste peitschten ihr ins Gesicht, Baumstämme tauchten auf und verschwanden wieder, und alles, was sie hörte, war das Knacken der Zweige und der keuchende Atem ihres Entführers.

Schließlich gab Melisande auf. Es war sinnlos, sich gegen die unglaublichen Kräfte dieses Menschen zu wehren. Irgendwann musste der Mann stehen bleiben, und es war mit Sicherheit besser für sie, wenn sie dann nicht vollkommen erschöpft war.

Endlich wurden seine Schritte langsamer, der Mann hielt schwer atmend inne und setzte Melisande auf dem Boden ab. Seinen Griff lockerte er nicht.

»Hier müssten wir einen Moment sicher sein«, hörte Melisande ihn mehr brummen als sagen. Seine Worte tönten dunkel und rau. Die Hände, die Stimme – sie war sich sicher, dass es ein Bär von Mann sein musste, der sie davongetragen hatte wie eine Stoffpuppe, sie daran gehindert hatte, Ottmar de Bruce zu töten. Was wollte er von ihr?

»Hört gut zu!« Der Mann sah sie an. Sein Gesicht war

dicht vor ihrem, die stahlblauen Augen unter den buschigen grauen Brauen blickten ernst.

Melisande deutete ein Nicken an.

»Ich muss jetzt meine Hand von Eurem Mund nehmen. Versprecht Ihr mir, nicht zu schreien?«

Melisande zuckte mit dem Kopf.

»Gut. Das deute ich als Ja.«

Langsam ließ der Druck nach, dann war ihr Mund frei. Sie atmete ein paarmal tief ein und wartete, was als Nächstes geschehen würde. Ihr Inneres schien sich auflösen zu wollen, mit Mühe rang sie ihre Angst nieder.

»Ihr seid eine wohlerzogene junge Frau. Jetzt nehme ich die andere Hand weg. Versprecht Ihr mir, nicht wegzulaufen? Gebt Ihr mir Euer Wort?«

Melisande zögerte nicht. Sie nickte. Was würde es auch nützen, sich mit diesem Kerl anzulegen? Er war hundertmal stärker als sie, und ohne Waffe war sie ihm hilflos ausgeliefert. Außerdem machte sich langsam das Gefühl in ihr breit, er könne ihr wohlgesinnt sein. Im ersten Augenblick hatte sie gedacht, er sei einer von de Bruce' Männern, der sein eigenes Spiel mit ihr treiben wollte. Aber inzwischen waren ihr Zweifel gekommen. Keiner von de Bruce' Schergen hätte es gewagt, seinem Herrn die Beute vor der Nase wegzuschnappen und so dessen Zorn auf sich zu ziehen. Außerdem hatte der Unbekannte freundlich, ja beinahe ehrerbietig zu ihr gesprochen.

Als er sie losließ, knickte Melisande ein wenig in den Knien ein. Schnell stützte er sie. »Wird es gehen?«, fragte er besorgt. »Seid Ihr unversehrt?«

Sie lehnte sich an einen Baum, schloss die Augen, die wie Feuer brannten, griff sich ins Haar. Ihre Spange war verschwunden. Sie hatte sie irgendwo auf der Flucht verloren.

»Bei mir seid Ihr sicher, Melisande Wilhelmis.« Seine warme Stimme floss wohltuend durch ihre Glieder, tröstete sie, machte ihr Mut.

Dann fuhr sie erschrocken auf. »Ihr wisst meinen Namen?« Sie blinzelte ihn verwirrt an. Das kantige Gesicht und der fast kahle Schädel kamen ihr bekannt vor. Sie hatte ihn schon einmal gesehen. Doch wo?

»Wer kennt Euch nicht in Esslingen? Und Ihr solltet ebenfalls wissen, wen Ihr vor Euch habt.«

Melisande schluckte. Plötzlich wusste sie, wo sie den Mann schon gesehen hatte. An einem Platz, an dem sie nur ein einziges Mal gewesen war. Instinktiv stolperte sie ein paar Schritte rückwärts. »Nein«, flüsterte sie entsetzt.

»Mir geht es nicht anders als Euch, Melisande. Auch mir hat Gott eine schwere Prüfung auferlegt, indem er mir Euch vor die Füße gestoßen hat.«

»Aber, aber, Ihr seid ...« Melisande stockte.

»Der Henker der Reichsstadt Esslingen. In der Tat. Der bin ich.«

Melisande unterdrückte einen erneuten Angstschrei. Von allen Menschen in der Stadt war der Henker der unreinste, abgesehen vielleicht von Ketzern und Mördern. Sie wusste noch nicht einmal seinen Namen. Aber sie wusste, wo er hauste: ganz dicht an der äußeren Stadtmauer, weit weg von allen anständigen Bürgern. Der Rat der Stadt hatte ihm dort ein Haus überlassen, das Henkerhaus. Niemand sonst hätte darin wohnen können, es war verderbt und verrufen und starrte wahrscheinlich vor Schmutz und Gestank. Nicht nur, dass der Mann Betrüger auspeitschte, Dieben die Hände abschlug und arme Sünder aufknüpfte. Unter seinem Dach bereitete er aus dem Blut der Geköpften Zaubertränke, und ihre Gliedmaßen verkaufte er als Wunderheilmittel.

Unwillkürlich schüttelte Melisande sich. Dieser Mann hatte sie angefasst. Ein eiskalter Schauer lief ihr über den Rücken. Jetzt war auch sie unrein, entehrt und beschmutzt für alle Zeiten.

Der Henker verschränkte die Arme. »Ihr glaubt, ich sei ein Wesen aus der Unterwelt, nicht wahr? Ja, ich habe Euch angefasst. Wenn nicht, wäret Ihr jetzt tot.«

»Das wäre vielleicht besser«, murmelte Melisande.

»Ach ja? Wie Ihr wünscht. Geht zurück, lasst Euch von de Bruce ebenso schlachten, wie er den Rest Eurer Familie geschlachtet hat.«

»Vater lebt noch!«

Der Henker senkte den Blick. »Nein. Ich habe es mit eigenen Augen gesehen. Er ist gestorben. Wie ein Held, wahrhaftig. Er hat gekämpft, wie ich zuvor noch keinen Mann habe kämpfen sehen. Ein Dutzend Männer hat er getötet und viele verletzt. Fast hätten die Mörder aufgegeben. Ihr könnt stolz sein auf Euren Vater.«

»Nein!« Verzweiflung und Trauer drohten Melisande hinwegzuspülen. Sie sprang auf, ballte die Fäuste und schrie aus Leibeskräften: »Nein!«

Der Henker erbleichte. »Still, Mädchen! Oder Ihr hetzt uns de Bruce' Männer auf den Hals.«

Erschrocken schlug sich Melisande die Hand vor den Mund. Sie sah Vater vor sich, wie er ihr zulächelte; sie sah Mutter vor sich, wie sie ihr über das Haar streichelte; sie sah ihre Geschwister, die ihr zuwinkten und riefen, dass sie sich bald, sehr bald wiedersehen würden. Sie musste die Aufgabe annehmen, die Gott ihr gegeben hatte, auch wenn das hieß, sich mit einem Henker zu verbünden. Entschlossen heftete sie ihren Blick auf den Mann. »Wie heißt Ihr?«

»Raimund Magnus.«

»Seid Ihr verwandt mit Albertus Magnus?« Aber nein, das konnte ja gar nicht sein. Albertus Magnus war ein großer Gelehrter und Magier gewesen und entstammte mit Sicherheit keiner Familie von Henkern.

»Wer immer das sein mag, ich kenne diesen Albertus Magnus nicht. Mein Vater hieß Raimund, so wie auch sein Vater vor ihm Raimund hieß. Einen Bruder hatte ich. Thomas, doch der ist lange tot. Einen Albertus gibt es in unserer Familie nicht, ich bin der letzte Spross.«

»Albertus Magnus war ein großer Mann.« Melisande reckte die Schultern. »Mein Urgroßvater ist ihm einmal leibhaftig begegnet.«

Raimund schnitt mit der Hand durch die Luft. »Still!«, zischte er. Ohne ein weiteres Wort griff er nach Melisandes Hand und zerrte sie mit sich.

Sie hatte es ebenfalls gehört, das Geräusch von Pferden, die sich einen Weg durch das Unterholz brachen. Sie näherten sich von der Seite, wo der Wald nicht ganz so dicht war. Wie ein Wiesel rannte Melisande neben Raimund Magnus her. Sie versuchte, ihre Hand aus der seinen zu lösen, aber er hielt sie unerbittlich fest.

»Lasst die Albernheiten! Ich bin nicht versessen darauf, dass mir jemand Euretwegen die Kehle aufschlitzt!«, flüsterte er, als sie kurz innehielten, um zu verschnaufen.

Melisande senkte beschämt den Kopf. Sie schwitzte, in Bächen rann ihr der Schweiß den Rücken hinunter. Der Hufschlag war verstummt. Vielleicht horchten die Verfolger ebenfalls. Womöglich hatten sie schon fast aufgeholt, lauerten irgendwo ganz in der Nähe auf ihre Beute.

»Das ist nichts für einen Mann wie mich«, stöhnte Raimund Magnus leise. »Aber es hilft nichts. Wir müssen weiter. Nur noch ein kurzes Stück.«

»Wohin gehen wir?«

»Dahin, wo uns de Bruce niemals finden wird. Es sei denn, er ist der Leibhaftige. Los jetzt.« Er fiel in einen leichten Trab, der jedoch immer wieder von dem dichten Unterholz gebremst wurde.

Manchmal mussten sie auf die Knie, um unter Bäumen hindurchzukriechen, die beim letzten Sturm wie Strohhalme geknickt worden waren und jetzt übereinandergeschüttet dalagen. So kamen sie zwar nur mühsam voran, aber sie konnten wenigstens sicher sein, dass ihre Verfolger die Pferde hatten zurücklassen müssen. Dennoch hörten sie, wie de Bruce' Männer immer näher kamen.

Melisandes Lungen brannten, ihre Seite schmerzte, als steckte ein Pfeil darin, aber Raimund zog sie unbarmherzig weiter.

Der Wald lichtete sich, der weiche Boden machte hartem Felsen Platz, auf dem keine verräterischen Fußspuren zu sehen sein würden. Melisande schaute nach vorne. Das konnte doch nicht sein! Sie rannten geradewegs in eine Sackgasse! Unüberwindlich erhoben sich Felsen rechts und links. Und am Ende des Tales versperrte eine Steilwand den Weg. Aus dieser Mausefalle gab es kein Entrinnen, und die Jäger mussten jeden Moment hinter ihnen aus dem Wald kommen. Hier konnten sie ihre Beute mit den Armbrüsten abschießen wie junge Hasen. Was –

Bevor Melisande den Gedanken zu Ende denken konnte, riss Raimund sie zur Seite. Er griff an die Felswand, wie von Zauberhand wich diese zur Seite und gab eine Öffnung frei. Einen Moment später kauerten sie in einem Gang. Raimund rollte den Stein zurück, und jetzt erkannte Melisande, dass hier weder Magie noch Teufelei im Spiel waren. Von außen mochte der Brocken aussehen wie ein unbeweglicher Felsklotz, aber in Wirklichkeit hatte er eine Kreisform und ließ sich auf einer behauenen Rinne mit ein wenig Kraft gerade so weit beiseiterollen, dass sich ein Mensch durch den entstandenen Schlitz hindurchdrücken konnte.

Ein Quietschen wie von einem Riegel war zu hören, dann Raimunds erleichtertes Seufzen. »Jetzt können wir uns ein wenig ausruhen.«

Melisande konnte die Hand nicht vor den Augen sehen. Auch waren sämtliche Geräusche von außen verschwunden. Langsam ließ sie sich an dem nackten Felsen hinabgleiten, bis sie auf einer Art Vorsprung zum Sitzen kam.

Sie hörte, wie Raimund nach Luft japste. »Hier sind wir in Sicherheit. Niemand außer mir und Euch kennt diese Höhle. Mein Vater hat sie mir gezeigt und davor sein Vater ihm. Ein verborgener Zufluchtsort. Bis heute habe ich ihn nicht gebraucht. Doch ich komme regelmäßig her und sorge dafür, dass alles bereit ist. Ich werde Euch gleich verlassen, denn ich muss zurück in die Stadt. Meine Dienste werden gebraucht.«

Das Klopfen von zwei Steinen, die aufeinandergeschlagen wurden, hallte durch die Finsternis. Funken stoben, ein kleines Flämmchen loderte auf, und schon brannte eine Fackel, die die harschen Gesichtszüge des Henkers zum Leuchten brachte.

»Werdet Ihr einen Menschen hinrichten?«

Raimund lachte leise, aber seine Augen lachten nicht mit. »Nein. Im Gegenteil. Ich werde einem Menschen das Leben retten, wenn es Gott gefällt.« Er griff unter seinen dunklen Umhang und nahm eine Hand voll Pflanzen heraus. »Seht Ihr das?«

Melisande nickte. Jetzt konnte sie schon fast alles erkennen, wenn auch die Farben seltsam blass waren und sie nur Grautöne sah.

»Blätter vom Huflattich und Blüten vom Garbenkraut. Um die zu sammeln, war ich im Wald unterwegs. Eigentlich brauche ich auch noch ein wenig Quendel. Der wächst besonders gut auf der Lichtung ...« Er biss sich auf die Unterlippe. »Wisst Ihr, wozu die Pflanzen gut sind?«

Sie schüttelte den Kopf.

»Damit kann ich den Brand kurieren. Meister Henrich, der Bierbrauer, hat sich beim Holzspalten die Axt ins Bein gehauen. Wenn ich ihn nicht behandle, wird er sterben oder zumindest sein Bein verlieren.«

»Ihr ...« Melisande kniff die Augen zusammen. »Ihr behandelt Menschen? Wie ein Medicus? Ist Euch das erlaubt?«

»Was schert mich, ob es erlaubt ist? Meister Henrich hat mich angefleht. Der Wundarzt, der ihn bis jetzt versorgt hat, hat sein Geld genommen und sein Bein nur noch schlimmer gemacht. Eitern muss die Wunde, hat er gesagt. So eine Dummheit! Eiter ist ein Saft der Hölle, und wer den Eiter nicht bekämpft, der wird schneller den Teufel sehen, als er das Ave-Maria beten kann.«

Melisande bekreuzigte sich. Dann reckte sie entschlossen das Kinn. »Glaubt Ihr im Ernst, ich werde hierbleiben? Allein in diesem Loch? Ich verlange, dass Ihr mich unverzüglich zum Rat der Stadt Esslingen bringt, damit ich de Bruce anklagen kann. Er hat meine Familie ermordet.«

»Ihr führt eine kühne Rede für Euer Alter. Anklagen wollt Ihr de Bruce? Wie das? Es gibt keine Zeugen, nichts, worauf Ihr Eure Anklage stützen könnt. Für die Esslinger ist Eure Familie irgendeinem der vielen räuberischen Ritter zum Opfer gefallen, die hier ihr Unwesen treiben. So einfach ist das.«

»Ihr seid mein Zeuge.«

Raimund schüttelte bedächtig den Kopf. »Nun, ich habe nicht vor, mich unter mein eigenes Richtschwert zu legen. Würde ich gegen de Bruce Zeugnis ablegen, stünden zehn Aussagen gegen mich, und ich wäre des Todes. De Bruce ist ein Graf. Seine Macht reicht weit. Ihr müsst Euch damit abfinden, dass er davonkommen wird. Und Ihr müsst Euch damit abfinden, dass es Euch nicht mehr gibt. Ihr seid tot. Genau wie Eure Familie. Nie wieder dürft Ihr Euch auch nur in der Nähe von Esslingen aufhalten. De Bruce' Schergen würden Euch sofort ergreifen und ihr grausames Werk an Euch beenden.«

Er sah sie mit zusammengekniffenen Augen an. »Sicherlich hat de Bruce auf Euren Kopf eine hohe Belohnung ausgesetzt. Ich könnte Euch ausliefern und sie kassieren.« Er steckte die Kräuter wieder ein und beugte sich drohend über Melisande. »Das ist der beste Gedanke überhaupt. Dann bin ich Euch los.«

Melisande erstarrte. Mit ihrer Rechten tastete sie nach einem Stein. Sie war sich nicht sicher, ob der Henker es ernst meinte oder sich einen üblen Scherz erlaubte.

Bevor sie den Stein anheben und zuschlagen konnte, wandte er sich ab und ging tiefer in die Höhle hinein. »Kommt jetzt«, sagte er. »Wir haben genug gescherzt. Ich würde de Bruce nicht einmal sagen, wie das Wetter ist, wenn er mich danach fragen würde.«

Hintereinander stolperten sie durch den dämmrigen Gang. Das Licht der Fackel zuckte über die nackten Felswände, schreckte Fledermäuse auf, die verängstigt davonflatterten. Der Henker musste sich bücken, um nicht an die Decke der Höhle zu stoßen, doch Melisande konnte aufrecht gehen. Schließlich machte der Gang einen Bogen, und die Wände weiteten sich zu einer Kuppel, die wohl doppelt so hoch war wie der hochgewachsene Raimund Magnus.

Raimund entfachte mit der Fackel eine Talglampe. Schatten tanzten an den Wänden.

Melisande staunte. Ein Tisch, zwei Schemel, ein Strohlager, ein Kochtopf über einer Feuerstelle und ein Fass mit Wasser. »Ist das Wasser sauber?«

»Probiert es nur. In der Höhle gibt es eine Quelle.« Raimund schöpfte mit einer Kelle und reichte sie Melisande.

Gierig trank sie. Es schmeckte köstlich. Sie lebte. Und sie hatte einen Eid geschworen. Den Eid, de Bruce zur Strecke zu bringen. Raimund Magnus hatte recht. Sie musste vorsichtig sein, musste sorgfältig planen, und vor allem musste sie am Leben bleiben.

»Ich werde hierbleiben, bis alle glauben, ich sei tot«, entschied sie. Mit einem Ruck riss sie sich den Beutel von der Taille und hielt ihn Raimund hin. »Nehmt. Goldmünzen. Genug, damit Ihr mich versorgen könnt.«

Raimund wog den Beutel, öffnete ihn und pfiff durch die Zähne. »Ein stattliches Sümmchen. Wir werden es gut verwahren, damit Ihr es zur rechten Zeit für einen guten Zweck einsetzen könnt.«

»Ihr wollt es nicht?«

»Wofür? Ich könnte eine Zeitlang angenehm davon leben. Aber was hätte ich davon? Ich müsste die Stadt verlassen und wäre doch nirgendwo ein geachteter Bürger. Wahrscheinlich würde man mich aufspüren und des Diebstahls bezichtigen. Wie sonst sollte wohl einer wie ich an so viel Geld kommen? Nein, Melisande. Mein Platz ist im Haus des Henkers in Esslingen, das hat mir Gott vor vielen Jahren klargemacht, und ich werde es nicht verlassen. Ich habe mein Auskommen, wisst Ihr, und es ist nicht einmal so schlecht. Die Menschen brauchen mich.«

Melisande verstand diesen Mann nicht. Er setzte sein Leben aufs Spiel, um sie zu retten. Er schlug das Geld aus. »Warum habt Ihr mir geholfen?«

»Weil Gott mich darum gebeten hat. Ich sagte schon: Er hat mir Euch vor die Füße gestoßen. Genug geredet jetzt! Ich muss los. Meister Henrich darf nicht sterben. Er ist mein Freund. Mein einziger«, fügte er bitter hinzu. »Morgen werde ich wiederkommen und Euch etwas zu essen bringen. Bis dahin müsst Ihr damit auskommen.«

Er reichte ihr einen schmalen Beutel mit ein wenig Brot.

»Danke, Meister Raimund. Das wird reichen. Ich habe keinen großen Hunger.«

Der Henker wollte losgehen, aber Melisande hielt ihn zurück. »Danke. Danke für Eure Hilfe.«

Sie streckte ihm ihre Hand hin, mit einem Lächeln griff er zu. Im flackernden Licht der Talglampe glaubte Melisande, Tränen in seinen Augen schimmern zu sehen. Doch vermutlich war das eine Täuschung.

»Kommt bloß nicht auf die Idee, die Höhle zu verlassen«, warnte er sie. »Der zweite Ausgang liegt zwar weit weg von der Schlucht, in der Ihr überfallen wurdet, in der Tat ist er nur eine halbe Meile von den Toren der Stadt Esslingen entfernt, aber de Bruce' Häscher liegen sicherlich noch immer überall auf der Lauer.«

Er zog seine Hand weg und verschwand in einem Gang am anderen Ende der Höhle, wo die Dunkelheit ihn verschlang. Noch lange hörte Melisande den Widerhall seiner Schritte.

Schließlich glaubte sie, weit entfernt ein schabendes Geräusch zu vernehmen. Danach fiel die Stille über sie und hüllte sie ein. Mit der Stille kam die Erinnerung an das

Schreckliche, das geschehen war, kehrten die Bilder zurück. Von der Mutter, deren Gesicht vor Schmerz verzerrt war, die ihre Hand auf die tödliche Wunde presste. Von Gertrud, deren Herz von einem Pfeil durchbohrt war. Von ihrem kleinen Bruder, den de Bruce grausam an einen Baum genagelt hatte. Und von dem blutigen Schwert, das Rudger gehört hatte, ihrem wunderbaren Bruder, der so tapfer gekämpft hatte wie der edle Ritter Gawan.

Melisande bewegte sich lange nicht, lauschte dem Schlag ihres Herzens und dem Rauschen des Blutes in ihren Adern. Schließlich legte sie sich auf das Stroh, das frisch und sauber roch, und zog sich die Decke über die Beine. Das alles musste ein Traum sein. Ein furchtbarer Albtraum, aus dem sie bald wieder erwachen würde. Ihr Hals schmerzte, ihr Magen krampfte sich zusammen. Dann endlich flossen die Tränen.

Das Versprechen

Die Nacht lag über dem Land wie ein Leichentuch. Raimund dankte Gott, dass er den Mond nicht verhüllt hatte und dass dessen Licht ihm den Weg zeigte. Er hatte Nächte erlebt, in denen man die Hand vor Augen nicht sehen konnte. In denen jeder Schritt das Todesurteil hätte bedeuten können. In den Stunden bis zum Hereinbrechen der Dunkelheit hatte er auf der Lauer gelegen und die Bewegungen von de Bruce' Männern beobachtet. So hatte er den Wald noch nie erlebt. Gefährlich und feindlich. Das kleinste Geräusch ließ ihn zusammenzucken, immer wieder warf er sich auf den Boden oder in eine Senke.

Natürlich hätte er im sicheren Versteck bis zur Dämmerung ausharren können, doch das hatte er nicht über sich gebracht. Was hätte er mit dem verschreckten Mädchen anfangen sollen? Er kannte sich nicht aus mit Kindern, und schon gar nicht mit reichen Mädchen. Außerdem hatte ihn plötzlich die Angst gepackt. Erst in der Höhle war ihm bewusst geworden, in welche Gefahr er sich durch sein unüberlegtes Handeln gebracht hatte. Sich mit Ottmar de Bruce anzulegen, was für ein Irrsinn! Da hätte er gleich den Teufel zum Zweikampf fordern können.

Raimund setzte an, auf direktem Weg nach Esslingen zurückzukehren, entschied dann aber doch, im Hohlweg nach Überlebenden zu suchen. Er konnte sie nicht einfach dort liegen lassen, auch wenn Meister Henrich ebenfalls ungeduldig auf seine Hilfe wartete. Wie oft hatte er auf den Schlachtfeldern noch so manche Seele retten können. Wie oft hatte er anderen zumindest einen schnellen Tod bereitet und ihnen damit stundenlange, manchmal tagelange Qualen erspart.

Elle für Elle pirschte er sich an die Schlucht heran. Blieb liegen, lauschte, schob sich wieder ein Stück vorwärts. Der auffrischende Wind trug Geräusche zu ihm herüber. Knurren und Brummen. Ein Jaulen. Auf halber Höhe suchte er sich einen Platz, von dem aus er den Hohlweg gut einsehen konnte. Der Lärm kam von einem Bären und einem Rudel Wölfe, die sich um die Kadaver balgten. Der Bär hatte sich auf die Hinterpranken erhoben, fletschte die Zähne und brüllte. Die Wölfe duckten sich, knurrten, zeigten ebenfalls ihr weiß blitzendes Gebiss, aber sie flohen nicht.

Raimund musste grinsen. Da war die Tafel reichlich gedeckt für alle, aber keiner konnte fressen, weil jeder dem anderen die Beute abspenstig machte. Wir Menschen sind nicht besser, dachte er.

Als hätten die Tiere seine Gedanken gelesen, verzogen sie sich jeweils an ein Ende der Schlucht. Der Bär schlug seine Reißzähne in ein totes Pferd, riss einen Fetzen heraus und würgte ihn herunter, wobei er sich immer wieder nach allen Richtungen umsah. Die Wölfe zerrten an einem Söldner und schluckten, ohne zu kauen.

Raimund hielt nach einem Lebenszeichen Ausschau, aber er konnte nichts entdecken. Diese armen Seelen würden Höllenqualen leiden, denn ihre Körper waren nicht beerdigt, und so mussten sie ohne Hoffnung auf Erlösung in der Zwischenwelt umherirren. »Herr.« Er schlug das Kreuz. »Nimm die Gerechten bei dir auf und wirf die Sünder in die Hölle.«

Er wollte sich gerade aus dem Staub machen, als ihm etwas auffiel. Wo die Wölfe speisten, lagen zehn oder zwölf Männer übereinander. Angreifer allesamt.

Er rief sich die Schlacht vor Augen: De Bruce' Armee hatte aus Söldnern und aus seiner Leibgarde bestanden, seinen besten Kämpfern, die ihm treu ergeben war. Er zählte die Toten. Und plötzlich begriff er: De Bruce hatte die wenigen angeworbenen Söldner, die die Schlacht überlebt hatten, von seinen Männern niedermetzeln lassen. Das sparte Geld, und zudem war ein toter Söldner ein schlechter Zeuge, dafür aber eine gute Ablenkung. Von de Bruce' eigenen Gefallenen fehlte jede Spur. Seine Getreuen hatten ihre Toten sowie all ihre Waffen und Pfeile mitgenommen und damit jeden Hinweis auf ihre Anwesenheit auf dem Schlachtfeld getilgt. Stattdessen trugen die ermordeten Söldner Trachten, als gehörten sie zum Gefolge von Friedrich von der Kronenburg, einem Raubritter übelster Sorte. Seine Feldzeichen, Wimpel und Fahnen lagen überall verstreut. Die Esslinger würden nur zu gerne glauben, dass dieser Verbrecher hinter dem Überfall steckte; sie würden womöglich sogar eine Fehde beginnen und die Kronenburg dem Erdboden gleichmachen. De Bruce hatte einen ausgesprochen guten Sündenbock gewählt – und hatte zugleich einen Gegenspieler weniger.

Wahrhaftig, dieser Unhold hatte das Zeug zu einem mächtigen Herrscher. Und dennoch hatte er sein Ziel, die Familie Wilhelmis auszulöschen, nicht erreicht. Weil er, Raimund Magnus, der Geringste von allen, der Henker, dem großen Burggrafen einen Strich durch die Rechnung gemacht hatte.

Einen Moment lang freute sich Raimund, dann fuhr ihm erneut die Angst in die Glieder. Er schaute an sich hinab. Sein Umhang. Was, wenn de Bruce ihn auf der Lichtung gesehen hatte? So konnte er nicht in die Stadt zurückkehren.

Raimund überlegte. Hierher würden de Bruce' Schergen nicht mehr zurückkehren. Zu groß war die Gefahr, von anderen Reisenden gesehen zu werden, und dann wären alle

Täuschungsmanöver vergebens gewesen. Vermutlich war dieses Tal des Todes im Augenblick der sicherste Ort weit und breit. Raimund zögerte nicht länger, stieg hinab in die Schlucht, schlug mit dem Feuerstein Funken und entfachte mit geübten Handgriffen ein Feuer. Wölfe und Bär verzogen sich widerwillig.

Raimund warf den Umhang in die Flammen. Der Anblick des brennenden Stoffes stimmte ihn traurig. Das Kleidungsstück hatte ihm gute Dienste geleistet, wenn er unerkannt umherziehen wollte, was ihm eigentlich streng verboten war. Er war dazu verpflichtet, bunte Gewänder und ein grün-rot-blaues Tuch zu tragen, sobald er sein Haus verließ, damit jeder sofort wusste, mit wem er es zu tun hatte, und ihm ausweichen konnte. Doch manchmal zog er es vor, nicht erkannt zu werden. Menschen, die einen dunklen Wollumhang trugen, gab es viele. Diesen allerdings hatte ihm ein Franziskaner geschenkt, den er von einem eitrigen Backenzahn befreit hatte. Es war daher möglich, dass de Bruce den braunen Umhang als den eines Mönchs erkannt hatte. Dann wäre es ein Leichtes für ihn, seinen Träger vor den Toren der Stadt abzufangen.

Die Wolle brannte schnell, das Flackern ließ die Gesichter der Gefallenen zucken, als lägen sie noch im Todeskampf. Als der letzte Funke verglomm, erhob Raimund sich. Hier konnte er nichts mehr ausrichten. Andere würden sich darum kümmern, er aber musste dafür sorgen, dass er nicht de Bruce' Aufmerksamkeit auf sich zog. Seine Aufgabe war es, ein kleines Mädchen zu schützen. Auch wenn er nicht die geringste Ahnung hatte, wie er das anstellen sollte.

***

Der Krug krachte auf die Steinplatten und zersplitterte. Ein Essbrett flog hinterher, gefolgt von zwei gebratenen Hühnern. De Bruce' Wolfshunde machten sich gierig über das Geflügel her.

Eberhard von Säckingen zog den Kopf ein und wartete ab. Es war das Vernünftigste, was er unter diesen Umständen tun konnte. Wenn er Glück hatte, verrauchte die Wut seines Herrn ebenso schnell, wie sie aufgebraust war.

»Wozu, bei Gott dem Allmächtigen, steht Ihr in meinen Diensten, verschwendet Ihr meine Zeit und mein Geld?«, wetterte de Bruce. »Dieses kleine Miststück kann ja wohl nicht fliegen!«

Eberhard von Säckingen kniete vor dem Grafen. Er wagte einen kurzen Blick auf de Bruce, der mit verschränkten Armen dasaß. Ein Bein baumelte über die Lehne seines prächtigen Sitzmöbels, das eines Königs würdig war. Aus Marmor war es gebaut, aufwändige Verzierungen zeigten Jagd- und Schlachtszenen aus dem Leben des Grafen.

»Was ist? Hat es Euch das Maul versperrt? Habt Ihr Euer Gedächtnis verloren? Warum kann ein einzelnes Karnickel einer blutdürstigen Meute entwischen?«

Von Säckingen hob den Kopf ein Stück höher. Unmittelbar über ihm hing de Bruce in seinem Thron wie ein besoffener Bauer. Aber das täuschte. Seine kleinen schwarzen Augen waren hellwach, ihnen entging nichts. Und er war in einer gefährlichen Stimmung. Von Säckingen erinnerte sich an seinen Vorgänger, Frode Honussen, den Nordmann, der genauso hier gekniet hatte, als de Bruce ihm vorgeworfen hatte, Geschäfte auf eigene Rechnung zu machen. Natürlich hatte Honussen geleugnet und de Bruce wiederum vorgeworfen, er habe keine Beweise und wolle sich um die Bezahlung des Soldes drücken. Das war ein Fehler gewesen.

De Bruce hatte keine Beweise, in der Tat, aber mit dem Schwert war er schnell, zu schnell selbst für den kampferprobten Honussen.

»Herr!«, begann von Säckingen vorsichtig. »Sie muss Hilfe gehabt haben. Alleine hätte sie nie fliehen können. Wir haben ihre Spuren nicht gefunden, nur das hier.« Er hielt die silberne Haarspange hoch, die er im Wald aufgelesen hatte. »Und die Fußabdrücke eines Mannes. Er muss sie davongetragen haben.«

Als er sah, wie de Bruce' Miene sich verfinsterte, hielt von Säckingen den Atem an. Stundenlang hatten sie den Wald durchsucht. Aber am Talschluss verlor sich die Fährte. Nichts als steile Felsen ragten dort empor. Auf dem nackten Fels gab es keine Spuren. Jeden Stein hatten sie umgedreht, nach einer Höhle gesucht, aber dort gab es nichts als die kahlen grauen Wände.

»Damit liegt Ihr wohl richtig.« De Bruce' Stimme hatte ihre Schärfe verloren. Er massierte sich das spitze Kinn. »Ich habe im Gebüsch etwas gesehen, als sie verschwand. Ich war mir sicher, dass sie gerade auf die Lichtung treten wollte, aber irgendwer muss sie zurückgehalten haben. Eine Mönchskutte. Ja. Es war eine Mönchskutte.« De Bruce schloss die Augen. Eine steile Falte bildete sich zwischen seinen Augenbrauen. »Ein Franziskaner«, fuhr er fort und rieb sich den Schädel. »Das passt. Diese frömmelnden Gutmenschen müssen sich in alles einmischen. Ich kann diese Brut nicht leiden.«

Das glaubte von Säckingen gerne. De Bruce wäre für jeden Inquisitor eine fette Beute gewesen, und die Franziskaner waren eifrige Ketzerjäger. Aber de Bruce war nicht töricht. Er beichtete regelmäßig und spendete großzügig für mildtätige Zwecke. Auf seiner Burg gab es für Bettelmönche immer eine Unterkunft, eine Mahlzeit und Wegzehrung. Zudem hatte er in einem Seitentrakt des Palas eine Kapelle errichten lassen, deren Zierde eine Marienskulptur von erlesener Schönheit war.

Seit drei Jahren stand von Säckingen in den Diensten von de Bruce, unmittelbar nachdem er zum Ritter geschlagen worden war, hatte der Graf ihn zu sich geholt. Die Bezahlung war mehr als großzügig, und bis auf das Gemetzel an dem Tross der Wilhelmis hatte er nicht viel zu tun gehabt. De Bruce war hart und oft unbeherrscht und ungerecht. Welcher Herrscher war das nicht? Heute jedoch zeigte de Bruce ein Gesicht, das von Säckingen nicht kannte. Hass. Puren, lodernden Hass, der alles vernichten wollte, was ihm in die Quere kam. Das war gefährlich. Für seine Männer ebenso wie für ihn selbst. Diese verdammte kleine Göre war entwischt. Na und? Wen scherte das? Angeklagt oder verurteilt werden konnte de Bruce nur von seinesgleichen, von Grafen und Herzögen, und zwar von mindestens sieben an der Zahl. Die würden sich niemals finden, denn die meisten bedienten sich derselben Mittel wie de Bruce, um ihre Macht zu halten oder auszubauen.

Warum hatte de Bruce die Kleine überhaupt fliehen lassen? Was für ein Spiel hatte er mit ihr spielen wollen? Von Säckingen wusste es nicht. Er wusste nur, dass man Kinder nicht unterschätzen sollte. Er war als unerfahrener Knappe bei einem Überfall auf ein Dorf fast von einem kleinen Jungen umgebracht worden. Heulend hatte der Bursche dagestanden, seine Mutter hatte tot am Boden gelegen. Von Säckingen hatte die Klinge gesenkt, hatte den Kleinen schonen wollen, obgleich das gegen jede Vernunft war. Er hatte sich niedergekniet, um den Jungen zu trösten, und als Dankeschön hatte der ihm die Klinge seines Messers zwischen die Rippen gejagt. Nicht tief, aber tief genug, dass er bei schlechter Versorgung an der Wunde hätte sterben können.

Mit einer Hand hatte er den Kleinen erwürgt und war dann ohnmächtig zusammengebrochen. Seine Kameraden hatten ihn aufgelesen, er wurde wieder gesund, aber manchmal hatte er sich gewünscht, gestorben zu sein. Der Spott hatte ihn verfolgt wie eine Meute ausgehungerter Wölfe.

»Wir werden die Augen aufhalten«, fuhr de Bruce fort. »Von Säckingen! Schickt jeden Mann los. Überwacht alle Wege von und nach Esslingen. Schickt Patrouillen in den Wald. Knüpft ein enges Netz. Wenn jemand fragt: Wir tun alles, um die einzige Überlebende dieses furchtbaren Gemetzels zu finden. Aber natürlich erst, wenn die Esslinger selbst darauf gekommen sind, dass sie nicht unter den Toten ist. Ist das klar?«

Von Säckingen hielt den Kopf gesenkt. »Wie ihr befehlt, Herr.« Er wollte sich zurückziehen, aber de Bruce sprang vom Thron auf und befahl ihm, zu warten.

»Nehmt Platz, Hauptmann. Und verzeiht meinen rauen Ton.«

Überrascht nahm sich von Säckingen einen Holzschemel.

De Bruce ließ sich wieder auf seinem mit einem Bärenfell gepolsterten Thron nieder und legte von Säckingen die Hand auf die Schulter. »Ihr seid seit Langem mein bester Mann. Ihr habt Wilhelmis beachtenswert besiegt und ihn in die Hölle geschickt.«

Den müde gekämpften Mann zu besiegen war nicht schwer, dachte von Säckingen. Ausgeruht hätte er ihm allerdings nicht gegenüberstehen wollen. Wilhemis' Kampftechnik war ungewöhnlich gewesen, der Kaufmann hätte vielleicht sogar de Bruce schlagen können. Selbst nach einer Stunde Gefecht hatte der Mann noch genug Kraft gehabt, zwei Söldnern gleichzeitig den Garaus zu machen.

»Mit den Franziskanern müssen wir sorgsam umgehen, das

könnt Ihr Euch ja vorstellen.« De Bruce' Stimme schnurrte wie eine satte Katze. »Habt Ihr in der letzten Zeit einen fremden Mönch in der Gegend gesehen?«

»Nicht von Angesicht zu Angesicht, Herr. Mir wurde aber von einem Auswärtigen berichtet, der sich hier aufhalten soll. Dieser Mönch ist angeblich groß, schlank und nicht älter als Ihr.«

»Wisst Ihr, was er bei uns will?«

»Sie planen die Erweiterung des Klosters in Esslingen. Bis zur Bindergasse soll gebaut werden. Angeblich bringt er dem Abt die Pläne eines berühmten Baumeisters. Außerdem, so erzählt man sich, wollen sie ein Inquisitionsgericht abhalten und die Gegend von Ketzern befreien.«

De Bruce spuckte aus. »Diese Kreaturen sind das übelste Gewürm, das auf dieser Erde herumkriecht. Was soll's. Findet heraus, ob dieser Diener Gottes etwas mit dem Verschwinden des kleinen Miststücks zu tun hat. Wenn ja, ladet ihn auf einen Schluck Wein in unseren dunkelsten Keller ein, dorthin, wo es besonders abgeschieden und kühl ist. Sollte er auf dem Weg verloren gehen, wäre das bedauerlich und mit Sicherheit das Werk der Waldenser.«

»Ja, Herr.« Von Säckingen nickte. Einem Franziskaner die Beichte abzunehmen, das war ein angenehmer Auftrag. Es anschließend den Waldensern in die Schuhe zu schieben ebenso. Denn die waren echte Ketzer und gehörten zusammen mit den Inquisitoren in die finsterste Hölle.

»Gut. An die Arbeit! Ich erwarte Ergebnisse.« Mit einer Handbewegung entließ de Bruce ihn.

Von Säckingen durchmaß mit großen Schritten die Vorhalle und überquerte alsbald die Brücke, die den Palas mit dem kleinen Plateau verband, das zurzeit mit einer neuen Mauer eingefasst wurde und bald besseren Schutz bieten würde. Das war dringend nötig. Einen Angriff hätte die Adlerburg in diesem Zustand nicht lange abwehren können, denn von allen Gebäuden versprach allein der wuchtige Palas ein wenig Sicherheit. Das musste de Bruce sofort klar gewesen sein, als er von Ulrichs Vater Eberhard I. das marode Gemäuer hoch über dem Aichtal als Lehen erhalten hatte. Aber damals hatte ihm das Geld gefehlt, um die nötigen Arbeiten ausführen zu lassen.

Die Sonne hatte den ganzen Tag heiß vom Himmel gebrannt, noch jetzt strahlten die Mauern die Hitze ab. Von Säckingen legte seine Rüstung ab, zog das Wams aus, entblößte seinen Oberkörper, der von Narben gezeichnet war und mit Muskeln bepackt. Er ging zum Brunnen, zog einen Eimer Wasser herauf und goss ihn sich über den Kopf, um Schweiß und Staub und das Blut seiner Gegner fortzuspülen. Einen Moment lang genoss er die kühle Abendbrise auf seiner Haut, dann kleidete er sich wieder an.

Er überquerte die kreisförmige Hochfläche, auf der tagsüber das rege Treiben der Bauarbeiten herrschte. Jetzt war alles still. Etwa hundert Fuß im Durchmesser galt es mit der Mauer zu schützen. Geplant waren zwei Wehrtürme, ein Tor, ein Graben, Kornspeicher, Waffenkammer, Schmiede, Pferde- und Schweineställe. War die Vorburg erst einmal fertig, war auch die Quelle geschützt und damit eine lange Belagerung auszuhalten. Hungern konnte man wochenlang, aber nach spätestens drei Tagen ohne Wasser brach jeder Widerstand zusammen. Die Leute wurden wahnsinnig, desertierten oder starben.

Von Säckingens Männer lagen unter einer Kastanie, das Mondlicht ließ ihre Gesichter geisterhaft leuchten. Kaum tauchte er bei ihnen auf, machten sie sich marschbereit.

»Wir drehen jeden verdammten Stein noch einmal um. Jedes Blatt und jeden Grashalm. Wir stellen Wachen auf, wir fragen die Leute aus. Und vergesst nicht: Wir wollen Melisande Wilhelmis finden, um sie zu retten. Aber ihr dürft das erst verbreiten, wenn die Nachricht des Unglücks in Esslingen angekommen ist. Wir werden das Mädchen zu Ottmar de Bruce bringen, und zwar unversehrt. Habt ihr verstanden? Der Graf ist außer sich vor Wut. Witikund, du übernimmst heute die Suche. Lasst eure Rüstungen, Schilde und die schweren Waffen hier. Ihr müsst beweglich sein und schnell, um das Kaninchen zu fangen.« Von Säckingen hob drohend den Finger. »Wagt euch nicht zurück, bevor ihr sie gefunden habt. Und wehe, sie hat auch nur den kleinsten Kratzer. Nehmt Verpflegung für eine Woche mit. Macht euch bereit, die Nacht ist hell. Männer! Ich verlasse mich auf euch!«

Die Söldner schlugen mit der Faust an ihre Schilde.

Von Säckingen wusste, dass sie ihr Bestes geben würden. Sie waren ihm treu ergeben und gehorchten bedingungslos seinem Befehl.

»Bring mir mein Pferd!«

Von Säckingens Knappe eilte herbei, zwei Pferde an den Zügeln führend.

»Ich reite alleine«, rief ihm von Säckingen zu. »Ich muss nach Esslingen. Übermorgen werde ich zu euch stoßen.«

***

Melisande wusste nicht, ob es Tag war oder Nacht. Sie wusste nicht, wie viele Stunden vergangen waren, seit der Henker sie verlassen hatte. Sie wusste nicht, ob er je wiederkommen würde. Ob er vielleicht doch beschlossen hatte, sie auszuliefern oder einfach hier verhungern zu lassen. Die Erschöpfung hatte sie in einen unruhigen Schlaf fallen lassen, aus dem sie immer wieder nassgeschwitzt hochgefahren war. Die Bilder des schrecklichen Kampfes suchten sie immer wieder heim, aber sie konnte nicht mehr weinen. Der Schmerz war nicht mehr scharf, ebenso wenig wie der Hass. Alle Gefühle waren stumpf geworden, waren irgendwo tief in ihr vergraben. Ihr Körper fühlte sich taub und schwer an. Sie sehnte sich nach Sonne, Luft und einem Bad im Fluss. Raimund hatte ihr verboten, die Höhle zu verlassen. Aber wie lange sollte sie denn noch warten? Diese Männer konnten doch nicht ewig nach ihr suchen! So viel Zeit war vergangen. Bestimmt mehrere Tage. Oder Wochen. Nein, das konnte nicht sein, es fühlte sich nur so an.

Melisande schöpfte ein wenig Wasser, trank, aber es schmeckte schal und abgestanden. Das Brot roch widerlich, sie verzog das Gesicht und warf es ins Feuer. Vor ihren Füßen lag ein kleiner Stein mit scharfen Kanten. Sie klaubte ihn auf, presste ihre Faust darum und warf ihn mit aller Kraft gegen die Höhlenwand. Raimund war nur ein Henker. Ein dummer Henker, der weder lesen noch schreiben konnte. Warum sollte sie ihm gehorchen? Ihre Eltern waren tot. Es gab niemandem, dem sie folgen musste. Nur einen Moment frische Luft atmen, die Sonne sehen ... So schlau wie de Bruce war sie schon lange, niemand würde sie sehen, und bevor der Henker zurück war, würde sie wieder am Feuer sitzen.

Sie machte sich auf den Weg, folgte dem Gang, durch den Raimund, der Henker, verschwunden war. Der matte Schimmer des Lagerfeuers leckte hinein, aber schon nach wenigen Metern knickte der Gang nach links ab, und Dunkelheit umfing sie. Langsam ließ sie sich auf die Knie sinken, tastete sich Stück für Stück durch den Staub vorwärts. Schmutzig fühlte sie sich, nicht nur von der Erde und dem Dreck. Sie hatte einen Menschen getötet, sein Blut klebte an ihrem Gewand. Sie hatte einen Henker berührt. Und sie hatte das Versprechen nicht halten können, das sie ihrer sterbenden Mutter gegeben hatte: Gertrud war tot. Alle waren tot.

Sie musste sich auf den Weg konzentrieren, durfte sich nicht von der aufkeimenden Verzweiflung mitreißen lassen. Mit der rechten Hand stützte sie sich ab, fuhr mit der linken in einem Halbkreis über den Boden, um Unebenheiten oder Hindernisse zu ertasten. Wenn der Weg frei war, zog sie zuerst das eine, dann das andere Knie nach. Abstützen, tasten, zwei Fuß weit vorschieben.

Melisande zwang sich, ruhig zu atmen. Vor engen Räumen hatte sie keine Angst. Im Gegenteil. Zuhause hatte sie ein Spiel daraus gemacht, sich in möglichst kleinen Truhen zu verstecken oder hinter dem Giebelschrank, den Vater aus dem hohen Norden mitgebracht hatte und hinter den eigentlich keine Maus gepasst hätte. Was für ein wundersames Möbelstück: wie drei Truhen übereinander mit Deckeln, die nach vorne aufgingen. Ein richtiges Dach saß obendrauf. Einmal hatte Melisande den Schrank fast umgeworfen und Mutter so erschreckt, dass diese ihr eine Ohrfeige verpasst hatte, die tagelang auf ihrer Wange geglüht hatte. Was würde sie jetzt für eine Maulschelle ihrer Mutter geben!

Melisande setzte ihre Hand ab und fuhr wie vom Blitz getroffen zurück. Etwas Feuchtes, Kaltes hatte sie berührt und war ihr durch die Hand geflutscht. Eine Kröte? Ein Lurch? Sie hatte von Kreaturen gehört, die im Dunkeln lebten und mit dem Teufel im Bunde standen. Den Bäckermeister Kuntz hatten sie eines Tages tot aufgefunden, und auf seiner Brust hatte eine fette Kröte gesessen. Der Meister war begraben worden, der bösen Kröte aber hatte man den Prozess gemacht, sie verurteilt und vor der Stadt am Galgen aufgehängt.

Melisande kroch behutsam vorwärts, die Augen so weit aufgerissen, dass sie anfingen zu brennen. Sie hielt inne und schloss die Lider. Langsam ließ der Schmerz nach. Ab sofort würde sie die Augen einfach geschlossen halten, sie sah sowieso nichts.

Hand, erstes Knie, zweites Knie. Immer wieder. Dann, nach einer Ewigkeit, stieß sie gegen das Ende des Tunnels. Behutsam tastete sie sich an dem rauen Stein empor. Da war ein Riegel. Genau wie auf der anderen Seite, wo sie hereingekommen waren. Sie schob ihn langsam hoch. Der Stein jedoch war nicht so leicht von der Stelle zu rücken. Keinen Fingerbreit rührte er sich. Der Henker besaß offenbar übernatürliche Kräfte. War es nicht das, was die Leute über ihn erzählten?

Noch einmal stemmte Melisande sich so fest, wie sie konnte, gegen den Brocken. Einen Daumenbreit gab der steinerne Wächter nach. Melisande presste ihre Hände in den Spalt, durch den Licht in die Höhle strömte. Es war nur ein Schimmer, sie musste nicht einmal die Augen zusammenkneifen, um sich an die Helligkeit zu gewöhnen. Und die Luft, die ihr Gesicht streifte, war warm und süß. Noch ein Stück und noch eins. Der Spalt war jetzt breit genug, dass sie hindurchpasste. Tief atmete sie ein, dann schlüpfte sie nach draußen, lauschte und schob den Stein wieder an seine Stelle. Leicht glitt er in seine ursprüngliche Position. Sie war frei. Endlich frei.

Als Melisande sich umdrehte, versperrten Zweige und Laub ihr die Sicht. Sie ließ sich auf die Knie nieder und kroch durch das Gebüsch, das den Eingang der Höhle den Blicken Neugieriger entzog, bog die letzten Zweige zur Seite und krabbelte ins Freie.

Sie richtete sich auf, ging noch ein paar Schritte und hielt am Rand des steilen Felsens an, der in halber Höhe über dem Tal thronte. Der Mond spiegelte sich im Neckar, die warme Sommerluft duftete nach dem Nektar Tausender Blüten. Eine Träne stahl sich Melisandes Wange hinunter. Mit einem Mal fühlte sie die Schönheit des Flusses, des Mondes und des Waldes wie noch niemals zuvor. Mit einem Mal ahnte sie die unbändige Kraft in ihrem Körper, in ihrem Geist und in ihrer Seele.

Sie faltete die Hände. »Mein Vater, der du bist im Himmel, immerdar. Dein Werk kann durch nichts übertroffen werden, was du willst, geschieht auch, denn du bist mein Herr und mein Hirte, und du kannst nicht fehlgehen. Deine Güte ist unendlich, deine Weisheit unergründlich. Du warst schon immer und wirst immer sein. Gib mir die Kraft und die Weisheit, alles richtig zu machen. Und sage meinen Lieben, die bestimmt schon bei dir sind, dass alles gut wird.«

Das Gebet gefiel ihr gut, es war anders als alle, die sie bisher gesprochen hatte. Sie setzte sich in den Schneidersitz und richtete die Augen in den Himmel, wo zwischen den Kronen der Bäume unzählige Sterne glitzerten. »Sage mir, was richtig ist. Soll ich Ottmar de Bruce richten, so wie meine Mutter mir es aufgetragen hat? Soll ich Raimund gehorchen? Oder soll ich Esslingen verlassen? Lieber Gott, ich flehe dich an, gib mir ein Zeichen!«

Sie zählte ihre Herzschläge. Bei dreihundert würde sie sich auf den Weg machen, dann würde der Herrgott schweigen, und sie musste selbst entscheiden.

Als sie bei einhundertsechsundachtzig angekommen war, hoppelte ein Hase keine fünf Ellen neben ihr vorbei. Er ließ sich auf die Hinterläufe fallen, streckte die Löffel in die Luft und blieb einen Moment so sitzen. Als hätte der Blitz eingeschlagen, rannte er plötzlich Haken schlagend den Abhang hinauf. Im gleichen Augenblick hörte Melisande das Rauschen. Ein Dämon stürzte vom Himmel herab, den Hasen zu schlagen. Die Schwingen waren breiter, als Melisande groß war; der Ruf fuhr ihr durch Mark und Bein. Der Todesvogel stieß herab, ein Uhu, dessen Augen gelb leuchteten, gelb wie der Schwefel in der Hölle, aus der er stammte.

Das war das Zeichen! Jetzt musste sie das Tierrätsel nur noch entschlüsseln, das ihr der Allmächtige geschickt hatte: der Hase, der sich nur retten konnte, wenn er sich in Höhlen versteckte, der hinaufmusste, damit er seine langen Hinterbeine dazu nutzen konnte, dem Feind zu entfliehen. Denn den Berg hinab, so sagte man, würde er in sein Verderben rennen. Auch David hatte gesagt: »Ich hebe meine Augen auf zu den Bergen, woher mir Hilfe kommen wird.«

Oh ja, sie kannte sich mit der Deutung von Tierzeichen gut aus. Mutter hatte sie ihr immer wieder erklärt. Sie atmete auf. Gott hatte zu ihr gesprochen, klar und deutlich. Heute Nacht war sie der Hase, und der Hase musste de Bruce und seinen Schergen entfliehen, um dann, wenn die Zeit gekommen war, zum Todesboten zu werden, um selbst hinabzustoßen und den Mörder in die Hölle zu werfen.

Plötzlich fühlte Melisande sich ruhig und sicher. Sie war nicht allein. Gott hatte zu ihr gesprochen.

Da! Ein anderes Geräusch. Ein Knacken und ein Schnaufen. Aber nicht von einem Wolf und auch nicht von einem Bären. Dieses Geräusch stammte von dem gefährlichsten Raubtier überhaupt. Von einem Menschen. Sie musste sofort wieder zurück in die Höhle!

Hastig kroch sie rückwärts in das Gebüsch, richtete sich auf und versuchte, den Eingang freizumachen. Der Stein rührte sich nicht. Verzweifelt presste sie ihre Hände gegen die raue Oberfläche, doch nichts geschah. All ihre Kraft brachte den Stein nicht dazu, sich auch nur einen Zoll weit zu bewegen. Sie hatte sich selbst ausgesperrt. Hätte sie doch nur irgendetwas in den Spalt geklemmt! Jetzt war es zu spät. Wenn sie Pech hatte, würde sie bald wie ein unvorsichtiger Hase über dem Rücken der Jäger hängen.

Äste knackten, Schritte kamen näher. Waffen klirrten leise, Stimmen drangen über den steilen Hang. »Verdammte Göre, deretwegen ich mir die Nacht um die Ohren schlagen muss«, schimpfte eine.

»Ich läge auch lieber bei einem Weibe, als mich hier durch den Busch zu schlagen«, brummte eine andere.

Söldner im Dienst von Ottmar de Bruce, die auf der Suche nach ihr waren!

»Gott! Hilf mir«, flehte Melisande lautlos. Dieses Mal aber blieb er stumm. Wie leichtsinnig es gewesen war, die sichere Höhle zu verlassen! Wie oft hatten die Eltern sie für ihren Ungehorsam gescholten! Immer wieder hatten sie ihr eingeschärft, wie wichtig es war, dem zu folgen, was die Erwachsenen anordneten. Melisande hatte das häufig nicht eingesehen. Jetzt wusste sie, dass ihre Eltern recht gehabt hatten.

Sie lauschte. Die Söldner kamen immer näher. Die warme Nacht vermochte nicht, die Kälte zu vertreiben, die ihr in die Glieder fuhr. Der Fluchtweg war versperrt, allein und unbewaffnet war sie leichte Beute für de Bruce' Männer. Über ihr rief der Uhu, als wolle er Melisande daran erinnern, wie töricht sie war.

Noch einmal warf sie sich gegen den Fels. Und wieder blieb er genau da, wo er war. Sie dachte an den Hasen. Der andere Zugang. Den musste sie finden. Der war ja als Eingang gedacht, also musste man den Stein auch von außen leicht bewegen können.

Melisande hatte keine Vorstellung, in welche Richtung sie gehen musste. In der Höhle hatte sie vollkommen die Orientierung verloren. Fieberhaft überlegte sie. Von der Lichtung aus waren sie immer nach Westen gelaufen, der Sonne entgegen, hinein in den Talschluss. Wenn sie den wiederfand, würde sie auch den Eingang finden. Mit Mühe unterdrückte sie den Drang, aufzuspringen und loszurennen. Sie durfte nichts überstürzen, musste ruhig bleiben.

Flach wie ein Brett legte sie sich auf den Boden, grub die Hände in die schwarze Erde, rieb sich das Gesicht und alle Körperstellen ein, die sie im Mondlicht verraten könnten. Immer deutlicher konnte sie die Stimmen verstehen. Sie schob sich tiefer in das Gebüsch und hielt die Luft an. Was sie hörte, ließ ihr das Blut in den Adern gefrieren.

»Also, wenn wir sie finden, dann will ich sie zuerst haben. De Bruce macht sie ja doch kalt, und wir haben dann das Nachsehen«, sagte der eine Soldat mit tiefer Stimme.

»Willst du, dass der Graf dein edelstes Teil abschneidet und es dir ins Maul stopft? Er will sie haben, und zwar ohne einen Kratzer. Außerdem gibt es die Belohnung nur, wenn sie unversehrt ist. Hast du nicht gehört, was von Säckingen gesagt hat? Wenn du sie mit deinen dreckigen Fingern anpackst, mache ich dir den Garaus. Dann bleibt dir zumindest die Entmannung erspart. Du einfältiger Esel, du.«

Der andere brummte nur. Melisande konnte nicht beurteilen, ob das Zustimmung hieß oder nicht. Es spielte auch keine Rolle.

»Wir finden sie sowieso nicht«, sagte der mit der tiefen Stimme. »Das kannst du vergessen. Von Säckingen rechnet auch nicht damit. In den Wäldern kannst du eine Armee verstecken, du würdest sie nicht bemerken, bis dir ein Spieß im Bauch steckt.« Der Söldner lachte wie eine Ziege.

»Du bist und bleibst ein Trottel. Natürlich können wir sie finden. Wir müssen nur weitersuchen. Irgendwann muss sie essen und trinken. Auf sich selbst gestellt ist sie in ein paar Tagen tot. Von Säckingen lässt alle Gehöfte in der Gegend durchsuchen. Sie kann sich nicht verstecken. Los jetzt! Beweg deinen stinkenden Kadaver! Die Lichtung ist bewacht, der Talschluss ebenso. Da kommt keine Maus durch. Sie ist so gut wie tot.«

Melisande hätte sich am liebsten eingegraben und wäre nie wieder ans Tageslicht gekommen. Sie spürte die kühle Erde und merkte, dass sie fror. Die Nacht war lau, aber die Feuchtigkeit, die Angst und die Hoffnungslosigkeit ließen ihre Kräfte schwinden. Und jetzt kam auch noch das Schlimmste von allem. Sie krallte die Hände in die Erde. Aber das half nichts. Das Kribbeln in der Nase wurde stärker. Wenn sie jetzt niesen musste, war alles vorbei. Sie presste die Nasenflügel mit Zeigefinger und Daumen zusammen und hielt die Luft an. Aber der Sturm war nicht mehr aufzuhalten. Der angestaute Juckreiz entlud sich durch ihre Finger hindurch in die stille Nacht.

***

Raimund Magnus war im Schein des Mondlichtes unbehelligt nach Esslingen gelangt. Keiner Menschenseele war er im Wald begegnet, und er dankte Gott dafür. Auch ohne den verräterischen Umhang wäre er den Schergen von de Bruce ungern in die Arme gelaufen. Die Morgendämmerung stand kurz bevor, der Himmel hatte bereits eine graue Farbe angenommen. Bald würde die Sonne wieder auf die Dächer der Stadt brennen, dass die Menschen stöhnten und über die unerträgliche Hitze klagten. Die ersten Brunnen waren schon versiegt, und es war kein Ende der Hitze abzusehen.

Vor Raimund lag das Heiligkreuztor im Südosten von Esslingen, durch das jeder Reisende hindurchmusste, wollte er den Neckar trockenen Fußes überqueren. Das Tor schützte die steinerne Pliensaubrücke, die in die Stadt führte, und war gut bewacht. Zu dieser frühen Stunde war es natürlich noch geschlossen. Raimund löste sich aus dem Dunkel, und schon rief ihn jemand an.

»Halt, wer da?«

Trotz des Mondlichtes konnte Raimund das Gesicht des Wächters nicht sehen, doch er erkannte ihn an der Stimme. Es war Claus, ein junger Mann aus der Beutau, dem nördlichen Stadtteil in der Nähe der Burg. An Claus kam niemand vorbei, es sei denn, er hatte einen sehr guten Grund oder einen ebenso gut gefüllten Beutel. Raimund besaß nichts dergleichen und doch mehr als genug, um jedes Esslinger Tor zu jeder Tages- und Nachtzeit passieren zu können. Er besaß die Erlaubnis des Rates, sich aus der Stadt zu entfernen, wann immer er wollte, schließlich musste er für seine Arbeit ständig eine große Anzahl an Kräutern und Heilpflanzen vorrätig haben, und so manches Kraut entfaltete seine Wirkung nur bei Vollmond.

»Ich bin's. Der Meister Hans. Seid Ihr wohlauf, werter Herr Claus?« Raimund schmunzelte. Der arme Claus. Hoffentlich erschrak er nicht zu sehr. Dem Henker des Nachts zu begegnen war etwa so erfreulich wie ein fettes Geschwür auf dem Hinterteil: eine wahre Strafe Gottes.

»Gottlob, ja. Nichts plagt mich, außer dass ich Euretwegen das Tor öffnen muss. Wollt Ihr nicht lieber die Zeit bis Tagesanbruch im Wald verbringen?«

»Warum nicht? Dann hätte ich viel Zeit, mir zu überlegen, welche Zipperlein ich Euch in der nächsten Zeit an den Hals hexen kann.«

»Schon gut, schon gut.« Claus drehte sich um. »Tor auf!«

Fluchend machten sich einige Männer daran, die schweren Sperrbalken vom Tor zu entfernen. Sie schoben den linken Flügel ein wenig auf, gerade so viel, dass Raimund hindurchkonnte, ohne anzustoßen.

»Habt Dank, werte Herren, ich versichere Euch einen schnellen Tod, solltet Ihr mir auf dem Richtplatz begegnen.«

Die Männer bekreuzigten sich, und Claus spuckte auf den Boden.

Raimund eilte weiter. Fast gerade verlief die Straße durch die Pliensau, wo viele einfache Menschen in winzigen Hütten hausten, bis zu der Brücke, die diesen Teil der Stadt mit den übrigen Vierteln verband. Links vom Brückentor lag der Rossmarkt, dahinter, dicht an die Stadtmauer gedrängt, stand sein Haus, und ein Stück weiter unten hausten seine Knechte.

Doch noch führte ihn sein Weg nicht nach Hause. Ohne Verzögerung durchschritt er das Brückentor, das nur in Kriegszeiten geschlossen wurde, und lief über die Innere Brücke. Beim Badehaus am Kosbühel begegnete ihm der Nachtwächter, der es vorzog, ihn nicht zu beachten. Dafür vertrieb der Duft nach würziger Seife und wohltuenden Ölen, der vom Badehaus herwehte, den Gestank des mit Fäkalien und Abfällen verpesteten Flusses. Gerne hätte Raimund sich dort einmal von den Bademägden verwöhnen lassen, aber das war nicht möglich. Die Stadt hätte es nach seinem Besuch entweder abreißen oder ihm zur alleinigen Benutzung überlassen müssen.

Der Mann, zu dem er eilte, Meister Henrich, hatte sich vor einigen Jahren einen Wohnturm gekauft, wie ihn sonst nur die adligen Familien besaßen. Die Geschäfte gingen gut, er braute ein hervorragendes Bier, das sich weit über die Grenzen von Esslingen hinaus verkaufte. Ganz aus Stein war der Turm gemauert, vier Stockwerke hoch, die Wände wohl acht Fuß dick. Darin konnte man eine ganze Armee Stuttgarter abwehren. Aber den Brand im Bein des Meisters, den konnte niemand abwehren außer ihm, dem Henker, dem keiner die Hand geben wollte.

Raimund bog in die Alte Milchgasse ein.

Meister Anton, der Zimmermann, fluchte laut über seine Knechte: »Das nennt ihr anständig gestampft, ihr faules Pack? Da sind ja noch Klumpen drin, und das Stroh ist noch trocken. Ich sollte euch alle zum Tor hinausjagen lassen, ihr Nichtsnutze! Los jetzt, strengt euch an, oder ihr könnt euch euren Lohn an den Hut stecken!«

Die Faulenzer zogen die Köpfe ein und begannen schneller und kräftiger im Kübel zu stampfen. Meister Anton hatte Fackeln aufstellen lassen, er war in Verzug, also arbeitete er auch des Nachts, ließ Lehm in die Fachwerke werfen, eine Arbeit, für die kein Tageslicht vonnöten war. Die Tagelöhner waren erschöpft, aber Meister Anton trieb sie weiter an.

Viele neue Häuser wurden errichtet oder die alten umgebaut, Esslingen gedieh. Auch Raimund konnte nicht über fehlende Arbeit klagen: Mit dem Reichtum kamen die Glücksritter und die Halunken. Am Nachmittag musste er zum Schelkopfstor, in dem sich der Kerker befand. Da wartete ein Kerl, dem man vorwarf, einen Sack Mehl gestohlen zu haben. Kein Wort hatte der Dieb bis jetzt gesagt. Auch gutes Zureden hatte nichts geholfen. Raimund schätzte, dass er nicht länger brauchen würde, als eine Predigt dauerte, um den Mann zum Sprechen zu bringen. Er bog rechts in die Strohgasse ein, und schon stand er vor dem Wohnturm, der die Ecke zur Barfüßergasse bildete.

Er klopfte das verabredete Zeichen. Dreimal kurz, dreimal

lang. Sofort öffnete sich die Sichtklappe in dem schweren Tor. Das Gesicht von Hiltrud, der Magd, tauchte kurz auf. Der Riegel schepperte, und schon stand Raimund in der kühlen Vorhalle, in der es nach Rauchfleisch duftete. Raimund lief das Wasser im Mund zusammen, sein Magen knurrte. Er hatte seit gestern nichts gegessen.

Hiltrud sagte kein Wort, sondern zeigte nur auf die Treppe. Raimund ging voran ins oberste Stockwerk, wo Meister Henrichs Schlafgemach lag. Henrichs Gemahlin Mathilde, eine blasse dunkelhaarige Frau, die deutlich jünger war als ihr Gemahl, stand am Bett und bekreuzigte sich, als Raimund eintrat.

Meister Henrich fuchtelte mit den Armen. »Lass das doch, verflucht noch mal! Er kommt nicht hierher, um mir den Kopf abzuschlagen, Weib.«

Wieder bekreuzigte sich seine Gemahlin. »Gott steh mir bei in Not und Pein.«

Henrich aber rief mit klarer Stimme: »Seid willkommen, Raimund Magnus, und stört Euch nicht an meiner Frau. Ihr seid spät dran und werdet voller Ungeduld erwartet. Ich weiß es zu schätzen, dass Ihr Euch meinetwegen die Nacht um die Ohren schlagt. Ich hoffe, Ihr habt die Kräuter beisammen, die mich alten Esel wieder auf die Beine stellen.«

»Hier drin ist alles, was ich brauche.« Raimund hielt seinen Beutel hoch. »Habt Dank für Eure Freundlichkeit, Meister Henrich.« Er nickte Mathilde höflich zu, die als Antwort ihre Gebetsschnur fester packte.

Der Verletzte setze sich auf und stöhnte. »Weib, hol Bier. Von dem dunklen, starken. Wir werden es brauchen, nicht wahr?«

Raimund nickte. »Und bringt Wasser zum Kochen, legt saubere Leintücher bereit, und füllt ein halbes Maß starken Weins ab. Außerdem brauche ich Seife.«

»Weib, hast du gehört? Spute dich, oder willst du mich heute noch zu Grabe tragen?«

»Um Gottes willen, nein!« Wieder bekreuzigte sich Mathilde. »Ich eile ja schon.« Sie lief von dannen, um die Befehle ihres Mannes auszuführen.

Raimund öffnete seinen Beutel, stellte Mörser und Stößel auf den Tisch und begann die Kräuter, die er gesammelt hatte, zu einem Brei zu zerquetschen. Ein leicht bitterer Duft zog durch den Raum, in dem außer dem Bett nur noch eine Truhe und ein Stuhl standen. An den Wänden allerdings hingen Teppiche, ein deutliches Zeichen für den Wohlstand des Hausherrn.

»Wenn ich gewusst hätte, dass Mathilde frömmer ist als die Beginen, die Barfüßer und die Dominikaner zusammen, hätte ich es mir überlegt mit der Heirat. Aber sie ist ein schönes Weib, und obwohl sie die Gebetsschnur unterm Kopfkissen liegen hat, vernachlässigt sie nicht ihre ehelichen Pflichten. Nur dass sie sich ständig bekreuzigt ...« Meister Henrich unterbrach sich und schloss vor Schmerz die Augen. Einen Moment schwieg er mit zusammengebissenen Zähnen, dann atmete er heftig aus. »Wenn ich es ihr mache, dann zeichnen ihre Hände schneller das Kreuz, als ich die Finger bewegen kann. Und das will was heißen. Und wenn ich meinen Samen spende, schaut sie drein, als hätte ich die Hostie ausgespuckt. Ich hoffe nur, dass meine Bemühungen bald von einer Leibesfrucht gesegnet werden. Verdammt!«

Er griff sich ans Bein, aber Raimund schob seine Hand beiseite. »Bald werdet Ihr wieder springen können, Meister Henrich. Wenn Gott es will.«

Henrich verzog den Mund und gab Raimund damit zu verstehen, dass Gott durchaus Gründe haben konnte, ihm ein wenig Pein zu bereiten.

»Lasst mich sehen.« Raimund wickelte den verkrusteten, schmutzigen Verband ab und warf ihn auf den Boden. Eine Fleischwunde zog sich von der Mitte der Wade bis unters Knie. »Wolltet Ihr Euch das Bein abtrennen?«

»Der verfluchte Stiel ist gebrochen. Kurz zuvor hatte ich die Axt anständig geschärft. Wie durch Butter ist sie in mein Bein. Zuerst habe ich gar keinen Schmerz gespürt ...«

»... und dann habt Ihr ein schmutziges Tuch darumgebunden«, ergänzte Raimund.

Meister Henrich nickte. »Am nächsten Morgen hat es etwas wehgetan, und ein paar Stunden später dachte ich, ich muss sterben. Dann ließ der Schmerz wieder nach. Seither geht es auf und ab. Mal spür' ich das Bein kaum, mal fühlt es sich an, als würde der Schmied seinen schwersten Hammer an mir ausprobieren.«

»Und der Meister Chirurgicus hat Euch erzählt, dass Ihr die Wunde schön eitern lassen müsst«, ergänzte Raimund bitter. »Nichts für ungut. Aber da hätte er Euch auch gleich zum Kirchhof karren können. Ihr könnt von Glück reden, dass der Herrgott Euch wohlgesinnt ist. Ich habe schon Leute gesehen, die mit so einer Verletzung nach einem Tag tot waren. Vor allem, wenn sie derart falsch behandelt wurden. Eiter ist ein Saft des Teufels, er frisst sich in den Körper und tötet ihn von innen.«

Henrichs Weib kam die Treppe heraufgerannt, hinter ihr die Magd. Raimund nahm ihr einen Humpen Bier aus der Hand und flößte ihn dem Kranken ein. Dann leerte er den zweiten Humpen selbst und fühlte sich sofort besser. Ein wenig von dem Wein schüttete er über das Bein.

Henrich zuckte zusammen.

»Gleich wird es richtig wehtun. Seid Ihr bereit?«

Henrich setzte eine grimmige Miene auf und nahm das Beißholz in den Mund. »Schlimmer als ein Stuttgarter Schwert wird's ja wohl nicht werden«, nuschelte er.

Raimund nahm das Messer, tauchte es erst in das heiße Wasser, dann in den Wein. Mit vier schnellen Schnitten glättete er die Wundränder. Der Kranke verzog das Gesicht und stöhnte.

Mit einem sauberen Lappen, den er vorher in den Wein getunkt hatte, tupfte Raimund den gelben Eiter aus der Wunde. Er prüfte den Kräuterbrei, brummte zufrieden und schmierte ihn in die Verletzung. Dann deckte er sie mit einem weingetränkten Streifen Leinen ab und wickelte das Bein fest ein, damit die Wundränder dicht beieinanderlagen.

Meister Henrich stand der Schweiß auf der Stirn, seine Frau konnte gar nicht so schnell beten, wie ihr die Gebetsschnur durch die Finger lief.

Raimund betrachtete sein Werk, nickte, faltete die Hände und sprach ein Dankgebet. »Gott, du bist der Herr über Leben und Tod. Vergib deinem unwürdigen Diener, der nur aus Nächstenliebe handelt und deine Wege nicht infrage stellt. Gib also dem Meister Henrich das Leben, oder nimm es ihm, wie es dir gefällt. Amen.«

Dem Patienten gefiel das Gebet offensichtlich nicht, er kräuselte die Lippen, wiegte den Kopf langsam hin und her. Mathilde hatte in ihrem eigenen Gebet innegehalten, nickte stumm, erschrak und betete dann weiter.

»Achtet auf den Schmerz«, sagte Raimund. »Er muss im Laufe des Tages abklingen. Es sollte nur ein leises Pochen zurückbleiben. Ich werde morgen nach Euch schauen. Seien wir guten Mutes, dass der Herr Euch noch nicht zu sich rufen möchte.«

»Das möchte er hoffentlich nicht.« Meister Henrich grinste schief, spuckte das Beißholz aus und ließ den Kopf in das Kissen fallen. »Weib, bring mehr Bier. Wenn ich heute abberufen werden sollte, dann nur in bester Stimmung.«

Mathilde schlug ein letztes Mal das Kreuz und trappelte die Treppe hinunter. Meister Henrich wandte sich Raimund zu und zog eine Goldmünze unter dem Kopfkissen hervor. »Ich danke Euch. Nehmt. Ihr habt es Euch verdient.«

Schimmernd lag die Münze in Henrichs schwieliger Hand. Ein kleines Vermögen. »Ihr wisst, dass das viel zu viel ist.«

Henrich lächelte. Sein Gesicht glänzte heiß im Fieber. »Raimund, Ihr beschämt mich. Wie soll ich meine Schuld je tilgen? Seid kein Narr. Nehmt. Ihr werdet es sicher brauchen können.«

Raimund überlegte einen Moment und griff dann zu. »Ich werde es zur Seite legen.«

Meister Henrich lächelte. »So ist es recht.«

Raimund rückte seinem Patienten das Kissen zurecht und drückte ihn hinein. Der Braumeister schloss die Augen und war im selben Moment eingeschlafen.

Mathilde kam mit dem Bier, sah, dass ihr Mann schlief, und stellte den Krug neben das Bett.

Raimund versuchte ihren Blick zu erhaschen, aber sie wich aus, senkte den Kopf. Henrich hatte wahr gesprochen: Sie war ein schönes Weib. Nicht zu mager, nicht zu fett, ein Gesicht wie ein Engel, wenn auch im Augenblick ein wenig blass. Aber hinter dieser makellosen Stirn musste ein täglicher Kampf toben. Hin- und hergerissen zwischen den Pflichten, die Gott ihr als Henrichs Frau auferlegt hatte, und ihrer frommen Gesinnung. Eigentlich hatte sie ins Kloster gehen wollen, hatte Henrich ihm erzählt, aber ihr Vater hatte sie verheiratet sehen wollen, also hatte sie seinem Wunsch Folge geleistet.

Raimund seufzte, packte ein, was er mit seinen bloßen Händen berührt hatte, und verließ ohne ein Wort den Raum.

***

Das Niesen zerriss die Stille des Waldes. Melisande verharrte reglos. Sie spannte jeden Muskel an, bereit, sofort loszurennen und sich im Unterholz zu verstecken.

Einer der Männer drehte seinen Kopf in ihre Richtung. Jetzt, los!, dachte sie. Schnell, spring auf, renn, renn! Doch ihr Körper versagte den Dienst.

Der Söldner mit der höheren Stimme hielt sich die Nase zu. »Du bist ein Schwein!«, schnauzte er seinen Kumpel an.

»Ich war das nicht«, rief der andere ernsthaft empört.

»Natürlich warst du das. Du bist das immer. Du schaffst es sogar, Wasser in faulige Luft zu verwandeln, immerzu.«

»Diesmal war ich es aber nicht. Ehrlich. Zu meinen Fürzen stehe ich, das weißt du doch!«

Sein Kumpel winkte nur ab und kratzte sich im Schritt.

Melisande traute ihren Ohren nicht. Die beiden waren offenbar so betrunken, dass sie die Laute des Körpers nicht mehr voneinander unterscheiden konnten. Und sie schienen überhaupt nicht an die Möglichkeit zu denken, dass sich eine dritte Person in ihrer Nähe befinden könnte. Dennoch war die Gefahr nicht gebannt. Es war immer noch möglich, dass einem von ihnen dämmerte, was das Geräusch zu bedeuten hatte.

Mit klopfendem Herzen wartete sie. Hoffentlich fiel den beiden bald wieder ein, dass sie einen Auftrag hatten und weitermussten. Lange durften sie hier nicht mehr verweilen. Es dämmerte bereits. In Kürze würde Melisandes Versteck im Licht der Sonne liegen, und sie würde unweigerlich entdeckt werden.

Die beiden Söldner standen immer noch an der gleichen Stelle, als wären sie angewachsen. Melisande konnte sie nicht nur sehen, sondern auch riechen, denn sie stanken wie die Schweine. Sie fragte sich, wie diese Gesellen ihre Körperausdünstungen von dem Geruch eines Darmwindes unterscheiden wollten, und erkannte, dass genau dieser Umstand sie vor der Entdeckung bewahrt hatte. Hatte sie vorher der Juckreiz in der Nase gepeinigt, drang jetzt ein erleichtertes Lachen ihre Kehle hoch. Ein Furz, den es gar nicht gab, hat mir das Leben gerettet!, dachte sie und biss sich auf die Zunge, um nicht vor Lachen loszubrüllen.

Endlich kam Bewegung in die Männer. Der mit der tiefen Stimme rückte den Bogen zurecht, der über seiner Schulter hing, der andere musterte sein Schwert.

Mein Bruder hätte mit den beiden kurzen Prozess gemacht, dachte Melisande. Das Gefühl, lachen zu müssen, verging ihr. Stattdessen begannen ihre Augen zu brennen. Schnell verscheuchte sie den Gedanken.

»Fünf Pfund Heller hat de Bruce für das kleine Luder versprochen«, setzte der mit dem Bogen das Gespräch fort. »Dafür muss ich lange Wache schieben. Und das Geld gibt es nur, wenn sie frisch ist wie ein Küken.«

»Siehst du?« Der andere ließ das Schwert in die Scheide gleiten und hakte die Daumen in den Gürtel. »Endlich hast du es begriffen. Wenigstens hast du noch einen kleinen Funken Verstand in deinem Holzkopf. Lass uns hier nicht dumm rumstehen.«

»Erst ein Schluck Wein.«

Ein Pfropfen ploppte, der Wein plätscherte in einem großen Bogen in den Rachen des Söldners.

»Verdammt, ein echt guter Tropfen. Schade, dass es der Rest ist.«

»Red nicht, gib schon her.« Der mit dem Schwert schnappte nach dem Weinschlauch, aber der andere trat einen Schritt zurück und lachte. »Jetzt bin ich kein Trottel mehr, was? Sag schön bitte, dann überlege ich mir, ob du was bekommst.«

»Ach ja?« Mit einer schnellen Bewegung riss der Söldner seinem Kameraden den Weinschlauch aus der Hand, zog mit der anderen ein Messer und setzte es ihm an den Hals. Bis auf den letzten Tropfen saugte er den Wein aus dem Schlauch, die Augen immer auf sein Gegenüber gerichtet. Als er ausgetrunken hatte, setzte er den Schlauch ab und ließ gleichzeitig das Messer wieder verschwinden. »Beim nächsten Mal gibst du mir das Zeug gleich. Ist das klar?«

Der mit dem Bogen streckte langsam die Hand aus, nahm seinen Schlauch entgegen, hängte ihn um und ging los, bot dem anderen seinen Rücken. Dem war das Antwort genug, er grinste zufrieden und folgte ihm. Kurz darauf waren ihre Schritte nicht mehr zu hören.

Melisande atmete tief und lautlos, blieb auf der Erde liegen, die ihr plötzlich so tröstlich erschien. Am liebsten hätte sie sich noch tiefer in den wohlriechenden Grund hineingegraben, einfach die Augen geschlossen, um nichts mehr sehen, nichts mehr hören und nichts mehr riechen zu müssen. Noch nie in ihrem Leben war sie so müde gewesen, so unendlich müde. Und doch wollte sie schreien, schreien und noch mal schreien. Schlafen und schreien, beides gleichzeitig, und beides durfte sie nicht. Noch nicht. Der Hase und der Uhu. Beide waren in dieser Nacht ein Teil von ihr geworden.

Auf allen vieren kroch sie aus dem Gebüsch hervor, wartete einen Moment, spürte nach, ob Gefahr drohte, aber da war nichts. Kein Ast knackte, kein Gestank nach schmutzigen Söldnern verpestete die Luft. Eine warme Brise setzte ein, der Wald atmete sanft, und die Tiere der Nacht schwiegen. Melisande erhob sich, streckte die Hände nach oben und bekräftigte ihren Schwur. Dann lief sie los.

***

Raimund blieb auf dem Kosbühel stehen. Von den Klöstern her, die über das gesamte Stadtgebiet verstreut lagen, riefen die Glocken zur Laudes. Jetzt standen die Mönche von ihren Strohlagern auf und ehrten Gott mit den Worten: »Herr, öffne meine Lippen, damit mein Mund Dein Lob verkünde.«

An manchen Tagen stand Raimund im Schatten eines Mauervorsprungs in der Nähe einer Kirche und lauschte heimlich dem Gebet der Mönche, denn auch der Einlass in die Gotteshäuser wurde ihm verwehrt. Nur in der Stadtkirche St. Dionys durfte er am Sonntag der Frühmesse beiwohnen. Sein Platz war in einer Nische nahe dem Eingang, wo niemand ihn versehentlich berühren konnte.

Raimund musste an Melisande denken. Was sollte aus ihr werden? Sie war ein aufgewecktes Mädchen, stark, schlau und hübsch. Wie Eslin, seine geliebte Ehefrau, es gewesen war. In einer Sommernacht wie dieser vor sieben Jahren hatte sie ihn verlassen; den neugeborenen Sohn hatte sie mitgenommen. Nichts hatte er tun können. Eslins Schreie hatten an jenem Tag den Sonnenaufgang verzögert. Die Vögel hatten ihren Gesang eingestellt, und die Glocken zur Laudes hatten dumpf geklungen, als wären sie in Stroh eingeschlagen. Unter der Hand war sie ihm verblutet. Und nur ein Mensch hatte ihm zur Seite gestanden: Meister Henrich. Niemand hatte etwas davon erfahren, sonst wäre der Bierbrauer wohl aus der Zunft verstoßen worden. Meister Henrich war auf die Fildern geritten, ganz allein, mitten in der Nacht, um die Berkheimer Hebamme zu holen, denn die Esslinger Hebamme hatte sich geweigert zu helfen. Aber als der Freund mit der alten Frau zurückkehrte, war es bereits zu spät gewesen. Eslins Schreie waren längst verstummt, sie und der Sohn, den sie unter solchen Qualen zur Welt gebracht hatte, beide tot.

Am nächsten Morgen hatte Raimund Meister Henrich gefragt, warum er ihm geholfen habe. Warum er sich mit einem wie ihm abgebe. Und Henrich hatte geantwortet: »Raimund! So steht es geschrieben. Christus hat gesagt: ›Wahrlich, ich sage euch: Was ihr getan habt einem unter diesen meinen geringsten Brüdern, das habt ihr mir getan. Wahrlich, ich sage euch: Was ihr nicht getan habt einem unter diesen Geringsten, das habt ihr mir auch nicht getan.‹ Lest die Bibel.«

Raimund hatte nur den Kopf geschüttelt. »Ich kann kaum lesen und schreiben. Und die lateinische Sprache verstehe ich schon gar nicht.«

Da hatte Meister Henrich geheimnisvoll gelächelt. Und wenige Tage später hatte er Raimund in seinem Haus empfangen, ihn in eine geheime Kammer geführt und ihm seine Bibel gezeigt: eine Sammlung von Büchern, Schriftrollen und Dokumenten. Die Worte waren nicht auf Latein geschrieben, sondern auf Deutsch.

»Ein Franziskaner aus dem Herzogtum Österreich hat die Heilige Schrift in unsere Sprache übersetzt«, hatte Meister Henrich ihm erklärt. »Niemand kennt seinen Namen, und nur Eingeweihte wissen um sein Werk. Diese Schriften sind das Kostbarste, was ich besitze. Das wahre Wort Gottes. Auf der ganzen Welt gibt es nichts, das von so ungeheurer Weisheit ist. Und die Priester lügen uns an, wisst Ihr?«

Raimund hatte sich bekreuzigt und Henrich mit großen Augen angesehen. Der hatte nur gelacht und auf das Buch gezeigt. »Ich werde es Euch vorlesen. Jede Woche ein paar

Verse, wann immer wir dafür Zeit finden. Wenn Ihr mir am Ende nicht zustimmt, will ich mich besinnen.«

Meister Henrich behielt recht. Die Worte der Bibel waren das Schönste, was Raimund jemals gehört hatte. Voller Trost und Sicherheit. Voller Liebe und Wahrheit. Als Henrich ihm einige Wochen später die letzte Seite vorgelesen hatte, hatte er dagesessen, die Wand angestarrt und nicht begreifen können, dass es Menschen gab, die nicht an Gott glaubten. Und dass Gott diejenigen nicht strafte, die sein Wort verfälschten.

Das Rattern von Rädern und das Schnauben eines Pferdes brachten Raimund zurück in die Gegenwart. Die aufgehende Sonne malte goldenes Licht auf die Giebel der Dächer. Wie schnell der Tag gekommen war! Jetzt standen die Tore offen, und er konnte hinausschlüpfen, um nach Melisande zu sehen. Vorher aber musste er sich um seine Pflichten kümmern. Seine Knechte warteten auf Anweisungen. Sie mussten in der unteren Beutau ein totes Pferd und zwei tote Hunde von der Straße holen. Dazu brauchten sie den Karren, Seile und Werkzeug. Vielleicht war die Haut des toten Pferdes noch zu gebrauchen. Das gäbe ein paar Pfennige extra.

Rasch lief er auf die Innere Brücke zu. Die Stadt erwachte langsam. Aus manchen Kaminen stieg bereits der Rauch des Herdfeuers auf. Menschen schlurften an ihm vorbei, viele noch schläfrig und mit mürrischem Gesichtsausdruck. So mancher roch nicht besser als die Kadaver, die Raimunds Knechte einsammeln mussten. Bauersfrauen mit Körben voller Eier, Gemüse und Obst eilten zum Markt. Viele waren so in Gedanken versunken, dass sie Raimund gar nicht wahrnahmen, doch wer ihn erkannte, wich ihm mit gesenktem Blick aus.

Am Brückentor stauten sich Karren, Wagen, Menschen und Tiere. Der Andrang war so groß, dass ein Büttel immer nur eine bestimmte Anzahl hindurchließ, damit die Menschenmasse auf der schmalen Brücke nicht zum Stillstand kam und keine Panik ausbrach. Als Raimund eintraf, teilte sich die Menge jedoch auf wundersame Weise und öffnete ihm eine Gasse, durch die er Brücke und Tor ohne Verzögerung hinter sich lassen konnte.

Die Knechte saßen vor ihrer Hütte und sprangen auf, als sie Raimund sahen.

»In der Beutau wartet Arbeit auf euch«, rief er ihnen zu. »Ein Gaul und zwei Köter. Und danach macht ihr euch daran, die Latrinen zu leeren. Los, sputet euch!«

Als sie verschwunden waren, schlüpfte er in sein Haus. Aus einer Truhe fischte er eine schmutzige weiße Cotte und einen dunklen Umhang mit Kapuze, die Tracht eines einfachen Bauern, und schnürte sie mit einem Gürtel zu einem Bündel zusammen.

Bevor er das Haus verließ, vergewisserte er sich, dass niemand in Sichtweite war. Dann machte er sich auf den Weg. Unbehelligt verließ Raimund die Stadt. Nachdem er der Landstraße nach Stuttgart ein Stück weit gefolgt war, schlug er sich ins Unterholz, wo er das Bündel aufschnürte und sich die Bauernkleider überstreifte. Jetzt würde er zwischen all den Menschen, die auf den Fildern ihrem Tagewerk nachgingen, nicht mehr auffallen.

Im Wald war es noch angenehm kühl. Niemand begegnete ihm. Als Raimund bei der verkrüppelten Eiche ankam, die ihm als Wegweiser diente, bog er von der Steige ab. Obwohl er weit von dem Talschluss entfernt war, wo de Bruce' Männer die Fährte verloren hatten und nun sicherlich auf der Lauer lagen, bewältigte er das letzte Stück bis zum Hintereingang der Höhle in der Hocke. Ein alter Trick. Damit konnte er jederzeit kampfbereit aufspringen, war kaum zu sehen, hatte aber eine weit bessere Sicht, als wenn er auf allen vieren liefe oder sich wie eine Schlange durch den Staub wände. Ungestört erreichte er das Gebüsch, das den Eingang verbarg.

Gerade wollte er sich hineinzwängen, als er stockte. Abgebrochene Zweige. Die Bruchstellen waren frisch. Natürlich könnte es ein Tier gewesen sein, das sich in der Nacht durch das Gestrüpp gezwängt hatte. Oder er selbst hatte sich beim Verlassen der Höhle ungeschickt angestellt. Gewöhnlich achtete er zwar darauf, keine Spuren zu hinterlassen, aber gestern war er mit seinen Gedanken bei den Ereignissen des Nachmittags gewesen, bei der Schlacht, bei Melisande und dem Problem, das er sich mit ihr aufgehalst hatte.

Seufzend schob er die Zweige zur Seite. Er fand den Eisenstab, stieß damit in die verborgene Ritze zwischen Stein und Fels. Er spürte den Widerstand, drückte den Sperrhebel nach oben, legte den Stab zurück, schob den Stein beiseite, schlüpfte in den Gang und ließ die steinerne Tür einrasten. Niemand konnte sie jetzt von außen öffnen, es sei denn, er kannte den Mechanismus.

Raimund wartete, bis seine Augen sich an die Dunkelheit gewöhnt hatten. Dann ging er los, wobei er sorgsam seine Schritte zählte. Nach einer Weile hielt er inne. Jetzt müsste schon das Licht des Feuers zu sehen sein.

Nichts.

Er lauschte.

Nichts.

Er zwang sich zur Ruhe. Wahrscheinlich hatte die Erschöpfung Melisande in einen tiefen Schlaf gestoßen, und deshalb hatte sie das Feuer verlöschen lassen.

Behutsam schlich er weiter, zählte noch einmal. Jetzt musste er in der Höhle stehen, etwa in der Mitte. Langsam tastete er sich zum Strohlager vor, aber er brauchte gar nicht zu fühlen, er wusste bereits, dass Melisande nicht mehr hier war. In der vollkommenen Stille der Höhle hätte er ihren Atem laut und deutlich hören müssen.

Wo war das Mädchen nur? Hatte sie jemand ... Raimund zwang sich zur Ruhe. Mit seinem Feuerstein schlug er Funken, bald brannte eine Fackel. Aufmerksam blickte er sich um.

Melisande konnte noch nicht lange weg sein. Das Feuer war zwar heruntergebrannt, aber die Asche war noch nicht ganz ausgekühlt. Konnte es sein, dass de Bruce' Männer sein Versteck ausfindig gemacht hatten? Hatten sie gesehen, wie er mit dem Mädchen hinter den Felsen verschwunden war? Hatten sie den Mechanismus entdeckt? War Melisande bereits tot?

Nein. Raimund rief sich zur Ordnung. So durfte er nicht denken. Sicherlich hatte sie es in der Höhle nicht mehr ausgehalten und war hinaus in den Wald geflüchtet. Wie unüberlegt und töricht von ihr! Wenn de Bruce sie da draußen erwischte, war sie des Todes. Und auch sein Versteck war nichts mehr wert.

Noch einmal suchte er die Höhle ab. Es galt, einen kühlen Kopf zu bewahren. Er musste das Mädchen finden, aber er musste auch an sich denken. Gab es irgendetwas, das auf ihn hinwies? Nein.

Raimund überlegte. So unbedacht, dort hinauszuwollen, wo sie hereingekommen waren, war Melisande bestimmt nicht gewesen. Dennoch lief er durch den Gang und untersuchte den Eingang. Unversehrt. Niemand hatte ihn benutzt. Das kleine Ästchen, das er auf den Stein legte, wann immer er die Höhle betrat, befand sich dort, wo es hingehörte. Also hatte sie das Versteck durch den hinteren Ausgang verlassen.

Raimund unterdrückte einen Fluch. Das dumme Ding war weggelaufen und hatte sie beide in Lebensgefahr gebracht!

***

Von Säckingen hatte seine leichte Rüstung abgelegt und unter Zweigen und altem Laub verborgen. Jetzt trug er die Kleider eines Handelsmannes, die immer in einem Versteck in der Nähe der Stadt für ihn bereitlagen. In Esslingen wusste außer seinem Späher niemand, wer er war; von Säckingen aber kannte die Stadt in- und auswendig. Mehr als einmal hatte er sie ausgekundschaftet, und seine Mittelsmänner trugen ihm alle interessanten Neuigkeiten zu.

Trotz des hellen Mondscheins hatte er die ganze Nacht gebraucht, um von der Adlerburg hierher zu gelangen, denn er hatte den Hohlweg gemieden und war im Bogen erst an der Aich entlang- und dann auf der Landstraße den Neckar hinabgeritten. Die Stadttore waren längst geöffnet, und auf den Straßen herrschte reges Treiben. Sein Ziel war das Gasthaus »Zum schwarzen Bären«, wo sein Informant gewöhnlich anzutreffen war. Dem Besitzer gehörte auch das Gasthaus »Zum Eichbrunnen«, in dem die höhergestellten Herren verkehrten, die Teller und Schalen sauber waren und der Wein sogar in Bechern aus Steingut ausgeschenkt wurde.

Unbehelligt passierte von Säckingen das Obere Tor. Wer mit einem Karren in die Stadt wollte, musste zeigen, was er mit sich führte. Manch einer wurde wieder weggeschickt, weil die Ware nicht gut genug war, nicht mehr frisch, oder weil schon zu viele andere Händler in der Stadt waren, die dasselbe anboten. Für einen einsamen Reiter ohne Waren interessierten sich die Wächter nicht.

Von Säckingen stieg vor dem »Schwarzen Bären« ab und übergab sein Pferd einem herbeieilenden Knecht. Eine Magd hielt ihm die Tür auf, knickste und grinste ihn schräg von unten an, doch von Säckingen war nicht nach Vergnügen zumute.

Die Magd führte ihn an einen Tisch am Fenster und stellte einen Krug Wein und einen hölzernen Becher hin. Von Säckingen kostete. Der Wirt machte seine Sache gut, der Wein schmeckte ausgezeichnet, war mit Nelken und Zimt verfeinert. Von Säckingen schaute sich um. Außer ihm waren noch vier weitere Gäste im »Schwarzen Bären«. Ein alter weißhaariger Mann hatte den Kopf auf die Tischplatte gebettet und schlief, ohne ein Geräusch von sich zu geben. An einem anderen Tisch saßen zwei derbe Burschen, wahrscheinlich Tagelöhner, die sich bei den Steinmetzen verdingt hatten. Der vierte Gast lehnte an einem Balken. Dietrich, genannt Vulpes, der Fuchs, sein Spion und Späher.

Säckingen blickte ihm kurz in die Augen, und sogleich setzte Dietrich sich zu ihm.

Augenblicklich stellte die Magd einen zweiten Becher auf den Tisch. »Sind die Herren hungrig?«

»Bring uns Käse und Brot«, antwortete von Säckingen. »Das passt am besten zu dem Roten hier.«

Wieder knickste die Magd und machte sich auf, seinen Wunsch zu erfüllen. Von Säckingen nickte Dietrich zu und fragte sich wie jedes Mal, wenn er ihn sah, woher dieser die Narbe hatte, die sein Gesicht in zwei Teile zu spalten schien. Bisher hatte der Bursche sein Geheimnis nicht lüften wollen, und von Säckingen wusste, wann er sich gedulden musste.

»Ich habe von einem Mönch gehört, der kürzlich in Esslingen eingetroffen sein soll«, begann er. »Was könnt Ihr mir über ihn erzählen?«

»Den Barfüßer meint Ihr?« Dietrichs Stimme dröhnte tief. »Was wollt Ihr denn wissen?«

»Ob er gestern die Stadt verlassen hat. Vielleicht, um sich auf den Fildern nach Irrgläubigen umzusehen.«

Dietrich kniff die Augen zusammen. »Gestern war tatsächlich ein Barfüßer auf den Fildern unterwegs. Ich glaube, das war Euer Mann. Und es heißt, er sei zu spät zur Komplet gekommen.«

»Mitten in der Nacht also.« Von Säckingen rieb sich das Kinn. Stoppeln kratzten seine schwieligen Hände. Die Magd stellte Käse und Brot auf den Tisch und verschwand wieder.

»Es heißt, er sei ganz verstört gewesen und habe etwas von einer Erscheinung gefaselt«, fuhr der Fuchs fort.

»Nichts von einem Mädchen?«

»Doch. Die Jungfrau Maria sei ihm erschienen, und er habe sie vor den Waldensern gerettet.«

»Nehmt einen tüchtigen Schluck, Dietrich.« Von Säckingen leerte seinen Becher und schenkte nach. Er nickte zufrieden. Das würde passen. Augenscheinlich hatte der Mönch versucht, die Wahrheit zu verschleiern, und sich die Geschichte von der Erscheinung zurechtgesponnen. »Ist er jetzt im Kloster?«

Dietrich bejahte die Frage mit einem Grunzen und leerte seinen Becher, den von Säckingen sofort wieder auffüllte. »Aber er wird es noch heute verlassen, um über Stuttgart nach Nürnberg zu reisen. Sein Auftrag ist es, Bericht zu erstatten über die Ketzer hier in der Gegend.« Dietrichs Miene blieb ohne Regung.

»Und? Gibt es hier welche?«

»Davon gehe ich aus. So viele wie in jeder freien Stadt.«

»Auf welchen Namen hört der fromme Mann?«

»Im Kloster rufen sie ihn Bruder Eusebius. Er vertraut auf Gott, denn er wird alleine reisen.«

Von Säckingen zog die rechte Augenbraue hoch. »Es scheint, als wäre Gott auf meiner Seite.« Er nahm eine Münze aus seinem Beutel und schob sie dem Fuchs über den Tisch zu. »Habt Dank. Wenn Bruder Eusebius besitzt, was ich suche, werde ich mich noch großzügiger zeigen. Haltet weiterhin Augen und Ohren offen.«

***

»Du Hundsfott!«, schrie der Fuhrmann. »Hau ab. Mach den Weg frei!«

Melisande kauerte hinter einem Felsbrocken und beobachtete die Männer. Sie war durch den Wald zum Neckar hinuntergeklettert, an dessen Ufer sich eine Landstraße entlangwand. Da sie sich nicht sicher gewesen war, in welcher Richtung sich Esslingen befand, hatte sie sich erst einmal versteckt und abgewartet, bis die ersten Reisenden auftauchten. Der Weg war hier so eng, dass zwei Fuhrwerke nur mit Mühe aneinander vorbeikamen.

»Dir werd ich's geben!«, schrie der andere und schwang drohend die Fäuste. »Was musst du die Balken auch querlegen! Du hohle Nuss, du! Du Bauerntölpel.«

Der Erste lief dunkelrot an. »Du Hurensohn nennst mich einen Bauerntölpel? Du Zipfler! Du Zungenklaffer! Dir werd' ich's besorgen.«

Gleichzeitig sprangen die beiden von ihren Fuhrwerken, gingen mit fliegenden Fäusten aufeinander los.

Das war die Gelegenheit! Melisande lief geduckt zu dem Karren, der Kisten und Fässer geladen hatte, und kletterte hinauf. Sie hatte die beiden Männer eine Zeitlang belauscht und erfahren, dass der Mann, auf dessen Karren sie gestiegen war, in die Pliensauvorstadt wollte. Schnell fand sie, was sie suchte: eine leere Kiste. Sie schlüpfte hinein, verbog dabei ihre Glieder, als wären ihr die Knochen abhandengekommen.

Der Faustkampf war nicht von Dauer, denn andere Fuhrleute kamen dazu, trennten die Streithähne, legten die Balken ordentlich auf den Wagen, und schon nach kurzer Zeit ging es weiter, wobei die beiden sich noch alle Schimpfwörter hinterherriefen, die ihnen einfielen.

Melisande war wohlweislich nicht in eins der Fässer gestiegen. Die standen nämlich ganz vorn und wurden sicherlich zuerst abgeladen. Wenn das Glück ihr hold war, gönnte sich der Fuhrmann nach getaner Arbeit erst einmal einen oder zwei Becher Wein, bevor er sich um die leeren Kisten kümmerte.

Der Wagen rumpelte über den Weg, bei jedem Schlagloch stieß Melisande gegen das Holz. Erinnerungen stiegen in ihr auf; erst gestern war sie auf ganz ähnliche Art unterwegs gewesen. Erst gestern? Es schien ihr so lange her, als sei es in einem anderen Leben gewesen, in einem Leben, in dem sie die Tochter eines reichen Kaufmanns war und sich um nichts weiter Sorgen machen musste als um ihre kleine Schwester, die ihr wie ein Hündchen ständig hinterherlief, und die langweiligen Psalmen, die sie für den Magister übersetzen musste.

Tränen schossen ihr in die Augen. Was hätte sie jetzt für eine Lateinstunde gegeben! Oder für Gertruds weinerliche Stimme: »Wohin gehst du, Mel? Nimm mich mit. Ich will auch in den Wald!«

***

Von Säckingen hatte keine Mühe, Bruder Eusebius auf der Landstraße nach Stuttgart aufzuspüren. Kurz zuvor war ihm ein Fuhrwerk entgegengekommen, dessen Besitzer unermüdlich vor sich hin fluchte. Dumme Holzhändler hatten es ihm offenbar besonders angetan, wie von Säckingen aus den Wortfetzen schloss, die zu ihm herüberflogen.

Der Franziskaner wanderte einsam am Fluss entlang, einen Stab in der Rechten, ein Bündel über der Schulter. Von Säckingen saß ab, nahm sein Pferd beim Zügel. »Darf ich Euch ein wenig Gesellschaft leisten, frommer Bruder?«

»Aber gern. Nur zu.« Der Gottesmann war sichtlich erfreut.

Es war noch leichter, als von Säckingen erwartet hatte, das Vertrauen des Mönchs zu gewinnen. Unermüdlich erzählte dieser vom Klosterleben, dass es hart sei, aber der einzig wahre Weg zu Gott, dass das Schicksal seltsame Prüfungen bereithielt und dass er allen Versuchungen in seinem Leben widerstanden habe. »Allen!«, betonte er immer wieder. »Allen!«

Von Säckingen begriff schnell, dass der Mann neben ihm ein schlechtes Gewissen hatte. Jetzt galt es herauszufinden, was die Seele des Mönchleins drückte. »Ein gottesfürchtiges Leben ist beschwerlich und voller Entbehrungen«, sagte er verständnisvoll. »Und die Verlockungen, die der Teufel uns schickt, sind mannigfaltig.«

»In der Tat.« Der Mönch bekreuzigte sich.

»Vor allem, wenn sie uns in Gestalt eines Weibes begegnen«, fuhr von Säckingen fort. Er reichte dem Mönch den Weinschlauch.

Der trank gierig, was seine Zunge löste. »Edler Herr, Ihr könnt mich gut verstehen, Ihr seid ein gerechter Mann, nicht wahr?«

Von Säckingen lächelte milde, nickte und legte mit väterlicher Geste einen Arm um die Schulter des Gottesmannes. »Sind wir nicht beide Männer, Ihr genauso wie ich? Sind wir nicht von Gott auserkoren, über die Weiber zu herrschen, da sie schwach sind und von Geburt an sündig?«

»So steht es geschrieben, amen.«

»Und haben die Männer Gottes nicht in jeder Hinsicht besondere Verantwortung?«

»Wie weise Ihr sprecht. Seid Ihr vielleicht ein ehemaliger Bruder, der sich dem Heer Gottes angeschlossen hat?«

Von Säckingen log, ohne zu zögern. »Ihr habt mich erkannt, Bruder.« Er drückte die schmale Schulter des Mönchs. »Ich hieß Thomas, und der Herr gab mir schwere Aufgaben und prüfte meine Standhaftigkeit ein ums andere Mal. Eines Tages ...« Von Säckingen brach ab und blieb stehen. »Ihr werdet mich verachten.«

Eusebius lächelte milde und ergriff von Säckingens Hände. »Niemals. Die Gnade des Herrn ist grenzenlos. Erzählt!«

»Sie war so jung. So unschuldig. So rein.«

Eusebius wurde bleich wie frische Milch. Er schluckte mehrmals hart.

»Seht Ihr? Jetzt verabscheut Ihr mich.« Von Säckingen machte sich los, trat einen Schritt zurück und drehte sich um, aber Eusebius kam hinter ihm her und legte seine Hände auf die breiten Schultern von Säckingens.

»Ich kann Euch gut verstehen. Wirklich.«

Langsam drehte sich von Säckingen um. Mit Mühe hatte er sich ein paar Tränen aus den Augen gedrückt. »Das glaube ich nicht. Das sagt Ihr nur, um mich zu trösten.«

Eusebius holte tief Luft. »Manchmal sind die Wege des Herrn nicht zu durchschauen. Hört mir gut zu: Gestern bin ich in der Nähe eines Hohlwegs gewandert, von den Fildern her, in Kontemplation und Gebet vertieft. Da kreuzte ein Mädchen meinen Weg. Ganz verwirrt war sie, rempelte mich beinahe an, weil sie sich ständig umsah. Ich hielt sie fest, damit sie nicht stürzte, sie war ganz schwach auf den Beinen. Wir ließen uns nieder, damit sie verschnaufen konnte. Ihr warmer zarter Körper zitterte, sie klammerte sich an mich und fing an zu schluchzen. Ich habe ihr tröstende Worte zugesprochen, ich streichelte ihr rotes Haar. Es gefiel ihr, sie hörte auf zu zittern, ich fühlte unter ihrem Gewand ihre aufblühende Weiblichkeit. Da erschien mir Maria und sprach, ich solle das Mädchen nehmen, Gott wolle es. Was hätte ich tun sollen?«

»Gottes Wille ist unser Wille.«

Der Mönch bekreuzigte sich. »Jetzt und immerdar.« Er räusperte sich. »Sie wusste, dass sie einem Diener Gottes absoluten Gehorsam schuldete, und fügte sich stumm in ihr Schicksal. Aber dann, ganz plötzlich, hat sie angefangen, sich aufzulehnen ... Was soll ich sagen? Der Stein lag bereit, Gott hatte ihn dort hingelegt, denn er ist allwissend und allmächtig.«

»Amen!«, murmelte von Säckingen, bemüht, sein Triumphgefühl zu unterdrücken. Wie leicht war es gewesen, diesem frömmelnden Einfaltspinsel ein Geständnis zu entlocken!

»Amen«, echote der Mönch.

»Habt Ihr sie begraben?«

Eusebius' Augen glänzten wie im Fieber. »Ja, das habe ich. Niemand soll wissen, wo sie liegt. Ihre Seele ist wahrscheinlich schon in die Hölle eingefahren. Wie furchtbar!«

»Furchtbar, allerdings. Das Mädchen muss eine Hexe gewesen sein. Wie sonst hätte sie sich dem Willen Gottes widersetzen können? Sagtet Ihr nicht, ihr Haar sei von roter Farbe gewesen? Sie war eine Dienerin des Teufels, daran besteht kein Zweifel. Ich bewundere Eure Festigkeit im Glauben und Euren Mut.«

Eusebius zuckte zusammen. »Bei Gott, dem Allmächtigen. Ihr habt recht. Das Mädchen muss eine Hexe gewesen sein«, wiederholte er. Seine Stimme krächzte, die Wirkung des Weins schien etwas nachzulassen. »Sie muss brennen! Ich muss sie verbrennen!«

»Wahrhaftig! So soll es geschehen. Bitte erlaubt mir, Euch zu helfen. Und habt Dank.« Von Säckingen umarmte Eusebius, der die Umarmung überrascht, aber herzlich erwiderte. »Ihr habt mich von einer schweren Gewissenslast befreit. Denn bei mir war es ganz ähnlich.« Sein Puls raste. Kein Wunder, dass sie Melisande Wilhelmis nicht gefunden hatten!

* * *

Melisande schreckte hoch. Sie waren stehen geblieben, Stimmen bellten, jemand sprang auf den Wagen, das Holz ächzte unter seinen Schritten. Rasch duckte sie sich tiefer in die Kiste. Bestimmt wurden jetzt die Fässer entladen.

»Und was ist da hinten in den Kisten?«, fragte jemand in barschem Ton.

»Die sind leer, darin soll ich die Einkäufe für meinen Herrn verstauen.«

»Leer. So, so.« Das Knarren näherte sich.

Melisande hielt den Atem an. Das Stadttor von Esslingen. Warum hatte sie nicht daran gedacht? Trotz der sengenden Hitze fing sie an zu zittern. Wäre sie doch nur in der Höhle geblieben! Wie hatte sie nur so dumm sein können!

Laute Schreie ließen sie erstarren. »Heda! Halt ein! Haltet den Schurken!«

Plötzlich waren viele Stimmen zu hören. Der Karren

wankte, eine Frau kreischte. Offenbar war draußen ein Dieb auf frischer Tat ertappt worden.

Melisande hob vorsichtig den Kopf. Vielleicht war das die Gelegenheit zu fliehen. Doch noch bevor sie den Deckel hochdrücken und einen Blick über den Rand der Kiste wagen konnte, ruckte der Karren und setzte sich in Bewegung. Der Fuhrmann nutzte wohl die Gunst der Stunde, um seine Reise unkontrolliert fortzusetzen. Womöglich hatte er selbst die Aufmerksamkeit auf den vermeintlichen Dieb gelenkt, weil sich irgendetwas auf der Ladefläche des Karrens befand, das niemand finden sollte. Wenn der Kerl wüsste, dass er eine weitere, viel kostbarere Fracht in die Stadt schmuggelte, eine, für die er auf der Adlerburg eine fette Belohnung kassieren könnte!

In halsbrecherischem Tempo ging es in die Stadt hinein. Melisande schlug mehrmals unsanft mit dem Kopf gegen den Kistenrand, doch sie wagte es nicht, sich wieder auf dem Boden zusammenzurollen.

Schließlich hielt der Karren. Holz schlug auf Holz. Fässer rumpelten von der Ladefläche herunter. Jemand brüllte Befehle, ein anderer gab murrend Antwort. Melisande schlug das Herz bis in den Hals. Bald war es so weit.

Die Stimmen entfernten sich vom Wagen. Ruhe kehrte ein. Melisande wartete noch eine Weile, dann hob sie vorsichtig den Deckel der Kiste an. Alle Fässer waren verschwunden, bis auf die wenigen leeren Kisten war die Ladefläche des Karrens leer. Er stand auf einem Hof, der bis auf ein paar Hühner verlassen schien. Aus einem angrenzenden Gebäude waren dumpfe Laute zu hören.

Melisande rieb sich die Beine, in die langsam das Gefühl zurückkehrte. Mit den Händen zog sie sich hoch, rutschte jedoch gleich wieder weg. Das lange verwinkelte Liegen hatte ihren Beinen die Kraft geraubt. Noch einmal versuchte sie es. Diesmal gelang es ihr, sich hochzuhieven und über den Kistenrand zu rutschen. Rasch rappelte sie sich auf, blickte sich nach allen Seiten um und sprang vom Wagen.

In der Pliensauvorstadt gab es noch viele freie Felder, auf denen Emmer angebaut wurde, Einkorn und Dinkel. Wie ein Wiesel huschte sie durch das Hoftor nach draußen, rannte zwischen den Ähren hindurch, hielt sich gebückt und suchte Deckung zwischen Scheunen und Schobern. Wie gut, dass sie so oft von Zuhause ausgebüchst und durch die Stadt gestromert war! So kannte sie sich gut aus. Bis zum Schelztor, in dessen Nähe sich das Haus des Henkers an die Stadtmauer kauerte, waren es nur ein paar Hundert Fuß. Das Tor wurde immer dann geöffnet, wenn der monatliche Rossmarkt stattfand. Dann strömten aus der ganzen Gegend Händler und Käufer nach Esslingen, und bis auf die andere Seite des Neckars hörte man das Schnauben und Wiehern der Rösser. Doch heute war kein Rossmarkt, um das Schelztor herum war es einsam und still.

Melisande sah das Haus des Henkers bereits von weitem. Es war keine abgerissene Holzhütte, wie sie es sich vorgestellt hatte, sondern ein massives Gebäude, wie es sich manch ehrlicher Bürger nicht leisten konnte. Auf den gemauerten Fundamenten erhob sich ein kunstvolles Fachwerk, das nirgends aufgebrochen oder baufällig war. Das Dach aus robusten Holzschindeln machte den Eindruck, selbst starken Regen abwehren und große Mengen Schnee tragen zu können.

Als Melisande näher kam, bemerkte sie, dass es nicht nach verwesenden Leichen roch, wie sie insgeheim befürchtet hatte, sondern nach Kräutern. Rechts und links des Hauses erstreckte sich ein Garten, in dem allerlei Pflanzen wuchsen,

Melisande erkannte Kerbel und Zwiebeln, Dill, Goldrute und Gundermann. Vorsichtig schlich sie näher. Fensterläden und Tür schienen fest verschlossen. Sie rüttelte am Knauf. Nichts geschah.

Rasch huschte sie um das Haus, bis sie dicht bei der Stadtmauer stand. Da. Ein Nebeneingang. Sie drückte vorsichtig gegen das Holz, aber auch hier regte sich nichts. Verzweifelt blickte sie sich um. Jetzt hatte sie es so weit geschafft und scheiterte an der Tür! Es musste doch einen Durchschlupf geben, ein Fenster oder eine Luke.

Plötzlich legte sich von hinten eine Hand um ihren Hals, eine andere auf ihren Mund. »Jetzt ist es endgültig vorbei mit Melisande Wilhelmis.«

* * *

Von Säckingen betrachtete das zerstörte Gesicht des Mädchens. Er hatte Melisande Wilhelmis nie gesehen, doch selbst wenn er sie gekannt hätte, wäre es ihm unmöglich gewesen zu sagen, ob sie es war. Die Züge des Mädchens waren völlig entstellt, die Nase eingeschlagen, die Lippen blutig aufgequollen. Es war höchstens dreizehn gewesen und von sehr schmächtigem Körperbau. Trotz des Schmutzes war das Haar unzweifelhaft von leuchtendem Rot. Von Säckingen untersuchte die Hände, aber er konnte nicht mehr feststellen, ob sie schwielig waren wie bei einer Bauerntochter oder fein und zart, denn die Haut war erdverkrustet und aufgeschürft. Durch den Schmutz hindurch konnte von Säckingen die blauen Flecken an Armen und Beinen erkennen. Getrocknetes Blut klebte an ihren Schenkeln. Der fromme Bruder musste die Kleine wie ein Berserker verprügelt haben. Und nicht nur das.

»Ich werde einen Scheiterhaufen errichten, sie verbrennen und ihre Asche in alle Winde verstreuen«, erklärte Eusebius mit feierlicher Stimme. »Sie muss vom Erdboden vertilgt werden, die böse Hexe, damit sie nie wieder Unheil anrichten kann.« Als von Säckingen ihm helfen wollte, Holz zu sammeln, winkte er ab. »Das ist meine Aufgabe, habt Dank, mein Freund. Ruht Euch aus. Ihr habt mir einen großen Dienst erwiesen.«

»Wie Ihr meint.« Von Säckingen legte sich in den Schatten einer Eiche und schaute zu, wie der Mann sich abrackerte. Der Mönch trug einen Berg Holz zusammen, schichtete es sorgsam auf. Als er fertig war, blieb er schnaufend stehen.

Von Säckingen erhob sich und lächelte. »Gut gemacht«, sagte er, zog sein Schwert, schlug dem verblüfften Mönch den Kopf ab. Rasch griff er in dessen Beutel, nahm die Dokumente an sich, legte ihn auf den Scheiterhaufen und zündete ihn an. Sorgfältig achtete er darauf, dass das Feuer nicht auf den Wald übergriff. Die verkohlten Reste ließ er liegen. Ob ein gebratener Mönch den wilden Tieren wohl besser mundete als ein einfacher Bauer? Er schüttelte sich. Wohl kaum. Die Tiere waren klug, sie durchschauten einen verlogenen Gottesmann vermutlich eher als die einfältigen Menschen, die sich leicht von einer Kutte und ein paar frommen Sprüchen blenden ließen.

Säckingen wickelte den Leichnam des Mädchens in eine Decke. Dann schnürte er das Bündel hinter dem Sattel des Pferdes fest, das unruhig auf der Stelle tänzelte. Er ließ es rückwärtsgehen und verwischte mit einem langen Ast die Hufspuren.

***

Melisande wehrte sich nicht. Sie wusste, dass sie gegen diese Arme keine Aussicht hatte. Und sie war froh darüber. Am liebsten wäre sie dem Henker vor Erleichterung um den Hals gefallen. Doch Raimund Magnus schien sich nicht zu freuen, sie zu sehen.

Grob packte er sie am Arm. »Los, ab ins Haus! Und zieh dir die Kapuze über. Wir könnten beide tot sein, weil du eine kleine dumme, ungezogene Gans bist!«

Er zog sie die zwei Stufen hinauf, fischte aus einem der Beutel an seinem Gürtel einen Schlüssel. Ohne ein Geräusch drehte sich der Schlüssel im Schloss, und die Tür schwang auf. Raimund stieß Melisande ins Innere und knallte die Tür zu.

Nachdem Raimund die Läden geöffnet hatte, blickte Melisande sich neugierig um. Das dunkle Holz des Bodens, die rauchgeschwärzte Decke, die Balken, die aussahen, als würden sie schon seit Anbeginn der Zeit das Dach tragen, schienen das grelle Licht der Sonne aufzusaugen. In der Mitte des Hauses erhob sich ein Stützbalken, der so dick war, dass Melisande sich dahinter hätte verstecken können. An der rechten Seite, die zu den Schlafkammern wies, hing ein Schwert, das allerdings keine Spitze hatte, sondern gleichmäßig verlief und am Ende abgerundet war.

»Das ist das Richtschwert?«, flüsterte sie.

»Das ist es. Und ich hätte nicht übel Lust, es dir zu schmecken zu geben.« Er nahm sie in seinen stählernen Griff. »Melisande Wilhelmis, wenn du noch einmal nicht tust, was ich dir sage, dann werfe ich dich eigenhändig in den Neckar und sorge dafür, dass die Gewichte, mit denen ich dich behänge, so schwer sind, dass dich niemand herausholen kann. Das meine ich ernst. Du hast keinen blassen Schimmer vom Leben!«

Seine Miene flößte Melisande Angst ein. Blaugrau leuchteten die Augen, wie der Stahl des Richtschwertes. Die Wangen waren angespannt, die Lippen ein schmaler Strich. So fest griff er sie am Arm, dass sie fürchtete, er würde ihr den Knochen brechen.

»Ich werde nie wieder ungehorsam sein«, stotterte sie.

Raimund ließ nicht locker. »Schwöre es. Schwöre es bei der Seele deines toten Vaters, Konrad Wilhelmis. Bei der Seele deiner toten Mutter, Beata Wilhelmis.«

Die Namen fuhren ihr ins Herz wie die neunschwänzige Katze über den nackten Rücken eines Verurteilten. Sie wollte losrennen. Weg von diesem furchtbaren Mann, von diesen Augen, von denen es hieß, dass sie töten konnten. Weg aus diesem Haus des Todes.

Raimund blieb hart. »Bei der Seele deines toten Bruders Rudger Wilhelmis und deiner Schwester Gertrud Wilhelmis. Schwöre. Jetzt.« Das letzte Wort knallte durch das Haus und hinterließ eine unheimliche Stille.

Als er sie endlich losließ, taumelte sie zurück. Noch nie hatte sie eine Stimme gehört, die so kalt war wie die von Raimund, dem Henker, in diesem Augenblick. Doch sie konnte nirgendwo anders hin. Niemand würde die Bürde auf sich nehmen, die todgeweihte Tochter einer niedergemetzelten Familie aufzunehmen, die von einem der ruchlosesten Grafen der Gegend gesucht wurde. Wie betäubt hob sie die rechte Hand. »Ich, Melisande Wilhelmis ...« Sie stockte.

»Weiter«, grollte Raimund und hob ebenfalls die Hand, als wolle er sie schlagen.

»... schwöre, bei der Seele meines toten Vaters, Konrad Wilhelmis ...« Die Trauer drohte sie zu überwältigen, die Worte begannen zu zittern. Raimund aber ließ ihren Blick nicht los. Sie hob die Stimme. »... bei der Seele meiner toten

Mutter Beata Wilhelmis, bei der Seele meiner toten Schwester Gertrud, der Seele meines toten Bruders Rudger und bei der Seele meines Bruders, der ohne Namen gestorben ist, nie wieder ungehorsam zu sein gegen Euch, Raimund Magnus, und ich erneuere meinen Schwur, Ottmar de Bruce, der meine Familie ermordet hat, zu töten.« Sie atmete stoßweise. »So wahr mir Gott helfe.«

Raimunds Züge entspannten sich. »Gut, Melisande. Gut. Du musst dich von ihnen verabschieden. Du musst in jedem Moment deines Lebens wissen, dass du sie erst im Jenseits wiedertreffen wirst. Sonst wirst du keine Ruhe finden.« Er strich ihr sanft über den Kopf und tupfte ihr mit einem Tuch die Tränen aus dem Gesicht. Seine Stimme war wie verwandelt. »Komm her. Schau es dir an.«

Sie traten näher an den Balken heran, Raimund zeigte auf die Klinge, die matt silbrig schimmerte und aussah, als würde Wasser darin fließen. »Du siehst es, nicht wahr? Das Fließen der Klinge. Sie ist seit Generationen im Besitz meiner Familie. Ein Schmied aus dem Norden hat sie in monatelanger Arbeit gefertigt. Odin selbst soll ihm zur Seite gestanden haben. Kennst du Odin?«

Melisande schüttelte den Kopf und strich vorsichtig mit einem Finger über die Schneide. Sie war vollkommen glatt. Die Wellen im Stahl schimmerten, kühlten die Hitze in ihrem Kopf.

»Sei vorsichtig. Du merkst gar nicht, wenn sie dir einen Finger abtrennt.«

»Sie?«

»Nerthus. Sie heißt Nerthus.«

»Ist das der Name deiner Frau?«

Raimunds Nasenflügel zuckten. »Nein. Obwohl er zu meiner Frau gepasst hätte. Die Göttin Nerthus brachte

Frieden und Gerechtigkeit unter die Menschen. Eine alte Sage der Heiden aus dem Norden.« Er lachte verlegen. »Du kennst doch Sagen?«

»Ja. Und die von Rittern lese ich am liebsten.« Sie reckte sich und berührte den Griff. Ein Schauer lief ihr über den Rücken. Ein Bild erschien vor ihrem Inneren: De Bruce, der vor ihr kniete, die Augen verbunden. Sie hob Nerthus an. Dieses Schwert würde ihr Frieden bringen, in dem Moment, in dem der Kopf dieses Ungeheuers vor ihre Füße rollte wie ein fauler Apfel. Sie schloss die Augen. Das Bild wurde stärker und stärker. Immer wieder hob sie das Schwert und ließ es niedersausen, der Kopf rollte, die Menge jubelte, und sie war endlich frei.

Von weitem drang Raimunds Stimme zu ihr. »Was hast du, Kind?«

Sie erwachte aus ihrem Traum.

»Es braucht jahrelange Übung, um mit diesem Schwert saubere Arbeit leisten zu können«, erklärte Raimund. »Jeden Tag. Du brauchst Kraft, Schnelligkeit und Überzeugung. Manche Verurteilte ziehen im letzten Moment den Kopf weg. Dann musst du schneller sein, den Hieb korrigieren. Am liebsten würdest du Ottmar de Bruce eigenhändig mit dem Schwert richten, ist es nicht so?«

Melisande nickte.

»Schlag es dir aus dem Kopf. Du wirst ihn nicht besiegen. Und das Richtschwert darf nur von einem Mann geführt werden, einem unreinen noch dazu. So will es das Gesetz.«

***

De Bruce schwitzte, der Morgenstern kreiste über seinem Kopf, er schlug zu, das Brett, das einen Schild ersetzen sollte, zersplitterte.

Der Waffenmeister trat zu ihm hin. »Das war sehr gut! Ihr solltet im Kampf allerdings den Morgenstern nicht so lange kreisen lassen. Das ist anstrengend und gibt dem Gegner zu viel Zeit nachzudenken. Ihr müsst zuschlagen wie ein Falke.«

De Bruce nickte grimmig. Ein neues Brett wurde angebracht, wieder ging er in Stellung. Der Waffenmeister trat zur Seite und hob nach einigen Momenten den Arm. Der Morgenstern schoss nach oben, de Bruce drehte sich einmal um die eigene Achse und traf das Brett mit voller Wucht. Ein Knappe sammelte die Einzelteile auf.

»Hervorragend«, lobte der Waffenmeister. »Genau so ist es richtig. Wollt Ihr nun die Verteidigung gegen einen Angriff mit dem Morgenstern üben?«

»Ja, das will ich«, erwiderte de Bruce schwer atmend. Solange er kämpfte, hatte er keine Zeit nachzudenken, über sein Versagen, über das kleine Miststück, das ihm gestern durch die Lappen gegangen war.

De Bruce griff gerade seinen Schild, als vom Tor her die Stimme des Wächters herüberschrillte. »Herr! Von Säckingen ist zurück. Er hat etwas mitgebracht.«

Ohne Zögern warf de Bruce den Schild weg, riss sich den Helm vom Kopf und rannte seinem Hauptmann entgegen. »Ich will nur eins hören!«, rief er.

Von Säckingen ließ sich vom Pferd gleiten, knüpfte ein Bündel von seinem Sattel und breitete es auf dem Boden aus. »Bedauerlicherweise hat Bruder Eusebius sie vor uns gefunden«, berichtete er. »Er hat wohl seinen Spaß mit ihr gehabt. Zu dumm, dass er von ihrem Gesicht nicht viel übrig gelassen hat.« Er deutete auf das blutige Bündel. »Dennoch muss sie es sein. Er hat mir seine Geschichte erzählt. Alles passt.«

De Bruce rieb sich das Kinn, kratzte sich am Kopf, stupste die Leiche mit dem Fuß an. »Das könnte sie sein«, murmelte er nachdenklich. »Die Haarfarbe stimmt. Die Größe. Das Alter. Sie hat auch so einen Bauernfetzen getragen. Ja, sie könnte es sein. Könnte! Aber was, wenn sie es nicht ist?«

Von Säckingen schwieg.

De Bruce überlegte. Wenn das Melisande Wilhelmis war, dann hatte er Ruhe, dann war es tatsächlich vollbracht. Warum also sollte er zweifeln? Zumal dieses Mädchen der kleinen Wilhelmis tatsächlich ungeheuer ähnlich sah. Wie wahrscheinlich war es wohl, dass sich zwei solche Rotschöpfe am selben Tag im selben Waldstück herumtrieben? Er wiegte den Kopf. »Gut, gut. Ihr habt hervorragende Arbeit geleistet, von Säckingen. Wie immer.« Er zeigte auf das tote Mädchen. »Verbrennt sie, und zermahlt ihre Knochen. Nichts darf von ihr übrig bleiben.«

Zwei Männer eilten herbei, um den Befehl auszuführen. De Bruce sah zu, wie sie das Mädchen wegschleppten. Das rote Haar schleifte über den Boden und wirbelte den trockenen Staub auf.

De Bruce biss sich auf die Unterlippe. Etwas drückte in seinem Bauch, als hätte er einen Stein verschluckt. Verärgert winkte er von Säckingen zu sich. »Ihr glaubt wirklich, dass sie es ist? Dann verratet mir, warum ich so ein merkwürdiges Ziehen im Magen habe.«

Der Hauptmann räusperte sich. »Das Ziehen im Magen, könnte das nicht Hunger sein?«

De Bruce drehte sich abrupt zu ihm um und brüllte los vor Lachen. »Mein Guter!« Er schlug seinem Hauptmann auf die Schulter. »Manchmal ist die Lösung wirklich einfacher, als man ahnt. Lasst uns zur Feier des Tages den Weinkeller aufsuchen. Es ist wohl weniger der Hunger als der Durst, der mich peinigt.«

***

Raimund legte Melisande eine Hand auf die Schulter. »Du kannst nicht hierbleiben. Du müsstest dich den ganzen Tag im Haus versteckt halten und nachts auch. Niemand dürfte dich sehen, sonst wüsste de Bruce zwei Tage später, wo du steckst, und ich könnte dich nicht vor ihm beschützen. Das wäre kein Leben. Weder für dich noch für mich. Ich werde jemanden finden, der sich um dich kümmert, weit weg von hier, wo dich niemand kennt. Geld genug hast du ja, und ich werde dir noch etwas dazugeben. In zwei oder drei Jahren bist du im heiratsfähigen Alter, dann findet sich ein guter Ehemann für dich, und du brauchst de Bruce nicht mehr zu fürchten. Melisande?«

Mit starrem Blick saß Melisande auf einem Schemel am Kamin und stocherte in der Asche herum.

Raimund hätte genauso gut mit der Wand sprechen können, und doch war er sicher, dass sie jedes Wort genau gehört hatte. »Und jetzt koche ich uns etwas zu essen«, fuhr er fort. Vielleicht war es besser, sich zunächst mit alltäglichen Belangen zu beschäftigen. »Sei so gut und hilf mir.«

Melisande regte sich nicht.

»Melisande!«

Noch immer reagierte das Mädchen nicht. Raimund unterdrückte ein Seufzen. Wahrscheinlich ließ er Melisande besser in Ruhe. Vorläufig zumindest. Ein gutes Essen würde ihre Lebensgeister sicher wieder wecken. Und sie einsichtig machen.

Er warf etwas Reisig in den Kamin und legte Scheite nach, die schnell brannten. Danach schälte er Zwiebeln, schnitt Lauch und Fenchel, holte in der Räucherkammer ein Stück Fleisch. Schon zog der Duft des Gemüses und des Gerauchten durch das Haus. Schweiß stand Raimund auf der Stirn. Er ließ den Eintopf köcheln und wandte sich um. Melisande saß immer noch regungslos da. Er tat so, als interessiere er sich nicht für sie, legte die Bauernkleider ab und verstaute sie in der Truhe. Danach nahm er den zweiten Löffel von der Wand, den, mit dem Eslin immer gegessen hatte, und legte ihn auf den Tisch. Schließlich wandte er sich wieder dem Eintopf zu.

Die ganze Zeit über hatte er Melisande nicht aus den Augen gelassen, die, ohne ein einziges Mal den Kopf zu heben, in das Feuer gestarrt hatte. Jetzt ging er zu ihr und stieß sie sanft an. »Das Essen ist fertig, Melisande. Du musst etwas zu dir nehmen, ja? Du brauchst deine Kräfte.«

Sie reagierte nicht. Raimund überlegte. Er beugte sich zu ihr hinunter und brachte seinen Mund ganz dicht an ihr Ohr. »Du musst stark werden, damit du de Bruce besiegen kannst. Deswegen musst du essen. Nur deswegen.«

Er gab etwas von dem Eintopf in eine Schale, füllte eine zweite für sich, setzte sich an den Tisch, brach Brot ab, füllte zwei Becher mit Wasser und Wein. Erst als er seine zweite Portion nahm, kam sie an den Tisch, setzte sich und begann langsam zu essen. Ihr Gesicht verriet nicht, ob ihr der Eintopf mundete, ob sie überhaupt merkte, was sie aß.

Raimund seufzte. Wenigstens hatte sie das Essen nicht wieder ausgespuckt.

Er räumte ab, Melisande schien sich für nichts zu interessieren. Hatte er sie zu hart angepackt? Immerhin hatte sie ihre ganze Familie verloren, war selbst beinahe abgeschlachtet worden. Er hatte Kinder auf seinen Kriegszügen gesehen, die einfach herumsaßen, nichts taten, nichts aßen, wie Hunde, deren Herrchen tot war. Aber Melisande würde es schaffen. In ein paar Tagen würde sie wieder lachen, und wenn sie bei ihrer neuen Familie war, irgendwo weit weg von Esslingen, dann würde sie schnell vergessen.

Raimund deutete auf die zum Kamin hin gelegene Schlafkammer. »Das ist dein Platz. Am besten gehst du gleich hinein, dann kann dich niemand sehen, auch wenn er durch die Fensterläden hindurchspitzt. Ich habe zu arbeiten. Da ist ein verstockter Dieb, den ich überreden muss, die Wahrheit zu sagen.« Er leerte einen weiteren Becher Wein in einem Zug. »Das kann ein wenig dauern. Denn danach muss ich noch etwas erledigen. Und zünde weder Kerze noch Talglampe an, wenn es dunkel wird! Verstanden?«

Melisande nickte.

»Denk daran, du hast einen Schwur geleistet. Wenn du nicht gehorchst, bedeutet das unser beider Tod. Ist dir das klar?«

Wieder nickte sie.

»Gut.« Raimund nahm seinen Beutel, in dem alles steckte, um die Verletzungen zu versorgen, die er dem Dieb zufügen würde: Kräuterpaste, ein Stück gereinigter Schweinedarm und einige Streifen frisch gewaschenen Leinens.

Die Sonne warf bereits lange Schatten, als er vor das Haus trat. Er nahm den Weg über die Innere Brücke, noch waren viele Menschen unterwegs. Ein Karren, beladen mit Broten, kam ihm entgegen, der Duft kitzelte seine Nase, obwohl er satt war.

Raimund ging weiter, hielt den Kopf gesenkt. Er wollte diese Gesichter nicht sehen, die ihn entweder mit Abscheu, Entsetzen oder Angst anstierten. Manchmal wünschte er sich, einen von diesen Strohköpfen auf der Streckbank zu haben, damit er ihm Respekt einflößen konnte.

Schon stand er vor dem Schelkopfstor und begehrte lauthals Einlass. Sofort öffnete sich die Tür. Ratsherr Konrad Sempach, ein kleiner, dicklicher Mann, kam die geschwungene Treppe hinabgeeilt, um ihn in Empfang zu nehmen, hinter ihm ging der Richter Henner Langkoop, dessen lange, spitze Hakennase schon so manchen Ganoven in Angst und Schrecken versetzt hatte.

»Gut, dass du endlich da bist, Meister Hans«, begrüßte Langkoop ihn. »Ich hoffe, du ersparst uns weiteres Zuwarten. Nicht nur, dass dieser Nichtsnutz ein halbes Malter Mehl gestohlen hat, das dem ehrenwerten Jan Schepper gehört, nein, er ist auch zu feige, es zuzugeben. Er wurde gesehen, in seiner Hütte hat man Sack und Mehl gefunden und einen Scheffel, mit dem er das Mehl in kleinere Beutel gefüllt hat. Die hat er wahrscheinlich auch gestohlen.«

Raimund nickte. »Seid unbesorgt, Herren. Bald wird er sich an alles erinnern. Mit Vergnügen werde ich seinem Gedächtnis auf die Sprünge helfen.«

»Wenn er gestanden hat, soll er sogleich die linke Hand verlieren, auf dass er nie wieder vergisst, dass man das Eigentum anderer nicht anrührt.« Konrad Sempach stemmte die Arme in die Hüften. »Richter Enders von den Fildern wird binnen kurzem da sein, damit wir ihn an Ort und Stelle verurteilen können.« Er drehte sich um. »Wo bleibt der Schreiber?«, brüllte er über seine Schulter, sodass es Raimund in den Ohren klingelte.

Henner Langkoop schnaufte. »Der ist schon unten im Festsaal.«

Raimund ging voran, zwei Büttel kamen dazu. Sie stiegen die Treppe zum Keller hinab, rechts befand sich ein Verlies, geradeaus ging es zum Festsaal, in dem Raimunds Werkzeuge warteten. Fünfzehn Mal zwanzig Fuß maß die

Folterkammer. An der Wand gegenüber dem Eingang hingen verschiedene Zangen ordentlich aufgereiht, damit jeder Delinquent sofort sehen konnte, was auf ihn zukam. Die Streckbank glänzte frisch geölt; die Daumenschrauben, Brustreißer und die zwei Mundbirnen, gedacht zur Überdehnung der Kiefer, des Anus oder der Vagina, ergänzten die Ausrüstung. In einem Regal wiederum lagen verschiedene Utensilien, die die Beschuldigten nach der Befragung in einen Zustand versetzen sollten, in dem sie aussagen oder zumindest ihr Geständnis unterschreiben konnten. Besonders stolz war Raimund auf den Knochenspreizer, mit dem er offene Brüche richten konnte.

Der Dieb saß bereits auf dem Thron, einem Stuhl aus Eisen, teuer in der Herstellung, dafür Furcht erregend ob seiner vielen Stacheln, der Hand- und Fußfesseln und dem Loch in der Sitzfläche, durch das spitze Metallstangen hindurchgestoßen werden konnten.

Raimund kannte den Mann vom Sehen. Ein armer Tropf, der erst seit wenigen Monaten in der Stadt lebte, also kein Bürger Esslingens war. Das würde er auch nie werden, denn ihm fehlten Besitz und Stand, und ihm würde nicht nur die Hand abgehackt, er würde auch für immer und ewig aus der Stadt verbannt werden. Starb er nicht sofort an Hunger, entzündete sich höchstwahrscheinlich sein Armstumpf und brachte ihm so den Tod, denn Raimund versorgte die Wunde nur einmal, unmittelbar nach Vollstreckung des Urteils. Er erinnerte sich an die Geschichte des Mannes, die er irgendwo aufgeschnappt hatte: Bei einem Feuer war bis auf ihn die ganze Familie ums Leben gekommen, und allein hatte er nicht die Kraft gehabt, den Hof wieder aufzubauen. Sein Lehnsherr hatte ihm das Land abgenommen und es einem anderen gegeben.

Er trat auf den Mann zu. »Wie heißt du?«

Die Zähne des Gefangenen klapperten so sehr, dass er kein Wort herausbrachte.

»Er ist bekannt unter dem Namen Julius, Sohn des Wolfgang, freier Bauer auf den Fildern«, tönte aus einer Ecke des Raumes die dunkle Stimme des Schreibers.

Ratsherr Sempach begann. »Julius, Sohn des Wolfgang, ich frage dich: Hast du dem Jan Schepper einen Sack Mehl gestohlen, in der Absicht, das Mehl zu verkaufen und dich mit dem Gewinn zu bereichern?«

Die Zähne des Angeklagten schlugen immer noch aufeinander, außer einem Wimmern kam nichts zwischen seinen Lippen hervor.

Raimund wandte sich Langkoop zu. »Darf ich versuchen, Herr, ihm die Angst ein wenig zu vertreiben, sodass er zumindest sprechen kann?«

»Ja, ja«, erwiderte der Richter. »Gebt ihm von Eurem Elixier, aber macht voran! Bald ist es Abend. Wir haben Wichtigeres zu tun, als einen verstockten Dieb zum Reden zu bringen.«

»Habt Dank, Herr.« Raimund löste ein Tonfläschchen von seinem Gürtel, zog den Pfropf ab, machte einen Schritt zu Julius hin, griff mit eiserner Hand dessen Unterkiefer, bog ihn herunter und ließ ein paar Tropfen in dessen Kehle laufen.

Julius musste schlucken, seinen Kopf konnte er nicht bewegen, denn er war mit einem Eisenband festgezurrt. Nach wenigen Augenblicken hörten die Zähne auf zu klappern.

Sempach wiederholte seine Frage: »Julius, Sohn des Wolfgang, ich frage dich: Hast du dem Jan Schepper einen Sack Mehl gestohlen, in der Absicht, das Mehl zu verkaufen und dich mit dem Gewinn zu bereichern?«

»Jan Schepper … kenn' ich nich'«, brachte der Angeklagte stockend hervor.

Selbst in dem trüben Schein der Fackeln und Talglichter konnte Raimund sehen, dass der dicke Konrad Sempach rot anlief und zu einer Eisenstange griff.

Langkoop ging dazwischen. »Es nützt gar nichts, wenn Ihr zuschlagt, Sempach. Das zieht nur eine unangenehme Untersuchung nach sich. Das wisst Ihr doch.«

Der Ratsherr ließ die Stange sinken. Raimund kannte den Mann seit Jahren. Ein unbeherrschter Mensch, dem man nachsagte, dass er außer sich selbst niemanden mochte. Zumindest hatte er sich Raimund gegenüber bisher immer anständig, ja sogar großzügig verhalten. Erst kürzlich hatte Sempach im Rat die Erhöhung seiner Löhnung durchgesetzt.

»Woher hast du das Mehl?«, schrie Sempach nun. »Rede endlich, oder Meister Hans wird dich das Grauen lehren.«

»Aber der Sack, den hab' ich vom Weg aufgelesen, und da war niemand.«

»Du lügst! Man hat dich gesehen, wie du bei der Mühle mit dem Sack abgehauen bist. Gestehe endlich!« Sempach brüllte wie ein Ochse. Aber Julius ließ den Kopf hängen und fing an zu weinen.

»Raimund, Nachrichter und Scharfrichter von Esslingen, walte deines Amtes.« Aus Sempachs Augen blitzte die Vorfreude.

Raimund neigte das Haupt. Von der Wand nahm er eine grobe, armlange Zange. Er legte sie in ein Kohlebecken, fächelte Luft, sodass die Glut hell leuchtete. Im Nu glühten die Backen der Zange röter als Sempachs Wangen. Er nahm das Werkzeug heraus und hielt es vor Julius' Gesicht, das sich vor Entsetzen verzerrte. »Wenn du die Wahrheit sagst, lege ich die Zange wieder zurück, und dir bleibt der Schmerz erspart.«

Der Angeklagte schloss die Augen und schwieg. Raimund kannte Menschen wie ihn. Erst wenn der Schmerz über sie hereinbrach, glaubten sie, dass man es ernst meinte. Er gab einem Büttel mit dem Kopf ein Zeichen. Der knebelte Julius und zog sich wieder zurück. »Du hast es so gewollt. Möge Gott dir gnädig sein.« Blitzschnell quetschte Raimund mit der Zange den linken Oberarm des störrischen Mannes. Es zischte, die Backen gruben sich in die Haut und dann in die Muskeln, der Geruch von verbranntem Fleisch stieg auf, es dampfte und qualmte.

Julius' Augen schienen aus den Höhlen zu springen, jeder Muskel spannte sich an, sein Schmerzensschrei aber blieb im Knebel stecken.

Inzwischen war der dritte Richter, Enders von den Fildern, in den Keller gekommen. Er war ein breitschultriger grauhaariger Mann mit gütigem Gesicht. Raimund legte die Zange zurück in das Kohlebecken und begutachtete die Verletzung. Sehr schmerzhaft, aber wenn der Kerl tatsächlich überleben sollte, was einem Wunder gleichkäme, konnte er den Arm weiterhin gebrauchen. Mit einem Eisenhaken daran konnte er auf dem Feld einfache Arbeiten ausführen oder sein kärgliches Brot als Träger verdienen.

Schweiß troff vom Gesicht des Angeklagten, zwischen seinen Beinen tropfte Urin auf den Boden. Raimund wusste, dass er keinen zweiten Versuch brauchte. Julius war so weit.

Der Büttel nahm den Knebel ab, ein tierisches Brüllen schoss aus Julius' Kehle, dann ein Schluchzen. Ungeduldig warteten Richter und Henker, bis Julius endlich sprach.

»Ja, ich gebe es zu«, jammerte er. »Ich habe bei der Mühle einen Sack Mehl genommen, aber nur, weil ich doch nichts zu essen hatte.«

Die Feder des Schreibers kratzte eifrig über das Pergament. Raimund löste den rechten, unversehrten Arm des Diebes. Der Schreiber hielt ihm die Feder hin, und Julius machte seine drei Kreuze. Die Spannung wich, der Fall war abgeschlossen. Richter Langkoop verkündete das Urteil, das er sogleich unterzeichnete, ebenso wie von den Fildern und Sempach.

Julius brach in Tränen aus. »Warum schlagt Ihr mich nicht gleich tot? Was soll ich denn ohne die Hand machen? Und dann noch draußen vor den Toren der Stadt, da gibt es nicht einmal Almosen für einen Krüppel wie mich!«

Der Büttel stopfte dem Dieb das Maul mit dem Knebel. Raimund band seine linke Hand auf den Block. Es war ein mildes Urteil, es hätte auch die rechte sein können. Er schlang Julius ein Band um den Oberarm, um zu verhindern, dass der Verurteilte zu viel Blut verlor. Dann wählte er die schwere Knochenaxt, mit der er ein Handgelenk so durchtrennen konnte, dass Elle und Speiche nicht verletzt wurden.

Kurz nahm er Maß, dann schlug er zu. Schon lag die Hand des Diebs auf dem Block. Es sah aus, als gehöre sie immer noch zum Arm, aber das hervorquellende Blut sang ein anderes Lied.

Julius zuckte kurz, dann sank er in sich zusammen.

»Bindet ihn los, und legt ihn auf den Tisch«, befahl Raimund, und die Büttel gehorchten sofort. Die drei Richter und Ratsherren nickten dem Henker zu und verließen den Keller. Ihr Teil der Arbeit war getan, der Rest scherte sie nicht mehr.

Raimund schob Julius einen Schemel unter die Beine und öffnete ihm den Mund. Der Verurteilte hatte sich nicht erbrochen. Im Kohlebecken erhitzte Raimund sein Messer bis zur Rotglut und verschloss damit die Adern, die er finden konnte. Mit drei Schnitten löste er die Haut, zog sie über den Stumpf und band sie mit dem Stück Schweinedarm zusammen, nicht ohne vorher Kräuterpaste in die Wunde geschmiert zu haben. Mit den sauberen Leinenstreifen verband er den Stumpf, dann löste er den Riemen, den er um den Oberarm gelegt hatte. Der Verband blutete nicht durch. Gut. Julius war versorgt und konnte jetzt von den Bütteln vor den Toren der Stadt ausgesetzt werden.

Nachdem die Männer den wimmernden Kerl aus dem Raum gezerrt hatten, löschte Raimund die Glut und säuberte den Keller. Er freute sich auf ein paar Humpen Bier im Gasthaus »Zum Eber«. Seinen Lohn würde er am Ende des Monats erhalten, wenn er seine Rechnung einreichte. Fünf Groschen. Gutes Geld für gute Arbeit. Julius hatte gebüßt, die Sache hatte keine Stunde gedauert. Die Hand des Übeltäters hatte er einem der Büttel versprochen, der ihm dafür einen Gefallen schuldig sein würde. Sie sollte den Mann vor Dieben schützen.

Bis zum »Eber« waren es keine hundert Schritte. Inzwischen war es fast dunkel, die Stadttore waren längst geschlossen. Raimund drückte die Tür auf, und schon hüllte ihn der Geruch nach fettem Braten, Schweiß und Geilheit ein. Er setzte sich in seine Ecke, an seinen Tisch, an den sich niemand sonst setzen würde. Sofort stand ein würziges Bier vor ihm.

Mägde liefen hin und her, räumten leere Krüge ab, füllten nach, brachten Speisen und ließen sich begrapschen. Raimund nahm sich vor, in den nächsten Tagen Applonia zu besuchen, eine der wenigen Huren, die sich nichts daraus machten, von einem Henker bestiegen zu werden. Raimund hätte sich die Dienste aller Huren erpressen können, schließlich war er der städtische Verwalter des Frauenhauses und sorgte dafür, dass alles mit rechten Dingen zuging und die Stadt das Geld erhielt, das ihr zustand. Aber das wollte er nicht. Im Gegenteil, er fühlte sich für die Frauen in seiner Obhut verantwortlich und versuchte, sie vor allzu brutalen Männern zu beschützen. Einmal hatte er einem Kerl beide Arme gebrochen, weil er im Suff die blonde Magdalena halb totgeschlagen hatte. Gegen ein paar Kratzer war nichts einzuwenden, auch den einen oder anderen blauen Fleck ließ Raimund durchgehen. Aber eine Hure, die wochenlang nicht arbeiten konnte und die er auch noch versorgen musste – das ging zu weit.

Am Schanktisch standen die Meister Jacop, Anton und Wilhelm. Dem Ersteren sah man sein Handwerk unschwer an. Er schien ergraut, aber es war nur der Marmorstaub, den er noch nicht ausgekämmt hatte. Die beiden anderen trugen ihr Handwerkszeug bei sich: Glättaxt, Hobel, Maßwerk und Pergamentrollen, auf denen sie ihre Gewerke planten. Davon verstand Raimund nichts. Er vermochte zwar, so weit zu zählen, dass ihn niemand betrügen konnte. Aber wie man die Stärke eine Balkens berechnete, damit er ein Dach trug – das war ihm so unverständlich wie die lateinischen Psalmen in der Kirche, die er nur auswendig nachplapperte, ohne den Sinn zu verstehen.

Die drei tranken Wein, unterhielten sich über die Geschäfte, die gut gingen, waren sich einig darin, dass die jungen Burschen nichts als Unsinn im Kopf hatten und dass das in ihrer Jugend ganz anders gewesen sei. Dass die Preise in den Himmel schossen und sie nächstes Jahr mehr verlangen würden für ihre Arbeit, damit sie nicht bald am Hungertuche nagen mussten. Und natürlich, dass die Geschlechter wie seit hundert Jahren versuchten, den Zünften ihre mühsam erworbenen Rechte wieder abzujagen, und dass man dagegen vorgehen müsse.

Raimund nahm einen tiefen Zug, jeder Schluck bescherte ihm mehr Frieden. Die wirren Bilder, die in seinem Hirn spukten, verschwanden, und wohliger Nebel füllte seinen Kopf aus.

Die Tür schlug auf, krachte gegen die Wand. Auf der Schwelle stand Marx von Bergstein, ein Tuchmacher. Wie ein Schlachtross schnaufte er, blickte sich ein paarmal hektisch um, stürzte zum Schanktisch, schlug mit der Faust darauf und flüsterte dem Wirt ein Wort zu. Dennoch konnten es alle hören; die Gespräche waren verstummt, keiner bewegte sich, selbst die Mägde hatten mitten in der Bewegung innegehalten. Marx war bekannt in der Stadt und in der Schenke allemal. Angesehen war er ebenfalls, ein würdiger Vertreter seiner Zunft und wahrscheinlich irgendwann einmal Nachfolger des Zunftmeisters.

»Wein!«

Der Wirt knallte einen Becher auf den Tisch und goss Wein hinein. Noch bevor er gefüllt war, griff Marx zu und leerte ihn. »Alle tot. Alle.« Marx atmete stoßweise.

Alle außer Raimund standen langsam auf und scharten sich um den Tuchmacher. Raimund fragte sich, warum die Glocken noch nicht Sturm läuteten. Marx musste das Gemetzel entdeckt und gemeldet haben. Oder war er tatsächlich zuerst hierhergekommen?

Im selben Moment schlug die große Glocke von St. Dionys. Einmal. Dann noch einmal. Dann folgten die kleinen Brüder und Schwestern wild durcheinander. Die Menschen, die gerade noch Marx angestarrt hatten, verließen fluchtartig die Schenke. Marx blieb zurück, kippte sich den nächsten Becher in den Hals.

»Wer ist tot?«, fragte Raimund leise, ohne den Kopf zu heben.

Marx setzte den Becher ab, wischte sich den Mund und drehte sich zu Raimund. »Bei der Heiligen Jungfrau Maria. Die Wilhelmis. Die ganze Familie. Und alle, die bei ihnen waren. Soldaten, Ritter, Fuhrleute, Diener, alle. Im Hohlweg vor dem Aufgang zu den Fildern. Das muss der Teufel gewesen sein. Sie haben Beata Wilhelmis das Kind aus dem Leib gerissen.« Marx bekreuzigte sich.

Raimund lief es eiskalt über den Rücken. De Bruce' Leute mussten Beata zu den anderen Opfern in den Hohlweg geschafft haben. Also waren sie doch noch einmal zurückgekehrt. Vermisste denn niemand Melisande?

»Habt Ihr Euch davon überzeugt, dass alle tot sind?« Raimund bereute die Frage schnell, vor allem den Ton, in dem er sie gestellt hatte. Nicht unterwürfig, wie es sich für einen Mann seines niederen Ranges ziemte, sondern fordernd wie ein Richter.

Marx' Augen nahmen einen gefährlichen Glanz an. »Geht dich das irgendetwas an, Henker? Wie redest du überhaupt mit mir? Ich habe ohnehin schon zu viel gesagt. Ich muss los.« Marx warf eine Münze auf den Tisch und rannte aus der Schenke.

Raimund erhob sich langsam, nickte dem Schankherrn zu, trat auf die Gasse und ließ sich mit der Menge zum Ausrufer am Fuß der Kirchentreppe treiben.

Die Glocken schwangen aus, der letzte Ton verhallte und damit auch das Gemurmel der Menschen. Die Fanfare erklang, Schultheiß Johann Remser trat zwischen den Ratsherren hervor, die Stirn gefurcht, seine schwere goldene Kette schwankte hin und her, als wolle sie seine Empörung ausdrücken.

Der Ausrufer warf sich in Positur. »Bürger von Esslingen!

Höret, was Euer Schultheiß Euch zu sagen hat!« Er verbeugte sich und trat einige Schritte zurück.

»Bürger von Esslingen!« Remsers Worte hallten von den Häusern wider. Seinen kräftigen Bass hätte man bei einem Bären von Mann erwartet, nicht aber bei dieser kleinen rundlichen Gestalt mit den feisten Backen und den Schweinsäuglein. »Ein ungeheures Verbrechen ist begangen worden, wie es in der Geschichte unserer gottgefälligen Stadt noch nicht vorgekommen ist. Die Familie des ehrenwerten Esslinger Bürgers, des Tuchhändlers Konrad Wilhelmis, ist niedergemetzelt worden mit allen, die zu ihrem Haushalt gehörten. Man hat ihnen am Hohlweg zu den Fildern aufgelauert und sie abgeschlachtet wie Vieh.«

Remser hielt inne, ein Raunen ging durch die Menge, aber schnell herrschte wieder absolute Ruhe. »Ich habe angeordnet, eine Untersuchung durchzuführen, um die zu ergreifen, die unsere Stadt mit Schande überschüttet haben. Alle berittenen Männer in vollen Waffen sollen sich bereithalten, wir brechen in einer Stunde auf.«

Rufe wurden laut. »Das waren die Württemberger! Haben sie nicht im letzten Jahr noch Höfe geplündert?«

Ein Mann schüttelte die Faust. »Lasst uns das Feuer nach Württemberg tragen! Sind wir nicht stark genug, um die Grenzen ein für alle Mal neu zu ziehen?«

Die Menge johlte zustimmend, aber Remser hob abwehrend die Hände. »Glaubt mir, nichts würde ich lieber tun als das, und vielleicht könnten wir die Württemberger auch schlagen. Aber bevor wir nicht sicher sind, dass sie dahinterstecken, kommt es einer Kriegserklärung gleich. Zurzeit haben wir Landfrieden, und den können wir ohne ernsthaften Anlass nicht brechen. Seid versichert, wenn wir herausfinden, dass die Württemberger etwas damit zu tun haben, werden wir nicht zögern, gegen sie zu Felde zu ziehen. Dann werden sie allein dastehen, und niemand wird ihnen zu Hilfe eilen.«

Raimund musste Remser Respekt zollen. Er war ein entschlossener und zugleich kluger Mann und hatte die Meute im Griff. Natürlich würden sie nichts finden, was gegen den Erzfeind sprach. Das Ergebnis würde lauten: Der Raubritter Friedrich von der Kronenburg und marodierende Banden, die sich zusammengeschlossen und den Wagenzug überfallen hatten, steckten dahinter. Man würde die Kronenburg kurzerhand niederbrennen, und niemand würde sich darum scheren.

Wieder erklang die Fanfare. Alles war gesagt, jetzt hieß es handeln. Nur für Raimund gab es nichts zu tun. Beherzte Männer würden am Hohlweg Wache halten, würden im Schein von Fackeln die furchtbar zugerichteten Leiber in grobe Leinensäcke einnähen und auf Wagen verladen, die am nächsten Morgen dort eintreffen würden. Die toten Angreifer würde man an Ort und Stelle aufknüpfen und so lange hängen lassen, bis nichts mehr von ihnen übrig war. Den Opfern würde man eine große Messe zelebrieren und sie im Schatten von St. Dionys begraben. Ob sie die Spuren richtig deuten würden? Ihnen bis zur Lichtung folgen und die richtigen Schlüsse ziehen würden? Wohl kaum. Sie hatten ja nicht einmal gemerkt, dass ein Leichnam fehlte.

Die Wirkung des Bieres ließ nach. Raimund fühlte Angst aufsteigen. Eine Angst, die er lange vergessen glaubte. Die Angst um einen anderen Menschen. Angst um Melisande. Er musste sie so schnell wie möglich aus der Stadt schaffen.

***

Ottmar de Bruce war hoch hinauf auf den Turm gestiegen. Die Geschichte mit Bruder Eusebius gefiel ihm. Sie bestätigte, was er über Mönche dachte. Diese Heuchler! Nach der Messe liefen sie zu den Hübschlerinnen, nahmen sich dann gegenseitig die Beichte ab und predigten Enthaltsamkeit und Ehrfurcht vor Gott.

Er leerte den Krug, den er mitgenommen hatte, und warf ihn hinunter auf den Burghof, wo er zersplitterte und einige Söldner erschreckte. Er ballte die Fäuste. Selbst der Wein vermochte den Schmerz in seiner Seele nicht zu besänftigen. Er wusste nicht, woher er kam. Er wusste nur, dass er ihn langsam, aber sicher in den Wahnsinn trieb. Nur in der Schlacht, im Kampf, wich der Schmerz und verstummte für einige Zeit. Aber an so einem Abend, warm und dazu gemacht, das Leben in vollen Zügen auszukosten, an so einem Abend tobte er in seinen Eingeweiden ärger als sein schlimmster Feind.

De Bruce nahm seinen Dolch, schob den Ärmel seiner Cotte hoch und ritzte sich eine Linie in den Arm, Blut quoll hervor und lief über die dicht an dicht liegenden Narben. Er atmete laut aus, seufzte. Erleichterung pulste durch seine Adern, zumindest für die nächsten Stunden.

»Wo steckst du?«, fragte er in die Luft, doch wie erwartet erhielt er keine Antwort. Genauso wenig wie auf die Frage, ob das tote Mädchen, das sein Hauptmann ihm gebracht hatte, tatsächlich Melisande Wilhelmis war. Er zweifelte nicht an den Worten von Säckingens. Dieser Mann war ein Ritter alter Schule und würde nur lügen, wenn sein Leben davon abhinge. Er hatte ein Mädchen gefunden, das Melisande Wilhelmis ähnlich sah, das zur richtigen Zeit am richtigen Ort gewesen war. Das Mädchen konnte Melisande sein – oder irgendein anderes von den vielen, die jedes Jahr verschwanden.

De Bruce horchte in sich hinein. Der Schmerz war fort, doch die Unruhe war noch da. Melisande Wilhelmis war nicht tot. Sie lebte. Irgendwo da draußen. Er zog die silberne Haarspange hervor, die von Säckingen im Wald gefunden hatte, und betrachtete sie. Er würde seine Wachsamkeit nicht aufgeben. Niemals. Bis er die verfluchte Metze mit eigenen Händen in die Hölle stoßen würde.

***

Seit Stunden lag Melisande wach. Sie hatte den Vorhang vor ihrer Schlafkammer nicht zugezogen. Ihr Blick ruhte auf dem Schwert, dessen Klinge im Zwielicht matt schimmerte, ihre Ohren nahmen all die fremden Geräusche wahr. Nie hätte sie gedacht, dass nur einen Bogenschuss von ihrem Zuhause entfernt alles anders roch, sich alles anders anhörte. Zu Hause hatte es meistens nach frischem Brot oder nach den kostbaren Tuchen gerochen, mit denen ihr Vater handelte. Auch die Gewürze, die in der Speisekammer lagerten, hatten ihren wunderbaren Duft verströmt. Am liebsten hatte sie das Rosenöl gerochen, mit dem sich Mutter abends eingerieben hatte.

Das Haus des Henkers roch ebenfalls angenehm, nach den Kräutern, die in Bündeln zum Trocknen aufgehängt waren, dem Eintopf, den Raimund Magnus gekocht hatte, nach Rauch und trockenem Holz. Melisande sog tief die Luft ein. Da war noch etwas anderes. Sie konnte es nicht benennen. Es war mehr ein Gefühl. Trost. Sie spürte Trost.

Das Mondlicht schlich sich durch eine Ritze im Fensterladen und ließ die Klinge des Richtschwertes aufblitzen. Melisande versuchte die Augen zu schließen, aber sofort sah sie die Bilder aus dem Hohlweg vor sich. Das viele Blut, die

Verwundeten, die traurigen Augen ihrer Mutter und den Pfeil in Gertruds kleinem Herzen. Sie schob sich vorsichtig aus dem Bett, füllte sich noch einen Becher Wein ab und trank ihn in einem Zug leer. Ein Schleier legte sich über ihre Gedanken. Sie lief zurück in die Kammer, kroch wieder unter die Decke, wo es nach frischem Stroh roch, doch der Schlaf wollte immer noch nicht kommen. Raimund war so reinlich. Fast wie ihre Mutter. Die hatte den ganzen Hausstand verrückt gemacht mit Putzen und Fegen und Waschen.

Der Mond zog weiter, die Klinge aber hörte nicht auf zu blinken. Melisande hörte den Schlüssel im Schloss und ließ rasch ihren Kopf auf die Seite fallen. Raimund versuchte, sich ins Haus zu schleichen, aber er machte Lärm, als würde ein ganzer Heertross über sie herfallen. Schlurfend näherte er sich ihrer Schlafkammer. Seine Hand strich über ihren Kopf, er zog ihr die Decke bis ans Kinn.

Melisande roch das Bier, hörte seinen Atem und den Satz, den er stockend flüsterte. »Melisande Wilhelmis, ich schwöre bei Gott und meinem Leben, dass ich dich beschützen werde, als wärest du mein eigenes Kind.«

Nochmals strich er ihr über das Haar, die Schritte entfernten sich, und fast augenblicklich war aus der Kammer nebenan ein lautes Schnarchen zu hören.

Die Henkerin

Juni 1330

Raimund sah in seinem grünen Wams aus wie ein Edelmann. Stattlich. Einen besseren Brautvater konnte es nicht geben. Melisande war stolz auf Raimund. Tiefrot leuchtete ihr Kleid, das sie sich für den schönsten Tag ihres Lebens hatte anfertigen lassen, es betonte das leuchtende Feuer ihres Haares. Heute würde sie heiraten.

Vor dem Schwörhaus warteten ihr Bräutigam und seine Familie, Adalbert Breithaupt, erster Sohn des ehrenwerten Zunftmeisters der Gewandschneider, Friedrich Breithaupt. Adalbert war ein wunderbarer Mann. Warmherzig, treu und vor allem: Er liebte sie. Und Melisande liebte ihn. In einer Vollmondnacht hatte er um ihre Hand angehalten. Rosenblätter hatte er streuen lassen, zwei Musiker hatten eine Ballade gesungen von dem einzigen wahren Ritter ihres Herzens, Adalbert. Bereits als sie sich das erste Mal gesehen hatten, als sie das erste Mal in seine tiefschwarzen Augen geblickt hatte, hatte sie gefühlt, was sie nie zuvor gefühlt hatte: Liebe. Reine Liebe, so unschuldig und weiß wie der Januarschnee.

Jetzt standen sie auf einer kleinen Bühne vor dem Schwörhaus. Alle waren gekommen: der Rat, die Zunftmeister, die vornehmen Familien der Stadt. Die Tafel war länger als jede Hochzeitstafel, die in Esslingen je aufgestellt worden war, denn Meister Breithaupt wollte sich nicht nachsagen lassen, er habe es an irgendetwas fehlen lassen. Melisande lächelte ihren zukünftigen Schwiegereltern zu, sie lächelten zurück, warm und herzlich.

Feierlich wurde der Vertrag besiegelt, mit Tränen in den Augen übergab Raimund sein Kind in die Hände des Gatten. Die Glocken von St. Dionys läuteten, die Menschen jubelten, Blütenblätter regneten auf das junge Paar nieder, und Melisande schritt wie eine Königin zu dem Wagen, der sie zu der alten Hütte auf den Fildern brachte. Adalbert hatte sich gewünscht, die Hochzeitsnacht mit seiner geliebten Melisande dort zu verbringen, wo sie sich zum ersten Mal heimlich getroffen hatten. Sein Vater hatte leise gelacht und das einfache Holzhaus herrichten lassen wie einen Palast: mit Teppichen an den Wänden, einem Bett aus Eiche, verziert mit kostbaren Schnitzereien, die Fruchtbarkeit und Liebe beschworen.

Die Festgemeinde, die das Brautpaar zur Hütte begleitet hatte, zog zurück in die Stadt. So waren sie endlich allein, und Melisande konnte in den schwarzen Augen ihres Gatten versinken. Sie spürte seine starken Arme, seinen festen Körper, seine süßen Küsse auf ihrer nackten Haut. Sie wusste es: Heute Nacht würde er ihren ersten Sohn zeugen.

Plötzlich splitterte Holz. Schreiende Männer drangen in die Hütte ein. Adalbert riss entsetzt die Augen auf. Melisande hob den Blick zu der schwarzen Gestalt, die über ihnen aufragte wie ein Dämon aus den Tiefen der Hölle: Ottmar de Bruce.

»Alles Gute für das frischvermählte Paar!«, höhnte er, ließ sein Schwert niederfahren und tötete Adalbert mit einem Streich.

Melisande konnte nicht schreien. Ihre Kehle war zugeschnürt, entsetzt warf sie sich auf den Leichnam ihres Bräutigams, ihre Tränen mischten sich mit seinem Blut.

Plötzlich war es totenstill um sie herum. Still und dunkel.

Der warme Körper, den sie eben noch unter dem ihren gespürt hatte, war verschwunden. Nichts war dort, nur die nassgeschwitzte Decke.

Vorsichtig richtete sie sich auf. De Bruce war weg, ebenso Adalbert. Niemand war da. Sie war nicht in der Hütte auf den Fildern. Sie war zu Hause.

Zitternd stieg Melisande aus dem Bett, schob den Vorhang zur Seite. Ihr Herz raste immer noch, doch die Traumbilder zerbröckelten allmählich, machten der Wirklichkeit Platz. Das fahle Licht des Morgens drang durch die Ritzen in den Fensterläden in das Haus des Henkers. Das Richtschwert hing, wo es immer hing, es schimmerte, so wie es immer geschimmert hatte. Alles war, wie es immer war.

»Nur ein Traum«, murmelte Melisande. »Nur ein dummer, dummer Traum.« Sie trat vor den Balken und richtete ihren Blick auf Nerthus. Leise sprach sie ihr Morgengebet, das gleiche, das sie seit fünf Jahren sprach und das seit ebendiesen fünf Jahren immer mit derselben Bitte endete: »Herr, gib mir die Kraft, den Mörder meiner Familie seiner gerechten Strafe zuzuführen.«

Melisande wandte sich ab und zog den Vorhang an Raimunds Kammer zur Seite. Sein Mund stand weit offen, die Augenlider zitterten leicht. Sie atmete auf.

Seit achtzehn Monaten hütete Raimund nun schon das Bett. Mitten im Winter war er beim Holzhacken umgefallen, als habe ihn der Blitz getroffen. Zuerst hatte Melisande gedacht, er sei tot, aber sein Herz hatte noch geschlagen, obwohl es fast nicht mehr zu spüren gewesen war. Es hatte ausgereicht, ihn am Leben zu halten. Als er wieder aufgewacht war, fast zwei Wochen später, hatte er nicht mehr sprechen können, nur undeutliches Gebrabbel hatte er von sich gegeben. An seinen Augen hatte sie gesehen, dass er nicht verrückt geworden war, so wie der Sohn des Müllers Hertfried, der so lange den Kopf gegen die Wand geschlagen hatte, bis er tot umgefallen war. Sie hatte ihm ihre Tafel gereicht. Aber er konnte seine Hände nicht bewegen. Nichts konnte er bewegen, bis auf seine Augen und seinen Kopf. Melisande hatte gebetet wie noch nie, und Gott hatte zumindest ein wenig Erbarmen gezeigt und seinen linken Arm wieder zum Leben erweckt.

Raimund öffnete die Augen, lächelte sie an und krakelte auf Melisandes Wachstafel, was er seit Monaten darauf krakelte: »Erlöse mich.«

Sie flüsterte, was sie immer flüsterte: »Ich kann nicht. Verzeih mir.« Sie wusch ihn, wechselte die Tücher, die sie ihm anlegte, damit er nicht immer das ganze Bett durchnässte und verschmutzte, massierte ihm Arme und Beine, drehte ihn auf die Seite. Siebenmal am Tag brachte sie ihn in eine andere Position, salbte die Stellen, auf denen er auflag, damit er nicht bei lebendigem Leibe verfaulte. Im Katharinenhospital hatte sie Bettlägerige gesehen, deren Rücken nur noch aus rohem Fleisch bestand. Raimund sollte zumindest dies erspart bleiben.

Heute war ein besonderer Tag. Eine Hinrichtung stand an, nicht ihre erste, aber dennoch eine Aufgabe, die sie nicht alle Tage zu bewältigen hatte. Fünf Jahre war es her, dass Melisande sich in Melchior verwandelt hatte, den stummen Lehrling des Henkermeisters Raimund Magnus. Und seit der Schlag Raimund ans Bett gefesselt hatte, war sie der Henker von Esslingen.

Vor vier Wochen, in der Nacht zum Walpurgistag, hatten sie einen Mann dabei erwischt, wie er eine Frau zuerst geschändet und ihr danach die Kehle durchgeschnitten hatte. Das Messer hatte er noch in der Hand gehalten, die vornehmen Kleider, in die er gehüllt gewesen war, tropften vom Blut seines Opfers. Er hatte gequiekt wie ein Schwein, als ihn die Büttel fortzerrten. Er habe das nicht getan, er sei erst dazugekommen, als sie schon tot war.

Melisande hatte keine fünf Minuten gebraucht, um das Geständnis aus ihm herauszubekommen. Sie hatte ihn in den Keller geführt und ihm gezeigt, welche Werkzeuge ihr zur Verfügung standen, um seine Zunge zu lösen. Auf ihre Tafel hatte sie ein Bild gemalt, das zeigte, wie sie ihm die Fingernägel ausreißen würde. Der Schreiber konnte gar nicht so schnell die Feder tanzen lassen, wie der Mörder beichtete.

Für heute war der Prozess angesagt, und die Stadt lief über von Schaulustigen, denn eine Hinrichtung hatte es schon lange nicht mehr gegeben, schon gar nicht die eines vornehmen Mannes.

Sie kochte einen kräftigen Brei mit Honig und frischer Minze. Der Sommer hatte bislang genug Regen gebracht, sodass alle Kräuter prächtig gediehen. Den Tisch hatte sie vor die Schlafkammer gestellt und um ein Brett erweitert, damit Raimund mit seinem gesunden Arm an die Schale herankam. Er tauchte den Löffel in den Brei, hob ihn an, strich ihn an der Kante sauber und steckte ihn in den Mund. Langsam zog er ihn wieder heraus, schluckte und wiederholte die Bewegung.

Während Raimund aß, bereitete sich Melisande auf die Hinrichtung vor. Sie legte die Schnürung an, mit der sie ihr wahres Geschlecht verbarg. Nur gut, dass es nicht sehr viel zu verbergen gab, so mancher Mann besaß größere Brüste als sie. Trotzdem schnürte sie ihren Oberkörper ein, dass es aussah, als sei sie flach wie ein Brett. Mit einigen tänzelnden Schritten prüfte sie ihre Bewegungsfreiheit. Die Schnürung saß genau richtig. Darüber zog sie ihr Henkersgewand: Mit großen grünen, roten und blauen Vierecken zeigte es unmissverständlich an, welchen Beruf sie ausübte. Das Haupt verhüllte sie mit einer schwarzen Kapuze aus glänzendem Samt.

Raimund lächelte ihr zu.

»Es ist heute«, flüsterte sie. »Ludwig Mintrop. Der Schänder. Er hat noch drei weitere Gräueltaten zugegeben. Bald wird er vor den Herrn treten.«

Raimunds Augen formten eine Frage.

»Warum er nicht gevierteilt oder zumindest aufgeknüpft wird? Er hat einflussreiche Freunde. Man hat mir bedeutet, ihm ein wenig Traumsaft einzuflößen, damit er nicht leidet. Aber beerdigt wird er trotzdem nicht. Hängen wird er ohne Kopf, bis ihm die Gliedmaßen abfallen und kein Stück Fleisch mehr an ihm ist.«

Raimund nickte, seine Augen hatten sich verfinstert. Melisande wusste, was er dachte. Es war unrecht, dass Mintrop nur geköpft wurde. Der Mann gehörte gerädert und dann vor der Stadt gehenkt. Sein Geschlechtsteil sollte man den Hunden zum Fraß vorwerfen. Aber für die hohen Herren galten immer noch andere Gesetze als für die, die im Staub krochen. Wenigstens würde er lange im Fegefeuer schmoren. Schließlich wusste jeder, dass die Schmerzen vor dem Tod einem viel Leid in der Vorhölle ersparten.

Manchmal erschreckten diese Gedanken Melisande. Dann blitzte für wenige Augenblicke die Erinnerung an jene Zeit in ihr auf, als sie noch die behütete Händlerstochter gewesen war, die von all den Dingen nichts gewusst hatte, die nun ihr täglich Brot waren. Als Melisande Wilhelmis hatte sie fast nur die schöne Seite des Lebens gesehen, die, auf der die Menschen glücklich, satt und sicher waren. Natürlich hatte sie von der anderen Seite gewusst. Auch damals schon hatte sie Krankheit, Leid und Tod miterlebt, sogar einmal einer Hinrichtung beigewohnt. Aber all diese schrecklichen Dinge hatten nichts mit ihr zu tun gehabt, nichts mit ihrem Leben, nichts mit ihrer Familie.

Wenn Melisande die Augen schloss und die Erinnerung zuließ, war sie für ein paar köstliche Momente wieder das Mädchen, das widerwillig lateinische Psalmen übersetzte, unerlaubt im Wald Hasen jagte und von dem tapferen Ritter Gawan träumte. In letzter Zeit besaß der Gawan ihrer Träume häufig das ebenmäßige Antlitz von Adalbert Breithaupt. Seit sie den Sohn des Zunftmeisters vor einigen Monaten bei einer Gerichtsverhandlung erblickt hatte, verging kein Tag, an dem sie nicht an ihn dachte.

In den letzten fünf Jahren hatte sie sich klaglos in ihr Schicksal gefügt. Der Gedanke an die Rache hatte sie stark gemacht, doch seit sie Adalbert zum ersten Mal gesehen hatte, war alles anders. Sie wollte wieder ein junges Mädchen sein, hübsch und von allen geliebt, nicht der einsame Jüngling, den alle verachteten, weil er die schmutzigen Arbeiten für sie erledigte. Sie stellte sich vor, wie es wäre, wieder Melisande zu sein, Frauenkleider zu tragen und Adalberts bewundernde Blicke auf sich zu spüren. Sie hatte sich sogar hinter Raimunds Rücken ein Gewand genäht, das sie manchmal überstreifte, wenn er tief und fest schlief. In der Klinge des Richtschwerts bewunderte sie dann ihr Ebenbild, ließ sich von einem unsichtbaren Adalbert zum Tanz bitten. Wenn er sie doch nur ein Mal so sehen könnte! Sie war sich sicher, er würde ebenso in Liebe zu ihr entflammen, wie sie für ihn entflammt war.

Aus Raimunds Kammer ertönte ein Geräusch. Melisande zuckte zusammen. Rasch räumte sie ab, säuberte das Geschirr und stellte es wieder an seinen Platz. Noch einmal trat sie zu dem Mann, der in ihrem Herzen den Platz ihrer Familie eingenommen hatte. »Ich komme gleich nach der Hinrichtung wieder«, flüsterte sie. »Dann lese ich dir etwas aus der Bibel vor, die Meister Henrich uns geborgt hat.«

***

Wendel Füger griff eine Handvoll Erde und roch daran. Dann zerkrümelte er sie zwischen den Fingern. Zufrieden nickte er. Der Sommer nahm einen guten Verlauf. Nicht zu feucht, nicht zu trocken, genug Sonne, damit die Rebstöcke reichlich Trauben trugen. Sie würden prall sein und ausreichend Süße für einen gehaltvollen Wein besitzen, der einem nicht den Gaumen verätzte. Sein Vater hatte die Rebstöcke pflanzen lassen, als Wendel vor dreiundzwanzig Jahren geboren wurde, und tief hatten sie ihre Wurzeln in den Boden getrieben.

Es war früh am Tag. Tau lag auf den Blättern, die Sonne hatte sich soeben über den Horizont erhoben. Wendel richtete sich auf, über ihm strahlte die weiße Burg Achalm, die die Reutlinger zu jeder Stunde des Tages daran erinnerte, wie dicht vor den Toren der Stadt das Feindesland begann. Die Burg gehörte zu Württemberg, ebenso wie das obere Stück des Berges, der ihren Namen trug. Die tieferen Hänge der Achalm waren mit Weingärten bedeckt. Einige der ertragreichsten gehörten seiner Familie, allen voran die Sommerhalde und der Lichtenberg, Südlagen, die auch süßen Wein hergaben, wenn das Jahr kalt und regnerisch war.

Einen besonders guten Weingarten hatte Wendels Vater, Erhard Füger, erst im vergangenen Jahr erworben: Der alte Ammann hatte das Ammändle hergeben müssen, weil ihm die Schulden über den Kopf wuchsen. Die Ammanns waren eine alte Patrizierfamilie, die viel Einfluss besaß, doch auch dem Prunk zugeneigt war. Zudem war sie mit sieben Töchtern gesegnet, die verheiratet werden mussten, ein kostspieliges Unterfangen. Erhard Füger hatte dem Alten einen guten Preis geboten, und der hatte zähneknirschend eingeschlagen, nur ungern übergab er seinen Besitz an einen Händler einfacher Herkunft, auch wenn der Preis noch so gut war. Erhard Füger gehörte zur Zunft der Karcher, der Fuhrleute und Wirte. Er nannte eine kleine Weinstube sein Eigen. Geschäfte machte er aber vor allem mit dem Verkauf von Wein, dem von seinen eigenen Weinbergen, aber auch von solchem, den er aus anderen Gegenden bezog. Seine Weinberge ließ er gegen Lohn von Husern bearbeiten. Die Familie Füger war wohlhabend, sie besaß einen geräumigen, gut gefüllten Weinkeller und sogar eine eigene Kelter, die direkt neben dem großen Wohnhaus beim Oberen Tor lag.

Wendel war der einzige Stammhalter der Familie Füger – und stolz darauf, nicht nur ein trefflicher Geschäftsmann zu sein, sondern auch dieselbe Leidenschaft für Wein zu besitzen wie sein Vater. Darüber hinaus hatte er schon mehrfach großes Verhandlungsgeschick bewiesen, wenn es um schwierige Kundschaft ging. Sein Meisterstück war zweifelsfrei der Vertrag mit drei Esslinger Weinstuben, die in den kommenden Jahren nur Füger'schen Wein ausschenken würden und ihn dafür ein gutes Stück billiger bekamen. Der Gewinn war zwar nicht so hoch wie beim Verkauf in der eigenen Schenke, aber sie hatten beim Esslinger Weinhandel einen Fuß in der Tür, und dafür hätte Wendels Vater sogar gänzlich auf Gewinn verzichtet. Ihm machte es Freude, den Esslingern eins auszuwischen.

Wendel konnte das nicht verstehen. Was brachte es, jemanden zu ärgern? Bei der nächsten Gelegenheit würde dieser es einem heimzahlen wollen. Und das führte nur zu weiterem Ärger.

Wendel schüttelte seine braunen Locken, grüßte den Huser und seine Knechte, die mit der Haue über der Schulter den schmalen Weg zur Sommerhalde hinaufgestiegen kamen, saß auf und ritt zurück in die Stadt. Dort warteten die Wagen auf ihn. Seit Wochen freute er sich auf die Reise, die ihn erst zur Adlerburg und dann nach Esslingen führen würde. Ottmar de Bruce hatte zehn Fass Traminer bestellt, die Esslinger bekamen genauso viele. Zwanzig Fässer, fünf Wagen, zehn erfahrene Söldner als Schutz.

Wendel selbst trug nur ungern Waffen, aber auf Reisen blieb ihm keine Wahl. Ganz anders als Ottmar de Bruce, der bekannt war für seine Rauflust und seine Geschicklichkeit mit dem Schwert. Manch böse Zunge tuschelte hinter vorgehaltener Hand, auf der Adlerburg gehe nicht alles mit rechten Dingen zu und de Bruce bräche immer wieder den Landfrieden. Wendel gab nichts um diese Gerüchte. Ottmar de Bruce war ein guter Kunde, der viel bestellte und pünktlich zahlte. Vor allem aber liebte de Bruce wie er selbst Gesang und Spiel. De Bruce verstand es zweifellos zu leben, zu feiern. Derb ging es zu, die Scherze des Grafen waren nichts für die Ohren von Mönchen, Kindern oder Jungfrauen. Aber genau das war es, was Wendel so reizte: ein wenig vom Weg der Tugend abzuweichen. Gerade so viel, dass der Herrgott nicht zürnte.

»He-Ho!«, rief Wendel, als er auf das Obere Tor zupreschte. Die Wachen winkten ihm zu, er nahm sein Pferd in den Schritt zurück, um niemanden in Gefahr zu bringen. Gemächlich ritt er über die Krämerstraße, grüßte hier und dort, bog nach links und stieg just in dem Moment vom Pferd, als sein Vater vor das Haus trat. »Es gibt einen vorzüglichen Wein in diesem Jahr, Vater!«, rief er.

»Wenn nur der Frost im Herbst nicht zu früh kommt.« Erhard Füger blickte in den klaren Morgenhimmel, als könne er das zukünftige Wetter in der Luft ablesen.

»Ach Vater, wer will denn etwas von Frost hören an so einem herrlichen Sommermorgen!«

Erhard Füger lächelte, doch rasch wurde er wieder ernst. Er nahm Wendel beim Arm und führte ihn hinüber zur Kelter, unter deren ausladendem Dach es still und schattig war. Die schweren Balken schwitzten den säuerlichen Duft gepresster Trauben aus, der sich tief in das Holz gefressen hatte. »Mein Sohn«, begann Erhard, »bevor du auf die Reise gehst, muss ich mit dir reden. Du bist mein ganzer Stolz und wärest der Stolz eines jeden Vaters.«

Wendel errötete, aber gleichzeitig beschlich ihn der Verdacht, dass sein Vater etwas Unangenehmes mit ihm besprechen wollte.

»Du bist dreiundzwanzig Jahre alt. Als ich so alt war ...«

Jetzt dämmerte es Wendel. Natürlich. Die Nachkommen.

»... warst du längst verheiratet, und deine Gemahlin hatte dir bereits fünf Kinder geboren.«

»Von denen nur eins überlebt hat.« Erhard holte tief Luft. »Gott hat mich schwer geprüft und dafür reichlich belohnt.«

Wendel stöhnte innerlich. Diesmal schien es seinem Vater wirklich ernst zu sein. Im Gegensatz zu den Vätern seiner Freunde war Erhard Füger ein Mann, der nicht nur Fehler anprangerte, sondern auch großzügig mit Lob umging. Aber gleich zweimal ein so großes?

»Ich will nicht lange drum herumreden. Ich habe eine Frau für dich! Sie ist sechzehn, bildhübsch, gescheit, und sie wird uns das Wagenriet einbringen, den oberen Südwesthang am Echentzenberg. Eine einzigartige Lage.«

Wendel wusste sofort, von wem die Rede war. Sie hieß Engellin, und ihr Name stand für ihr Wesen. Keine Frage, eine gute Partie. Aber Wendel wollte keinen Weinberg heiraten und keinen gefügigen Engel, sondern die Frau, die er liebte. So wie es in den Versen beschrieben wurde, die er manchmal las.

Nachtigall, sing ein Lied mit Kunst
für meine edle Königin!
Verkünde ihr, dass mein fester Sinn und mein
Herze brennen
nach ihrem süßen Leib und nach ihrer Liebe!

Unsterbliche Liebe. War sie erst einmal entbrannt, konnte man an nichts anderes mehr denken als an das zauberhafte Wesen, das einem das Herz entflammt hatte. Und dieses Wesen war ihm bisher noch nicht begegnet.

»Vater, ich weiß, dass es an der Zeit ist. Und Engellin ist eine treffliche Wahl. Aber ich glaube nicht, dass ich mit ihr glücklich sein kann, denn ich liebe sie nicht.«

Die Augen seines Vaters verdunkelten sich. »Die Zeit ist abgelaufen. Seit vier Jahren lehnst du eine Braut nach der anderen ab. Jetzt ist Schluss damit. Der Vertrag ist bereits geschlossen. Wenn die Ernte eingebracht ist und die Trauben im Fass sind, wirst du heiraten, und du wirst es nicht bereuen. Das schönste Mädchen Reutlingens wirst du heimführen.«

Wendel senkte den Blick. Sein Vater hatte zweifellos Geduld gezeigt, mehr als die meisten Väter an seiner Stelle, ja sogar gegen seine Frau hatte er sich durchgesetzt, die Wendel schon längst verheiratet hätte. Es war an der Zeit, ein dankbarer Sohn zu sein. Er seufzte einmal tief, hob den Kopf und schaute in Erhard Fügers angespanntes Gesicht. »Du hast wahr gesprochen, Vater.«

Erhards Miene entspannte sich, dann verzogen sich die Lippen zu einem breiten Grinsen. »Das heißt, du willigst ein?«

Wendel schluckte. Das Strahlen im Gesicht seines Vaters war so echt, so überglücklich. Er brachte es nicht über das Herz, ihn zu enttäuschen. »Wie könnte ich dir diesen Wunsch abschlagen? Und Engellin ist in der Tat ein ganz besonderes Mädchen. Die Liebe wird schon kommen, wenn wir erst als Mann und Weib vereint sind. So wie bei dir und Mutter.«

Fast blieb Wendel die Luft weg, als ihn sein Vater umarmte. Es ist ja noch fast ein halbes Jahr bis dahin, dachte er. Da fließt noch eine Menge Wasser die Echaz hinunter.

* * *

Raimund lächelte und strich Melisande mit der Hand über das Haar. Sie drückte ihm einen Kuss auf die inzwischen fast kahle Stirn, nahm das Richtschwert vom Haken und machte sich auf den Weg. Draußen wartete schon eine Horde Kinder, die johlend dem Henker folgte. Wie so oft probten die Kleinen ihren Mut. Wer trat am nächsten an den Henker heran? Wer traute sich, ihm fest in die Augen zu sehen? Wer war so todesmutig, ihn anzusprechen?

An diesem Sommertag hielt sich der Wagemut der Gören allerdings in Grenzen. Sie zogen es vor, in sicherem Abstand immer wieder ein paar Schritte vorzulaufen, um sich dann zurückfallen zu lassen und ein Stück hinter dem Mann mit dem bunten Gewand und der dunklen Kapuze herzurennen, wie eine Meute unsicherer Hunde.

Melisande hatte sich längst daran gewöhnt. Anfangs hatte sie versucht, die Kinder zu verscheuchen, aber sie waren anhänglicher als Schmeißfliegen. Sie anzufassen war ihr unter Strafe verboten. Also beschränkte sie sich darauf, von Zeit zu Zeit stehen zu bleiben oder einen schnellen Schritt nach vorne zu machen, jeweils gefolgt vom ängstlichen Quietschen der Kinderschar. Aber heute war ihr nicht nach Possen zumute. Bald würde sie einem Menschen das Haupt abschlagen, und das war keine Kleinigkeit. Keine Frage, der Unhold verdiente den Tod. Dennoch, den Tod gutzuheißen und den Tod zu bringen, das waren zwei Paar Schuh. Zumal man saubere Arbeit von ihr erwartete. Der Hieb durfte nicht fehlgehen, der Kopf musste nach dem ersten Schlag über den Richtplatz rollen. Der Henker hatte im Falle seines Versagens nicht nur seinen Ruf zu verlieren, sondern, wenn die Menge übel gelaunt war, auch sein eigenes Haupt.

Der Rat hatte die Gerichtsversammlung auf den Markt verlegt. Der Gerichtssaal im Schwörhof wäre aus allen Nähten geplatzt. Alle zwölf Richter hatten sich eingefunden, trotz der feuchten Hitze eingehüllt in ihre purpurnen Roben. Heute würde es ein heftiges Gewitter geben, da war sich Melisande sicher.

Mintrop saß im Schelkopfstor und wurde von vier Bewaffneten bewacht. Wie ein Mann traten sie zur Seite, als Melchior auf das Tor zuging. Einer riss das Eichenportal auf, die anderen schauten angestrengt ins Nichts. Der Geruch nach Angst und Fäkalien schlug Melisande entgegen, als sie sich dem Verlies näherte.

Der Schlüsselwärter nickte ihr zu und ging voran die Treppe hinab. Vor einer schweren Tür mit Eisenbeschlägen und einer kleinen Öffnung blieb er stehen, rasselte mit seinen pfundschweren Schlüsseln und ließ den Henker eintreten.

Mintrop war längst aufgesprungen, presste sich an die hintere Wand seines Gefängnisses und starrte Melisande mit blutunterlaufenen, schreckgeweiteten Augen an. Es sah aus, als wollte er die Wand eindrücken, aber die tonnenschweren Fundamente hätte nur ein Erdbeben bewegen können.

Melisande zog eine Phiole aus einem ihrer Beutel und hielt Mintrop die vorbereitete Tafel hin. »Trink«, stand darauf, sonst nichts.

Mintrop brach in Tränen aus, ließ sich ins feuchte Stroh fallen und vergrub den Kopf unter den Händen. Melisande wandte sich dem Wächter zu. Der verstand, griff sich den Todgeweihten und sperrte ihm das Maul auf. Mintrops Widerstand versiegte, Melisande goss ihm die Traumtropfen in den Hals, und schon nach kurzer Zeit entspannte sich der Mann. Ein seliges Grinsen trat auf sein Gesicht.

Das ist mehr, als du verdient hast, dachte Melisande, deine Opfer mussten all deine Grausamkeiten bei vollem Bewusstsein ertragen. Doch dann besann sie sich. Über einen, der bald vor den Herrgott treten würde, sollte man nichts Böses denken. Sein Schicksal lag nicht mehr in der Menschen Hand.

Nachdenklich betrachtete sie Mintrops einfältig verzerrtes Gesicht. Sie hoffte, dass sie die Tropfen nicht überdosiert hatte, denn er musste vor Gericht sein Geständnis wiederholen, damit er rechtskräftig verurteilt werden konnte.

Auf ein Zeichen zog der Wächter den schlaffen Körper hoch und warf ihn sich über die Schulter. Oben schüttete Melisande Mintrop kaltes Wasser über den Kopf und wartete. Endlich klärte sich sein Blick. Er war bereit. Er würde alles wahrnehmen, aber nichts konnte ihm jetzt noch Angst einjagen. Er kam auf die Beine, schwankte ein wenig, aber er schaffte es, ohne Hilfe zu gehen.

Gut, dachte Melisande, der erste Schritt ist getan.

Die Wächter hievten Mintrop auf den Armesünder-Karren und ketteten ihn an. Die Gasse vor dem Tor war mit Menschen gefüllt. Sie schrien und schimpften, bewarfen Mintrop mit Exkrementen und faulem Gemüse. Die Wachen blieben hinter dem Karren zurück, sie wollten keine der stinkenden Gaben abbekommen. Melisande lief ebenfalls fast zehn Schritte hinter dem Wagen, anders als die Wachen musste sie sich um Platz keine Sorgen machen. Die Menge wich hastig zurück, sobald der Henker sich näherte.

Langsam bahnte die Prozession sich einen Weg durch die Gassen. Obwohl es zum Marktplatz nur ein paar Schritte waren, schien der Marsch nicht enden zu wollen. An der Seite, wo das Katharinenhospital an den Markt grenzte, war die Tribüne für das Gericht aufgebaut worden. Sie wurde von zwei Dutzend Männern bewacht.

Die Richter saßen bereits auf ihren Plätzen, der Schreiber hielt die gespitzte Feder in der Hand. Mintrop wurde vor die Tribüne gestoßen und auf die Knie gedrückt.

Der Vorsitzende Kunibert von Engern entrollte ein Pergament. »Ludwig Mintrop, Sohn des ehrenwerten Jorg Mintrop, Ihr werdet beschuldigt, die Clara, Tochter des Tuchhändlers Henn, die Anna, Gemahlin des Münzmeisters Friedlein, die Kunigund, Hebamme zu Esslingen, und die Eva, Tochter des Kammmachers Auberlin, zuerst geschändet und dann ermordet zu haben. Gesteht Ihr Eure Schandtaten?«

Mintrop glotzte von Engern verständnislos an. Melisande biss sich auf die Lippe. Sie hatte die Dosis der Tropfen dreimal überprüft. Das konnte nicht sein! Von Engern machte eine ungeduldige Handbewegung, Schweißperlen funkelten auf seiner Stirn. Eine der Wachen versetzte dem Angeklagten einen aufmunternden Hieb in die Seite.

Mintrop zuckte zusammen. »Ich gestehe alles«, lallte er und zuckte noch einmal. Plötzlich wirkte er hellwach. »Ich habe diesen Weibern nur gegeben, was sie verdient haben. Unzüchtige, lüsterne Huren waren sie, allesamt!«

»Haltet Euer Schandmaul, Mintrop!«, brüllte von Engern.

Wieder schlug die Wache zu, diesmal in den Magen. Mintrop krümmte sich vor Schmerzen und verstummte.

Kunibert von Engern erhob sich. »Ludwig Mintrop, Ihr seid der Schändung und des vierfachen Mordes überführt. Das Urteil lautet: Tod durch das Schwert.«

Jubel brach los. »Kopf ab!«, hallte es von den Häusern wider. »In die Hölle mit ihm!«

***

Ottmar de Bruce hob die Hand zum Zeichen, dass seine Männer halten sollten. Wenig später stand der kleine Trupp Söldner still, keiner sprach, lediglich das Schnauben der Pferde erfüllte die Luft.

De Bruce verharrte ebenfalls reglos, schließlich wandte er sich um. »Wir warten hier«, verkündete er. »Von dieser Stelle aus hat man einen hervorragenden Blick auf den Richtplatz, ohne gesehen zu werden.«

Er stieg ab, trat ein paar Schritte auf den Waldsaum zu und blinzelte ins Neckartal. »Was für eine beeindruckende Aussicht«, rief er grinsend. »Ich werde jeden Moment dieser Hinrichtung genießen. Vor allem den Anblick des Henkers. Und wenn es stimmt, was ich über diesen Mann gehört habe, dann wird dies ein Tag, an den ich mich lange erinnern werde.« Er lachte grölend. »Wo bleibt der Wein?«, brüllte er dann. »Ich will Wein trinken! Schließlich wird uns heute ein ganz besonderes Spektakel geboten.«

Er nahm einen Schluck aus dem Becher, den von Säckingen ihm reichte, und leckte sich die Lippen. »Na, komm schon, Henker«, murmelte er. »Komm heraus aus deinem Rattenloch. Und wenn du deine Arbeit verrichtet hast und die gaffende Menge abgezogen ist, dann werden wir beide eine Unterredung unter vier Augen führen. Nur du und ich.«

***

Mintrop wurde wieder auf den Karren gezerrt, Melisande setzte sich in Bewegung, führte den Zug an, hinaus aus der Stadt, zum Richtplatz. Hinter ihr reihten sich die Richter ein, dann mehrere Priester und Mönche, die Kreuze auf langen Stangen vor sich her trugen und pausenlos beteten. Gesäumt von Bütteln und Wachen folgte schließlich der Karren mit dem Verbrecher, der dank des Trunks nicht wusste, wie ihm geschah.

Die Stimmung war heiter. Manche tanzten und sangen, Spielleute trällerten fröhliche Melodien. Durch die Pliensauvorstadt zog die Prozession, dann über die Brücke auf das andere Neckarufer zu einer leichten Anhöhe, nur wenige Fuß neben der Landstraße. Der Ort war gut gewählt. Weithin war der Richtplatz sichtbar, damit jeder Reisende sofort erkannte, dass in dieser Stadt Recht und Gesetz herrschten. Auch hier war eine Tribüne aufgebaut. Gleich daneben hatte man den Galgen errichtet.

Es dauerte, bis die hohen und edlen Herren ihre Plätze eingenommen hatten. Mintrop wurde unruhig. Offenbar ließ die Wirkung der Tropfen nach. Es wurde Zeit, der Sache ein Ende zu machen. Melisande gab den Bütteln ein Zeichen, den Verurteilten vor ihr auf die Knie zu stoßen.

Kunibert von Engern hob ein rotes Tuch. Die Masse, die auf nahezu tausend Menschen angewachsen war, verfiel augenblicklich in Schweigen.

Melisande ließ den Blick über die Tribüne schweifen. Mit einem Mal setzte ihr Herz aus. Da saß Adalbert. Seine schwarzen Augen blitzten, seine blonden Locken und sein warmes Lächeln leuchteten bis zu ihr herüber. Sie stockte. Die Bilder des Traums tauchten vor ihrem inneren Auge auf. Adalbert als strahlender Bräutigam, der seine Braut Melisande in die kleine Hütte auf den Fildern führt. Adalbert, der ihren ganzen Körper mit zärtlichen Küssen bedeckt. Wirklichkeit und Traum begannen, miteinander zu verschmelzen. Adalbert schien sie anzulächeln.

»Schlag ihm endlich den Kopf ab!«

»Schlaf nicht ein, Melchior!«

Melisande fuhr zusammen. Erschrocken umfasste sie das Schwert. Wie lange hatte sie so dagestanden und Adalbert angestarrt? Hatte er wirklich in ihre Richtung gelächelt? Ihre Hand begann zu zittern. Ein Henker durfte niemanden anstarren. Es hieß, sein Blick könne töten. Was, wenn man ihr vorwarf, sie habe Adalbert umbringen wollen?

»Ab mit dem Kopf!«

Das Grölen der Menge wurde lauter. Melisande sah, wie Kunibert von Engern einem anderen Richter etwas zuraunte. Sie musste endlich tun, was von ihr erwartet wurde. *Bleib ruhig. Konzentrier dich auf deine Pflicht.*

Sie schloss die Augen. Sie war Melchior, der Henker, nicht Melisande, die junge Frau, die einen Mann liebte, der von dieser Liebe nie etwas erfahren durfte. Ihre Züge wurden hart, still lag Nerthus in ihrer Hand.

Sie trat zu dem Verurteilten, hielt ihm die Tafel vor die Nase, auf der ihre rituelle Entschuldigung für das stand, was sie ihm antun musste, und legte ihm die Augenbinde an. Sie trat einen Schritt zurück, schwang das Schwert in einem Halbkreis über ihrem Kopf, drehte sich in der Taille und ließ die Klinge durch die Luft zischen.

Mintrops dünner Nacken leistete nur wenig Widerstand. Mit einem schmatzenden Geräusch trennte das Schwert den Kopf vom Hals, so sauber, wie ein scharfer Dolch durch Butter schneidet.

Ein Raunen ging durch die Menge, das Blut spritzte fast zwölf Fuß weit, dann begannen die Leute zu klatschen und zu johlen. Mintrops Haupt war vor die Tribüne gerollt und lag im Dreck, die Augen in den Himmel gerichtet.

Mit einem Nicken veranlasste sie, dass Mintrops Leichnam an den Galgen geknüpft wurde, den Kopf steckte sie auf einen Eisendorn. Die Leiche stank erbärmlich. Im Sterben hatte der Mann Blase und Darm entleert, so wie das alle taten, die so plötzlich vor ihren himmlischen Richter treten mussten.

Auf der Tribüne lichteten sich die Reihen, auch der Pöbel wogte zurück zum Marktplatz, wo er die Hinrichtung mit Tanz und Trunk feiern würde. Niemand schenkte dem Henker noch Beachtung, er hatte seine Schuldigkeit getan und wieder einmal bewiesen, dass er der beste weit und breit war. Vergessen war der kurze Augenblick, in dem er scheinbar ein anderer gewesen war, verträumt in Richtung Tribüne gestarrt hatte, als sähe er dort etwas, was den anderen verborgen blieb.

Melisande atmete auf. Endlich konnte sie zurück nach Hause, zu Raimund und dem einen oder anderen Humpen Bier, der ihr helfen würde, nicht nur die Schrecken der Hinrichtung zu vertreiben, die Schrecken des Todes und des Tötens, sondern auch die Schrecken der Gefahr, in die sie sich selbst mit ihrer albernen Schwärmerei gebracht hatte.

Melisande warf einen Blick in den Himmel, wo sich düstere Gewitterwolken ballten, bereit, der schwülen Hitze ein Ende zu machen. Es war Zeit aufzubrechen. Sie drehte sich um und erstarrte. Das Pferd, die Rüstung, das Gesicht. Ottmar de Bruce lächelte ein Lächeln, das vermutlich nur einer außer ihm selbst beherrschte: der Teufel.

Melisande wagte kaum zu atmen. Im Traum erschien ihr der Graf fast jede Woche, aber leibhaftig war er ihr seit dem Überfall nie wieder begegnet. Sie hatte ihn einige Male aus der Entfernung gesehen, wenn er mit seinem Gefolge in die Stadt geritten war, um Geschäfte zu tätigen. So nah wie jetzt war er ihr jedoch seit jenem Tag auf der Lichtung nicht gewesen. Ihre Kehle zog sich zusammen. Hatte de Bruce der Hinrichtung zugesehen? Hatte er sie erkannt? Hatte er in dem winzigen Augenblick, in dem sie Adalbert angehimmelt hatte, das kleine Mädchen gesehen, das er seit fünf Jahren jagte? Ihr Schwert lehnte am Galgen, außer Reichweite. Wenn er sie töten wollte, hatte sie nichts als ihre bloßen Hände, um sich zu wehren.

De Bruce nahm seinen Bihänder vom Rücken und glitt vom Pferd. Er lächelte immer noch, wie er gelächelt hatte, als er ihre Mutter aufgeschlitzt hatte. Melisande konnte sich nicht bewegen. De Bruce kam auf sie zu, hob das Schwert hoch über seinen Kopf.

***

Raimund schrak zusammen und riss die Augen auf. Sein linker Arm zuckte, und sein Herz raste, als sei er auf der Flucht vor einer Bande Wegelagerer. Durch den geöffneten Vorhang sah er, dass sich dunkle Wolken vor die Sonne geschoben hatten. Es musste längst Mittag sein, und Melisande war noch nicht zurückgekehrt. So lange konnte die Hinrichtung doch nicht dauern. Ob sie den Schlag nicht richtig geführt hatte? Wie oft hatten sie es geübt! Wie oft hatte Raimund die Verzweiflung gepackt. Wie sollte so ein zartes Wesen ein Richtschwert führen und die Kraft aufbringen, einem Mann den Kopf abzuschlagen? Mit einem einzigen Hieb, so wie es Richter, Volk und Gesetz verlangten?

»Sei nicht albern«, schalt er sich selbst. »Sie hat es gelernt. Sie führt das Schwert, als sei es ein Teil ihres Arms. Sicher ist sie noch ins Wirtshaus gegangen, um die Dämonen zu vertreiben. Hast du das nicht selbst auch immer getan?«

Er schloss die Augen und ließ sich treiben, tauchte ein in seine Erinnerungen, wie so oft, wenn er seinen Körper verfluchte, der ihn im Stich gelassen hatte. Er war eingesperrt in dem schlimmsten Kerker, den er sich vorstellen konnte. Warum hatte Gott ihn so furchtbar gestraft? Oder sollte es eine Prüfung sein? Er wusste es nicht.

Der Tag, bevor sein Körper zusammengebrochen war, war kalt gewesen. Der Januar war angebrochen, Frost hielt die Stadt fest in den Klauen, der Schnee lag mehrere Fuß hoch. Viele Menschen starben, vor allem Alte und Kranke. Er war durch die Gassen gestapft und hatte bei jedem Schritt gespürt, dass mit seinem Körper etwas nicht stimmte. Es war nicht allein die Kälte gewesen. Seine Glieder hatten sich fremd angefühlt, als gehörten sie nicht zu ihm. Damals war er überzeugt gewesen, dass der Tod an seine Pforte klopfte. Doch seine Sorge hatte Melisande gegolten. Würde sie ohne ihn zurechtkommen? Das Schicksal hatte ihn verhöhnt, denn jetzt war er es, der nicht ohne sie zurechtkam.

Ein Jahr zuvor hatte er im gleichen Monat einen Mörder aufgeknüpft. War das der Grund? War der Mann unschuldig gewesen? Hatte Gott ihn dafür gestraft? Doch Raimund hatte sich nichts vorzuwerfen. Er hatte nur die Befehle des Rates ausgeführt. Das Gericht hatte den bulligen Mann, der selbst Raimund noch um einen Kopf überragt hatte, zum Tode verurteilt. Ein Mörder? Er hatte gestanden, Raimund hatte ihn kaum foltern müssen. Zeugen hatte es auch gegeben. Alles war mit rechten Dingen zugegangen. Das enorme Gewicht des Mannes hatte Raimund schlaflose Nächte bereitet. Was, wenn das Seil riss, sobald er dem Verurteilten den Schemel unter den Füßen wegstieß? Oder schlimmer noch, der Balken splitterte? Dreimal suchte er den Seiler auf, um sicherzustellen, dass das Seil gut und fest war. Auch den Galgen überprüfte er selbst. Einen verendeten Gaul knüpfte er daran auf, um die Tragkraft zu kontrollieren. Wenn bei der Hinrichtung etwas schieflief, war sein Leben in Gefahr. Und das von Melisande. Sie war damals fünfzehn gewesen und noch nicht so weit, seinen Platz einzunehmen. Man hätte einen anderen Henker geholt, und ihre Tarnung wäre dahin gewesen.

Feuchtigkeit an seinen Beinen riss ihn zurück in die Gegenwart. Stumm verfluchte er seine Hilflosigkeit, Tränen liefen ihm über die Wangen. Er war immer stolz gewesen auf seinen kräftigen, muskelbepackten Körper. Auf seine Zähigkeit, seine Kampfkraft. Nichts davon war übrig, er war ein jämmerlicher, sabbernder Greis, der ins Bett nässte wie ein Säugling.

Wieder kehrte er im Geist zurück in die Vergangenheit, diesmal noch einige Jahre weiter, zurück in jene Zeit, als Melisande gerade eine Woche bei ihm war. Nach jenem ersten Nachmittag hatte sie nicht mehr gesprochen. Kein einziges Wort. Es war, als hätte man ihr die Zunge herausgeschnitten. Aber immerhin hatte sie verstanden, dass ihr Leben davon abhing, dass sie ihm bedingungslos gehorchte. Tagsüber blieb sie in ihrer Schlafkammer, wenn er außer Haus war.

Gott sei Dank fiel niemandem etwas auf. Raimund hatte seine Gewohnheiten beibehalten, sodass selbst seine Knechte nichts Ungewöhnliches bemerkten. Trotzdem hatte er ständig das Gefühl, beobachtet zu werden. Von jedem, der ihn ansprach, erwartete er die vernichtende Frage: »Wen versteckst du denn da in deinem Haus?«

Immer wenn er einen von de Bruce' Männern in der Stadt sah, wurde ihm heiß vor Angst, und seine Beine zitterten so heftig, dass er kaum einen Fuß vor den anderen setzen konnte. So konnte es nicht weitergehen. Er musste seinen Plagegeist loswerden. Aber wie? Gott hatte ihm die Verantwortung für Melisande Wilhelmis übertragen, daran gab es nichts zu rütteln. Vielleicht konnte er sie in Reutlingen unterbringen? Da kannte er einen Handwerksmeister, der ihm einen Gefallen schuldete. Aber das war keine Lösung. Reutlingen lag viel zu dicht an Esslingen, man würde über das fremde Mädchen mit dem auffallend roten Haar reden, und de Bruce würde sich ins Fäustchen lachen.

Nein, Melisande musste weit weg. Hoch in den Norden. Oder zu den Magyaren. Dieses kriegerische Volk brauchte immer fleißige Hände, und einen guten Mann würde sie dort auch finden. Sie war hübsch, ihre Mitgift würde die Frage ihrer Herkunft schnell vergessen lassen. Aber wie sollte Melisande zu den Magyaren gelangen? Sollte er sie dorthin begleiten? Das war unmöglich. Raimund konnte Esslingen nicht einfach für ein paar Monate verlassen. Er durfte sich überhaupt nicht aus der Stadt entfernen, außer zum Kräutersammeln. Sollte er sie also einem Handelszug mitgeben? Nein, die Händler waren noch neugieriger als die Weiber auf dem Markt und würden zu viele Fragen stellen.

Oft hatte Raimund nachts wach gelegen, über Melisandes

Schicksal gegrübelt. Konnte Gott ihm nicht ein Zeichen senden? Nur einen kleinen Hinweis?

Aber die Tage vergingen, ohne dass Raimund eine Lösung für sein Problem fand. Bis er eines Tages in seinem Beutel eine Münze entdeckte, die er nicht kannte. Schlagartig wurde ihm klar, wie er Melisande verstecken konnte, ohne sie wegzuschicken, und wie er gleichzeitig das Problem seiner Nachfolge regeln konnte. Wo fiel eine Münze am wenigsten auf? In einem Beutel voller Münzen!

Am nächsten Tag sprach er beim Rat vor und bat um die Erlaubnis, seinen Neffen Melchior zu sich zu holen. Melchiors Eltern seien Opfer eines Überfalls geworden, und der arme Junge wisse nicht, wohin. Der Rat gab zu bedenken, dass Melchior Henker werden müsse. Das sei kein Problem, denn Melchiors Vater sei ebenfalls Henker gewesen. Das Amt bleibe also in der Familie.

»Eine kleine Schwierigkeit gibt es noch«, sagte Raimund und drehte seine Gugel in der Hand. Er wäre am liebsten davongelaufen. So viel wie an jenem Tag hatte er in seinem ganzen Leben noch nicht gelogen. Und wenn er aufflog … Nein, daran dachte er besser erst gar nicht. »Alle Dokumente über die Herkunft meines Neffen sind bei dem Überfall verloren gegangen.«

Der Schultheiß winkte gelangweilt ab. »Kein Problem.«

Aber Raimund war noch nicht fertig. »Er ist stumm, kann aber leidlich schreiben.«

Die Räte prusteten vor Lachen.

»Endlich mal eine gute Nachricht!«, rief Konrad Sempach. »Ein stummer Henker? Was will man mehr! Bring ihn her, wir stellen ihm eine Urkunde aus, und er kann bei dir wohnen. Bring ihm alles bei, was du kannst, damit wir die Reichsstadt mit dem besten Henker bleiben. Allerdings können wir dir nicht mehr Geld geben. Das siehst du doch ein?«

»Sehr wohl.« Raimund verbeugte sich, verließ das Schwörhaus und musste erst einmal einen großen Humpen Bier trinken, so schlug ihm das Herz. In jeder Schlacht hatte er dem Feind ins Auge geblickt, ohne mit der Wimper zu zucken, da hatte ihn die Angst immer verlassen, sobald er Blut schmeckte. Aber hier, vor den Herren der Stadt, war er sich vorgekommen wie beim Jüngsten Gericht.

Zwei Wochen später scherte Raimund Melisande das Haar, steckte sie in ein paar abgerissene Beinlinge und ein altes Hemd und führte sie dem Rat vor. Die Ratsherren musterten den zukünftigen Henker kurz, Augenbrauen hoben sich, aber niemand stellte Raimunds Fähigkeit in Frage, aus dem Hänfling einen kundigen und zuverlässigen Henker zu machen. Sie übergaben ihm ohne Aufheben die Urkunde, mittels derer Melisande offiziell zu Melchior, dem Neffen des Henkers Raimund Magnus, wurde, und wandten sich wichtigeren Dingen zu. Zu diesem Zeitpunkt hatte Melisande immer noch kein Wort gesprochen, und es sollte noch ein halbes Jahr dauern, bis sie ihre Worte wiederfand.

Damals hatte Raimund keine Ahnung, was Melisande fühlte oder dachte. Als er ihr erklärte, dass sie in Zukunft als sein Neffe bei ihm leben würde und dass das bedeutete, dass sie sein Handwerk lernen müsse, hatte sie ihn stumm angeblickt, und in dem Augenblick hatte ihn der Verdacht beschlichen, sie könne den Verstand verloren haben. Ihr Gesicht war vollkommen ausdruckslos gewesen, keine Regung hatte darauf hingewiesen, was in ihrem Kopf vor sich ging. Eine Weile hatte er sogar geglaubt, dass es so das Beste für sie sei. Er ließ sie einfache Arbeiten verrichten, sie lernte schnell und hielt sich peinlich genau an seine Anweisungen. Heimlich beobachtete er sie, wenn sie das Haus fegte oder die Kräuter zu Bündeln zusammenband, doch nie gab ihr Gesichtsausdruck ihre Gefühle preis. Nicht einmal, als der Ausrufer drei Monate nach dem schrecklichen Überfall auf dem Marktplatz verkündete, man habe die Familie Wilhelmis gerächt, den feigen Mörder Friedrich von der Kronenburg in seiner eigenen Festung niedergestreckt, seinen Leichnam an der höchsten Zinne aufgeknüpft und dann die Burg bis auf die Grundmauern niedergebrannt, hob Melisande den Kopf. Sie zuckte kurz zusammen, als der Name ihrer Familie fiel, dann schob sie den Karren mit dem Hundekadaver weiter, den sie zum Haus des Abdeckers bringen sollte, als sei nichts geschehen. Es war, als hätte sich ein dunkler Schleier über ihre Seele gelegt und jede Regung in ihr erstickt.

Dann eines Abends, als Raimund von einem Gerichtsprozess zurückkehrte, war plötzlich alles anders gewesen. Melisande saß am Tisch, als er das Haus betrat, und er spürte gleich, dass sich etwas verändert hatte. Da lag etwas in ihrer Körperhaltung, in ihrem Blick, das ihn aufmerken ließ.

»Raimund Magnus«, sagte sie, und er hätte vor Schreck über den ungewohnten Klang ihrer Stimme beinahe den Beutel fallen lassen. »Ich habe lange nachgedacht.«

Er setzte sich zu ihr, spürte, wie ihm vor Freude die Tränen in die Augen schossen. Es war, als wäre sie von den Toten zurückgekehrt.

»Ich werde bei dir bleiben und dein Handwerk erlernen. Und wenn ich deine Nachfolge antrete als Henker von Esslingen, werde ich der Niedrigste und am wenigsten Geachtete von allen sein, die in den Mauern dieser Stadt leben. Doch das werde ich ertragen, denn es wird der Tag kommen, an dem der Mann, der meine Familie abgeschlachtet hat, seine gerechte Strafe erhält, und dann kann ich mich als die zu erkennen geben, die ich eigentlich bin. Dann endlich werde ich frei sein. Bis zu diesem Tag, Raimund Magnus, sollst du meine Familie sein. Du bist mutig, gütig und klug, und ich bin stolz darauf, dein Neffe zu sein.«

Diesmal hatten ihm die Worte gefehlt. Stumm war er aufgestanden und hatte sie fest in die Arme geschlossen.

Von dem Tag an hatte sie fleißig alles gelernt, was er ihr beizubringen hatte. Er spürte, dass es oft sehr schwer für sie war, doch sie klagte nie. Als sie ihm zum ersten Mal in der Folterkammer zur Hand ging, ihm die glühende Zange reichte, war ihr Gesicht weiß gewesen wie frisch gefallener Schnee, doch die Hand, die die Zange hielt, hatte nicht gezittert. Nur einmal in den drei Jahren, bevor sein Unglück sie zwang, vorzeitig seine Stelle einzunehmen, hatte er sie weinen sehen. Sie hatte ihm dabei geholfen, einen jungen Burschen aufzuknüpfen, der kaum älter war als sie selbst. Der Bursche hatte ein kleines Mädchen getötet, die einzige Tochter eines reichen Silberschmieds. Immer wieder, noch mit seinem letzten Atemzug hatte er beteuert, es sei ein Unfall gewesen, dass das Mädchen gestürzt sei, dass er nie die Absicht gehabt habe, ihr Leid zuzufügen. An dem Abend hatte Melisande sich wortlos mit einem Krug Wein in ihre Schlafkammer zurückgezogen. Später, als Raimund selbst schon auf seinem Lager ruhte, hatte er sie schluchzen gehört, laut und verzweifelt, und es hatte ihm beinahe das Herz gebrochen. Am nächsten Morgen jedoch tat sie, als sei nichts gewesen, nur ihre tiefliegenden, rot geränderten Augen verrieten, wie es tatsächlich in ihr aussah. Er sprach nie mit ihr darüber. Was hätte er auch sagen sollen? Niemand wusste besser als sie, dass das Schicksal nicht gnädig oder gerecht war.

Endlich ging die Tür. Das Gewitter war längst weitergezogen, ohne sich zu entladen, und die Nachmittagssonne blinzelte durch das Fenster. Raimund hatte Melisandes Schritte schon vorher gehört, ihren Gang erkannte er auf hundert Fuß Entfernung.

Sie stürzte ins Haus, hängte Nerthus an den Balken und küsste ihn auf die Stirn. »Verzeih mir die Verspätung. Sicher wartest du schon voller Ungeduld.«

Raimund drückte ihre Hand und schaute sie aufmerksam an. Schatten lagen um ihre Augen. Ihr Blick flackerte unruhig. Er blinzelte mehrmals, eine stumme Frage, die sie sofort verstand.

»Du hast richtig geraten. Es ist etwas passiert. De Bruce war am Richtplatz.«

Raimund schluckte hart. Er wollte aufschreien, aber seiner Kehle entrang sich nur ein Krächzen.

Melisande legte ihm die andere Hand auf die Brust. »Er stand plötzlich vor mir, mit erhobenem Schwert. Er hat mich nicht erkannt, sonst wäre ich jetzt nicht hier. Und wenn der Galgen nicht in Sichtweite der Stadt läge, hätte ich ihn nicht entkommen lassen. Dann wäre er noch in derselben Stunde vor seinen Richter getreten.«

Raimund sah, wie die Schatten um ihre Augen einen Moment verschwanden. Er runzelte die Stirn.

»Du fragst dich, was er dort wollte?« Sie lachte bitter. »Du wirst es nicht glauben. Er will von mir lernen. Er hat mich bei der Arbeit beobachtet. Das hat ihn beeindruckt. Und es ist ihm gleichgültig, mit wem er sich in der Öffentlichkeit zeigt.« Raimund spürte Melisandes schmale Finger, die über seinen Kopf strichen. »›Du wunderst dich, warum ich mich mit dem Gemeinsten unter den Gemeinen abgebe‹, hat er gerufen und widerlich gelacht.«

Raimund zuckte zweimal mit dem Zeigefinger.

»Auf Antwort hat er nicht gewartet«, fuhr Melisande fort und machte sich daran, Raimund zu säubern. »Er hat gleich weitergesprochen: ›Weil ich nicht so ein eingebildeter Schwächling bin wie die anderen. Ein Mann ist das wert, was er tut. Egal, ob er Henker ist oder Edelmann. Weißt du, wer ich bin?‹ Ich schüttelte den Kopf. ›Ich bin Ottmar de Bruce, Burggraf auf der Adlerburg.‹ Er wartete einen Moment, und als ich mich nicht bewegte, lächelte er. ›So ist es recht. Du bist ein Mann mit Mut, Stolz und Können. Ich will von dir lernen. Deine Art, einem Mann den Kopf abzuschlagen, ist einzigartig.‹« Sie drehte Raimund auf die Seite.

Mit zusammengepressten Lippen nahm er hin, dass sie ihm das durchnässte Leinentuch auszog und ihn sorgfältig wusch.

»Wir haben eine Lehrstunde abgemacht«, sagte sie so beiläufig, als handle es sich um eine ganz gewöhnliche Verabredung. Doch Raimund ließ sich nicht täuschen. Er suchte ihren Blick, sie aber starrte ins Leere.

»In drei Tagen werden wir uns treffen. Wenn de Bruce wüsste, von wem er sich die Kunst des Tötens mit dem Schwert beibringen lassen will! Er wird es erfahren. Im Augenblick seines Todes. Bald ist es so weit.«

Raimund stieß seinen Arm in die Luft, griff Melisande an der Schulter. Er wollte sie anschreien: »Tu das nicht! Er wird dich töten, bevor du auch nur mit der Wimper zuckst.« Doch seine Kehle blieb stumm.

Sie schien dennoch zu wissen, was er sagen wollte. »Ich werde es tun. Ich muss. Niemals wieder werde ich ihm so nah kommen. Gott will es. Gott hat ihn zu mir geführt, damit endlich die Gerechtigkeit siegt.«

Tränen stiegen Raimund in die Augen.

Melisande brach ab und legte ihren Kopf auf seine Brust. »Weine nicht«, sagte sie leise. »Ich werde leben, und de Bruce wird sterben. Ich werde dich nie im Stich lassen, auch nach seinem Tod nicht. Es wird wie ein Unfall aussehen. Du hast mir doch alles über Pflanzen beigebracht. Nerthus' Klinge wird tödlicher sein als je zuvor. Nicht weil sie schärfer ist als jede andere Klinge, sondern weil eine harmlose Pflanze sie in eine todbringende Falle verwandeln wird. Ich werde de Bruce nur streifen, einen kleinen Kratzer auf seiner Haut hinterlassen. So etwas passiert im Eifer des Gefechts. Das Gift wird ihn innerhalb eines Tages in die Hölle schicken. Und niemand wird wissen, woran er gestorben ist.«

Melisande richtete sich wieder auf, aber Raimund war nicht beruhigt. Mit der linken Hand krallte er sich in ihrem Gewand fest.

»Ich bin kein Kind mehr, hast du das vergessen?« Sie riss sich los, sprang auf. »Ich bin Melchior, der Henker von Esslingen!«

Raimund ließ seine zitternde, nutzlose Hand auf die Bettdecke fallen.

Melisande senkte den Blick. »Das alles ist nicht leicht für mich, Raimund. Glaubst du, ich weiß nicht, in welche Gefahr ich uns bringe? Doch ich habe einen Schwur geleistet, den Schwur, meine Familie zu rächen. Ich habe keine Wahl. Mach es mir also nicht noch schwerer!«

* * *

Gerade als Wendel das Zeichen zum Aufbruch geben wollte, kam ein Reiter in blinkender Rüstung angeprescht und gebot Einhalt. Ein Bote der Württemberger? Was war los? Herrschte nicht Frieden? Wendel wurde flau im Magen. Der letzte große Krieg lag zwei Jahrzehnte zurück, und er kannte ihn nur von den Erzählungen seines Vaters. Damals waren die Reutlinger plündernd und mordend durch das Land gezogen, hatten die württembergische Stadt Nürtingen völlig zerstört und zwei Burgen geschleift. Trotz des Landfriedens brodelte es nach wie vor ständig zwischen den württembergischen Grafen und den Reichsstädten. Die Württemberger bezogen nicht nur Umgeld und Zölle aus den Städten, sie hatten auch unmittelbaren Einfluss auf deren innere Angelegenheiten. So war der Vogt der Achalm zugleich Stadtvogt von Reutlingen, was vielen Bürgern ein Dorn im Auge war. Manche sprachen bereits davon, dass es bald wieder zum Krieg kommen könne.

Wendel schauderte es bei dem Gedanken. In den Kampf ziehen zu müssen war sein schrecklichster Albtraum. Er war kein Feigling. Das war es nicht. Er hätte sich jederzeit in die Schlacht gestürzt, um seine Familie oder die Stadt zu verteidigen. Nein, es war viel schlimmer. Aber das durfte niemand wissen.

»Seid Ihr der Karcher Erhard Füger?« Der Bote riss ihn aus seinen Gedanken.

»Sein Sohn Wendel. Was begehrt Ihr, mein Herr?«

»Ihr müsst nach Urach kommen. Große Not ist ausgebrochen.«

Wendel, die Fuhrleute und die Söldner schauten sich ratlos an. Urach stand unter der Verwaltung der Württemberger. Die Stadt war zwar klein, aber sie lag strategisch günstig an der Handelsstraße von Straßburg nach Ulm, sodass viele durchreisende Händler dort Rast machten. Auch Graf Ulrich hielt sich des Öfteren dort auf. Deshalb war Urach wehrhaft, mit einer dicken Mauer, vielen Türmen und einem breiten Graben vor Angriffen geschützt. Zudem stand innerhalb der

Mauern immer ein kleines Heer bereit. Was für eine Not könnte dort also ausgebrochen sein, die seiner Hilfe bedurfte? Wer war der Fremde eigentlich?

»Ehrenwerter Herr.« Wendels betont freundliche Stimme verbarg kaum seinen Ärger über die mangelnde Höflichkeit des Württembergers. »Wenn ich erstens wüsste, wie ich Euch ansprechen soll, und zweitens, welche Not denn ausgebrochen ist, so seid versichert, dass ich mit allen Mitteln, die mir zur Verfügung stehen, zur Hilfe eilen würde.«

»Reinhard von Traunstein und Hofberg ist mein Name, und ich bin Ritter des Grafen Ulrich III. von Württemberg.« Er hob das Kinn, als wolle er seinen schönen Hals zeigen, aber der steckte hinter blinkendem Metall. Trotz der Hitze war sein Gesicht nicht gerötet, sondern hatte eine ungesunde graue Farbe.

Bei Gott, in einer Rüstung herumzulaufen, die fast so schwer war wie man selbst, das war vermutlich im Winter schon schweißtreibend. Wie mussten die Männer erst im Sommer in ihren eisernen Gefängnissen gebraten werden! Wendel war froh, dass er kein Ritter war. »Habt Dank, Herr Ritter Reinhard von Traunstein und Hofberg. Ich bin erfreut, Euch als meinen Gast begrüßen zu dürfen. Darf ich Euch einen Becher kühlen Weins reichen? Dazu ein Stück von unserem ausgezeichneten Ziegenkäse? Ein Stück Brot? Oder lieber einen Batzen saftigen Schinkens? Ihr müsst hungrig sein und durstig, so wie Euer Pferd, das mit Sicherheit einen scharfen Ritt hinter sich hat.«

Wendel nickte zu dem prachtvollen Tier, dessen Flanken zitterten und von weißem Schaum troffen. »Bringt Wasser für das Pferd, und ein wenig Stroh!«, befahl er, und schon lief ein Knecht, als ginge es um sein Leben.

»Und Ihr?« Wendel gab nicht auf.

»Wein, aber mit Wasser verdünnt, und ein Stück Brot, das muss genügen.«

Eiligst wurde sein Wunsch ausgeführt. Mit ins Haus wollte der Mann nicht kommen, er verzehrte das Brot, wie ein Hund einen saftigen Braten verschlingt, goss den Wein hinterher, stieß einmal kräftig auf und neigte zum Dank den Kopf ein winziges Stück weit nach vorne. Er zeigte auf die Wagen. »Wie ich sehe, geht Ihr auf Fahrt? Was habt Ihr geladen? Wein?«

Wendel schwieg und neigte den Kopf um ein ebenso minimales Stück wie der Ritter.

»Das trifft sich gut. Ihr werdet den Wein nach Urach bringen.«

Wendel war froh, dass Vater im Hinterhaus war. Er hätte sich den Ritter kurzerhand geschnappt und in einem Fass vor den Toren der Stadt zur Schau gestellt, allerdings ohne seine Rüstung. Niemand hatte das Recht zu befehlen, wo, wann und wohin ein Füger Wein lieferte. Mit Ausnahme des Zunftgerichts und des Königs. Offenbar stand der Ritter bei seinem Herrn nicht in hohem Ansehen, denn sonst wäre er nicht Bote, sondern Hauptmann oder Berater. Er war zweifellos ungehobelt und dreist, aber vielleicht ließ sich dennoch aus seinem Besuch Kapital schlagen.

»Verehrter Traunstein.« Wendel spürte die Spannung unter seinen Leuten. Die fragten sich natürlich, ob er klein beigeben oder den Angeber in die Schranken weisen würde. »So besteht die Not darin, dass Euch der Wein ausgegangen ist, sehe ich das recht?«

»Euer Scharfsinn ist bestechend.«

Auch diese Unverschämtheit überhörte Wendel geflissentlich. Er musste mehr aus dem Mann herausbekommen, bevor er entscheiden konnte, ob er ihn seinem Vater zum

Fraß vorwerfen oder seinem Wunsch nachkommen würde. »Dafür bin ich bekannt, edler Ritter. Und mein Scharfsinn sagt mir auch, dass Ihr nicht ohne Grund ausgerechnet hierherkommt. Denn wir sind beileibe nicht die einzigen Karcher in diesem schönen Lande. Versteht mich nicht falsch. Wir sind nicht nur Händler, sondern auch Weinbergseigner, und wir sind stolz auf unseren Wein. Gerne verkaufe ich Euch meine edlen Tropfen, denn ich bin überzeugt, dass der Füger'sche Wein eines Grafen würdig ist.«

Der Ritter schwitzte. »Ebendieser hat angeordnet, es soll der Reutlinger sein, der Füger'sche Traminer, und kein anderer. Mehr werdet Ihr nicht erfahren.«

Wendel lächelte gewinnend. Was für eine Geheimnistuerei wegen ein paar Fässern Wein! »Freut mich zu hören. Wenn ich also meinen Scharfsinn weiter bemühe ...«, Wendel sah zufrieden die schmunzelnden Gesichter rundherum, »... dann solltet Ihr weitreichende Vollmachten mit Euch führen, zumindest was den Abschluss unseres Geschäftes angeht.«

Die Miene des Ritters versteinerte. »Ich brauche ein paar Fässer Wein, das ist alles.«

»Das sehe ich anders.« Wendel schwieg, genoss die jetzt fragenden Gesichter der Umstehenden.

Er wandte sich ab und ging zu einem der Wagen, nestelte an einer Plane herum, bis der Ritter die Beherrschung verlor und losbrüllte. »Was fällt Euch ein, Euch dem Befehl des Grafen Ulrich zu widersetzen?«

Wendel fuhr herum. Die Söldner hatten ebenfalls die Geduld verloren und ihre Waffen fester gegriffen. Mit einer unauffälligen Geste gebot Wendel ihnen Einhalt. »Was glaubt Ihr, wer Ihr seid? Was glaubt Ihr, wo Ihr seid?« Er stampfte mit dem rechten Fuß auf den Boden. »Dies ist die heilige Erde der freien Reichsstadt Reutlingen. Ihr seid Gast hier und nicht König noch Kaiser. Schert Euch zurück nach Urach, und richtet Ulrich aus, es ehrt mich, dass ihm mein Wein schmeckt. Aber wenn er welchen geliefert haben will, soll er einen anderen Boten schicken. Einen, der die Regeln der Höflichkeit kennt und sich aufs Verhandeln versteht. Ansonsten verzichte ich auf das Geschäft. Ein paar Fässer Wein mehr oder weniger zu verkaufen, das macht mir nichts aus.«

Wendel wandte sich ab und hielt auf das Haus zu.

»Wartet, mein Herr.«

Wendel ging weiter.

»Bitte!«

Er blieb stehen, drehte sich aber noch nicht um.

»Verzeiht meine groben Worte. Der Ritt war lang und anstrengend, es ist heiß, da kann es passieren, dass einem die falschen Worte von der Zunge rutschen. Der Graf hat ausdrücklich gewünscht, diesen Euren Wein zu kaufen. Ich bezahle Euch gerne den doppelten Preis ...«

Wendel wandte sich um. Er warf sich in Positur, als wolle er ein paar Verse rezitieren, und funkelte den Ritter an. »Glaubt Ihr, ich bin ein Halsabschneider? Ein Betrüger? Ein falscher Hund und gottlos?«

Fast tat Wendel der Ritter leid. Aber er hatte es nicht anders verdient.

»Nein«, stotterte der Bote. »Wie kommt Ihr denn darauf? Ich ... Ich ... Verzeiht mir.«

Wendel holte tief Luft, trat auf den Mann zu, legte ihm eine Hand auf die Schulter und blickte ihm tief in die Augen. »Graf Ulrich soll nicht leiden, nur weil er den falschen Mann ausgesandt hat. Allerdings habe ich eine Bedingung: Macht mich zum Hoflieferanten in Urach. Denn nichts liegt mir mehr am Herzen, als unserem sehr geschätzten, ja ich würde sogar behaupten, verehrten Grafen Ulrich den besten Wein zu liefern, den es für Geld zu kaufen gibt. Und um der schwachen Erinnerungskraft des Menschen nachzuhelfen, setzen wir einen Vertrag auf, den Ihr siegelt. Ihr habt doch ein Siegel des Grafen dabei, oder?«

Reinhard von Traunstein und Hofberg schluckte hart. »Aber Ihr könnt erst ab dem Herbst Lieferant werden. Ulrich ist noch an andere Verträge gebunden.«

Wendel runzelte die Stirn. »Er bezieht aus anderer Quelle Füger'schen Wein?«

»So ist es.«

»Aha.« Wendel lächelte nachdenklich. »Das ist kein Problem, mein lieber Traunstein. Kommt mit ins Haus, der Vertrag ist schnell aufgesetzt, im Groben zumindest, für die Einzelheiten haben wir später noch genügend Zeit.«

Nur eine Stunde später verabschiedete Wendel den Boten und befahl seinen Männern, weitere Wagen zu beladen. Bis Urach war es mit dem Tross ein knapper Tagesmarsch. Wenn sie auf längere Pausen verzichteten, würden sie vor Einbruch der Dunkelheit eintreffen. Wie gut, dass er für den Weg zur Adlerburg einen zusätzlichen Reisetag gerechnet hatte! Er würde das Geschäft in Urach machen und Ottmar de Bruce trotzdem noch pünktlich beliefern. Aber wo war Vater abgeblieben?

Wendel gab bereits das Zeichen zum Aufbruch, als dieser in den Hof stürmte, gefolgt von einem jungen Mann in leichter Rüstung. »Warte noch einen Moment, Wendel!«, rief der alte Füger. »Auf ein Wort.«

Ob sie heute wohl noch irgendwann loskämen? Gottergeben stieg Wendel vom Pferd.

Rasch zog ihn sein Vater auf die Seite. »Ich wollte dir nur sagen …« Er brach ab und umarmte Wendel zum zweiten Mal an diesem Tag. »Du bist ein Teufelskerl, mein Junge!«

»Du hast alles mitbekommen?«

»Jedes Wort. Weißt du, den Vertrag wird Ulrich natürlich nicht einhalten.«

Wendel wollte Einwände erheben, aber sein Vater ließ es nicht zu. »Mach dir nichts draus. Darum geht es ja auch gar nicht. Ich hätte den Kerl in einem Fass aus der Stadt gejagt und damit vielleicht einen Händel ausgelöst. Ich bin nun mal ein Heißsporn, und dieser Ritter war anmaßend und frech, ein Widerling. Du hast ihn mehr gedemütigt, als ein Aufenthalt in einem Fass das je vermocht hätte. Das war findig, aber leider nicht wirklich klug. Er wird dich zeit seines Lebens hassen, und wenn er die Möglichkeit dazu bekommt, wird er versuchen, dich zu vernichten. Uns zu vernichten.« Jegliche Freude war mit einem Mal aus seinem Gesicht gewichen. »Sei vorsichtig. Bleib in Urach niemals allein. Ich werde dir Antonius mitgeben. Er wird dir nicht von der Seite weichen.«

»Aber er ist dein Leibwächter, Vater.« Wendel blickte zu dem Mann in der Rüstung, der zwei Schritte hinter Erhard Füger stehen geblieben war. Antonius war nur wenige Jahre älter als er selbst, doch sein muskulöser Körper, die wachsamen grünen Augen und die kleine Narbe an seinem Kinn verrieten, dass er ein erfahrener Kämpfer war.

»Ich bin hier in Reutlingen sicher und kann mir nicht leisten, dich zu verlieren«, erwiderte sein Vater. »Das wäre schlecht fürs Geschäft, und um nichts anderes geht es.«

Wendel musste gegen seinen Willen grinsen. »Gut. Ich werde nur trinken und essen, was vorher jemand gekostet hat. Und jetzt brechen wir auf, oder wir kommen nicht vor

Einbruch der Nacht ans Ziel, und das wäre wirklich gefährlich.«

***

Melisande verbrachte den Rest des Tages wie in einem dunklen Traum. Ihr Kopf fühlte sich an, als hätte sie vier Humpen Bier auf einmal getrunken. Dabei hatte sie es bei dem einen Becher Wein belassen. Raimund regte sich nicht mehr, was ihr ganz recht war. Zügig wusch sie, räumte auf, legte ihn weitere zwei Mal trocken, was er mit starrem Blick über sich ergehen ließ.

Dieser Sturkopf. Was glaubte er denn? Dass mit der Zeit alles gut werden würde? Dass alle Wunden irgendwann heilten? Das Treffen mit de Bruce hatte ihr gezeigt, dass das ein Irrglaube war. Ein einziger Blick in seine kalten Augen hatte die Erinnerung wieder aufleben lassen, als wären all die furchtbaren Dinge erst gestern geschehen, als wäre seither kein einziger Tag vergangen. Plötzlich waren die Bilder wieder da: Rudgers ernste Miene, als er sie fortschickte, Mutters letzte Worte, Gertruds schmächtiger Körper, das kleine Herz von einem Pfeil durchbohrt.

Melisandes Magen wollte keine Nahrung aufnehmen, also steckte sie den Finger ein paarmal in den Honigtopf, eine spärliche, aber gute Mahlzeit, die ihr Magen willig annahm. Ihre größte Angst, nicht schlafen zu können, erwies sich hingegen als unbegründet. Sie hatte sich kaum niedergelegt, als sie auch schon in einen tiefen, traumlosen Schlaf hinüberglitt.

Gestärkt erwachte sie am nächsten Morgen. Sie sprach ihr Morgengebet wie immer. »Noch drei Tage«, fügte sie flüsternd hinzu. »Noch drei Tage, dann kann ich endlich mein

Versprechen einlösen, dann ist der Tod meiner Familie gerächt.«

Nachdem sie Raimund versorgt hatte, entschloss sie sich, in den Wald zu gehen und nach Kräutern und Heilpflanzen zu suchen. Die letzten Wochen waren heiß und trocken gewesen, das ließ sie hoffen, einige gute Wurzeln zu finden, die, bei diesem Wetter gesammelt, besonders wirksam waren. Für de Bruce hatte sie etwas ganz Besonderes im Sinn: die Hundspetersilie, die unter Heilern »Leichenblume« hieß. Ein unscheinbares Pflänzchen mit lanzenförmigen Blüten, in denen der Tod steckte.

Melisande hatte schon vor langer Zeit begonnen, einen Vorrat davon anzulegen, von dem noch nicht einmal Raimund etwas ahnte. Inzwischen besaß sie genug Blütenextrakt, um zwei Ochsen zu töten. Und das Beste daran: Die Wirkung setzte erst nach Stunden ein, und dann war es zu spät, noch etwas für den Todgeweihten zu tun. Dann half nur noch der Beistand eines Geistlichen.

Der Sud, den Melisande aus den Blüten gekocht hatte, war farblos wie Wasser, zäh wie Honig und bei der Berührung mit Haut vollkommen harmlos. Aber wehe, das Gift gelangte in den Magen oder drang durch eine Verletzung in die Blutbahn. Ein kleiner Kratzer, den ein Mann wie de Bruce wahrscheinlich nicht einmal spüren würde, reichte aus. Wenn de Bruce starb, würde sie zwar nicht dabei zusehen können, aber dafür war sie in Sicherheit, denn es würde aussehen, als hätte er sich an einem schlechten Stück Fisch oder Fleisch vergiftet.

Melisande folgte der Berkheimer Steige, die erst ein Stück am Neckar entlang- und dann hinauf auf die Fildern führte. Treidelschiffe fuhren den Fluss hinab, Ochsen schnauften und schwenkten ihre massigen Köpfe vor Anstrengung.

Pferdefuhrwerke transportierten Bauholz in die Stadt, Bauersfrauen mit Bastkörben auf dem Rücken brachten Geflügel, Gemüse und Flechtwerk zum Markt. Sie schnatterten wie die Elstern, verfielen aber in Schweigen, sobald sie Melchior sahen, bekreuzigten sich und beschleunigten ihre Schritte.

Während Melisande ausschritt, sah sie den immer gleichen Ablauf vor sich: Sie zeigte de Bruce den Kreisschritt, er stellte sich dumm an, stolperte, sie ritzte ihn mit dem Schwert, er fluchte, würde aber nichts gegen Melchior unternehmen, war er doch selbst schuld. Sie übten weiter, bis die Zeit abgelaufen war. De Bruce warf Melchior eine Münze vor die Füße und verzog sich mitsamt seinem Gefolge. Bald darauf würde die Kunde übers Land wehen, dass Graf Ottmar de Bruce seinem Sohn in die kalte Gruft gefolgt sei. Niemand würde sich seinen Tod erklären können, denn de Bruce aß niemals Speisen, die nicht vorgekostet waren. Die kleine Wunde, die ihm beim Üben mit dem Schwert beigebracht worden war, hatte sich nicht einmal entzündet, sie konnte also nicht für seinen Tod verantwortlich sein. Der Todeskampf des Grafen hatte lange gedauert. Kein Aderlass, keine Tinktur und kein Antidot hatten ihn retten können. Also musste es Gott selbst gewesen sein, der ihn zu sich geholt hatte, und Gottes Wille wurde nicht in Zweifel gezogen.

Melisande drängte sich an einem Fuhrwerk vorbei, das ein halbes Dutzend riesige Fässer geladen hatte. Inzwischen lag das Flusstal hinter ihr, und es ging steil bergauf. Die beiden Gäule dampften, und der Fuhrknecht, der sie antrieb, schwitzte nicht weniger. Ein kurzes Stück später verließ Melisande die Steige. Ein schmaler Pfad wand sich hier zur Hochebene hinauf, er war menschenleer, wurde wenig genutzt. Die

Bäume verströmten einen harzigen Duft, nur einige Krähen schrien, ansonsten lag der Wald still.

Plötzlich hörte Melisande Hufschlag, der rasch näher kam. Ein Reiter im gestreckten Galopp. Erstaunt horchte sie, dann trat sie zur Seite und drückte sich ins Unterholz. Jeden Moment musste der Reiter von rechts um die Biegung kommen. Der Hufschlag wurde lauter, und da tauchten Pferd und Reiter auch schon auf.

Melisande stockte der Atem. Auf dem Rappen saß Adalbert. Ihr Adalbert. Da hörte sie ein weiteres Geräusch, das sie kannte. Wildschweine. Sie brachen direkt vor dem Reiter durch das Dickicht, eine ganze Rotte, mehrere Bachen mit ihren Frischlingen. Der Rappe stieg und bockte. Adalbert flog in hohem Bogen aus dem Sattel und landete mit dem Rücken unsanft auf dem harten Waldboden. Das Pferd sprang nach vorne, um nicht auf seinen Reiter zu treten, und bockte noch einige Male. Die letzte Bache verzog sich, folgte dem Rest der Rotte, der bereits wieder zwischen den Bäumen verschwunden war. Das Pferd rollte noch ein wenig mit den Augen, dann ließ die Panik nach, es blieb stehen und suchte sich ein paar Grashalme, die es genüsslich auszupfte, als wäre nichts geschehen.

Melisande wusste nicht, was sie tun sollte. Adalbert lag dort, keine zehn Fuß von ihr entfernt, und brauchte vielleicht ihre Hilfe. Aber was, wenn sie ihn berührte und er dabei erwachte? Nicht auszudenken! Wenn sie ihm jedoch nicht half und er starb, würde sie sich ihr ganzes Leben lang Vorwürfe machen.

Aus einer Wunde an seinem Hinterkopf sickerte Blut. Sie nahm einen kleinen Stein und warf ihn in seine Richtung. Er rührte sich nicht, obwohl sie seine Nase traf. Warum wachte er nicht auf?

Melisande bekreuzigte sich, lief zu ihm hin und erschrak zu Tode, als er tief stöhnte. Unschlüssig stand sie da und blickte auf ihn hinunter. Wie schön er war! Die hohe Stirn, die vollen Lippen, die Wärme der Augen, die sie selbst durch die geschlossenen Lider spürte. Leise kniete sie neben ihm nieder und tastete vorsichtig seinen Hinterkopf ab. Warmes Blut, sein Blut, benetzte ihre Hand.

Melisande zitterte, wie sie noch nie gezittert hatte. In ihrem Bauch schienen hundert Frösche hin und her zu springen. Sein Schädel war offensichtlich nicht gebrochen. Was für ein Glück! Sie legte eine Hand auf seine Brust. Ja, sie hob sich unmerklich, und auch sein Herz schlug, wenn auch schwach. Jetzt die Gliedmaßen. Alle Knochen schienen heil zu sein. Sein Schutzengel hatte Adalbert nicht im Stich gelassen, aber er war noch immer in Gefahr. Er konnte nicht hier liegen bleiben. Wenn er nicht rechtzeitig aufwachte, würde er in der Nacht auskühlen. Oder ein Bär, eine Raubkatze oder ein Wildschwein könnten ihn angreifen und töten. Es blieb nur eine Möglichkeit: Sie musste ihn auf sein Pferd hieven und irgendwie zur Berkheimer Steige schaffen, ohne dass sie gesehen wurde. Natürlich konnte Adalbert innere Verletzungen haben, die ihn töten könnten, sobald er bewegt wurde. Blieb er aber hier liegen, war er unweigerlich verloren.

Und Hilfe holen? Sollte sie zur Steige oder zurück in die Stadt laufen? Unwillkürlich schüttelte Melisande den Kopf. Nein, das war unmöglich. Sie konnte Adalbert nicht schutzlos hier liegen lassen. Was, wenn ein Landstreicher ihn fand, ausraubte und tötete? Oder ein anderer Reiter den schmalen Steig entlangpreschte? Es gab nur diese eine Möglichkeit. Sie musste Adalbert aufs Pferd setzen.

Behutsam strich sie ihm eine blonde Locke aus dem Gesicht. Wie friedlich er aussah. Zögernd beugte sie sich vor, schloss die Augen und berührte seine Lippen sanft mit den ihren. Sie waren weich, viel weicher, als sie erwartet hatte. Mit einem Mal schien ein süßes, alles verschlingendes Rauschen die Welt zu erfüllen. Nichts sonst war wichtig, nur Adalbert und sie und die köstliche Berührung ihrer Lippen, die sie beide vereinte.

Eine Brise kam auf, in den Wipfeln raschelte es, als würden Menschen miteinander tuscheln. Ein kleiner Ast brach, fiel Melisande auf die Schulter. Sie schreckte hoch und blickte sich um. Ihr Gesicht glühte vor Schreck und Scham. Hastig sprang sie auf und wich zurück. Was hatte sie getan? War sie denn von allen guten Geistern verlassen? Jemand hätte den Steig entlangkommen können. Oder Adalbert hätte erwachen können. Unvorstellbar, was sie ihm und sich selbst damit angetan hätte! Vom Henker geküsst, was für eine entsetzliche Vorstellung!

Melisande ermahnte sich zur Ruhe. Sie musste Adalbert hier wegschaffen, und zwar rasch. Sie fing das Pferd ein, das sich mühelos an einen Baum binden ließ, griff Adalbert und hievte ihn sich auf den Rücken. Sie wankte, atmete stoßweise. Er war schwer wie zwei Sack Mehl, obwohl er gertenschlank war und nur wenig größer als sie selbst. Aber bewusstlose Körper schienen ihr Gewicht zu verdoppeln, das hatte sie schon oft erlebt, wenn sie mit ihren Gehilfen einen Toten oder Ohnmächtigen wegtragen musste.

Ein Ast knackte. Melisande ließ Adalbert fast fallen, aber als sie lauschte, hörte sie nichts als den Wind in den Bäumen. Sie musste sich beeilen. Jeden Augenblick konnte jemand auftauchen. Sie stolperte in gebeugter Haltung auf den Rappen zu und schob Adalbert bäuchlings auf den Rücken des Tieres. Einen Augenblick verschnaufte sie, Schweiß rann ihr in Strömen über das Gesicht. Danach zog sie Adalberts linkes Bein auf die andere Seite, sodass er im Sattel saß und sein Oberkörper schlaff über den Hals des Pferdes hing. Sie überlegte kurz, dann löste sie seinen Gürtel und band damit seine Beine am Bauch des Pferdes fest. Die Leute würden sich wundern, wer das getan haben mochte. Hoffentlich stellten sie nicht allzu gründliche Nachforschungen an!

Plötzlich kam Melisande eine Idee. Seine Geldkatze. Die würde sie irgendwo im Wald vergraben. So würde jeder denken, Adalbert sei Opfer eines Räubers geworden, der sein Leben aus unerfindlichen Gründen verschont hatte.

Jederzeit bereit, sich ins Gebüsch zu schlagen, führte Melisande Adalbert und sein Pferd zurück zur Steige. Kurz bevor die Straße in Sicht kam, gab sie dem Pferd einen Klaps auf die Kruppe. »Los!«

Der bewusstlose Adalbert schwankte auf dem Rücken des Tieres hin und her, aber er fiel nicht hinunter. Melisande beobachtete Pferd und Reiter noch einen Augenblick, dann versteckte sie sich im Gebüsch. Nur wenig später hörte sie die Rufe der Fuhrleute. Offensichtlich hatten sie Adalbert gefunden.

Melisandes Herz machte vor Erleichterung einen Sprung, nur um im nächsten Moment fast stehen zu bleiben. Nie wieder würde sie Adalbert berühren, geschweige denn küssen. Nie wieder würde sie seine Wärme spüren. Sie versteifte sich. An allem war Ottmar de Bruce schuld. Als Melisande Wilhelmis hätte sie Adalbert heiraten, ihm Kinder gebären und mit ihm als angesehene Esslinger Bürgersfrau glücklich werden können.

Sie schluckte die aufsteigenden Tränen hinunter. Die Stunde der Vergeltung war nah.

* * *

Auf der Bergkuppe vor ihnen kam das Plateau der Adlerburg in Sicht, und Wendel bemerkte sofort, dass die Bauarbeiten, die de Bruce vor über fünf Jahren begonnen hatte, endlich abgeschlossen waren. Die frischen dicken Mauern leuchteten weithin sichtbar im Licht des Nachmittags, eine Fahne mit dem Wappen der de Bruce flatterte im Wind. Die Adlerburg war jetzt eine starke Bastion, die uneinnehmbar auf dem hohen, steilen Felsen thronte.

Die Reise nach Urach war ohne Zwischenfälle verlaufen. Auf Hohenurach waren sie gut aufgenommen worden, Stroh und Heu für die Pferde, Brot, Fleisch und Käse für die Männer hatten bereitgestanden, eifrige Bedienstete hatten die Fässer abgeladen, der Kämmerer hatte ohne Zögern den Kaufpreis beglichen. Auf Wendels Frage, wann der Liefervertrag endgültig gesiegelt werden würde, wich der Kämmerer jedoch aus. Das müsse Graf Ulrich entscheiden, und den erwarte man erst am Abend des nächsten Tages, behauptete er.

Wendel und seine Männer hatten eine angenehme Nacht verbracht und waren schon im Morgengrauen zur Adlerburg aufgebrochen.

Einmal hatten ihnen auf einer Lichtung ein paar abgerissene Gestalten den Weg versperrt, doch als die Söldner in Stellung gegangen waren und ihre Armbürste gespannt hatten, waren sie davongelaufen wie die Hasen. Alle hatten gejubelt, als hätten sie ein ganzes Heer Sarazenen in die Flucht geschlagen. Dennoch hatte es in der Schlacht, die gar nicht stattgefunden hatte, beinahe einen Toten gegeben: Ein Mann hatte vergessen, die Armbrust zu entspannen, der Bolzen war losgegangen und nur wenige Zentimeter neben dem Kopf eines Fuhrmanns ins Holz eingeschlagen. Nachdem der Schreck vorüber und das folgende Gelächter verklungen war, hatte Wendel dem Fuhrmann zwölf Heller aus dem Sold des vergesslichen Kriegers zugesprochen. Schlimmer als die Strafe war der Spott der Kameraden gewesen, die ihn den Rest der Reise immer wieder damit aufgezogen hatten.

Von Urach war es die Erms entlanggegangen bis nach Tuntzlingen am Neckar, wo es keine Brücke gab. Also hielten sie sich rechts des Flusses, bis sie die Furt kurz vor Tagelvingen erreichten. Von hier führte eine Handelsstraße nach Norden. Bei Aichaha durchquerten sie die Aich, an der es dann noch ein Stück entlang Richtung Westen ging, bevor sie den beschwerlichen Weg hinauf zur Adlerburg nehmen mussten, der zwar gut befestigt, aber steil war und den Männern und Tieren alles abverlangte.

Die Zugbrücke war heruntergelassen, und das Tor stand offen. Der Tross war offenbar schon von weitem entdeckt und als ungefährlich eingestuft worden. Wendel preschte nach vorne, die Wachen traten zur Seite und ließen ihn auf das Plateau. Wieder staunte Wendel. Mitten auf dem Platz war eine Bühne aufgebaut, Bänke und Tische standen davor, und mit dem Rücken zum Haupthaus der Burg, das durch einen Graben vom Plateau getrennt war, hatte de Bruce sogar eine Tribüne errichten lassen, geradeso wie auf einem Ritterturnier.

Wendel blickte sich um. Von einem Fest war nicht die Rede gewesen. Auf der Bühne stand ein Mann. Wendel kniff die Augen zusammen, um ihn besser zu sehen. Ihm stockte der Atem: Richard von Alsenbrunn! Zweifelsfrei der beste Sänger des ganzen Reiches, seine Reime ließen Mauern erzittern und Herzen frohlocken. Einen Mann wie Alsenbrunn lud man nicht einfach zum Abendmahl ein. Der verkehrte am Hof des Königs und besaß Lehen, die mehr Fläche einnahmen als Esslingen und Reutlingen zusammen. Ihn einzuladen kostete ein Vermögen.

»Schließt Eure Luken, sonst findet Ihr plötzlich ungebetene Gäste darin!«

Ertappt schloss Wendel den Mund und wandte sich um. Ottmar de Bruce kam auf ihn zu, seine Wolfshunde im Gefolge, und streckte ihm die Hand entgegen. Wendel drückte sie kräftig.

»Ihr seid wohlbehalten eingetroffen«, stellte de Bruce das Offensichtliche fest. »Und die Fässer ebenfalls, nehme ich an?«

Wendel deutete eine Verbeugung an. »Natürlich, Graf. Menschen sind entbehrlich, Wein jedoch nicht.«

De Bruce begann zu lachen, es hörte sich an wie das ferne Grollen eines Gewitters, das sich anschickt, über Land und Leute herzufallen. »Ihr seid aus dem richtigen Holz geschnitzt, Füger, und kennt Euch aus in den Dingen des Lebens, das gefällt mir. Ihr bleibt doch bis morgen? Seid mein Gast!«

Der Graf wollte weitergehen, ohne die Antwort abzuwarten, aber Wendel hob seine Rechte, nur eine Handspanne weit, sodass es nicht als Drohung ausgelegt werden konnte. »Eine Frage, Graf, wenn Ihr erlaubt.«

De Bruce schwieg. Über seine Miene huschte ein Schatten des Misstrauens, einer der Hunde begann zu knurren. Kaum sichtbar nickte er. Wendel deutete zur Bühne, und der Burgherr entspannte sich erkennbar.

»Ah! Natürlich. Ihr wollt meinen Ehrengast kennenlernen. Kommt mit, ich werde Euch vorstellen.«

Es war tatsächlich Richard von Alsenbrunn. Wendel hatte sich nicht geirrt. Aber der Sänger war auch schwerlich zu verwechseln. Hoch aufgeschossen war er, maß an die sieben Fuß und war zugleich so dünn, dass es schien, als müsse er jeden Moment in der Mitte zerbrechen. Sein langes, fast weißes Haar hatte er zusammengebunden, in den schmalen Händen hielt er mit spinnenbeinigen Fingern seine berühmte Harfe, die er »Engelsholz« getauft hatte.

De Bruce blieb vor der Bühne stehen und wartete. Der Meistersänger zupfte hier und da an einer Saite, drehte an den Stimmwirbeln, summte einen Ton, drehte wieder, zupfte, bis er zufrieden brummte. Er legte sein Instrument vorsichtig in einen Kasten aus Kirschholz, der mit Schnitzereien verziert war, die berühmte Vorgänger des Sängers zeigten: Heinrich von Meißen, Rumelant von Sachsen, Walther von der Vogelweide, Meister Scholle, Wizlaw von Rügen und einige andere, die Wendel nicht kannte.

»Nun, Graf, was wünscht Ihr?« Alsenbrunn streckte sich, sodass seine langen Glieder knackten.

Wendel erschauerte. Schon die Stimme des Sängers hatte magische Kräfte.

»Darf ich Euch Wendel Füger vorstellen? Er sorgt mit seinem Traminer für die nötige geistige Unterstützung Eurer Kunst.«

Wendel schluckte. Was sollte er zu dem berühmten Mann sagen?

Alsenbrunn ließ sich von der Bühne gleiten und drückte ihm die Hand. »Was starrt Ihr mich so an? Habe ich schon wieder eine solche Ausgeburt der Hölle in meinem Gesicht, die rot glüht und über Nacht wächst – wie immer, wenn ich mich mit einem Weibe treffen will?«

Wendel hielt seinem Blick stand. »Ich hoffe, Ihr redet nicht von Eurer Nase, Meister, denn die ist zwar stattlich, aber sicherlich keine Ausgeburt der Hölle.«

Alsenbrunn stutzte, dann schlug er Wendel auf die Schulter. »So ist's recht! Ihr keltert nicht nur guten Wein, sondern führt auch eine, ich möchte fast sagen, gut gelagerte Rede.

Zumindest schmecken Eure Worte einem wie mir süß, manch anderem würden sie die Säure den Hals hinauftreiben.«

»Ich gebe offen zu, dass ich ein glühender Verehrer Eurer Kunst bin, Meister Alsenbrunn. Einen wie Euch gibt es kein zweites Mal.«

»Das ist sicher! Denn gäbe es einen zweiten Richard von Alsenbrunn, wäre das schlimmer als die Sintflut, die unser Herrgott über die Welt gebracht hat.«

De Bruce räusperte sich. »Wenn Ihr wollt, könnt Ihr gerne Euren Disput fortsetzen, für mich aber ist noch einiges zu tun.« Er marschierte samt seiner vierbeinigen Gefährten ins Hauptgebäude, den Palas der Burg.

Wendel kratzte sich verlegen am Kopf. »Meister Alsenbrunn, ich bin etwas überrascht, aufs Angenehmste überrascht selbstverständlich. Ich wusste von keinem Fest. Dürfte ich vielleicht erfahren ...«

»Ihr dürft, und ich erzähle Euch gerne, was ich weiß. Es ist kein Geheimnis. De Bruce zahlt gut, und er hat gleich zwei Anlässe, morgen zu feiern. Der eine ist seine Amme Emelin. Er feiert ihren Geburtstag; der sechzigste soll es wohl sein. Da niemand weiß, wann sie geboren wurde, hat de Bruce beschlossen, dass es vor sechs Jahrzehnten zu Sankt Elmo gewesen sei. Der zweite Anlass ist, dass der Graf, der, wie ihr sicherlich wisst, weder eine Gemahlin noch einen Erben hat, denn beide sind ihm schon vor vielen Jahren verstorben, dringend ein Weib braucht, das diesen Zustand beendet. Es ist Brautschau, und da de Bruce nur ungern seine Burg verlässt, kommen die Jungfrauen zu ihm. Morgen Abend will der Graf sich ein Weib wählen, und schon in der kommenden Woche soll Hochzeit sein. So können die Gäste gleich hierbleiben. Als Brautwerber hat er seinen besten Mann ins Feld der Liebe geschickt, Eberhard von Säckingen, einen Ritter alter Schule.« Alsenbrunn grinste. »Ich rede und rede und rede, am Ende bleibt mir noch die Stimme weg, und ich werde geteert und gefedert aus der Burg gejagt. Wohlan! Wir sehen uns morgen, wenn die Nacht über die Adlerburg herrscht. Gehabt Euch wohl bis dahin.«

Alsenbrunn nahm den Kasten mit »Engelsholz« und zog sich in den Palas zurück. Wendel blieb noch ein paar Minuten an der Bühne stehen und stellte sich vor, wie es wäre, darauf zu stehen und die Menschen mit Wort, Gesang und Harfenspiel zu verzaubern. War das nicht viel erstrebenswerter, als sich mit Schwert und Lanze die Glieder zu zerschlagen oder jahraus, jahrein mit Fässern beladene Karren durch die Lande zu steuern?

Er seufzte. Leider waren seine Ausflüge in die Welt des Gesanges kläglich gescheitert. Sein Lehrer hatte ihn eines Tages zur Seite genommen, ganz wie sein Vater es immer tat, und ihm nahegelegt, nicht ihrer beider Zeit zu verschwenden. Wendels Stimme sei nicht dafür geschaffen, das Ohr seiner Mitmenschen zu erfreuen.

Nun, ein Lächeln stahl sich auf Wendels Gesicht. Immerhin hatte er einige ganz passable Zeilen zu Papier gebracht, auf die er sehr stolz war. Er legte eine Hand auf das raue Holz der Bühne. Gott allein wusste, warum er ihn nicht mit der Gabe des Sanges bedacht hatte, und deshalb mochte es so gut sein. Immerhin durfte er morgen Abend dem großen Richard von Alsenbrunn lauschen, und vielleicht würden sie sogar an derselben Tafel sitzen.

***

Melisande erwachte, als der Himmel noch nachtgrau war. Wie so oft hatte ein Albtraum sie aus dem Schlaf gerissen. Dabei hatte der Traum so süß und verheißungsvoll begonnen. Sie hatte von dem Unglück im Wald geträumt, von Adalberts Sturz und davon, wie sie ihn gerettet hatte. Noch einmal hatte sie im Traum ihre Lippen auf die seinen gepresst, ihre süße Wärme gespürt. Doch diesmal war er aufgewacht. Und plötzlich hatte nicht Adalbert Breithaupt vor ihr auf dem Waldboden gelegen, sondern Ottmar de Bruce. Blitzschnell hatte er sie gepackt, zu sich heruntergezogen und gezwungen, ihn nochmals zu küssen. Wieder und wieder, bis sie keine Luft mehr bekam. Als sie schon ganz benommen war vor Angst und Ekel, hatte er gierig den Mund aufgerissen und sie bei lebendigem Leib verschlungen.

Zitternd versuchte sie, die grauenvollen Traumbilder aus ihrem Kopf zu verscheuchen. Immerhin hatte sie in Erfahrung gebracht, dass es Adalbert gut ging, dass er schon wieder wohlauf war. Im »Eber« war der rätselhafte Überfall auf den Sohn des Zunftmeisters das Gespräch des Abends gewesen. Die wildesten Mutmaßungen, wer Adalbert zuerst beraubt und danach auf seinem Gaul festgebunden hatte, hatten die Runde gemacht und Anlass zu so manchem gut gemeinten Spott geboten. Der Held des Tages war sogar leibhaftig aufgetaucht, und Melisande hatte mit wild klopfendem Herzen gelauscht, wie er immer wieder von seinem Abenteuer berichten musste. Vielleicht, hatte sie gedacht, vielleicht durfte sie sich ihm ja doch eines Tages als Frau zu erkennen geben. Vielleicht würde er sich dann in sie verlieben, trotz all der schrecklichen Dinge, die sie als Henker getan hatte.

Da Raimund noch immer schmollte, verrichtete Melisande schweigend ihre Dienste, wusch ihn, fütterte ihn, las ihm vor. Mit starrem Blick ließ er alles mit sich geschehen.

Morgen würde er anders denken. Dessen war sich Melisande gewiss. Morgen würde er stolz sein auf seine Mel, die nicht nur alles von ihm gelernt, sondern seine Techniken, seine Tränke und seine ärztliche Kunst sogar noch verfeinert hatte.

»Heda, Melchior! Meister Hans!« Draußen erscholl die Stimme eines städtischen Büttels.

Melisande erschrak. Wie jedes Mal. Denn trotz der vielen Jahre, die inzwischen ins Land gegangen waren, verging kein Tag, an dem sie nicht fürchtete, jemand könne sie erkannt und beim Rat angezeigt haben. Jemand könnte vor ihrer Tür stehen und sagen: »Das ist Melisande Wilhelmis. Ich erkenne sie, auch wenn sie Männerkleider trägt und ihre Weiblichkeit fest verschnürt hat. Zieht sie aus, dann werdet Ihr sehen, dass sie kein Mann ist, dass sie alle betrogen hat. Liefert sie de Bruce aus!« Heute jedoch fürchtete sie etwas ganz anderes: Adalbert. Waren seine Verletzungen doch schlimmer gewesen, als sie angenommen hatte? War er tot? Hatte man sie mit ihm bei der Berkheimer Steige gesehen? Kam man, um sie zu holen und des Mordes anzuklagen?

»Heda, Meister Hans!« Die Stimme des Büttels wurde lauter.

Melisande trat vor die Tür und stemmte die Hände in die Hüfte, so wie Raimund es ihr beigebracht hatte.

»Melchior, du musst sofort kommen. Eine Magd muss befragt werden. Folge mir!«

Melisande nickte kurz. Dann schnappte sie sich ihren Beutel und trat auf die Straße. Die Erleichterung beflügelte ihre Schritte. Alles war wie immer. Sie sollte lediglich eine Magd vernehmen. Vermutlich hatte das dumme Ding ein paar Heller abgezweigt oder sich heimlich in der Speisekammer bedient. Diesmal wuselten keine Kinder um sie herum, dafür wehte der Wind den Gestank der Schlachtabfälle vom Metzgerbach her über den Rossmarkt. Raimund hatte ihr versprochen, sie würde sich mit der Zeit daran gewöhnen, aber er hatte sich geirrt.

In der Stadt herrschte rege Betriebsamkeit, die im Sommer nur für die wenigen Stunden der Nacht nachließ. Melisande begutachtete die Straßen, während sie zum Schelkopfstor liefen, und war zufrieden mit der Arbeit ihrer Knechte, die nicht nur die Latrinen zu säubern, sondern auch die Gassen von allzu viel Dreck freihalten mussten. Der Esslinger Rat hatte schon lange verfügt, dass in der inneren Stadt keine Schweine und Rinder mehr gehalten werden durften, dafür gab es die Pliensau und die Allmende vor dem Oberen Tor. Die Bürger hatten gemurrt, aber als sie feststellten, dass ihre Trippen nicht mehr bis zu den Sohlen im Kot der Tiere versanken und die Frauen an manchen Tagen ihre schönsten Schuhe tatsächlich ohne diese lästigen Holzgestelle präsentieren konnten, war der Widerstand abgeebbt. Heute maulten sie schon, wenn die Gassen sich gelegentlich in schmierige Rutschbahnen verwandelten. Das war jedoch nicht zu vermeiden, denn die meisten Bürger kippten ihre Notdurft und ihre Abfälle nach wie vor auf die Straße, und die Kotfeger konnten nicht immer und überall zur Stelle sein.

Der Büttel ließ Melisande am Schelkopfstor den Vortritt, das Eichenportal schwang auf, sie stiegen die Treppe hinab und betraten den Festsaal.

Außer der Delinquentin waren nur Konrad Sempach und ein Schreiber anwesend. Die Frau war auf dem Thron festgeschnallt, ihr Kopf lag auf der Brust, als würde sie schlafen, doch Melisande roch den Angstschweiß und sah das Beben ihrer Schultern.

»Weib!«, donnerte Sempach. »Heb den Kopf, damit du Meister Hans guten Tag sagen kannst.«

Tatsächlich kam die Frau dem Befehl des Ratsherrn nach, ihr Kopf hob sich ein wenig, aber sie entbot Melchior keinen Gruß. Ein Auge war zugeschwollen und blau unterlaufen, Blut sickerte aus einer Platzwunde an der Augenbraue. Die Verletzungen waren frisch. Das Kleid starrte von Dreck und verkrustetem Blut. Das unversehrte Auge huschte zwischen Sempach und Melchior hin und her.

»Sie hat ihr Kind getötet!« Sempach zeigte auf ein Bündel auf dem Tisch.

Vorsichtig wickelte Melisande es auf. Sie unterdrückte einen Aufschrei und stützte sich mit einer Hand ab, damit ihr nicht die Beine wegknickten. Ein blutverschmiertes Wesen kam zum Vorschein, winzige Hände und Füße, das starre Gesicht war blau angelaufen, die Nabelschnur hing noch an dem kleinen Bäuchlein.

»Sie ist eine Kindsmörderin! Ihr eigenes Fleisch und Blut hat sie erstickt.« Sempach schrie heraus, was Melisande sogleich erkannt hatte. Seine Stimme überschlug sich. »Zeig keine Gnade!«

Heiße Wut stieg in Melisande auf, so plötzlich wie ein Gewitter und ebenso vernichtend. Der Teufel leibhaftig musste in diese Metze gefahren sein. Sie hatte ein unschuldiges, hilfloses Wesen getötet – so wie de Bruce ihren kleinen Bruder getötet hatte. Wie de Bruce, dachte Melisande. Wie de Bruce.

Sie legte eine Kneifzange in die Glut, bis diese rot glühte, hielt sie der Mörderin vor die Nase. Die fing an zu schreien, ihre Augen weiteten sich vor Entsetzen, doch kein verständliches Wort kam über ihre Lippen. Stattdessen versuchte die Frau, ihre Fesseln zu sprengen und sich aus dem Stuhl zu winden. Erst als sie merkte, dass sie sich vergebens abmühte, sackte sie in sich zusammen. Aber das bedeutete nicht, dass sie gleich gestehen würde. Im Gegenteil.

Melisande ahnte, dass es nicht leicht werden würde. Frauen konnten Schmerzen viel besser ertragen als Männer. Sie waren sogar in der Lage, einfach zu sterben, auch wenn sie nicht tödlich verletzt waren – wie Tiere, die wussten, dass sie verloren waren und sich mit dem Tod weitere Qualen ersparten. Das aber durfte keinesfalls geschehen. Diese Mörderin musste öffentlich verurteilt und hingerichtet werden. Wenn sie unter der Folter starb, müsste sich Melisande vor dem Rat rechtfertigen. Sie musste also ihre Wut im Zaum halten und mit Bedacht vorgehen, wie sie es von Raimund gelernt hatte.

»Gesteh, Metze, und du wirst einen schnellen Tod sterben!«, rief Sempach. Er klang nicht überzeugend. Grinsend fügte er hinzu: »Unser stummer Hans ist ein Meister seines Faches, glaube mir.«

Die Frau schwieg.

Sempach verschränkte die Arme vor der Brust. »Gut«, sagte er. »Ich habe Zeit.« Und mit einem Blick in Richtung Melisande ergänzte er: »Und alle Vollmachten des Rates. Der wird seine Zeit nicht mit einem verstockten Weib verschwenden. Wenn ich ihm mitteile, dass du bereit bist zu gestehen, werden die übrigen Richter dazukommen.«

Melisande nickte und ritzte mit dem Griffel eine Frage auf ihre Tafel. »Habe ich alle Freiheiten?«

Sempach zog die Augenbrauen hoch. »Gibt es etwas, das ich noch nicht kenne?« Er schmatzte mit den Lippen.

Die Frau erschauderte, ließ den Kopf hängen und schluchzte leise.

Melisande schluckte angewidert. Sie hatte kein Mitleid mit der Mörderin. Sie verdiente jede nur denkbare Härte. Aber Sempachs Vergnügen an der blutigen Prozedur der peinlichen Befragung widerte sie an. Sie löschte den Satz von der

Tafel und notierte die Reihenfolge der Folter: »Erstens: Mit heißen Zangen zwicken. Zweitens: Daumenschrauben. Drittens: Rattenhelm.«

»Rattenhelm? Das klingt interessant.« Sempach rieb sich die Hände wie vor einem üppigen Gelage.

Melisande malte einen Helm, der den Kopf ganz umschloss. In dem Helm tummelten sich hungrige Ratten.

Sempach verzog das Gesicht zu einem teuflischen Grinsen. »Dir möchte ich nicht unter die Finger kommen, Melchior. Gut. Geh genauso vor. Sobald sie redet, brich ab.«

Wieder neigte Melisande gehorsam den Kopf, aber sie hätte Sempach den Rattenhelm gerne ebenfalls einmal aufgesetzt. Nur um zu sehen, was der Ratsherr so aushielt. Wenn es um die Verteidigung der Stadt ging, war er jedenfalls kein großer Held. Da kaufte er sich regelmäßig frei, und das mit Summen, die weit über das Geforderte hinausgingen.

Sie legte die Zange erneut ins Feuer, riss der Beschuldigten einen Ärmel auf und strich mit den Fingern über den entblößten Arm. Dann wendete sie sich Sempach zu und machte das Zeichen für: »Wie heißt sie?«

»Agnes«, sagte er tonlos.

Melisande nahm die Zange aus der Glut, setzte an, nahm eine Hautfalte zwischen die glühenden Backen und drückte zu. Agnes' Körper verkrampfte sich, aber ihr Mund blieb geschlossen. Sie schrie nicht, atmete nur heftig.

Melisande setzte ab, der Geruch verbrannten Fleisches zog durch den Keller. Warum schrie die Frau nicht? Das hatte sie noch nie erlebt. Ein kurzer Schrei entrang sich jeder Kehle, denn der Schmerz, auch wenn er schnell abebbte, war unerträglich.

Melisande schaute in Agnes' Gesicht. Die Angst war verschwunden, ihr schien alles gleichgültig zu sein. Das war nicht gut. Denn genau das war der erste Schritt in den Tod. Sie hatte die Pforte zur Hölle bereits aufgestoßen.

Melisande legte die Zange zurück und bat Sempach mit einem Zeichen um eine Pause, da sie befürchtete, die Frau könne vor der Zeit sterben.

Sempach hatte genug Erfahrung, um dem zuzustimmen. »Du bleibst hier. Der Schreiber und ich kommen in einer Stunde wieder.«

Melisande wartete, bis die beiden das finstere Gewölbe verlassen hatten und Stille eingekehrt war. Dann füllte sie einen Becher mit Wasser und hielt ihn Agnes an den Mund. Diese presste jedoch die Lippen fest aufeinander. Melisande seufzte leise, holte den Kieferspanner, setzte an, und schon öffnete sich Agnes' Mund. Als Melisande nun Wasser hineingoss, blieb Agnes nichts anderes übrig, als zu schlucken. Der Widerstand schürte jedoch offenbar ihre Wut, ihre Augen funkelten erbost.

Melisande richtete sich zufrieden auf. Die Wut hielt Agnes am Leben. Wer wütend war, konnte nicht sterben. Nachdenklich betrachtete sie den Becher. Ob sie selbst sterben würde, wenn de Bruce endlich gerichtet war? Wenn die Wut erloschen war, die die Flamme ihres Lebens all die Jahre am Brennen gehalten hatte?

Agnes hustete und röchelte. »Du armseliger Mistkerl«, schrie sie und spuckte Melisande ins Gesicht.

Ohne die Frau zu beachten, rieb Melisande sich den Speichel ab. Sie spürte, dass Agnes kurz davor stand, sich Schmerz und Wut von der Seele zu schreien.

Wieder spuckte Agnes, aber diesmal nicht weit genug, um sie zu treffen. »Ihr Männerpack seid alle gleich!«, stieß sie hervor. »Wollt euer Vergnügen, und dann werft ihr uns weg wie einen faulen Apfel. Und feige seid ihr auch noch.«

Sie stockte, fiel in sich zusammen und fing an zu weinen.

Hoffentlich hält sich ihre mitteilsame Stimmung, bis Sempach wieder da ist, dachte Melisande. Auch wenn die Frau ein grausiges Verbrechen begangen hatte, war sie nicht erpicht darauf, sie mehr als nötig zu quälen. Schon weil sie Sempachs widernatürliche Freude daran abstieß.

»Ich werde niemals gestehen. Niemals. Nur dir werde ich es erzählen, weil Gott ein einziges Mal Gerechtigkeit hat walten lassen und dir deine Stimme genommen hat. Und weil dein Wort ohnehin nichts gilt. Du bist noch armseliger als der Verräter, der mich im Stich gelassen hat. ›Mach's doch tot‹, hat er gerufen, als ich ihn angefleht habe, ›mach's tot und belästige mich nicht damit, du dumme Metze.‹ Das hat er gesagt, immer wieder.« Ihre Worte gingen unter in furchtbarem Geheul, einer Mischung aus Angst, Wut und Verzweiflung.

Melisande spürte dennoch kein Mitleid. Agnes hatte gesündigt, und das gleich zweifach. Erst hatte sie sich einem Mann hingegeben, der nicht ihr Gatte war, und dann hatte sie die Frucht dieser Vereinigung getötet. Sie war eine unkeusche Verführerin und eine Kindsmörderin. Melisande nahm ihre Tafel. »Ich werde dir so lange Schmerzen bereiten, bis du gestehst«, schrieb sie darauf.

Agnes glotzte verständnislos auf die Worte. Die geschriebenen Buchstaben waren ihr vermutlich genauso fremd wie die lateinischen Worte in der Messe.

Kurz darauf kamen Sempach und der Schreiber zurück. Melisande legte Agnes die Daumenschrauben an und zog sie zu. Diesmal stieß Agnes einen langgezogenen, durchdringenden Schrei aus, anklagend und klagend zugleich. Aber sie gestand nicht.

»Gut, gut«, sagte Sempach. »Los, hol den Helm und die Ratten, ich will sehen, wie das wirkt.«

Melisande gehorchte. Den Helm stellte sie gut sichtbar vor Agnes hin. Hautfetzen klebten daran, aber es war keine Menschenhaut, sondern Hühnerhaut, die Melisande von dem Büttel hatte besorgen lassen.

Agnes traten vor Entsetzen die Augen aus dem Kopf.

Neben den Helm platzierte Melisande einen Käfig mit vier Ratten, die unruhig hin und her liefen, in die Luft schnupperten und neugierig die Nase zu Agnes drehten. Die Schnurrhaare zitterten, die schwarzen Augen der Tiere blinkten vorwitzig.

»Weib!«, schrie von Sempach. »Die fressen dir die Haut vom Gesicht. Die beißen dir die Zunge heraus, aber vorher knabbern sie an deinen schmackhaften Pausbacken. Wenn sie davon genug haben, krabbeln sie dir den Hals hinunter und fressen dich von innen auf.«

Als Agnes weiterhin schwieg, gab Sempach das Zeichen. Melisande setzte Agnes den Helm auf und ließ das Türchen vorne offen, damit die Mörderin jederzeit ihr Geständnis ankündigen konnte. Vorsichtig nahm sie die größte Ratte aus dem Käfig, schwenkte sie am Schwanz ein paarmal vor Agnes' Augen hin und her. Gerade als sie das Tier in den Helm stoßen wollte, gab Agnes auf.

»Ja!«, schrie sie. »Ja, ich habe es getan.«

Die Ratte landete wieder im Käfig, Melisande schnallte den Helm ab und trat zurück.

»Was hast du getan, du blöde Metze?« Sempach war wütend, nicht weil die Frau ihr Kind getötet hatte, das scherte ihn nicht. Er war wütend, weil sie so schnell klein beigegeben hatte und ihm das Vergnügen der Folter mit dem Rattenhelm entgangen war.

Melisande schämte sich. Ihr Zorn auf Agnes war verraucht, plötzlich tat sie ihr beinahe leid.

»Ich konnte doch nichts dafür.« Agnes wimmerte wie ein Säugling. »Ich wollte es nicht! Ich wollte es nicht!« Ihre Stimme wurde lauter und steigerte sich zu einem schrillen Quieken.

»Was wolltest du nicht? Was hast du getan?«, schrie Sempach. »Antworte, oder der Helm wird deinen Kopf aufs Neue zieren, und zwar mindestens, bis der Nachtwächter seine erste Runde macht.«

Hoffnung blitzte in Sempachs Augen auf, aber Agnes machte sie zunichte. »Als es herauswollte und mein Bauch zuckte und zuckte, bin ich in den Keller hinabgestiegen. Es hat furchtbar wehgetan. Gar nicht mehr aufgehört haben die Schmerzen, aber dann kam der Kopf, und schließlich hielt ich das blutige Ding in meinen Händen. Nichts hab ich gefühlt. Fremd war es und hässlich wie ein Zwerg. Es hat keinen Ton von sich gegeben, ich dachte, es sei tot. Da hab ich es geschüttelt, und mit einem Mal hat es losgebrüllt. Es durfte doch niemand etwas wissen, und so hab ich gefleht, es soll still sein, aber es hat weitergeschrien, immer lauter und lauter. Da hab ich meine Hand auf sein kleines Gesicht gelegt, ganz fest, und endlich war es still.«

Sie holte tief Luft, aber bevor sie weiterreden konnte, donnerte Sempachs Stimme durch den Festsaal. »Und doch hat man dich entdeckt, du Ausgeburt der Hölle! Eins sage ich dir: Wenn du es wagst, irgendeinen ehrenwerten Mann zu bezichtigen, dich verführt zu haben, dann verspreche ich dir, dass das Gericht eine Strafe verhängen wird, die dich unendlich langsam töten wird. Man wird dich lebendig begraben. Schreiber! Habt Ihr alles notiert?«

Der Mann nickte, packte sein Tintenfass, das Pergament

und die Feder. Wie immer konnte Melisande keine Regung auf seinem Gesicht erkennen. Gebeugt schlich er hinter Sempach die Stufen hinauf. Der drehte sich noch einmal um: »Morgen tritt das Gericht zusammen. Schau, dass sie gut beisammen ist. Sie wird einen schweren Tag haben.«

***

Der Nachmittag war schon weit fortgeschritten, und immer mehr Gäste strömten über die Zugbrücke. Freiherren, Ritter und Grafen mit Gattinnen und Gefolge trafen ein, Pferde mussten ausgespannt, Wagen untergestellt und erschöpfte Reisende mit Speis und Trank versorgt werden. Viele Adlige hatten sich prächtig herausgeputzt, die Frauen trugen nicht nur kostbare Ringe, sondern auch Haarspangen und Broschen von erlesener Schönheit. Manche verstießen mit ihrer Ausstattung gegen jede Kleiderordnung. Aber die vornehmen Familien scherten sich nicht um Regeln, sie achteten nur darauf, nicht die Farben zu tragen, die dem König vorbehalten waren.

Wendel mischte sich unters Volk, nahm sich einen Humpen Bier von einem Brett, das zwei Diener durch die Menge trugen. Das Bier schmeckte würzig und erfrischend. Am Abend zuvor hatte Wendel noch für die ordnungsgemäße Lagerung der Fässer gesorgt und mit Mundschenk, Kämmerer und Kellermeister den Wein verkostet, der ohne Vorbehalte für ausgezeichnet befunden worden war. Gemeinsam mit einigen Kaufleuten, die ebenfalls zu Gast auf der Burg weilten, hatte er den lauen Sommerabend bei Würfelspiel und gutem Essen unter freiem Himmel verbracht, der Burgherr allerdings hatte sich nicht blicken lassen. Vermutlich war er mit der Bewirtung der vornehmeren Gäste vollauf beschäftigt gewesen.

Wendel drehte sich langsam im Kreis und ließ den Blick schweifen. Wie eng so eine Burg war! Und wie einsam – wenn nicht gerade wie heute ein Fest gefeiert wurde. Im Winter konnte man wochenlang nicht fort, kein Wagen bewältigte im tiefen Schnee den steilen Anstieg, und auch im Sommer konnte man nicht einfach so das Wirtshaus, das Badehaus oder Freunde besuchen. Es gab keine Jahrmärkte, keine Festtage. Und in dem zugigen Gemäuer war es nicht einmal im Hochsommer richtig warm. Es war ein finsteres, eisiges Gefängnis. Wendel schauderte. Um nichts auf der Welt wollte er auf einer Burg wohnen! Wie anders war doch das Leben in der Stadt: In Reutlingen gab es fast viertausend Menschen, darunter viele, mit denen man an langen Winterabenden Schachzabel spielen konnte. In den Wirtsstuben traf man Kaufleute oder Pilger, die so manch interessante Geschichte von ihren langen Reisen zu erzählen wussten und die auch einem Würfelspiel um ein paar Pfennige nicht abgeneigt waren.

Fanfaren erklangen, Ruhe kehrte ein. Während es sich die vornehmen Gäste auf der Tribüne bequem machten, suchte Wendel sich einen Platz auf einer der gepolsterten Holzbänke. Er kam neben einem dicken Mann zu sitzen, der sich als Landgraf Rüdiger von Darenstein vorstellte.

De Bruce trat auf die Bühne, an der Hand führte er eine ältere Frau, die Wendel noch nie gesehen hatte. Er geleitete sie zu einem thronähnlichen Sessel, der einem König alle Ehre gemacht hätte, achtete darauf, dass sie bequem saß, rückte ihr die Kissen zurecht und hob ihre Füße auf einen Schemel. Ein Diener eilte herbei und hielt ihr mit gesenktem Kopf eine Schale mit Früchten hin. Erdbeeren lagen darin, Kirschen, Johannisbeeren, Stachelbeeren, Äpfel und sogar ein Goldapfel, der aus den Ländern am Mittelmeer stammte.

De Bruce wollte damit offenbar zwei Dinge deutlich machen: Er verehrte diese Frau sehr, und Geld spielte für ihn keine Rolle. Das musste Emelin sein, die Amme, deren Geburtstag heute gefeiert wurde.

Der Graf ließ sich neben Emelin auf einem einfachen Hocker nieder. Das war Brauch bei der Brautschau und sollte zeigen, dass de Bruce als einfacher Mann angetreten war, der unabhängig von Reichtum und Stand seine Braut wählen wollte, ausschließlich um der Liebe willen, so wie es die Minne der Ritter vorschrieb. Das war natürlich ein Witz, denn de Bruce würde niemals unter Stand heiraten und damit Ruf und Lehen aufs Spiel setzen.

Auch Wendel konnte sich nicht vorstellen, unter seinem Stand zu heiraten. Das wäre ein Verstoß gegen die gottgewollte Ordnung und damit eine Todsünde. Allerdings fragte er sich, wie man innerhalb eines Abends eine Wahl treffen konnte, die für ein ganzes Leben Gültigkeit haben sollte. Unwillkürlich seufzte er. Ottmar de Bruce hatte wenigstens eine Wahl! Rasch verscheuchte er den unliebsamen Gedanken und reckte den Hals. Jeden Augenblick musste das Spektakel beginnen.

Endlich trat Richard von Alsenbrunn auf die Bühne, erklärte den Zweck der Feier, stellte de Bruce und Emelin vor, begrüßte alle anwesenden vornehmen Herren, einige reiche Kaufleute. Er beendete seine Begrüßungsrede mit den Worten: »Zum Schluss möchte ich den ehrenwerten Karcher Wendel Füger willkommen heißen, dessen vorzüglicher Rebensaft uns allen heute Abend den Gaumen verzücken wird. Auf den Reutlinger Wein!«

Einige Gäste erhoben die Weinkelche, andere klatschten Beifall. Wendel spürte, wie ihm die Röte ins Gesicht schoss. Verlegen senkte er den Blick. Der Applaus ebbte ab, Stille trat ein. Von Alsenbrunn griff zur Harfe, ließ seine Finger über die Saiten laufen, der Klang füllte den Hof, Wendels Herz schlug schneller, und schon erhob sich die Stimme des Meistersängers, klar, kraftvoll und voller Leidenschaft.

Herrin, erlaubt mir, wenn es schicklich ist,
ein paar Worte an Euch zu richten.
Um Euretwegen lohnt es sich,
zu den Besten zu gehören.
Wisset, Ihr seid schön.
Besitzt Ihr, woran ich nicht zweifle,
außer Schönheit auch noch innere Vorzüge,
wie viel Rühmliches verkörperte sich dann in Euch
allein!

Wendel schloss die Augen und fühlte sich davongetragen in eine andere Welt. Viel zu schnell war das Lied zu Ende, Applaus brandete auf, Hochrufe flogen von überall her zur Bühne.

Von Alsenbrunn verneigte sich immer wieder tief. »Verehrtes Publikum, hochwohlgeborene Gäste«, sagte er schließlich. »Ich danke Euch aus tiefstem Herzen. Aber nun, edle Gesellschaft, lasst uns zu unserer eigentlichen Aufgabe kommen, einer Aufgabe, die nicht minder ehrenwert ist als die Verzauberung der Menschen mit Liedern. Es gilt, eine Braut für den Grafen zu finden. Edle Jungfern, tretet vor!«

Nach und nach traten die Jungfrauen auf die Bühne. Jede stellte sich kurz vor und reichte dem Grafen ein Tuch, in das ihr Name eingestickt war. De Bruce würde nach Festmahl, Tanz, Schauspiel und Gesang das Tuch der Erwählten über seinem Kopf schwenken und auf diesem Weg ihr und der Festgesellschaft zeigen, dass sie die Glückliche war.

Wendel versank in Gedanken. Die immer selben Beteuerungen der angehenden Bräute langweilten ihn schnell. Alle waren natürlich unberührt, willig und gehorsam und so weiter und so fort. Diese Eigenschaften mochten bei einer Kuh oder einem Hund nützlich sein, nicht jedoch bei einer Gefährtin, mit der man sein Leben teilen wollte. Er dachte an seine eigene Braut, die sein Vater ihm ausgesucht hatte. War sie nicht auch so? Willig, brav und gehorsam? Vermutlich. Er seufzte, langte nach einem weiteren Humpen Bier und nahm sich vor, für heute nicht mehr daran zu denken.

Er wandte sich seinem Sitznachbarn zu, der sich als feinsinniger Genießer entpuppte, der nicht nur bewandert war in allen Dingen, die aus Küche oder Keller kamen, sondern auch alle namhaften Sänger und einen großen Teil deren Lieder kannte. Sie waren sich einig, dass niemand Richard von Alsenbrunn das Wasser reichen konnte und dass Ottmar de Bruce ein wichtiger und großer Förderer der schönen Künste war. Die Grafen, bei denen de Bruce schlecht gelitten war und die deshalb dem Fest ferngeblieben waren, gingen fehl in ihrem Urteil und verkannten die wahren Vorzüge dieses ungewöhnlichen Mannes.

De Bruce sparte wahrhaftig an nichts. Fackeln wurden entzündet, Holzbrenner entfacht, die Bühne wurde von Dutzenden Brennnäpfen und sündhaft teuren Bienenwachskerzen erleuchtet. Wendel ließ sich von der Stimmung des Abends hinwegtragen und leerte mehr Humpen Bier, als er vertragen konnte.

***

Melisande warf einen weiteren Holzscheit in die Flammen und ließ sich auf dem Schemel vor dem Kamin nieder. Es war weit nach Mitternacht, Raimund schlief längst, doch sie selbst verspürte keine Müdigkeit. Nur noch wenige Stunden, und sie würde Ottmar de Bruce gegenüberstehen, ihm die tödliche Verletzung beibringen, ihre Familie rächen.

Den ganzen Tag hatte sie mit Vorbereitungen verbracht. Nerthus präpariert, die Bewegung einstudiert, mit der sie de Bruce wie zufällig einen kleinen Kratzer am Arm zufügen wollte. Einen todbringenden Kratzer. Leicht sollte es aussehen, nicht die geringste Absicht durfte daraus abzulesen sein. Zu gern würde sie sich de Bruce zu erkennen geben, sobald sie wusste, dass er nicht mehr zu retten war. Doch das durfte sie nicht. Es war zu gefährlich. Nicht um ihr eigenes Leben fürchtete sie, sondern um Raimunds. Ohne sie würde er elend sterben.

Das Holz knackte, Funken stoben auf. Melisande schloss die Augen und genoss die Wärme des Feuers auf ihrer Haut. Sie trug nichts außer ihrer weißen Cotte, fühlte sich leicht und frei wie lange nicht mehr.

Nur noch wenige Stunden. Nur noch wenige Stunden.

***

Schweißgebadet schreckte Wendel auf. Er lag zwischen abgenagten Hühnerknochen und Brotresten unter einem Tisch. Der Burghof war leer bis auf ein paar Männer, die es Wendel gleichgetan hatten und irgendwo ihren Rausch ausschliefen. Antonius, sein Leibwächter, der ihm eigentlich nicht von der Seite weichen sollte, war nicht unter ihnen. Am Abend hatte er noch neben ihm auf der Bank gesessen.

Wendel krabbelte unter dem Tisch hervor und blinzelte

ins Sonnenlicht, das unerträglich grell in seinen Augen brannte. Er hörte ein Rauschen, das wie ein Wasserfall klang, aber aus seinem Kopf zu kommen schien. Was war in den letzten Stunden passiert? Wann war er eingeschlafen? Er konnte sich nicht einmal erinnern, welches Mädchen de Bruce als Braut erwählt hatte. War er bereits vor dem Höhepunkt des Festes eingenickt? Er dachte angestrengt nach. Es kam ihm vor, als sei er kurz vor der Verkündung des Verlöbnisses noch einmal im Weinkeller gewesen. Nicht mit dem Kellermeister, sondern allein. Doch wozu? Was hatte er da gewollt?

Vorsichtig stand er auf, jeder Knochen tat ihm weh, und er hatte Mühe, gerade zu stehen. Langsam kehrten seine Sinne zurück, das Rauschen in seinem Schädel ließ nach und machte einem unterdrückten Stöhnen Platz, das vom Pferdestall her zu kommen schien. Wendel machte ein paar behutsame Schritte vorwärts, aber alles begann sich zu drehen, und schon bald taumelte er haltlos auf das Gebäude zu. Neugierig lugte er durch ein loses Brett.

Wendel glaubte seinen Augen nicht zu trauen, aber was er sah, war so wirklich wie seine Gliederschmerzen. De Bruce hockte zwischen den Beinen einer halb entblößten fülligen Magd, der er mit einer Hand den Mund zuhielt. Die Magd rührte sich nicht, de Bruce dafür umso mehr. Hektisch bewegte er seine Lenden hin und her, bis er plötzlich einen kurzen Laut von sich gab, der wie ein Räuspern klang. Er sackte in sich zusammen, ließ sich auf das Mädchen sinken und atmete schwer.

Wendel wurde es übel. Ob vom Bier oder von dem, was er gerade gesehen hatte, konnte er nicht sagen. Ohne einen Laut hangelte er sich am Stall entlang zum nächsten Wasserzuber, wo er seinen Kopf in das kühle Nass tauchte. Als er ihn wieder herauszog, ertönte von der Kapelle her ein Glöckchen.

Tropfnass kniete er nieder und sprach ein kurzes Morgengebet.

»Na, Füger, hat Euch der eigene Wein gefällt?« Jemand griff Wendel an der Schulter und drehte ihn um.

Wendel starrte in de Bruce' grinsendes Gesicht. »Bier«, krächzte er, froh, dass nicht mehr Worte vonnöten waren.

De Bruce nickte wissend. »Nun denn, da hilft nur ein kleiner Ausflug. Eure Fuhrleute sind noch jenseits von Gut und Böse, also kommt mit, ich will Euch ein Schauspiel der besonderen Art bieten. Ihr mögt doch ein wenig Gefahr?«

Ohne eine Antwort abzuwarten, zog der Graf Wendel mit sich und deutete auf einen Gaul, der gesattelt bereitstand. Acht Männer zu Pferde warteten schon, zwei von ihnen hatten hinter sich ein dickes Bündel festgeschnürt. Unter den Übrigen war Antonius, der Wendel kurz zunickte.

»Auf geht's!« De Bruce schwang sich in den Sattel, und schon ging es im gestreckten Galopp hinaus aus der Burg.

Eine gute Stunde preschten sie über Wege und Felder, Wendel erkannte, dass sie Richtung Esslingen ritten. Auf einer Brache sprengten sie auf einen einzelnen Mann zu, der still wie eine Statue dastand, die Hände auf sein Schwert gestützt.

Wendel stockte der Atem. Der Mann trug die Tracht eines Henkers, und das Schwert war nicht für den Kampf geschmiedet, sondern zum Richten. Die Reiter umzingelten den Henker und bildeten einen Kreis.

Wendel schaute unruhig nach rechts und links. Was für eine Teufelei ging hier vor? De Bruce besaß keinerlei Gerichtsbarkeit, und so weit außerhalb der Stadt durfte sich ein Henker normalerweise gar nicht aufhalten.

* * *

Melisande ließ ihren Blick über die Männer gleiten. Söldner, bis auf zwei. Einer trug die Kleidung eines Karchers und schaute bleich und elend drein, der andere sah in seiner grünen Tracht aus wie ein Waidmann. Ottmar de Bruce war mit einem schwarzen Wams und schwarzen Beinlingen bekleidet, nur ein leichter Panzer schützte seine Brust. Er ahnte offenbar nicht, dass der Tod ihn heute erwartete, im Gegenteil, er wirkte heiter und gelöst, begrüßte sie sogar mit einem kurzen Kopfnicken.

Melisande unterdrückte ihre Anspannung und verneigte sich. Der Augenblick war gekommen. Jetzt war es an ihr, nicht aus Ungeduld einen Fehler zu begehen. Bereits beim ersten Licht der Dämmerung war sie aufgebrochen. Nerthus hatte sie in Decken eingehüllt, damit niemand sah, dass sie das Richtschwert aus der Stadt entfernte, oder sich versehentlich an der vergifteten Klinge schnitt. Die Wachen am Heiligkreuztor hatten ihr ohne Zögern die Pforte geöffnet, und als sie sich an den Aufstieg gemacht hatte, hatte sich der erste Sonnenstrahl über den Fildern gezeigt.

Nach de Bruce saßen nun auch seine Männer ab. Zwei der Söldner wickelten die Bündel aus, die sie auf ihren Pferden mit sich geführt hatten. Strohpuppen kamen zum Vorschein. Die Männer stellten sie nebeneinander auf.

Melisande staunte. De Bruce war wirklich nicht dumm, und er wollte anscheinend tatsächlich lernen, wie man einem Mann mit einem Streich den Kopf abschlug. Sie hob ihr Schwert, machte einen Schritt auf de Bruce und die Puppen zu, doch schon versperrten ihr vier Speere den Weg.

»Mach dir nichts draus, Meister Hans, das ist nicht herabsetzend gemeint«, sagte de Bruce mit einem breiten Grinsen. »Ich bin ein Mann von hoher Ehre, und da Ehre gemeinhin Neid und Missgunst auslöst, ist die Zahl meiner Feinde nicht eben gering. Das betrifft auch die Mittel, über die manch einer von ihnen verfügt. Nicht wenige würden, ohne mit der Wimper zu zucken, hundert Pfund Silber aufwenden, um meinen Kopf in ihre Trophäensammlung einreihen zu können. Deshalb kann ich nicht vorsichtig genug sein. Senk also dein Schwert, und zeige mir hiermit, wie du den Schlag führst.«

Er warf ihr ein Schwert zu, das genauso gearbeitet war wie ihr Richtschwert.

Melisande fing es auf, wog es in der Hand. Das Schwert war stumpf. Damit konnte sie de Bruce nicht einmal einen Kratzer zufügen! Eine perfekte Arbeit, eine prächtige Klinge. Eine reine Klinge ohne Gift. Sie atmete tief ein und aus, um nicht laut loszuschreien. Gerade noch hatte sie de Bruce in ihrer tödlichen Falle zappeln sehen, und schon war er ihr entwischt. Sie musste Ruhe bewahren, jetzt erst recht. Es würde sich eine Gelegenheit bieten, die Schwerter wieder auszutauschen. Später, wenn die Aufmerksamkeit der Söldner etwas nachließ.

Die Speere zogen sich zurück. Vorsichtig ging Melisande in Stellung, nicht breitbeinig wie die meisten ihrer Kollegen, sondern den linken Fuß schräg nach hinten versetzt, seitlich zu der Strohpuppe. Das Schwert hob sie mit beiden Händen über den Kopf, ließ die Spitze auf ihren Rücken sinken. Sie schwang den linken Fuß nach außen, drehte sich in der Taille mit, und ihr ganzer Körper federte zurück. Das Schwert schien zuerst langsam mitzuschwingen, aber plötzlich entlud sich die ganze Kraft der Bewegung in einem einzigen zuckenden Hieb.

Der Strohkopf traf de Bruce, der so verblüfft war, dass er nicht mehr hatte reagieren können. Melisande stützte sich auf das Schwert, lächelte und ließ ihren Blick über die Männer schweifen. Dem jungen Karcher waren fast die Augen aus dem Kopf gefallen, er wich Melisandes Blick aus. Die anderen Männer verbargen ihre Gefühle.

De Bruce knetete seine Finger. »Jetzt verstehst du wohl, dass ich vorsichtig sein muss. Wärst du ein gedungener Mörder, mein Kopf würde schneller fallen, als ein Mann vom Schlag getroffen wird. Ich bin beeindruckt. Sigmund!« Einer der Männer sprang zu ihm. »Du wirst an Sigmund vorführen, was ich tun muss, ich tue es ihm nach.«

Melisande biss sich auf die Lippe. Auch das noch! Selbst wenn sie noch ihr eigenes Schwert hätte, würde sie nicht an ihren Feind herankommen. So nah war sie dem Mörder ihrer Familie. Und doch war er unerreichbar. Selbst wenn sie ihr Schwert packte und versuchte, sich durchzukämpfen, gegen sieben erfahrene Krieger konnte sie nichts ausrichten. Sie flehte Gott an. Herr, warum schickst du mir meinen Feind, lieferst ihn mir auf einem silbernen Tablett, nur um ihn mir gleich wieder zu entziehen? Wie lange soll ich noch leiden?

Sie rang nach Fassung. Sie durfte sich nicht anmerken lassen, welcher Sturm in ihrem Inneren tobte. Wenn de Bruce auch nur den geringsten Verdacht schöpfte, war sie verloren, dann würde sie hier und heute ihr Leben lassen, und jede Hoffnung, dass de Bruce eines Tages für seine Verbrechen bezahlen würde, wäre für alle Zeiten dahin.

Geduld! Sie musste sich in Geduld fassen. Noch war nicht alles verloren. Ein Moment, ein kleiner Moment, in dem die Männer nicht aufmerksam waren, würde genügen. Und wenn sie erst Nerthus in den Händen hielt, würde sich auch eine Gelegenheit ergeben, ihren Plan auszuführen.

Sie begann damit, Sigmund die Ausgangsstellung zu zeigen. Er stellte sich geschickt an, begriff schnell. Mit einem Seitenblick erkannte Melisande, dass de Bruce alles nachmachte, dass auch er rasch lernte. Doch das Zusammenspiel der Bewegungen erforderte jahrelange Übung. Hielt man das Schwert nur einen Zoll tiefer oder höher, stimmte der Schwerpunkt nicht mehr, und der Schlag ging fehl.

Zwei Stunden übten sie, dann befahl de Bruce eine Pause. Die Männer schirmten den Grafen von Melisande ab, teilten aber ihr Mahl mit ihr. Sie hatten offenbar vergessen, dass ein Henker in ihrer Mitte weilte. So als wären sie im Felde, galt nur das Schwert, nicht der Stand.

Der Karcher und sein Begleiter hatten sich neben de Bruce niedergelassen und beäugten Melisande mit scheuen Blicken. De Bruce schlug dem Bleichgesicht auf die Schulter. »Habe ich Euch zu viel versprochen, Wendel Füger? Was sind schon Gaukler? Was sind Schauspieler gegen das echte Leben? Frühstück mit Meister Hans, ohne den Kopf zu verlieren, das ist wahres Theater!«

Der Karcher hustete und lachte gequält.

»Esst, Füger, esst und trinkt, damit der Geist des Bieres Euren Leib verlässt.« De Bruce nickte einem Mann zu. Der zückte sein Messer, ließ es durch die Kruste eines Brotes gleiten, rutschte ab und schnitt sich in die Hand. Der Mann stöhnte, Blut sprudelte hervor.

Melisande sprang auf, zwei Männer taten es ihr gleich und hielten ihr ihre Messer vor die Nase. Sie zog vorsichtig ihre Tafel aus dem Wams, schrieb einen Satz und hielt ihn de Bruce hin, denn die Söldner konnten mit Sicherheit nicht lesen.

De Bruce nickte, trat mehrere Schritte zurück und zeigte auf den Mann, der die Gesichtsfarbe verloren hatte. Melisande kniete sich neben ihn, stillte die Blutung mit einem Tuch, strich Kräuterpaste gegen Wundbrand auf die Wunde und umwickelte die Hand mit einem sauberen Stück Leinentuch.

Kaum war sie fertig, ertönte hinter ihr die Stimme des Grafen. »Meister Hans«, rief de Bruce. »Eure Hilfe wird ein weiteres Mal gebraucht!« Er zeigte auf Wendel Füger, der besinnungslos ins Gras gesunken war. Sein Begleiter kniete mit besorgtem Blick neben ihm und hielt seine Hand.

»Das kommt davon, wenn man kein Starkbier gewöhnt ist«, tönte de Bruce. »Der hat gestern wohl ein Fass allein geleert. Ist halt doch kein echter Mann.«

Die Söldner lachten. Melisande erkannte, dass der Karcher in Ohnmacht gefallen war. Aber warum? Sie konnte den Gedanken nicht zu Ende denken, denn schon drängte de Bruce zum Aufbruch. Wendel Füger wurde mit einer Ladung Wasser und ein paar gutgemeinten Stübern geweckt und auf sein Pferd gehievt.

»Ich melde mich für eine weitere Übungsstunde!« De Bruce warf Melisande ein Geldstück zu und saß auf. Im nächsten Moment waren er und seine Männer verschwunden. Nur die Strohpuppen und ihr grenzenloser Schmerz erinnerten Melisande an das, was in den letzten Stunden geschehen war. Oder vielmehr an das, was nicht geschehen war.

* * *

Vor dem Haus wartete der Büttel, schon von weitem sah Melisande ihn unruhig hin- und herlaufen. Sein Gesicht war angespannt, seine Augen huschten nervös hin und her.

»Endlich. Da bist du ja!« Der Büttel atmete erleichtert auf. »Du musst sofort mitkommen! Der ehrenwerte Ratsherr Konrad Sempach wartet. Es ist dringend!«

Melisande blieb nichts anderes übrig, als der Aufforderung Folge zu leisten. Dabei hätte sie sich am liebsten in ihre

Kammer verkrochen, sich die Decke über den Kopf gezogen und wäre nie wieder aufgestanden. Was sie als Tag der Rache feiern wollte, war zu einem weiteren Tag des Triumphes für de Bruce geworden. Immer wieder hatte sie sich auf dem Heimweg gefragt, ob Gott sie damit hatte auffordern wollen, ihre Pläne aufzugeben, ihr Schicksal anzunehmen. Aber konnte er tatsächlich wollen, dass ein derartiges Unrecht für alle Zeiten ungesühnt blieb?

Melisande hatte keine Gelegenheit, weiter darüber nachzudenken. Ihr blieb nur ein Augenblick, um eben ins Haus zu huschen, kurz nach Raimund zu sehen, der unruhig schlief, das Schwert an seinen Platz zu hängen und nach ihrem Beutel zu greifen.

Vor dem Kerker, in dem die Magd einsaß, lief Konrad Sempach auf und ab. Als er Melisande sah, schrie er sie an, als wolle er eigenhändig eine peinliche Befragung durchführen. »Sieh, was du angerichtet hast, du elender Versager! Was ist passiert? Was hast du mit ihr angestellt?«

Melisandes Gedanken rasten. Nichts hatte sie angestellt. Kurz nach Sempach hatte sie gestern den Kerker verlassen. Da war alles in Ordnung gewesen. Was war nur geschehen?

Sempach wartete einen Moment, starrte sie mit bohrendem Blick an, dann schlug er sich an den Kopf. »Du kannst ja nicht einmal reden, du Ausgeburt der Hölle, du Strohkopf, du Nichtsnutz!«

Speicheltropfen flogen Melisande ins Gesicht, sie unterdrückte den Ekel und neigte ehrerbietig den Kopf.

»Los! Komm! Schau es dir an!«, brüllte der Ratsherr und stieß die Tür zur Zelle auf.

Melisande hob ihren Kopf, warf einen Blick ins Innere und

zog scharf die Luft ein. Da lag die Magd in ihrem Blut, das Gesicht weiß wie Kalk. Melisande trat näher. Agnes hatte sich die Pulsadern aufgebissen. Deutlich waren die Zahnabdrücke zu sehen, ihr Mund war blutverschmiert.

»Genug!«, wetterte Sempach. »Du hast genug gesehen. Morgen tritt der Rat zusammen. Du wirst dich für den Tod dieser Metze verantworten müssen. Und wenn es nach mir geht, wirst du bald eine Kostprobe deiner eigenen Kunst genießen. Geh mir aus den Augen! Und komm bloß nicht auf den Gedanken, dich zu verdrücken. Die Wachen haben Anordnung, dich zu töten, solltest du versuchen, die Stadt zu verlassen.«

Melisande stolperte auf die Straße, die Sonne blendete sie, ein paar Schritte wankte sie nach rechts, dann nach links. Am liebsten hätte sie sich auf den Boden geworfen und wäre nie wieder aufgestanden. Noch am Morgen hatte sie geglaubt, dass Ottmar de Bruce den nächsten Tag nicht erleben und sie endlich frei sein würde. Jetzt war sie diejenige, deren Leben womöglich verwirkt war.

»Herr im Himmel«, flüsterte sie tonlos. »Ich vertraue auf deine unendliche Weisheit und Güte. Bitte verlass mich nicht. Denk an Raimund, der ohne mich nicht leben kann. Sei gnädig mit mir, um seinetwillen.«

Sie taumelte durch die Gassen der Stadt, die seit achtzehn Jahren ihre Heimat war. Immer hatte sie sich hier sicher gefühlt, selbst als geächteter Henker. Doch jetzt hatte sich ihre sichere Zuflucht gegen sie gewandt und sie zur Feindin erklärt. Von einem Augenblick zum anderen war sie vollkommen schutzlos.

Sie dachte an Agnes, diese verlorene Seele, die für ewig im Höllenfeuer schmoren würde, die so verzweifelt gewesen war, dass sie die schlimmste aller Todsünden begangen hatte:

Selbstmord. Sich selbst zu töten wog schlimmer noch als der Mord an einem neugeborenen Säugling. Dafür hätte sie mit ihrer Hinrichtung büßen können, doch jetzt war ihre Seele unwiederbringlich dem Teufel überantwortet.

Melisande wankte mehr, als dass sie ging, lenkte ihre Schritte zum »Eber« und ließ sich am Henkertisch nieder. Sie wollte nicht mehr nachdenken, sondern ihren Kummer im Meer des Vergessens ertränken. Eine Stimme in ihrem Inneren mahnte sie, an Raimund zu denken, der ahnungslos zu Hause im Bett lag und noch nicht einmal wusste, wie ihr Treffen mit de Bruce ausgegangen war. Sicherlich machte er sich wahnsinnige Sorgen. Doch sie hatte nicht die Kraft, ihm gegenüberzutreten.

Der Wirt stellte ihr unaufgefordert einen großen Humpen Bier hin, den sie in einem Zug leerte. Es dauerte nicht lange, bis das Bier seine Wirkung entfaltete. Melisande seufzte, der Wirt brachte den nächsten Humpen. Sie trank, spürte, wie ihre Glieder sich entspannten, wie sich eine wohlige Müdigkeit in ihr ausbreitete. Erschöpft bettete sie ihren Kopf in die Hände, schloss die Augen und ließ sich vom Schlummer davontragen.

Sie schreckte hoch, als sie etwas hörte, das sie nicht verstand und das dennoch ihre Gefühle verwirrte. Eine Stimme, die sie kannte, und zwei oder drei weitere, die sie nicht zuordnen konnte. Zuerst vermochte sie die einzelnen Wörter nicht zu unterscheiden, doch dann verzog sich der Nebel. Sie spitzte die Ohren, um das Flüstern zu verstehen. Es kam vom Nachbartisch, von dem aus man keinen Einblick in die dunkle Nische des Henkers hatte. Die Männer wähnten sich offenbar allein.

»Du bist ja wirklich ein Glückskind«, sagte eine der unbekannten Stimmen.

Leises Lachen war die Antwort.

»Die Kleine war in der Tat ein saftiger Braten.« Wieder die gleiche Stimme.

Irgendwelche Angeber, die sich Weibergeschichten erzählen, dachte Melisande und wollte schon weghören, da aber begann die bekannte Stimme zu sprechen.

»Da könnt ihr drauf wetten. Herrliche Äpfel und ein Schoß, der niemals kalt wurde.«

Melisande zuckte zusammen. Ihr wurde heiß und kalt. Die Stimme gehörte Adalbert.

»Eigentlich schade um sie«, sagte ein anderer.

»Wahr gesprochen. Ein großer Verlust«, gab Adalbert zu. »Aber sie ist selbst schuld. Der kleine Bastard könnte von Gott weiß wem stammen, bei diesen Metzen weiß man doch nie, wer sonst noch alles in ihrem Topf herumgerührt hat. Die hat doch tatsächlich geglaubt, dass ich sie heirate. Als würde ich eine Magd heiraten! Und eine schamlose noch dazu!« Melisande hörte, wie er auf den Boden spuckte. »Aber sie hat das Problem ja zufriedenstellend gelöst. Zuerst den Bastard umgebracht und dann sich selbst, besser hätte sie es gar nicht machen können.«

Die anderen murmelten zustimmend, Humpen schlugen aneinander.

»Du hast verdammtes Glück gehabt, dass sie nicht unter der Folter deinen Namen ausgespuckt hat«, sagte jetzt eine der beiden fremden Stimmen. »Nicht, dass man der Sache nachgegangen wäre. Niemand hätte einer wie ihr ein Sterbenswort geglaubt. Außer deinem Vater natürlich. Der alte Breithaupt kennt seinen Sohn zu Genüge, habe ich nicht recht?«

Adalbert schnaubte. »Etwas Schlimmeres hätte mir das Schandweib nicht antun können. Vater hätte mich windelweich geprügelt und mich danach mit irgendeiner langweiligen Jungfrau verheiratet und auf ewig in seinem Stofflager schuften lassen. Pah! Arbeit ist etwas für Arme und Dummköpfe!«

Die beiden anderen lachten.

»Wie ich dich kenne, Adalbert Breithaupt, hast du bereits den nächsten Schoß ins Auge gefasst. Verrätst du uns, wer die Glückliche ist?«

Melisande hörte seine Antwort nicht. Sie presste die Hände fest auf die Ohren, so als wollte sie ihren Schädel eindrücken. Vor wenigen Augenblicken noch hatte sie gedacht, dass der Tag nicht schlimmer werden konnte. Sie hatte sich getäuscht.

Der Frevel

Wendel Füger streckte seine müden Glieder. Der Tag war anstrengend und lang gewesen. Zehn Fässer Wein hatten er und seine Knechte entladen und in die Keller der drei Esslinger Wirtsstuben geschleppt. Dabei hatte er selbst nicht einmal allzu viel beigetragen. Gewöhnlich war er sich nicht zu schade, seinen Knechten bei ihren Pflichten zur Hand zu gehen. Er hievte Fässer oder schleppte Körbe mit Trauben zur Kelter, als wäre er einer von ihnen. Aber heute hatte er sich kaum auf den Beinen halten können, hatte es mit Mühe geschafft, zu überwachen, dass alles seinen geregelten Gang ging. Die durchzechte Nacht auf der Adlerburg saß ihm noch immer in den Knochen. Ihm brummte der Schädel, und seine Glieder fühlten sich an, als wären sie aus heißem Wachs. Nach dem merkwürdigen Kampfunterricht mit dem Henker auf der Brache und dem peinlichen Zwischenfall, den seine Begleiter glücklicherweise für eine Folge seines übermäßigen Bierkonsums gehalten hatten, war er überstürzt abgereist.

De Bruce, der Teufel, hatte abschätzig gegrinst. »Das hat man davon, wenn man einem Weinhändler gutes Bier zu trinken gibt. Der verträgt nichts außer seinem eigenen Rebensaft und fällt schon nach wenigen Humpen um wie ein gefällter Baum.«

Wendel war sich nicht sicher gewesen, wie er die Worte verstehen sollte, zumal seine Erinnerung an den Vorabend immer noch löchrig war. Doch er hatte beschlossen, es sich mit dem mächtigen Mann nicht zu verderben. »Ihr habt ganz recht, geschätzter Graf, ein Gast, der einem nicht den Keller leer säuft, ist ein Spaßverderber. Ladet mich zu Eurer Hochzeit ein, und ich wetze die Scharte wieder aus.«

»Ihr seid nach meinem Geschmack, Füger!« De Bruce ließ seine mächtige Pranke auf Wendels Schulter niedersausen, der die Zähne zusammenbiss, um nicht laut aufzuschreien. Der Hieb ließ das Dröhnen in seinem Schädel zu einem mörderischen Donnern anwachsen. »Die Hochzeit ist in vier Tagen. Ihr sollt mein Ehrengast sein.«

Jetzt saß Wendel im »Eichbrunnen«, ließ sich ein Glas von seinem eigenen, mit Zucker, Ingwer und Kardamom verfeinerten Wein schmecken. Es war nicht der teure Muttertropfen, den er de Bruce verkauft hatte, den hätte er ohne zusätzliche Gewürze getrunken, sondern ein einfacher Wein, wie er überall in den Wirtshäusern ausgeschenkt wurde. Doch auch der billige Fügerwein war besser als vieles, was man sonst angeboten bekam. Darauf war Wendel stolz. Natürlich konnte der Füger'sche Wein sich nicht mit dem aus der Toskana oder dem Burgund messen. Dennoch war er bei den hohen Herren in Württemberg äußerst beliebt.

Wendel nahm noch einen Schluck. Er war hungrig und wartete ungeduldig auf den Schinken, den der Wirt als den feinsten in ganz Esslingen gepriesen hatte. Seinem Vater hatte er durch Antonius Nachricht schicken lassen, dass sich seine Rückkehr nach Reutlingen verzögern würde, da er zur Vermählung des Grafen Ottmar de Bruce geladen sei. Der Leibwächter hatte sich zwar zunächst geweigert, Wendel allein zurückzulassen, doch schließlich nachgegeben.

»Euer Vater wird mich auspeitschen lassen, Wendel«, hatte er gesagt. »Mein Befehl lautet, Euch nicht von der Seite zu weichen.«

»Unsinn«, hatte Wendel leichthin erwidert. »Vater und du

tut gerade so, als sei ich irgendein Thronerbe. Wer sollte mir etwas antun? Und jetzt mach schon, führ den Wagenzug zurück nach Reutlingen, und sag Vater, dass ich nach der Hochzeitsfeier folge.«

Antonius war mit sichtlichem Unbehagen abgerückt. Wendel hatte ihm lachend hinterhergewinkt. Dabei graute ihm in der Tat ein wenig vor der Feier auf der Adlerburg. Allerdings nicht, weil er um sein Leben fürchtete. Sicherlich würde de Bruce ihn zum Trinken anhalten, bis er umfiel. Und das nicht nur am Abend der Vermählung. Die Hochzeitsfeiern solch feiner Leute dauerten gewöhnlich mindestens eine Woche.

Wendel seufzte tonlos. Letztlich würde Vater stolz auf ihn sein. Die Freundschaft mit dem mächtigen Grafen und guten Kunden war wertvoll, dagegen waren die Folgen von ein paar durchzechten Nächten, schwere Glieder und ein dröhnender Kopf ein kleines Opfer.

»Bitte sehr, mein Herr.« Eine Magd stellte Wendel ein Holzbrett mit einem Stück saftigem Schinken und etwas Brot auf den Tisch. Sie hielt einen Krug in seine Richtung. »Soll ich Euch nachschenken, mein Herr?«

Er schob den Becher in ihre Richtung und nickte. Während sie ihm Wein eingoss, langte er nach seinem Gürtel, um sein Messer hervorzuholen, mit dem er den Schinken anschneiden wollte. Er tastete nach der ledernen Scheide, doch sie war leer. Verdutzt blickte er an sich hinunter. Nichts. Neben dem Beutel mit dem Geld und den Handelspapieren hing die Scheide, doch kein Messer befand sich darin.

»Kann ich Euch helfen, Herr?« Die Magd klimperte mit den Augenlidern und schob ihre breiten Hüften vor. Offenbar hatte sie Wendels Griff nach dem Gürtel missverstanden.

»Nein«, stammelte er. »Nein, du kannst gehen.«

»Dann nicht!« Sie reckte beleidigt das Kinn, drehte sich abrupt um und wandte sich dem nächsten Gast zu.

Wendel nahm seinen Umhang und tastete ihn ab. Nichts. Die Stiefel. Manchmal, wenn sie unterwegs eine gefährliche Gegend zu durchqueren hatten, versteckte er sein Messer im rechten Stiefel, damit Räuber es ihm nicht einfach aus dem Gürtel ziehen konnten. Auch nichts. Das Messer war fort.

Wendel stieß einen leisen Fluch aus. Das Messer war mehr für ihn als ein unverzichtbares Werkzeug. Mehr als eine Waffe, mit der er sich im Notfall verteidigen konnte. Es war sein Glücksbringer, sein Talisman. Ein Erbstück, das von seinem Großvater stammte und in dessen kunstvoll geschnitzten Griff aus Buchenholz der Name Füger eingraviert war. Hatte er es auf der Adlerburg verloren? Es im Rausch gezogen, vielleicht seinem Tischnachbarn gezeigt und nicht wieder eingesteckt? Oder hatte man es ihm gestohlen? Er war so berauscht gewesen, dass man ihn selbst wegtragen und von der höchsten Zinne der Adlerburg hätte werfen können, ohne dass er es bemerkt hätte. Wie leicht wäre es gewesen, ihm das Messer zu entwenden! Doch wer stahl ein Messer und ließ den prall gefüllten Geldbeutel zurück, der gleich daneben hing?

***

Melisande taumelte ins Haus. Sie hatte mehr getrunken, als sie vertrug, aber es war ihr gleichgültig. Vielleicht würde man sie schon morgen in den Kerker werfen, schon übermorgen durch die Straßen von Esslingen treiben, bespucken, mit Unrat bewerfen und am Galgen vor der Stadt aufknüpfen wie einen heimtückischen Meuchler. Warum sollte sie sich also Gedanken machen? Warum sich nicht noch einmal so betrinken, dass das Schicksal leichter zu ertragen war?

Sie atmete ein paarmal tief durch. Wieso reimte sie sich so etwas zusammen? Nicht der Galgen wartete auf sie. Wahrscheinlich drohten ihr lediglich ein paar Peitschenhiebe auf den nackten Rücken. Genau davor jedoch hatte sie Angst. Denn dabei würde man unweigerlich merken, dass Melchior gar kein Melchior war, und man würde sie als Betrüger vor die Tore der Stadt jagen, wo de Bruce sie mit offenen Armen erwartete. Sie hatte versagt. Ihr war die Flucht vor ihrem Todfeind gelungen. Fünf Jahre lang hatte sie überlebt, ihm getrotzt, doch jetzt war auch sie an der Reihe, jetzt würde sie ihrer Familie ins Grab folgen.

Der Tod stand auf der Schwelle, und er war gekommen, nicht weil der Mörder ihrer Familie sie endlich aufgespürt hatte, nicht weil sie ihn zum Zweikampf herausgefordert und verloren hatte. Nein, weil eine dumme, schamlose Metze, die sich ausgerechnet von Adalbert Breithaupt hatte verführen lassen, sich das Leben genommen hatte, bevor sie für ihre furchtbare Tat gerichtet werden konnte. Und weil man Melchior, dem Henker, die Schuld dafür gab.

Adalbert. An ihn zu denken ließ sie zittern. Seine Worte hatten ihr ins Herz geschnitten wie ein frisch geschliffener Dolch. Die Verachtung, die aus ihnen sprach, hatte sie verletzt, gerade so, als hätte er sie damit gemeint. War nicht Melchior, der Henker, noch viel geringer als Agnes, die Magd? Wenn Adalbert diese so sehr verachtete, was mochte er dann erst von ihm denken? Was hätte er wohl gesagt, wenn er im Wald aufgewacht wäre, die Lippen des Henkers auf die seinen gepresst?

Ein Schauder lief Melisande über den Rücken, schützend umfasste sie mit den Armen ihren Leib. Die Metze, diese

Agnes, war dumm und sündig gewesen. Sie hatte ihr Schicksal verdient. Doch hatte Adalbert nicht die gleiche Sünde begangen wie sie? Was war mit seiner Schuld? Musste sie nicht ebenso gesühnt werden wie die der Magd? Bereute er wenigstens, was er getan hatte?

Melisande schloss die Augen und lehnte sich gegen die Haustür. Nein, er bereute nichts. Im Gegenteil, er schien sich keiner Schuld bewusst. Und offenbar hatte er sich bereits darangemacht, ein weiteres junges Mädchen zu verführen. Wie konnte er das nur tun?

Melisande stieß sich von der Tür ab und ließ die Arme sinken, die immer noch zitterten. Die Wahrheit war so einfach wie schmerzhaft: Adalbert Breithaupt war ein schlechter Mensch.

Ein Geräusch ließ Melisande aufschrecken. Raimund stöhnte leise. Mit wenigen Schritten war sie bei ihm, entzündete die Talglampe neben seinem Bett. Er sah bleich aus, sein Gesicht war eingefallen. Ihr fiel auf, wie sehr er in den letzten Wochen abgemagert war. Was würde aus ihm, wenn sie nicht mehr war? Wer pflegte einen Henker, der nicht mehr in der Lage war, das Bett zu verlassen? Nicht einmal der gütige Meister Henrich konnte da noch helfen. Ohne sie würde Raimund elendig zugrunde gehen.

Sie spürte seinen Blick. Rasch lächelte sie. »Tut mir leid, dass es so spät geworden ist. Die Magd, von der ich dir erzählt habe, Agnes, sie hat sich das Leben genommen. Hat sich die Pulsadern aufgebissen. Kannst du dir das vorstellen?«

Sie hatte versucht, ihrer Stimme einen leichten Klang zu verleihen, doch offenbar war es ihr nicht recht gelungen. Als sie die Decke zurückschlug, packte Raimund sie mit seinem gesunden Arm und hielt sie zurück.

»Was ist?«, stieß sie ärgerlich hervor. »Ich bin müde. Bitte lass mich nach dir sehen, damit ich endlich schlafen gehen kann.«

Er starrte sie an. Seine klaren blaugrauen Augen schienen sie zu durchbohren. Genauso hatte er sie an jenem Tag angesehen, als sie unerlaubt aus der Höhle fortgelaufen war. Als sie ihm hatte versprechen müssen, nie wieder ungehorsam zu sein.

Sie senkte den Kopf. »Ratsherr Sempach hat mir wegen des Mädchens gedroht. Ich hätte verhindern müssen, dass es das tut.«

Sie sah Raimund ins Gesicht. Sein Blick war nicht mehr kraftvoll und fordernd, sondern besorgt und traurig. Tränen schimmerten in seinen Augen.

Sie nahm seinen Kopf zwischen ihre Hände. »Es wird alles gut, Raimund. Vertrau mir. Ich werde es schaffen. Wir beide werden es schaffen. Haben wir nicht schon ganz andere Dinge gemeistert? Wir haben Ottmar de Bruce ein Schnippchen geschlagen. Was ist ein Konrad Sempach gegen einen Ottmar de Bruce? Er kann uns nichts anhaben, vertrau mir!«

Bei dem Namen de Bruce war Raimund zusammengezuckt. Natürlich, er wusste ja noch nicht, wie die Begegnung in der Brache ausgegangen war!

»De Bruce lebt. Ich habe versagt.« Rasch berichtete Melisande von ihrem Rückschlag. Wie unwichtig dies im Augenblick erschien im Vergleich zu dem, was sie morgen vor dem Rat der Stadt erwartete. Die Angst davor schnürte ihr die Kehle zu, sodass sie den Blick von Raimund abwandte.

Sie ballte die Fäuste. Als Mann wäre sie imstande, all das zu ertragen, ohne ihre Würde zu verlieren. Als Mann fühlte sie sich stark, selbst wenn sie als Henker der Geringste von allen war. Als Frau jedoch war sie ihren Widersachern hilflos ausgeliefert. Bei dem Gedanken daran, was Konrad Sempach mit ihr anstellen würde, wenn er herausfand, dass sie eine Frau war, wurde ihr übel vor Angst.

Rasch versorgte sie Raimund, dessen Willenskraft gebrochen schien. Mit leerem Blick ließ er alles mit sich geschehen, nahm zum Schluss ein paar Schlucke verdünnten Wein, die sie ihm einflößte, und reagierte nicht einmal, als sie das Talglicht nahm, ihm einen Kuss auf die Stirn drückte und seine Schlafkammer verließ.

Melisande vergewisserte sich, dass alle Fenster so zugehängt waren, dass kein Blick ins Innere des Hauses möglich war, dann entkleidete sie sich. In Nerthus' polierter Klinge betrachtete sie ihren Körper. Das Abbild in dem Streifen Metall war schmal und verzerrt, doch es besaß unverkennbar die Formen einer Frau.

Tränen schossen Melisande in die Augen, ihr Blick wanderte zu der Truhe in ihrer Kammer, in der sie ihre wenigen Habseligkeiten aufbewahrte: ein Buch mit Geschichten über den Ritter Gawan, das Meister Henrich ihr besorgt hatte, ein Fläschchen Rosenöl, dessen Duft sie an ihre Mutter erinnerte, die Kleider, die sie an jenem schrecklichen Tag getragen hatte, das Kruzifix, das Vater ihr zur Geburt hatte anfertigen lassen. Ganz unten in der Truhe lag noch etwas. Das blaue Frauengewand, das sie im Geheimen genäht hatte. Nicht einmal Raimund wusste davon. Viel zu gefährlich wäre es, wenn man in der Truhe mit den Habseligkeiten des Henkers ein Frauenkleid fände. Melisande aber liebte dieses Gewand, den weichen, fließenden Stoff, der schimmerte wie der teuerste Samt aus Lucca, die kurzen weiten Ärmel, unter denen die weiße Cotte hervorblitzte, sodass der Blick auf ihre zarten Handgelenke gelenkt wurde. Manchmal, wenn sie unbeobachtet war, zog sie es an, stellte sich vor, damit durch die Straßen von Esslingen zu schreiten, höflich gegrüßt zu werden und die bewundernden Blicke der jungen Männer zu ernten. Vor allem die Blicke eines Mannes: Adalbert.

Nein! Jäh wandte sie den Blick von der schemenhaften Gestalt in der Schwertschneide ab. Nie wieder wollte sie so an ihn denken. Er war es nicht wert. Adalbert Breithaupt verdiente es nicht, dass sie auch nur einen einzigen Gedanken an ihn verschwendete.

Sie lief zur Truhe, zog das Gewand hervor und streifte es über. Langsam drehte sie sich im Kreis, stellte sich vor, sie sei auf einem Fest, einer Hochzeit. Ihrer Hochzeit. Sie tanzte und wirbelte herum, bis ihr schwindelig wurde, bis ihr Magen sich gegen die Strapazen des Tages auflehnte. Über dem Eimer, mit dem sie morgens frisches Wasser holte, erbrach sie sich und sank erschöpft auf den Boden.

Agnes hatte ihrem Leid eigenhändig ein Ende gesetzt. Der Gedanke erschien Melisande mit einem Mal süß und verlockend. Sie könnte ein Messer nehmen, es würde kaum wehtun. Das Blut würde warm über ihre Arme laufen, und sie wäre von allem Schmerz erlöst.

***

Ottmar de Bruce stellte den Becher ab, stand auf und trat vor den Wandteppich, der eine Schlacht darstellte. Weiße Mauern, Türme und Zinnen waren eingewebt, umgeben von einem türkisfarbenen Meer. Die Schiffe der Eroberer kamen von allen Seiten, bis an die Zähne bewaffnete Männer erklommen die Mauern, drangen trotz des heftigen Widerstands der Verteidiger in die Stadt ein. Der Teppich zeigte die Belagerung Konstantinopels im Jahre 1204. Die wehrhafte Stadt hatte den Angreifern lange standgehalten, war aber dennoch am Ende in ihre Hände gefallen, brutal geplündert und restlos zerstört worden. De Bruce hatte den Teppich aufhängen lassen, auf dass dieser ihn täglich daran erinnerte, dass keine Festung unbezwingbar war, dass man immer auf der Hut sein musste und sich nie zu sicher fühlen durfte.

Er drehte sich zu von Säckingen um, der ihm beim Essen Gesellschaft geleistet hatte. »Und dieser Mann ist zuverlässig?«

»So weit ich einem meiner besten Männer eben trauen kann.« Von Säckingen trat neben ihn. »Ich würde ihm nicht mein Leben anvertrauen, aber diesen Auftrag wird er pflichteifrig und gewissenhaft ausführen.«

De Bruce schnaubte und musterte seinen Hauptmann von der Seite. Von Säckingen war wirklich kein Dummkopf und ihm in manchem ähnlich. Sie beide vertrauten letztlich nur sich selbst, und genau das machte sie stark. Nicht ohne Grund hatte de Bruce von Säckingen zu seinem Hauptmann gemacht. Er verstand etwas von Geschäften – auch von dem des Sterbens, und er wusste, dass es für ihn von Vorteil war, auf de Bruce' Seite zu stehen. Es galt, das Lied des Stärkeren zu singen, und der Stärkere war nun mal er, Ottmar de Bruce, Burggraf der Adlerburg. Trotzdem musste man seine Untergebenen manchmal ein wenig bauchpinseln. De Bruce gab seiner Stimme einen warmen Unterton. »Ich verlasse mich auf Euch, Eberhard von Säckingen. Die Angelegenheit ist äußerst wichtig, darüber seid Ihr Euch ja wohl im Klaren.«

»Mein Mann ist absolut zuverlässig. Der Plan ist einfach. Die Falle ist aufgestellt und mit fettem Speck bestückt. Sie wird noch diese Woche zuschnappen. Alle werden unser kleines Schauspiel glauben. Die Menschen sind ja so einfältig.«

De Bruce kratzte sich am Kinn und nickte. »Das wird ein prächtiges Geschenk zu meiner Vermählung. Dieses erbärmliche Häuflein Dreck wird zu spüren bekommen, was es heißt, einen Ottmar de Bruce zu beleidigen. Was gäbe ich darum, ihn zappeln und wimmern zu sehen.«

Er ging zum Fenster und schaute auf die Mauern, die den Palas umgaben. Am liebsten hätte er sich der Sache selbst angenommen, eigenhändig die glühenden Zangen in das Fleisch seines Opfers geschlagen, ihm die Daumenschrauben angelegt und spitze Eisen in die Gedärme getrieben. Aber er war nicht dumm. Er wusste, wann es klüger war, zu einer List zu greifen, als die offene Auseinandersetzung zu suchen. Aus sicherer Ferne würde er den Untergang seines Widersachers genießen. Und wenn er genau darüber nachdachte, erhöhte es sogar das Vergnügen. Wie Gott würde er über Leben und Tod entscheiden.

Er wandte sich wieder von Säckingen zu. »Es wird aussehen wie Rache?«

Von Säckingen schmunzelte. »Es wird ein Schlachtfest werden.«

***

Raimund Magnus atmete schwer. Obwohl eine bleierne Müdigkeit an seinen Gliedern zerrte, gelang es ihm nicht einzuschlafen. Er hörte Melisande im Haus umhergehen, in ihrer Truhe rumoren und mit Stoff rascheln. Später hörte er, wie sie sich erbrach, dann ihren regelmäßigen Atem, als sie endlich eingeschlafen war. Er verfluchte sich dafür, dass er ihr nicht helfen konnte. Sie war all die Jahre so stark gewesen, hatte tapfer alles getan, was ihr neues Leben von ihr verlangte, doch tief im Inneren war sie noch immer das kleine

Mädchen, das heimlich durch die Wälder um Esslingen tollte und von dem starken und mutigen Ritter Gawan träumte.

Bis Gott ihn ans Lager gefesselt hatte, war Raimund fest davon überzeugt gewesen, dass irgendwann der Tag kommen würde, an dem er Melisande in ihr früheres Leben würde entlassen können. Der Tag, an dem Ottmar de Bruce sterben und sie frei sein würde. Jetzt war er ein Krüppel, von Gott gestraft, und konnte Melisande nicht einmal mehr beschützen. Weder vor Ottmar de Bruce noch vor Konrad Sempach oder irgendwem sonst. Abgesehen davon, dass Melisandes altes Leben in unerreichbare Ferne gerückt war, war er es nun, der auf sie angewiesen war. Dabei brauchte sie ihn offenbar mehr denn je. Auch wenn sie versucht hatte, zuversichtlich zu klingen, war Raimund doch klar, dass der Selbstmord der jungen Magd Melisande in arge Schwierigkeiten bringen konnte. Wenn Sempach sie deswegen vor den Rat zerrte, war es ihm ernst. Melisandes Tarnung war in Gefahr und damit ihr Leben.

Konnte er denn gar nichts tun? Doch, es gab eine Möglichkeit, einen Menschen, der vielleicht helfen konnte. Raimund musste Meister Henrich einweihen. Bisher hatte er immer gezögert, seinen einzigen Freund in die Angelegenheit hineinzuziehen, doch jetzt sah er keinen anderen Ausweg mehr. Er brauchte Henrichs Hilfe. Nicht für sich, für Melisande. Sie musste ihn herbitten, gleich morgen früh, und ihm alles erzählen. Henrich würde für Melisande eine Lösung finden.

Was aus ihm selbst wurde, war unwichtig. Mit ihm ging es ohnehin bald zu Ende, das spürte er. Jeden Tag fühlte er sich ein bisschen schwächer, verließ die Lebenskraft seinen Körper mehr. Das nächste Frühjahr würde er nicht mehr erleben, womöglich nicht einmal den kommenden Herbst. Das war gut so, denn er war Melisande nur noch eine Last, und für ihn selbst war das Leben nichts mehr als eine endlose Qual. Es war Zeit, vor den Herrn zu treten und die Rechnung zu begleichen.

***

Melisande atmete tief ein, als sie über die Schwelle des Schwörhauses trat, das zum Dominikanerkloster gehörte. Von nun an lag ihr Schicksal in Gottes Hand.

Alles war so schnell und überstürzt geschehen, dass ihr gar keine Zeit geblieben war, nachzudenken oder sich einen Plan zurechtzulegen. Das hätte sie am Abend tun müssen, als sie ihre kostbare Zeit damit vertan hatte, in Selbstmitleid und Trauer um ihre verlorene Liebe zu versinken. Das Klopfen des Büttels hatte sie aus einem tiefen, traumlosen Schlaf gerissen. Noch ganz benommen hatte sie sich vom Boden erhoben und war auf die Tür zugetaumelt. Ein scharfer Schmerz in ihrem Schädel hatte sie daran gehindert, klar zu denken, bis ihr Blick auf ihren ausgestreckten Arm fiel, mit dem sie die Tür entriegeln wollte, und sie entsetzt innehielt. Sie trug noch das Frauengewand! Sie rannte in ihre Kammer, fiel fast über einen Stuhl und kleidete sich um, so schnell es eben ging. Dann huschte sie zu Raimund, der den linken Arm hob und sie eindringlich ansah. Er wollte ihr etwas mitteilen, doch sie hatte keine Zeit. Der Büttel wartete schon viel zu lang. Jeden Augenblick würde er sich mit Gewalt Zugang zum Haus verschaffen.

»Mach dir keine Sorgen. Es wird alles gut«, raunte sie Raimund ins Ohr, dann stürzte sie zur Tür. Mit klopfendem Herzen trat sie hinaus in die Morgendämmerung und folgte dem Büttel durch die noch menschenleeren Gassen von Esslingen. Sie hatte nicht damit gerechnet, so früh vor den Rat gerufen zu werden. Gern hätte sie den Büttel mit Fragen bestürmt, aber als stummer Henker blieb ihr nichts anderes übrig, als ihm wortlos zu folgen.

Der Mann hechtete vor ihr die Stufen hinab in den Ratskeller. Was wollte er dort? Der Rat tagte gewöhnlich im großen Saal im oberen Stockwerk. Schon stieß der Büttel eine Tür auf und bedeutete ihr einzutreten. Kaum war sie seiner Anweisung gefolgt, schlug der Mann die Tür hinter ihr zu, ohne zu folgen.

Unsicher sah Melisande sich um. Der Ratskeller war dämmrig, und es dauerte eine Weile, bis ihre Augen sich an das schlechte Licht gewöhnt hatten. Erstaunt stellte sie fest, dass sich außer ihr nur ein Mann im Raum befand: Konrad Sempach.

»Du weißt, dass du in großen Schwierigkeiten steckst, Melchior?«

Melisande nickte.

»Ich finde das sehr bedauerlich.« Sempach trat näher und beäugte sie von oben bis unten. »Obwohl du ein stummer Hänfling bist, hast du bisher hervorragende Arbeit geleistet. Dein Onkel, Raimund Magnus, hat nicht zu viel versprochen, als er sagte, dass er einen guten Henker aus dir machen würde. Ich schätze deine Arbeit.« Er trat noch näher. Melisande konnte riechen, dass er bereits zu dieser frühen Stunde ordentlich dem Wein zugesprochen hatte. »Und ich würde dich gern weiter in den Diensten der Stadt sehen.« Er streckte den Rücken durch. »Deshalb habe ich beschlossen, beim Rat ein gutes Wort für dich einzulegen.«

Melisande schluckte. Sie wusste nicht, wie sie auf Sempachs Worte reagieren sollte, denn sie ahnte, dass es für Dankesbekundungen noch zu früh war.

Er schien ihre Gedanken erraten zu haben. »Natürlich

erwarte ich, dass du mir in angemessener Form deine Dankbarkeit zeigst«, sagte er, beugte sich vor und sah ihr tief in die Augen.

Hastig nickte sie.

»Sehr gut«, murmelte er, »sehr gut.« Er fing an, im Keller auf und ab zu gehen. »Sicherlich fragst du dich, wie du dich für meine Fürsprache erkenntlich zeigen kannst. Nichts leichter als das. Du hast die Aufsicht über das städtische Frauenhaus. Das trifft sich gut, denn ich bin ein Mann mit einem ganz besonderen Geschmack, was das schwache Geschlecht angeht.« Er sah zu ihr herüber, als wolle er herausfinden, ob sie schon wusste, worauf er hinauswollte.

Sie versuchte, seinem Blick standzuhalten. Konnte es sein, dass sie so einfach davonkam? Dass sie ihm nur eine ganz besondere Hure besorgen musste? War es nur das?

»Ich mag es gern ein bisschen härter, falls du verstehst, was ich meine.« Er grinste und leckte sich die Lippen. »Ja, ich glaube, du verstehst mich sehr gut. Dir macht es doch ebenso viel Spaß, sie schreien und wimmern zu hören, ist es nicht so?«

Als Sempach sie erwartungsvoll ansah, nickte sie wieder. Am liebsten hätte sie ihm vor die Füße gespuckt, aber sie biss sich auf die Zunge. Glaubte er tatsächlich, dass es ihr Spaß machte, anderen Menschen Leid zuzufügen?

»Ich möchte, dass du mir eine ins Haus bringen lässt. Sie soll noch jung sein, am besten unberührt. Wenn ich dir Bescheid gebe, kannst du sie abholen und irgendwo verschwinden lassen. Das, was von ihr übrig ist, meine ich.« Sein Lachen hallte von den Wänden wider. »Jedenfalls soll niemand dumme Fragen stellen, wenn sie weg ist. Hast du verstanden?«

Melisande neigte den Kopf, damit Sempach ihr Gesicht

nicht sehen konnte. Ihr Magen verkrampfte sich, in ihrem Kopf hämmerte es noch immer mit unverminderter Heftigkeit.

»Gut, Melchior. Lass mich wissen, wenn du etwas Passendes für mich gefunden hast. Ich zögere die Ratssitzung so lange hinaus. Und wenn die Ware schmackhaft war, sorge ich dafür, dass alles im Sande verläuft und dich niemand behelligen wird.«

Melisande hatte vorsichtig den Kopf gehoben, genug, um zu sehen, dass Sempach sich die feisten Hände rieb.

»Wir könnten ins Geschäft kommen, du und ich«, sagte Sempach zufrieden. »Wenn du deine Arbeit gut machst. Ich kenne durchaus noch andere Herren, die für ein wenig ungezügeltes Vergnügen tief in ihren Beutel greifen würden. Da springt auch für dich etwas raus, Henker.« Er zwinkerte verschwörerisch, drehte sich um und stolzierte aus dem Raum.

Melisande unterdrückte den Brechreiz und lehnte sich gegen die feuchte, kühle Wand des Ratskellers. Sempach bot ihr die Möglichkeit, ihren Hals aus der Schlinge zu ziehen. Doch der Preis dafür war hoch. Ihr Leben gegen das armer Mädchen, die in der Hoffnung auf ein Stück Brot und einen trockenen Platz zum Schlafen bereit waren, alles zu tun. Unschuldige Kinder, die für Melisandes Fehler den Preis zahlen sollten.

***

Wendel Füger öffnete die Augen und erhob sich. Vor dem prächtigen Wandgemälde in der Dionyskirche, das die Heilige Jungfrau mit dem Gottessohn im Arm darstellte, hatte er auf Knien um die Gnade gebeten, gottesfürchtig und weise zu handeln. Nachdem er am Abend zuvor den Verlust des

Messers bemerkt hatte, war er noch eine Weile unruhig durch die Gassen von Esslingen gestreift und hatte dann im Schlafsaal des Wirtshauses »Zum Eichbrunnen« eine schlaflose Nacht verbracht. Zweifel waren ihm gekommen, Zweifel an der Richtigkeit seines Handelns, Zweifel an der Klugheit seiner Entscheidungen, Zweifel an Ottmar de Bruce' überschwänglichen Freundschaftsbekundungen. Es hatte ihm geschmeichelt, wie viel Freundlichkeit de Bruce ihm entgegenbrachte. Ihm, dem einfachen Karcher. Das jedoch hatte ihn vergessen lassen, wer de Bruce war: ein mächtiger Graf, dem man nachsagte, dass er niemals den unteren Weg ging. Ein Mann, der nichts aus reiner Selbstlosigkeit tat. Viele einflussreiche und angesehene Herrschaften waren zur Brautschau auf die Adlerburg gereist. Warum also hatte de Bruce ausgerechnet ihm so viel Vertrauen entgegengebracht, dass er ihn zu dem seltsamen Treffen mit dem Henker mitgenommen hatte?

Wendel bekreuzigte sich noch einmal und betrachtete das Bildnis. Die Heilige Jungfrau lächelte milde, ihr Blick schien zu sagen: »Sorge dich nicht, alles wird gut.«

Wie gern hätte er ihr geglaubt! Er hatte gehört, die Gottesmutter sei nach dem Vorbild einer Esslinger Bürgerin entstanden, die den Maler aus Flandern geehelicht hatte, der vor einigen Jahren die Wandgemälde in der Dionyskirche schuf. Es hieß, Frauen seien dumm und schwach und viel anfälliger für die Versuchungen des Teufels als Männer. Für die meisten Frauen, die Wendel kannte, schien dies zuzutreffen, doch diese hier wirkte klug und gütig. Zu gern hätte er sie um Rat gefragt.

Er drehte sich weg und wandte sich der Tür zu. Es dämmerte bereits, als er nach draußen trat. Vor ihm lag der Kirchhof, wo sich Gräber dicht an dicht drängten und der süßliche Geruch nach Tod und Verwesung in der Luft hing. Obwohl die Juniluft mild war, zog Wendel den Umhang enger um die Schultern und schritt aus. Er lief durch die Kirchgasse, bis die Düfte des Badehauses den Fäulnisgeruch der Gräber vertrieben. Eine Gruppe junger Männer kam ihm entgegen.

Wendel trat zur Seite, um die Burschen vorbeizulassen, die offenbar schon mehr getrunken hatten, als gut für sie war. Der Kleidung nach handelte es sich um die Söhne wohlhabender Bürger, die ein Leben in Muße und ohne große Sorgen genossen.

Die jungen Männer hatten ihn bereits passiert, als einer ihn plötzlich anrief. »Heda, Fremder, bist du nicht der Karcher aus Reutlingen?«

Wendel blieb stehen und straffte die Schultern. Seine Hand schoss zu der Lederscheide am Gürtel, doch dann fiel ihm ein, dass sie leer war. »Wer will das wissen?«, gab er zurück.

»Einer, dessen Familie seit Generationen besseren Wein keltert, als ihr Reutlinger es euch vorstellen könnt.«

Wendel stöhnte innerlich und betrachtete den Burschen. Er zählte bestimmt noch keine sechzehn Sommer und sah dürr und schwächlich aus. Seine Begleiter waren ebensolche Milchgesichter. Von keinem von ihnen ging eine ernsthafte Gefahr aus. »Ich gebe Euch einen guten Rat, Bursche«, sagte er mit ruhiger Stimme. »Geht nach Hause, und schlaft Euren Rausch aus, und wenn Ihr wieder nüchtern seid, geht Eurem Vater bei der Arbeit zur Hand. So lernt Ihr etwas über Wein und wisst beim nächsten Mal, wenn Ihr mich trefft, wovon Ihr redet.«

Wendel wandte sich ab, um die Kerle mit dummen Gesichtern stehen zu lassen, doch noch bevor er zwei Schritte getan hatte, packte ihn der mit dem großen Mundwerk am Umhang. »Ich kann meinem Vater nicht zur Hand gehen«, zischte er wütend. »Denn es gibt keine Arbeit mehr für ihn! Ihr habt ihm mit Euren krummen Geschäften die Kundschaft geraubt. Ihr seid ein Verbrecher! Aber wartet nur ab, Ihr werdet bezahlen. Die Esslinger Weinbauern stehen zusammen. Keinen Fuß werdet Ihr mehr in die Stadt setzen. Und Euren Wein könnt Ihr in Zukunft selbst trinken. Den rührt hier niemand mehr an!«

Die ersten Schaulustigen waren stehen geblieben und glotzten die Streithähne neugierig an.

Wendel machte sich los. »Nehmt Eure Finger weg, Bürschchen! Und hütet Eure Zunge. Seid froh, dass ich ein langmütiger Mensch bin. Nicht jeder Mann, den Ihr auf offener Straße derart beleidigt, würde Euch so einfach davonkommen lassen.«

Aber der Kerl hatte noch nicht genug. Seine Hand zuckte nach vorne, aber diesmal war Wendel gewarnt und schlug sie mit einem kurzen, harten Hieb seiner Rechten zur Seite, sodass sich sein Gegner einmal um seine eigene Achse drehte. Dessen Kumpane wichen zurück.

Jetzt erst erkannte Wendel, wer sein Angreifer war: Benedikt Rengert, Sohn des Jobst Rengert, der tatsächlich kurz vor dem Ruin stand, aber nicht weil der Füger'sche Wein den seinen verdrängt hatte. »Ihr seid Benedikt Rengert, nicht wahr?«

»Was schert es Euch, Ihr gemeiner Beutelschneider! Ihr Schuft! Hurenknecht! Stinkender Dreckshund!«

Wendel zögerte. Was sollte er jetzt machen? Den Rengert verprügeln?

Immer mehr Leute sammelten sich in der engen Gasse, gafften und warteten wohl auf einen anständigen Händel. Aber darauf würde sich Wendel nicht einlassen. Er würde hier und jetzt klarstellen, warum Jobst Rengert vor dem Ruin stand und dass er nichts damit zu tun hatte. »Hört, Leute. Dieser Bursche hier ist betrunken, was nicht schwer zu erkennen ist«, rief er.

Einige brummten zustimmend. Benedikt Rengert blieben die Worte im Hals stecken, er wankte, blieb aber stehen und schwieg.

»Es ist wahr, dass sein Vater, Jobst Rengert, einst ein angesehener Weinbauer, in großen Schwierigkeiten steckt. Aber das hat er sich selbst zuzuschreiben. Er hat Verträge nicht eingehalten, und die Qualität seines Weines lässt zu wünschen übrig. Das ist die Wahrheit.«

Wendel schaute sich um, und in den Mienen der Umstehenden konnte er ablesen, dass seine Rede nicht allzu klug gewesen war. Wo er vorher Neugierde gesehen hatte, machte sich jetzt Ablehnung breit, die Situation drohte zu kippen. Benedikt Rengert schnappte nach Luft, offenbar holte er zum Gegenschlag aus.

Wendel beschloss, sich auf keine weitere Auseinandersetzung einzulassen, und verzog sich in die Alte Milchgasse. Sein Herz klopfte heftig, sein Atem ging schnell. Der junge Rengert hatte ihn zu Unrecht beschuldigt, keine Frage, aber dennoch hatte die Begegnung ein ungutes Gefühl bei ihm hinterlassen. Bisher hatte es keiner der übrigen Esslinger Weinbauern der Familie Füger übel genommen, dass sie als Fremde Geschäfte in der Stadt machte. Es gab genug Kundschaft für alle. Allerdings wusste Wendel, wie schnell ein böses Gerücht die Runde machen konnte. Eine Anschuldigung wie die, die Benedikt Rengert soeben geäußert hatte, konnte ausreichen, um nicht nur die gesamten Weinbauern, sondern alle Bewohner der Stadt gegen sie aufzubringen. Und die Verteidigungsrede, die er selbst vorgebracht hatte, war nicht dazu geeignet gewesen, seiner Familie Freunde zu machen, mochte sie auch der Wahrheit entsprechen.

* * *

Als Melisande erwachte, regnete es in Strömen. Das heitere Wetter der letzten Tage hatte sich verzogen, launische Windböen peitschten über die Kräuterbeete in dem kleinen Garten neben dem Henkerhaus und rüttelten an den Lumpen vor den Fensteröffnungen. Melisande sprang aus dem Bett, kleidete sich an und goss Wasser in den Topf, der über der Glut hing. Mit ein paar Scheiten entfachte sie ein Feuer und ging dann in Raimunds Schlafkammer. Sie erschrak, als sie ihn sah. Über Nacht war sein Gesicht noch schmaler geworden, die Nase spitz wie bei einer Maus, die Haut grau, und darunter stachen die Knochen hervor.

Vorsichtig strich sie ihm über die Stirn. Er schrak zusammen und riss die Augen auf. Ein kaum erkennbares Lächeln glitt über seine Züge.

Sie legte ihm die Hand auf die Stirn. »Ich bin bei dir, Raimund Magnus«, flüsterte sie, fuhr mit ihren Fingern die Konturen seines Gesichtes nach. Er schloss die Augen, atmete ruhig. Sie holte das Wasser, das inzwischen warm war, und wusch ihn, kochte einen Haferbrei mit etwas Milch und Honig, doch Raimund aß nur wenig. Sein Blick flackerte, mit der Hand zeigte er an, dass er ihr etwas sagen wollte.

»Was denn?«, fragte sie.

Er malte mit bebenden Fingern ein Zeichen in die Luft.

Rasch stand Melisande auf und holte ihre Wachstafel. »Meinst du das? Möchtest du die Tafel haben?«

Raimund nahm den Griffel und setzte an, aber es kamen nur ein paar sinnlose Linien dabei heraus.

»Versuch es noch einmal.« Melisande glättete das Wachs, hielt ihm die Tafel erneut hin. Schweiß trat ihm auf die Stirn, seine Hand zitterte. Jede seiner hilflosen Bewegungen tat ihr in der Seele weh. Sieben Mal setzte er an, dann endlich konnte sie einige kaum lesbare Zeichen erkennen: »Ho Hnrih.«

Melisande studierte die krakeligen Buchstaben, dann begriff sie. »Du möchtest, dass ich Meister Henrich herhole? Ist es das?«

Mit einer Handbewegung bejahte er.

»Aber er kann erst frühestens bei Einbruch der Dunkelheit hier sein, das weißt du? Er kann unmöglich am helllichten Tag das Haus des Henkers betreten.«

Wieder deutete Raimund mit der Hand seine Zustimmung an. Dann schloss er erschöpft die Augen. Sein Atem ging schwer und keuchend.

Melisande ahnte, was das zu bedeuten hatte. Raimund würde sterben. Ein heftiger Schmerz jagte ihr durch den Brustkorb, gleichzeitig jedoch überkam sie Erleichterung. Immerhin würde Raimund nicht mit ansehen müssen, was mit ihr geschah.

Bei ein paar Humpen Bier im »Eber« hatte sie nachgedacht und beschlossen, sich nicht auf Geschäfte mit Konrad Sempach einzulassen. Nein, ein Bündnis mit diesem Widerling kam nicht infrage – selbst wenn es ihr das Leben retten könnte. Wenn sie einmal damit anfing, wäre sie ihm auf alle Zeit ausgeliefert. Ihre Schuld würde sie selbst begleichen, egal, welchen Preis man von ihr verlangte.

Sie hatte sich nichts vorzuwerfen. Als Henker hatte sie mehr als ein halbes Dutzend Menschen in den Tod geschickt, doch nie zu ihrem eigenen Vorteil. Alle waren Verbrecher gewesen, ordnungsgemäß in einem Gerichtsprozess verurteilt. Sie hatte nur ihre Pflicht getan, so wie Gott und das Gesetz es von ihr verlangten. Doch bei dem, was Sempach von ihr verlangte, waren weder Gottes Gesetze noch die der Menschen auf ihrer Seite. Konrad Sempach ein Mädchen zu schicken bedeutete, es einem qualvollen Tod zu überlassen. Das war eine Todsünde vor Gott, der sie dafür zu Recht in die Hölle stürzen würde. Dann aber würde sie ihre Familie nie wiedersehen.

***

Den ganzen Tag über hatte der Regen gegen die Burgmauern gepeitscht, hatte der Wind durch die Ritzen und Winkel im Gemäuer gepfiffen und geheult. Jetzt aber hatten sich die Wolken verzogen, es war Ruhe eingekehrt, und die Sonne sank wie ein roter Feuerball auf die Hügelkette in der Ferne nieder.

Ottmar de Bruce wandte ungehalten den Blick von dem prächtigen Schauspiel ab, als es an der Tür zu seinen Gemächern klopfte. »Was ist denn?«, rief er und ballte die Fäuste.

»Frau Emelin möchte Euch sprechen, Herr«, erklang zaghaft die Stimme seines Pagen durch die Tür. »Soll ich sie hereinführen?«

De Bruce stapfte auf die Tür zu und stieß sie auf. Vor ihm stand Mathis, der junge Bursche, der erst seit wenigen Wochen in seinen Diensten stand, wieder eine Gefälligkeit, die er einem befreundeten Grafen erwies.

Verlegen sah der Junge de Bruce an. Hinter ihm stand die alte Frau, mit gebeugtem Rücken und auf einen Stock gestützt, doch mit wachsamen, hellen Augen. »Zürnt nicht dem Jungen, Ottmar, er handelt auf meine Anweisung«, sagte sie mit fester Stimme.

»Er soll auf meine Anweisung handeln«, gab de Bruce zurück. »Er ist mein Page.«

Emelin trat vor. »Wollt Ihr Eure alte Amme hier im zugigen Flur stehen lassen? Wo bleibt Euer Benehmen, Ottmar de Bruce?«

Der Page machte einen Schritt zurück, de Bruce warf ihm

einen bösen Blick zu, wandte sich dann an Emelin. »Ihr habt ganz recht, liebste Amme. Verzeiht mir. Kommt herein.« Er reichte ihr den Arm, um sie zu stützen. »Und du«, fuhr er Mathis an, »mach, dass du verschwindest, bevor ich es mir anders überlege!«

Das ließ sich der Bursche nicht zweimal sagen. Wie ein Hase vor den Hunden rannte er davon.

De Bruce führte seine Amme zu einem Scherenstuhl mit lederner Sitzfläche. Die Sonne war inzwischen verschwunden, doch der Himmel glühte noch, als lodere eine Feuersbrunst hinter dem Horizont.

Emelin sah sich um, ihr Blick blieb an dem Bett hängen, das mit kostbaren Schnitzereien versehen und mit einem purpurfarbenen Überwurf bedeckt war. »Bald werdet Ihr nicht mehr allein schlafen, Ottmar«, sagte sie nachdenklich.

»Seid Ihr gekommen, um mir das zu sagen?« Er lachte dröhnend. »Ihr wollt mir doch wohl keinen Vortrag über die Ehe halten? Ich hatte bereits eine Gemahlin, wie Ihr sicherlich noch wisst, und Weiber hatte ich mehr als genug.« Er schenkte sich Wein ein, blickte mit erhobenem Krug fragend zu ihr, doch sie schüttelte den Kopf.

Er leerte den Becher in einem Zug, trat zu ihr und kniete sich neben sie auf den Boden, sodass er ihr in die Augen sehen konnte. Sie war der gütigste Mensch, den er kannte, und der einzige, dem er vertraute. Ja, in der Tat. Er musste zugeben, dass er ihr sein Leben anvertraut hätte, die einzige Schwäche, die er sich zugestand.

Emelin lächelte und griff nach seiner Hand. »Mein lieber Junge, ich will Euch weiß Gott nichts über die Ehe erzählen. Wie könnte ich auch? Es gibt nichts, das ich Euch lehren könnte. Weder über die Ehe noch über sonst irgendetwas. Ihr seid tausendmal klüger und gebildeter als ich.« Sie strich über seine rauen Finger. »Es gibt nur eine Sache, über die ich mehr weiß als Ihr, Ottmar de Bruce. Und das seid Ihr selbst. Ich kenne Euch besser, als Ihr Euch selbst kennt.«

Ottmar griff ihre Hand und verzog die Lippen zu einem schrägen Lächeln. »Nun, da bin ich aber gespannt.«

»Ihr wisst, dass ich Euch mehr liebe als einen eigenen Sohn?«

De Bruce ließ ihre Hände los, stand auf und schenkte sich Wein nach. »Das weiß ich, natürlich. Spannt mich nicht auf die Folter. Was habt Ihr auf dem Herzen?«

Emelin faltete ihre Hände im Schoß. »Darf ich offen sprechen? Ich möchte doch nur, dass Ihr nicht blind in Euer Unglück rennt.«

De Bruce kniff die Augen zusammen. »Unglück? Was für ein Unglück?«

Sie hob ihre Hände, als wollte sie ihm ihren Segen geben. »Ich weiß, warum Ihr Othilia von Hohenfels als Braut ausgewählt habt.«

Wut kochte in de Bruce hoch. Mühsam unterdrückte er den Impuls, Emelin zu schütteln. »Ihr habt doch meine Wahl gebilligt«, sagte er, presste die Lippen zu einem schmalen Strich zusammen.

»Ja, weil sie ein hübsches, gesundes Mädchen mit guten Verbindungen ist.« Emelin suchte seinen Blick. »Und weil ich Euch niemals von dieser Wahl hätte abbringen können.«

De Bruce stellte sich breitbeinig vor seine Amme und verschränkte die Arme. Sein Atem ging schwer. »Und wieso hättet Ihr mich davon abbringen wollen?«

»Die Mutter von Beata Wilhelmis war eine Tochter Gernots von Hohenfels. Eure zukünftige Gemahlin ist eine entfernte Verwandte Eures alten Erzfeindes Konrad Wilhelmis. Obwohl Ihr Euch an ihm und seiner ganzen Familie bitter gerächt habt für den Tod Eures geliebten Sohnes, habt Ihr dennoch bis heute keinen Frieden gefunden. Ihr seid besessen von Konrad Wilhelmis. Oder sollte ich besser sagen: Ihr seid besessen von Melisande Wilhelmis. Dieses arme Ding, das von Säckingen angeschleppt hat, Ihr habt nie geglaubt, dass sie es war. Ihr seid Euch sicher, dass sie noch lebt, und indem Ihr eine entfernte Base von ihr heiratet, gebt Ihr Euch dem Gefühl hin, ihr nahe, ihr auf den Fersen zu sein. Melisande Wilhelmis wäre jetzt ebenfalls achtzehn Jahre alt, genau wie Othilia, Eure Braut.«

Ottmar de Bruce schlug mit der Faust gegen den Bettpfosten, dass das Holz ächzte. »Sie lebt noch«, stieß er wütend hervor und senkte sofort die Stimme zu einem Flüstern. »Ich spüre es mit jeder Faser meines Körpers. Ich weiß nicht, wo sie sich versteckt hält. Ich weiß nicht, wie sie es angestellt hat zu entkommen, aber eines Tages wird sie aus ihrem Loch hervorkriechen, und dann wird sie sich wünschen, nie geboren worden zu sein!« Er sah sie wieder vor sich. Am Rand der Lichtung. Roter Nebel stieg vor seinen Augen auf. Er fuhr zu Emelin herum. »Warum reißt du diese Wunden auf? Was habe ich dir getan, dass du mich so quälst?«

Emelin stand auf und nahm seine Hände. »Aber ich will doch nur, dass Ihr Frieden findet, dass Ihr dieses finstere Kapitel Eures Lebens endgültig schließt. Ihr werdet morgen heiraten. Eure Braut ist jung und schön und wird Euch sicherlich viele gesunde Söhne gebären. Ihr seid ein mächtiger, angesehener Graf. Lasst nicht zu, dass dieser alte Hass Euch auffrisst.«

»Ha!« Grob stieß de Bruce sie von sich weg, sodass sie taumelte und zurück auf den Stuhl sank. Das war nicht seine Emelin! Die Teufelin Melisande musste in sie gefahren sein. »Wo ist sie? Wo ist Melisande?«, brüllte er, beugte sich zu

Emelin hinunter, packte sie bei den schmalen Schultern und schüttelte sie. »Wo?«

Er holte aus, seine Hand schwebte über ihrem Gesicht, wie ein Adler, bereit, sich auf seine Beute zu stürzen. Plötzlich verschwand der rote Nebel, und vor ihm saß seine Emelin, die ihn vollkommen verängstigt anstarrte.

»Du musst mir verzeihen«, stammelte er, über sich selbst erschrocken. »Niemals wollte ich dir Schmerzen oder Kummer bereiten.« Tränen schossen ihm in die Augen, halb blind umfasste er das schmale Gesicht der Amme mit seinen groben Händen und küsste sie auf die Stirn, auf die Wangen und den Mund. »Bitte verzeih mir.«

»Mein lieber Ottmar!« Auch Emelin weinte. »Es gibt nichts, was ich Euch verzeihen müsste, mein Junge. Ich hätte nicht solche dummen Dinge sagen sollen.«

Ottmar de Bruce ließ sie nicht weitersprechen. Er presste ihren zerbrechlichen alten Körper an seine Brust und schluchzte hemmungslos.

Lange verharrten sie so, bevor sich de Bruce von seiner Amme löste und sie zur Tür führte. Er wollte sie in ihre Kammer bringen, doch sie bestand darauf, allein zu gehen. Er blickte ihr nach, wie sie den schwach beleuchteten Korridor entlanglief, auf den Stock gestützt, doch voller Würde. Als ihre Schritte verhallt waren, schloss er die Tür. Er trat wieder ans Fenster, hinter dem inzwischen die ersten Sterne aufgingen.

»Oh nein, dieses Kapitel meines Lebens ist noch nicht geschlossen«, wisperte er in die Dunkelheit der Nacht. »Ich habe einen Schwur geleistet. Jeder Spross der Familie Wilhelmis zahlt mit seinem Blut für das meinige, das Konrad Wilhelmis vergossen hat.«

Hastig zog er sein Messer aus dem Gürtel. Einige Augenblicke betrachtete er die Klinge im flackernden Licht der Talglampe, dann schob er seinen Ärmel hoch und fügte den Narben auf seinem Arm eine weitere blutige Linie hinzu. Der Schmerz und der Anblick des frischen, warmen Blutes waren eine Wohltat. »Ottmar de Bruce hält seine Schwüre. Er wird erst Ruhe finden, wenn auch die letzte Wilhelmis von seiner Hand gestorben ist.«

***

Raimund Magnus stöhnte kaum hörbar. Schon seit dem frühen Morgen ging sein Atem schwer und röchelnd. Die Brust unter dem weißen Sterbekleid, das Melisande ihm gegen Mittag übergestreift hatte, hob und senkte sich in unregelmäßigen Abständen.

Verzweifelt hatte sie versucht, einen Priester zu finden, der Raimund die Beichte abnahm und ihm die letzte Ölung verabreichte, doch jeder Einzelne, dem sie ihre Tafel mit der Bitte um Beistand entgegengestreckt hatte, hatte den Kopf geschüttelt und sich hastig abgewandt. Der Pfarrer der St. Dionyskirche hatte wenigstens so viel Anstand bewiesen, vor Scham zu erröten und vorzuschützen, dass er im Hause eines reichen Kaufmanns gebraucht werde, doch als sie ihm signalisierte, dass er doch danach zu Raimund kommen könne, hatte auch er ihr die Tür vor der Nase zugeschlagen.

Melisande wusste, dass der Henker keine Aussicht auf eine Totenmesse und ein christliches Begräbnis in geweihter Erde hatte, doch dass man ihm sogar die Sterbesakramente verweigerte, war unrecht. Verübte der Henker nicht sein Handwerk im Namen aller Bewohner der Stadt? Und im Namen Gottes? Warum waren die Menschen dann so undankbar, dass sie ihn ohne göttlichen Segen aus dem Leben scheiden ließen?

Erschöpft und den Tränen nah war sie von ihrem Rundgang zurückgekehrt und hatte Raimund von ihrem Misserfolg erzählt. Wider Erwarten war er nicht bekümmert gewesen, sondern hatte mit einem schwachen Lächeln ihre Wangen gestreichelt. Seine Finger hatten sich angefühlt wie raschelnde Grashalme, schwach und dürr.

Seit Stunden saß sie bei ihm, trocknete ihm gelegentlich die Stirn, auf der sich immer wieder kalte Schweißperlen sammelten, und hielt seine Hand. Gerade war die Sonne hinter der Stadtmauer versunken, langsam fiel die Dämmerung über das Haus. Melisande horchte nach draußen. Wenigstens Meister Henrich musste es rechtzeitig schaffen, oder konnte Gott so grausam sein, ihnen selbst diese Gnade zu verwehren?

Sie bekreuzigte sich und wandte sich wieder Raimund zu. Jeder Atemzug, den er unter Mühen und Qualen tat, konnte sein letzter sein. Plötzlich ging ein Zucken über sein Gesicht, seine Augäpfel rollten hektisch hin und her. Panik grub sich in seine Gesichtszüge, wie ein Ertrinkender fuchtelte er mit der Hand herum, bis Melisande sie nahm und beruhigend drückte. Sie suchte seinen Blick und erkannte, dass er nichts mehr sah.

»Ich bin hier, Raimund Magnus«, sagte sie und legte so viel Wärme und Zuversicht in ihre Worte, wie sie vermochte, obwohl ihr Herz kalt und starr vor Angst war. »Alles wird gut.«

Es gab nichts mehr zu sagen oder zu tun, also warteten sie gemeinsam, lauschten den langsam verstummenden Geräuschen der Stadt und hofften, bald den forschen Gang des Braumeisters zu hören.

Eine Kerze war bereits niedergebrannt. Melisande entzündete eine neue, als sie Schritte vernahm. Sie hob den Kopf und horchte. Es klopfte leise, dann ein Flüstern.

»Melchior, Raimund, ich bin es, Meister Henrich.«

Melisande sprang zur Tür und ließ Meister Henrich ein. Mit der Hand bedeutete sie ihm, zu Raimunds Schlafkammer durchzugehen. Sagen durfte sie nichts. Denn auch wenn Meister Henrich Raimunds einziger Freund war, so hatte er ihn dennoch niemals in ihr Geheimnis eingeweiht. »Es ist zu Henrichs Schutz«, hatte Raimund immer wieder erklärt. »Wenn er nichts weiß, kann er auch nicht der Mitwisserschaft belangt werden. Und es ist zu deinem Schutz, Melisande. Je weniger Menschen dein Geheimnis kennen, desto geringer ist die Gefahr, dass de Bruce dich aufspürt. Vergiss das nie.«

Melisande wünschte sich nichts sehnlicher, als mit dem klugen Braumeister sprechen zu dürfen, seinen Rat einzuholen, ihm ihr Herz auszuschütten und all ihren Kummer hinauszuschreien. Doch das Versprechen, das sie Raimund gegeben hatte, verschloss ihr den Mund. Sie wollte die beiden Männer in der Schlafkammer allein lassen, doch Raimund streckte suchend den Arm nach ihr aus.

Henrich blickte sie erschrocken an. »Er sieht nichts mehr?«

Sie nickte, und obwohl sich Meister Henrich schnell abwandte, sah sie es feucht in seinen Augen schimmern.

Henrich ließ sich auf dem schmalen Strohlager nieder. »Raimund, Freund, es zerreißt mir das Herz, dass ich von Euch Abschied nehmen muss.«

Raimund rührte sich nicht, doch seine blinden Augen füllten sich mit Tränen. Sein Atem ging stoßweise, er bekam kaum noch Luft. Er ließ Melisandes Hand los und tastete nach der Hand des Meisters. Der begriff und reichte sie ihm. Raimund nahm Henrichs Hand, drückte sie an seine dünnen, faltigen Lippen und legte sie daraufhin sacht auf Melisandes schmale Finger.

Meister Henrich umfasste sie kurz, danach nahm er Raimunds Hand in beide Hände. »Seid unbesorgt, Raimund Magnus, mein Freund. Ich habe verstanden, um was Ihr mich bittet. Seid versichert, dass ich Eurer Bitte Folge leisten werde. Ich werde ein Auge auf Euren Neffen haben. Melchior ist ein kluger, fleißiger Bursche. Er wird auch ohne Euch seinen Weg gehen. Und wenn er Hilfe braucht, werde ich für ihn da sein, so wie Ihr immer für mich da wart. Verlasst Euch auf mich.«

Die Tränen liefen jetzt ungehemmt über Raimunds eingefallene Wangen. Melisande beugte sich über ihn und drückte ihr Gesicht an das seine.

»Ich glaube, es ist so weit«, sagte Meister Henrich leise und wischte sich mit einem Ärmel die Tränen aus dem Gesicht.

Melisande richtete sich auf. Gemeinsam hoben sie den mageren Körper des Henkers vom Lager und betteten ihn behutsam auf den mit Stroh ausgelegten Boden, von wo der Weg in die Unterwelt leichter zu bewältigen war. Im Flackerschein der Kerze schien Raimund hinabzuschweben wie ein welkes Blatt.

Melisande kniete sich neben den Mann, der ihr lieb war wie ein zweiter Vater. Wie gern hätte sie Raimund tröstende Worte ins Ohr geflüstert, ihm noch einmal versichert, dass er sich um sie keine Sorgen machen brauche, doch die Anwesenheit des Braumeisters ließ das nicht zu. Sanft strich sie über sein Gesicht, während Meister Henrich wieder seine Hand hielt und mit tiefer, voller Stimme ein Bußlied sang.

Als er verstummte, kehrte andächtige Stille ein, nur Raimunds schwächer werdendes Röcheln war noch zu hören.

Meister Henrich zog eine Phiole aus einem Beutel und entfernte den Stöpsel.

Melisande schaute ihn fragend an.

Er lächelte. »Wenn kein Priester anwesend sein kann, so soll der die Salbung vollziehen, der reinen Glaubens ist, damit die Seele nicht verloren geht. So hat der Herr gesprochen.«

Er ließ ein paar Tropfen Öl auf Raimunds Stirn laufen, während er die heiligen Worte flüsterte, die Melisande nur zu gut kannte. »Durch diese heilige Salbung und seine mildreichste Barmherzigkeit lasse dir der Herr nach, was immer du gesündigt hast.«

Ein Zittern ging durch Raimunds Glieder. Ein letztes Mal stöhnte er leise, dann entspannten sich seine Züge, sein Körper erschlaffte.

Melisande warf sich auf den Leichnam. »Nein, nein, verlass du mich nicht auch noch!«, wollte sie schreien. Im letzten Moment schluckte sie die Worte herunter und weinte still. Neben ihr sprach Meister Henrich ein Gebet. Sie richtete sich auf, faltete die Hände und bewegte tonlos die Lippen zu seinen Worten. Es war das gleiche Gebet, das der Priester am Sterbebett ihrer Großmutter gesprochen hatte. Wie anders war sie gestorben! Das Sterbezimmer war voller Menschen gewesen, die geklagt, gesungen und gebetet hatten, während in den Gassen von Esslingen die Totenglocke läutete. Bei der Totenwache hatten die zahllosen Gäste im Hause Wilhelmis gespeist, getrunken und fromme Lieder angestimmt. Der Tod ihrer Großmutter war ein feierliches Ereignis gewesen, an dem die ganze Stadt teilhatte.

Als Meister Henrich zu Ende gesprochen hatte, beugte er

sich über den Toten und schloss ihm die Augen und den Mund. Er erhob sich und entfernte den Lumpen, den Melisande vor das winzige Fenster der Schlafkammer gehängt hatte. »Lebe wohl, Raimund Magnus«, sagte er feierlich. »Möge der Herrgott Eure Seele gnädig aufnehmen.« Er wandte sich zu Melisande. »Mein Junge, kümmerst du dich um deinen Onkel? Weißt du, was zu tun ist?«

Mit Mühe riss Melisande sich von Raimund los. Noch immer liefen ihr die Tränen über das Gesicht. Stumm nickte sie.

Meister Henrich trat zu ihr und klopfte ihr auf die Schulter. »Ich nehme an, es ist dir recht, Junge, wenn ich dem Rat Bescheid gebe?«

Wieder nickte Melisande. Sie war wie gelähmt. Seit Wochen hatte sie geahnt, dass es mit Raimund zu Ende ging, doch die Vorstellung, plötzlich ohne ihn dazustehen, war ihr so fern und unwirklich vorgekommen wie ihr altes Leben als Tochter des Kaufmanns Konrad Wilhelmis. Von heute an gab es keinen einzigen Menschen mehr, für den sie Melisande Wilhelmis war, keinen einzigen Menschen, in dessen Gegenwart sie einfach sie selbst sein durfte. Von nun an war sie vollkommen allein.

***

Die Gassen von Esslingen verschluckten fast jeden Funken Licht. Vereinzelt huschten Gestalten durch die Nacht, drückten sich eng an den Hauswänden entlang, auf der Hut vor dem Nachtwächter, dem man zu dieser Stunde besser nicht in die Hände fiel, und darauf bedacht, nicht in Schlammlöcher oder Küchenabfälle zu treten, die irgendeine Magd noch rasch vor dem Schließen der Läden entsorgt hatte. Vom »Schwarzen Bären« her torkelte ein junger Mann durch die Strohgasse, der offenbar mehr als einen Becher über den Durst genossen hatte.

Der hagere Fremde, der geduldig in der Toreinfahrt eines Tuchhändlers wartete, seit es im Barfüßerkloster zur Komplet geläutet hatte, hörte ihn mehr, als dass er seine Konturen in der Dunkelheit ausmachen konnte. Er spitzte die Ohren und zückte das Messer, das man ihm zusammen mit ein paar Silbermünzen in einem Lederbeutel überreicht hatte. Zufrieden vernahm er, wie der Betrunkene sich langsam näherte. Er schien sich kaum noch auf den Beinen halten zu können. Seine Auftraggeber hatten nicht zu viel versprochen, diese Aufgabe würde ein Kinderspiel sein.

Er blickte noch einmal mit zusammengekniffenen Augen die Gasse auf und ab ins Dunkel. Es schien keine andere Menschenseele in der Nähe zu sein. Alles war still.

Der Betrunkene war jetzt auf der Höhe des Tores angekommen. Wankend blieb er stehen, beinahe so, als hätte er etwas gehört. Auf diese kurze Entfernung war er für den Mann, der in der Nische lauerte, recht gut zu erkennen, was allerdings bedeutete, dass es auch für den umgekehrten Fall zutraf. Sicherheitshalber presste sich der Fremde eng an das Tor und hielt die Luft an.

Einen Augenblick lang war alles still, dann taumelte der Betrunkene auf die Hauswand zu, stützte sich ab und erbrach sich geräuschvoll.

Der Fremde stieß erleichtert die Luft aus und legte seine Finger fester um das Messer. Es war so weit. Er wartete ab, bis der Betrunkene sich wieder aufrichtete und seinen Weg durch die Gasse fortsetzen wollte. Lautlos trat er hinter ihn, umfasste mit dem linken Arm dessen Kinn, riss es zurück und setzte das Messer an die Kehle. Mit einem einzigen kräftigen Schnitt schlitzte er sie so tief auf, dass das Blut in einem weiten Bogen spritzte.

Röchelnd sank der Betrunkene in die Knie. Der Mörder war rechtzeitig einen Schritt zurückgetreten und wartete ab, bis der Sterbende langsam zu Boden gesunken war. Dann beugte er sich über ihn und stach auf den leblosen Körper ein, wieder und wieder, ganz so, wie man es ihm aufgetragen hatte. Der Schweiß brach ihm aus, schnaufend hielt er inne und rieb sich mit dem Ärmel seines Surcots über die Stirn.

»Das sollte genügen«, brummte er grimmig. Sorgfältig legte er das Messer neben dem Leichnam ab, zückte ein Tuch und reinigte seine besudelten Hände. Kurz horchte er in die Nacht, und als er nichts vernahm außer dem entfernten Schrei einer Eule, stopfte er das Tuch in seinen Beutel und schritt in Richtung Webergasse davon.

***

Es war ein trister Zug, der dem Henker Raimund Magnus auf seiner letzten Reise Geleit gab. Die beiden Henkersknechte, magere Kerle in Lumpen mit schmutzigen, ausdruckslosen Gesichtern, zogen den Karren, auf dem der in eine Rinderhaut eingewickelte Leichnam lag. Ihnen folgte mit steifen, unsicheren Schritten Melisande. Das farbenfrohe Gewand, das sie tragen musste, bildete einen scharfen Kontrast zu der Finsternis, die sich in ihrem Inneren breitgemacht hatte.

Grauschwarze Wolken stoben über den Himmel, und schneidender Ostwind sorgte dafür, dass es ungewöhnlich kühl für einen Junitag war. Der Rat hatte den Wächter angewiesen, das Schelztor ausnahmsweise zu öffnen, damit der Leichenzug die Stadt auf dem schnellsten Weg verlassen konnte.

Dicht an die Stadtmauer gedrängt, zu linker Hand des Tores, lag der Anger, auf dem die Toten bestattet wurden, denen kein christliches Begräbnis zustand, Verbrecher, Ketzer, Selbstmörder. Und ungetaufte Kinder. An einem frisch ausgehobenen Grab kam der kleine Zug zum Stehen. Der dunkle, feuchte Erdhügel glänzte im fahlen Morgenlicht, zu Melisandes Füßen schimmerten einige weiße Fingerknochen. Kein Grab währte lange als Ruhestätte für einen einzelnen Toten, dafür gab es einfach nicht genug Platz, weder auf dem Kirchhof in der Stadt noch hier draußen in der ungeweihten Erde. Zwei Totengräber standen auf ihre Spaten gestützt in der Nähe unter einem Baum und stierten scheinbar teilnahmslos in Leere. Dabei war selbst für sie die Beerdigung eines Henkers nichts Alltägliches.

Melisande ließ ihren Blick über das Gräberfeld gleiten, um nicht in das schwarze Loch schauen zu müssen, in das Raimund herabgelassen würde. Die ganze Nacht hatte sie bei ihm Wache gehalten, ihn gewaschen, seinen mageren Körper mit duftenden Spezereien eingerieben und mit dem Totenhemd bekleidet. Sie hatte Kerzen entzündet, verschwenderisch viele, und leise gebetet, bis das graue Licht des Morgens durch die Ritzen in den Läden auf Raimunds lebloses Gesicht fiel. In Gedanken war sie immer wieder zurückgekehrt zu den glücklichen Augenblicken, zu den Stunden, die sie fast unbeschwert miteinander verbracht hatten. War nicht alles besser als der Tod? Sie hätte Raimund noch hundert Jahre gepflegt und noch einmal hundert Jahre, nur um seine warme Hand zu spüren, nur um in seine gütigen Augen schauen zu können. Aber das war nun für alle Zeit vorüber. Allein der Gedanke daran, dass für Raimund nun alles irdische Leiden ein Ende hatte, hatte Melisande getröstet, wann immer der Schmerz gedroht hatte, all ihren Lebenswillen hinwegzuspülen.

Meister Henrich hatte sich um alles Weitere gekümmert, den Rat benachrichtigt, die Totengräber angeheuert, die Rinderhaut bringen lassen, in die Raimund eingewickelt war.

Melisande seufzte tonlos. Wie gern hätte sie den gütigen Meister jetzt an ihrer Seite! Doch zur Beisetzung des Henkers zu erscheinen war wohl selbst für einen mutigen Mann wie ihn zu gewagt. Er hatte schon genug aufs Spiel gesetzt, indem er den sterbenden Raimund in seinem Haus besucht hatte. Wenn seine Kundschaft das wüsste, würde Henrichs Bier in den Fässern schal werden. Niemand würde etwas trinken, das ein Mann gebraut hatte, der dem Henker die Hand gab.

Melisande versuchte den Gedanken abzuschütteln. Sie wusste, dass die beiden Knechte auf einen Befehl von ihr warteten, doch ihr Blick glitt immer noch unruhig über das Gräberfeld. Hier gab es keine Kreuze oder Totenbretter wie auf dem Kirchhof, doch wenige Schritte rechts von sich erblickte Melisande frische Erde. Vermutlich waren dort vor zwei Tagen die Magd Agnes und ihr Neugeborenes verscharrt worden.

Rasch hob Melisande den Kopf. Die Knechte nickten und hievten den Toten vom Karren. Als sie ihn aus der Rinderhaut wickeln wollten, hinderte Melisande sie mit einer heftigen Handbewegung daran. Nur wohlhabende Bürger konnten es sich leisten, ihre Toten mitsamt der Haut oder gar mitsamt dem hölzernen Sarg zu bestatten, in dem der Leichnam zu Grabe getragen wurde. Melisande war wohlhabend, auch wenn es niemand wusste. Die Vorstellung, Raimund müsse ohne jede schützende Hülle in der kalten, feuchten Erde liegen, war ihr unerträglich. Sie traute zwar den Totengräbern nicht, die gewöhnlich alles zu Geld machten, dessen sie habhaft werden konnten. Doch sie hoffte, dass die beiden die angeblich magischen Kräfte des Henkers ausreichend fürchteten, um die Finger von seiner letzten Ruhestätte zu lassen.

Die Henkersknechte schauten erstaunt, zuckten dann aber mit den Schultern und ließen den Leichnam mitsamt der Haut in die Grube hinab. Nach getaner Arbeit traten sie zurück.

Melisande stellte sich an das offene Grab und faltete die Hände. Gerade als sie stumm ein Gebet sprechen wollte, hörte sie hinter sich Schritte. Erschrocken fuhr sie herum und lächelte im gleichen Augenblick erleichtert, als Meister Henrich neben sie trat. Er war doch gekommen! Mit gesenktem Haupt schlug er das Kreuz und sprach laut das Vaterunser.

Melisande konnte den Blick nicht von dem Grab abwenden. Tränen brannten in ihren Augen. »Raimund«, dachte sie, »lieber, gütiger Raimund, was soll ich nur ohne dich machen?« Sie wankte, schloss die Augen, fasste sich wieder. Als sie sich endlich widerstrebend umdrehte, blickte sie Meister Henrich direkt in die Augen.

»Na, na, mein Junge!« Er sah sie streng an. »Du musst dich zusammenreißen!«

Rasch schlug Melisande die Augen nieder.

»Ich muss zurück an meinen Gärbottich«, sagte Henrich. »Wenn du etwas brauchst, weißt du, wo du mich findest.« Er wandte sich ab und verließ sie eiligen Schrittes.

Reglos beobachtete Melisande, wie er sich in Richtung Schelztor entfernte. Ihr war, als würde nun auch ihre letzte Verbindung zu den Menschen reißen. Noch einmal sah sie hinunter in die Grube, dann raffte sie sich auf und erlöste die Totengräber, die schon unruhig hin und her liefen. Sie gab jedem von ihnen einen Pfennig extra, damit sie ihre Arbeit ordentlich verrichteten, und schritt davon, ohne sich umzublicken.

Nun gab es nichts mehr, das Melisande noch in Esslingen hielt. Am besten wäre es, die Stadt unverzüglich zu verlassen, bevor ihr der Fluchtweg versperrt war. Doch irgendetwas ließ sie zögern, als hätte sie noch eine letzte Aufgabe zu erledigen.

Sie räumte das Haus auf, das ohne Raimund nur noch ein Haufen Holz und Steine war. Reinigte Schüsseln und Becher, wusch das Laken, auf dem Raimund zuletzt gelegen hatte, und fegte die Stube. Als es gegen Mittag heftig gegen die Tür klopfte, fuhr sie erschrocken herum. Draußen stand der Büttel, das Gesicht undurchdringlich wie immer, doch kleine Schweißperlen auf seiner Stirn verrieten, dass er den Weg zum Haus des Henkers gerannt war. Hatte sie zu lange gewartet? Hätte sie sich gleich davonmachen sollen?

»Die Ratsherren und Richter Konrad Sempach und Enders von den Fildern erwarten dich. Bring deine Tasche mit. Schnell!«

Erschrocken raffte Melisande ihre Sachen zusammen und folgte dem Mann. Würde man nun wegen des Todes der Magd über sie zu Gericht sitzen? Ausgerechnet heute, am Tag von Raimunds Beisetzung? Hatte Sempach ihr nicht versprochen, den Prozess ein paar Tage hinauszuzögern?

Benommen stolperte Melisande hinter dem Büttel her, kaum nahm sie die Menschen wahr, die sie mit einer Mischung aus Abscheu und Neugier anstarrten. Erst als der Büttel abrupt stehen blieb, bemerkte Melisande, dass er sie zum Schelkopfstor geführt hatte. Dort erwarteten sie Konrad Sempach und Enders von den Fildern. Der alte Enders von den Fildern blickte ernst, Konrad Sempachs Miene war nicht zu deuten.

»Melchior«, begann von den Fildern, »mein Beileid zu deinem Verlust. Ich glaube, der Herr war gnädig, dass er deinen Onkel endlich zu sich genommen und von seinem Leiden erlöst hat.« Er räusperte sich. »Du weißt, dass dir noch ein Prozess bevorsteht? Die Magd hätte nicht sterben dürfen. Du warst für sie verantwortlich.« Streng musterte er Melisande, die den Blick senkte und wortlos nickte.

»Aber das ist nicht der Grund, weshalb ich dich heute rufen ließ«, fuhr der Alte fort. »Dein Prozess muss warten. Es gibt Arbeit, deine Dienste werden gebraucht.«

Überrascht und erleichtert zugleich hob Melisande den Kopf. Das verschaffte ihr die Zeit, ihren Plan doch noch auszuführen.

Enders von den Fildern ging voran die steile Treppe in den Keller hinab, Melchior folgte, Konrad Sempach lief am Schluss. Vor dem Kerker warteten ein weiterer Richter, Henner Langkoop, und der Schreiber. Der Beschuldigte saß bereits auf dem Thron und starrte mit trotzigem Blick auf seine Fußspitzen.

Melisande stockte, der junge Mann kam ihr bekannt vor, doch sie erinnerte sich nicht, wo sie ihn schon einmal gesehen hatte. Ihr blieb keine Zeit, darüber nachzudenken. Konrad Sempach war bereits vorgetreten, um ihn zu befragen.

»Wie ist Euer Name?«, herrschte er den Gefangenen an.

»Wendel Füger, Sohn des Erhard Füger, Karcher und Weinhändler aus Reutlingen, das sagte ich doch bereits.« Er klang widerspenstig, beinahe überheblich. Entweder hatte er den Ernst seiner Lage noch nicht begriffen, oder er war vollkommen furchtlos. Aber das würde ihm sehr bald vergehen.

»Wisst Ihr, was man Euch vorwirft, Wendel Füger?« Konrad Sempach verschränkte die Arme und funkelte den Karcher an.

Der schüttelte den Kopf. »Ich habe keine Ahnung. Aber was auch immer es ist, bestimmt handelt es sich um einen Irrtum. Oder um eine Kleinigkeit, die sich schnell aus der Welt schaffen lässt.« Er blickte auf den Boden, wo man seine Habseligkeiten abgelegt hatte: einen Gürtel mit einer leeren Messerscheide, einen teuren Surcot aus Samt und einen prall gefüllten ledernen Beutel.

Sempach lachte auf. »Aus dieser Sache könnt Ihr Euch nicht herauskaufen, Karcher. Hier in Esslingen herrschen Recht und Gesetz.« Er trat einen Schritt vor und stemmte die Hände in seine fetten Hüften. »Wendel Füger aus Reutlingen, Euch wird vorgeworfen, in der letzten Nacht den Benedikt Rengert, Sohn des Jobst Rengert, eines ehrwürdigen Wengerter zu Esslingen, heimtückisch ermordet zu haben.«

Wendel Füger wurde schlagartig weiß wie ein Leintuch, sein Kinn klappte herunter, und seine Hände begannen zu zittern. Er schüttelte den Kopf und bewegte die Lippen, doch seinem Mund entfuhr kein Laut.

»Ihr habt dem Burschen in der Strohgasse aufgelauert und ihm die Kehle aufgeschlitzt. Und damit nicht genug. Mehr als ein Dutzend Mal habt Ihr auf den armen Jungen eingestochen. Seine Kleider waren blutdurchtränkt, er sah aus, als wäre er von einem wilden Tier angefallen und zerfleischt worden. Benedikts arme Mutter ist zusammengebrochen, als man den Leichnam zu ihr nach Hause trug.«

»Das war ich nicht!«, stieß der Karcher hervor.

»Ihr leugnet?«

»Ich war es nicht«, wiederholte der Mann. In seiner Stimme schwang Empörung mit.

Der Schreiber kritzelte, als ginge es um sein Leben und nicht um das des Karchers. Henner Langkoop stand mit ausdruckslosem Gesicht neben ihm und rieb sich seine lange, dünne Nase, Enders von den Fildern hatte nachdenklich die Stirn gerunzelt. Sempach aber schritt zu dem kleinen Tisch, auf dem zuletzt Agnes' toter Säugling gelegen hatte, und nahm einen Gegenstand herunter, den er dem Mörder unter die Nase hielt. »Kennt Ihr das?«

Der Mann blinzelte erschrocken. Seine Wangen wurden noch bleicher. »Mein Messer«, flüsterte er.

»Ja, das ist Euer Messer. Euer Name ist in den Griff eingraviert. Ihr habt es neben dem Leichnam liegen lassen. Das war nicht besonders klug von Euch.«

»Aber –«, wandte der Mann ein.

»Aber was?«, brüllte Sempach.

»Man hat mir das Messer gestohlen.«

Wieder lachte Sempach auf. Es war ein hässliches Lachen ohne jede Freude.

Unwillkürlich zuckte Melisande zusammen, ebenso wie der Karcher, der stumm den Kopf schüttelte. Noch immer fiel ihr nicht ein, woher sie ihn kannte. Doch ihr Gefühl sagte ihr, dass es wichtig war. Erinnere dich, Mel, ermahnte sie sich, erinnere dich!

Der Mann hob den Kopf erneut. Ihre Blicke trafen sich, und da kehrte die Erinnerung zurück, Bild für Bild. Die Brache. Ottmar de Bruce. Das war der fremde Karcher, der de Bruce begleitet hatte, als sie sich mit ihm zur Kampfstunde getroffen hatte. Und noch etwas fiel ihr ein. Etwas, das ihr den Boden unter den Füßen wegzog.

Auch Wendel Füger schien sie erkannt zu haben. In seinem Blick mischten sich Verwirrung, Angst und eine stumme Bitte.

»Melchior!« Konrad Sempachs Stimme ließ Melisande erneut zusammenzucken. »Ich denke, es ist an der Zeit, dass du dem jungen Mann sein verlorenes Gedächtnis zurückgibst.«

Während sie ihre Tasche ablegte und sich bereit machte, überlegte Melisande fieberhaft. Vielleicht gab es eine Möglichkeit, den Herren zu zeigen, was sie wusste, ohne dass sie sich selbst dabei verriet. Sie begann damit, dem Karcher die einzelnen Geräte vorzuführen, die Zange, die Daumenschrauben, den Rattenhelm. Der schüttelte nur immer heftiger den Kopf, doch er gestand nicht. Schließlich zeigte Melisande den beiden Richtern und dem Ratsherrn an, dass sie etwas Neues ausprobieren wollte, und deutete auf das Messer des mutmaßlichen Mörders, an dem noch immer Reste von Blut klebten.

»Was hast du vor, Melchior?«, fragte Sempach.

Sie griff nach Tafel und Griffel und schrieb ein einziges Wort darauf: »Riemenschneiden«.

Sempach nickte und grinste.

Beim Riemenschneiden wurden schmale Streifen Haut herausgeschnitten, eine äußerst schmerzhafte Angelegenheit. Doch wenn Melisande sich nicht irrte, würde sie nicht weit gehen müssen. Sie trat auf den Mann zu und setzte die Messerspitze an dessen linkem Unterarm an, der fest an die Armlehne des Throns geschnallt war. Mit einem schnellen Schnitt ritzte sie die Haut auf. Blut quoll aus der frischen Wunde. Doch noch bevor sie weiterschneiden konnte, stöhnte der Karcher auf, und sein Kopf sank zur Seite.

»Was ist los?«, rief von den Fildern und sprang erschrocken hinzu. »Was hast du mit ihm gemacht, Melchior?«

Melisande hob beruhigend die Hand. »Ohnmächtig«, schrieb sie auf ihre Tafel.

»Dieser Schwächling«, stieß Sempach verächtlich hervor. »Los, Meister Hans, mach ihn wach! Wir sind noch nicht fertig mit ihm.« Er deutete auf einen Eimer Wasser, der in der Ecke des Kerkers stand.

»Warte!« Enders von den Fildern packte Sempach am Arm. »Wir sollten eine Pause machen.«

»Wieso?«, blaffte Sempach. »Nur weil er so zimperlich ist? Der Kerl ist ein Mörder. Er hat den Sohn eines ehrenwerten Esslinger Bürgers getötet. Ihm muss der Prozess gemacht werden, und zwar unverzüglich.«

»Ja, sicher«, antwortete von den Fildern. »Aber wir müssen mit Bedacht vorgehen.«

»Enders hat recht«, meldete sich Henner Langkoop zu Wort und trat ins Licht. »Nur nichts überstürzen. Wir haben diese Woche schon eine Sünderin verloren, bevor ihr der Prozess gemacht werden konnte. Das darf nicht noch einmal passieren. Und dieser Mann ist keine einfache Magd, nach der kein Hahn kräht, sondern ein angesehener Bürgersohn aus Reutlingen. Wir dürfen uns ihm gegenüber nichts zu Schulden kommen lassen.«

Sempach schnaubte immer noch unwillig. »Das mit der Magd war nicht unser Fehler«, maulte er und warf Melchior einen verdrießlichen Blick zu. »Aber meinetwegen soll das Bürschchen sich ausruhen. Und du –« Er deutete mit dem Finger auf Melisande. »Du lässt ihn nicht aus den Augen. Sorge dafür, dass es ihm gutgeht. Du haftest mit deinem Leben für sein Wohlergehen. Verstanden?«

Melisande nickte.

Die Männer verließen den Thronsaal, nur ein Büttel blieb zurück. Melisande bedeutete ihm, vor der Kerkertür zu warten. Als sie mit dem Ohnmächtigen allein war, betrachtete sie ihn eine Weile.

»Es tut mir leid, fremder Karcher«, sagte sie tonlos zu ihm. »Ich dachte, sie würden begreifen, wenn sie es mit eigenen Augen sehen. Aber sie sind blind. Ich weiß, dass Ihr es nicht gewesen sein könnt. Ihr wäret nicht dazu in der Lage, einen Menschen auf diese Weise zu töten. Nicht mit einem Dutzend Messerstichen. Nach einem einzigen schon würdet Ihr wie ein gefällter Baum umstürzen, genügt doch ein Tropfen Blut, um Euch die Sinne zu rauben. Das habe ich schon bei unserer ersten Begegnung auf der Brache bemerkt. Aber ich kann Euch nicht helfen. Ich kann nicht für Euch sprechen. Selbst wenn ich es wagen würde, mein Wissen den Richtern anzuvertrauen, einem Henker würde niemand glauben. Ich kann nicht verhindern, dass Ihr für das Verbrechen eines anderen gehenkt werdet. Ich selbst werde Euch wohl die Schlinge um den Hals legen müssen.« Sie presste die Lippen aufeinander. »Vielleicht ist das Eure Strafe dafür, dass Ihr Euch mit Ottmar de Bruce eingelassen habt.«

Sie nahm ein Stück Leinen und wickelte es um die Schnittwunde an seinem Arm. Dann spritzte sie ihm etwas Wasser ins Gesicht.

Er fuhr zusammen, murmelte etwas und blickte verwirrt um sich. Als sein Blick auf den Henker fiel, stöhnte er auf und sah sich suchend nach den anderen um. »Sie sind fort?«, fragte er.

Sie nickte.

»Wirst du mich jetzt weiter befragen?«

Sie schüttelte den Kopf.

»Ich war es nicht!« Verzweiflung sprach aus seiner Stimme. Und Todesangst.

Wieder nickte sie.

»Du glaubst mir? Warum bin ich dann noch hier? Lass mich frei! Bitte!«

Sie sah ihn traurig an. Er mochte sich mit de Bruce eingelassen haben, aber er war nicht vom gleichen Holz geschnitzt wie dieser. Er schien ein anständiger Mann zu sein. Er war noch jung, kaum älter als sie. Vielleicht hatte er Familie, Frau und Kinder, die in Reutlingen auf ihn warteten. Er würde sie nie wiedersehen.

* * *

»Genug!« Ottmar de Bruce schubste ungeduldig den Pagen weg, der ihm gerade beim Ankleiden geholfen hatte und seither pausenlos an seinem Gewand herumzupfte. Es war ein prächtiger blauer Surcot mit silbernen Stickereien, einfach geschnitten, ohne Tasseln und anderen modischen Schnickschnack, den der Graf verachtete, aber aus dem feinsten Samt, den die Gewandschneider von Esslingen hatten besorgen können. Ein Meisterwerk, das eines Königs würdig gewesen wäre. »Es reicht, Bursche, nimm deine dreckigen Finger von mir!«

Rasch verzog sich der Page in eine Ecke des Raums. De Bruce sah verächtlich auf ihn hinunter. Dieser Mathis war ein Weichling, ein weibischer Wurm, aber er würde ihn schon noch in die Härten des Lebens einführen, ganz so, wie er es seinem Vater versprochen hatte. Bei Adam war ihm das schließlich auch gelungen, obwohl er den Knappen auf Graf Ulrichs Befehl hin nur mit Samthandschuhen angefasst hatte.

»Los, lauf!«, herrschte er Mathis an. »Hol von Säckingen her! Ich wünsche ihn sofort zu sprechen.«

Der Knabe huschte aus der Tür. De Bruce trat ans Fenster und blickte ins Tal hinab. Eine Wagenkolonne näherte sich. Auch wenn die meisten Hochzeitsgäste bereits seit dem Fest in der vergangenen Woche auf der Burg weilten, erwartete er im Laufe des Tages zahlreiche weitere Gratulanten. Und seine Braut, denn Othilia war für die Tage bis zur Vermählung noch einmal heimgekehrt, da es sich nicht schickte, dass sie bereits vor der Eheschließung unter dem Dach ihres zukünftigen Gemahls weilte.

Heute war sein Hochzeitstag. Der Gedanke bereitete de Bruce nicht den wohligen Schauer, den er beim ersten Mal verspürt hatte. Kein Wunder. Gegen seine erste Gemahlin Hildegard war Othilia von Hohenfels eine blasse, hölzerne Erscheinung. Sie mochte als hübsch gelten, ihm war sie zu mager und zu leblos. Aber sie entstammte einer einflussreichen Familie. Und sie war mit Melisande Wilhelmis verwandt. Ja, Emelin hatte die Wahrheit erkannt. Beinahe jedenfalls. Er sah zwar nicht die Tochter von Konrad Wilhelmis in seiner Braut, aber einen Weg zu ihr. Er hatte die Familie von Beata Wilhelmis nach dem Überfall genau beobachten lassen, er hatte überprüfen lassen, ob irgendwo plötzlich eine neue Cousine oder gar eine neue Magd auftauchte, auf welche die Beschreibung von Melisande Wilhelmis zutraf. Nichts. Vielleicht hatte er nicht gründlich genug gesucht. Diese Scharte würde er auswetzen, jetzt, wo ihm alle Wege offenstanden.

De Bruce ballte die Faust. Die Abneigung, die er gegenüber seiner Braut empfand, war nicht der einzige Grund, weshalb er seiner Hochzeit mit wenig Vorfreude entgegenblickte. Er hatte schlecht geschlafen. Er hatte schlecht geträumt. Von dem kleinen feuerhaarigen Miststück, Melisande Wilhelmis. Kurz nach dem Überfall hatte die rote Hexe ihn fast jede Nacht heimgesucht. Der Traum war immer der gleiche gewesen, genau der, der ihm auch heute Nacht den Schlaf geraubt hatte: Sie stand barfuß auf der Lichtung, nur mit einem dünnen weißen Gewand bekleidet, und hielt ein riesiges blitzendes Schwert in ihren zarten Händen. Sie stand still, doch in ihren Augen funkelte nichts als Hass, der Hass, den er schon einmal in diesen Augen gesehen hatte. Er wollte sein Schwert ziehen und sie erschlagen, so wie er es damals am Tag des Überfalls hätte tun sollen, doch er konnte seine Arme nicht bewegen. Sie waren auf dem Rücken zusammengebunden. Panisch blickte er hin und her, versuchte, einen Schritt rückwärts zu machen, doch auch seine Beine gehorchten ihm nicht. Melisande trat näher und hob langsam das Schwert. Drohend schwebte es einen Augenblick über ihm, dann sauste es mit todbringendem Schwung auf ihn nieder.

Er war von seinem eigenen Schrei aufgewacht, schweißgebadet und beinahe wahnsinnig vor Wut. Die Erinnerung an die Ohnmacht, die er empfunden hatte, als das Mädchen das Schwert hob und er sich nicht rühren konnte, brachte ihn erneut zum Schwitzen. Zornig schlug er mit der geballten Faust gegen das Mauerwerk.

Ein Klopfen schreckte ihn auf.

»Was ist?«, rief er ungeduldig.

»Eberhard von Säckingen, Herr. Darf ich eintreten?«

»Kommt herein!« De Bruce drehte sich vom Fenster weg und blickte dem Ritter entgegen, der sich ebenfalls festlich gekleidet hatte. Ihm entging nicht, dass von Säckingen kurz stockte, als er ihn sah, jedoch rasch ein ausdrucksloses Gesicht aufsetzte.

»Ist etwas nicht in Ordnung?«, herrschte de Bruce ihn an.

»Alles bestens, soweit ich weiß. Ihr habt nach mir rufen lassen?«

Ottmar de Bruce nickte. Die Erinnerung an den Albtraum

verblasste langsam, er hatte seine Fassung zurückgewonnen. »Die ersten Gäste sind bereits eingetroffen?«

»Ja, Herr. Gerade eben ist der Wagenzug mit Eurer Braut und ihrer Familie vorgefahren. Ich habe veranlasst, dass man sich angemessen um sie kümmert.«

»Und wie steht es mit unserem kleinen Geschäft in Esslingen?«

Eberhard von Säckingen grinste. »Es wird Euch freuen zu hören, dass alles genau so abgelaufen ist, wie Ihr es geplant habt. Wenn ich richtig informiert bin, ist unser Mann bereits im Kerker festgesetzt und vernommen worden.«

»Gut.« De Bruce strich sich nachdenklich über das Kinn. »Ich nehme an, die Befragung wurde von meinem ganz speziellen Freund vorgenommen?« Er dachte an den Hänfling von einem Henker, der aussah, als würde ihn die nächste Windböe davontragen, und der doch das Schwert mit einer Geschicklichkeit führte, die ihresgleichen suchte.

»So lautet die Nachricht, die ich vor wenigen Augenblicken aus Esslingen erhielt.« Von Säckingen deutete eine Verbeugung an. »Damit wäre die Angelegenheit wohl erledigt.«

De Bruce schüttelte langsam den Kopf. »Nein«, sagte er, »das ist sie noch nicht. Ich möchte, dass dein Mann weiterhin ein Auge auf den Reutlinger hat. Er soll den Kerker Tag und Nacht bewachen. Ich will genau wissen, was vor sich geht. Erledigt ist die Angelegenheit erst, wenn dieser anmaßende Wurm am Galgen baumelt. Und ich hoffe, dass sie ihn vorher aufs Rad flechten, wie es sich gehört.«

»Das ist in der Tat wahrscheinlich. Der Mord an einem unbescholtenen Bürger ist ein ernstes Vergehen.«

De Bruce lachte. »Das habt Ihr fein in Worte gegossen, mein lieber von Säckingen. Ich für meinen Teil finde es jedoch eher erheiternd als ernst.« Er winkte seinen Hauptmann hinaus. »Ich danke Euch, ich könnt Euch zurückziehen.«

Als er wieder allein war, goss sich de Bruce einen Becher Wein ein und leerte ihn in einem Zug. Zu ärgerlich, dass er bei der peinlichen Befragung des Wendel Füger nicht zugegen sein konnte. Zu gern hätte er zugesehen, wie dieses Bürschlein sich vor Schmerzen wand, wie es schwitzte und keuchte und schließlich um Gnade winselte. Dieser widerliche Lump hatte ihn und die Seinen beleidigt, wie ihn noch nie zuvor jemand beleidigt hatte. Ein tödlicher Fehler. Niemand beleidigte ungestraft einen Ottmar de Bruce! Bedauerlich war nur, dass er sich jetzt einen neuen Weinlieferanten suchen musste. Zwar gab es Karcher in Hülle und Fülle, aber nicht viele, die seinen Ansprüchen an guten Wein genügten.

De Bruce leckte sich über die Lippen. Er würde einfach beim Füger'schen Wein bleiben, dann konnte er sich zusätzlich daran ergötzen, den gramgebeugten Vater der kleinen Ratte von Zeit zu Zeit zu Gast zu haben.

Er lachte bitter auf. Der elende Karcher hatte es nicht anders verdient. Er hätte sich besser überlegen sollen, was er sagte. De Bruce dachte daran, wie er Wendel Füger im Burghof verabschiedet hatte, wie der Reutlinger, immer noch unsicher und blass, auf sein Pferd gestiegen war.

»Dann auf bald, Füger«, hatte de Bruce gerufen. »Wir sehen uns in vier Tagen. Und nehmt endlich Haltung an, Ihr seid doch ein Mann! Oder wollt Ihr zu meiner Hochzeit lieber Frauenkleider anlegen?«

»Besser nicht«, hatte der Reutlinger lachend geantwortet. »Sonst müsste ich mich doppelt vor Euch in Acht nehmen. Vor Eurer Manneskraft ist doch kein Schoß sicher. Sicherlich laufen im Aichtal Dutzende Eurer Bastarde herum. Nur schade, dass Ihr noch keinen Sohn gezeugt habt, der es wert war, Euren Namen zu tragen. Aber das wird sich ja nun bald ändern.«

De Bruce hatte der Atem gestockt vor Zorn, roter Nebel war vor seinen Augen aufgestiegen. Niemanden, der es wert war, seinen Namen zu tragen? Wie konnte dieser jämmerliche Weinpanscher es wagen, seinen Sohn so zu entehren? Gernot de Bruce war als Held gestorben, als er die Familienehre gegen Konrad Wilhelmis verteidigt hatte!

Wie gerne hätte de Bruce das Schwert gezogen und diesen erbärmlichen Karcher von seinem Gaul gezerrt und auf der Stelle einen Kopf kürzer gemacht! Er war sogar bereits einen Schritt auf ihn zu getreten, hatte aber im letzten Augenblick einen warnenden Blick aus Eberhard von Säckingens blauen Augen aufgefangen. Fast übermenschliche Kraft hatte es ihn gekostet, die Hand vom Schwert zu lösen. Doch von Säckingen hatte recht gehabt. Wenn er den Reutlinger an Ort und Stelle niedergestreckt hätte, vor all den Zeugen, hätte das fatale Folgen gehabt. Im Nachhinein betrachtet war es so noch viel besser: Wendel Füger würde für seine ungeheure Beleidigung mit dem Leben bezahlen. Und davor würde er derart leiden, dass er um seinen Tod betteln würde.

* * *

Wendel Füger fuhr erschrocken hoch, als etwas Pelziges über sein Gesicht strich. Eine Ratte! Er fuchtelte mit den Händen, um das Vieh zu vertreiben, das mit einem Fiepen zurückzuckte. Es machte einen Satz auf den Boden und trippelte in eine dunkle Ecke, wo es vermutlich nur darauf wartete, dass er wieder einnickte.

Als man ihn hierhergebracht hatte, hatte er nicht glauben

wollen, dass das alles tatsächlich geschah. Nicht einmal die Hölle konnte furchtbarer sein. Der Kerker stank nach Exkrementen und Tod wie kein anderer Ort, an dem Wendel je gewesen war.

Außer ihm hockten noch zwei Männer auf dem mit fauligem Stroh ausgelegten Steinboden. Ein Alter mit dürrem weißen Haar, abgemagert bis auf die Knochen, der mit leerem Blick vor sich hin starrte und sabberte, und ein junger Bursche, der sich ständig kratzte und ihn keinen Herzschlag lang aus den Augen ließ. Wendel traute weder dem einen noch dem anderen. Auch wenn man ihm seine Habseligkeiten abgenommen hatte, fürchtete er doch, einer seiner beiden Kerkergenossen könne über ihn herfallen und ihm die Kleider rauben, wenn er einschlief. Nein, er durfte nicht wieder einnicken und sich damit diesen beiden Widerlingen ausliefern, ganz zu schweigen von den Ratten und dem anderen Ungeziefer, das den Raum mit einem ständigen Rascheln und Knistern erfüllte.

Suchend blickte sich Wendel um. Er hatte keine Ahnung, wie lange er geschlafen hatte. Es war dunkel, nur eine Fackel im Gang sorgte für dämmriges Licht, das jedoch nicht bis in alle Winkel reichte. Manchmal glaubte er aus der Ecke zu seiner Linken ein kaum vernehmbares Stöhnen zu hören, aber es war gut möglich, dass er sich das Geräusch nur einbildete. Der Kopf des Alten war auf die Brust gesunken, vermutlich war er eingeschlafen. Der Junge aber starrte unverwandt zu ihm herüber.

Was war nur geschehen? Wendel versuchte, sich zu erinnern. Er hatte stundenlang dagesessen, sein Schicksal verflucht, in seinem Gedächtnis gekramt, um sich zusammenzureimen, was passiert sein mochte, wieder und wieder, doch ohne Ergebnis. Irgendwann hatten ihn zuerst Durst und dann Hunger gequält, doch niemand war gekommen, um den Gefangenen etwas zu trinken oder zu essen zu bringen. Der Hunger war nach einiger Zeit einem dumpfen, flauen Gefühl im Magen gewichen, doch der Durst war geblieben und steigerte sich von Stunde zu Stunde. Immer wieder musste Wendel die Gedanken an einen Becher kühlen Weins verdrängen, Bierhumpen tanzten vor seinen Augen, manchmal glaubte er gar, das Plätschern einer Quelle zu hören.

Später hatte er das Bedürfnis verspürt, den Abort zu besuchen, doch eine solche Einrichtung gab es in dem Verlies nicht. Nicht einmal einen Eimer, in den man seine Notdurft verrichten konnte. Wendel hatte gezögert, bis er es nicht mehr aushielt, dann hatte er sich erhoben, war in die hinterste Ecke getreten und hatte sich erleichtert.

Er zuckte zusammen. Auf dem Gang waren Schritte zu hören. Hoffnung flackerte in ihm auf. Sie kamen ihn holen, um ihn freizulassen! Das Missverständnis hatte sich geklärt. Sie würden sich bei ihm entschuldigen, ihm seine Sachen aushändigen und ihn gehen lassen.

Die Schritte verhallten, ohne dass irgendjemand sich dem Kerker genähert hätte. Wendel senkte den Kopf. Angst kroch in seinen Eingeweiden hoch wie ein wucherndes Geschwür. Sein Hals wurde eng. Was, wenn sich der Irrtum nicht aufklärte? Wenn dieser merkwürdige dürre Henker ihn wieder befragte? Ihm war vor Angst speiübel geworden, als das stumme Männlein ihm seine Gerätschaften vorgeführt hatte. Was für ein seltsamer Bursche dieser Henker war! So dünn und zart, beinahe wie ein Weib, und doch so kühn, dass er sich mit einem mächtigen Grafen wie de Bruce im Wald traf, um ihm seine Kunst beizubringen. Da lag etwas in den Augen des Henkers, etwas seltsam Wissendes, so als sähe er Dinge, die andere nicht sahen. Sagte man nicht von allen

Henkern, dass ihr Blick nicht von dieser Welt sei? Dass sie damit sogar töten konnten? Wendel glaubte diesen Unfug eigentlich nicht. Doch diesen Henker umgab eine seltsame Aura, dieser Mann schien ein Geheimnis zu hüten, das Wendel gerne gelüftet hätte.

Wendel befiel ein Verdacht, und er setzte sich so abrupt auf, dass der junge Bursche mit dem Kratzen innehielt und ihn neugierig musterte. Doch Wendel beachtete ihn nicht. Seine Vermutung war so ungeheuerlich, dass er kaum wagte, sie zu Ende zu denken: Der Henker war dem Grafen nicht nur für Unterweisungen im Schwertkampf zu Diensten, sondern steckte auch bei anderen dunklen Geschäften mit ihm unter einer Decke! Das erklärte auch, weshalb der Henker zwar von seiner Unschuld wusste, dieses Wissen jedoch für sich behielt.

Wendel zog den Umhang fester um seine Schultern, als könne er ihn vor der Kälte schützen, die ihm in die Seele kroch. Er hatte oft genug gehört, dass de Bruce ein Mann mit vielen Gesichtern war, den man besser zum Freund als zum Feind hatte, und dass der Graf bei der Durchsetzung seiner Interessen auch auf wenig ehrbare Methoden zurückgriff, sich mit allerhand finsterem Gesindel umgab. Bisher hatte Wendel sich um diese Gerüchte nicht geschert. Ihm gegenüber hatte sich der Graf immer tadellos verhalten, und Wendel war nicht gewillt, einen Mann allein aufgrund übler Nachrede zu verurteilen. Doch wenn zutraf, was man über Ottmar de Bruce in den Straßen raunte, dann wäre es durchaus möglich, dass nicht nur Raubritter und Betrüger, sondern auch der Henker der Reichsstadt Esslingen zu seinen bezahlten Handlangern zählten.

Wendel biss sich auf die Lippe. Er war auf de Bruce' Burg gewesen, als ihm das Messer abhandengekommen war. Nicht nur einer der zahlreichen Gäste, sondern auch der Burgherr selbst hätte sich daran vergreifen können. Doch zu welchem Zweck? Um ihm diesen Mord unterzuschieben? Warum? Immer wieder murmelte er das Wort vor sich hin. Warum? Warum? Womit hatte er, der unbedeutende Karcher Wendel Füger aus Reutlingen, sich diesen mächtigen Mann zum Todfeind gemacht?

***

Melisande legte den Kanten Brot zur Seite und betrachtete nachdenklich die Gegenstände, die sie auf dem Strohsack ausgebreitet hatte, der ihr als Schlaflager diente: das zerrissene Bauernkleid, das sie an jenem grauenvollen Tag vor fünf Jahren getragen hatte, das schlichte, aber wunderschöne blaue Gewand, das sie nur heimlich trug. Das Buch mit den Geschichten über den Ritter Gawan, das Kruzifix, das Fläschchen Rosenöl, das sie an ihre Mutter erinnerte. Die Bögen Pergament mit den verbotenen Bibeltexten in deutscher Sprache, die Meister Henrich gehörten und aus denen sie Raimund so oft vorgelesen hatte. Der Beutel mit den Münzen, den sie während der Schlacht an sich genommen hatte. Bis heute hatte sie ihn nicht angerührt.

Sie hatte die ganze Nacht wach gelegen, doch sosehr sie auch darüber nachgegrübelt hatte, ihr war kein Ausweg aus ihrer misslichen Lage eingefallen. Keiner zumindest, bei dem sie in Esslingen verweilen und alles beim Alten belassen konnte. Sie saß in der Falle. Bald würde der Rat über sie zu Gericht sitzen und sie für den Tod der Magd bestrafen. Dabei würde ihre Tarnung fallen, es sei denn, sie verschaffte Konrad Sempach, was er von ihr verlangte. Doch selbst wenn sie ihr Gewissen und ihre Abscheu überwand und ihm die Mädchen zuführte, nach denen es ihn gelüstete, begab sie sich so sehr in seine Hände, dass ihr Schicksal erst recht besiegelt war. Er würde ihr mit immer neuen Forderungen das Leben zur Hölle machen, und wenn sie auch nur eine davon nicht erfüllte, würde er sie ohne Zögern dem Rat ausliefern.

Melisande strich mit den Fingerspitzen über das blaue Gewand. Am liebsten würde sie es überstreifen und einfach durch das Heiligkreuztor die Stadt verlassen. Jetzt gleich, ohne weiteres Zaudern. Niemand würde sie aufhalten, denn niemand würde sie erkennen.

Doch etwas hielt sie zurück. Ein Gefühl, ein Gedanke, der ihr keine Ruhe ließ. Was für ein teuflisches Spiel spielte man mit dem Karcher aus Reutlingen? Und wer steckte dahinter? Wendel Füger war unschuldig, sollte für das Verbrechen eines anderen gefoltert und hingerichtet werden. Und zwar nicht mit dem Schwert. Dem Karcher drohte das Rädern, eine der furchtbarsten Todesarten, die sich Melisande vorstellen konnte. Und das von ihrer Hand. Nie zuvor hatte ihr Handwerk auf diese Weise ihrem Gewissen zugesetzt. Genugtuung oder gar Freude hatte es ihr nie bereitet, anderen Menschen Schmerzen zuzufügen oder ihnen das Leben zu nehmen. Doch immerhin war bisher keiner darunter gewesen, der seine Strafe nicht verdient hatte. Sie alle hatten gesündigt, waren Gesetzesbrecher gewesen, Diebe oder Mörder.

Diesmal war es anders. Sie wusste, dass der Karcher niemals einen Menschen auf diese Weise hätte töten können. Sicherlich stimmte seine Behauptung, dass man ihm das Messer gestohlen hatte, um ihn der Tat zu bezichtigen. Dennoch würden die Richter nicht eher Ruhe geben, bis Melchior ein Geständnis aus dem Kerl gepresst hatte. Für die Mächtigen war die Sache eindeutig: Benedikt Rengert und der Karcher aus Reutlingen hatten Streit gehabt, dafür gab es jede Menge Zeugen. In der darauffolgenden Nacht wurde Rengert erstochen und das Messer des Karchers bei seiner Leiche gefunden. Alles, was fehlte, um den feigen Mörder hinrichten zu können, war sein Geständnis. Und das würden sie bekommen.

Melisande sank auf die Knie. »Herr, hilf mir in dieser Stunde größter Not, so wie du mir immer geholfen hast!«, flehte sie. »Da ich noch lebe, wirst du Pläne mit mir haben, wird mein Schicksal noch nicht erfüllt sein. Soll ich den Karcher retten vor einem ungerechten Richterspruch, ihm aus der Stadt helfen? Oder soll ich lieber mich selbst in Sicherheit bringen?«

Sie senkte den Kopf, schloss die Augen, hielt ihre gefalteten Hände in die Höhe und verharrte regungslos. Rechts von ihr raschelte es. Ohne sich zu bewegen, öffnete sie die Augen. Eine Maus flitzte über den Boden, hielt immer wieder inne, schnupperte, flitzte weiter, sprang hinauf auf den Strohsack und versteckte sich unter dem blauen Kleid.

Eine Weile sah Melisande nur eine zitternde Wölbung unter dem Stoff. Ihre Arme wurden taub, ihr ganzer Körper begann zu schmerzen, doch sie zwang sich, weiterhin reglos auf dem Boden zu knien. Endlich bewegte sich etwas unter dem Kleid, und im gleichen Moment stob die Maus wie ein grauer Blitz auf das Brot zu, stellte sich auf die Hinterbeine, schlug ihre Zähne in das Brot, biss ein Bröckchen ab und verschwand mit ihrer Beute wieder unter dem Kleid. Diesmal verharrte sie jedoch nicht, sondern kam sogleich auf der anderen Seite wieder hervor und machte es sich auf dem Kruzifix bequem. Genüsslich verspeiste sie den Brotkrumen, drehte ihn immer wieder in ihren Pfoten. Schließlich leckte sie sich den Pelz, ließ sich auf alle viere fallen, krabbelte vom Strohsack hinunter und verschwand in einer Mauerritze.

Melisande ließ die Arme sinken, erhob sich und rieb sich die schmerzenden Knie. Das war das Zeichen. Sie selbst war die Maus, das Kruzifix, das vor ihr im fahlen Licht blinkte, stand für den göttlichen Willen, Nächstenliebe zu üben, also den Karcher zu retten. Das Brot stand für ihr leibliches Wohl, die sofortige Flucht aus Esslingen. Das Zeichen war eindeutig: Sie musste sich selbst retten, aber vorher den Karcher befreien.

***

Über dem Gerichtssaal lag das Gemurmel aufgeregter Stimmen wie das Summen der Bienen um einen Bienenstock. Ein halbes Dutzend Männer standen zusammen und debattierten in verhaltenem Ton. Henner Langkoop und Enders von den Fildern tuschelten mit Gerold von Türkheim, einem dürren weißhaarigen Mann, der sich trotz seines hohen Alters aufrechter hielt als mancher Jüngling. Er war das Oberhaupt einer der einflussreichsten Patrizierfamilien in Esslingen. Im Gerichtssaal befanden sich außer den dreien auch Karl Schedel, Zunftmeister der Kürschner, sowie Waldemar Guirrili, der Zunftmeister der Schneider, die hier in Esslingen gutes Ansehen besaßen.

Konrad Sempach stand etwas abseits, beobachtete die anderen und kaute nachdenklich auf seiner Unterlippe. Er hatte beschlossen, sich im Hintergrund zu halten und zunächst abzuwarten, wie sich die Stimmung im Rat darstellte.

Das Gemurmel verstummte schlagartig, als der Schultheiß Johann Remser durch die Tür trat. »Seid gegrüßt, werte Herren«, rief er, noch bevor er seinen Platz am Richtertisch erreicht hatte. »Bitte verzeiht, dass ich Euch so kurzfristig zusammengerufen habe, doch die Angelegenheit drängt, wie Ihr wisst. Sicherlich habt Ihr vernommen, dass Benedikt Rengert, Sohn des ehrenwerten ...« Remser hustete, sein Kopf wurde rot, doch er fuhr sogleich fort. »... ehrenwerten Weinhändlers Jobst Rengert, heimtückisch ermordet wurde. Glücklicherweise hat der Mörder sein Messer bei der Leiche verloren, sodass wir ihn gleich festsetzen konnten.«

Remser hielt inne, schnappte nach Luft und trat an seinen Platz, jedoch ohne sich zu setzen. »Nun zu unserem Problem. Der Mörder, ein gewisser Wendel Füger, ist ein Reutlinger Karcher und Weinhändler aus einer sehr angesehenen Familie.« Er schüttelte den Kopf. »Nichts bleibt einem erspart.«

Ein Diener reichte ihm einen Kelch, er nahm ihn mit einem kurzen Nicken, trank und seufzte erleichtert.

»Soeben ist ein Bote der Vogtei Achalm eingetroffen«, fuhr er fort. »Wie Ihr wisst, hat der Kaiser erst in diesem Jahr, kaum dass er frisch gekrönt aus Italien zurückkehrte, unserem Erzfeind, dem Grafen Ulrich von Württemberg, die Pfandschaft der Achalm bestätigt. Das bedeutet, dass Ulrich als Vogt in Reutlingen die Gerichtsbarkeit innehat.«

Er machte eine Pause, legte seine Hände auf die Stuhllehne und musterte einen nach dem anderen. Den meisten war klar, was das hieß. »Wie einige von Euch sogleich erkannt haben, lässt Ulrich diese Gelegenheit, sich in unsere Belange einzumischen, nicht untätig verstreichen.« Seine Faust fuhr durch die Luft. »Er verlangt, unverzüglich darüber in Kenntnis gesetzt zu werden, was gegen diesen Füger vorliegt.«

Die Männer, die bisher schweigend gelauscht hatten, redeten plötzlich alle durcheinander. »Unverschämtheit!«, ertönte es. »Was bildet der Graf sich ein? Haben wir denn nie Ruhe vor dem dreisten Württemberger?«

»Ruhe!« Der Schultheiß klatschte in die Hände. »Ich teile Eure Empörung, aber dennoch: immer der Reihe nach, wenn ich bitten darf!«

Er zog den Stuhl zurück, ließ sich erschöpft darauf sinken und wischte sich mit einem Tuch den Schweiß von der Stirn. Einige der Ratsherren taten es ihm gleich und nahmen ebenfalls auf ihren Stühlen Platz, ergriffen die bereitgestellten Weinbecher und stärkten sich.

Gerold von Türkheim blieb stehen. »Meine Herren«, begann er, und seine Stimme füllte den Raum mit Leichtigkeit. »Ich denke, wir sind uns einig, dass wir uns von einem Württembergischen Grafen und Landvogt nicht in unsere Gerichtsbarkeit hereinreden lassen. Esslingen ist eine freie Reichsstadt, der Graf hat uns nichts vorzuschreiben.«

Das zustimmende Gemurmel verstummte, als er beschwichtigend die Hand hob. »Ich bin noch nicht fertig!«, rief er. »Obwohl ich das Ansinnen des Grafen ebenso ungeheuerlich finde wie Ihr, bin ich dennoch der Ansicht, wir sollten klug darauf erwidern und nicht wie jugendliche Hitzköpfe. Wozu einen Streit vom Zaun brechen, der niemandem etwas nützt? Wir wollen doch nicht, dass durch so eine dumme Angelegenheit erneut Krieg und Elend über unsere Stadt hereinbrechen, jetzt, wo gerade einmal Frieden herrscht und die Geschäfte blendend laufen.« Er hielt inne, um seine Worte wirken zu lassen.

Niemand sprach, alle starrten ihn an.

»Es wäre daher von Vorteil, so meine ich«, er verneigte sich kaum merklich, »wenn wir den Boten mit einer Nachricht zurückschicken könnten, die, sagen wir, so überzeugend ist, dass Graf Ulrich keinerlei weitere Einwände vorbringt.«

»Und wie sollte diese Botschaft aussehen?«, fragte Karl Schedel mit zusammengezogenen Brauen.

»Sie wird das Geständnis des Karchers enthalten«, erwiderte von Türkheim lächelnd. »Dagegen wird wohl kaum jemand Einspruch erheben.«

Schultheiß Remser nickte zustimmend und wedelte mit seinem Schweißtuch. »Sehr gut gedacht, Türkheim. Ihr seid ein wahrhaft schlauer Fuchs.« Er faltete das Tuch, legte es vor sich auf den Tisch und strich es glatt. »An dieser Stelle kommt also unser geschätzter Melchior ins Spiel. Bei seinem Geschick wird das Geständnis sicherlich nicht lange auf sich warten lassen.«

Vereinzelte zustimmende Rufe wurden laut.

Doch dann erhob Waldemar Guirrili die Stimme. »Seid Ihr sicher, dass Ihr Euch auf den Henker verlassen könnt? Diesen gottverdammten Burschen erwartet doch selbst ein Prozess. Hat er nicht gerade erst die schamlose Metze krepieren lassen?«

»Guirrili, mäßigt Eure Zunge«, gab Schedel zurück. »Auch Ihr solltet wissen, dass Fluchen eine Sünde ist, noch dazu in diesen Räumen. Unser Henker wird schon noch Rechenschaft ablegen für sein Versäumnis, das ich allerdings für nicht schwerwiegend halte. Schließlich ist die Metze nicht während der Folter gestorben, sondern hat ihre verderbte Seele durch ihren feigen Selbstmord offenbart. Die Angelegenheit mit Reutlingen und dem Grafen ist im Augenblick allemal dringlicher.«

»Mag sein«, brummte Guirrili. »Aber ich traue dem Knaben nicht. Er hat etwas an sich, das mir nicht geheuer ist.«

Konrad Sempach lachte nervös auf. Die Unterredung nahm eine Wendung, die ihm nicht behagte. »Ihr seid doch wohl nicht abergläubisch, Meister Waldemar? Habt Ihr etwa Angst davor, dass Melchior Euch mit einem bösen Blick ins Fegefeuer befördert?«

»Ha!« Der Zunftmeister sprang auf, trat an Sempach heran und stemmte die Hände in die Hüften. »Natürlich glaube ich diesen Unfug nicht! Was mir an diesem Bürschlein nicht gefällt, hat nichts mit Hexerei zu tun. Ich traue ihm nicht über den Weg, das ist alles. Was wissen wir denn über ihn? Nichts. Vor fünf Jahren, da hat der alte Raimund, Gott sei seiner Seele gnädig, ihn mit einem Mal vor dem Rat präsentiert. Doch hat irgendwer je überprüft, ob stimmt, was er uns erzählte? Dieser Melchior könnte alles sein. Ketzer, Jude – was weiß ich. Wir haben nur das Wort eines toten Henkers für seine Herkunft.«

Wieder erhob sich lautes Gemurmel. Voller Unbehagen hatte Sempach beobachtet, wie einige der Männer bei Guirrilis Rede zustimmend genickt hatten. Er musste klug taktieren, durfte sich nicht zu offen auf Melchiors Seite stellen.

Bevor ihm etwas einfiel, das dem Disput eine günstige Wendung verleihen könnte, meldete sich Henner Langkoop zu Wort. »Jetzt, wo Ihr es sagt, Guirrili, fällt mir etwas ein. Hat dieser Bursche nicht das Recht, jederzeit die Stadt zu verlassen?«

»Ja, wie sein Onkel auch schon«, erwiderte von Türkheim müde. »Damit er Kräuter sammeln kann. Warum bringt Ihr diese Kleinigkeiten vor? Haben wir nicht Dringliches zu klären?«

»In letzter Zeit war er angeblich sehr häufig draußen im Wald«, fuhr Langkoop unbeirrt fort. »Einer der Torwächter hat es mir im Vertrauen erzählt. So viele Kräuter braucht nicht einmal der Apotheker. Außerdem ist der Wächter sicher, dass Melchior beim letzten Mal etwas Längliches in eine Decke eingewickelt hatte, als er in die Stadt zurückkehrte. Der Mann schwört, dass es ein Schwert war.«

»Was?« Gerold von Türkheim starrte Langkoop ungläubig an. »Der Henker darf außer dem Richtschwert keine Waffe führen, und auch das nur, wenn das Gericht ihn dazu auffordert.«

Karl Schedel schüttelte den Kopf. »Der Wächter wollte sich wichtigmachen, hat wohl zu tief in den Becher geschaut oder etwas anderes für ein Schwert gehalten.«

»Der Mann ist absolut vertrauenswürdig. Ich verbürge mich für ihn. Ein Schwert hatte der Henker bei sich«, wiederholte Langkoop. »Der Wächter schwört es bei seinem Leben.«

»Wir werden ihn uns vorknöpfen und ihn dem Henker gegenüberstellen. Mal sehen, ob er dann bei den Beschuldigungen bleibt«, entschied der Schultheiß.

Langkoop ließ nicht ab. »Genau genommen ist er ja nicht einmal ein Meister seines Fachs. Seine Lehre war noch nicht beendet, als Meister Raimund der Schlag traf. Wir alle hatten gehofft, dass es dem Alten irgendwann besser gehen würde. Nur deshalb haben wir hingenommen, dass ein Lehrbursche in Esslingen als Scharfrichter eingesetzt wird.«

»Nicht nur deshalb«, fuhr Enders von den Fildern dazwischen. Sein Zeigefinger zischte durch die Luft. »Sondern auch wegen seiner ungewöhnlichen Kunstfertigkeit, für die er im ganzen Land bekannt ist. Ein reisender Kaufmann erzählte mir, er habe sogar auf der Messe in Frankfurt von den Wundertaten des Esslinger Scharfrichters erzählen hören.«

»Und wenn schon«, gab Remser zurück, sichtlich verärgert über die Unterbrechung. »Der Kerl gehört vor Gericht, damit wir den Anschuldigungen gegen ihn nachgehen können. Wenn nichts dran ist, wird ihm auch nichts geschehen. Er ist ein guter Mann, ja, aber er steht nicht über dem Gesetz. Schluss jetzt damit.« Er sah die Ratsherren streng an. »Erst müssen wir die andere Angelegenheit vom Tisch bekommen. Der Karcher muss peinlich befragt werden, und zwar so, dass er schnell und umfassend gesteht, ohne allzu viel Schaden zu nehmen. Dafür brauchen wir unseren Henker. Wenn das erledigt und der Mörder aufgeknüpft ist, kümmern wir uns um Melchior und fühlen ihm auf den Zahn.« Er seufzte. »Ich für meinen Teil möchte sagen, dass ich es sehr bedauern würde, auf seine Dienste verzichten zu müssen. Aber wenn an den Vorwürfen gegen ihn etwas dran ist, werden wir ihn gemäß der Gesetze bestrafen.«

Remser griff nach dem Tuch und wischte sich über die Stirn. »Konrad!«, rief er in Sempachs Richtung. »Kümmert Ihr Euch bitte darum, dass der Karcher unverzüglich weiter befragt wird? Dem Achalmer Boten werde ich mitteilen lassen, dass er seine Antwort am Nachmittag bekommt. Bis dahin wird Melchior das Geständnis wohl aus ihm herausgekitzelt haben. Nehmt Langkoop mit und –«

Karl Schedel hob den Arm. »Ich würde gern dabei sein, Schultheiß, wenn es Euch recht ist.«

Johann Remser musterte den Kürschnermeister, dann nickte er. »Also gut. Sempach, Langkoop und Schedel kümmern sich um das Geständnis des Reutlingers. Sorgt dafür, dass es schnell geht, aber haltet Euch streng an die Vorschriften! Ich möchte Ulrich auf gar keinen Fall die Gelegenheit bieten, uns Unregelmäßigkeiten nachzuweisen.«

»Keine Sorge, es wird alles ordnungsgemäß vonstattengehen«, versicherte Schedel, nachdem er rasch zu Langkoop und Sempach geblickt hatte.

Konrad Sempach nickte und wandte sich ab. Keiner der Anwesenden sollte merken, wie wütend er war. So sehr hatte er sich auf das kleine Nebengeschäft gefreut, das er mit dem Henker hatte aufziehen wollen. Er hatte sogar bereits einen

Kreis von Interessenten zusammen, die bereit waren, für ein paar unschuldige Metzen tief in den Beutel zu greifen, sehr tief sogar. Und nun sah es so aus, als hätte sich die Schlinge um den Hals seines Geschäftspartners unwiederbringlich zugezogen.

***

Der Ruf des Büttels erreichte Melisande, als sie ihr Bündel bereits gepackt und an einem sicheren Ort versteckt hatte. Sie trat vor die Tür, hob das Gesicht zum Himmel. Die Sonne strahlte herab. Zögernd folgte sie dem Mann über den Marktplatz. Händler boten lautstark ihre Waren feil, ein Krämer pries ein neues Wunderheilmittel, das angeblich sogar ewige Jugend verlieh, jemand schimpfte wie ein Rohrspatz, weil ein Beutelschneider ihm im Gewühl die Geldkatze geraubt hatte. Über allem hing der süße Geruch von überreifem Obst, vermischt mit dem beißenden Gestank, den der kleine Bachlauf verbreitete, der über den Marktplatz bis hinunter zum Fischmarkt floss.

Sowie die Menschen den Henker erblickten, veränderte sich die Stimmung. Neugierig und furchtsam zugleich glotzten sie ihm hinterher. Mütter zogen ihre Kinder enger zu sich, ein tollkühner junger Bursche spuckte Melchior vor die Füße, suchte aber sogleich sein Heil in der Flucht, als sich Melisande in seine Richtung wandte. Sie schwitzte unter ihrer bunten Henkerstracht, nicht wegen der Hitze, sondern aus Sorge. Ihr Plan konnte nur glücken, wenn der Karcher durch die Folter nicht allzu arg verletzt wurde.

Beim Anblick der drei Männer, die am Schelkopfstor auf sie warteten, sank ihr der Mut. Mit Konrad Sempach und Henner Langkoop hatte sie gerechnet. Doch Karl Schedel war noch nie bei einer peinlichen Befragung zugegen gewesen. Es hieß, der Kürschnermeister halte nicht viel von dem blutigen Handwerk des Henkers. Was hatte seine Anwesenheit zu bedeuten? Hatte sich der Karcher etwa auch das Leben genommen?

Melisande hätte sich am liebsten umgedreht und wäre davongerannt. Doch Gott hatte entschieden, was sie zu tun hatte, und genutzt hätte ihr die Flucht auch nichts. Also neigte sie ehrerbietig das Haupt, um die drei Richter und Ratsherren zu grüßen, die sie, wie es ihr schien, misstrauisch beäugten. Rasch warf sie Sempach einen fragenden Seitenblick zu, doch der hatte sich bereits abgewandt und schritt in Richtung Tür.

Im Inneren des Schelkopfstores war es angenehm kühl und still. Wendel Füger saß bereits angeschnallt auf dem Thron, und Melisande stellte erleichtert fest, dass er unversehrt zu sein schien. Allerdings hatte er sich über Nacht so sehr verändert, dass sie ihn beinahe nicht wiedererkannt hätte. Sein Gesicht war fahl und eingefallen, das Haar filzig, die Augen, umgeben von dunklen Ringen, blickten gehetzt wie eine von Jägern umstellte Beute.

Henner Langkoop bedeutete Melisande, näher zu treten. »Wir brauchen ein Geständnis«, sagte er leise. »Und zwar schnell. Und das Ganze nach den Buchstaben des Gesetzes. Verstanden?«

Melisande nickte rasch und blickte den Karcher an. Wenn sie geschickt vorging, konnte sie ihm allzu viele Schmerzen ersparen. Andererseits schien der Mann stur zu sein. Und wenn er darauf beharrte, dass er unschuldig war, würde es ein langer, mühsamer Nachmittag werden. Denn anders als bei der peinlichen Befragung während eines Inquisitionstribunals gab es in einem solchen Fall keinerlei Beschränkung.

Melchior würde den Karcher so lange bearbeiten müssen, bis er gestand.

Sie trat auf den Thron zu und bedeutete den Richtern, dass sie bereit war.

Sempach baute sich vor dem Karcher auf. »Wendel Füger, Sohn des Erhard Füger, Karcher und Weinhändler aus Reutlingen, gesteht Ihr, den Benedikt Rengert, Sohn des Weinhändlers Jobst Rengert aus Esslingen, heimtückisch mit einem Messer ermordet und seinen Leichnam mit einem Dutzend Messerstichen entwürdigt zu haben? Bekennt Euch zu Eurer schändlichen Bluttat, und Euch bleibt die Prozedur der peinlichen Befragung erspart!«

Der Schreiber ließ hastig die Feder über das Pergament gleiten. Der Karcher sah verängstigt von einem zum anderen. An Melchior blieb sein Blick hängen. »Ich war es nicht«, sagte er. »Ich habe niemanden ermordet. Man hat mir das Messer entwendet, bereits drei Tage vor der Tat, auf der Adlerburg bei dem Fest anlässlich der Brautschau, die Graf Ottmar de Bruce veranstaltet hat.«

»Ha!«, stieß Sempach hervor. »Wollt Ihr uns etwa mit dem Namen de Bruce Angst einjagen? Wollt Ihr uns zeigen, was für mächtige Freunde Ihr habt? Das wissen wir bereits, doch es wird Euch nichts nutzen!«

Melisande fuhr der Schreck in die Glieder. Dieser Mann war tatsächlich ein Freund von Ottmar de Bruce? Er war so ganz anders als die Männer, mit denen sich der Graf sonst zu umgeben pflegte. Sicherlich, er war bei der seltsamen Übungsstunde im Wald zugegen gewesen, doch bei dieser Gelegenheit war es ihr so vorgekommen, als hätte der mächtige Graf den tollpatschigen Weinhändler vorführen wollen.

Auch Wendel Füger schien überrascht. »Der Graf zählt

nicht zu meinen Freunden«, erklärte er eilig. »Er ist lediglich ein guter Kunde. Ich hatte zufällig am Tag vor dem Fest eine Lieferung zu überbringen, das ist alles.« Er schien noch etwas sagen zu wollen, es sich dann aber anders zu überlegen.

»Und was ist mit dem anderen –«, begann Sempach, doch ein warnender Blick des Kürschners ließ ihn abbrechen. »Ihr gesteht also Eure Bluttat nicht?«, fragte er stattdessen.

»Ich habe niemanden ermordet.« Wendel richtete seine Antwort wieder an Melisande. Der entging sein flehender Blick nicht. Doch sie konnte ihm nicht helfen und schlug die Augen nieder.

»Nun denn«, sagte Sempach. »Zeig ihm, was ihn erwartet, Melchior!«

Nacheinander führte Melisande dem Karcher vor, was er zu erleiden haben würde, wenn er nicht gestand. Sie zeigte ihm die Daumenschrauben, die Fußschrauben, die glühende Zange, die gedornte Halskrause, die Kopfzwinge, den Geißelungsgürtel und zuletzt den Rattenhelm. Bereits beim Anblick der Halskrause begann der Mann, heftig zu zittern, und Melisande hoffte, er würde gestehen, bevor eine ihrer Gerätschaften zum Einsatz kam.

»Bekennt Ihr Euch jetzt zu Eurer Tat?«, fragte Sempach schließlich.

Wendel zitterte, doch seine Lippen blieben verschlossen.

»Vielleicht ist er zu verschreckt, um zu antworten«, sagte Karl Schedel. »Gib ihm etwas zur Beruhigung, Melchior!«

Rasch nahm Melisande eine kleine Phiole aus ihrer Tasche. Der Trank würde den Karcher nicht nur beruhigen, sondern auch die Schmerzen ein wenig betäuben. Melisande hoffte, dass sie die richtige Dosis gewählt hatte. Falls Wendel zu wenig litt, würde das den Richtern sicherlich auffallen.

Sie trat auf den Gefangenen zu und flößte ihm ein paar Tropfen in den Mund. Es dauerte nur wenige Augenblicke, bis Wendel sich beruhigte. Das Zittern ließ nach, sein Blick trübte sich ein wenig.

Sempach stellte sich dicht vor ihn. »Und? Gesteht Ihr?«

Wendel Füger sah zu ihm auf und schüttelte den Kopf. »Ich habe niemanden getötet.«

Sempach fuhr herum. Seine Augen waren schmal. »Dann walte deines Amtes, Melchior.«

Melisande beschloss, mit den Daumenschrauben zu beginnen. Sie waren äußerst schmerzhaft, brachten der Hand aber keine ernsthaften Verletzungen bei. Zumindest zu Anfang.

Trotz der Tropfen, die Melisande ihm verabreicht hatte, schrie Wendel gellend, als sie die Schraube immer fester anzog. Der Daumen wurde nur gequetscht, die Haut nicht verletzt, kein Tropfen Blut floss. Der Karcher jammerte, schrie und fluchte, aber er gestand nicht.

Sempach zeigte auf die Fußschrauben. Melisande nahm die Eisen auf. Es tat ihr im Herzen weh, die Zwingen um Wendels nackte Füße zu legen, denn sie wusste, dass die zarten Knochen des Fußskeletts leicht brachen. Der Schaden, den sie damit anrichtete, konnte dem Gefangenen das Laufen für den Rest seines Lebens zur Qual machen. Viel lieber hätte sie es noch einmal mit dem Riemenschneiden versucht. Sicherlich würde der Karcher erneut schnell ohnmächtig, und sie könnte die Tortur unterbrechen. Andererseits wäre ein rasches Geständnis im Augenblick das Beste. Danach würde man Wendel bis zum Prozess in Ruhe lassen, und zu diesem Prozess würde es mit Melisandes und Gottes Hilfe nie kommen. Doch das konnte sie dem Karcher leider nicht begreiflich machen. Melisande wischte den bedrückenden

Gedanken fort, drehte an der Schraube, mit der die Zwinge verstellt wurde.

Wendel schrie. »Haltet ein! Bitte! Ich flehe Euch an, haltet ein!«

Melisande drehte die Schraube rasch zurück und erhob sich.

»Gesteht Ihr?«, fauchte Sempach den Karcher an.

»Ich kann nicht«, keuchte der Mann atemlos. Sein Gesicht war rot und schweißnass. »Ich kann nicht«, wiederholte er. »Ich habe es nicht getan.«

Melisande schloss kurz die Augen. Mit dieser Antwort würden sich die Richter nicht zufriedengeben. Sie deutete auf die Zange. Sempach nickte. Rasch erhitzte sie das Werkzeug im Feuer, bis die Backen glühten. Warnend hielt sie es Wendel vor das Gesicht. Seine Augen weiteten sich, doch er sagte nichts. Mit einer kräftigen Bewegung stieß sie ihm die Zange in das Fleisch seines linken Oberarms und drückte zu. Der Schrei, der seiner Kehle entfuhr, ging ihr durch Mark und Bein. Sie ließ ab, sah ihn fragend an.

»Ich habe es nicht getan«, flüsterte er. Tränen liefen über seine glühenden, schmutzigen Wangen.

Melisande hielt die Zange erneut ins Feuer, doch Sempach winkte ab. »Ich glaube, wir müssen auf etwas Wirksameres zurückgreifen«, sagte er, seine Kiefer mahlten wie eine Getreidemühle. »Dieser verfluchte Reutlinger ist sturer als ein Dutzend alte Esel.« Suchend sah er sich um. »Was ist damit?« Er deutet auf einen Eisenstab, dessen Ende wie eine Birne verdickt und mit Dornen gespickt war. Er konnte in jede beliebige Körperöffnung gestoßen werden und so dem Delinquenten Höllenqualen bereiten. Melisande hatte einmal zugesehen, wie Raimund eine Ehebrecherin und Gattenmörderin damit traktiert hatte, und sie wäre fast weggelaufen. Nie hatte Raimund von ihr verlangt, die Birne zu benutzen, und sie war ihm bis heute dankbar dafür. Den unschuldigen Karcher damit verstümmeln – nein, das brachte sie nicht fertig, da könnte sie ihn genauso gut auf der Stelle enthaupten. Sie schluckte, warf einen raschen Blick zu Karl Schedel und Henner Langkoop.

Langkoop grinste zustimmend, doch der Kürschner runzelte die Stirn. »Wir sollten ihm nicht allzu arg zusetzen.«

»So bekommen wir vielleicht das Geständnis«, gab Sempach zurück. »Ihr wisst, wie dringend wir es brauchen.«

Melisande horchte auf. Das war es also. Doch warum hatte der Rat es so eilig? Sie blickte zu dem armen Karcher, dessen Kopf auf die Brust gesunken war.

Die Richter folgten ihrem Blick. Schedel stieß einen erschrockenen Laut aus. »Was ist mit ihm?«

»Ein wenig erschöpft, würde ich sagen«, meinte Langkoop und rieb sich seine lange Nase. »Den kriegen wir schon wieder wach.« Er stieß seinen Zeigefinger in Melisandes Richtung. »Tu was, Melchior!«

Sie machte zwei Schritte, hob behutsam seinen Kopf und sah, dass Wendel wie am Vortag ohnmächtig geworden war. Erstaunt sah sie ihn an. Er hatte schreckliche Schmerzen durchlitten, doch so stark, dass sie ihm die Sinne raubten, hätten sie eigentlich nicht sein dürfen. Zumal er den schmerzlindernden Trank von ihr erhalten hatte. Da entdeckte sie die Wunde an seiner Hand. Der rechte Daumen, der noch in der Zwinge steckte, hatte angefangen, heftig zu bluten. Fast hätte sie vor Erleichterung aufgelacht. Dieser Karcher war wirklich eine Memme.

»Was hat er, Melchior?«, wollte Sempach wissen.

Melisande zuckte mit den Schultern und deutete mit einer Geste an, dass der Mann in Ohnmacht gefallen war.

»Verflucht!«, brüllte Sempach. »Das ist doch nicht möglich!«

»Ein Eimer Wasser wird ihn schon wieder zur Besinnung bringen«, sagte Langkoop. »So leicht kommt der uns nicht davon.«

Schedel stellte sich zwischen den Karcher und Sempach. »Nein. Wir unterbrechen. Er darf auf keinen Fall unter der Befragung ernsthaft verletzt werden.«

»Und was ist mit dem Boten?«

Sempach hatte sichtlich Mühe, sich zu beherrschen und Schedel nicht wie eine lästige Fliege zur Seite zu wischen.

Schedel winkte ab. »Den beschäftigen wir schon irgendwie. Esslingen ist doch eine gastfreundliche Stadt, oder? Kümmert Euch um ihn, sorgt dafür, dass er einen unvergesslichen Abend erlebt. Morgen wird er mit seiner Antwort zurück zur Achalm reiten können.«

Langkoop zuckte mit den Schultern. »Auf Eure Verantwortung, Meister Karl«, murmelte er und machte sich davon.

Der Kürschner ließ ihn ziehen und wandte sich an Melisande. »Versorg ihn gut, und lass ihn dann von dem Büttel in das kleine Verlies nebenan einsperren. Er soll nicht zurück zu den anderen in den Kerker. Ich werde persönlich heute Abend noch einmal nach ihm sehen. Dann möchte ich, dass alles in Ordnung ist.« Er sah Sempach an, der mit zusammengekniffenen Lippen neben ihm stand. »Einwände?«

Sempach verzog das Gesicht. »Der Schultheiß wird nicht begeistert sein, das wisst Ihr.«

»Wir können ihn in dem Zustand nicht weiter befragen. Ich werde Remser davon in Kenntnis setzen, was vorgefallen ist. Und Ihr seid mein Zeuge.«

»Schon gut«, erwiderte Sempach, der alles andere als angetan schien. »Aber wenn der Kerl das noch einmal macht, müssen wir zu anderen Mitteln greifen.«

Die zwei verließen gemeinsam mit dem Schreiber den Keller, allerdings nicht, ohne Melchior noch einmal einen warnenden Blick zuzuwerfen. Melisande atmete tief durch. »Herr im Himmel, hab Dank für deine unendliche Güte!«, sprach sie in Gedanken. Um ein Haar wäre ihr Plan fehlgeschlagen, jetzt aber schöpfte sie Hoffnung.

Die Geräusche der Nacht hatten das Regiment übernommen. In den Ecken raschelte es, eine Katze fauchte, vom Oberen Tor her ertönte der Ruf des Nachtwächters. Ab und an drang gedämpftes Gemurmel aus einem der Häuser. Ansonsten herrschte Stille. Es war Juni, die Nächte waren kurz, und Melisande musste sich sputen.

Auch im Wohnturm des Braumeisters war alles finster. Glücklicherweise wusste Melisande, hinter welcher Fensterluke Henrich schlief. Sie hatte ein paar winzige Kiesel mitgebracht, die sie nun einen nach dem anderen gegen den Laden warf. Hoffentlich hatte Meister Henrich einen leichten Schlaf und erwachte, bevor einer der Nachbarn oder seine misstrauische Gattin das Scheppern hörte!

Melisande hielt nur noch einen der kleinen weißen Kiesel in der Hand, als sie von oben endlich ein Scharren hörte. Kurz darauf erschien das Gesicht des Brauers am Fenster. »Gütiger Himmel, Melchior!«, wisperte der Mann.

Wenige Augenblicke später öffnete er leise die Haustür. Schweigend ging er voran in die Stube im ersten Stock, wo er zwei Talglichter entzündete und zwei Becher Wein einschenkte. Wortlos reichte er Melisande einen. Sie nippte, dann zeigte sie dem Brauer die Wachstafel mit dem vorbereiteten Text.

Er las schweigend, die Stirn in nachdenkliche Falten gelegt. »Du willst uns also verlassen, Melchior«, sagte er schließlich.

Melisande nickte. Sie hatte lange mit sich gerungen, ob sie den Braumeister in ihren Plan einweihen sollte. Einerseits brachte es ihn und sie selbst unnötig in Gefahr, andererseits wollte sie nicht von ihm scheiden, ohne sich zu verabschieden. Meister Henrich war ihr und Raimund in den letzten Jahren der einzige Freund gewesen.

»Meinst du nicht, die Angelegenheit würde auch so wieder in Ordnung kommen?«, fragte Henrich. »Jedem Tölpel muss doch klar sein, dass du keine Schuld am Tod des Mädchens trägst.«

Melisande schüttelte den Kopf. Sie hatte ihm von Agnes geschrieben, von dem Prozess, den man ihr machen wollte. Doch sie hatte weder den Karcher erwähnt noch Sempachs Versuch, sie zu erpressen. Und von ihren Befürchtungen, dass man im Kerker ihr wahres Geschlecht entdecken würde, hatte sie ihm natürlich auch nichts berichten können.

»Wo willst du denn hin?«, wollte Henrich wissen.

Melisande zuckte mit den Schultern und deutete mit einer Handbewegung an, dass alles besser sei, als in Esslingen auf den ungewissen Ausgang des Prozesses zu warten.

Meister Henrich nickte bedächtig. Dann stand er auf und verließ den Raum. Melisande sah unruhig hin und her. Hatte sie den Mann falsch eingeschätzt? War er doch gesetzestreuer, als sie angenommen hatte, und rief nach dem Büttel? Gerade wollte sie aufspringen, als Henrich zurück in die Stube trat.

»Keine Sorge«, sagte er, als ihre Blickte sich trafen. Augenscheinlich hatte er ihre Anspannung bemerkt. Er reichte ihr einen kleinen Beutel. »Nimm das. Es wird dir die erste Zeit erleichtern.«

Melisande schüttelte den Kopf und hob abwehrend die Hand. Sie war nicht gekommen, um Geld zu erbitten. Im Gegenteil, Geld war das Einzige, an dem es ihr nicht mangelte. Doch als der Braumeister den Beutel nicht sinken ließ und sie Enttäuschung in seinen Augen las, streckte sie zögernd die Hand aus. Er wollte wirklich helfen, und seine Gabe nicht anzunehmen wäre undankbar gewesen und hätte den Freund zutiefst verletzt.

Melisande verneigte sich zum Zeichen des Dankes und zog eine Rolle mit Pergamenten aus ihrem Ärmel, die sie Henrich reichte.

»Ah, meine Bibel.« Er nahm die Blätter entgegen, legte sie auf den Tisch und strich sie glatt. »Ich hoffe, die Worte des Herrn waren dir und Raimund in schweren Stunden ein Trost.«

Melisande nickte und verneigte sich erneut. Dann trat sie auf die Tür zu, zeigte an, dass sie sich beeilen müsse. Meister Henrich nickte, hob aber die Hand zum Zeichen, dass er noch etwas mitteilen wollte.

»Ich billige deine Entscheidung nicht, Junge«, sagte er ernst. »Davonzulaufen kommt einem Schuldeingeständnis gleich. Aber ich halte dich nicht von deinem Vorhaben ab. Gehab dich wohl! Gott sei mit dir! Ich bin sicher, du wirst deinen Weg finden. Und wenn es dir möglich ist, lass mich wissen, wie es dir ergangen ist. Damit würdest du einem alten Mann eine große Freude bereiten.« Meister Henrich lächelte und gab ihr mit einer kleinen Geste den Weg frei.

Melisande stieg die Treppe hinunter. Sie hörte, wie Meister Henrich tief seufzte und wenig später zurück in seine Schlafkammer schlurfte. Sie hielt den Riegel der Tür bereits in der Hand, als ein anderes Geräusch sie zusammenfahren ließ. Jemand näherte sich von hinten. Das konnte nicht Meister Henrich sein.

Melisande wollte den Riegel zurückschieben und aus dem Haus stürzen, doch in ihrer Hast bekam sie ihn nicht richtig zu greifen.

»Habe ich doch richtig gehört.« Mathilde räusperte sich vernehmlich. »Mein Gemahl hat zwar in vielen Dingen eine recht unkonventionelle Einstellung, doch zu dieser Stunde empfängt selbst er gewöhnlich keinen Besuch.«

Melisande wagte nicht, sich umzudrehen. Noch, so vermutete sie, wusste Henrichs Gattin nicht, dass nicht nur die Stunde, sondern auch der Besucher mehr als ungewöhnlich war. Sie war Mathilde nur einige Male kurz begegnet, wenn sie Raimund auf einem seiner wenigen Besuche begleitet hatte, und sie traute der frommen, schweigsamen Frau nicht über den Weg.

Sie hörte, wie Mathilde näher trat, sah, wie sie ihr Talglicht anhob. Eine Weile geschah nichts. Endlich wagte Melisande einen Blick. Mathilde war immer noch wunderschön, auch wenn sie inzwischen mehr als dreißig Sommer zählte, doch im Laufe der letzten Jahre hatte sich der Kummer darüber, dass sich kein Nachwuchs einstellen wollte, tief in ihr Gesicht gegraben. In ihrem Blick lag nichts Feindseliges, sondern Überraschung.

Schließlich zischte Mathilde »Komm mit!« und ging voran in die Küche, die im hinteren Teil des Hauses lag. Melisande blieb nichts anderes übrig, als ihr zu folgen.

In der Küche stellte Mathilde das Licht auf dem Tisch ab und musterte sie argwöhnisch. »Was machst du nachts in meinem Haus?«

Melisande wusste nicht, was sie erwidern sollte. Plötzlich hatte sie das Gefühl, ihrer eigenen Mutter gegenüberzustehen, nachdem diese sie dabei erwischt hatte, wie sie in der Speisekammer Beeren stibitzte. Zögernd zog sie die Wachstafel hervor und hielt sie Mathilde hin. Sie wusste nicht einmal, ob die Frau lesen konnte, aber was sonst hätte sie tun sollen?

Mathilde entzifferte die Schrift und sagte lange nichts. Dann deutete sie auf den Schemel, der bei dem Tisch stand. »Setz dich, und warte. Ich bin gleich zurück. Und untersteh dich, dich ohne meine Erlaubnis hier wegzubewegen.«

Melisande ließ sich auf den Schemel sinken. Was für eine schwachsinnige Idee, Meister Henrich mitten in der Nacht aufzusuchen! Sie hätte ihm einfach eine kurze Nachricht schreiben sollen. Nur weil sie ihn unbedingt noch einmal hatte sehen wollen, saß sie jetzt in der Falle. Sicherlich würde Mathilde zuerst ihrem Gatten die Hölle heißmachen, weil er mitten in der Nacht den Henker in seinem Hause empfing und ihm auch noch zur Flucht verhalf, und danach den Büttel rufen, damit der Melchior gleich in den Kerker warf. Ob sie sich einfach davonschleichen sollte? Nein, wenn sie jetzt die Flucht ergriff, würde Mathilde ganz sicher sofort Alarm schlagen, wenn sie aber wartete, gelang es Henrich vielleicht, seine Frau zu beruhigen.

Schneller als erwartet war die Hausherrin zurück, eine Rolle Pergament in der Hand. »Mein Bruder ist Herr eines Fronhofs in der Nähe von Urach«, erklärte sie unvermittelt. »Ich habe seit Jahren keinen Kontakt mehr zu ihm, aber als Kinder standen wir uns sehr nahe.« Sie warf einen Blick auf das Pergament. »Dies ist ein Schreiben, mit dem ich ihm die Überbringerin als eine tüchtige, zuverlässige Magd anempfehle, die auch etwas von Heilkunde versteht, und ihn bitte, sich ihrer anzunehmen. Mein Bruder ist ein frommer, gottgefälliger Mann, er wird dich in seinem Haushalt aufnehmen. Das Leben auf dem Hof ist hart und voller Entbehrungen, aber du wirst sicher sein. Dort wird dich niemand finden.« Sie hielt kurz inne. »Der Hof liegt auf einer Hochebene oberhalb der Landstraße nach Ulm, kurz vor Urach. Ein Dorf ist in der Nähe, das Hülben heißt. Wenn du auf Felder stößt, ein paar Meilen vor der Stadt, frag nach dem Hof des Paulus Weigelin, die Bauern werden dir den Weg weisen.«

Melisande starrte Mathilde unglaubig an. War das die Frau, die sie als misstrauische, allzu fromme Dienerin Gottes kennengelernt hatte? Noch mehr allerdings verwirrte sie, dass Mathilde ihr vorgeschlagen hatte, sich als Magd zu verdingen.

»Ich weiß, wovor du dich am meisten fürchtest.« Ein schwaches Lächeln huschte über das Gesicht der Brauersgattin. »Und deine Furcht ist nicht unbegründet. Deshalb helfe ich dir.«

Noch immer begriff Melisande nicht.

Mathilde drückte ihr die Schriftrolle in die Hand. »Es bedarf einer Frau, eine andere Frau zu erkennen«, erklärte sie. »Schon lange weiß ich, dass unter dem Gewand des Henkers kein Mann steckt, möge er auch noch so jung und schmächtig sein. Ich kenne dein Schicksal nicht, aber ich ahne, dass du Schreckliches durchgemacht hast. Weshalb sonst solltest du dich ausgerechnet im Gewand des Scharfrichters verbergen. Hab keine Sorge, bei mir ist dein Geheimnis sicher. Und jetzt spute dich, es wird bald Tag!«

Tränen schossen Melisande in die Augen. Am liebsten hätte sie die andere vor Dankbarkeit umarmt, doch sie trug noch immer die Kleidung des Henkers, und sie wusste nicht, ob Mathilde nicht angewidert zurückschrecken würde. »Danke«, murmelte sie leise.

Mathildes Lächeln wurde breiter. »Ahnte ich doch, dass zu diesem zarten Gesicht auch eine wohltönende Stimme gehört. Wie dunkel sie klingt, ich hätte eher eine hohe erwartet. Nun ja, vielleicht hat sich dein Körper schon daran gewöhnt, ein Mann zu sein.«

Melisande senkte den Blick, hob ihn aber sofort wieder. Aus Gewohnheit griff sie zu ihrer Wachstafel, dann fiel ihr ein, dass das nicht nötig war. »Warum?«, fragte sie.

Mathilde lächelte traurig. »Wir sind so etwas wie Schwestern im Schicksal. Allerdings hast du noch die Möglichkeit, zu werden, was du am meisten begehrst: eine geachtete Frau, mit Mann und Kindern. Das möchtest du doch, habe ich recht?«

Melisande nickte.

»Wenn Gott es will, wird es so geschehen. Ich kann mein Schicksal nicht mehr ändern. Ich wollte dem Herrn dienen und wurde stattdessen verheiratet. Also fügte ich mich Gottes Willen und gelobte, ihm zur Ehre viele Kinder zu gebären, aber mein Leib ist unfruchtbar. Mein Leben ist sinnlos und leer, doch ich kann anderen helfen, damit ihnen ein ähnliches Los erspart bleibt. Für dich ist es noch nicht zu spät.«

Melisande wollte etwas sagen, aber Mathilde hob die Hand. »Geh jetzt. Du solltest einen guten Vorsprung haben, wenn die feinen Ratsherren merken, dass ihnen der Henker abhandengekommen ist.«

***

Dietrich Vulpes verlagerte das Gewicht seines Körpers auf das andere Bein. Seit Stunden hielt er Wache vor dem Schelkopfstor, und obgleich bislang alles still geblieben war, war er nicht einen Augenblick unaufmerksam gewesen. Wenn der Nachtwächter ihn auf seiner Runde passierte, drückte er sich so tief in die Hausecke, dass er beinahe mit der Mauer verschmolz, und genauso verfuhr er, wenn ein verspäteter Gast aus dem »Alten Landmann« vorbeitorkelte. Der »Alte Landmann« lag ganz in der Nähe des Tores und war die schäbigste Spelunke in Esslingen, in der sich auch nach der Sperrstunde noch allerhand Gesindel traf, doch um diese Zeit war es selbst hinter der mächtigen Eichentür dieser Wirtsstube ruhig geworden.

Daran, was im Schelkopfstor vor sich ging, schien niemand interessiert zu sein. Der letzte Besucher war der Kürschnermeister Karl Schedel gewesen, der kurz nach Anbruch der ersten Stunde der Nacht im Inneren des Kerkers verschwunden und wenig später wieder vor dem Tor aufgetaucht war. Seither hatte Dietrich niemanden in der Nähe des Tores gesehen.

Er wollte sich gerade einen Schluck aus seinem Weinschlauch genehmigen, als er eine Gestalt ausmachte, die sich vom Markt her vorsichtig näherte, als wolle sie auf keinen Fall entdeckt werden. Er hielt den Atem an und starrte angestrengt ins Dunkel, konnte aber nicht erkennen, um wen es sich handelte. Offenbar wollte der Unbekannte zum Schelkopfstor.

Als die Gestalt in den Lichtkegel der Wachstube geriet, hätte Dietrich beinahe überrascht gepfiffen. Was in aller Welt wollte der Henker um diese Zeit im Kerker? Handelte er auf Anweisung des Rates, oder verfolgte er einen eigenen Plan? Dietrich wusste, dass so mancher Henker es sich gut bezahlen ließ, wenn er seinen Schützlingen den Aufenthalt in seiner Obhut ein wenig angenehmer machte, sie mit Speisen und Wein versorgte oder gar mit einem willigen Mädchen. Über den Esslinger Henker hatte er dergleichen jedoch nie erzählen hören.

Der Büttel, der Melchior die Tür öffnete, schien nicht weniger erstaunt zu sein. Nach einigen Fragen ließ er den Henker achselzuckend ein und verriegelte die Tür von innen. Vermutlich vermochte er die Worte auf Melchiors Wachstafel nicht zu lesen und war unsicher, ob der Henker mit einem offiziellen Auftrag gekommen war.

Dietrich bedauerte es, dass ihm kein Blick auf die Tafel gewährt gewesen war. Und dass der Kerker nicht wenigstens ein kleines Fenster hatte. So blieb ihm keine Möglichkeit, herauszufinden, was der Henker vorhatte. Vielleicht konnte er wenigstens einen Blick in die Wachstube erhaschen. Leise verließ Dietrich sein sicheres Versteck.

* * *

Selbst im strengsten Winter hatte Wendel nicht so gezittert wie jetzt. Es war Angst, pure Angst, die sich so fest in seinen Eingeweiden verbissen hatte, dass sie seinen ganzen Körper beben ließ. Sein linker Oberarm brannte vor Schmerz. Obwohl jemand ihn mit einer Tinktur bestrichen und verbunden hatte, hatte das Feuer kaum nachgelassen. In seinem Daumen, der ebenfalls in einem Verband steckte, pochte es, als würde der Schmied seinen Hammer darauf tanzen lassen. Seine Füße waren geschwollen. Er hatte nach der Tortur nur wenige Schritte gewagt, doch jeder einzelne davon hatte ihm Höllenqualen bereitet. Dieser Henker hatte ihn zum Krüppel gemacht.

Wendel wusste, dass dies erst der Anfang war, obwohl er sich nicht vorstellen konnte, dass es Schmerzen gab, die noch schlimmer waren. Dieser Melchior würde ihn eines Besseren belehren, das stand fest. Er unterdrückte ein Schluchzen und begann seinen Oberkörper hin- und herzuwiegen.

Er dachte nach. Die Beweislast gegen ihn war erdrückend, also würden die Richter erst Ruhe geben, wenn sie ein Geständnis aus ihm herausgepresst hatten. Und aus einem Grund, den er nicht verstand, schienen sie es besonders eilig zu haben. Doch wie sollte er eine Tat gestehen, die er nicht begangen hatte? War es nicht auch eine Sünde, falsches Zeugnis abzulegen? Und was würde sein Vater sagen, wenn er erfuhr, dass man seinen Sohn, seinen ganzen Stolz, in Esslingen als geständigen Mörder hingerichtet hatte? Es würde ihm das Herz brechen.

Wendel schloss stöhnend die Augen. Er saß in der Falle, wie auch immer er sich verhielt, es konnte nur falsch sein. Und es würde ihn tiefer in diesen Strudel aus Angst und Schmerz ziehen. Allein der Gedanke an seinen Folterknecht ließ seine Füße brennen wie das Fegefeuer. Lange würde er die peinliche Befragung nicht mehr durchstehen. Und doch schien es ihm, als hätte dieser merkwürdige Henker seine blutigen Werkzeuge so behutsam wie möglich eingesetzt.

Verzweiflung machte sich in seiner Seele breit. Und wenn er dem Leiden ein Ende bereitete und sich einfach zu der Tat bekannte? Nein, er musste standhaft bleiben, schon allein um seiner Eltern willen. Doch seine geschundenen Glieder begehrten auf. Wenn er gestand, bestand immerhin Aussicht darauf, einen schnellen, schmerzlosen Tod zu erleiden, gestand er nicht, erwarteten ihn grauenvolle Qualen.

Über ihm pochte jemand gegen das Tor. Kamen sie schon wieder, weil sie endlich sein Geständnis haben wollten? Er machte sich klein, versteckte das Gesicht hinter den Händen, versuchte, einfach nicht mehr da zu sein.

Er hörte eine verhaltene Stimme, kurz darauf leise Schritte auf der Treppe. Mit angehaltenem Atem lauschte er. »Herrgott, mach, dass es nur der Wärter ist, der seine Runde dreht, oder irgendein armer Schlucker, der vom Nachtwächter aufgelesen wurde und für den Rest der Nacht in den großen Kerker am anderen Ende des Gangs geworfen wird«, murmelte Wendel.

Die Schritte kamen näher. *Oh nein, bleib nicht stehen, geh weiter, wer immer du bist!* Vor der Tür zu seinem Gefängnis verstummten die Schritte. Unwillkürlich sah Wendel hoch.

Ein Gesicht tauchte in dem vergitterten Fenster auf, es war zu dunkel, um die Züge zu erkennen, doch Wendel war davon überzeugt, dass es der Teufel leibhaftig sein musste, der ihn holen kam. Ein Schlüssel klimperte, kurz darauf wurde die Tür aufgestoßen. Eine Fackel in der Rechten trat der Henker auf ihn zu. Wendel keuchte vor Schreck, drückte sich eng gegen die Wand.

Der Henker legte den Finger auf die Lippen, dann griff er nach der Wachstafel, die um seinen Hals hing, kratzte mit dem Griffel darauf herum und hielt sie Wendel vor das Gesicht.

Die Zeichen verschwammen vor seinen Augen, sodass er nichts entziffern konnte. Wozu auch? War es nicht besser, nicht zu wissen, was der Henker mit ihm vorhatte? Wendel senkte den Blick, doch der Henker rührte sich nicht, wartete geduldig, bis Wendel es noch einmal versuchte.

Jetzt war die Schrift klar zu erkennen. Dieser Mann musste wahrhaftig der Teufel sein! »Folgt genau meinen Anweisungen, dann wird Euch nichts geschehen«, stand auf der Tafel. Nein, dieser Mann war nicht der Teufel, sondern – noch schlimmer – ein Handlanger von de Bruce! Es konnte nicht anders sein. Der Graf wollte ihn das Fürchten lehren und hatte dafür, ohne mit der Wimper zu zucken, einen unschuldigen jungen Burschen ermorden lassen. Wendel schluckte.

Der Henker sah ihn fragend an.

Wendel nickte langsam. Alles war besser, als in diesem Loch darauf zu warten, dass der Henker sich seiner Pflichten erinnerte und beschloss, doch noch ein Geständnis aus ihm herauszupressen. Was auch immer ihn als Nächstes erwartete, schlimmer als eine nochmalige Folter konnte es nicht sein.

Melchior beugte sich vor und nestelte an dem Schloss herum, mit dem der eiserne Ring um Wendels rechtes Fußgelenk befestigt war. Es klickte, und er war frei. Der Henker bedeutete ihm aufzustehen.

Wendel stützte sich mit den Händen am Boden ab und versuchte, sich zu erheben, aber seine Beine knickten weg. Er stöhnte.

Der Henker hielt warnend seinen Finger auf die Lippen.

Wendel versuchte es ein zweites Mal, und nur die Vorstellung, wieder in den Folterkeller gebracht zu werden, verlieh ihm die Kraft, aufzustehen und auf die Kerkertür zuzuhumpeln. Schweiß rann ihm den Körper hinunter. Wie sollte er die steile Treppe bewältigen?

Melchior verschloss die Tür hinter ihnen und blieb am Fuß der Stufen stehen, den Kopf lauschend zur Seite geneigt. Von oben drangen leise Stimmen und das Klacken von Würfeln auf einer Tischplatte zu ihnen herab. Melchior nickte und gab Wendel ein Zeichen.

Wendel schüttelte den Kopf, der Henker aber zögerte nicht, packte ihn unter der Schulter und stützte ihn, während sie unendlich langsam, Stufe für Stufe, nach oben stiegen. Welche Kraft doch in diesem schmächtigen Körper steckt, dachte Wendel. Ihm war inzwischen alles egal, solange er nur diesen Kerker hinter sich ließ.

Oben hielten sie erneut inne. Doch die Verschnaufpause, die der Henker Wendel gönnte, war nur von kurzer Dauer. Schon trieb er ihn weiter an, vorbei an der Wachstube auf den Ausgang zu. Gerade als sie die Tür passierten, hinter der das Würfelgeklacker hervordrang, erscholl eine dröhnende Stimme: »Du, Steffen, ist unser Rundgang nicht längst überfällig? Ich geh mal runter, dann kann ich auch gleich nachsehen, was Meister Hans da unten so lange treibt.«

Wendel und Melchior erstarrten. Der Henker drückte Wendel an die Wand, zog ein Messer und nahm eine geduckte Haltung ein. Keine Frage, wer immer über diese Türschwelle treten würde, war des Todes. Und da wurde Wendel eines klar: Ab jetzt hatte der Henker keine andere Wahl mehr, als sich und Wendel aus der Stadt zu bringen. Andernfalls würde man sie beide in schöner Eintracht nebeneinander aufknüpfen, im besten Falle. Wahrscheinlicher war, dass man ihnen die Haut abziehen, sie rädern und dann vierteilen würde.

Obwohl er sich der Gefahr bewusst war, verspürte Wendel auf einmal völlige Ruhe. Er war nicht mehr allein. Der Henker würde ihn mit seinem Leben verteidigen.

»Du willst dich wohl drücken! Kaum hast du einen schlechten Wurf, fallen dir deine Pflichten ein«, dröhnte eine zweite Stimme aus der Stube. »Aber so leicht kommst du mir nicht davon, die Runde wird zu Ende gespielt. Danach kannst du meinetwegen deine Neugier befriedigen.«

»Ha!«, ertönte die erste Stimme. »Du schimpfst mich einen Feigling? Das sollst du mir büßen!«

Wendel lauschte angespannt. Fingen die beiden jetzt eine Rauferei an? Der Henker aber wartete nicht auf das Ergebnis der Auseinandersetzung, sondern steckte sein Messer wieder ein, schob lautlos die Tür auf und führte ihn in einen finsteren Winkel neben dem Tor. Mit der Hand bedeutete er ihm zu warten und verschwand wieder im Inneren.

Eine sanfte Brise kühlte Wendels schweißnasse Stirn. Irgendwo ganz in seiner Nähe knackte es. Er horchte angestrengt, doch alles blieb still. Eine Katze oder eine Ratte auf nächtlicher Jagd, dachte er erleichtert und stieß leise die Luft aus, die er vor Schreck angehalten hatte.

***

Dietrich Vulpes trat unruhig von einem Fuß auf den anderen. Seine Blase drückte, doch er wollte seinen Beobachtungsposten noch nicht aufgeben. Gerne hätte er sich gleich an Ort und Stelle erleichtert, doch er zog es vor, dies ein paar Hauseingänge weiter die Straße hinunter zu tun, um nicht für den Rest der Nacht in seiner eigenen Seiche stehen zu müssen. Mit zusammengekniffenen Augen musterte er das Schelkopfstor. Nichts tat sich. Die Wärter schienen immer noch in ihr Würfelspiel vertieft, der Henker war in den Tiefen des Kerkers verschwunden. Jetzt oder nie!

Dietrich huschte in einen schmalen Durchgang zwischen zwei Häusern und atmete auf, als endlich der Druck auf seiner Blase nachließ. Eine Katze sprang erschrocken auf die nächste Mauer und fauchte ihn böse an. Dietrich feixte, während er seine Beinlinge wieder zuknöpfte.

Er schlich zurück zu seinem Posten, gerade noch rechtzeitig, um zu sehen, wie der Henker aus dem Tor trat. Er war fast nicht zu sehen, doch Dietrich erkannte an der Statur, dass es Melchior sein musste. Aufmerksam beobachtete er, wie der Henker an der nächsten Hausecke in einer Nische verschwand. Jetzt war er nicht mehr zu sehen, doch Dietrich hörte, wie sich schleppende Schritte entfernten, geradeso, als trüge der Henker eine schwere Last mit sich. Argwöhnisch lauschte Dietrich. Einen Moment lang überlegte er, ob er Melchior folgen sollte, um herauszufinden, warum dieser so beschwerlich vorwärtskam. Doch dann verwarf er den Gedanken. Sein Auftrag lautete, den Karcher aus Reutlingen im Auge zu behalten, und der hockte unten im Kerker.

* * *

Melisande straffte sich, entspannte ihre Gesichtszüge und riss die Tür zur Wachstube auf. Die Wächter fuhren herum, beruhigten sich aber sofort, als sie sahen, wer da über die Schwelle trat. Aus den Tiefen ihres Umhangs zog sie den Schlüssel und warf ihn auf den Tisch. Die Büttel verfolgten jede Bewegung und nickten zufrieden, als Melisande sich höflich verbeugte. Leise schloss sie die Tür hinter sich und wünschte den beiden ein mildes Urteil, wenn ihnen für ihre Nachlässigkeit der Prozess gemacht wurde.

Sie trat auf die Straße. Hoffentlich hatte der Karcher sich still verhalten! Alles war ruhig, so ruhig, als würde die ganze Stadt den Atem anhalten. Sie huschte zu Wendel in die Nische, er legte seinen Arm um ihre Schulter, und gemeinsam gingen sie los.

Einmal mussten sie dem Nachtwächter in eine dunkle Gasse ausweichen, einmal einen streunenden Köter verscheuchen, der ihnen winselnd folgte. Dann endlich schälten sich die Umrisse des Oberen Tores aus dem Grau des anbrechenden Tages. Melisande unterdrückte einen erleichterten Seufzer. Sie hatte damit gerechnet, dass die Flucht mit dem Karcher nicht leicht sein würde, aber dass sie ein solcher Kreuzweg erwartete, hatte sie nicht vermutet. Obwohl sie vorsichtig gewesen war, hatte sie ihm wohl mehr Fußknochen gebrochen, als sie gedacht hatte. Immer wieder hatte Wendel verschnaufen müssen, weil er sonst vor Erschöpfung und Schmerz zusammengebrochen wäre. Dadurch hatten sie viel Zeit verloren. Rote und dunkelblaue Linien durchbrachen bereits das Grau am Horizont, und noch waren sie nicht aus der Stadt hinaus.

Melisande hielt bei einer Linde, die im Winter bei einem Sturm einen mächtigen, tief hängenden Ast verloren hatte. Dort, wo der Ast gewesen war, gähnte ein Loch, eine hohle Stelle, nicht sonderlich groß, aber doch ausreichend, um als Versteck für einen Umhang zu dienen. Er gehörte einem ihrer Knechte und war entsprechend fleckig und zerschlissen. Rasch reckte sie sich nach oben, zog ihn hervor und reichte ihn Wendel.

Der Karcher musterte das Kleidungsstück verständnislos, doch schließlich nahm er es und streifte es über. Melisande deutete auf die Kapuze, und nach kurzem Zögern zog Wendel sie über seinen Kopf. Sie hoffte, dass die Verkleidung im Dunkeln ausreichen würde, und trieb Wendel zur Eile an.

Vor dem Tor blieben sie stehen.

»Wer da?«, ertönte eine Stimme, und ein Wächter trat aus dem Schatten hervor, die Hand abwehrend ausgestreckt.

Melisande stellte sich schützend vor Wendel und deutete einen Gruß an.

»Ach du bist's, Melchior«, brummte der Wächter. »Mal wieder auf Kräutersuche? Zu so früher Stunde?«

Melisande nickte und deutete auffordernd auf das Tor.

Doch der Wächter machte keine Anstalten, ihrer Bitte Folge zu leisten. »Wen hast du da bei dir, Henker? Ich darf niemanden außer dir rauslassen, das weißt du doch.«

Melisande drehte sich ein wenig zur Seite, gerade so, dass

der Wächter einen Blick auf den zerschlissenen Umhang werfen konnte.

»Einer deiner Knechte, ich sehe«, murmelte der Wächter. »Das wird wohl in Ordnung gehen. Du musst ja nicht immer alles allein schleppen.«

Er ging auf die kleine Pforte neben dem Tor zu und machte sich an dem Riegel zu schaffen, hielt inne und schlug sich mit der Hand an den Kopf. »Jetzt fällt es mir ein«, sagte er lauernd. »Order ist ergangen, dich nicht mehr aus der Stadt zu lassen.«

Auch das noch! Melisande seufzte stumm. Fast hätten sie Glück gehabt und das Tor ohne Umstände hinter sich lassen können. Nun musste sie eben zu einer List greifen. Wie gut, dass sie vorbereitet war! Sie suchte in ihrem Beutel, bis sie einen passenden Gegenstand gefunden hatte. Unerwartete Hindernisse erforderten ungewöhnliche Gegenmaßnahmen. Sie hielt einen kleinen Knochen hoch. Er stammte von einem Huhn, doch sie war sicher, dass der Wächter den Unterschied nicht bemerken würde. Sie selbst bezweifelte stark, dass den Gebeinen von hingerichteten Verbrechern magische Kräfte innewohnten, doch nicht wenige Menschen glaubten fest daran. Hoffentlich war der Wächter einer von ihnen! Mit erhobenen Händen streckte sie ihm das Knöchlein entgegen und bewegte stumm die Lippen, so als würde sie eine Beschwörungsformel aufsagen.

Der Wächter glotzte sie verunsichert an. »Was machst du da, Melchior? Was ist das für ein Teufelswerk?«

Sie trat näher, hielt den Knochen dicht vor seine Stirn.

»Verflucht seiest du, elender Henker! Lass mich in Ruhe, geh weg!« Der Wächter taumelte rückwärts.

Sie deutete auf das Tor, ohne ihre Lippenbewegungen zu unterbrechen oder den Blick von ihm abzuwenden. Im Licht der Fackel, die neben der Pforte in der Wand steckte, sah sie, dass auf der Stirn des Wächters kleine Schweißperlen funkelten und er immer blasser wurde. Aber er schickte sich nicht an, das Tor zu öffnen.

Melisande zückte ihre Tafel, kritzelte einen Totenkopf darauf und hielt ihn dem Wächter unters Kinn. Der sank auf die Knie. »Nimmst du den Zauber von mir, wenn ich die Pforte öffne?«, stammelte er.

Sie nickte und senkte den Knochen ein wenig, hielt aber die Tafel weiterhin hoch.

Der Mann stolperte auf die Pforte zu und entriegelte sie. Melisande schob erst Wendel hinaus, dann folgte sie ihm. Auf der Schwelle drehte sie sich noch einmal um, erhob die rechte Hand, malte ein großes Kreuz in die Luft und löschte den Totenkopf von der Wachstafel. Erleichtert senkte der Wärter den Blick und bekreuzigte sich.

Als die Pforte hinter ihnen zuknallte und der Riegel quietschend zurück an seinen Platz gerückt wurde, atmete Melisande erleichtert auf. Sie hatten es geschafft.

Vor dem Oberen Tor standen nur wenige Häuser, dafür breiteten sich vor ihnen im fahlen Licht des Morgengrauens Gärten und Felder aus. Rechts am Horizont war das große hölzerne Rad einer Mühle auszumachen, links tauchte nach wenigen Schritten die Mauer des Klosters St. Clara auf.

Wendel stöhnte bei jedem Schritt vor Schmerz, in sein Jammern mischte sich immer wieder Schluchzen. Sein Gewicht lastete so sehr auf Melisandes Schulter, dass sie diese kaum mehr spürte. Hoffentlich hatte der Bauer sie nicht betrogen, dem sie am frühen Abend eine horrende Summe für einen alten, aber zuverlässigen Gaul bezahlt hatte. Tatsächlich!

Schon von weitem sah sie das Tier, das an einen Baum gebunden war und in Ruhe graste. Erleichtert hastete sie darauf zu.

Mit wenigen Handbewegungen versuchte sie dem Karcher klarzumachen, dass dies alles war, was sie für ihn tun konnte, dass er nun allein zurechtkommen müsse.

»Ich werde nicht weit kommen, fürchte ich«, sagte er bitter. Seine Stimme klang rau und heiser, sein Gesicht war zu einer Maske erstarrt, durch den Schmutz zogen Rinnen, die seine Tränen gegraben hatten. Offenbar hielt er sie nicht nur für einen durch und durch verderbten Menschen, sondern auch noch für dumm. Warum hätte sie ihr Leben aufs Spiel setzen und ihn bis hierher bringen sollen, um ihn dann mit zerstörten Füßen zurückzulassen? Sie deutete auf den Gaul.

»Du willst, dass ich das Pferd nehme?«, fragte er ungläubig.

Sie nickte ungeduldig. Warum war dieser Mann nur so schwerfällig? Mit seinem langsamen Verstand brachte er sie beide in höchste Gefahr. Sie musste ihn endlich loswerden, sie hatte genug für ihn getan. Zumal sie immer noch nicht wusste, ob er nicht doch ein Freund von Ottmar de Bruce war und den Tod vielfach verdient hatte.

»Und was wird aus dir?«, fragte Wendel leise. Er klang ehrlich besorgt. »Du kannst ebenso wenig zurück in die Stadt wie ich. Du hast einem Mann zur Flucht verholfen, der des Mordes beschuldigt wird.«

Melisande winkte gereizt ab und deutete wieder auf den Gaul. Noch einmal musste sie all ihre Kraft zusammennehmen, um Wendel in den Sattel zu hieven. Einen Herzschlag lang blitzte vor ihrem inneren Auge auf, wie sie den ohnmächtigen Adalbert aufs Pferd gehoben hatte. Die Erinnerung überrollte sie mit solcher Macht, dass ihr schwindelig wurde. Schnell schüttelte sie sie ab.

»Warum hast du das für mich getan?«, fragte Wendel, als er

endlich auf dem Pferd saß. Er schien nicht eher losreiten zu wollen, bis sie ihm die Frage beantwortet hatte.

Sie zog die Tafel hervor und kritzelte etwas darauf. Im Zwielicht ließ sie ihn ihre Worte entziffern: »Weil du unschuldig bist.«

Ungläubig sah er sie an. Doch sie erwiderte seinen Blick nicht. Stattdessen gab sie dem Gaul einen Klaps auf das Hinterteil, sodass er sich langsam in Bewegung setzte. Zunächst sah es so aus, als würde der Karcher gleich wieder aus dem Sattel rutschen, doch als er sich gefangen hatte und das Tier zur Eile antrieb, bemerkte sie erleichtert, dass er ein guter Reiter war. Seine Füße würden ihn zwar weiterhin peinigen, aber zum Reiten brauchte er vor allem Schenkel und Waden, und die hatte sie während der Folter verschont.

Melisande sah ihm einen Moment hinterher, dann folgte sie ihm die Straße hinunter bis zu dem Graben, mit dem dieser Teil der Stadt, der außerhalb der Mauern lag, zum Schutz umgeben war. Sie überquerte die hölzerne Brücke, auf der wenige Augenblicke zuvor der Hufschlag von Wendels Gaul ertönt war. Noch war hinter ihr alles still, noch war ihre Flucht nicht entdeckt.

Sie wanderte ein paar Hundert Fuß auf der Landstraße und zwängte sich schließlich in ein Gebüsch. Gott sei Dank! Das Bündel mit ihren Habseligkeiten war noch da. Sie streifte das Henkersgewand ab und schlüpfte in das blaue Kleid. Am liebsten hätte sie sich einfach auf den Boden gelegt, sich den klaren Himmel und die Wolken angesehen, die darübertanzten. Sie war frei. Mathildes Worte kamen ihr in den Sinn. Ob die Frau des Braumeisters recht hatte? Würde sie einen Mann finden, Kinder gebären und in Ruhe und Frieden leben können? Wohl kaum, wenn sie sich ihren Schwärmereien hingab. Noch war sie nicht in Sicherheit.

Rasch setzte sie eine Haube auf ihre roten Haare und hüllte sich in einen einfachen Umhang, damit man sie auf den ersten Blick für eine Bäuerin halten konnte. Die Kleidung des Henkers verstaute sie in ihrem Bündel. Es war zu gefährlich, sie einfach zurückzulassen, denn damit hätte sie ihren Verfolgern die Richtung gewiesen, in die sie geflohen war.

Gerade als vom St.-Clara-Kloster her die Glocke zur Laudes läutete, trat Melisande zurück auf die Straße. Mit ein wenig Glück würde es noch eine oder zwei Stunden dauern, bis man das Verschwinden des Henkers und des Kerkerinsassen bemerkte. Bis dahin würde sie schon ein gutes Stück von Esslingen entfernt sein. Nicht weit genug, um den Suchtrupps zu entgehen, die überall nach zwei Flüchtlingen Ausschau halten würden, aber weit genug, um als fremde Bauersfrau zwischen den Reisenden auf der Landstraße nicht mehr aufzufallen.

Die Flucht

Als Kerkermeister Laurentz zur dritten Stunde des Tages in das Schelkopfstor trat, dröhnte ihm das Schnarchen seiner beiden Nachtwachen entgegen. Verärgert hämmerte er so fest mit der Faust auf die Tischplatte, dass die Würfel hochhüpften. »Zum Teufel mit euch! Faules Pack! Nennt ihr das Wachdienst? Die Schemel hätte man euch unter dem Hintern wegklauen können, und nichts hättet ihr bemerkt!«

Verschlafen schreckten die Männer hoch. Als sie den Kerkermeister erkannten, sprangen sie auf die Füße und grüßten ehrerbietig.

»Wir sind erst vor ein paar Augenblicken eingenickt«, stammelte der Jüngere. »Es war schon hell draußen, das kann ich beschwören.«

Es ist seit einer Ewigkeit hell«, schnauzte Laurentz zurück. »Um diese Jahreszeit dämmert es lange vor der ersten Stunde des Tages.«

»Aber es war alles still«, versicherte der ältere Wächter. »Nur der Melchior war einmal hier, um nach seinem Gefangenen zu sehen, wie es ihm die Ratsherren aufgetragen hatten.«

»Der Henker war hier?« Laurentz blickte sich unruhig um. Er wusste, dass Melchior in Ungnade gefallen war. Die Nachricht hatte ihn nicht überrascht. Er hatte diesem stummen Hänfling noch nie getraut. »Los! Her mit dem Schlüssel.« Er streckte die Hand aus. »Ich sehe nach, wie es dem Reutlinger geht. Betet zum Herrgott, dass alles in Ordnung ist.«

Laurentz eilte die Treppe hinunter. Was, wenn mit dem Reutlinger tatsächlich etwas nicht stimmte? Der Gedanke erschreckte ihn so sehr, dass er beinahe gestürzt wäre.

Die Tür zum Verlies war verschlossen. Laurentz blickte durch das Guckloch, konnte aber im Dämmerlicht nichts erkennen. Die Schlüssel rasselten, erst beim dritten Versuch erwischte er den richtigen. Er gab der Tür einen Tritt und machte einen Schritt ins Verlies. Es war leer.

»Herrgott!« Er stürzte zurück in den Flur und riss eine der Fackeln aus der Wandhalterung. Gründlich suchte er das Verlies ab, jeden Winkel, jede Ecke. Nichts.

Er rannte den Gang entlang zum großen Kerker. Ein paar hohle, ausdruckslose Augen starrten ihn an, als er die Fackel in alle Richtungen hielt, doch die des Reutlingers waren nicht darunter. Zum Schluss durchsuchte Laurentz den Thronsaal, eine Abstellkammer und ein zweites Einzelverlies. Nichts.

Angst machte sich in ihm breit. Wenn der Reutlinger entkommen war, würde man ihn dafür verantwortlich machen.

Mit schweren Schritten stapfte er zurück in die Wachstube. »Der Gefangene ist fort! Vermutlich hat Melchior ihm geholfen. Und ihr beiden Tölpel habt euch von ihm austricksen lassen.« Wütend schlug er mit der Faust auf den Tisch. »Lauf sofort zu Schultheiß Remser!«, herrschte er den älteren Wärter an. »Und du ...« Er wandte sich an den jüngeren. »Du kannst schon mal anfangen zu beten.«

***

Die Sonne war schneller als sonst am Firmament emporgestiegen, schien es Melisande. Bisher war sie der Straße durchs Neckartal gefolgt, ohne einer Menschenseele zu begegnen. Doch jetzt hörte sie vor sich das Schlagen von Hufen. Hastig sah sie sich nach einem Versteck um. Zwar kam der Reiter nicht aus Richtung Esslingen und konnte noch nichts von den zwei entflohenen Männern wissen, doch zu dieser frühen Stunde war jeder einsame Wanderer auf der Straße verdächtig, erst recht eine einzelne junge Frau.

Schon kam ein Reiter um die Biegung. Melisande hastete von der Straße und zwängte sich durch das feine Geäst eines Wacholderbuschs. Zweige und Nadeln zerschnitten ihr Gesicht und Arme, ihr Kleid riss am unteren Saum auf. Mit klopfendem Herzen wartete sie.

Der Hufschlag näherte sich, wenig später war der Reiter auf ihrer Höhe. Ohne seine Geschwindigkeit zu verlangsamen, galoppierte er an ihrem Versteck vorbei. Erst als das Hufklappern leiser geworden war, wagte Melisande, die Zweige auseinanderzudrücken und einen Blick auf den Fremden zu werfen. Der einsame Reiter trug die Uniform eines kaiserlichen Boten, sicherlich hatte er Dringlicheres zu erledigen, als sich über eine Frau zu wundern, die allein auf der Landstraße unterwegs war.

Melisande kroch aus dem Busch und streifte sich Zweige und Nadeln aus dem Haar und aus den Falten ihres Gewandes. Von nun an würde sie doppelt Acht geben müssen. Bald würde es von Reisenden nur so wimmeln, Bauern, die ihre Früchte zum Markt von Esslingen brachten, Händler auf dem Weg nach Stuttgart oder Ulm, Pilger auf ihrem langen Marsch nach Santiago.

* * *

Konrad Sempach traf Schultheiß Johann Remser, Richter Henner Langkoop, Zunftmeister Karl Schedel und Gerold von Türkheim vor dem Schelkopfstor an. Die Männer debattierten aufgeregt. Rasch trat Sempach hinzu. »Was ist geschehen? Warum hat man nach uns geschickt? Dieser dämliche Büttel konnte oder wollte nichts sagen!«

Unzusammenhängende Gesprächsfetzen drangen an Sempachs Ohr.

»Diese stumme Missgeburt.«

»Im Bund mit dem Leibhaftigen.«

»Elendes Mörderpack, alle beide.«

Sempach versuchte zu begreifen. Seine Gedanken waren noch träge, und ihm brummte der Schädel. Letzte Nacht hatte er im Frauenhaus ordentlich gefeiert, eine neue Hure war unter den Mädchen gewesen, blutjung und unerfahren – genau das, was ihm gefiel. Als der Büttel ihn eben unsanft aus dem Schlaf gerissen hatte, hatte er sich gerade erst zur Ruhe gelegt. »Was ist denn los?«, fragte er erneut. »Ist schon wieder etwas mit dem Henker?«

Remser sah ihn an und schnaubte wie ein Schlachtross. »Mit Melchior? Allerdings. Der Reutlinger ist verschwunden. Und der Henker war der Letzte, der ihn besucht hat. Mitten in der Nacht. Die Wachen hätten ihn gar nicht einlassen dürfen.« Er warf einen wütenden Blick zum Eingang des Tores, wo der Kerkermeister mit seinen beiden Männern stand. Alle drei hatten den Blick verängstigt auf ihre Schuhspitzen gerichtet.

»Verdammt«, stieß Sempach hervor. Plötzlich war er nüchtern und hellwach. »Hat ihn schon jemand befragt?«

»Noch nicht«, erwiderte Karl Schedel. »Wir wollten gerade den Büttel nach ihm schicken.«

»Ich werde den Büttel begleiten«, entschied Sempach. »Sicher ist sicher.«

»Sempach hat recht«, pflichtete Henner Langkoop bei. »Ich gehe ebenfalls mit.«

»Also gut«, entschied Remser. »Dann gehen wir alle gemeinsam.«

Als sie vor dem Haus des Henkers angekommen waren, wies Remser einen der Büttel an zu klopfen. Der trat vor und hämmerte mit der Faust gegen die Tür.

Im Haus rührte sich nichts.

Erneut klopfte der Büttel. »Melchior, mach auf, der Schultheiß wünscht dich zu sprechen!«

Wieder blieb alles ruhig.

»Aufbrechen!«, befahl Remser nach kurzem Zögern. Er war außer Atem, und sein Gesicht glühte rot.

»Vielleicht sollten wir zunächst bei den Henkersknechten nachsehen?«, schlug Karl Schedel vor. »Es ist doch möglich, dass Melchior bei der Arbeit ist, schließlich hat er viele Pflichten. Wir sollten keinen unnötigen Schaden anrichten.«

Gerold von Türkheim schlug mit seinem Gehstock auf den Boden. Obwohl er zwei Jahrzehnte älter war als Remser, hatte ihn der lange Marsch durch die Stadt offenbar kaum Kraft gekostet. »Schaden, Schaden«, äffte er Schedel nach. »Wir haben wirklich andere Sorgen, als uns darüber Gedanken zu machen, ob wir die Haustür des Henkerhauses beschädigen könnten. Los, Büttel, verschaff dir Einlass, und sieh nach, ob du eine Spur von diesem stummen Teufelsbraten findest!«

Nach einem Blick zu Remser holte der Büttel aus. Zwei kräftige Tritte, und das Holz gab ächzend nach. Krachend stürzte die Tür ins Innere.

»Los! Nachsehen!«, befahl von Türkheim.

»Aber«, stotterte der Büttel. »Das Haus ist unrein.«

»Für wen hältst du dich? Für einen vornehmen Grafen vielleicht? Willst du etwa, dass ich nachsehe?«, keifte von Türkheim. »Rein mit dir, Bürschchen! Und überall gründlich nachsehen! Wird's bald?« Fordernd zeigte er mit seinem Gehstock auf den zweiten Büttel, der mit hängenden Schultern an der Hausecke stand. »Du auch! Durchsuch das Haus!«

Während die beiden mit bangen Mienen im Inneren verschwanden, warteten die Ratsherren in sicherem Abstand. Sempach ertappte sich zwar bei dem Gedanken, dass er nur allzu gern einmal einen Blick in das Haus geworfen hätte, denn Melchior hütete bestimmt so manch finsteres Geheimnis. Doch keine zehn Pferde hätten ihn über die Schwelle gebracht. Allein die Vorstellung ließ ihn schaudern.

Endlich tauchten die beiden Büttel wieder auf. »Keine Spur von Melchior«, sagte der, der die Tür aufgebrochen hatte. »Auch sonst ist niemand im Haus.«

»Dieser verfluchte Ketzer!« Remsers Gesichtsfarbe verdunkelte sich noch mehr. »Er hat dem Reutlinger zur Flucht verholfen.«

»Aber warum sollte er das getan haben?«, wollte Karl Schedel wissen. Im Gegensatz zu Remser war er blass geworden und sah immer wieder zu der aufgebrochenen Tür hin.

»Um seine eigene Haut zu retten«, erklärte Sempach ruhig. Auf einmal war ihm alles klar. »Melchior hat die Metze sterben lassen. Deshalb sollte ihm der Prozess gemacht werden. Er hat sich davongemacht, um seiner gerechten Strafe zu entgehen. Seine Flucht bestätigt, dass er tatsächlich schuld an ihrem Tod ist. Der Reutlinger stammt aus einer reichen Weinhändlerfamilie. Bestimmt hat er Melchior ein hübsches Sümmchen dafür versprochen, dass er ihn sicher aus der Stadt schafft. In seinem Zustand hätte er nie allein fliehen können.«

Einen Moment lang herrschte Schweigen.

»Diese durchtriebene Schlange«, flüsterte Langkoop schließlich. »Dann hat er es absichtlich so eingerichtet, dass der Reutlinger bei der Folter immer sofort das Bewusstsein verloren hat. Er musste ihn ja einigermaßen heil und bei Kräften halten, sonst hätte er ihn nicht aus der Stadt schaffen können.«

»Wir müssen die beiden sofort suchen lassen«, bellte von Türkheim. »Weit können sie noch nicht sein – ein Hänfling von einem Henker und ein Weinhändler, der gerade zwei peinliche Befragungen durchstehen musste.«

»Ich veranlasse, dass Suchtrupps losgeschickt werden«, erklärte Johann Remser. Seine Gesichtsfarbe war inzwischen wieder fast normal. »Und ich werde den Nachtwächter und die Wachen an den Stadttoren befragen. Irgendjemand muss die beiden schließlich hinausgelassen haben.« Entschlossen wandte er sich an die Büttel. »Ihr beide durchsucht das Haus, und zwar gründlich. Was euch merkwürdig vorkommt, berichtet ihr mir. Verstanden?«

Die beiden nickten betreten und warfen ängstliche Blicke ins Innere des Hauses.

»Und danach treibt ihr die Henkersknechte auf und bringt sie zum Schelkopfstor«, fuhr Remser ungerührt fort. »Auch sie müssen befragt werden. Und zwar nicht minder peinlich als der Karcher aus Reutlingen.«

***

Inzwischen war es fast Mittag. Melisande kam immer langsamer voran, weil sie sich ständig im Gebüsch links und rechts der Straße verstecken musste. Zudem schmerzten ihre Füße von dem ungewohnt langen Marsch, und die Müdigkeit der durchwachten Nacht lastete von Stunde zu Stunde schwerer auf ihr. Am liebsten hätte sie sich unter dem nächsten dichten Busch niedergelegt und ausgeruht, doch sie hatte kaum zwei Meilen zurückgelegt und war noch viel zu nah an der Stadt, die sie beim Morgengrauen in aller Heimlichkeit verlassen hatte. Die Reichsfeste Plochingen lag hinter ihr, und vor ihr waren bereits die Umrisse von Wendlingen zu erkennen. Doch da der Neckar hier einen weiten Bogen schlug, lag Esslingen, wie der Vogel flog, wohl kaum mehr als eine Meile hinter ihr.

Melisandes Gedanken wanderten immer wieder zu der Stadt, in der sie aufgewachsen war und die sie vielleicht nie wiedersehen würde. Mit jedem Schritt, den sie tat, wurde das Gefühl der Einsamkeit drückender, die Angst vor der ungewissen Zukunft größer. Auch wenn sie in den letzten Jahren der von allen geächtete Henker gewesen war, so hatte sie doch in der Gemeinschaft ihren festen Platz gehabt. Esslingen war nicht nur ihre Heimat, sondern auch der einzige Ort, den sie kannte. Als sie sich das letzte Mal so weit von der Dionyskirche entfernt hatte, war sie gemeinsam mit ihrer Familie auf jener Hochzeit gewesen, auf jener Reise, die in dem furchtbaren Blutbad in der Schlucht geendet hatte. Damals waren sie auf dem Heimweg nicht am Neckar entlang, sondern nach der Furt an der Aichmündung auf dem kürzesten Weg in Richtung Esslingen gereist, um die weite Strecke an einem Tag bewältigen zu können. Vielleicht wäre alles anders gekommen, wenn ihr Vater an jenem Morgen entschieden hätte, auf der großen Landstraße zu bleiben und in Wendlingen zu nächtigen. Doch es war müßig, darüber nachzudenken.

Melisande schreckte hoch, als von beiden Enden der Straße Geräusche zu hören waren. Von Esslingen her näherte sich eine Staubwolke, offenbar eine Gruppe Reiter, während vor ihr ein Zug mit schwer beladenen Wagen auftauchte, Kaufleute, wie es aussah. Rasch blickte Melisande nach rechts und links. Nirgends bot sich ein gutes Versteck, lediglich ein Schlehdorngebüsch am Neckarufer versprach ein wenig Deckung. Sie hastete die Böschung hinunter. Das Schlagen der Hufe dröhnte in ihren Ohren. Sicherlich hatten die Reiter aus Esslingen sie längst gesehen.

Da die Büsche bis ans Wasser standen, blieb ihr nichts anderes übrig, als sich ins Innere des Dickichtes zu kämpfen. Sie achtete kaum darauf, wie Zweige und Dornen ihr zum wiederholten Mal die nackte Haut aufkratzten, legte sich so flach auf den feuchten Erdboden, wie es in dem engen Versteck möglich war, und hielt den Atem an. Nur wenige Schritte von ihr entfernt geboten die Reiter dem Kaufmannszug Einhalt. Das Klirren von Geschirren war zu hören, das Schnaufen zahlreicher Reittiere und ein Gewirr unterschiedlicher Stimmen, aus dem sich schließlich eine erhob.

»Was wollt Ihr von uns?«, ertönte es in einem fremd anmutenden Singsang, den Melisande noch nie vernommen hatte. Zu gern hätte sie den Kopf gehoben und einen Blick durch das Geäst geworfen, doch sie befürchtete, durch eine unbedachte Bewegung die Aufmerksamkeit auf sich zu ziehen.

»Wir sind im Auftrag des Esslinger Stadtrats unterwegs«, lautete die Antwort. »Wir sind auf der Suche nach zwei Entflohenen. Habt Ihr etwas Verdächtiges bemerkt? Der eine Flüchtling ist ein Weinhändler aus Reutlingen, er hat braune Locken und ist von hoher, schlanker Gestalt. Er ist ein flüchtiger Mörder.« Ein Raunen ging durch die Gruppe der Reisenden, doch der Reiter ließ sich davon nicht ablenken. »Der andere ist klein und mager, hat feuerrotes Haar, das ihm glatt über die Schultern fällt. Er ist stumm und trägt vermutlich die Kleider eines Scharfrichters.«

Diesmal war das Raunen noch lauter. Die Kaufleute und ihre Knechte redeten wild durcheinander. Dann setzte sich eine Stimme durch. »Männer, hat einer von Euch jemanden gesehen, auf den diese Beschreibung zutrifft?«

Verneinendes Gemurmel war zu hören. Jemand rief scherzhaft: »Dutzende! Ich habe Dutzende gesehen! Die Landstraße wimmelt nur so von Mördern und Galgenstricken.«

Dröhnendes Gelächter war zu hören, das jedoch schnell verstummte.

»Ihr habt doch sicherlich nichts dagegen, dass wir einen Blick auf Eure Wagen werfen?«, fragte der Reiter aus Esslingen. Melisande versuchte, sich zu erinnern, wo sie seine Stimme schon einmal gehört hatte, doch es fiel ihr nicht ein.

»Ihr habt kein Recht, unsere Wagen zu durchsuchen!«, rief jemand. »Es langt doch, dass Ihr an Eurem Stadttor Eure Nase in jeden Stoffballen und in jedes Salzfass steckt.«

»Habt Ihr denn etwas zu verbergen, Kaufmann?«, kam es zurück. Jetzt erkannte Melisande die Stimme. Sie gehörte zu einem der jungen Männer, vor denen Adalbert sich im Wirtshaus mit seinen Weibergeschichten gebrüstet hatte. Ihr wurde übel. Dem Kerl wollte sie keinesfalls in die Hände fallen.

Einer der Kaufleute lenkte ein. »Kommt, zeigen wir den Männern, was wir auf unseren Wagen haben, sonst stehen wir bei Sonnenuntergang immer noch hier.«

Es gab noch einiges Gebrumm und Gemaule, doch offenbar bekamen die Reiter aus Esslingen zu sehen, was sie sehen wollten.

Gerade als alles vorbei schien und die Kaufleute schon aufbrechen wollten, ertönte noch einmal die Stimme von

Adalberts Saufkumpan. »Was ist denn mit dem Weib, das ich eben gesehen habe? Wo steckt es?«

Melisandes Herzschlag setzte aus.

»Weib? Was für ein Weib?«, fragte die Stimme mit dem fremdländischen Singsang. »Wir führen keine Weiber mit uns. Wenn Ihr ein Weib braucht, solltet Ihr bei Euch im Frauenhaus vorbeischauen. Dort gibt es sicherlich Weiber im Überfluss.«

Die Männer lachten grölend, doch der Bursche ließ sich nicht verunsichern. »Hütet Eure Zunge, Kaufmann!«, sagte er drohend. »Ich habe ein Weib mit einem blauen Gewand und einer weißen Haube gesehen. Hier auf der Landstraße, kurz bevor Euer Zug aufgetaucht ist. Wenn sie nicht zu Euch gehört, dann ist sie allein unterwegs. Weit kann sie nicht gekommen sein. Sie muss noch irgendwo hier stecken.«

Plötzlich wurde es ganz still. Melisande wusste nicht, ob ihr blaues Kleid womöglich zwischen dem Grün des Schlehdorns hervorblitzte, ob die Männer sie nicht längst erblickt hatten. Sie drückte sich auf den Boden.

Es dauerte eine Ewigkeit, bis einer der Kaufleute sagte: »Wir haben kein Weib gesehen. Aber es steht Euch frei, die Uferböschung abzusuchen, vielleicht hat sie sich ja vor Euch versteckt. Was wir gut verstehen könnten.«

Wieder lachten die Männer, und Klatschen war zu hören, als sie sich auf die Schenkel schlugen.

»Allerdings können wir Euch nicht bei der Suche behilflich sein, denn es ist bereits nach Mittag, und wir haben noch eine lange Wegstrecke vor uns. Wenn Ihr jetzt bitte die Straße freigebt? Oder wollt Ihr uns eine Übernachtung bezahlen?«

»Kommt, Utz«, ließ sich eine weitere Stimme von Seiten der Esslinger vernehmen. »Lasst uns weiterreiten. Wir haben

Dringlicheres zu erledigen, als nach einem verschwundenen Weib zu suchen.«

Ein unverständliches Gemurmel folgte, doch offenbar lenkte Utz ein. Wenig später preschten die Reiter in Richtung Wendlingen davon. Der Händlerzug brauchte etwas länger, um wieder in Bewegung zu kommen. Melisande waren die Beine eingeschlafen, die unzähligen kleinen Schnitte auf ihrer Haut brannten und juckten. Dennoch harrte sie geduldig aus, bis auch der letzte Laut verklungen und nur noch das Rauschen den Windes und das leise Gluckern des Neckars zu hören waren.

***

»Ruhe, meine Herren, Ruhe, wenn ich bitten darf!« Schultheiß Johann Remser klopfte mit dem Richterstab auf den Tisch. Das Gemurmel verebbte nur langsam.

»Was ist los?«, rief Waldemar Guirrili. »Gibt es Neuigkeiten? Sind die Flüchtigen gefasst?«

»Es gibt in der Tat Neuigkeiten«, erwiderte Remser.

Augenblicklich trat Stille ein. Sichtlich zufrieden lehnte Remser sich zurück und strich sich über seinen feisten Leib.

Konrad Sempach zog die Brauen hoch. Soweit er wusste, war man bei der Suche nach den Verschwundenen noch keinen Schritt weiter. Was für Neuigkeiten wollte Remser da aus dem Hut zaubern?

»Von Melchior und dem Reutlinger fehlt leider bisher jede Spur«, erklärte der Schultheiß. »Doch ich bin zuversichtlich. Wir wissen inzwischen, dass die beiden heute in den frühen Morgenstunden durch das Obere Tor entkommen sind. Der Reutlinger war als Henkersknecht verkleidet. Melchior hat dem Wächter, ehe er es sich versah, einen Stein über den Schädel geschlagen, sodass dieser das Bewusstsein verlor.«

»So ein Tölpel!«, entfuhr es Guirrili.

»Wieso hat er nicht sofort Alarm geschlagen, als er wieder zu sich kam?«, fragte Enders von den Fildern.

»Er sagt, er habe durch den Schlag auf den Schädel das Gedächtnis verloren. Erst nach und nach sei die Erinnerung an das, was geschehen ist, zurückgekommen.«

Henner Langkoop schnaubte ungläubig. »Wir sollten seinen Beutel durchsuchen lassen. Der hat sich seinen Gedächtnisverlust bestimmt gut bezahlen lassen.«

»Wo war denn die zweite Wache?«, wollte Karl Schedel wissen. »Der Kerl hat doch nicht allein am Oberen Tor gestanden, oder?«

»Unterwegs auf seinem Kontrollgang die Stadtmauer entlang. Er kam erst später hinzu, als sein Kumpel reglos am Boden lag. Jedenfalls wusste der Wächter zu berichten, dass der Reutlinger kaum laufen konnte, er ist gehumpelt, hat sich auf Melchiors Schulter gestützt. Weit können die beiden also noch nicht sein. Vermutlich halten sie sich irgendwo hier in den Wäldern versteckt.« Remsers Gesicht war wie üblich rot angelaufen, sein Atem ging kurz und heftig. Sempach wäre nicht überrascht gewesen, wenn ihn mitten in der Rede der Schlag getroffen hätte.

»Wir müssen sie erwischen, bevor die Neuigkeit bis nach Reutlingen vordringt«, sagte Gerold von Türkheim und ballte seine knochige Faust.

»Oder zu Graf Ulrich«, ergänzte von den Fildern.

Von Türkheim stieß einen ärgerlichen Laut aus. »Haben wir genug Männer da draußen?«

Remser hob beschwichtigend die Hand. »Mehr als drei Dutzend sind bereits unterwegs. Eben haben sich noch weitere Freiwillige gemeldet. Die meisten suchen die Straßen nach Reutlingen ab, doch auch in allen anderen Richtungen wird jeder Stein umgedreht. Seid versichert, die beiden kommen nicht weit.«

Wieder erhob sich Gemurmel, das Remser mit einer Handbewegung erstickte. »Ich sagte doch eben, dass es Neuigkeiten gibt.« Er räusperte sich. »Die Durchsuchung des Henkerhauses hat einen bemerkenswerten Fund zutage gebracht. Hinter der Truhe in einer der beiden Schlafkammern befand sich ein einzelnes Blatt Pergament.«

Remser hielt inne und sah in die Runde. Sempach hätte ihm am liebsten einen kräftigen Hieb auf den Rücken versetzt. Dieser eitle Pfau ging ihm gehörig auf die Nerven.

»Die Büttel sind natürlich nicht des Lesens mächtig«, fuhr der Schultheiß fort. »Doch ich habe die Bedeutung des Dokumentes erkannt, sobald ich es in den Händen hielt.« Er zog einen Bogen unter der Tischplatte hervor, hielt ihn mit ausgestrecktem Arm vor sich und kniff die Augen zusammen.

Halb blind ist er auch noch, dachte Sempach.

Remser räusperte sich, bevor er mit monotoner Stimme zu lesen begann. »Ich bin der rechte Weinstock, mein Vater der Weingärtner. Eine jegliche Rebe an mir, die nicht Frucht trägt, wird er wegschneiden, und eine jegliche, die da Frucht bringt, wird er reinigen, dass sie mehr Frucht bringe. Ihr seid schon rein um des Wortes willen, das ich zu Euch gesprochen habe.«

Für ein paar Herzschläge war es so still im Saal, als hätte eine göttliche Hand die Zeit angehalten. Niemand sprach, niemand rührte sich.

»Ist es das, wofür ich es halte?«, fragte Gerold von Türkheim schließlich mit bebender Stimme. »Das Wort des Herrn in der profanen Sprache des Volkes?«

»Ich habe den Abt der Augustiner zurate gezogen, um sicherzugehen«, erwiderte Remser. »Ja, es ist eine verbotene Verunglimpfung der Heiligen Schrift. Das ist Ketzerei. Jetzt gibt es keinen Zweifel mehr: Der Henker von Esslingen steht mit dem Teufel im Bunde.«

Tumult brach aus. Alle redeten durcheinander. Erst nach einer Weile gelang es Karl Schedel, sich Gehör zu verschaffen, indem er mit einem Humpen auf den Tisch schlug, dass es krachte. »Ich weiß, Ihr seid empört, werte Ratsherren!«, rief er. »Und dies zu Recht. Es verstößt gegen die Gebote der heiligen Kirche, die Heilige Schrift in unserer Sprache zu besitzen. Melchior hat sich schwer versündigt. Und ein ketzerischer Henker ist eine Schande für Esslingen. Eins wundert mich jedoch: Es ist ohnehin äußerst ungewöhnlich, dass ein junger Mann von solch niedriger Herkunft wie Melchior des Lesens und Schreibens kundig ist. Doch wo sollte er auch noch die lateinische Sprache gelernt haben?«

»Das war ja wohl nicht vonnöten. Da hatte er ja mit seiner Ketzerbibel vorgesorgt«, rief Henner Langkoop dazwischen.

»Eben«, sagte Waldemar Guirrili mit verschlagenem Grinsen. »Wenn er des Lateinischen nicht mächtig ist, dann muss jemand anders die Übersetzung angefertigt haben.«

»Der Ketzer muss ausfindig gemacht werden!«, brüllte Langkoop.

Sempach räusperte sich. Diese Gelegenheit durfte er sich nicht entgehen lassen. »Ich könnte mich umhören, ob es Personen von entsprechender Bildung gibt, die mit Melchior Umgang pflegten.«

»Mit dem Henker?«, stieß Langkoop hervor. »Wer sollte denn mit diesem Ungeziefer Umgang pflegen?«

»Ihr würdet Euch wundern, Langkoop. Ich habe gehört, dass eine ganze Reihe angesehener Bürger auf seine Heilkünste schwören.« Sempach faltete die Hände und drückte die Finger durch. »Man müsste natürlich die Befugnis haben, Verdächtige auch mit den entsprechenden Methoden zu befragen.«

»Wir wollen doch nichts überstürzen«, warf Karl Schedel ein. »Das Pergament mit der ketzerischen Übersetzung könnte Melchior auch aus seiner Heimat mitgebracht haben.«

Niemand beachtete Schedel. Stattdessen erhob sich Guirrili aufgeregt. »Meister Henrich, der Bierbrauer«, sagte er. »Meine Frau hat mir erzählt, er habe sich vor Jahren sein verletztes Bein von dem alten Raimund Magnus behandeln lassen.«

»War er nicht auch derjenige, der uns von Raimunds Tod in Kenntnis gesetzt hat?«, fragte Enders von den Fildern. »Woher wusste er überhaupt davon?«

»Gut.« Johann Remser klopfte mit dem Richterstab auf den Tisch. »Sempach, Ihr leitet die Untersuchung bezüglich der Ketzerbibel. Doch Ihr müsst diskret vorgehen. Der Abt der Augustiner schuldet mir noch einen Gefallen, deshalb wird er vorläufig schweigen, doch wenn die Dominikaner von der Angelegenheit Wind bekommen, haben wir das Inquisitionsgericht in der Stadt, ehe wir uns versehen.«

***

Melisande wickelte ihr Kleid fester um sich, doch die Kälte ließ sich nicht vertreiben. Bei Sonnenuntergang hatte sie sich ein Stück abseits der Straße im Wald ein Nachtlager bereitet. In einer Erdkuhle hatte sie das bunte Henkersgewand als Unterlage ausgebreitet, ihr altes Mädchenkleid diente ihr als Kissen. Sie hatte das restliche Wasser aus ihrem Schlauch getrunken, einen Kanten Brot gegessen und sich niedergelegt. Doch der Schlaf wollte sich nicht einstellen. Die alles verschlingende Angst, die seit ihrem Entschluss zu fliehen ihr ständiger Begleiter war, ließ sie nicht zur Ruhe kommen.

Neben ihr raschelte es. Melisande fuhr hoch und blickte in die schwarzen Augen eines Hasen. Dann wandte das Tier sich ab und hoppelte den Hang hinunter in Richtung Neckar. Auf der leeren, mondbeschienenen Landstraße verharrte es, witterte, streckte seine Löffel in die Luft.

Von der Seite vernahm Melisande ein Rauschen. Flieh, dachte sie, flieh! Doch der Hase zögerte einen Herzschlag zu lang. Ein Schatten tauchte wie aus dem Nichts über ihm auf und stürzte zu Boden. Ein schriller Laut, der Melisande durchzuckte wie körperlicher Schmerz. Kurz darauf erhob sich ein mächtiger Uhu von der Landstraße, in seinen Klauen das leblose Opfer.

Eine Weile war Melisande unfähig, sich zu rühren. Der Uhu und der Hase. Wie vor Jahren nach dem Überfall, als sie die schützende Höhle verlassen hatte. Doch damals war der Hase entkommen.

Melisande erhob sich. Diese Nacht würde sie ohnehin keinen Schlaf mehr finden. Sie war in großer Gefahr. Von nun an musste sie doppelt auf der Hut sein. Als Henker von Esslingen würde sie vermutlich kaum jemand erkennen. Doch was, wenn de Bruce die Suche nach ihr immer noch nicht aufgegeben hatte? Wenn er davon überzeugt war, dass sie sich irgendwo versteckt hielt? Sie würde fortan als Frau leben. Als Frau, deren Ähnlichkeit mit dem Mädchen, das vor fünf Jahren spurlos verschwunden war, jedem ins Auge fallen musste, der Melisande Wilhelmis gekannt hatte.

* * *

»Von Säckingen!« Ottmar de Bruce stürmte in die kleine Kammer, die an sein Schlafgemach grenzte. Auf dem Tisch standen ein Weinkrug und ein Becher, daneben eine Talglampe, die unruhig flackerte. Als er eintrat, blieb von Säckingen, der bis zu diesem Moment offenbar rastlos in der Kammer auf und ab gelaufen war, abrupt stehen.

»Ich hoffe für Euch, von Säckingen«, stieß de Bruce hervor, halb im Scherz, halb ernst, »dass Ihr einen wirklich guten Grund habt, mich von meinem Ehelager zu reißen.« Er nestelte an seinen Beinlingen herum. »Noch keine zwei Tage nenne ich meine Braut mein Eigen, und schon raubt Ihr mir das Vergnügen, meinen ehelichen Pflichten nachzukommen.«

»Verzeiht, Graf. Doch es ist wirklich dringlich.« Von Säckingen verneigte sich.

Argwöhnisch musterte de Bruce seinen Gefolgsmann. Seit wie vielen Jahren stand von Säckingen in seinen Diensten? Es mussten an die acht sein. Über fünf davon als seine rechte Hand. Er kannte diesen Mann so gut wie keinen anderen in seinem Gefolge und wusste ihm jede Gefühlsregung an der Nasenspitze abzulesen. Bleich und verängstigt sah er heute aus. Das konnte nur bedeuten, dass er schlechte Nachrichten hatte. Sehr schlechte Nachrichten. »Sprecht, von Säckingen. Mit welchem Ungemach muss ich mich quälen?«

Der Ritter senkte kurz den Kopf, blickte de Bruce dann aber in die Augen. »Wendel Füger ist aus dem Esslinger Kerker entflohen.«

»Was?« Nur mit Mühe unterdrückte de Bruce den Drang, von Säckingen zu packen und zu schütteln. Schwer atmend presste er seine Worte hervor. »Wie konnte das passieren? Ich dachte, das Schelkopfstor wird Tag und Nacht von Eurem besten Mann bewacht?«

»Ich weiß auch noch nichts Näheres«, erklärte von Säckingen und senkte erneut den Kopf. »Die Nachricht hat mich soeben erreicht. Offenbar hatte der Reutlinger Hilfe, und zwar ausgerechnet von dem Mann, der ihn ins Jenseits befördern sollte.«

»Der Henker hat ihm zur Flucht verholfen? Wisst Ihr, was Ihr da sagt? Dieser gottverdammte, verfluchte Rotschopf steckt da mit drin?«

Von Säckingen bekreuzigte sich verstohlen, und de Bruce fragte sich, ob sein Hauptmann noch Biss hatte oder im Begriff war, sich in einen verweichlichten Pfaffen zu verwandeln.

»Wenn Euer unfehlbarer Mann das alles weiß, wieso hat er die beiden nicht aufgehalten?« De Bruce packte den Weinkrug, der auf dem Tisch stand, und knallte ihn gegen die Wand. Tonscherben regneten in alle Richtungen, der rote Rebensaft ergoss sich wie frisches Blut über das Mauerwerk. Er trat dicht an von Säckingen heran, packte ihn mit einer Hand an seinem grünsamtenen Surcot, die andere legte er an seinen Schwertknauf.

»Ich habe Euch vertraut, von Säckingen«, flüsterte er und beobachtete mit Genugtuung, wie dem Mann Schweißperlen auf die Stirn traten. »Ihr habt mir Euer Ehrenwort gegeben.«

Schlaff hing von Säckingen an de Bruce' Faust. »Ich schaffe den Reutlinger her, Graf«, stammelte der Ritter. »Gebt mir eine Woche, dann habe ich ihn ausfindig gemacht. Diesmal übernehme ich ihn selbst, dann kann es nicht fehlgehen. Ich schwöre bei meinem Leben, dass er mir nicht noch einmal entwischt.«

»Euer Leben ist im Augenblick nicht so viel wert, dass es einen solchen Schwur tragen könnte«, erwiderte de Bruce kalt. Von Säckingen ekelte ihn mit einem Mal an. Was hatte ihn nur dazu bewogen, diese feige Ratte zu seinem Vertrauten zu machen? Er stieß ihn abrupt von sich, sodass von Säckingen rückwärtstaumelte. »Eigentlich sollte ich Euch auf der Stelle Euer dämliches Haupt abschlagen.«

Von Säckingen sank auf die Knie. »Verzeiht, Herr. Ich habe Euch enttäuscht. Bitte lasst mich beweisen, dass ich Eures Vertrauens würdig bin.«

»Nein«, donnerte de Bruce. »Ihr habt die Gelegenheit gehabt, und Ihr habt versagt. Um den Reutlinger kümmere ich mich selbst. Eine solche Aufgabe gebe ich nicht mehr in die Hände eines Schwächlings, wie Ihr einer seid. Doch ich gebe Euch die Möglichkeit, die Scharte auszuwetzen und Euer erbärmliches Leben zu retten. Bringt mir den Kopf des Mannes, der den Kerker bewachen sollte!«

Von Säckingen erhob sich. Angewidert bemerkte de Bruce, dass seine Hände zitterten. »Betrachtet den Befehl als ausgeführt, Graf. Ich werde Euch das Haupt dieses Versagers auf einem silbernen Tablett servieren.«

De Bruce wandte sich ab. Er brauchte von Säckingen noch, deswegen ließ er ihn am Leben. Glücklicherweise gab es auf der Burg genug Weiber, an denen er seinen Zorn abarbeiten konnte. Sein eigenes eingeschlossen. Bei dem Gedanken an Othilia, die nebenan wartete, stieg neuer Groll in ihm hoch. Auch sie war eine Enttäuschung, wenn auch auf ganz andere Weise als sein Hauptmann.

An der Tür drehte er sich noch einmal um. »Wagt es nicht, mir ohne Euer kleines Mitbringsel unter die Augen zu treten, von Säckingen.« Er verzog das Gesicht. »Und diesmal achtet darauf, dass Ihr den Richtigen erwischt.«

Als von Säckingen fragend die Stirn krauszog, lachte de Bruce hämisch auf. »Wir beide wissen, dass Ihr mir damals das falsche Mädchen gebracht habt, dass Melisande Wilhelmis noch lebt.«

»Aber –«

»Spart Euch Eure verlogenen Worte, und verschwindet, bevor ich mich vergesse. Wenn Ihr noch einmal versagt, lasse ich Euch für vogelfrei erklären.«

* * *

Fast zwei Stunden lang hatte Wendel immer wieder über die Schulter gesehen, hatte angehalten und gelauscht, aber niemand verfolgte ihn. Übermächtiger Durst hatte ihn überfallen, an einem Bach hatte er sich vom Pferd gleiten lassen und es sogleich bereut. Seine Füße brannten wie glühende Kohlen. Er trank gierig, ruhte einen Moment, dann führte er das Pferd an einen umgestürzten Baumstamm, von dem aus er sich unter Qualen hochzog. Wie gut, dass der Gaul alles mit sich geschehen ließ!

Wendels zweiter großer Feind war die Müdigkeit. Immer wieder tauchten Trugbilder vor seinen Augen auf, der Henker stand plötzlich vor ihm auf dem Weg, oder er hörte donnernde Hufe, obwohl niemand weit und breit zu sehen war. Wenn er so weitermachte, würde er den Verstand verlieren. Oder vor Erschöpfung aus dem Sattel fallen und sich das Genick brechen. Daher ritt er ein Stück weit in den Wald hinein, band das Pferd an einen Baum, blieb aber im Sattel und bettete seinen Kopf auf den warmen, weichen Hals des Tieres. Sofort war er eingeschlafen und schreckte einen Moment später, so schien es ihm, wieder auf.

Am Stand der Sonne erkannte er, dass er drei oder vier Stunden geschlafen haben musste. Er fühlte sich gestärkt, sein Blick war wieder klar, ebenso seine Gedanken. Doch die Rast hatte ihn wertvolle Zeit gekostet, nun musste er sich beeilen. Erst innerhalb der Mauern seiner Heimatstadt würde er in Sicherheit sein. Er trieb das Pferd an und legte keine weitere Rast ein, auch nicht, als die Nacht hereinbrach.

Als vor ihm die vertrauten Konturen Reutlingens im blassen Morgenlicht auftauchten, glaubte Wendel erst, seine Einbildungskraft spiele ihm erneut einen Streich. Doch die Stadtmauern, Türme und Giebel verschwammen nicht nach wenigen Augenblicken zu einer formlosen grauen Masse, sondern wurden größer, dunkler, zeichneten sich immer klarer gegen den Himmel ab. Gerade ging im Osten die Sonne auf, warf goldenes Licht auf den Turm der Marienkirche. Er parierte das Pferd zum Stehen durch und faltete die Hände.

»Allmächtiger Herr im Himmel«, sprach er, »ich danke dir, dass du mir Hilfe geschickt hast in der Gestalt eines deiner niedrigsten Diener, des Henkers. Ab heute werde ich noch mehr darauf achten, wie ich mich meinem Nächsten gegenüber betrage, denn der reiche Edelmann hat sich als Sünder entpuppt, während der unreine Diener zum Werkzeug deiner Güte wurde. Verzeih mir, Herr, dass ich so blind war. Von nun an will ich sehend durch das Leben gehen.«

Wendel wartete, bis das Sonnenlicht auch die niedrigeren Mauern der Stadt erfasst hatte, dann trieb er den Gaul an. Wenig später hielt er vor dem Tor, das noch verschlossen war, und saß ab. Ihm war mit einem Mal so leicht zumute, dass er den Schmerz in seinen Füßen ohne Mühe ertrug. Er schlug mit der Faust gegen das Holz.

Eine Luke öffnete sich, ein misstrauisches Augenpaar lugte hinaus. »Ihr seid zu früh, das Tor ist noch verschlossen.«

»Wendel Füger, Sohn des Erhard Füger, begehrt dringend Einlass«, erwiderte Wendel und erschrak über seine eigene Stimme, die heiser und vollkommen fremd klang.

Hinter dem Tor wurde es still, kurz darauf öffnete sich die Pforte. Ein Wächter, den Wendel recht gut kannte, trat heraus und schaute ihn ungläubig an. »Mein Herr! Wir glaubten Euch im Kerker in Esslingen. In der Stadt heißt es, Ihr wäret festgesetzt und des Meuchelmordes angeklagt.« Der Wächter musterte ihn. »Heilige Maria Mutter Gottes, ich hätte Euch fast nicht erkannt.«

»Alles Unsinn, wie Ihr seht«, sagte Wendel. Er versuchte ein Lachen, das ihm aber nur halb gelang. Als er auf den Wächter zutrat, musste er die Zähne zusammenbeißen, denn der Schmerz ließ sich nicht länger von fröhlichen Gedanken im Zaum halten. »Und jetzt lasst mich ein, geschwind, mein Vater erwartet mich.«

»Zu Euren Diensten, Wendel Füger.« Der Wächter stieß die Pforte ganz auf.

Wendel nahm das Pferd beim Zügel, wollte aufsteigen, doch auf einmal erfasste ihn ein Schwindel, seine Beine knickten ein, und er spürte nichts mehr.

* * *

Konrad Sempach nahm Haltung an, Vorfreude pulsierte durch seinen Körper. Er gab dem Büttel ein Zeichen, woraufhin dieser energisch gegen die Tür des vornehmen Wohnturms hämmerte, in dem der Braumeister Henrich lebte. Sempach hatte das Ehrfurcht einflößende Bauwerk noch nie betreten und musterte neugierig die Fassade. Eigentlich lebten nur die adligen Familien in steinernen Türmen wie diesem. Die reichen Bürger besaßen zwar auch prächtige Anwesen, doch waren diese mehr auf die praktische Nutzbarkeit als auf Wehrhaftigkeit ausgelegt und besaßen Innenhöfe, Werkstätten, Ställe und Lagerhäuser. Meister Henrich hingegen übte sein Handwerk in einem länglichen Anbau aus, der sich eng an den quadratischen Wohnturm schmiegte.

Was für eine Anmaßung, dass ein gewöhnlicher Bierbrauer sich erdreistete, eine solche Wohnstätte sein Eigen zu nennen! Gerold von Türkheim sah das richtig: Es verstieß gegen die göttliche Ordnung, wenn einfache Handwerker und Kaufleute im Rat saßen und die Geschicke der Stadt mitbestimmten. Und doch gab es auch Dinge, die dafürsprachen. Man musste sich nur mit den richtigen Männern zusammentun, seine Schritte klug abwägen, dann konnte man eine Reihe Annehmlichkeiten aus seinen bürgerlichen Bekanntschaften ziehen.

Gerade wollte Sempach dem Büttel befehlen, nochmals anzuklopfen, als sich die Tür öffnete. Eine Magd blickte sie überrascht an.

Sempach trat vor. »Melde deinem Herrn, dass der Ratsherr Konrad Sempach ihn zu sprechen wünscht. Und zwar unverzüglich!«

Die Magd verschwand im Inneren, und nur wenig später trat Meister Henrich selbst an die Tür. »Sempach, kommt doch herein!«

Der Braumeister führte ihn in seine gute Stube, die zu Sempachs Ärger wie ein kleiner Thronsaal eingerichtet war: mit einem wuchtigen Eichentisch, lederbezogenen Stühlen, Teppichen an den Wänden und sogar auf dem Boden, wo sonst üblicherweise Stroh lag. Sauber war es, und es roch würzig nach Hopfen und Malz. Die Magd trug frisches Brot, Schinken, Käse und schäumendes kühles Bier auf. Wie es die Höflichkeit verlangte, plauderten sie eine Weile über Geschäfte, dann kam der Braumeister zur Sache, und Sempach musste sich eingestehen, dass der Mann durchaus Format hatte. Zu viel, vielleicht.

»Womit kann ich Euch dienen, verehrter Sempach?«, fragte Meister Henrich und lehnte sich erwartungsvoll in seinem Stuhl zurück. Nichts in seinem Gesicht deutete darauf hin, dass er ahnte, weshalb sein Gast ihn aufgesucht hatte.

Doch Sempach hatte nicht vor, sich von dem Braumeister in die Irre führen zu lassen. Er misstraute dem Mann zutiefst. Zudem hatte seine Frau die Geschichte mit dem verletzten Bein bestätigt. Auch sie hatte davon gehört, dass Henrich sich nicht etwa von dem Meister Chirurgicus, sondern von Raimund, dem Henker, hatte behandeln lassen. »Ich nehme an, Ihr habt davon gehört, dass der Reutlinger Weinhändler aus dem Kerker geflohen ist?«, begann er.

Meister Henrich nickte, ohne das Gesicht zu verziehen.

»Und dass Melchior, der Henker, in derselben Nacht ebenfalls spurlos verschwand?«

Wieder nickte Meister Henrich. »Auch das ist mir zu Ohren gekommen. Ich glaube nicht, dass es irgendjemanden in Esslingen gibt, der noch nicht davon erfahren hat. Der müsste schon taub sein oder nicht mehr alle Sinne beisammenhaben.« Er schmunzelte. »Das muss äußerst unangenehm für Euch sein.«

»Unangenehm?« Sempach schlug mit der Faust auf den Tisch. »Unangenehm? Eine Schande ist das! Und zwar nicht nur für den Schultheiß und den Rat, sondern für jeden aufrechten Esslinger Bürger. Seht Ihr das nicht auch so, werter Meister Henrich?«

»Das ist wahr gesprochen«, stimmte Henrich mit undurchschaubarer Miene zu. »Wir sollten in Zukunft unseren Henker sorgfältiger auswählen und besser kontrollieren. Das steht außer Frage. Und die Bürger, zu denen ich mich selbstverständlich auch zähle, sollten umsichtiger sein, damit so etwas nie wieder passieren kann. Doch kenne ich noch immer nicht den Grund Eures Besuchs.«

»Wisst Ihr etwas über das Verschwinden des Henkers?« Sempach beugte sich vor, fest entschlossen, sich keine Regung im Antlitz seines Gegenübers entgehen zu lassen, kein Zwinkern, kein noch so winziges Zucken.

»Nein«, antwortete Henrich, offenbar vollkommen gleichgültig. »Ich weiß nichts über das Verschwinden des Henkers. Wüsste ich etwas, so seid versichert, wäre der Henker nicht entflohen. Oder denkt Ihr da anders?« Er zog die Augenbrauen hoch.

Dieser Henrich war wirklich glitschig wie ein Fisch, aber Sempach war nicht gewillt, sich das Heft aus der Hand nehmen zu lassen. Er hob den Humpen, trank, stellte ihn zurück und grinste. »Ich dachte, Ihr wüsstet vielleicht etwas, weil Ihr näher mit ihm bekannt seid. Weil Ihr seinen Ziehvater gelegentlich in Eurem Haus empfangen habt.«

Zu Sempachs Überraschung lachte Meister Henrich laut auf. »Daher weht der Wind? Ihr habt davon gehört, dass Meister Raimund mein Bein verarztet hat? Das ist wahrlich kein Geheimnis.« Der Brauer stand auf, nestelte an seinem Gewand herum und rollte seinen Beinling herunter, bis der nackte Schenkel zu sehen war. Eine hässliche Narbe wand sich das Schienbein entlang. »Seht Ihr das, Sempach? Ich wäre jämmerlich krepiert, wenn Meister Raimund nicht gewesen wäre. Der Chirurgicus hätte mich zu Tode verarztet, wie schon manch anderen hier in der Stadt. Raimund Magnus, der Henker, war ein begnadeter Heiler. Und nicht nur ich habe ihm das Leben zu verdanken.«

Er trat zurück hinter den Tisch, ließ sich in seinen Stuhl fallen und knöpfte den Beinling wieder an den Gürtel. »Wenn Ihr jeden der Beihilfe verdächtigt, der sich von Meister Raimund oder seinem Neffen Melchior hat helfen lassen, könnt Ihr die halbe Stadt ins Verlies sperren. Ihr seid auf dem Holzweg, Ratsherr.«

Sempach kniff die Augen zusammen. Was das betraf, musste er dem Braumeister widerwillig beipflichten. Es war an der Zeit, seinen letzten Trumpf auszuspielen. »Dann wisst Ihr also auch nichts von einer Ketzerbibel?«

»Ketzerbibel?« Meister Henrich beugte sich vor und runzelte die Stirn, doch Sempach hatte das verräterische Zucken seiner Augen gesehen.

»Die Heilige Schrift in der Sprache des Volkes. Ihr wisst, dass der Besitz von Bibelübersetzungen verboten ist?«

»Natürlich weiß ich das, und ich wäre verrückt, so etwas in meinem Haus zu dulden, würde diese Todsünde mich doch mit Sicherheit am Tag des Jüngsten Gerichts dem Teufel in die Arme treiben. Doch was hat das mit dem Verschwinden des Henkers zu tun?«

»In seinem Haus wurde ein Bogen Pergament gefunden. Teil einer Ketzerbibel. Vermisst Ihr vielleicht einen solchen Bogen?«

Meister Henrich lehnte sich zurück. Von dem Schrecken, den Sempach kurz zuvor in seinem Gesicht hatte aufblitzen sehen, war nichts mehr zu bemerken. Er lächelte. »Wie ich schon sagte. So etwas befindet sich nicht in meinem Besitz. Ihr wollt natürlich herausfinden, woher dieses Pergament stammt. Leider kann ich Euch dabei nicht behilflich sein. Habt Ihr vielleicht ein Anliegen, bei dem ich Euch nützlich sein kann? Wenn nicht ...« Er erhob sich.

»Nein, nichts weiter im Moment. Wie unhöflich von mir, Euch so lange von Euren Geschäften abzuhalten!« Sempach griff zum Bierkrug und trank das köstliche Gebräu in einem Zug aus. Meister Henrich – so viel stand fest – hatte irgendwo in diesem prächtigen Wohnturm weitere Pergamentbögen mit der verbotenen Übersetzung versteckt. Und wenn nicht in diesen Mauern, dann an einem anderen Ort. Eine Tatsache, die sich in bare Münze umwandeln ließ. Er wusste noch nicht, wie er sich den Braumeister zunutze machen konnte, doch ihm würde etwas einfallen. Allerdings musste er behutsam vorgehen, musste erst ein wenig Gras über die Sache wachsen lassen. Nun, er hatte Zeit. Unwillkürlich rieb er sich die Hände, bevor er sich erhob. »Habt Dank für Eure Gastfreundschaft, Meister Henrich. Euer Bier ist von erlesener Qualität. Sicherlich beehre ich Euch bald wieder.«

»Ihr seid jederzeit willkommen.« Henrichs Gesicht war eine undurchdringliche Maske.

»Ich weiß«, sagte Sempach und strich sich genüsslich über seinen runden Bauch. »Ich weiß.« Er folgte seinem Gastgeber in die Eingangshalle. »Gehabt Euch wohl, Meister Henrich. Und auf bald! Auf sehr bald.«

***

Dietrich, der Fuchs, lauschte und schnüffelte in die Nacht. Der scharfe Geruch eines Bären fuhr ihm in die Nase, es knackte, und im selben Augenblick warf der Mond den gewaltigen Schatten des Tieres auf die Lichtung, auf die Dietrich gerade hatte treten wollen. Der braune Koloss drehte seinen Kopf nach beiden Seiten und hielt seine Schnauze in die Luft.

Dietrich verharrte reglos, die Hand an das Kurzschwert gelegt. Er war kein Feigling, doch der Kampf Mann gegen Bär war ein gefährliches Unterfangen. Meister Petz konnte ihn noch nicht gewittert haben, denn der Wind blies Dietrich ins Gesicht. Mit einem großen Schritt trat er auf die Lichtung und begann mit den Füßen aufzustampfen und laut zu rufen.

Der Bär fuhr herum, sah Dietrich, richtete sich zu seiner vollen Größe auf. Dietrich zog sich zurück, machte aber weiter Lärm. Er hatte Glück: Der Bär verstand, ließ sich wieder auf alle viere fallen, trottete zurück in den Wald und verschwand.

Dietrich wartete, bis das Knacken der Zweige verhallt war, dann stieß er den Atem aus und löste die Finger vom Schwert. Erst jetzt bemerkte er, dass seine Hand völlig verkrampft und schweißnass war. Auch auf seiner Stirn standen Schweißperlen.

Dietrich fuhr mit dem Ärmel darüber. Der Bär hatte ihn zu Tode erschreckt, doch hier draußen gab es einen, den er noch mehr fürchtete als die wilden Tiere. Vor einigen Stunden hatte er erfahren, dass Eberhard von Säckingen eine Belohnung auf seinen Kopf ausgesetzt hatte. Er hatte also gut daran getan, nach dem Missgeschick mit dem entlaufenen Mörder die Stadt zu verlassen und auf der Hut zu sein. Dietrich hatte dennoch gehofft, dass von Säckingen ihm die Gelegenheit geben würde, seinen Fehler wiedergutzumachen. Er hatte sich umgehört und erfahren, dass der Henker am Abend vor der Flucht von einem armen Bauern einen Gaul gekauft hatte. Einer der beiden Flüchtigen war also nicht zu Fuß unterwegs und vermutlich schon viel weiter von Esslingen weg, als alle annahmen.

Dietrich hatte vorgehabt, sich an seine Fersen zu heften. Ein einsamer Reiter, auf den die Beschreibung des Reutlingers zutraf, war am Tag zuvor mehrfach auf der Landstraße zwischen Wendlingen und Nürtigen gesehen worden. Das passte zu Dietrichs Vermutungen. Den Gaul hatte dieser gerissene Henker für den Gefangenen besorgt, schließlich war der peinlich befragt worden und nicht in der Lage, die Strecke nach Reutlingen zu laufen.

Dietrich hätte den Reutlinger erwischen können. Mit einem guten Pferd wäre es für ihn ein Leichtes gewesen, den Mann einzuholen. Aber die Gelegenheit war vertan. Nachdem er von dem Kopfgeld erfahren hatte, hatte er es vorgezogen, so schnell wie möglich unterzutauchen. Seit dem Morgen war er auf dem Weg in Richtung Süden, nicht auf der Landstraße, sondern quer durch die Wälder. Was für ein verfluchter Mist! Nur ein paar Augenblicke hatten ausgereicht, um sein ganzes Leben zu verpfuschen. Das hatte ihm alles dieser vermaledeite Henker eingebrockt, und dafür sollte er büßen.

Angetrieben von Wut und Hass lief Dietrich weiter. Er zwängte sich durch das Dickicht, unter ihm im Tal blinkte der Neckar im Mondlicht, daneben, ein Stück oberhalb des Ufers, erstreckte sich das dunkle Band der Landstraße. Plötzlich zog es ihm die Beine unter dem Leibe weg. Eine kleine Mulde hatte sich vor ihm aufgetan, die er nicht rechtzeitig gesehen hatte.

»Verflucht!« Gerade noch gelang es Dietrich, den Sturz abzufangen. Er wollte schon weitergehen, als er stutzte. In der Mulde lag etwas, ein winziger Fetzen hell leuchtenden Stoffs. Dietrich bückte sich, hob das Stück Stoff auf und tastete den Waldboden ab. Schnüffelte. Eindeutig. Hier hatte vor nicht allzu langer Zeit jemand gelegen, ein Mensch, kein Tier.

Nachdenklich rieb Dietrich den Stoff zwischen den Fingern. Er war grob und schmutzig. Seine Farbe war im schwachen Mondlicht nicht eindeutig zu erkennen, doch Dietrich war sicher, dass es ein leuchtendes Gelb war. Gelb, die Farbe der Huren. Bei dem Gedanken an eine dralle junge Metze regte sich sein Geschlecht. Er stöhnte. Viel zu lange schon hatte er mit keiner Hure mehr das Lager geteilt. Die letzte war Marie gewesen, eine üppige Schwarzhaarige, die laut gequiekt hatte, als er sein stoppeliges Narbengesicht zwischen ihren prallen Brüsten vergraben hatte.

Ein Knacken unterbrach Dietrichs Fantasien. Er zuckte zusammen, griff zum Schwert, atmete jedoch im gleichen Augenblick erleichtert auf, als er einen Dachs erblickte, der im Unterholz verschwand.

Wieder betrachtete Dietrich das Stück Stoff. Nicht nur die Huren trugen Gelb. Noch jemand lief in schreiend bunten Gewändern herum, damit man ihn auf der Straße rechtzeitig erkannte. Der Henker. War es möglich, dass der rothaarige Wicht die letzte Nacht hier verbracht hatte? Dann hatte also auch er den Weg nach Süden genommen.

Dietrich überlegte. Wenn er den Henker einfinge, würde ihm das eine satte Belohnung bescheren, genug Geld, um sich nach Italien abzusetzen oder noch weiter, irgendwohin, wo er vor von Säckingen sicher war. Mit einem Streich konnte er sich so an Melchior dafür rächen, dass dieser ihn in diese missliche Lage gebracht hatte, und von Säckingen ein Schnippchen schlagen.

Er sah sich suchend um. Da! Nicht weit von der Mulde entdeckte er einige abgebrochene Zweige. »Dachte ich es mir doch«, murmelte er. »Schlau magst du sein, Meister Hans, aber die Regeln der Jagd, die kennst du nicht, und genau das wird dich zu Fall bringen. Ich erwische dich schneller als ein Uhu einen lahmen Hasen.«

* * *

Drei Tage dauerte ihre Flucht nun an. Schon senkte sich ein weiterer Abend über die Hügel, und Melisande rieb ihre geschwollenen Füße. Sie genoss die Rast und die leichte Brise, die kühlend über ihre brennenden Sohlen fuhr. Falls sie es nicht rechtzeitig zu dem Fronhof schaffte, würde sie sich bald wieder ein Nachtlager suchen müssen. Eigentlich musste der Hof ganz in der Nähe sein, schließlich war es nur noch etwas mehr als eine Meile bis Urach.

Gestern Morgen hatte sie das belebte Ufer des Neckars verlassen und war auf einer schmalen Straße in Richtung Süden weitergelaufen. Sie passierte kleine Dörfer und Gehöfte und entdeckte am Abend auf einem Hügelkamm die Burg Schönfels, auf der vor fünf Jahren jenes Hochzeitsfest gefeiert worden war, dem sie mit ihrer Familie beigewohnt hatte. Ein entfernter Vetter ihrer Mutter wohnte dort, es war seine Vermählung gewesen, zu der sie damals gereist waren.

Für eine Weile hatte Melisande sich ausgemalt, wie es wäre, zu der Burg hinaufzusteigen und bei ihrer Verwandtschaft Schutz zu suchen. Sich nicht mehr verstecken zu müssen, endlich wieder Melisande Wilhelmis zu sein. Doch so verlockend der Gedanke war, sie durfte es nicht wagen. Die Neuigkeit, dass die Tochter von Konrad Wilhelmis gesund und unversehrt aufgetaucht war, würde sich wie ein Lauffeuer herumsprechen. Und sobald Ottmar de Bruce erfuhr, dass sie noch lebte, würde er nicht ruhen, bis er sie in seiner Gewalt hatte. Sosehr man auch versuchen würde, sie zu beschützen, seinem grenzenlosen Hass würde sie nicht entkommen. Ihr Leben wäre verwirkt.

Immer wieder sah sie wehmütig zu den trutzigen Mauern hinauf, und als sie schließlich um eine Biegung kam und Schönfels ihren Blicken entschwand, fühlte sie sich so einsam, dass sie unvermittelt in Tränen ausbrach. Eines Tages, hatte sie sich geschworen, eines Tages würde sie auf einem stolzen Schimmel auf den Burghof traben und der Burgherrin und dem Burgherrn ihre Aufwartung machen. Eines Tages würde Ottmar de Bruce seine gerechte Strafe ereilen, ihre Familie gerächt und sie selbst in Sicherheit sein. Doch dieser Tag schien in unerreichbarer Ferne zu liegen. Sie war auf der Flucht, und nicht nur de Bruce war ihr auf den Fersen, sondern auch ganz Esslingen.

Melisande verzog schmerzerfüllt das Gesicht, als sie die Schuhe wieder überstreifte. Es waren leichte Lederschuhe, die für kurze Wege in der Stadt angefertigt waren, nicht für lange Märsche über Stock und Stein, und in der linken Sohle befand sich bereits ein großes Loch. Sie erhob sich, verstaute den Wasserschlauch, den sie an einem kleinen Bachlauf aufgefüllt hatte, und machte sich wieder auf den Weg.

Die Sonne war bereits untergegangen, als sie auf einen Bauern stieß, der am Wegesrand mit einer Sichel Gras mähte. Im ersten Moment wollte sie sich verstecken, einen Umweg durch den Wald nehmen. Doch dann fasste sie sich ein Herz und trat auf den einfach gekleideten alten Mann zu. »Grüß Gott, Herr. Verzeiht mir die Störung. Wisst Ihr, ob es noch weit ist bis zum Hof des Paulus Weigelin?«

Der Mann hob den Kopf und musterte sie von oben bis unten. »Du bist nicht von hier«, stellte er fest. Es klang wie eine Drohung.

Melisande rang sich ein Lächeln ab. »Da habt Ihr vollkommen recht. Ich bin auf dem Weg zum Hof des Paulus Weigelin«, versuchte sie es erneut, diesmal mit erhobener Stimme. Vielleicht war der Alte schwerhörig und hatte ihre Frage nicht verstanden. »Kennt Ihr den Weg dorthin?«

Der Bauer begaffte sie immer noch argwöhnisch. »Zum Weigelin-Hof willst du?«

»Ja.« Melisande unterdrückte den Drang davonzulaufen. Sie hatte in den letzten Jahren so wenig gesprochen, dass ihr der Klang ihrer Stimme fremd vorkam. Fremd und gefährlich.

Der Bauer zuckte mit den Schultern. »Ganz wie du meinst.« Er drehte sich weg, deutete mit dem Arm zum Waldsaum, wo die Straße sich im Dunkel zwischen den Baumstämmen verlor. »Dort hinten zweigt ein Weg ab. Folg ihm für etwa eine halbe Meile. Er führt direkt auf den Hof.«

»Habt Dank, Gott schütze Euch.« Melisande verneigte sich und lief auf den Waldsaum zu. Wenn sie sich beeilte, konnte sie die Nacht vielleicht bereits hinter den schützenden Mauern des Fronhofs verbringen. Als sie den Abzweig erreichte, drehte sie sich noch einmal um. Der Bauer war wieder in seine Arbeit vertieft, es schien ihn nicht im Geringsten zu interessieren, was die fremde Frau auf dem Fronhof wollte.

Der Weg war so zugewachsen, als sei längere Zeit kein Wagen mehr darübergerollt. Dennoch schritt Melisande zuversichtlich aus. Dass sie ihrem Ziel so nah war, beflügelte ihre Schritte.

Nach einer Weile lichtete sich der Wald, rechts und links tauchten Felder auf, doch sie schienen brachzuliegen. Bisher hatte sie angenommen, dass es aus der anderen Richtung, von Urach her, eine Straße zum Fronhof gab, die regelmäßig benutzt wurde. Nun aber beschlich Melisande ein ungutes Gefühl.

Schließlich erblickte sie das Dach eines riesigen Gebäudes. Melisande atmete auf. Das musste der Fronhof sein. Weitere Häuser tauchten auf, umgeben von einer mannshohen Mauer.

Melisande rannte nun fast. Als sie das erste Gebäude

erreichte, erstarrte sie jedoch. Das Dach, das aus der Ferne so majestätisch gewirkt hatte, war eingefallen, Kletterpflanzen rankten ungebändigt über die Fassade. Ein riesiges Mühlrad ragte aus dem Wasser eines kleinen Bachlaufs auf, doch es drehte sich nicht. Ein Stück hinter der Mühle befand sich ein weiteres Gebäude, das ebenfalls verlassen aussah, dahinter die Mauer.

Melisande lief auf das hölzerne Tor zu. Beide Flügel standen offen. Auch im Hof selbst war alles still und dunkel. Keine Hühner, Ziegen oder Schweine liefen umher, keine menschliche Stimme zeugte von Leben. Nirgends brannte ein Licht.

Melisande schlich an den verlassenen Häusern vorbei, versuchte kein Geräusch zu machen, um nicht die Dämonen zu wecken, die sich womöglich hier versteckt hielten. Von vielen Gebäuden standen nur noch die Grundmauern, das Holz und das Stroh, aus dem einst Wände und Dach gefertigt gewesen waren, hatten offenbar anderweitig Verwendung gefunden. Nur die Steingebäude waren weitgehend unversehrt. In der Schmiede war die Esse umgeworfen, der Amboss fehlte. Sie betrat das Backhaus, in dem es nach frisch gebackenem Brot duftete, Hoffnung keimte auf, dass doch jemand hier lebte. Die Lederwerkstatt jedoch war ebenso verlassen wie die Schmiede.

Schließlich ging Melisande zu einem länglichen Gebäude. Sie wagte einen Blick durch die Tür und entdeckte die Überreste einer Kelter und einige verfaulte Fässer. In einer Ecke lag ein Haufen Stroh.

»Das kann doch nicht sein! Das darf doch nicht …« Schluchzend wischte Melisande sich ein paar Tränen aus dem Gesicht. Das Schreiben, das sie im Ärmel ihres Gewandes trug, hätte ihr hier wenigstens eine Zeitlang ein Zuhause verschaffen sollen, einen Ort, an dem sie ausruhen, neue Kräfte sammeln und Pläne für die Zukunft schmieden konnte. Doch selbst das bisschen Geborgenheit, das eine Stellung als Magd ihr geboten hätte, war ihr nun verwehrt.

Inzwischen war es vollkommen dunkel. Es hatte keinen Sinn, heute noch weiterzuziehen. Melisande trat auf den Strohhaufen zu. Wenigstens für diese Nacht würde der Fronhof ihr einen guten Unterschlupf bieten, denn er lag weitab der Landstraße, niemand kam zufällig hier vorbei. Die Backstube wurde wahrscheinlich einmal in der Woche von den Bewohnern des nahe gelegenen Dorfes benutzt.

Sie knotete ihr Bündel auf und zog das Henkersgewand hervor, das ihr eine weitere Nacht als Unterlage dienen würde. Der vertraute Stoff hatte etwas Tröstliches, barg die Erinnerung an Raimund. Unwillkürlich lächelte sie. Sie, Melisande Wilhelmis, eine Handvoll Mensch, hatte die mächtige Reichsstadt Esslingen gefoppt, hatte einen Todgeweihten entführt, war mit ein wenig Budenzauber durch die schwer bewachten Tore geschlüpft und allen Bluthunden und Suchtrupps entkommen. Der Uhu kreiste zwar drohend in der Luft, aber der Hase konnte sich unsichtbar machen.

Sorgfältig breitete sie das Gewand aus und ließ sich nieder, packte das wenige Essen aus, das sie noch bei sich trug. Ein letztes Stück Brot und ein paar Himbeeren, die sie unterwegs gepflückt hatte. Sie legte sich eine Himbeere in den Mund, schloss die Augen und zerdrückte die Frucht mit ihrer Zunge. Erinnerungen an glückliche Sommertage stürzten auf sie ein: wie sie mit Rudger im Wald gespielt hatte, die Dämme, die sie in einem der zahlreichen Bäche gebaut hatten, die Finger eiskalt vom quellfrischen Wasser, die Arme gerötet von der Sonne. Solange es ging, behielt sie die Himbeere auf der Zunge, dann schluckte sie, und die Bilder zerstoben.

Melisande nahm einen tiefen Schluck aus dem Schlauch, um die Tränen herunterzuspülen, die schon wieder in ihren Augen brannten. Sie ärgerte sich über ihre Weinerlichkeit. Ein kühles Bier oder ein kräftig gewürzter Wein, das wäre jetzt die richtige Medizin, um den Schmerz und den Kummer in seine Schranken zu verweisen. Doch in dem halb verfallenen Kelterhaus war nichts mehr übrig außer dem schwachen Geruch nach gegorenem Traubensaft.

Die nächste Himbeere landete auf ihrer Zunge, löste weitere süße Erinnerungen aus, die nächste und die nächste. Viel zu bald war keine Frucht mehr übrig, und mit der Nacht kehrten auch die Traurigkeit und die Einsamkeit zurück in die Scheune. Nur der Gedanke an den Karcher aus Reutlingen tröstete Melisande: Sie hatte einen Unschuldigen gerettet, war zum Werkzeug Gottes geworden. Alles würde gut werden.

***

Dietrich erreichte die Anhöhe und blickte sich suchend nach allen Seiten um. Er hatte Glück, auch in dieser Nacht trübte keine Wolke das klare Licht der Sterne und des Mondes. Auf Schlaf konnte er gut verzichten. Er würde noch genug ausruhen können, wenn er den Esslingern den Henker übergeben und dafür die sicherlich reichliche Belohnung eingestrichen hatte. Er spürte, dass er seiner Beute dicht auf den Fersen war. Es war nicht schwer gewesen, den Spuren zu folgen. Ganz in der Nähe der Mulde, die dem Henker offenbar als Nachtlager gedient hatte, hatte er neben einem Bachlauf Fußabdrücke im Schlamm gefunden, die so unverkennbar waren, dass es ein Leichtes gewesen war, sich ihre Besonderheiten einzuprägen: ein Loch in der linken und ein fehlendes

Stück an der rechten Sohle. Außerdem hatte aus unerfindlichen Gründen ein süßlicher Duft in der Luft gehangen, sowohl in der Mulde als auch an dem Bach, ein Duft nach Rosen. Auch wenn Dietrich sich nicht erklären konnte, weshalb ein Henker nach Rosen roch, war er sicher, dass der Duft und die Fußabdrücke ihn zu Melchior führen würden.

Noch einmal ließ Dietrich den Blick schweifen, doch die Konturen verschwammen, seine Augen brannten. Vielleicht sollte er ein paar Stunden schlafen. Am Horizont war eine graue Wand zu erkennen, dort türmten sich Wolken auf. Das Wetter war im Begriff umzuschlagen, aber der Regen, der die Spuren des Henkers wegwaschen würde, würde hoffentlich noch ein Weilchen auf sich warten lassen. Vor der Wolkenwand erhob sich etwas anderes in den Himmel. Zuerst hielt Dietrich es für einen knorrigen Baum, doch dann bemerkte er, dass es ein Gebäude war.

Als Dietrich näher kam, erkannte er alsbald eine Wassermühle, dahinter die Gebäude eines Gehöftes. Er hätte lieber einen großen Bogen um die Ansiedlung geschlagen, doch der Henker war offenbar genau diesen Weg entlanggelaufen, und er wollte die Fährte auf keinen Fall verlieren.

Erstaunt stellte er fest, dass das Hoftor nicht verschlossen war. Die Gebäude sahen verlassen aus, viele waren verfallen. Dietrich brummte zufrieden. Ein ideales Plätzchen für die Nacht. Langsam ließ er die Augen über die Überreste von Häusern, Stallungen und Werkstätten schweifen. An einem Haus, das noch recht solide und unversehrt aussah, blieb sein Blick hängen. Hier würde er es sich für ein paar Stunden bequem machen.

Dietrich schlich an einer Mauer entlang, darauf bedacht, kein Geräusch zu machen. Immerhin war es möglich, dass er nicht der Einzige war, dem das verlassene Gehöft als Unterschlupf gelegen kam. Bestimmt hatte der Henker ebenfalls hier Halt gemacht. Dietrich konnte ihn wittern, den schwachen Duft nach Rosen, vermischt mit dem Angstschweiß eines flüchtigen Tieres. Morgen würde er ihn zu Gesicht bekommen, doch zuerst musste er neue Kräfte sammeln. Dieser Melchior mochte ein dürres Kerlchen sein, doch seine Geschicklichkeit im Umgang mit dem Schwert war weit über die Stadtgrenzen von Esslingen hinaus bekannt. Einem wie ihm sollte man lieber ausgeruht begegnen.

***

In der Nacht drehte der Wind, die Wolken stiegen auf, eine Luftströmung erfasste sie, und schon öffneten sich die Schleusen des Himmels. Es goss wie aus tausend Kübeln. Die feuchten Schwaden legten sich auf die Kuppen der Alb und krochen das Neckartal hinab bis nach Esslingen. Dort verfinsterten sie den Himmel, sodass man meinen konnte, die Sonne sei gar nicht aufgegangen.

Die Farbe des Himmels passte zu den düsteren Mienen der Ratsherren, die am großen Tisch zusammengekommen waren. Es war Samstag. Seit dem frühen Mittwochmorgen wurden der Mörder aus Reutlingen und der Henker vermisst, und noch immer gab es von beiden keine Spur. Das Volk murrte schon, ein verschwundener Henker war ein schlechtes Omen und ein Beweis dafür, dass die Obrigkeit ihre Bediensteten nicht im Griff hatte. Überall erzählte man die Geschichte einer Stadt im hohen Norden, die vom Feuer verzehrt worden war, nachdem sich der Henker auf ganz ähnliche Weise davongemacht hatte.

Johann Remser richtete sich in seinem Stuhl auf und räusperte sich vernehmlich. »Gestern Nacht ist ein Bote aus

Reutlingen eingetroffen. Wendel Füger ist sicher in seiner Heimatstadt angekommen.«

Niemand zeigte große Regung, die Katastrophe war abzusehen gewesen.

»Natürlich weigert sich der Reutlinger Rat, ihn uns auszuliefern, wie es das Recht vorschreibt. Die Vorwürfe gegen den Karcher seien erlogen, er habe sich nichts zu Schulden kommen lassen. Der Bursche sei Opfer eines Komplotts, heißt es, und wir sollten lieber den wahren Mörder suchen.«

»Unverschämtheit!«, rief Gerold von Türkheim.

»Reutlingen ist eine Schande für alle Reichsstädte!«, ergänzte Waldemar Guirrili.

»Das dürfen wir uns nicht bieten lassen!«, brüllte Henner Langkoop.

Der Schultheiß erhob die Hand. »Ruhe! Ruhe, meine Herren! Das ist ja alles gut und richtig, was Ihr da vorbringt, doch es nützt uns wenig.« Er fuhr sich mit dem Ärmel über die Stirn. »Leider haben wir kein Geständnis. Das macht es schwierig, dem Burschen den Mord nachzuweisen.«

Wieder erhoben sich laute Stimmen.

»Das ist der verfluchte Henker schuld!«

»Dieser Teufelsknecht hat uns das eingebrockt!«

Remser schlug mit dem Richterstab auf den Tisch. Ruhe kehrte ein.

»Gibt es denn keine Spur von Melchior? Nicht den kleinsten Anhaltspunkt?«, fragte Karl Schedel, der Kürschnermeister, in die Stille.

Remser schüttelte den Kopf. »Es ist, als hätte der Erdboden ihn verschluckt.«

»Er ist in die Hölle gefahren, wo er hingehört!«, entfuhr es Guirrili, wofür er von Remser einen strengen Blick kassierte.

»So ein Mann kann sich nicht dauerhaft verbergen«, sagte von Türkheim. »Er hat keine Freunde oder Verwandten in der Gegend. Er besitzt nicht viel Geld, und niemand würde einen Henker, egal, ob flüchtig oder nicht, freiwillig bei sich aufnehmen. Irgendwo muss der Bursche also stecken.«

»Ihr habt ganz recht, Türkheim«, bestätigte Konrad Sempach, der die Zeit für gekommen hielt, die Besprechung in die von ihm gewünschte Bahn zu lenken. »Zumindest wenn man davon ausgeht, dass Melchior keinen Verbündeten hat. Aber was, wenn diese Annahme falsch ist?«

Alle starrten ihn an.

Genüsslich fuhr er fort. »Irgendwo unter uns lebt ein Ketzer. Ein Mann, der die Bibel übersetzt oder doch zumindest eine solche Übersetzung in Auftrag gegeben hat. Ein Mann, der diese gotteslästerlichen Worte an den Henker weitergereicht hat.« Sempach bekreuzigte sich. »Wäre ein solcher Mensch nicht auch imstande, dem Meister Hans Unterschlupf zu gewähren? Ich sage Euch, werte Herren: Wem auch immer diese ketzerische Bibel gehört, dieser Mann weiß auch, wo der stumme Melchior zu finden ist.«

Eine Weile fiel nicht ein einziges Wort.

Johann Remser warf einen unruhigen Blick zum Fenster, vor dem sich die Mauern des Predigerklosters erhoben. »Dämpft Eure Stimme, wenn Ihr von Ketzerei sprecht«, raunte er. »Es wäre besser, wenn den frommen Brüdern, die nach den Lehren des heiligen Dominikus leben und die nicht umsonst die ›Hunde des Herrn‹ genannt werden, nichts davon zu Ohren käme. So manches Mal schon waren sie etwas zu eifrig in ihrem Glauben, und ich möchte nicht, dass wir unsere Richterstühle gegen den Scheiterhaufen eintauschen müssen, wenn sie einmal Blut geleckt haben ...« Er brach ab und schaute einem nach dem anderen in die Augen.

Sempach erwiderte den Blick kühl. Was hatten sie schon zu befürchten? Nur Ketzer und Hexen zuckten vor dem gerechten Zorn der heiligen Gerichte zurück. Andererseits hatte Remser wohl nicht ganz unrecht. Auch Sempach war zu Ohren gekommen, dass schon Unschuldige auf dem Scheiterhaufen gelandet waren. Aber wo gehobelt wurde, da fielen Späne, das war schon immer so gewesen. Umso besser für ihn, wenn die Sache nicht an die große Glocke gehängt wurde.

Gerold von Türkheim beugte sich vor. Auch er sprach mit verhaltener Stimme. »Habt Ihr denn schon etwas herausgefunden über die Herkunft der Ketzerbibel, Sempach?«

»Nicht direkt. Ich habe einen Verdacht, den ich aber noch nicht aussprechen möchte, wie Ihr sicher versteht.« Er machte eine Pause, niemand erwiderte etwas, also fuhr er fort. »Ich bin jedoch sehr zuversichtlich. Es ist nur eine Frage der Zeit, bis der Zorn Gottes die Richtigen treffen wird.«

Der Schultheiß seufzte und fuhr sich zum wiederholten Mal über die Stirn. »Ich wollte dieses leidige Kapitel eigentlich abschließen«, entgegnete er schwach. »Das bringt alles nichts. Wir sollten einen neuen Henker suchen und es gut sein lassen. Diese ganze Aufregung ist schlecht für das Ansehen der Stadt.«

Sempach sah ihn eindringlich an. »Bei allem Respekt, das dürfen wir nicht tun. Ketzerei ist eine schwere Sünde. Außerdem dürfen wir Melchior nicht einfach so davonkommen lassen. Wir müssen die Ehre der Stadt Esslingen wiederherstellen. Auch wenn wir natürlich darauf achten müssen, dass nicht unnötig kostbares Geschirr zu Bruch geht.«

»Ich stimme Sempach zu. Er soll weiter nachforschen!«, rief Henner Langkoop, stand auf und stellte sich hinter Sempach.

»Ich schließe mich an«, fielen Waldemar Guirrili und Kunibert von Engern ein und rückten ebenfalls zu Sempach auf.

Remser trommelte mit seinen Fingern auf die Tischplatte, wiegte ein paarmal den Kopf. »Nun gut. Wenn Ihr unbedingt wollt. Sempach, ich gebe Euch acht Wochen Zeit, den Ketzer zu finden. Aber ich warne Euch: Geht Ihr nicht diskret vor, entziehe ich Euch den Auftrag. Hört Euch um, streut Gerüchte. Die da drüben«, er deutete mit dem Daumen auf das Predigerkloster, »brauchen nichts davon mitzubekommen. Wir haben genug Scherereien.«

Sempach verneigte sich tief. »Wie immer habt Ihr weise gesprochen, ehrwürdiger Schultheiß, und ich versichere Euch, Ihr werdet kein laues Lüftchen von meinen Nachforschungen spüren.«

Remser verdrehte die Augen, pochte mit seinem Stab ein letztes Mal energisch auf den Tisch. »Die Ratssitzung ist beendet. Gehabt Euch wohl.« Er scheuchte die Herren zur Tür. »Ihr, Sempach, bleibt noch einen Moment.«

Schnatternd wie die Gänse erhoben sich die Ratsherren und verließen den Saal. Sempach blieb stehen und hob eine Augenbraue. Wenn *er* erst einmal Schultheiß war, dann würden solche Dinge anders in Angriff genommen. Dann gab es kein Gezeter und Geschnatter mehr, dann wurden harte Entscheidungen getroffen und ausgeführt. Und wem das nicht passte, der würde sich schneller im Loch wiederfinden, als er denken konnte.

»Sempach.« Remser holte tief Luft. »Ich kann mir vorstellen, was in Eurem Kopf vor sich geht und dass Ihr lieber heute als morgen meinen Stuhl einnehmen würdet.«

Sempach schwieg und lächelte liebenswürdig.

»Vielleicht gelingt Euch das eines Tages sogar. Aber bis dahin habe ich das Sagen. Und wenn Ihr mir die dominikanischen Bluthunde aufweckt, dann macht Euch auf etwas gefasst. Haben wir uns verstanden?«

Sempach hätte Remser gerne auf der Stelle den Rattenhelm aufgesetzt, aber er musste sich in Geduld fassen. »Ich würde es nicht wagen, Euren Anordnungen zuwiderzuhandeln, Schultheiß«, sagte er stattdessen. »Ich weiß, wo mein Platz ist, und Hunde mag ich ebenfalls nicht, vor allem, wenn sie jeden Knochen abnagen, denen man ihnen vorwirft.«

»Gut, Sempach, gut. Und jetzt lasst mich allein. Ich muss nachdenken.«

Sempach neigte den Kopf, wandte sich um, verließ das Schwörhaus und trat auf die Straße. Zufrieden rieb er sich die Hände. Acht Wochen. Das war mehr als genug Zeit, Meister Henrich die Schlinge um den Hals zu legen und diesen Hundsfott von einem Henker ausfindig zu machen.

***

Sie hatte wieder geträumt. De Bruce hatte ihr ein Messer an den Hals gesetzt und gedroht, ihr die Kehle aufzuschlitzen. Das Gefühl war so echt, dass Melisande nicht wagte, sich zu bewegen. War sie wach oder nicht? Sie hielt die Augen geschlossen, zwickte sich mit der rechten Hand in den Oberschenkel. Es tat weh. Also war sie wach, doch das Gefühl, dass etwas an ihren Hals gepresst wurde, blieb.

Von draußen drang ein gleichförmiges Prasseln in das Kelterhaus, übertönt von einem kurzatmigen Schnaufen, das direkt über ihr zu schweben schien. Das war kein Traum. Das war wirklich!

Erschrocken wollte Melisande hochfahren, doch sie hielt inne, als der Schmerz stärker wurde. Sie öffnete die Augen einen Spaltbreit. Ein Schatten beugte sich über sie, der einen länglichen Gegenstand in der Hand hielt. Die fremde Gestalt roch säuerlich und atmete keuchend. Wasser tropfte aus ihrer Kleidung und ihrem Haar auf sie herab.

Melisande wurde es übel vor Angst. Doch sie zwang sich, die Augen offen zu halten und genau hinzusehen. Es dauerte einen Augenblick, bis sie mehr erkennen konnte, denn die Gestalt stand zwischen ihr und der Tür und verdeckte so die einzige Lichtquelle des Raums. Die Fensterschlitze ließen kaum Helligkeit ein, sie waren winzig und mit Kletterpflanzen zugewuchert.

»Wer bist du?«, schnarrte eine raue Stimme.

Gott sei Dank, dachte Melisande, das ist nicht de Bruce und auch nicht sein Handlanger von Säckingen.

»Na los, red schon! Oder ist dir das Mundwerk zugewachsen?«

»Me-« Siedend heiß fiel ihr ein, dass sie sich gar nicht überlegt hatte, unter welchem Namen sie sich als Magd auf dem Fronhof vorstellen wollte. Fieberhaft überlegt sie.

»Me- was? Komm schon, spuck's aus, Kleine!«

»Mechthild«, sagte Melisande schnell und schickte ein Stoßgebet zum Himmel, um Gott für die Eingebung zu danken. »Mechthild aus Esslingen. Ich komme auf Empfehlung der Gattin des Braumeisters Henrich, um hier als Magd zu arbeiten. Sie ist die Schwester von Paulus Weigelin. Sie hat mir ein Schreiben mitgegeben. Ich kann es Euch zeigen, wenn Ihr wollt. Ich bin keine Diebin.«

Jedes einzelne Wort tat Melisande weh, so fest drückte sich der lange Gegenstand in ihre Kehle. Jetzt, wo sie sich ein wenig an das Dämmerlicht gewöhnt hatte, erkannte sie, dass es eine Mistgabel war, deren mittlerer Zinken sich in die zarte Haut an ihrem Hals bohrte.

»Zu Paulus Weigelin willst du? Da kommst du zu spät.« Der Mann stieß ein verächtliches Lachen aus. »Woher weiß ich denn, dass deine Geschichte stimmt? Du musst gar keine Diebin sein, genauso gut kannst du eine Hure sein oder eine Hexe, mit diesem feuerroten Teufelshaar. Ständig verirrt sich irgendwelches Gesindel hier auf den Hof.«

»Ich könnte Euch das Schreiben zeigen«, röchelte Melisande. Sie bekam kaum noch Luft.

Der Mann spuckte auf den Boden dicht neben ihrem Kopf. »Das würde dir kaum etwas nutzen, kleine Metze. Ich kann das Gekrakel der vornehmen Leute nicht entziffern. Und meine Ida ebenso wenig.«

»Ihr wohnt hier auf dem Hof?« Melisande war sich mit einem Mal sicher, dass der Mann nicht gefährlich war, nur vorsichtig. Sicherlich hatte er sich schon mit jeder Menge üblem Gesindel herumschlagen müssen. Es kam darauf an, die richtigen Worte zu finden.

»Schon mein ganzes Leben, ja. Als die anderen weg sind, bin ich geblieben. Es ist kein einfaches Leben, aber es ist besser, als in die Fremde zu ziehen.«

»Warum sind die anderen fortgegangen?«

Er antwortete nicht.

Melisande röchelte wieder, und es wirkte. Der Mann hob die Gabel an, doch die Zinken schwebten immer noch bedrohlich über ihrem Hals. »Bitte, lasst mich aufstehen! Sehe ich aus, als könnte ich Euch ein Leid zufügen?«

Der Mann sah ihr in die Augen. Dann richtete er sich auf und ließ die Mistgabel sinken. »Du kannst dich erheben, Mechthild. Aber tu es bedächtig. Deine Geschichte scheint zu stimmen. Immerhin ist es wahr, dass der Herr eine Schwester in Esslingen hatte.« Er musterte sie von oben bis unten. »Bei der Heiligen Jungfrau Maria, du bist ja dürr wie ein Grashalm.

Komm mit, Kind, Ida macht dir etwas zu essen, bevor du weiterziehst.«

Schwerfällig erhob sich Melisande. Ihre Glieder waren jetzt ebenso steif und verkrampft wie ihr Hals. Hastig packte sie ihre Sachen zusammen und schnürte ihr Bündel, bevor der Mann merkte, dass ihre Schlafunterlage in Wahrheit das Gewand eines Henkers war. Sie stolperte hinter ihm ins Freie, wo ein Schleier aus dichtem Regen ihr erneut die Sicht raubte. Halb blind folgte sie dem Mann in ein kleines Haus aus Stein, aus dessen Kamin eine dünne Rauchsäule aufstieg.

»Hast du das Lumpenpack erwischt?«, tönte ihnen eine harte Stimme entgegen. Eine ältere Frau stand am Herdfeuer und rührte mit sehnigen Armen in einem kleinen Topf.

»Ich hab's gleich mitgebracht«, erwiderte ihr Mann.

»Hermann!« Die Frau fuhr herum, erblickte Melisande und hob fragend die Brauen. »Wer bist du denn, Kind?«

»Das ist die Mechthild. Weigelins Schwester hat sie als Magd hergeschickt. Sie weiß wohl noch nicht, was geschehen ist.«

Die Frau schüttelte den Kopf, eine graue Strähne löste sich unter der weißen Haube und fiel ihr ins Gesicht. Ihre Stimme wurde wärmer. »Du musst zurückkehren, Kind. Hier gibt es keine Arbeit für eine Magd. Hermann und ich sind die Einzigen, die geblieben sind, und das bisschen, was wir zum Leben haben, reicht kaum für uns zwei. Du kannst ein wenig Haferbrei mit uns essen, um dich für deinen Weg zu stärken.« Sie deutete auf einen Tisch, an dem zwei roh gezimmerte Schemel standen. Darunter hockten zwei magere braune Hühner und pickten im Stroh nach Krümeln. »Nimm Platz.« Sie schaute ihren Gemahl an. »Und was ist mit dem Dieb? Hast du ihn erwischt?«

Hermann schüttelte den Kopf. Jetzt, wo Melisande ihn in Ruhe betrachten konnte, sah sie, wie alt er war. Vermutlich hätte sie ihm die Mistgabel mit einer kräftigen Bewegung aus der Hand schlagen können.

»Der Bursche ist mir entwischt. Drei Eier und einen halben Schinken hat er erbeutet. Ich habe ihn entdeckt, als er gerade einen Blick in das Kelterhaus geworfen hat. Vermutlich hat er sich falsche Hoffnung auf einen guten Tropfen Wein gemacht. Als ich hinzukam, hat er Reißaus genommen.« Er musterte Melisande argwöhnisch. »Vielleicht hat er aber auch gar keinen Wein gesucht, sondern seine Gefährtin. Er gehört doch wohl nicht zu dir, oder?«

»Nein, ich bin allein unterwegs.«

Hermann kniff nachdenklich die Augen zusammen. Er schien nicht überzeugt, setzte zum Sprechen an, doch seine Frau stellte den Topf auf den Tisch, und so sagte er nur ein kurzes Tischgebet auf.

Der Brei war klebrig und ohne rechten Geschmack, doch Melisande fiel darüber her, als hätte sie einen Fasanenbraten vor sich stehen. Im Nu war das Gefäß leer. Melisande seufzte leise und betrachtete ihren Löffel, an dem noch ein wenig Brei klebte. »Was ist denn passiert, dass alle fortgezogen sind?«

»Viel Unheil ist geschehen«, erwiderte die alte Ida bitter. »Manche sagen, ein Fluch liege über dem Weigelin-Hof.«

»Das ist doch Unsinn, Weib. Musst du diesen Unfug nachplappern?«, murrte Hermann und verschränkte seine Arme vor der Brust.

»Unheil ist Unheil. Ich spreche nur aus, was offenbar ist.«

»Meinetwegen«, brummte Hermann, »aber lass mich damit in Ruhe. Ich sehe derweil nach den Fellen. Ein Glück, dass der Kerl die nicht gefunden hat.« Er erhob sich und trat hinaus in den Regen. Auf der Schwelle drehte er sich noch einmal um. »Wenn ich wiederkomme, will ich dich nicht mehr sehen, Mechthild, oder wie auch immer du tatsächlich heißen magst. Solche wie dich können wir hier nicht gebrauchen. Eine Frau ganz allein unterwegs – das kann nichts Gutes bringen.«

Melisande ließ den Kopf hängen.

Die Frau tätschelte ihr die Hand. »Nimm's ihm nicht übel, Kind. Er meint es nicht böse. Er grämt sich, weil das Schicksal uns so arg mitgespielt hat. Früher war er ein angesehener Rotgerber hier auf dem Fronhof, hat das Leder für die Sättel, das Zaumzeug und das Schuhwerk hergestellt. Und ich habe als Magd im Herrenhaus gearbeitet.« Sie seufzte. »Alles fing damit an, dass der kleine Sohn vom Weigelin in den alten Brunnen gestürzt ist. Keiner hat gesehen, wie es passiert ist, drei Tage haben wir nach ihm gesucht. Als wir ihn schließlich fanden, war er tot. Sein Vater ist wahnsinnig geworden vor Schmerz. Der Junge war sieben und sein einziger Sohn. Im folgenden Winter begann das Sterben. Ein Fieber ging um und raffte fast die Hälfte der Menschen hinweg, die auf dem Hof lebten. Im folgenden Frühjahr hatten wir nicht genug Hände, um die Felder zu bestellen und das Vieh zu versorgen. Und dann kamen die Unwetter und machten die gesamte Ernte zunichte. Immer mehr Leute verließen den Hof. Die Arbeit blieb liegen. Eines Tages fanden wir auch noch den Herrn tot in seinem Bett. Niemand wusste, woran er gestorben war. Danach gab es kein Halten mehr. Auch die letzten Mägde und Knechte verließen den Hof. Die Handwerker waren ohnehin längst fort. Nur Hermann und ich blieben hier. Wo hätten wir auch hingehen sollen? In unserem Alter finden wir keine Arbeit mehr. Wir bestellen ein kleines Beet hier hinter dem Haus, nennen die zwei Hühner und eine Ziege unser Eigen, damit kommen wir recht gut über die Runden. Hermann stellt Leder her, aus Kaninchen und anderen kleinen Tieren, die er jagt. Die fertigen Stücke verkauft er den Gerbern in Urach, auf dem Markt darf er sie ja nicht anbieten, weil er nicht der Zunft angehört. Aber so verdient er immerhin ein wenig Geld, mit dem wir Vorräte für den Winter oder ein wenig Stoff für ein neues Gewand kaufen können.« Sie erhob sich abrupt. »So, jetzt muss ich aber an die Arbeit.«

Melisande stand ebenfalls auf. »Ich könnte Euch zur Hand gehen.«

Ida schüttelte den Kopf. »Was wir haben, reicht nicht, um drei Mäuler zu stopfen.«

Melisande zögerte, dann zog sie ihren Beutel hervor und entnahm ihm einige Münzen, die sie auf den Tisch legte. »Ich habe ein wenig Geld gespart, ich zahle Euch die Verköstigung. Man sieht es mir vielleicht nicht an, aber ich bin harte Arbeit gewöhnt. Außerdem kenne ich mich in der Heilkunde aus. Bitte schickt mich nicht fort! Da draußen wartet der Tod auf mich.«

***

Die Stadt Urach lag unter einem Schleier aus Regen und Dunst am Fuß des Berges. Braun schäumend und aufgewühlt von den Wassermassen, die seit Stunden auf sie niederprasselten, strömte die Erms an den wehrhaften Stadtmauern entlang und verschwand hinter einer Biegung in Richtung Norden. Fast vollständig verborgen von den tief hängenden Wolken thronte die Burg Hohenurach über der Stadt. Die Stadt, die Burg, der Fluss, alles erschien unwirklich wie eine

Wandmalerei, deren Farben im Laufe der Jahrhunderte verblasst waren.

Dietrich, der Fuchs, schüttelte sich. Die Nässe war längst bis auf seine Haut durchgedrungen, ihr gefolgt war die Kälte, die langsam von ihm Besitz ergriff. Zu gern wäre er ins Tal hinabgestiegen, hätte es sich in einem der Wirtshäuser bequem gemacht und seine Lebensgeister von einem Krug Wein und einer duftenden Magd wecken lassen.

Verärgert spuckte er auf den Boden. Der verfluchte Regen hatte ihn daran gehindert, die Fährte des Henkers jenseits des verlassenen Fronhofs wieder aufzunehmen. Als er morgens aufgewacht war, hatte es bereits in Strömen gegossen. Trotzdem hatte er das Gelände gründlich abgesucht. Irgendwann war er auf die beiden Alten gestoßen, die offenbar in diesen Ruinen lebten. Zuerst hatte er überlegt, den beiden die Kehle durchzuschneiden, damit sie ihn nicht verraten konnten, aber er hatte sich anders entschieden. Eine solche Bluttat würde viel zu viel Aufmerksamkeit nach sich ziehen. Schließlich hatten die beiden ihn nicht gesehen, zumindest nicht von vorne, und Diebe gab es viele. Ein Gesicht wie seins aber gab es kein zweites Mal. Unwillkürlich fuhr er mit den Fingern über seine Narbe.

Er hatte den Hof noch eine Weile vom Wald her beobachtet, schließlich konnte er nicht sicher sein, dass wirklich nur die beiden alten Leute dort wohnten, denn der Mann hatte ihn vertrieben, bevor er mit seiner Suche fertig war.

Und das Warten hatte sich gelohnt: Es gab noch eine dritte Person auf dem Hof, eine junge Metze mit feuerrotem Haar, vielleicht die Tochter der beiden. Bei ihrem Anblick war Dietrich das Wasser im Mund zusammengelaufen. Ein bisschen mager war sie, aber dafür hatte sie das Gesicht eines Engels. Am liebsten hätte er den Hof noch einmal aufgesucht, sich den Rotschopf von Nahem angeschaut. Doch er hatte sich beherrscht, den Besuch auf später vertagt.

***

Konrad Sempach starrte missmutig hinaus, wo es noch immer wie aus Kübeln schüttete. Das hatte er davon, dass er sich so eilfertig zur Ketzerjagd gemeldet hatte. Anstatt einen wohltuenden Nachmittag im Badehaus zu verbringen, wo ihm der Reiber tüchtig den Rücken durchknetete und der Bader ihn schröpfte, bevor er sich in einem dampfenden Kräuterbad mit einer der Bademägde vergnügte, musste er bei dem Schmuddelwetter hinaus vor die Stadtmauer.

Natürlich hatte der Abt der Prediger rasch Wind davon bekommen, dass im Haus des Henkers eine ketzerische Bibelseite gefunden worden war, aber es war nicht seine Schuld gewesen. Der Abt hatte Sempach zu sich rufen lassen und ausgefragt. Glücklicherweise war der hagere Alte mit dem stechenden Blick nicht auf die Idee gekommen, Meister Raimund oder sein Neffe Melchior könnten in der Stadt Spießgesellen gehabt haben. Deswegen insistierte er auch nicht weiter, und die befürchtete Ketzerjagd blieb aus. Ihm ging es allein darum, dem verstorbenen Häretiker seine gerechte Strafe zukommen zu lassen, diesem den Teufel aus dem toten Leib zu treiben.

Sempach war das gleichgültig, sollte der Prediger seines Amtes walten, wenn er es für richtig hielt. Nur dass er selbst als Vertreter des Stadtrates zugegen sein sollte, passte ihm überhaupt nicht. Seufzend warf er sich den Mantel über die Schultern und trat aus dem Haus.

Auf dem Marktplatz erwartete ihn bereits eine Schar Menschen: der Dominikanerabt, eine Reihe seiner Brüder, zwei

Büttel, die beiden Henkersknechte und ein Haufen Schaulustiger, die sich trotz des unwirtlichen Wetters auf ein Schauspiel freuten, das man in der Stadt noch nie zu sehen bekommen hatte.

Mit dem Abt an der Spitze setzte sich der Zug in Bewegung. Bereits am Brückentor hatte Sempach das Gefühl, dass seine Kleider wie nasse Lappen an seinem Körper hingen. Das fehlte ihm gerade noch, dass er sich wegen dieses verderbten Scharfrichters ein Fieber holte! Er zog die Gugel tiefer ins Gesicht und fluchte leise vor sich hin. Auf dem Rossmarkt stank es noch erbärmlicher als in den übrigen Gassen der Stadt. Das Schelztor war nun schon zum dritten Mal innerhalb einer Woche außer der Reihe geöffnet worden, erst für die Beisetzung der Metze und ihres Bastards, dann für die des Henkers und jetzt, um diesen aus seiner letzten Ruhestätte wieder ans Licht zu zerren. Die Totengräber hatten die Erde über Raimunds sterblichen Überresten bereits ausgehoben. Jetzt war es an den beiden Henkersknechten, den eingewickelten Leichnam aus der Grube zu heben.

Sempach rümpfte die Nase. Nach dem Rossmarkt hätte er nicht gedacht, dass es irgendwo noch widerlicher stinken konnte. Vermutlich dünstete dieser Ketzer den Schwefel der Hölle aus.

Schnaufend hievten die beiden Knechte die Kuhhaut aus der kaum knietiefen Grabstätte und legten sie auf dem aufgeweichten Boden ab.

Sempach bedeutete ihnen, den Henker auszuwickeln. Völlig teilnahmslos, wie es ihm schien, entfernten die Burschen erst die schlammbeschmierte Rinderhaut, dann das weiße Totenhemd. Ihre Arbeit hatte sie vermutlich gegen jegliche Gefühlsregung unempfindlich gemacht.

Sempach entfuhr ein zufriedenes Grunzen. Raimund

Magnus war ihm immer unheimlich gewesen, selbst als hilfloser, an das Bett gefesselter Krüppel. Jetzt aber, wo er nackt und leblos im Dreck lag, war alles Dämonische an ihm verschwunden, übrig war nichts weiter als ein toter alter Mann mit faltiger Haut und eingefallenem Gesicht, an dem sich die Würmer schon gütlich getan hatten.

Die Büttel entluden Holz und Reisig von einem Karren, der zum Schutz gegen den Regen mit einer Plane abgedeckt war, und schichteten es zu einem kleinen Scheiterhaufen auf. Als sie fertig waren, packten die beiden Henkersknechte den Toten und warfen ihn auf das aufgeschichtete Holz.

Der Abt trat auf den Scheiterhaufen zu, ein hölzernes Kreuz in den erhobenen Händen. »Princeps gloriosissime caelestis militiae, sancte Michael Archangele, defende nos in praelio adversus principes et potestates, adversus mundi rectores tenebrarum harum, contra spiritualia nequitiae, in caelestibus.«

Die Menge, die sich um die Richtstelle geschart hatte, schwieg andächtig. Sempach fror. Der Abt schien kein Ende zu finden. Es dauerte lange, bis er endlich den Bütteln bedeutete, näher zu treten. Sie gossen Pech auf den Scheiterhaufen und hielten ihre Fackeln daran. Das Pech entzündete sich, und im Nu fasste auch das Holz Feuer. Ein Raunen erhob sich, als die Flammen aufloderten. Der Abt sprach ein letztes Gebet, wandte sich ab und schritt von dannen.

Der Regen hatte nachgelassen, fiel nur noch in feinen Fäden. Nach und nach brachen auch die Schaulustigen auf. Allein die Henkersknechte blieben zurück. Sie würden die Asche und die übrig gebliebenen Knochen in alle Himmelsrichtungen verstreuen, sobald das Feuer niedergebrannt war, damit von dem gottlosen Ketzer keine Spur auf Erden zurückblieb.

Es dauerte eine Weile, bis auch die letzten Gaffer durch das Schelztor in die Stadt zurückgekehrt waren. Sempach folgte dem Strom in einigem Abstand. Bevor er das Tor durchschritt, drehte er sich noch einmal um. Die Flammen waren verloschen, die Feuerstelle glühte rot. Nun galt es, den Neffen zu finden. Sein Ende würde nicht so still sein wie das seines Oheims. Melchior würde lebend verbrannt werden, und Konrad Sempach freute sich darauf, seine Todesschreie über die Fildern hallen zu hören.

* * *

»Woher hast du das Geld?«, fragte Hermann argwöhnisch. Er starrte auf die Münzen, die Melisande auf den Tisch gelegt hatte. Drei Kreuzer. Der Wochenlohn eines Handwerksgesellen.

Melisande knetete nervös ihre Finger. Sie hatte lange überlegt, wie viel sie den beiden anbieten sollte. Es sollte genug sein, um ihre Bereitwilligkeit zu fördern, sie bei sich aufzunehmen, aber auch nicht zu viel, damit sie nicht misstrauisch wurden. Drei Kreuzer waren ein Dutzend Pfennige, das konnte auch eine einfache Magd zusammengespart haben. »Ich habe es zurückgelegt.«

»Meine Ida hat im Herrenhaus für ein Mittagsmahl, einen Schoppen verdünnten Weins und einen Heller am Tag gearbeitet. Ein Heller am Tag, das sind drei Pfennige in der Woche. Wie kann man von so einem Lohn noch etwas zur Seite legen?«

»Ich habe als Heilerin ein wenig dazuverdient«, erklärte Melisande schnell. »Ich sagte doch, dass ich etwas von Wundheilung verstehe.«

Ida ergriff die Hand ihres Gatten. »Gib deinem Herzen

einen Ruck, Hermann. Wir können die Kleine doch nicht hinaus in dieses Unwetter schicken. Es gießt ohne Unterlass. Sie wäre sofort bis auf die Haut nass. Willst du schuld sein, wenn sie ein Fieber bekommt und stirbt?«

»Der Regen hört auch wieder auf«, brummte Hermann, ohne seine Gemahlin anzusehen.

Melisande blickte erwartungsvoll zu Ida. Die lächelte und zwinkerte ihr zu, bevor sie erneut zu Hermann sprach. »Mein Guter, wenn der Regen sie nicht umbringt, dann einer von diesen Halunken, die sich auf der Landstraße herumtreiben. Denk an den Kerl, den du vorhin vom Hof vertrieben hast. Soll der unsere Mechthild etwa in seine schmierigen Pfoten bekommen?«

»Natürlich nicht.« Hermann sah erst zu Ida, dann zu Melisande und seufzte. »Meinetwegen.« Er schien immer noch nicht überzeugt, doch er packte die Münzen und ließ sie in seinem Beutel verschwinden. »Du kannst bleiben, bis das Geld aufgebraucht ist. Mit der Arbeit kannst du gleich anfangen. Ich habe ein paar Eichhörnchen und einen Fuchs erlegt. Komm mit, du kannst sie abziehen.«

»Einen Fuchs?«, rief Ida und schlug erschrocken die Hände vor den Mund. »Warst du etwa im Wald jagen? Das ist gefährlich. Was, wenn man dich für einen Wilddieb hält?«

»Keine Sorge. Niemand hat mich gesehen. Außerdem habe ich das Tier bei der Mühle erwischt. Dieses Land gehört zum Fronhof, nicht dem Grafen. Da kann der Jagdvogt mir nichts anhaben.«

Hermann wollte sich abwenden, doch in diesem Augenblick ertönte draußen Hufgetrappel. Melisande, Ida und Hermann starrten sich erschrocken an.

Eine energische Stimme drang herein: »Heda! Ist einer zu Hause?«

Hastig schob Melisande ihre Haare unter die Haube und trat mit den beiden Alten vor die Tür. Sie versuchte, sich hinter ihnen zu verstecken, denn sie hatte die Stimme des Mannes erkannt. Es war Utz, Adalberts Saufkumpan. Im Hof warteten drei Reiter, ein junger, kräftig gebauter Bursche mit stark gerötetem Gesicht und zwei ältere Männer. Alle drei trugen einfache, aber gute Kleidung, die vor Nässe triefte. Es regnete zwar kaum noch, doch offenbar waren die Männer seit den frühen Morgenstunden unterwegs.

»Seid gegrüßt.« Hermann verneigte sich tief. »Womit kann ich Euch dienen, werte Herren?«

»Was ist das für ein Hof? Wo sind die anderen?«, fragte der rundliche Bursche mit dem roten Gesicht. Sein Blick wanderte über die verlassenen Gebäude und verhieß nichts Gutes. Das musste Utz sein. Obwohl er viel jünger als seine Begleiter war, führte er das Wort.

»Alle fort«, erwiderte Hermann. »Erst das Fieber, dann Missernten. Nur wir sind übrig.«

»Dein Weib und deine Tochter?«, wollte Utz wissen. Melisande wagte es nicht aufzublicken. Wenn Hermann verneinte, würden die Männer wissen wollen, wer sie war und woher sie kam. Aus den Augenwinkeln sah sie, dass Hermann eine Kopfbewegung machte, die man als Nicken deuten konnte. Und sie sah auch, dass seine Frau ihre Fingernägel in seine Hand grub.

Utz genügte das offenbar. »Wir suchen einen entlaufenen Missetäter«, erklärte er nun mit deutlich entspannter Stimme.

Melisande stockte der Atem. Nur einen? Was war mit Wendel? Hatten sie ihn etwa gefasst? Oder hatte er es bis nach Reutlingen geschafft?

»Einen mageren kleinen Burschen«, fuhr Utz fort. »Mit feuerrotem Haar.«

Idas Blick schoss zu Melisande, doch den Reitern schien das nicht aufzufallen.

»Was hat der Bursche denn ausgefressen?«, fragte Hermann.

»Er wird wegen unerlaubten Verlassens der Stadt gesucht«, sagte Utz. »Und wegen Ketzerei.«

»Ihr sucht einen Ketzer?« Ungläubig runzelte Hermann die Stirn. Die meisten braven Bürger beteiligten sich ungern an der Ketzerjagd der Kirche. Im Gegenteil, so mancher Inquisitor, der es zu arg trieb, lebte gefährlich. Den übereifrigen Konrad von Marburg hatte man auf offener Straße erschlagen.

Utz schob das Kinn vor. »Bei dem Flüchtigen handelt es sich um den Scharfrichter der Reichsstadt Esslingen. Der Mann ist gefährlich und schreckt vor keiner Bluttat zurück. Er steht mit dem Teufel im Bunde, hat einem Mörder zur Flucht verholfen. Wer immer ihm beisteht oder ihn beherbergt, macht sich einer schweren Straftat schuldig.« Utz' Pferd schnaubte, als wolle es die Worte seines Herren bekräftigen.

Ida schlug die Hände vor den Mund. Hermann rieb sich den Arm und beäugte Melisande verstohlen von der Seite.

Sie hielt den Atem an. Das bunte Gewand! Hatte der Alte gesehen, wie sie es in ihrem Bündel verstaut hatte? Dann aber wandte sich Hermann Utz zu und breitete die Arme aus. »Es ist niemand hier außer uns dreien, Herr. Ihr könnt Euch gern umsehen.«

Utz machte seinen beiden Begleitern ein Zeichen, und sie ritten das Gelände ab, lugten durch Türen und Fensteröffnungen in jedes Haus, jede Hütte. Utz blieb zurück. »Warum bist du nicht mit den anderen fortgezogen?«, fragte er Hermann. »Wie soll denn deine hübsche Tochter hier in der

Einsamkeit einen Gemahl finden?« Er musterte Melisande abschätzend. »Warum trägst du eine Haube, Mädchen? Du bist doch nicht vermählt, oder?«

Melisande senkte den Blick. »Mein Gemahl ist gestorben«, flüsterte sie, »am Fieber.« Sie schickte ein Stoßgebet zum Herrgott, dass die beiden Alten ihrer Lüge nicht widersprachen.

Utz schnalzte mit der Zunge. Melisande brach der Schweiß aus. Niemand hatte sie so schamlos angeglotzt, so von oben herab behandelt, als sie noch der von allen gefürchtete Meister Hans gewesen war.

In dem Augenblick kamen die beiden anderen Reiter von ihrem Erkundungsritt zurück. »Keine Menschenseele hier«, erklärte einer. »Die meisten Häuser sind leer und verfallen. Der Alte sagt wohl die Wahrheit.«

Utz nickte. Er löste seinen Blick von Melisande und wandte sich an Hermann. »Solltest du den Henker sehen, gib den Urachern Bescheid. Der Kerl ist besessen und gehört auf den Scheiterhaufen.« Ein letztes Mal gaffte er Melisande an, dann wendete er sein Pferd und preschte ohne einen Gruß davon. Seine beiden Begleiter folgten ihm.

Hermann starrte den Reitern hinterher, dann drehte er sich zu Melisande. Sein Blick verhieß nichts Gutes. »Wer bist du?«

Melisande trat einen Schritt auf ihn zu und sah ihm fest in die Augen. »Ich bitte Euch, zwingt mich nicht, meine Geschichte zu erzählen. Aber ich schwöre beim Leben meiner ermordeten Familie, dass ich nichts Böses im Schilde führe, dass ich nichts Unrechtes getan habe.«

Er erwiderte ihren Blick. Nach einer kleinen Ewigkeit schlug er die Augen nieder. »Was auch immer du zu verbergen hast, Mädchen, deine Augen sind ehrlich, daran hat sich nichts geändert. Ich kann kein Falsch darin entdecken. Solltest du aber Unheil über uns bringen, dann werde ich dich eigenhändig erwürgen.«

***

Wendel fuhr aus dem Schlaf hoch. Draußen war es taghell. Verwirrt blickte er um sich, dann erkannte er das Haus seines Vaters. Erleichtert sank er auf das Lager zurück. Er war in seinem Bett in seinem Elternhaus. In Reutlingen. In Sicherheit.

Erschöpft fuhr er sich über die nasse Stirn. Seit er vor dem Stadttor zusammengebrochen war, litt er an hohem Fieber. Jeden Tag kam der Medicus vorbei und ließ ihn zur Ader. Seine Mutter flößte ihm stündlich heißen Kräutertee ein, und sein Vater saß Stunde um Stunde stumm an seinem Bett und hielt ihm die Hand. Im Augenblick war Wendel allein, und er war froh darüber. Es war ihm unangenehm, dass er den Menschen um sich herum so viele Umstände bereitete. Er fühlte sich schuldig. Er hatte zwar den Mord, den man ihm vorwarf, nicht begangen, dennoch hatte er sich wie ein dummer Junge verhalten. Er war unvorsichtig gewesen, hatte sich übertölpeln lassen. Sein größter Fehler war gewesen, Antonius fortzuschicken. Nein, sein größter Fehler war gewesen, Ottmar de Bruce zu vertrauen. Was hatte er dem Grafen nur angetan, dass dieser sich so grausam an ihm rächte? Oder war er dem mächtigen Mann bei irgendetwas im Weg?

Seit Tagen versuchte Wendel, sich zu erinnern, an die Brautschau und an den seltsamen Morgen danach. Manchmal tauchten Bilder vor seinem inneren Auge auf, die er nicht zuordnen konnte: eine steile, nur schwach von Fackeln erleuchtete Stiege, eine lange Reihe Fässer, seltsame Tiegel und Töpfe.

Doch vielleicht spielte ihm sein Gedächtnis einen Streich, mischten sich Bilder aus dem Kerker und der Folterkammer mit Erinnerungen an die Adlerburg. In der letzten Woche war so viel geschehen. In seinem Kopf wurde die Adlerburg zum Esslinger Verlies, die Folterkammer im Schelkopfstor zu Ottmar de Bruce' Schlafgemach und der Henker zu einer weiß gewandeten Erscheinung mit wehend rotem Haar, die ihre blutbesudelten Finger nach ihm ausstreckte.

Immer wenn er an den Kerker dachte, brach ihm der Schweiß aus, manchmal musste er sich erbrechen, und seine Glieder wollten ihm nicht mehr gehorchen. Zugleich war ihm die Erinnerung an die Tage, die er dort verbracht hatte, entglitten. Die Bilder in seinem Kopf waren verschwommen, merkwürdig verzerrt. Nicht einmal das Gesicht des Henkers sah er klar vor sich, obwohl sich dessen Züge doch eigentlich für alle Zeiten in sein Gedächtnis hätten einprägen müssen.

Der Wundarzt hatte seinen Arm versorgt und seine Füße untersucht. »Macht Euch keine Sorgen, Wendel«, hatte er gesagt, »das wird schon. Bald hüpft Ihr wieder herum wie ein junges Reh.«

Wendel hatte ihm kein Wort geglaubt. Allein die Vorstellung, herumzuhüpfen, bereitete ihm Höllenschmerzen. Wenn er sich zur Grube im Hof schleppte, um seine Notdurft zu verrichten, stach es in seinen Füßen, als würde er über tausend Nägel laufen. Jeder Schritt war mit unvorstellbaren Qualen verbunden, aber tragen lassen wollte er sich dennoch nicht.

Es klopfte an die Tür, seine Mutter trat ein, ein Tablett in den Händen. »Du bist wach, mein Sohn!«, rief sie und lachte leise. Katherina Füger stellte das Tablett ab, setzte sich zu ihm und strich ihm über die braunen Locken. »Geht es dir besser?«

Er zuckte mit den Schultern. »Ich glaube, das Fieber ist etwas heruntergegangen.«

Rasch legte sie ihm die Hand auf die Stirn. »Ja, es ist tatsächlich gesunken. Dein Vater wird sich freuen, das zu hören.«

»Vater ist sicherlich sehr wütend auf mich.« Wendel senkte den Blick.

Seine Mutter fasste ihn am Kinn und sah ihm in die Augen. »Unsinn, mein Junge. Er ist überglücklich, dass du lebend heimgekehrt bist.«

»Die Esslinger werden darauf bestehen, mir den Prozess zu machen.«

Jetzt senkte Katherina den Kopf. »Ein Bote ist gestern gekommen. Der Rat der Reichsstadt Esslingen fordert deine sofortige Auslieferung.«

Wendel wusste, wie sehr das seine Mutter mitnahm. Katherina Füger hatte acht Kinder geboren, doch nur er hatte überlebt. Alle seine Geschwister waren wenige Tage nach der Geburt gestorben. Fast alle. Elisabeth, seine zwei Jahre jüngere Schwester, war kurz vor ihrem dritten Geburtstag umgekommen. Wendel krallte die Finger in die Bettdecke. »Was soll nun werden?«

Katherina strich ihm über die Wange. »Ich weiß es nicht, mein Kind.« Sie griff nach dem Becher, der auf dem Tablett stand. »Erst einmal musst du gesund werden. Trink.«

Wendel nahm den Becher und genoss das heiße, süße Getränk, das sich in seinem Bauch ausbreitete. Schritte polterten die Treppe hinauf, und schon kam sein Vater durch die Tür. »Wendel, wie gut, dich so wohlauf zu sehen. Das Fieber ist fort?«

Wendel lächelte schwach. »Ich fühle mich nicht schlecht, aber für eine Reise nach Urach reicht es noch nicht.«

Erhard Füger schlug sich auf die Schenkel und zeigte dann mit beiden Händen auf Wendel. »Na bitte, wenn er schon wieder Scherze machen kann, ist er so gut wie gesund. Und die Neuigkeiten aus dem Rat werden seine Genesung beschleunigen.« Er machte eine Pause.

Wendel verdrehte die Augen.

»Wir haben einstimmig beschlossen, dich nicht auszuliefern. Wir werden den Fall hier untersuchen, und nach den vorliegenden Umständen glaubt niemand daran, dass du etwas mit den Tod des armen Kerls zu tun hast. Alle meinen, du seiest zu schlau, um einfach dein Messer bei dem Toten liegen zu lassen.«

Wendel schloss die Augen. Ja, das waren gute Nachrichten, auch wenn damit die Angelegenheit lange nicht ausgestanden war. Denn es bedeutete zugleich, dass er in Reutlingen gefangen war. Weder die Esslinger noch de Bruce würden lockerlassen, und er war nur sicher, solange er die Stadt nicht verließ. Wozu sollte er genesen, wenn er doch des Todes war oder ein Leben lang Gefangener in seiner eigenen Stadt? Wenn er sich doch bloß erinnern würde, was auf der Adlerburg vorgefallen war!

* * *

Das tat richtig gut! Konrad Sempach saß im »Eichbrunnen« und ließ sich einen Humpen Bier schmecken. Nach dem obligatorischen sonntäglichen Mittagsmahl im Kreise seiner Familie – seiner Gattin und der drei halbwüchsigen Töchter, der schwerhörigen Mutter seiner Gattin und der Dienstboten – genoss er die derbe Heiterkeit der Schankstube. Hier war er unter Männern. Und auch wenn längst nicht alle seinem gehobenen Stand angehörten, so lachte man doch über die gleichen Scherze und erfreute sich gemeinsam am Duft der Speisen, am Geschmack des Bieres und am Anblick der Mägde.

»Heda, Mädchen! Du kommst wie gerufen!« Er klatschte einer Magd die flache Hand auf den Hintern und fischte sich mit der anderen einen neuen Krug vom Brett. Fast wäre die Magd gestürzt. Gelächter dröhnte durch die Schänke.

Sempach setzte den Bierkrug an den Mund, hielt aber inne, als er Johann Remser eintreten sah. Ausgerechnet jetzt! Verflucht, hätte Remser nicht warten können? Einer seiner Tischnachbarn hatte eben angedeutet, er sei an einem Geschäft mit besonders frischer und leicht verderblicher Ware interessiert. Dabei hatte er die blutjunge Magd, die ihm soeben einen neuen Krug Wein vorsetzte, bedeutungsvoll angesehen. Sempach war sofort hellhörig geworden. Doch aus dem Handel wurde nun erst mal nichts, da der Schultheiß geradewegs auf ihn zukam. Er wurde begleitet von Enders von den Fildern, der eine Miene machte, als hätten die Württemberger gerade das Schelkopfstor eingenommen.

»Auf ein Wort, Sempach«, sagte Remser und blieb stehen, ein ganz schlechtes Zeichen. Üblicherweise nahm man erst einmal Platz, bestellte zu trinken und zu essen, bevor man langsam zur Sache kam. Aber das hier ließ sich an wie eine peinliche Befragung.

Sempachs neuer Bekannter verstand sofort und verzog sich an einen anderen Tisch. Remser und von den Fildern zögerten einen Moment, dann rutschten sie an seiner Stelle auf die Bank.

»Es gibt Neuigkeiten«, begann Remser ohne Umschweife. »Schlechte Neuigkeiten. Wir haben Nachricht von einem Boten aus Ulm erhalten.«

Sempach zog die Brauen hoch. »Aus Ulm? Ja und?«

Der Schultheiß nickte und machte Enders von den Fildern ein Zeichen. Dieser zog eine Schriftrolle aus seinem weiten Ärmel. Noch bevor er anfangen konnte, den Inhalt vorzutragen, tauchte die Magd auf.

»Was darf ich Euch bringen, Herren?«

»Nicht jetzt!«, rief Remser ungehalten und verscheuchte sie mit der Hand.

Von den Fildern räusperte sich umständlich. Er knetete seine knorrigen Finger, dann endlich begann er mit gedämpfter Stimme vorzulesen:

»Verehrter Schultheiß,
verehrte Ratsherren der Reichsstadt Esslingen,

im Namen des hohen Gerichts der Reichsstadt Ulm erlauben wir uns, Euch Folgendes mitzuteilen: Am vergangenen Donnerstag, den zehnten Junius, fiel einem hiesigen Wirt ein Mann in seiner Gaststube auf, der sich damit brüstete, dass er einen Mord in Esslingen begangen habe, für den ein anderer hängen würde. Der fragliche Wirt, ein braver Bürger, der zudem gehört hatte, dass auf die Ergreifung des flüchtigen Mörders eine Belohnung ausgesetzt sei, rief sofort nach dem Büttel. Nachdem der Fremde in den Kerker gebracht und von unserem Scharfrichter peinlich befragt wurde, gestand er die schändliche Tat. Demzufolge erstach der Mann, der sich selbst Simon Brecht nennt, von Beruf Steinmetzgeselle, in der Nacht zum siebten Junius den Benedikt Rengert, Sohn des Jobst Rengert, von Beruf Weingärtner, mit einem Dutzend Messerstichen. Die Tatwaffe, die einem gewissen Wendel Füger gehören soll, ließ er absichtlich am Tatort zurück. Ein Unbekannter erteilte den Auftrag für die Tat, von ihm erhielt Brecht das Messer. Der unbekannte Auftraggeber soll eine auffällige Narbe im Gesicht tragen. So weit das Geständnis.

Nun zu unserem Anliegen: Wir bitten den Schultheiß und den Rat der Reichsstadt Esslingen, uns freundlichst mitzuteilen, wie wir mit dem Mörder verfahren sollen.

Euer ergebenster Diener, Friedhold Widmer, Richter der Reichsstadt Ulm.«

Es kam nicht häufig vor, dass Konrad Sempach die Worte fehlten. Wenn er schwieg, dann zumeist aus gutem Grund. Doch dies war einer der Augenblicke, in dem seine Gedanken schneller rasten, als seine Lippen sich hätten bewegen können. Der Weinhändler war unschuldig. Jesus, Maria und Josef! Das brachte den Esslinger Rat in eine äußerst unangenehme Lage. Zudem hatte man den wahren Täter nicht etwa selbst entlarvt. Nein, eine andere Reichsstadt hatte ihnen dabei unter die Arme greifen müssen. Was für eine Demütigung! Und zu allem Überfluss besaß Esslingen im Augenblick nicht einmal einen Henker, um den Mörder wenigstens selbst hinrichten zu lassen. Doch warum hatte der Schultheiß nicht den Rat einberufen?

»Ihr seht, wir sind in einer mehr als misslichen Lage«, sagte Johann Remser. Sein Kopf glühte, und Sempach kannte ihn gut genug, um zu wissen, dass er kurz davor stand, die Fassung zu verlieren.

»In der Tat«, bestätigte er.

»Wir wollen es uns weder mit Graf Ulrich noch mit den Reutlingern verscherzen, das seht Ihr doch wohl genauso, Sempach?« Remser kniff die Augen zusammen.

»Es wäre unklug und gefährlich, zum jetzigen Zeitpunkt einen so mächtigen Gegner zu verärgern«, bestätigte Sempach vorsichtig. Wenn er doch nur wüsste, worauf dieser Taktierer Remser aus war! Es war etwas Unangenehmes, so viel stand fest, und Remser wollte es auf ihn abwälzen.

»Ich habe mich mit meinem Freund Enders beraten«, sagte Remser mit einem Seitenblick auf von den Fildern. »Es gibt nur eine Möglichkeit. Wir müssen uns bei dem Reutlinger für den Irrtum entschuldigen.« Er hielt inne, musterte seine Fingerspitzen. »Allerdings halte ich es für wenig sinnvoll, den gesamten Esslinger Rat als einen Haufen Einfaltspinsel hinzustellen, das wäre wohl kaum von Nutzen für das Ansehen unserer schönen Stadt. Es würde einen weitaus besseren Eindruck machen, wenn wir den Fall so darstellen könnten, als sei ein Einzelner unbedacht vorgeprescht.«

Konrad Sempach brach der Schweiß aus. Es war nicht viel Kombinationsgabe vonnöten, um zu ahnen, worauf das hinauslief. Er, Konrad Sempach, sollte die Verantwortung für die missliche Lage des Stadtrats übernehmen, sollte seinen Kopf hinhalten und sich vor aller Welt lächerlich machen.

»Nun, Sempach«, sprach Remser weiter, »da Ihr üblicherweise den peinlichen Befragungen von Missetätern beiwohnt und den engsten Kontakt zu Melchior pflegtet, ist es nur naheliegend, dass Ihr diese Aufgabe übernehmt, findet Ihr nicht? Oder sollten wir uns noch in andere Richtungen Gedanken machen?«

Sempach kochte vor Wut. Was bildete dieser Esel sich ein? Was sollte diese Andeutung, er habe den engsten Kontakt zu Melchior gepflegt? In was für andere Richtungen wollte er sich Gedanken machen? Unterstellte er ihm etwa, mit dem Ketzer unter einer Decke zu stecken? »Wie genau stellt Ihr Euch das vor?«, presste er heraus.

Ein erleichtertes Lächeln huschte über Remsers Gesicht,

offenbar hatte er mit Widerstand gerechnet. Er warf einen raschen Blick zu Enders von den Fildern, winkte dann einer Magd zu, die ihm sofort ein Brett mit Bierkrügen vorhielt. Er griff sich einen, Enders ebenfalls, und beide nahmen einen tiefen Zug.

»Ganz einfach«, sagte Remser, nachdem er sich den Mund abgewischt hatte. »Ihr verfasst ein kleines Schreiben an Wendel Füger, seine Familie und den Rat der Stadt Reutlingen. Darin legte Ihr Eure Übereifrigkeit in dem Fall dar. Schreibt, dass Ihr so beseelt davon gewesen wäret, die gemeine Tat an dem armen Kerl zu sühnen und den Meuchelmörder unverzüglich seiner gerechten Strafe zuzuführen, dass Ihr wichtige Hinweise auf dessen wahre Identität übersehen hättet. Den Rat der Stadt Esslingen hättet Ihr so eloquent von Eurer Sichtweise überzeugt, dass diesem gar nichts anderes übrig geblieben wäre, als Eurem Urteil zu folgen. Betont Euer Bedauern, und entschuldigt Euch in aller Form für die Unannehmlichkeiten, die aus Eurem Verhalten erwachsen seien. Am Schluss könnt Ihr noch darauf hinweisen, dass der Rat der Reichsstadt Esslingen unter den gegebenen Umständen selbstverständlich darauf verzichtet, Wendel Füger wegen der Flucht aus dem Kerker zu belangen.« Remser rieb sich die Hände. »Morgen früh tragt Ihr das Schreiben vor. Wenn es die Billigung aller Ratsherren findet, soll es sogleich mit einem Boten losgeschickt werden.«

Sempach presste die Lippen aufeinander und nickte. »Sehr wohl, Schultheiß.« Noch saß Remser am längeren Hebel. Doch er würde diese Gemeinheit bitter bereuen.

Johann Remser winkte einer der Mägde. »Bring uns mehr Bier und Braten und Brot!«

Als die frischen Krüge vor ihnen standen, griff sich Remser einen und erhob ihn. »Auf gutes Gelingen!«

Von den Fildern stimmte ein, und auch Sempach hob zähneknirschend seinen Krug. Sie setzten an und tranken, bis sie den Boden der Krüge sahen, und ließen sie dann auf die Tischplatte krachen.

Remser zwinkerte Sempach zu. »Eure bereitwillige Hilfe soll Euer Schaden nicht sein«, sagte er. »Im richtigen Moment werde ich mich daran erinnern.«

Von den Fildern nickte eifrig. »Es ist die beste Lösung. Wir Reichsstädte müssen zusammenhalten. Im Kampf gegen die allmächtigen Württemberger steht Reutlingen letztlich auf unserer Seite. Nur das zählt.«

»Wohl gesprochen«, pflichtete Remser ihm bei.

»Was wird denn nun aus dem wahren Mörder? Diesem Simon Brecht?«, unterbrach Sempach.

»Wir lassen ihn von den Ulmern herbringen«, erklärte Johann Remser. Alle Anspannung hatte sich aus seinem feisten Gesicht gelöst, selbstzufrieden grinste er Sempach an. »Und ihren Henker sollen sie gleich mitschicken. Der wird die Hinrichtung übernehmen.«

* * *

Der Kelch aus Glas zerbarst an der rauen Wand. Eine Bauernfamilie hätte von dem Gegenwert des Gefäßes gut und gerne ein Jahr lang leben können, doch das scherte Ottmar de Bruce nicht. Im Gegenteil. Seine Wut war noch lange nicht verraucht. Er schaute sich um und beschloss, den Scherenstuhl in Feuerholz zu verwandeln. Mit beiden Händen nahm er ihn hoch und warf ihn aus dem Fenster, krachend schlug der Stuhl im Hof auf.

De Bruce schaute hinunter und sah noch, wie die Leute, die die ganze Zeit neugierig hinaufgestarrt und dem Lärm gelauscht hatten, weghuschten wie Ungeziefer. Normalerweise hätte er sie für ihre Faulenzerei schwer bestraft, doch heute hatte er andere Sorgen. Er trat zurück an den Tisch, wo das Schreiben lag, das er soeben erhalten hatte. Warum war er nur so gestraft mit nichtsnutzigen Stümpern, mit hirnlosen Hornochsen, die noch nicht einmal in der Lage waren, einen einzigen Mann zu vernichten! Er riss das Pergament vom Tisch, trampelte darauf herum und warf es in den Kamin, der allerdings nicht unter Feuer stand. Er versetzte einer Truhe einen Fußtritt, dass das Holz splitterte, und leerte einen weiteren Becher starken Weins.

Langsam ebbte der Feuersturm in seinem Kopf ab. Mit spitzen Fingern fischte er das Pergament aus der kalten Asche, rollte es auf und las es noch einmal. Er konnte es immer noch nicht glauben. Der echte Mörder war gefasst. Verflucht! Von Säckingen gehörte gevierteilt und dann geröstet, und zwar auf kleiner Flamme – es sollte dauern, bis seine gottverdammte Seele in die Hölle fuhr. Nein, besser! Er würde ihm eigenhändig das Schwert in den Leib rammen! Von Säckingens hochgepriesener Spion war nicht nur ein Stümper, nein, er hatte auch noch einen Mörder gedungen, den man nur einmal an der Nase hatte kitzeln müssen, damit er gestand. Was für ein dilettantisches Pack!

De Bruce rieb sich über den vernarbten Unterarm. Zu allem Ärger musste er nun auch noch die Belohnung zahlen, die er auf Wendels Ergreifung ausgesetzt hatte. Wenn er sich weigerte, weil nicht Wendel, sondern der tatsächliche Mörder gefasst worden war, würde das nur unnötiges Gerede verursachen. Wie gut, dass zumindest niemand wusste, wer das Kopfgeld ausgesetzt hatte. Gleich morgen würde er einen Mann zu dem Wirt nach Ulm schicken, dann war diese Sache schon mal vom Tisch.

Blieb Wendel. Dieser verfluchte Weinpanscher! Der langsame, qualvolle Todeskampf, den de Bruce für ihn vorgesehen hatte, würde ihm erspart bleiben, denn noch einmal würde er sicherlich nicht in die Falle tappen. Seiner Strafe würde der Karcher dennoch nicht entgehen. Wendel Füger musste sterben. Und diesmal würde er selbst, Ottmar de Bruce, sicherstellen, dass der Plan glückte.

De Bruce unterdrückte den Drang, seine vernarbte Haut blutig zu kratzen, und zog rasch den Ärmel seines Gewandes hinunter. Hinter ihm öffnete sich die Tür zum Schlafgemach.

»Kommt Ihr nicht wieder zurück ins Bett, mein Gemahl?«, fragte eine zarte Stimme.

»Jetzt nicht«, gab er unwillig zurück. »Lass mich allein, ich habe dringende Geschäfte zu erledigen.«

»So spät am Abend? Es ist doch Sonntag. Der Tag des Herrn. Haben die Geschäfte nicht bis morgen früh Zeit?« Othilia trat hinter de Bruce und schlang die Arme um ihn. Sie trug nichts am Leib außer der weißen Haube, die sie als verheiratete Frau auswies.

Unter anderen Umständen hätte de Bruce der Verlockung nicht widerstanden, doch ihm stand nicht der Sinn nach Weibern. Zudem stieß ihn Othilias unkeusches Gebaren ab. Frauen, die so bereitwillig ihre Schenkel öffneten, widerten ihn an. Viel reizvoller war es, wenn er sie mit Gewalt nehmen musste, wenn sie vor Angst wimmerten. Aber Othilia war nicht die sittsame Gemahlin, die er erwartet hatte. Ganz im Gegenteil. Wenn er nicht mit eigenen Augen gesehen hätte, dass sie in der Hochzeitsnacht noch Jungfrau gewesen war, hätte er sie wegen Hurerei mit Schimpf und Schande zurück zu ihren Eltern geschickt.

»Nun, Liebster, was ist? Gefalle ich dir nicht?« Othilia

ließ ihn los, trat vor ihn und strich sich mit den Fingerspitzen aufreizend über ihre kleinen, festen Brüste, ließ die Hand zwischen ihre Schenkel gleiten.

De Bruce packte sie am Arm und schleuderte sie in Richtung Tür. »Jetzt nicht, habe ich gesagt! Verschwinde, mach schon, du dumme Gans!«

Othilia verzog beleidigt das Gesicht, schüttelte die schwarzen Locken und lief zur Tür, wo sie sich noch einmal umdrehte. »Ich warte auf dich«, flüsterte sie, dann verschwand sie im Schlafgemach.

Ärgerlich stapfte de Bruce in die entgegengesetzte Richtung. Er polterte die Treppe hinunter und verließ den Palas. In einem Anbau befand sich der Zugang zum Weinkeller, zu dem nur er und sein Kellermeister einen Schlüssel besaßen. Er fingerte kurz am Schloss herum, seine Hände bebten noch immer vor Wut, dann klickte es, und er trat ins Innere. De Bruce entzündete eine Fackel, bevor er die Tür sorgsam hinter sich schloss. Er atmete ein paarmal tief ein und aus. Endlich Ruhe. Ruhe vor dem Ärger, den dieser Reutlinger Karcher ihm bereitete, Ruhe vor seinem Gesinde, das ihm ständig vor den Füßen herumlief, ihn betrog und sich ins Hemd machte, wenn er seine Stimme erhob. Und vor allem Ruhe vor Othilia, diesem mannstollen Ungeheuer.

Langsam kletterte er die Stiege hinab, bis er in dem langgestreckten Kellerraum stand, in dem die riesigen Weinfässer lagerten. Zärtlich strich er über die Maserung, klopfte behutsam, so als könnten die Fässer durch seine Berührung platzen. Er legte seine Hand auf das Holz und seufzte tief. Unglaublich, was für Mengen von Geld man scheffeln konnte, wenn man sich im Weinhandel geschickt anstellte. Und vor allem, wenn man bei der Beschaffenheit der Ware ein wenig nachhalf.

Mit zwei Dutzend langen Schritten durchmaß er den Keller, bis er eine weitere, mit schweren Eisenbeschlägen versehene Tür erreichte, zu der nicht einmal der Kellermeister einen Schlüssel besaß. Niemand außer ihm trat je durch diese Tür. Hinter ihr verbarg sich sein Allerheiligstes. Seine Schatzkammer, seine Alchemistenwerkstatt, in der er aus einfachem Rebensaft flüssiges Gold machte.

* * *

»Mechthild!«

Melisande verstand nicht, wem der Ruf galt. Wer war Mechthild? Sie richtete sich auf. Das Stroh, auf dem sie lag, knisterte.

»Mechthild, die Sonne geht gleich auf, der Morgen graut schon. Du musst aufstehen.«

Melisande erinnerte sich. Mechthild, die Magd, das war sie selbst. »Ich komme sofort, Ida.« Sie streckte ihre Glieder. Tief und fest geschlafen hatte sie, kein Albtraum hatte sie verfolgt. Sie spitzte durch einen Spalt im Fensterladen und sah einen roten Streifen am Horizont. Vor dem Wintereinbruch musste sie den Laden abdichten, sonst würde sie erbärmlich frieren, wenn der eisige Wind hindurchfegte.

Das Regenwetter war endlich weitergezogen, der Tag würde sonnig werden und trocken. Sie holte tief Luft, alle Angst, alles Leid und alle Mühsal schienen seltsam weit entfernt.

Auch wenn sie in den letzten zwei Tagen hart geschuftet hatte, Hermann zur Hand gegangen war und Tierhäute abgeschabt hatte, bis ihr die Arme gebrannt hatten. Auch wenn ihr beim Brotbacken die Augen getränt hatten vom Rauch und die Ziege sie beim Melken ständig gestoßen hatte, sodass sie von blauen Flecken an Armen und Beinen nur so übersät war. Melisande fühlte so etwas wie Frieden.

Alles, was sie getan hatte, war gut gewesen, hatte einen Sinn gehabt. Und es hatte nicht darin bestanden, ihre Mitmenschen zu quälen. Erst jetzt wurde ihr allmählich klar, welch ungeheure Last auf ihre Seele gedrückt hatte. Viel zu oft hatte sie nur die Schattenseiten des Lebens zu sehen bekommen. Umso mehr genoss sie nun jede noch so einfache Verrichtung auf dem Fronhof.

Gestern war sie mit Ida losgezogen, um Heilkräuter zu suchen. Die alte Frau hatte erstaunt bemerkt, dass Melisande tatsächlich viel von Heilkunde verstand, sogar so manches Kraut und dessen Wirkung kannte, von dem sie selbst nie gehört hatte.

Von Hermann wiederum hatte Melisande einiges über das Handwerk des Ledergerbens gelernt. Er hatte ihr vorgeführt, wie die grünen Häute in den Kalkäscher eingelegt wurden, wie man sie danach abspülte und abschabte. Er hatte ihr die zwei mit Holz ausgeschlagenen Gruben neben dem kleinen Bach gezeigt, wo er früher die großen Rinderhäute in die Lohe gehängt hatte. Viele Monate mussten sie dort verweilen, bevor der Gerbprozess abgeschlossen war. Heute, wo er nur noch die kleinen Häute der Wildtiere bearbeitete, verwendete Hermann dazu Fässer, die er erhitzte und hin- und herrollte, damit die Lohe ihre Wirkung entfalten konnte. Als Hermann noch der Rotgerber des Fronhofs gewesen war, hatte er die Häute, nachdem sie an der frischen Luft abgetropft waren, auf dem Trockenboden des Gerberhauses aufgehängt. Doch der war längst eingefallen, nur noch das untere Stockwerk des Gebäudes konnte er nutzen. Deshalb hing er die Felle in der Stube des ehemaligen Herrenhauses auf. Melisande ging ihm gern zur Hand, und sie stellte sich so geschickt an, dass Hermann schon bald sein Misstrauen verlor.

An den Abenden hatte Melisande damit begonnen, die ehemalige Schmiede in Ordnung zu bringen, das Gebäude, das neben dem großen Haupthaus und dem Haus, das Ida und Hermann bewohnten, noch am besten erhalten war. Sie hatte die Tür eingehängt, den Boden gekehrt und mit frischem Stroh ausgestreut und die Fensterluke mit einem Laden versehen. In einer Ecke hatte sie sich ein Lager aus einem Strohsack bereitet, in der anderen hatte sie einen kleinen Tisch und einen Schemel aufgestellt, die sie im alten Wohnhaus gefunden hatte. Aus ein paar losen Brettern, die einmal Teil der Kelter gewesen waren, hatte sie eine kleine Truhe für ihre Habseligkeiten gezimmert. Allerdings fehlten ihr sowohl ein Deckel als auch ein Schloss. Wirklich sicher würde die Truhe aber auch dann nicht sein, deshalb hatte sie beschlossen, bei nächster Gelegenheit ein Versteck im Wald zu suchen, wo sie die Gegenstände aufbewahren konnte, die nicht für fremde Augen bestimmt waren. Bis dahin hatte sie alles in der alten Mühle versteckt.

Ida hatte angekündigt, bald mit Melisande ins Tal nach Urach hinabzusteigen, um auf dem Markt ein paar Einkäufe zu tätigen. Vermutlich wollte sie bei der Gelegenheit mit ihrer neuen Magd angeben.

Melisande war unwohl bei diesem Gedanken – je weniger Aufsehen sie erregte, desto besser. Andererseits war der Besuch in der Stadt eine gute Gelegenheit, Neuigkeiten zu erfahren. Sie trat zur Waschschüssel, benetzte ihr Gesicht mit Wasser und tupfte es trocken, danach streifte sie ihr Kleid über.

Am Brunnen standen die Eimer bereit, die sie auffüllen sollte. Rasch machte sie sich an die Arbeit. Als die beiden

Eimer gefüllt waren, setzte sie sie ab und drückte ihr Rückgrat durch. Sie lauschte. Eben noch hatten die Vögel gesungen, doch nun lag mit einem Mal eine unheimliche Stille über den Feldern.

Gerade wollte sie wieder nach den Eimern greifen, als sie ein dumpfes Grollen vernahm. Kurz darauf ertönten Rufe und das Schnauben von Pferden. Erschrocken hielt sie inne. Ob das wieder ein Suchtrupp aus Esslingen war? Hoffentlich. Auch wenn dieser Utz unangenehme Erinnerungen in ihr wachgerufen hatte, waren diese Männer doch harmlos gewesen. Ein Trupp versprengter Söldner oder Räuber hätte vermutlich den Hof geplündert und sich an ihr vergangen.

Schon erschienen am Tor Reiter. Melisande zählte fünf Männer. Hastig blickte sie sich um, um zu sehen, ob Hermann in der Nähe war, doch sie konnte ihn nirgends erblicken. Vermutlich hatte er im Gerberhaus zu tun. Am Abend hatte er davon gesprochen, dass er gleich morgens Häute zum Trocknen aufhängen wollte.

Die Männer zügelten die Pferde und ließen sie langsam auf den Hof traben. Sie trugen leichte Rüstungen, die im Licht der Morgensonne funkelten. Ihr Anführer war ein muskulöser blonder Hüne mit kantigem Gesicht. Als er näher kam, hätte Melisande vor Schreck beinahe laut aufgeschrien. Sie kannte den Mann, wusste sogar seinen Namen: Eberhard von Säckingen, Hauptmann des Grafen Ottmar de Bruce. Was wollte er hier?

»Heda, Mädchen!«, rief von Säckingen. »Ist niemand sonst zu Hause?«

»Doch, doch«, stammelte Melisande. »Ich bin nicht allein. Die anderen sind bei der Arbeit.«

Der Ritter starrte sie an, ohne zu antworten.

»Ich bin nur die Magd«, fügte Melisande rasch hinzu. Das

Schweigen des Ritters beunruhigte sie. »Soll ich meinen Herrn holen?«

»Die Magd, so, so.« Von Säckingen hatte offenbar seine Stimme wiedergefunden, doch noch immer wandte er seinen Blick nicht von ihr ab. »Wie kommt es dann, dass Ihr nicht gekleidet seid wie eine Magd?«

Melisande senkte den Kopf. Von Säckingen war der Erste, dem ihre unpassende Kleidung auffiel. Er war schlau, würde sich nicht mit einer billigen Erklärung zufriedengeben. Sie musste ihn auf andere Gedanken bringen. Gerade wollte sie zu einer kecken Erwiderung ansetzen, als er ihr mit einer Handbewegung Einhalt gebot.

»Wir sind auf der Suche nach einem Mann«, erklärte er barsch. »Er hat eine auffällige Narbe, die sein Gesicht entstellt. Habt Ihr jemanden gesehen, auf den die Beschreibung passt?«

Melisande schüttelte den Kopf. »Gesehen habe ich niemanden.«

»Aber?« Von Säckingen beäugte sie aufmerksam. Noch immer hatte sie das Gefühl, dass er mehr an ihr selbst als an ihren Worten interessiert war. Doch wen sah er in ihr? Den Henker von Esslingen, das Mädchen, dessen Familie er vor fünf Jahren mitgeholfen hatte abzuschlachten, oder einfach eine junge Frau, deren Züge er anziehend fand? Seltsamerweise verspürte Melisande keine Angst. Nur ein merkwürdiges Ziehen im Unterleib.

Ida brach schließlich den Bann. »Mechthild, wo bleibt das Wasser? Beeil dich, Mädchen, wir haben nicht den ganzen Tag Zeit!«

»Ich komme gleich!«, rief Melisande ihr zu. Dann knickste sie. »Mein Herr, kann ich noch etwas für Euch tun?«

Eberhard von Säckingen verneinte. Mit einem Mal schien

ein Ruck durch seinen Körper zu gehen, als erwache er aus einem Traum. Er lächelte boshaft. »Durchsucht den Hof, und wenn ihr ihn findet, bringt ihn mir ja lebend!«, befahl er seinen Männern, ohne den Blick von Melisande abzuwenden. »Wollen wir doch mal sehen, was das Wort dieser kleinen rothaarigen Magd wert ist.«

Die Reiter preschten los. Anders als der Trupp aus Esslingen hinterließen die Männer eine Spur der Zerstörung. Die Ritter traten Türen ein, wo sie noch welche vorfanden, schlitzten das Laken auf, das Ida am Morgen gewaschen und zum Trocknen aufgehängt hatte, und drangen in das kleine Wohnhaus des Ehepaars ein, wo sie Krüge und Schüsseln mit Vorräten auf den Boden kippten.

Melisande nahm die schreiende Ida in den Arm und tröstete sie. Sie vermied es, Eberhard von Säckingen anzusehen, der seine Männer gewähren ließ, ohne sich zu regen.

»Was geht hier vor?«, fragte Hermann leise. Die Schreie seiner Frau hatten ihn aus dem Gerberhaus geholt. »Wer sind diese Männer?«

»Sie suchen jemanden«, wisperte Melisande zurück. »Einen Mann mit einer Narbe im Gesicht.«

»Warum kommen in letzter Zeit alle hierher, um Flüchtige zu suchen?«, stieß Hermann wütend hervor. »Was ist nur los? Monatelang haben wir hier oben unbehelligt gelebt, und mit einem Mal taucht eine wilde Bande nach der anderen auf und stört uns in unserem Frieden.«

»Sie haben alles kaputt gemacht.« Ida wimmerte leise, dass es Melisande fast das Herz zerriss. »Das Butterfass liegt am Boden, die Milch ist verschüttet, Krüge, Becher, alles ist hin!«

Melisandes Mitleid wandelte sich in ungeheure Wut. Der innere Friede, den sie beim Aufstehen verspürt hatte, war dahin, zertreten von diesem Verbrecher Eberhard von Säckingen, dem sie am liebsten Nerthus zu schmecken gegeben hätte. Doch im Augenblick war sie machtlos. Selbst wenn sie ihr Schwert zur Hand gehabt hätte, diese Barbaren waren zu fünft, allesamt erprobte Kämpfer. Einen oder zwei hätte sie überwinden können, aber was hätte das genutzt? Sie hätte nicht nur sich selbst dem Tod preisgegeben. Der Hase! Sie musste an den Hasen denken! Eine Unvorsichtigkeit, ein unbedachtes Wort, und auch sie zappelte in den Fängen des Uhus. Sie musste ruhig bleiben, sich in Geduld fassen. Im Versteck bleiben. Bis sie selbst der Uhu sein würde, der seine Krallen in die Beute schlug.

»Seht mal, was ich gefunden habe«, rief einer der Männer vom hinteren Teil des Hofes her.

Melisande fielen ihre Habseligkeiten ein, die sie zusammen mit dem Henkersgewand in der Mühle versteckt hatte. Vor Angst wagte sie nicht, sich zu rühren.

»Ein Fuchsfell«, sagte der Mann, und Melisande hätte vor Erleichterung beinahe aufgeschluchzt.

Er preschte auf seinem Rappen heran und schwenkte das Beweisstück wie eine Flagge. »Seit wann dürfen denn elende Bauern Füchse jagen? Wir sollten dem Frevler gleich hier eine Hand abschlagen. Was haltet Ihr davon?«

Ida schrie auf, Hermann versteifte sich. Doch Melisande wurde plötzlich ganz ruhig. Ein Gedanke regte sich in ihr, sie konnte ihn noch nicht greifen, dennoch war er auf seltsame Weise tröstlich und verlieh ihr Kraft.

»Lass gut sein«, sagte von Säckingen. »Wir sind keine Richter, und Füchse zu jagen, die den Hühnern nachstellen, ist nicht verboten, du Einfaltspinsel. Nimm das Fell mit. Das soll genügen.«

Von Säckingens Kumpan hängte sich das Fell um, und

Melisande klammerte sich an Hermanns Hand fest, damit er sich nicht auf den Dieb stürzte. Sie hob den Kopf und blickte von Säckingen geradewegs in die Augen. Es kehrte ein Moment der Stille ein. Dann wandte von Säckingen sich ab, brüllte einen Befehl. Die Räuber gaben ihren Pferden die Sporen und verschwanden. Hermann, Ida und Melisande blieben zurück, hielten sich in den Armen und weinten. Doch Melisandes Tränen schmeckten anders als zuvor.

***

Konrad Sempach war der Appetit vergangen. Bis vor kurzem hätte er sich nicht vorstellen können, dass dies je geschehen könnte. Aber seit Remser ihm das Schreiben abgepresst hatte, konnte er von jeder Mahlzeit nur noch einen oder zwei Happen essen. Wein vertrug er auch nicht mehr richtig. Sein Magen rumorte, die Gedärme blähten sich. Es ging Sempach so schlecht wie schon lange nicht mehr. Allein die Lust auf junge Mädchen war ihm geblieben, aber das Angebot war zurzeit erbärmlich, denn er kam einfach nicht dazu, die Geschäfte ins Rollen zu bringen.

Es klopfte an der Tür.

»Ja?«, rief Konrad Sempach und stellte angeekelt die Schale Tee auf den Tisch. Der Medicus hatte ihm dazu geraten, aber der Sud schmeckte wie flüssige Pferdeäpfel.

»Der Bote, nach dem Ihr habt rufen lassen, Herr.«

»Er soll hereinkommen.« Sempach betrachtete den Brief, der bereits gefaltet und versiegelt war. Er hatte ihn nicht auf Pergament, sondern auf Papier geschrieben, diesen seltsamen neuartigen Beschreibstoff aus dem fernen Valencia, der aus zerstampften Lumpen bestand. Es hieß, dass Papier nicht sehr lange haltbar sei. Mit ein wenig Glück würde der schmachvolle Brief, den er in Remsers Auftrag verfasst hatte, also recht bald wieder zerfallen.

Der Gedanke gefiel ihm. Wie erwartet hatte der Rat das Schreiben wohlwollend aufgenommen und ihn aufgefordert, es sofort loszuschicken. Nur Karl Schedel hatte Bedenken angemeldet, weil es ihm unpassend erschien, die Flucht des Reutlingers überhaupt zu erwähnen. Zudem hatte er etwas von einer Entschädigung gefaselt. Dieser Schwachkopf. Entschädigung! Nicht zu fassen. Diesen Schedel würde er als Ersten kaltstellen, wenn er erst Schultheiß war. Der Reutlinger hätte einfach besser auf sein Messer Acht geben sollen, dann wäre das alles nie geschehen. Der ganze Schlamassel war seine Schuld, und er konnte froh sein, dass er so glimpflich davongekommen war, war doch eigentlich er es, der den Esslingern Abbitte leisten müsste, und nicht umgekehrt. Aber Karl Schedel neigte ja grundsätzlich dazu, dem ehrwürdigen Rat die Arbeit zu erschweren. Pah! Armseliger Handwerker! Dieses Pack taugte nicht dazu, die Geschicke einer Stadt zu lenken.

Wieder klopfte es. Ein junger Bursche mit strähnigem mausgrauen Haar trat ein und blieb bei der Tür stehen. Es war Petter, der als Bote für die Stadt Esslingen tätig war. Vor allem aber arbeitete er für Sempach.

»Komm näher, Junge.« Sempach winkte ihn zu sich heran. »Gibt es Neuigkeiten?«

»Nicht viele, Herr. Die alte Kämmerin ist verstorben, und die Erben haben schon angefangen zu streiten. Auf der Baustelle zur Frauenkirche hat es schon wieder einen Unfall gegeben. Wie durch ein Wunder ist niemand ernsthaft zu Schaden gekommen. Und von der Adlerburg hört man auch so einiges.«

Sempach zog die Brauen hoch. »Ach, was denn?«

»Der Graf soll sich mit seinem Hauptmann überworfen haben. Genaues weiß niemand. Doch der Hauptmann, ein gewisser Eberhard von Säckingen, hat sich mit ein paar Getreuen auf die Suche nach einem Narbengesicht gemacht. Und er wütet so arg durch das Land, dass der Raubritter Friedrich von der Kronenburg – der Teufel möge seiner armen Seele gnädig sein – dagegen ein Waisenknabe war.«

»Was für ein Narbengesicht?«

»Ein Mann mit einer hässlichen Narbe, die sein Antlitz spaltet, als wäre der Blitz hineingefahren. Ich habe ihn ein paarmal hier in der Stadt gesehen. Kein sehr freundlicher Zeitgenosse, wenn Ihr mich fragt, Herr.«

Sempach rieb sich das Kinn. Das musste der Mann sein, den der Ulmer Richter in seinem Brief erwähnt hatte. Der Unbekannte, der Benedikt Rengerts Mörder gedungen hatte. Doch aus welchem Grund suchte der Hauptmann von Ottmar de Bruce nach ihm? Hatte der Graf ebenfalls eine Rechnung mit diesem Verbrecher zu begleichen?

»Ihr habt Arbeit für mich, Herr?«, fragte Petter.

»Dort auf dem Tisch liegt ein Schreiben an den Reutlinger Weinhändler Wendel Füger. Es soll unverzüglich überbracht werden.«

In Petters Gesicht zuckte es kurz. Sempach sah, wie sich unzählige Fragen hinter der Stirn des Boten formten, doch der verneigte sich nur und griff nach dem Brief. »Habt Ihr sonst noch einen Auftrag für mich?«

»Hört Euch in Reutlingen um. Und versucht, mehr über dieses Narbengesicht herauszufinden. Ich will wissen, was da los ist.« Sempach warf Petter eine Münze zu.

Nachdem der Bote gegangen war, ließ Sempach sich auf einen Stuhl fallen und rieb sich die Schläfen. Irgendwo im Haus lärmten seine Töchter, vermutlich stritten sie wieder einmal um irgendwelche Haarbänder oder Kleider. Dumme Gänse, die nur Geld kosteten. Warum nur hatte ihm das Schicksal einen Sohn verweigert? Der könnte ihm jetzt wunderbar zur Hand gehen.

Sempach starrte auf die hölzernen Dielen. Noch vor einer Woche hatte alles so gut für ihn ausgesehen. Er hatte Melchior in der Hand gehabt, kurz davor gestanden, ein äußerst lukratives Geschäft mit dem Henkersbürschchen aufzuziehen. Ein Geschäft, bei dem er viel Geld verdienen und zugleich seinen Neigungen hätte frönen können. Er hatte eine einflussreiche Position im Rat besessen, war auf dem besten Wege gewesen, Johann Remser ins Amt nachzufolgen. Und was war davon übrig? Melchior war spurlos verschwunden, das Geschäft geplatzt, er selbst zum Sündenbock des Esslinger Rates degradiert. Es wurde Zeit, dass er das Ruder wieder herumriss. Er musste beweisen, dass er schlauer war als die anderen.

* * *

Wendel biss die Zähne zusammen. Die Schmerzen in den Füßen wollten nicht nachlassen, doch er hatte vor, seinem Vater aufrecht gegenüberzutreten. Als er erfahren hatte, dass Antonius nicht nur schwer bestraft worden war, sondern auch seine Anstellung verlieren sollte, hatte Wendel um eine Unterredung gebeten. Unerträglich war ihm der Gedanke, dass ein anderer für seine Fehler büßen sollte.

»Antonius trifft keine Schuld«, sagte er mit fester Stimme. »Ich habe ihn gegen seinen Willen heimgeschickt.«

Erhard Füger stieß einen ärgerlichen Laut aus. »Antonius war auf meine Anweisung bei dir. Er sollte mir gehorchen, nicht dir.«

»Bitte, Vater. Du hast ihn streng genug bestraft.« Wendel krümmte sich bei dem Gedanken an die Prügel, die sein Leibwächter bezogen hatte. »Gib ihm die Gelegenheit, seine Nachlässigkeit wiedergutzumachen.«

»Was hängst du nur so an dem Burschen? Ich kann dir ein Dutzend neue Leibwächter besorgen, und das werde ich auch tun. Noch einmal sollst du nicht in eine solche Lage geraten. Du hast mächtige Feinde, mein Sohn.«

Damit hatte sein Vater ins Schwarze getroffen, aber Wendel wollte nicht von morgens bis abends von fremden Leuten umgeben sein. »Vater, ich brauche kein Dutzend Leibwächter, einer genügt voll und ganz. Antonius ist ein guter Mann, das weißt du selbst. Er nimmt es allein mit dreien auf. Ich möchte ihn, weil ich ihm das schuldig bin. Ich habe ihm eingebrockt, dass er dein Vertrauen verloren hat, also ist es meine Pflicht, bei dir ein gutes Wort für ihn einzulegen.«

»Du bist ein verdammter Sturkopf, Wendel«, brummte Erhard, schon weniger verärgert. »Und setz dich endlich. Du musst nicht den Helden spielen, ich sehe doch, was für Schmerzen du hast.«

Wendel wollte protestieren. »Ich –«

»Keine Widerworte. Setz dich!«

Gehorsam humpelte Wendel zum Tisch und ließ sich auf der Bank nieder.

Sein Vater nahm ihm gegenüber Platz und ergriff seine Hände. »Ich bin so froh, dass du hier bist, dass du lebst und nicht am Galgen baumelst«, sagte er leise.

»Noch ist es nicht ausgestanden, Vater. Die Esslinger werden das nicht auf sich beruhen lassen.«

»Sie werden nicht an dich herankommen, mein Junge.«

»Aber ich kann doch nicht den Rest meiner Tage im Haus

bleiben, von Leibwächtern bewacht und von Weibern versorgt. Ich muss meine Unschuld beweisen. Ich bin hereingelegt worden.«

»Ja, das sagtest du schon. Von Graf Ottmar de Bruce.« Erhard Füger seufzte. »Gegen diesen Mann kannst du nichts ausrichten, Wendel. Er ist zu mächtig. Schlag dir das aus dem Kopf. Selbst wenn du hundertmal im Recht bist, es wird dir nichts nützen. Besser ist es, den Esslingern einen Handel vorzuschlagen.«

»Einen Handel? Bei Mord?«

»Der Rat steht hinter mir. Der alte Rengert ist pleite, und er wird nichts einzuwenden haben gegen eine anständige Unterstützung aus Reutlingen, von Zunftbrüdern sozusagen, die sein Leid teilen.«

»Aber Vater.« Wendel griff nach Erhards Arm. »Ich habe es nicht getan! Der wahre Mörder läuft noch frei herum.«

Erhard Füger blickte seinen Sohn an. »Daran zweifelt niemand hier in Reutlingen, das versichere ich dir. Du bist ein guter Junge, du glaubst an Gerechtigkeit. Leider ist das Schicksal oft ungerecht und launisch. Wahre Gerechtigkeit gibt es nur bei Gott dem Herrn, am Tage des Jüngsten Gerichts. Aber ich will dir entgegenkommen und dir deinen Antonius wieder als Leibwächter zur Seite stellen, weil ich es schätze, dass du dich für ihn einsetzt. Allerdings darfst du in nächster Zeit noch nicht das Haus verlassen. Auch nicht mit deinem Leibwächter. Einverstanden?«

Wendel nickte schweren Herzens. »Einverstanden.«

Erhard Füger klopfte ihm auf die Schulter, dann wurde sein Blick wieder ernst. »Bist du bereit, über deine Flucht zu sprechen? Ist es wahr, dass der Henker dir geholfen hat? Wie viel Geld hast du ihm dafür geboten?«

»Geld? Keinen Heller, Vater, ich schwöre es. Der Mann

hat von sich aus gehandelt, ich weiß nicht, warum. Ich weiß nur, dass er von meiner Unschuld überzeugt war.«

»Hat er das gesagt?«

»Er ist stumm, Vater, er hat es auf eine Wachstafel geschrieben.«

»Glaubst du, dass er dir deshalb geholfen hat? Weil er an deine Unschuld glaubt?«

Wendel zuckte mit den Schultern. Er hatte sich in den letzten Tagen immer wieder den Kopf darüber zerbrochen, warum der Henker ihm zur Flucht verholfen hatte. Dass der Mann lediglich einem Unschuldigen hatte helfen wollen, erschien ihm nicht glaubhaft. Schließlich hatte er alles aufs Spiel gesetzt, seine Arbeit, sein Haus, sein Leben. Wenn die Esslinger ihn zu fassen bekamen, würden sie kurzen Prozess mit ihm machen. Steckte also doch de Bruce dahinter? Versteckte er den flüchtigen Scharfrichter vielleicht sogar auf seiner Burg? Aber was bezweckte de Bruce mit diesem Winkelzug? Warum betrieb er diesen Aufwand, um Wendel erst in den Kerker und dann wieder freizubekommen?

Wendel war sicher, dass er des Rätsels Lösung kannte. Dass sie irgendwo in den hintersten Kammern seines Gedächtnisses schlummerte. Doch der Abend der Brautschau, die bierselige Nacht und der verkaterte Morgen mit dem Henker auf der Brache waren ein wirres Durcheinander aus Bildern, Wortfetzen und Gerüchen. All das ergab keinen Sinn, egal wie er es drehte und wendete. Er wusste ja nicht einmal, wann und warum er sich Ottmar de Bruce' Zorn zugezogen hatte.

»Ich weiß nicht, warum der Henker mir geholfen hat«, sagte Wendel schließlich. »Und ich werde es wohl nie erfahren.«

* * *

Dorf für Dorf, Fronhof für Fronhof hatten sie abgesucht und nichts gefunden. Sie mussten eine Rast einlegen, sich stärken und ausruhen, obgleich von Säckingen wusste, dass seine Zeit langsam ablief. Ohne das Narbengesicht durfte er de Bruce nicht unter die Augen kommen, es wäre sein sicherer Tod.

Er sprang vom Pferd und drückte die Zügel einem der Knechte in die Hand. »Wir wollen essen und trinken und ein Lager für die Nacht.«

Gemeinsam mit seinen Männern betrat er die Schankstube, die zu der Uracher Herberge gehörte. Drinnen war die Luft stickig und der Lärm so groß, dass man kaum sein eigenes Wort verstand. Gemeinsam ließen sich die Männer an einem freien Tisch nieder und bestellten lautstark Essen und Wein.

Während die Söldner sich den Bauch vollschlugen und Becher um Becher eines billigen Fusels hinunterkippten, schmiedete von Säckingen Pläne. Ein Zug von italienischen Tuchhändlern hatte ihnen die ersehnte Auskunft erteilt. Die Händler berichteten von einem einsamen Reisenden, der sich geschwind ins Unterholz verdrückt habe, als er sie erblickte. Sie hätten ihm zwei bewaffnete Reiter hinterhergeschickt, da sie ihn für den Späher einer Räuberbande gehalten hätten. Leider sei ihnen der Fremde entkommen, erzählten sie, doch zuvor hätten sie einen Blick auf sein entstelltes Gesicht erhascht. Die Begegnung habe in der Nähe des Dorfes Eningen stattgefunden, der Mann sei in Richtung Reutlingen geflohen.

Sie waren ihm also dicht auf den Fersen. Eberhard von Säckingen nippte an dem Wein und schob dann angewidert den Becher weg. »Habt ihr nichts Besseres als dieses ekelerregende Gesöff? Damit habt ihr wohl schon die Töpfe gespült?«

Die Magd grinste ihn keck an. »Wenn Ihr etwas Besseres wollt, Herr, müsst Ihr es im ›Alten Fuhrknecht‹ versuchen. Dort hilft man Euch bestimmt weiter!«

Die Männer in der Schankstube grölten, was darauf schließen ließ, dass der »Alte Fuhrknecht« eine noch schäbigere Absteige war.

»Wenn euer Wein schon nichts taugt, dann bringt mir Bier!«, rief von Säckingen. »Und hüte deine Zunge, Mädchen, sonst schneide ich sie dir heraus.« Mit einer geschmeidigen Bewegung zog er sein Messer aus der Scheide und rammte es in den Tisch.

Die Magd trippelte geschwind wie eine Maus davon. Als sie kurz darauf mit dem Bier wiederkam, griff von Säckingen nach ihrem Arm. »Du hast ein ziemlich loses Maul, Metze. Das kannst du mit denen da vielleicht machen.« Er deutete auf die übrigen Gäste. »Aber nicht mit mir. Verstanden?«

Das Mädchen nickte verschreckt. Sie hatte ein schmales, von der Hitze des Schankraums gerötetes Gesicht und ebenso rotes Haar, das sie offen trug. Wie das Mädchen auf dem verlassenen Fronhof. Mechthild, so hatte die Alte sie genannt. Eine seltsame Magd war das gewesen, in einem Kleid, das für die harte Arbeit auf einem Fronhof nichts taugte. Auch ihre Sprache war nicht die einer Bauernmagd gewesen.

Von Säckingen hätte schwören können, dass er das Mädchen schon einmal irgendwo gesehen hatte. Doch wo? Er war nie zuvor in dieser Gegend gewesen. Aber vielleicht war sie ja gar keine Magd, und vielleicht stammte sie genauso wenig von hier wie er selbst. Hatte sie vielleicht früher in einem Frauenhaus gearbeitet? War sie ihm dort schon einmal über den Weg gelaufen? Unmöglich, da hätte sie nicht einfach so weggehen und ein neues Leben anfangen können.

Außerdem würde er sich an eine Hure von solcher Schönheit ganz bestimmt erinnern.

»Weg mit dir!« Ärgerlich stieß von Säckingen die Magd von sich und nahm einen Schluck Bier. Er hatte schon viel zu viele Gedanken an diese dumme Bauernmetze verschwendet. Er warf ein paar Münzen auf den Tisch und stand auf. Im Uracher Frauenhaus würde er bestimmt rasch auf andere Gedanken kommen. Und wenn seine Lenden erst abgekühlt waren, würde er ein paar Stunden schlafen, um bereit zu sein für seine Begegnung mit Dietrich. Dieser Versager würde für den Ärger teuer bezahlen, den von Säckingen sich seinetwegen eingehandelt hatte.

* * *

Melisande war bereits vor Sonnenaufgang wach. Von Säckingen ging ihr nicht aus dem Kopf, immer wieder war sie aufgewacht und hatte seinen Blick auf sich gespürt, diese Mischung aus Geilheit und Verwirrung. Dieser Mann war nicht weniger gefährlich als de Bruce.

Sie stand auf, sprach ihr Morgengebet, wusch sich und schnallte sich den Korb mit dem ledernen Riemen auf den Rücken. Der Tag versprach sommerlich heiß zu werden. Noch hing weißer Dunst über den brachliegenden Feldern und über den Wipfeln des nahen Waldes, doch in der Luft lag schon die schwere Süße großer Hitze. Hermann hatte Melisande am Abend aufgetragen, Eichenrinde zu sammeln, die er zum Gerben der Felle brauchte.

»Meinetwegen darf es auch Tannenrinde sein, wenn du nicht genug Eichen findest«, hatte er ihr erklärt. »Die taugt auch gut für die Lohe. Du kannst doch die unterschiedlichen Bäume auseinanderhalten, oder?«

»Ja, Herr.«

Hermann hatte wie immer grimmig dreingeschaut, aber sie wusste, dass er sie in dem Moment ins Herz geschlossen hatte, als sie ihn daran gehindert hatte, auf von Säckingen loszugehen.

»Und sieh zu, dass die Männer des Markvogts dich nicht sehen. Die sind schnell dabei, jemanden des Waldfrevels zu beschuldigen, auch wenn er nur die Rinde umgestürzter Bäume mitnimmt.«

»Ja, Herr«, hatte Melisande wiederholt. Sie wusste, dass er etwas ganz anderes fürchtete. Eine junge Frau allein im Wald war vielerlei Gefahren ausgesetzt. »Ich gebe auf mich Acht«, hatte sie versichert, und es war ihr ernst gewesen.

Hermann hatte verstohlen ihre Schulter getätschelt, bevor er sich abgewandt hatte. Ida waren fast die Augen aus dem Kopf gefallen.

Melisande lief durch das Tor und machte ein paar Schritte auf den Wald zu. Sie drehte sich um und sah Hermann, der gerade im Gerberhaus verschwand. Das war die Gelegenheit, ein Versteck für ihre Habseligkeiten zu suchen. Rasch machte sie kehrt und rannte zur Mühle. Der Eingang war nicht mehr zugewachsen, denn von Säckingens Männer hatten ihn mit ihren Schwertern freigeschlagen. Aber da sie nach einem Menschen gesucht hatten, nicht nach einem kleinen Bündel, hatten sie Melisandes Schätze nicht gefunden. Rasch stopfte sie die Sachen in den Korb, schnallte ihn wieder auf den Rücken und verließ die Mühle.

Der Wald war noch feucht und so kühl, dass Melisande fröstelte. Es duftete nach Harz und jungem Grün. Sie ging langsam, prägte sich auffällige Bäume ein, anhand derer sie später nicht nur den Rückweg, sondern auch ihr Versteck jederzeit wiederfinden würde. Eigentlich sollte sie hier am

Waldsaum bleiben, immer in Sichtweite des Hofs, das hatte Hermann ihr eingeschärft. Doch wenn sie einen guten Platz für ihre Habe finden wollte, musste sie sich ein Stück tiefer ins Unterholz kämpfen.

Melisande lief immer weiter und merkte erst nach einer geraumen Weile, dass die Sommerhitze inzwischen auch die Tiefen des Waldes erreicht hatte. Erschrocken hielt sie inne. Viel zu lange war sie schon unterwegs. Sie versuchte, den Stand der Sonne auszumachen, doch das Unterholz war zu dicht. Aufmerksam blickte sie sich um. Rechts von ihr fiel der Hang steil ab, unter ihr im Tal musste Urach liegen. In der Nähe gurgelte ein Bach. Sie folgte dem Geräusch und entdeckte das Gewässer. Gierig trank sie ein paar Schlucke und setzte sich auf einen Stein. Sie musste sich beeilen, sicherlich warteten Hermann und Ida schon ungeduldig.

Einen Augenblick noch wollte sie verharren. Melisande streckte die schmerzenden Füße aus und genoss die Stille. Ihr Blick fiel auf ein Gestrüpp, das sich um einen blanken Fels rankte. Behutsam bog sie die Zweige zur Seite. Tatsächlich. Hinter dem Gestrüpp öffnete sich der Fels zu einer kleinen Höhle. Melisande kroch vorsichtig hinein. Die Höhle war eng, sie schaffte es gerade, sich im Inneren zusammenzurollen und die Zweige zurück an ihren Platz gleiten zu lassen. Eine Weile lag sie still. Es duftete nach Erde. Kein Tiergeruch. Also wurde die Höhle nicht als Bau genutzt. Gut so. Sie hatte keine Lust, einen Dachs oder einen Wolf aufzuschrecken, wenn sie ihre Habseligkeiten irgendwann einmal holen kam.

Melisande krabbelte durch das Gestrüpp zurück nach draußen, nahm ihre Sachen aus dem Korb und wickelte sie sorgfältig in das Henkergewand. Sanft strich sie über den bunten Stoff. »Ich vermisse dich, Raimund Magnus«, flüsterte sie.

Bevor die Tränen kamen, packte sie das Bündel, kroch zurück in die Höhle, legte es in die hintere Ecke und deckte es mit einigen flachen Steinen zu, sodass es nicht mehr zu sehen war.

Dann machte sie sich auf den Rückweg. Einmal lief sie nach einer verkrüppelten Buche in die falsche Richtung, doch sie bemerkte ihren Fehler schon nach wenigen Schritten. Als der Wald lichter wurde, begann sie nach Eichen Ausschau zu halten. Sie wurde schnell fündig. Spuren an den Stämmen verrieten, dass Hermann sich hier offenbar schon häufiger bedient hatte.

Sie zog ihr Messer hervor und stach es in die Rinde. Unwillkürlich musste sie daran denken, wie sie Wendel die Haut am Arm aufgeschlitzt hatte, und sie zuckte zurück. Ein Schauder lief ihr über den Rücken. Was wohl aus ihm geworden war? Ob er überhaupt noch lebte? Auf seine Art war der Reutlinger sehr tapfer gewesen. Tapfer und aufrecht. Selbst wenn er es heil bis in seine Heimatstadt geschafft hatte, ging es ihm mit Sicherheit nicht besonders gut. Er musste unter schrecklichen Schmerzen leiden.

Die Heilerin

Die Hitze des Tages flimmerte noch in Wendels Schlafkammer, doch durch das Fenster wehte eine Abendbrise hinein und kühlte seine fiebrige Stirn. Nach der Auseinandersetzung mit seinem Vater war er erschöpft ins Bett zurückgekehrt und in einen tiefen Schlaf gefallen. Als er erwachte, war das Fieber zurückgekehrt. Aufgeregt hatte Erhard Füger nach dem Medicus rufen lassen, der mit strengem Blick erklärt hatte, dass dem Patienten ab sofort jede Aufregung erspart bleiben solle. Er hatte Wendel zur Ader gelassen und ihm strenge Bettruhe verordnet. Seine Mutter hatte bis zum Morgengrauen bei ihm gewacht, bis eine Magd sie ablöste. Das Mädchen saß auch jetzt noch bei ihm, über eine Näharbeit gebeugt.

Wendel versuchte, sie anzusprechen, doch über seine trockenen Lippen kam nur ein Röcheln.

»Ihr seid wach, Herr?«, rief die Magd und ließ fast ihre Arbeit fallen. »Ich hole Euren Vater.« Sie sprang auf.

Wendel wollte sie aufhalten. Alles, was er brauchte, war ein Schluck Wasser, doch das Mädchen war bereits bei der Tür. Wenig später standen seine Eltern am Bett. Seine Mutter hatte Tränen in den Augen, sein Vater ergriff stumm seine Hand.

»Wasser«, flüsterte Wendel.

»Aber sicher, mein Junge.« Katherina goss aus einer Karaffe etwas in einen Becher und hielt ihn Wendel an die Lippen. Gierig trank er.

»Der Medicus hat sich in Schweigen gehüllt, und ich hatte solche Angst, dass du …« Katherina hielt inne. Sie schluchzte auf. »Doch jetzt ist die Gefahr gebannt. Der Herr war gnädig und hat uns unseren einzigen Sohn gelassen.« Sie bekreuzigte sich.

Wendel blickte fragend zu seinem Vater, der wortlos nickte. So schlimm hatte es um ihn gestanden?

Katherina wischte sich mit dem spitz zulaufenden Ärmel ihres Kleides die Tränen fort. »Sollen wir es ihm sagen, Erhard? Nicht, dass er sich zu sehr aufregt.«

Erhard Füger lächelte. »Ich denke, wir können es wagen.« Er zog etwas Weißes aus dem Beutel an seinem Gürtel. »Mein Sohn, gestern kam spät am Abend ein Bote mit einem Brief aus Esslingen.«

Wendel erschrak, seine Mutter drückte beschwichtigend seine Hand. »Warte ab, was dein Vater dir zu erzählen hat, Junge«, sagte sie.

Erhard reichte Wendel den gefalteten Bogen, auf dem in großen Texturalettern sein Name stand. Wendel nahm ihn entgegen, er fühlte sich seltsam an, weich und faserig, ganz anders als gewöhnliches Pergament. Das Siegel war erbrochen.

»Wir haben lange überlegt und dann beschlossen, den Brief zu lesen, ohne dir Bescheid zu geben. Du warst ohnehin in tiefen Schlaf gefallen.« Erhard sah Wendel auffordernd an. »Lies! Er enthält gute Nachrichten.«

Mit zitternden Fingern entfaltete Wendel das Papier. Zuerst erkannte er nur verschwommene Buchstaben, doch dann begriff er die Wörter. Erleichterung wogte durch seinen Körper, er fühlte sich mit einem Mal so frei und leicht, dass er am liebsten sofort aus dem Bett gesprungen wäre.

»Deine Unschuld ist erwiesen, Wendel«, sagte Katherina.

»Der Name Füger ist reingewaschen. Jetzt wird alles wieder gut.«

Wendel warf seinem Vater einen raschen Blick zu. Alles würde kaum wieder gut werden. Nicht, solange der mächtige Graf Ottmar de Bruce sein Feind war. In Erhards Augen las er die gleichen Gedanken. Rasch wandte er sich wieder seiner Mutter zu. Dies war ein Augenblick großer Freude, den er sich nicht durch Sorgen um die Zukunft verderben lassen wollte. Vor dem Gesetz war er wieder ein freier Mann und konnte gehen, wohin er wollte.

Katherina strich ihm über das Gesicht. »Ich weiß noch jemanden, der sich unbändig über die guten Nachrichten freuen wird: deine Braut Engellin. Sie hat sich solche Sorgen gemacht. Ihr Vater war fast täglich hier, seit uns die Nachricht von deinem Unglück erreicht hat, und hat wissen wollen, ob es Neuigkeiten gibt. Er weiß, was für ein anständiger junger Mann du bist, und hat keinen Moment an deiner Unschuld gezweifelt. Als wir ihm heute Morgen von dem Brief erzählten, ist er sofort zu Engellin geeilt, um es ihr mitzuteilen.«

Wendel stöhnte. An Engellin hatte er gar nicht mehr gedacht. So viel war seit seinem Abschied aus Reutlingen geschehen, dass er das Gespräch mit seinem Vater völlig vergessen hatte.

»Du brauchst dir keine Sorgen zu machen«, sagte Katherina, die das Stöhnen ihres Sohnes offenbar falsch verstanden hatte. »Engellin ist eine tapfere Frau, sie hat das alles mit viel Mut durchgestanden.« Sie blickte zu ihrem Mann auf. »Vielleicht sollten wir den Termin für die Hochzeit recht bald festsetzen? Ein großes Fest wäre das Beste, um vergangenen Kummer zu vergessen, meinst du nicht, mein Gemahl?«

Erhard sah kurz zu Wendel und dann wieder zu seiner Gattin. »Lass den Jungen erst einmal richtig genesen. Wir wollen doch, dass er auf seiner Hochzeit tanzen kann, oder nicht? Bis die Füße verheilt sind, dauert es bestimmt noch einige Wochen.«

»Du hast recht. Wie dumm von mir!« Wieder strich sie Wendel über das Gesicht. »Was haltet ihr von Michaeli? Bis dahin ist Wendel bestimmt wieder gesund und munter wie ein Fisch.«

»Wir werden sehen, Weib«, sagte Erhard, ging um das Bett herum und nahm seine Frau beim Arm. »Und jetzt lassen wir den Jungen in Ruhe. Er ist immer noch schwach. Geh in die Küche, und sorg dafür, dass man ihm eine heiße Brühe bringt.«

Katherina sprang auf. »Natürlich. Armer Wendel, du hast ja seit gestern Morgen nichts zu dir genommen. Sicherlich bist du völlig ausgehungert. Ich kümmere mich gleich darum. Eine Brühe und ein heißer Würzwein. Das sollte deine Lebensgeister wieder wecken.« Sie ging zur Tür. »Und während ich fort bin, könnt ihr Männer die Dinge besprechen, die uns Weiber nichts angehen.« Sie zwinkerte Wendel zu und verschwand aus dem Zimmer.

Die Tür hatte sich kaum hinter ihr geschlossen, als Erhard seinen Sohn streng ansah. »Wir waren uns doch einig, was die Vermählung mit Engellin Urban angeht, oder?«

»Natürlich, Vater«, sagte Wendel. Obwohl er sich alle Mühe gab, laut zu sprechen, brachte er nicht viel mehr als ein Krächzen zustande. »Doch ich weiß nicht, ob es zu diesem Zeitpunkt klug ist, eine Ehe einzugehen.«

Erhard zog die Augenbrauen hoch.

»Wenn Ottmar de Bruce es tatsächlich auf mich abgesehen hat, dann ist auch meine Braut in Gefahr.«

»Du glaubst doch nicht, dass dieser Teufel dir hier in Reutlingen etwas antun kann? Das würde er nicht wagen. In einer freien Reichsstadt einen angesehenen Bürger anzugreifen – so tollkühn ist nicht einmal er.«

»Weißt du das sicher, Vater?«

Erhard kniff die Lippen zusammen. »Deine Mutter freut sich so sehr auf diese Vermählung. Was sollen wir ihr erzählen? Und vor allem: Wie lange soll das so gehen?«

»Lassen wir ein wenig Gras über die Sache wachsen. Ich möchte erst wieder ganz gesund sein. Dann werde ich mit Freuden Engellin heiraten und ihr ein guter Gemahl sein.« Wendel unterdrückte ein Seufzen. Er musste Zeit gewinnen. Auch wenn er noch nicht wusste, wie er es anstellen sollte, er würde die Wahrheit herausbekommen und de Bruce zu Fall bringen. Erst wenn der Graf ihm nicht mehr gefährlich werden konnte, würde er Ruhe finden. Gut, dass sein Vater nicht ahnte, was er vorhatte – er würde ihn in Ketten legen und ihm zwanzig Ritter zum Schutz an die Seite stellen.

Erhard Füger trat dicht an das Bett und nahm Wendels Hände in die seinen. »Gut, mein Junge. Das ist vernünftig. Aber bleib in der Stadt, und lass Antonius niemals von deiner Seite weichen.« Er legte Wendels Hände zurück auf die Decke. »Ich finde schon einen Weg, deiner Mutter klarzumachen, dass es mit der Hochzeit noch ein wenig dauern wird. Auch den alten Urban werde ich wohl noch etwas hinhalten können. Er hat sicherlich Verständnis dafür, dass der Bräutigam seiner Tochter erst wieder ganz genesen muss.«

Wendel drückte die Hände seines Vaters, so fest er konnte. »Ich bin so froh, wieder bei euch zu sein.« Er ließ sich auf sein Kissen fallen. *Aber ruhig schlafen werde ich erst wie-*

der, wenn ich weiß, warum de Bruce mich so abgrundtief hasst.

***

Seit einer Woche quälte sich Sempach schon mit seinem launischen Magen herum, und das Leiden wollte kein Ende nehmen. Eins seiner Gewänder, das ihm gut gepasst hatte, musste er jetzt mit einem Gürtel festzurren, und doch sah es so aus, als trüge er einen Sack. Eine Schande war das, schließlich hatte allein der Stoff ein kleines Vermögen gekostet.

Es war Dienstag, zwei Tage vor Johannis. Sempach drückte die Schultern nach hinten und nahm Haltung an, bevor er auf die Straße trat. Heute war ein wichtiger Tag: Der Mörder von Benedikt Rengert wurde hingerichtet.

Sommerhitze lag über der Stadt, auf den Straßen herrschte Festtagsstimmung. Überall boten Händler Leckereien und Getränke an. Gaukler versuchten den braven Bürgern ein paar Heller aus dem Beutel zu entlocken, indem sie vor dem großen Spektakel mit Späßen und Schabernack das Volk bei Laune hielten, während die Beutelschneider so manchen Leichtsinnigen ohne dessen Einverständnis um sein Geld erleichterten.

Auf dem Marktplatz war die Gerichtstribüne aufgebaut. Sempach nahm zusammen mit den übrigen Richtern und Ratsherren seinen Platz ein.

»Seid gegrüßt«, rief Remser jovial.

Sempach hätte ihm gern mit einem gezielten Fausthieb das breite Grinsen aus dem Gesicht geschlagen, doch er rang sich ein herablassendes Lächeln ab und ließ sich zwischen Henner Langkoop und Gerold von Türkheim nieder.

Wenig später führten die Henkersknechte den Gefangenen Simon Brecht vor. Er steckte im Joch und stank nach Kot und faulem Gemüse, mit dem die Gaffer ihn auf dem Weg vom Schelkopfstor bis hierher beworfen hatten.

»Simon Brecht, Steinmetzgeselle und Sohn des Hannes Brecht, du hast zugegeben, den Benedikt Rengert, Sohn des ehrenwerten Wengerters Jobst Rengert, heimtückisch mit dem Messer ermordet zu haben ...« Richter Kunibert von Engern verlas dem Missetäter sein Geständnis. »Bleibst du dabei?«

Brecht wiederholte es stammelnd. Er war ein magerer, sehniger Bursche mit einer schiefen Nase, die ihm offenbar einmal bei einer Rauferei gebrochen worden war.

Was für ein jämmerlicher Anblick! Konrad Sempach verzog verächtlich den Mund. Wenn die Geschichte des Mannes stimmte und er für die Bluttat bezahlt worden war, dann hatte sein Auftraggeber am falschen Ende gespart. Vermutlich hatte er Brecht für ein paar Dutzend Groschen gedungen, aber dafür bekam man natürlich keinen zuverlässigen Mann. Vielleicht war es auch so, dass der Auftraggeber wiederum einen Auftraggeber hatte und irgendwo in dieser Kette jemand zu viel Geld für sich selbst abgezweigt hatte. Wer auch immer das war, er konnte froh sein, dass sich offenbar niemand für diesen Teil der Geschichte interessierte. Der Rat hatte seinen Mörder, der Gerechtigkeit war Genüge getan. Warum jemand den Tod des Weingärtnersohns gewollt hatte, war unwichtig, zumal die meisten die Geschichte des Mörders ohnehin für einen plumpen Versuch hielten, sich herauszureden.

»Gottloses, stinkendes Geschmeiß! Kriechendes Höllengewürm!«

Unter den Weingärtnern und ihren Familien erhoben sich laute Rufe, als Brecht seine Bluttat in allen Einzelheiten schilderte.

Brecht schien seine Lage immer noch nicht zu begreifen und sprach ungerührt weiter. Als er geendet hatte, trat von Engern zu den anderen Richtern. »Wir sind uns einig, was das Urteil angeht, oder?«

Die Männer nickten stumm.

»Keine Milde für diese Ausgeburt der Hölle«, zischte von Türkheim.

»Dann ist es beschlossen.« Von Engern trat vor und erhob die Stimme. »Es ergeht folgendes Urteil: Du, Simon Brecht, bist des Mordes überführt. Deine Strafe lautet Tod durch Flechten auf das Rad!«

Die Menge jubelte. Eine Hinrichtung durch das Rad war fast so grausam wie Häuten oder Vierteilen, und die Esslinger schienen sich einig zu sein, dass der Missetäter diesen Tod verdient hatte.

In einem langen Zug ging es zum Richtplatz. Voran schritt der Ulmer Henker, ein riesiger breitschultriger Mann mit einem flachen Gesicht und kinnlangem hellblonden Haar. Der Karren mit dem Verurteilten kam nur im Schritttempo vorwärts, so dicht drängten sich die Leute in den Gassen. Jeder wollte einen Blick auf den gemeinen Mörder erhaschen, ihn beschimpfen, bespucken und mit faulem Gemüse und Exkrementen bewerfen. Auf der Inneren Brücke kam der Zug vollends zum Stehen. Es ging nicht mehr vorwärts und nicht mehr zurück, da von allen Seiten Menschen auf den schmalen Übergang über den Neckar strömten. Johann Remser fluchte und schimpfte, Gerold von Türkheim schwang drohend seinen Gehstock, Sempach schwitzte. Doch erst durch das energische Eingreifen der Büttel gelang es, die Schaulustigen so weit zu vertreiben, dass der Karren weiterfahren konnte.

Auf dem Richtplatz vor dem Heiligkreuztor war alles vorbereitet. Der Ulmer Scharfrichter stieg auf das Podest und wartete breitbeinig darauf, dass die Henkersknechte den Verurteilten vom Karren zerrten, ihn zu ihm heraufschleiften und auf die Knie drückten.

Der Priester trat hinzu, schlug das Kreuz in die Luft und murmelte ein Gebet. Als er geendet hatte und weggetreten war, sah der Henker zu der Tribüne hoch, auf der sich inzwischen die vornehmen Bürger der Stadt versammelt hatten. Auch Sempach hatte einen Platz ergattert und kämpfte gegen die Magensäure, die ihm die Kehle hochstieg. Die Hitze, die Menschenmassen, die sich vor der Tribüne drängten und schubsten, und der Wein, von dem er vor dem Verlassen des Hauses ein Schlückchen gekostet hatte forderten ihren Tribut. Mit seinem Ärmel fächelte er sich Luft zu.

Kunibert von Engern gab dem Henker ein Zeichen, woraufhin dieser den Knechten befahl, Brecht an den Krammen festzubinden. Der Verurteilte stöhnte, als er auf den Rücken geworfen wurde und seine Arme und Beine auseinandergezogen wurden.

Sempach fragte sich, ob der fremde Henker Brecht etwas von dem Traumsaft eingeflößt hatte, den Melchior oft verwendet hatte. Er bezweifelte es. Simon Brecht hatte keine Fürsprecher in Esslingen, niemanden, der für eine derartige Sonderbehandlung zahlen würde, und der Ulmer Scharfrichter sah nicht so aus, als würde er seinen Schutzbefohlenen freiwillig den Tod erleichtern.

Einer der Henkersknechte nahm ein großes Wagenrad vom Boden und reichte es dem Henker. Ein ehrfurchtsvolles Raunen ging durch die Menge, als der Mann sich breitbeinig über den Verurteilten stellte und das Rad mit beiden Händen hoch in die Luft hielt. Plötzlich war es ganz still auf dem Richtplatz. Der Henker ließ das Rad auf die Füße des Verurteilten krachen, ein gellender Schrei entfuhr Brechts Mund, ein vielstimmiges »Oh« hallte durch das Neckartal.

Wieder schlug der Henker zu, diesmal auf Höhe der Schienbeine. Fünfzehn Schläge hatte der Richter angeordnet, einen für jedes Lebensjahr des getöteten Jungen. Zuerst schrie der Mörder gellend, doch nach dem achten Schlag wurde er leiser, bis er schließlich nur noch wimmerte. Dafür schwoll das Grölen der Menge immer weiter an.

Als der Henker für den letzten Schlag den Hals erreichte, wurde es noch einmal still. Es war seiner Entscheidung überlassen, Gnade walten zu lassen und der Qual des Delinquenten mit einem gezielten Hieb ein Ende zu bereiten. Doch der Ulmer schlug das Rad nicht auf den Hals, sondern ein Stück tiefer auf Schultern und Schlüsselbeine. Simon Brecht röchelte tonlos, seine Glieder zuckten unkontrolliert.

Der Henker reichte einem der Knechte das Rad und straffte den Rücken. Sogar von der Tribüne aus konnte man erkennen, wie sich sein gewaltiger Brustkorb hob und senkte. Die Anstrengung hatte ihn aus der Puste gebracht.

Sempach überlegte, wie Melchior diese Aufgabe wohl gemeistert hätte. Solange er das Amt bekleidet hatte, war leider niemand zum Tod durch das Rad verurteilt worden. Zu gerne hätte Sempach dabei zugesehen, wie sich der schmächtige Rotschopf mit dem riesigen Wagenrad abmühte.

Der Ulmer hatte inzwischen veranlasst, dass Brecht losgebunden wurde. Ein zweites Wagenrad wurde angereicht, und die Knechte hievten den Verletzten darauf. Der hatte vermutlich keinen einzigen heilen Knochen mehr im Leibe, lebte aber noch.

Die Knechte flochten die gebrochenen Gliedmaßen des Mannes so zwischen die Speichen, dass sie kein Seil mehr brauchten, um ihn festzubinden. Schließlich hoben sie das

Rad auf einen Wink des Henkers an und hievten es auf einen senkrecht aufgestellten Birkenstamm.

Die Zuschauer applaudierten, der Scharfrichter warf sich in die Brust, er hatte saubere Arbeit abgeliefert. Den Rest würden die Raben erledigen.

Brecht war inzwischen bewusstlos. Wenn der Herr ihm gnädig war, würde er nicht wieder erwachen, doch Sempach hielt das nicht für wahrscheinlich. Oft dauerte es Tage, bis der Tod den Verurteilten erlöste. Der Scharfrichter verstand etwas von seinem Handwerk. Simon Brecht würde noch lange leiden.

Sempach grunzte zufrieden. Der Ulmer war ein Mann nach seinem Geschmack. Zu schade, dass man ihn zurück in seine Heimatstadt schicken musste.

***

Eberhard von Säckingen erhob sich. Seine Leute kauerten auf Baumstümpfen oder lehnten an Stämmen. Sie hatten die Waffen griffbereit neben sich gestellt und kauten auf getrocknetem Fleisch herum, dem Rest des Vorrates, den er vor einer gefühlten Ewigkeit in Urach eingekauft hatte. Seither waren sie in den Wäldern umhergeirrt, waren ständig auf Dietrichs Spur geblieben, aber er war ihnen immer einen Schritt voraus gewesen.

Jetzt war es so weit. Verstärkung war eingetroffen, Männer und Hunde. Gemeinsam hatten sie die Beute eingekreist und langsam, aber sicher in die Nähe der Lichtung getrieben. Noch saß Dietrich im Dickicht und glaubte wahrscheinlich, entwischen zu können. Von Säckingen hatte ihm zugerufen, er solle herauskommen, dann würde er seine gerechte Strafe erhalten und nicht unnötig gequält werden. Dietrich jedoch war stumm geblieben. Mit einem einfachen Handzeichen hätte von Säckingen dafür sorgen können, dass der Fuchs aus seinem Bau getrieben und abgeschossen wurde wie ein Hase. Die Bogenschützen standen bereit. Doch er zog einen fairen Zweikampf vor.

Er bedeutete seinen Männern zu warten, bog die Zweige behutsam zur Seite und zwängte sich ins Unterholz. Nach wenigen Schritten wurde das Gestrüpp lichter, hohe Buchenstämme ragten vor ihm auf. Von Säckingen griff an den Knauf seines Schwerts und hielt den Atem an. Die Gegenwart seines Gegners war mit den Händen zu greifen.

»Verflucht, Dietrich Vulpes, stellt Euch!«, rief er, während er seinen Blick aufmerksam über den mit einer dicken Laubschicht bedeckten Waldboden schweifen ließ. »Wo habt Ihr Euch versteckt, Ihr feiger Hund? Kommt raus, und kämpft wie ein Mann! Das ist Eure letzte Gelegenheit. Besiegt Ihr mich, seid Ihr ein freier Mann, und alles, was mir gehört, ist Euer Eigen. Also, worauf wartet Ihr?«

Ein Ast knackte. Von Säckingen zuckte zusammen, konzentrierte seine ganze Aufmerksamkeit auf den Baum, hinter dem er seinen Widersacher vermutete.

Nichts geschah.

Schweiß sammelte sich unter seinen Armen, in seinem Nacken, auf seiner Stirn. Gedämpft hörte er hinter sich das leise Schnauben eines Pferdes, dort, wo seine Männer auf ihn warteten, ansonsten schien der gesamte Wald erwartungsvoll den Atem anzuhalten.

»Zeigt Euch, Vulpes«, brüllte von Säckingen in die Stille. »Oder seid Ihr nicht Manns genug, für Euer Versagen geradezustehen?«

Ein Schatten bewegte sich hinter dem Baum hervor. Im selben Augenblick erkannte von Säckingen seinen Spion. Die muskulöse Gestalt, die hässliche Narbe, die wachen Augen. Allerdings schienen Dietrichs Züge noch bleicher und ausgemergelter als sonst. Vermutlich hatte er in den letzten Nächten kaum geschlafen.

Von Säckingen hatte kein Mitleid mit ihm. Der Mann hatte sich selbst in diese Lage gebracht.

»Ich habe Neuigkeiten für Euch, von Säckingen«, sagte Dietrich. Er hielt sein Schwert bereits in der Hand, war aber zu weit entfernt, um einen Überraschungsangriff zu führen.

»Und ich habe Neuigkeiten für Euch, Vulpes«, gab von Säckingen zurück. »Ihr fangt an.«

Dietrich trat näher. Sein Körper schien jederzeit bereit loszuschlagen, also zog von Säckingen ebenfalls das Schwert und hob es weit über den Kopf.

»Ich bin der Spur des Henkers gefolgt«, sagte Dietrich langsam. »Ich dachte, es könnte interessant für Euch sein, zu wissen, wo er sich aufhält, wo doch Ottmar de Bruce so einen Narren an dem Burschen gefressen hat.«

Von Säckingen glaubte seinen Ohren nicht zu trauen. Dietrich wusste, wo sich der Henker von Esslingen versteckte? Wenn er de Bruce nicht nur Dietrichs Kopf, sondern auch noch Melchior auf einem silbernen Tablett servierte, wäre seine Scharte mehr als ausgewetzt und seine Ehre wiederhergestellt. Er würde Ottmar de Bruce schon beweisen, dass er der beste Hauptmann war, den dieser je gehabt hatte. »Und? Wo steckt das Bürschlein?«, fragte er und versuchte, nur mäßig interessiert zu klingen.

»Wie viel ist Euch die Information wert?«

Eberhard von Säckingen lachte auf. »Ihr wollt handeln? Ich weiß ja nicht einmal, was Ihr zu bieten habt.«

»Mein Leben gegen den Aufenthaltsort von Melchior«, forderte Dietrich unbeirrt. »Und ich will Sicherheiten.«

»Wie genau stellt Ihr Euch das vor?« Von Säckingen juckte es in den Fingern, dem Kerl endlich das Schwert in den Leib zu rammen, doch er musste erst sicher sein, dass er nicht tatsächlich etwas über den Verbleib des Henkers wusste. Dietrich war ein guter Spion – daran bestand kein Zweifel, auch wenn in diesem Fall vermutlich eher die pure Verzweiflung aus ihm sprach.

»Bringt mich auf die Adlerburg. Dort werde ich mein Wissen Ottmar de Bruce von Angesicht zu Angesicht mitteilen.«

»Und darauf soll ich hereinfallen, Dietrich? Für wie dumm haltet Ihr mich?«

Dietrich zuckte mit den Schultern. »Ich gebe Euch einen Hinweis. Doch die ganze Wahrheit enthülle ich erst in Gegenwart des Grafen.«

Von Säckingen umfasste den Schwertgriff fester. »Gut«, sagte er und trat einen Schritt vor. »Ich höre.«

Dietrich sah ihn argwöhnisch an, doch er begann zu erzählen. »Wie gesagt bin ich der Spur des Henkers gefolgt, und zwar bis wenige Meilen vor Urach. Dort stieß ich in der Nähe des Dorfes Hülben auf eine Wüstung, einen aufgelassenen Fronhof. Ich untersuchte das Gelände und stellte fest, dass er nicht ganz verlassen ist. Ein älterer Mann lebt dort mit seiner Frau und einem jungen Mädchen mit feuerrotem Haar.«

»Und, ist das alles?« Von Säckingen trat näher und schaute Dietrich herausfordernd an. »Was erzählt Ihr da?«

»Irgendetwas kam mir merkwürdig vor. Mein Verdacht wurde bestätigt, als ich nach dem Fronhof die Spur des Scharfrichters nicht wieder aufnehmen konnte. Er schien wie vom Erdboden verschluckt. Also blieb ich in der Nähe, hielt mich in den Wäldern um Urach auf und hatte ein Auge auf den Hof. Was glaubt Ihr, warum ich nicht längst über alle Berge bin und mich immer noch in der Gegend herumtreibe?« Er grinste. »Ich weiß jetzt, wo der Henker sich versteckt hält. Doch glaubt ja nicht, dass Ihr ihn so einfach findet. Sein Versteck ist nicht leicht zu entdecken. Ihr geht hundertmal daran vorbei und erkennt es doch nicht.«

»Ach wirklich?« Von Säckingen glaubte seinem ehemaligen Spion kein Wort. Dieser Dietrich war ein Aufschneider und Lügner.

Mit einer fließenden Bewegung ließ von Säckingen sein Schwert auf Dietrichs Kopf niederfahren und spaltete ihm den Schädel. Er trat zurück und beobachtete schwer atmend, wie sein Opfer auf die Knie sank. Kein Laut kam über Dietrichs Lippen, nur seine Augen blickten ihn erstaunt, fast ungläubig an. Noch bevor Dietrich bäuchlings auf den Waldboden fiel, holte von Säckingen erneut aus und trennte den Kopf mit einem einzigen Hieb vom Rumpf.

Er lachte zufrieden. Dafür brauchte er keinen Henker. Dietrich hatte ihn mit seinem dummen Geschwätz hereinlegen wollen. Vielleicht hätte er ihm tatsächlich geglaubt, sich womöglich auf den Handel eingelassen, wenn er nicht selbst auf dem Fronhof gewesen wäre und alles gründlich von seinen Männern hätte durchsuchen lassen. Dort gab es kein Versteck, das ihnen entgangen wäre. Nein, Dietrich hatte gelogen, um sein erbärmliches Leben zu retten. Das einzige Geheimnis, das er mit ins Grab nahm, war die Geschichte, wie er zu seiner schrecklichen Narbe gekommen war.

Eberhard von Säckingen reinigte sein Schwert, schob es zurück in die Scheide, nahm den abgetrennten Kopf bei den Haaren und brach sich einen Weg zurück durchs Unterholz. Als er seinen Männern die Trophäe entgegenhielt, brachen sie in anerkennendes Grölen aus.

»Heute dürft ihr euch im besten Wirtshaus von Urach den Bauch vollschlagen und euch das bisschen Verstand aus dem Schädel saufen, das noch darinnen wohnt!«, rief von Säckingen. »Und morgen brechen wir auf und kehren zurück zur Adlerburg. Wir haben ein Präsent für den Grafen, das ihm gefallen dürfte.«

***

Wendel stöhnte. Die Rechnung, die er vor sich liegen hatte, war fehlerhaft. Bei allem, was recht war, wie konnte ein gestandener Karcher den Esslinger Eimer mit dem Bayrischen verwechseln? Und warum rechnete sein Kollege aus Lippstadt drei Fuder als dieselbe Menge wie zwanzig Fässer, wo doch festgelegt war, dass ein Fuder fünf und ein Fünftel Fass waren?

Wendel korrigierte die Rechnung und legte sie auf den Stapel der Dokumente, die an den Absender zurückgingen. Dann nahm er sich die Lieferlisten vor, die sein Vater angelegt hatte, und fand alles zu seiner Zufriedenheit. Er stand auf, legte die Pergamente in die Truhe, sperrte sie ab und reckte sich. Langsam ging er zurück zum Tisch und genoss jeden Schritt, den er tun konnte, ohne dass seine Füße ihn marterten. Ein wenig humpelte er, weil die Knochen nicht richtig zusammengewachsen waren, aber alles in allem hatte er großes Glück gehabt. Die Narbe am Arm, der humpelnde Gang – es gab Schlimmeres.

War wirklich schon ein Monat vergangen, seit er aus dem Kerker geflohen war? Seit er zu Tode erschöpft vor den Toren von Reutlingen zusammengebrochen war?

Wendel hatte seinen Vater angefleht, wieder arbeiten zu dürfen. Der hatte zugestimmt, allerdings darauf bestanden, dass er nicht in die Weinberge ritt. Also verbrachte Wendel so viel Zeit wie möglich im Keller und im Kelterhaus und so wenig wie möglich über den Lieferlisten, Rechnungen und Briefen, die ihn unendlich langweilten. Antonius folgte ihm wie ein Schatten überallhin. Der Leibwächter würde sein Leben hergeben, um das seines Schützlings zu retten.

Mit dem alten Urban war Erhard Füger übereingekommen, die Hochzeit auf das kommende Frühjahr zu verschieben. Als Termin hatten sie Walpurgis festgesetzt, den ersten Tag im Mai. Katherina hatte sich damit getröstet, dass sie so wenigstens genügend Zeit hatte, im Haus alles für die Ankunft der Schwiegertochter vorzubereiten. Wendel aber hoffte immer noch stumm auf ein Wunder, das ihn vor der Erfüllung seines Eheversprechens bewahrte.

Er hatte Engellin inzwischen einige Male getroffen, hatte die Familie Urban zusammen mit seinem Vater sonntags zum Essen besucht. Engellin war wunderschön und wohlerzogen, im wahrsten Sinne des Wortes ein Engel. Doch wenn er mit ihr sprach, war es, als würde er zu einer Puppe sprechen. Zu allem nickte sie höflich, pflichtete ihm bei und lächelte. Nie kam ein eigener Gedanke von ihr, ja nicht einmal eine Frage, außer der nach dem Fortschreiten seiner Genesung oder seinem Befinden. Wären ihre Augen nicht so hell und leuchtend, ihre Sprache nicht so gewählt, hätte ihn der Verdacht beschlichen, sie litte unter Schwachsinnigkeit. Doch vermutlich war ihr einfach jegliche Eigenständigkeit aberzogen worden. Das mochte sie für die meisten Männer zur idealen Gemahlin machen, jedoch nicht für ihn. Auch wenn das Leben ihn ernüchtert und klüger gemacht hatte, auch wenn er nicht mehr der Träumer war, als der er Reutlingen vor sechs Wochen verlassen hatte, eins hatte sich nicht geändert. Er wünschte sich eine Gemahlin, die er glühend lieben konnte, nicht nur, weil ihre körperlichen Reize sein Feuer entfachten, sondern auch, weil ihr Geist neugierig und wach war.

Wendel humpelte aus dem Haus. Die Sonne stand bereits dicht über den Hügeln, doch es würde noch eine Weile dauern, bis sie unterging. Ihm war nach Gesellschaft, nach ein wenig Zerstreuung. Seit er wieder genesen war, hatte er es erst zweimal geschafft, auf ein paar Becher Wein ins Wirtshaus zu gehen, und das auch nur gegen den erbitterten Widerstand seines Vaters.

»Antonius«, sagte er zu seinem Leibwächter, der ihm nach draußen gefolgt war. »Ich möchte auf ein paar Becher Wein in ›Die drei Eichen‹. Für heute ist die Arbeit getan. Ich schließe nur noch alles ab.«

»Euer Vater wird es nicht gern sehen, wenn Ihr abends noch das Haus verlasst«, wandte Antonius ein.

Wendel wies mit der Hand in den Himmel und auf die umliegenden Häuser. »Sieh dich um, Antonius. Es ist taghell. Die Straßen von Reutlingen sind voller freundlicher, friedfertiger Menschen. Vater kann mich nicht für den Rest meiner Tage einsperren.«

Antonius hob die Schultern. »Wie Ihr meint, Wendel.«

Gerade als Wendel das Tor zum Hof verschloss, kam sein Vater aus dem Haus. »Du machst Schluss für heute?«

»Ja, Vater. Alles, was du mir aufgetragen hast, ist erledigt. Die Rechnungen für die Wirte sind geschrieben. Die Lieferung nach Tübingen, die morgen auf den Weg gebracht werden soll, ist vorbereitet. Ich habe sogar die fehlerhaften Forderungen unserer Lieferanten korrigiert. Jetzt gehe ich noch auf ein paar Becher Wein in ›Die drei Eichen‹.«

Erhard Füger runzelte die Stirn. »Du weißt, dass ich es nicht gern sehe, wenn du abends das Haus verlässt«, sagte er.

»Solange wir nicht wissen, weshalb der Graf es auf dich abgesehen hat, ist nicht auszuschließen, dass er erneut versucht, dir eine Falle zu stellen.«

Wendel winkte ab. Je mehr die Erinnerung an den Kerker von Esslingen verblasste, desto eher war er bereit, an einen Zufall zu glauben. Sein Verdacht gegenüber Ottmar de Bruce kam ihm inzwischen übereilt vor. Nur weil er sein Messer vermutlich auf dessen Brautschau verloren hatte, hieß das nicht, dass der Graf versucht hatte, ihm einen Mord in die Schuhe zu schieben. Auch war ihm nichts eingefallen, womit er sich de Bruce' Zorn hätte zuziehen können. Nur ein einziger Moment war ihm in Erinnerung, in dem sich die Miene des Grafen kurz verfinstert hatte, in dem es so ausgesehen hatte, als wolle dieser sich auf ihn stürzen. Doch wenig später hatte de Bruce bereits wieder grölend gelacht. Blieb noch die Gedächtnislücke, die Wendel nicht füllen konnte, doch auch die beunruhigte ihn nicht mehr. Er war in Sicherheit, seine Unschuld bewiesen, was wollte er mehr?

»Ich bin vor Einbruch der Dunkelheit zurück, Vater«, sagte er beschwichtigend. »Außerdem habe ich Antonius dabei.«

Nachdem sein Vater brummelnd wieder im Haus verschwunden war, brachen Wendel und Antonius auf. Viele Menschen, denen sie in den Gassen von Reutlingen begegneten, grüßten Wendel mit einer Mischung aus Ehrfurcht und Neugier. Seit sich herumgesprochen hatte, dass er die Folter überlebt hatte und aus dem Kerker geflohen war, genoss er den Ruhm eines Kriegshelden, was ihn mit einer Mischung aus Stolz und Scham erfüllte.

Sie überquerten den Marktplatz und gingen durch die Metmannsgasse auf das Metmannstor zu. Kurz vor dem Tor bogen sie in eine schmalere Gasse ab. Sie waren jetzt im Viertel der Gerber, nicht eben die feinste Gegend der stolzen Reichsstadt.

Antonius blickte sich ständig unruhig um, doch von den dunklen Gestalten, die sie eng an die Hauswände gedrückt passierten, zeigte niemand Interesse an ihnen. Endlich erreichten sie »Die drei Eichen«. Die Stube war bereits gut mit Gästen gefüllt. An einem Tisch am Fenster entdeckte Wendel seine Freunde. Er winkte ihnen zu und kämpfte sich durch das Gewühl. Als er den Tisch erreichte, hatten sie bereits zwei weitere Becher geordert und rückten zusammen, um für Wendel und Antonius Platz zu machen.

»Na, Wendel?«, rief Friedel, ein dunkelhaariger, korpulenter Bursche, dessen Vater ein reicher Salzhändler war. »Hast du deinen Aufpasser wieder mitgebracht? Hast du etwa Angst, dass du den Heimweg nicht allein findest?«

»Nein«, fiel ihm Hannes ins Wort, der Sohn eines Husers, der die Sommerhalde für die Fügers bebaute. »Antonius muss ihn vor den Weibern beschützen. Seit Wendel ein hinkender Held ist, liegen sie ihm alle zu Füßen.«

Die beiden lachten schallend.

Die Neckereien waren liebevoll gemeint, das wusste Wendel, doch es fiel ihm schwer, in ihr Lachen einzufallen. Wenn er mit seinen Freunden zusammensaß, merkte er, wie sehr er sich verändert hatte. Er war nicht mehr einer von diesen übermütigen jungen Burschen, für die das ganze Leben ein Spaß war. Zwischen ihm und seinen Freunden stand der Esslinger Kerker, standen die finsteren Mienen der Richter und der undurchsichtige Henker, der ihn zum Krüppel gemacht und ihm gleichzeitig das Leben gerettet hatte. Auch wenn ihm das alles inzwischen wie ein ferner Albtraum vorkam, so hatte es doch seine Spuren hinterlassen, Spuren, die sich wohl nie mehr ganz fortwischen lassen würden.

»Was bist du so ernst, Freund?« Friedel klopfte Wendel wohlwollend auf die Schulter.

Wendel sah zu Antonius, der ein wenig abseits Platz genommen hatte und die Menschen in der Wirtsstube unruhig beobachtete. Dann drehte er sich zu Friedel um. »Ich hatte einen langen Arbeitstag, mein Freund. Im Gegensatz zu dir gehe ich meinem Vater bei seinen Geschäften zur Hand. Wenn du jeden Tag Salzfässer zählen, Arbeiter antreiben und Rechnungsbücher führen müsstest, wärst du am Abend auch müde.«

Friedel grinste. »Du hast deinen Alten halt nicht richtig im Griff.« Er verzog das Gesicht. »Ich leider auch nicht mehr. Vater hat beschlossen, dass ich bei meinem Onkel in die Lehre gehen soll. Bald ist also Schluss mit dem süßen Leben.« Er seufzte. »Dafür fängt es für dich bald richtig an. Freust du dich schon auf den warmen Schoß deiner Braut?«

»Er kann es kaum erwarten«, meinte Hannes, noch bevor Wendel selbst etwas erwidern konnte. »Siehst du nicht, wie er sich ständig die Lippen leckt?«

Wendel hatte nicht vorgehabt, lange zu bleiben, doch als er das nächste Mal nach draußen blickte, war es bereits dämmrig. Die Zeit war vergangen wie im Flug. Seine Freunde hatten ihn mit ihren Scherzen und Geschichten von seinen Sorgen abgelenkt, und er war ihnen dankbar dafür. Er erhob sich. »Für mich wird es Zeit. Ich mache mich auf den Heimweg.«

Seine Freunde wollten protestieren, doch er wischte ihre Einwände mit einer ungeduldigen Handbewegung fort. »Komm, Antonius«, sagte er. »Wir brechen auf.«

Sein Leibwächter wirkte erleichtert. Sicherlich hatte er die ganze Zeit nervös beobachtet, wie es draußen langsam Nacht wurde. Die Gasse vor dem Wirtshaus war inzwischen still und menschenleer. Nicht mehr lange, und der Nachtwächter würde seine Runden aufnehmen.

Wendel wandte sich nach links. Antonius griff ihn am Ärmel. »Sollten wir nicht besser den anderen Weg nehmen?«, fragte er. »Hierum ist es zwar kürzer, aber die Gassen sind eng und dunkel, und die Gegend ist nicht die beste.«

»Sei kein Hasenfuß, Antonius!«, rief Wendel und ging los.

Antonius schloss sich ihm seufzend an, und eine Weile liefen sie schweigend hintereinander her durch die engen Gassen.

Plötzlich sprang vor Wendel ein Mann aus einem Hauseingang. Wendel wollte zur Seite treten, um ihn passieren zu lassen, doch anstatt auf ihn zuzugehen, blieb der Fremde stehen und zog sein Schwert aus der Scheide. Trotz der Dunkelheit erkannte Wendel das böse Grinsen, das sich auf seinem Gesicht abzeichnete.

Antonius berührte Wendels Schulter. »Zurück! Geschwind!« Doch als sie sich umwandten, stand auch hinter ihnen ein Bewaffneter.

Antonius und Wendel zogen nun ebenfalls die Schwerter. Rücken an Rücken standen sie in der engen Gasse, jeder einen Gegner im Visier.

Wendel atmete schwer. Zwar hatte er den Kampf mit dem Schwert gelernt, doch ihm fehlte jede Übung, und er war noch lange nicht wieder so kräftig wie vor der Folter. Antonius hatte recht gehabt. Er hatte die Gefahr nicht ernst genommen, hatte sie nicht ernst nehmen wollen, sich in Sicherheit gewiegt. In falscher Sicherheit.

Er nahm das Schwert nicht zu fest, um seine Muskeln nicht zu verkrampfen. Auch wenn er kein guter Kämpfer war, allzu leicht wollte er es seinem Gegner nicht machen. Hinter sich hörte er, wie sich die Klingen kreuzten. Der Kampf hatte begonnen.

»Haltet Euch dicht bei mir, Wendel!«, rief Antonius schnaufend. »Dann geschieht Euch nichts.«

Im selben Augenblick hob Wendels Gegner das Schwert. Wendel duckte sich zur Seite, wie er es von seinem Waffenmeister gelernt hatte, und entging dem tödlichen Hieb. Er setzte zum Gegenhieb an, doch sein Angreifer war nicht minder geschickt und wich ihm aus.

Der nächste Hieb fuhr auf Wendel zu; wieder brachte er sich im letzten Moment in Sicherheit. Er wagte einen schnellen Blick über die Schulter zu Antonius, der seinen Widersacher inzwischen gegen die Hauswand gedrängt hatte. Der Mann war so gut wie tot, Antonius würde nicht lange fackeln.

Gleich haben wir es geschafft, dachte Wendel. Er machte eine leichtfüßige Drehung, als der Angreifer sich ein drittes Mal auf ihn stürzen wollte.

Der Mann hatte augenscheinlich nicht mit Wendels Ausfall gerechnet, er schaffte es nicht auszuweichen, die Klinge streifte ihn am Hals. Der Hieb war nicht besonders fest gewesen, doch Wendels Klinge war scharf. Blut spritzte in hohem Bogen aus der Wunde; der Fremde hielt entsetzt in der Bewegung inne und fasste sich mit der linken Hand an den Hals.

Wendel wusste, dass er nur noch einmal zustechen musste, um den Gegner kampfunfähig zu machen, und zwar so schnell wie möglich, bevor dieser wieder zur Besinnung kam. Doch plötzlich konnte er sich nicht mehr bewegen. Wie in einem bösen Traum stand er da und starrte wie gebannt auf das Blut, das aus dem Hals des Angreifers spritzte. Ein grauenvoller Laut drang an sein Ohr, ein Schrei, der ihm durch Mark und Bein ging. Das Geräusch kam näher, und Wendel begriff, dass es kein menschlicher Schrei war, sondern das gequälte Jaulen eines Hundes, das nun in angriffslustiges Bellen überging. Von irgendwoher musste sich eine fürchterliche, mordlustige Bestie nähern.

Der Angreifer hatte sich inzwischen von seinem Schreck erholt. Entschlossen hob er das Schwert.

Wendel sah, wie er zum Hieb ausholte, doch er war unfähig, auch nur einen Finger zu rühren. Fassungslos starrte er auf das Blut, das immer noch aus der Halswunde seines Gegners spritzte. Warum hörte niemand außer ihm das schauderhafte Bellen? Warum machte niemand Anstalten, sich vor der näher kommenden Bestie in Sicherheit zu bringen? Am liebsten hätte er sich die Ohren zugehalten, um das Bellen nicht mehr hören zu müssen.

Wendel sah, wie das Schwert auf ihn niederfuhr. Das Bellen war jetzt so ohrenbetäubend, dass er glaubte, ihm müsse der Schädel zerspringen. Im selben Moment begriff er, dass die Bestie nicht draußen in der Gasse war, sondern in seinem Kopf. Er stöhnte. Dann wurde es dunkel.

* * *

Sie waren am Fuß der Adlerburg angekommen, müde, verschwitzt und durstig. Eberhard von Säckingen hielt eine Hand schützend über die Augen, um besser hinaufsehen zu können. Was mochte ihn dort oben erwarten?

In der Mittagsonne sah die Adlerburg besonders düster und respekteinflößend aus. Wie ein fremdartiges Gewächs streckten sich die vielen Türme und Zinnen in den blauen Himmel. Die hohen Mauern wirkten fast schwarz im blendenden Licht, keine Fensterluken waren zu erkennen. Von

Säckingen senkte den Blick und schnalzte mit der Zunge, sein Pferd fiel sofort in einen langsamen Trab.

Hart klangen die Hufe auf dem Pflaster des Burghofes. Während sich seine Männer auf die Verköstigung stürzten, leerte er selbst nur einen Becher Wasser und rannte hinauf zum großen Saal.

Der große Marmorthron stand verlassen im Dämmerlicht. Niemand hatte sich die Mühe gemacht, Fackeln zu entzünden, und die schmalen Fenster ließen nur wenig Tageslicht herein. Wie lange der Graf ihn wohl schmoren lassen würde? Unruhig trat von Säckingen von einem Fuß auf den anderen und wartete darauf, dass sein Herr sich herabließ, ihm eine Audienz zu gewähren.

Endlich flog die Tür krachend auf, de Bruce marschierte mit knallenden Schritten über den blank polierten Boden, gefolgt von seinen Wolfshunden, deren Augen bösartig funkelten. Von Säckingen fiel auf die Knie und verneigte sich tief.

»Kommt näher, Säckingen. Zeigt mir, was Ihr für mich habt!« De Bruce hatte es sich bereits auf seinem Stuhl bequem gemacht. Erwartungsvoll beugte er sich vor und stützte die Arme auf die Oberschenkel.

Von Säckingen erhob sich und trat vor seinen Herrn. »Das ist der Versager, Herr.« Er hielt Dietrichs Kopf hoch. »Dietrich, genannt Vulpes, der Fuchs. Er hat viele Jahre für mich als Spion gearbeitet. Zuletzt hat er gefehlt, und er hat es mit seinem Leben bezahlt.«

De Bruce nickte langsam. »Das Narbengesicht. Ich weiß.«

Es fiel von Säckingen schwer, seine Überraschung zu verbergen. Er hatte de Bruce nie von Dietrich erzählt. Andererseits sicherte der Graf sich immer mehrfach ab. Es hätte ihm also klar sein müssen, dass er genau über Dietrich Bescheid wusste.

De Bruce rieb sich das Kinn. »Hat er noch etwas gesagt, bevor ihn sein Schicksal ereilte? Etwas, das uns von Nutzen sein könnte?«

Von Säckingen schüttelte den Kopf. »Er wollte um sein Leben feilschen, indem er behauptete, er wisse, wo der Henker von Esslingen sei. Doch seine Geschichte war erlogen.«

»Zu schade.« De Bruce lehnte sich zurück. »Wo dieses seltsame Männlein sich versteckt hält, wüsste ich auch gern.« Er beugte sich wieder vor und sah von Säckingen eindringlich an. »Beantwortet mir noch eine Frage, von Säckingen. Warum sollte ich Euren Kopf nicht ebenfalls abschlagen? Auch Ihr habt zuletzt gefehlt. Ist es nicht so?«

De Bruce sprach die Wahrheit. Er hatte Fehler gemacht, der Reutlinger war entkommen, und der gedungene Mörder war ein Schwätzer gewesen, der dafür auf dem Rad mit dem Leben bezahlt hatte. »Ich bin nicht der Mann, der um sein Leben bittet«, erwiderte er mit fester Stimme. »Nehmt meinen Kopf, wenn es Euch beliebt. Es ist Euer Recht. Aber wenn Ihr ihn nicht nehmt, so ist es mein Recht, dass Ihr mich wieder aufnehmt, als sei nichts geschehen.«

De Bruce stand auf, beugte sich über von Säckingen. »Genau das ist der Grund, warum ich Euren Kopf nicht nehmen werde. Ihr habt Fehler gemacht, doch Ihr steht dazu. Ihr seid ein Mann und keine Memme. Das ist heutzutage nicht selbstverständlich. Das mit diesem stinkenden Fuchs war saubere Arbeit, von Säckingen. Erhebt Euch. Ihr seid in Gnaden wieder in meine Dienste aufgenommen. Doch hütet Euch davor, weitere Fehler zu begehen. Auch wenn Ihr ein ungewöhnlich mutiger Mann seid – ich dulde keine Dummköpfe und Versager an meiner Seite.« Er ließ sich zurück auf seinen Sitz fallen und deutete auf einen Scherenstuhl.

»Auch ich habe gute Nachrichten«, verkündete er, als von

Säckingen sich gesetzt hatte. »Wenn es nicht mit dem Teufel zugegangen ist, dann ist Eure Scharte inzwischen ausgewetzt, von Säckingen. Dann schmort der Reutlinger bereits im Fegefeuer.«

Von Säckingen hob überrascht die Augenbrauen. Eigentlich hätte er das gern selbst in die Hand genommen. »In der Tat?«, fragte er, bemüht, seine Enttäuschung zu verbergen. »Das sind gute Neuigkeiten, Herr.«

De Bruce beugte sich vor und sah ihn argwöhnisch an. »Findet Ihr? Ihr klingt enttäuscht.«

Einer der Hunde sprang auf. Eberhard von Säckingen zuckte unwillkürlich zurück. »Weil ich es erledigen wollte, von eigener Hand, Herr. Jeder Mann, der meinem Herrn im Weg steht, steht auch mir im Weg.« Er begann zu schwitzen. De Bruce benahm sich merkwürdig. Es war fast, als belauere er ihn wie eine Beute, nicht sicher, ob er sofort zuschlagen oder ihn noch ein wenig zappeln lassen sollte.

»Gut«, sagte der Graf. »Ihr könnt Euch zurückziehen. »Und lasst dieses Ding verschwinden!« Er deutete auf Dietrichs Kopf. »Lebend war er eine Ausgeburt der Hölle, und tot ist er nicht lieblicher.« Er erhob sich und schritt mit seinem vierbeinigen Gefolge aus dem Saal, ohne von Säckingen eines weiteren Blicks zu würdigen.

Benommen folgte ihm von Säckingen. Auf dem Burghof drückte er Dietrichs Schädel einem seiner Männer in die Hand, trat an die Mauer und ließ seinen Blick schweifen. Grüne Berge erstreckten sich, so weit das Auge reichte, im Tal unter ihm glitzerte die Aich. Von Säckingen schaute nach Südosten. Irgendwo dort in der Ferne lag der verlassene Fronhof. Das Mädchen mit dem roten Haar ging ihm nicht aus dem Kopf. Diese Mechthild. Er hätte sie nehmen sollen, gleich an Ort und Stelle. Er hätte seinen Spaß mit ihr gehabt, seine Männer hätten den Rest besorgt. Dann wäre sie jetzt längst vergessen und würde nicht seine Gedanken beherrschen. Doch er würde das Versäumnis nachholen, und zwar bald.

***

Die Straßen von Reutlingen waren festlich geschmückt. Überall hingen Girlanden aus Sommerblumen, bunte Bänder flatterten im Wind. Musikanten spielten auf, Händler liefen mit Körben umher und boten Kuchen, Gebäck und andere Leckereien feil. Die Menschen, egal ob reich oder arm, trugen ihre beste Tracht, denn niemand musste heute arbeiten. Es war Jacobi, der 25. Julius, und heute war Bürgermeisterwahl.

Erwartungsvoll blickten die Menschen immer wieder die Judengasse hinauf in Richtung Marktplatz. Von hier aus sollte der Zug bis zum Barfüßerkloster ziehen, in dessen Hof der Bürgermeister und der frischgewählte Rat den feierlichen Amtseid schwören würden. Der Rat bestand aus zwölf ehrenwerten Richtern, die aus den vornehmsten Familien der Stadt stammten und aus den Meistern der acht Zünfte.

Auch Erhard Füger zählte zu den Männern, die im Festzug ganz vorn schreiten würden. Zum dritten Mal schon war er in diesem Jahr zum Zunftmeister der Karcher gewählt worden. Stolz würde er die Fahne mit den Zunftzeichen tragen, einem Wagenrad und einem Krug. Hinter ihm würden die anderen Mitglieder der Karcherzunft schreiten, gefolgt von den übrigen Zünften, den Weingärtnern, Bäckern, Küfern, Metzgern, Kürschnern, Schustern und Gerbern.

Wendel ging in diesem Jahr nicht mit im Zug. Gemeinsam mit Antonius beobachtete er das Geschehen vom Eingang seines Hauses aus, das dem Barfüßerkloster schräg gegenüberlag. Sein Vater hatte ihm strengstens verboten, sich von dort zu entfernen, denn er fürchtete einen erneuten Anschlag. Offiziell hieß es zwar, Wendel und Antonius seien von zwei Räubern überfallen worden, doch weder Wendel noch sein Vater zweifelten daran, wer tatsächlich hinter dem Anschlag steckte. Und ein Tag wie dieser wäre ideal für einen Meuchelmord. Im Gedränge könnte der Mörder sein Verbrechen verüben und sich entfernen, ohne Entdeckung zu fürchten. Und Wendel durfte nicht darauf hoffen, noch einmal so viel Glück zu haben.

Auch wenn es ihm widerstrebte, sich von seinem Vater wie ein kleiner Junge zu Hause einsperren zu lassen, musste er zugeben, dass er bei dem Überfall tatsächlich nur um Haaresbreite dem Tod entronnen war. Als er das Bewusstsein verlor, hatte Antonius den einen Angreifer zum Glück gerade überwältigt. Er sprang noch eben rechtzeitig herbei, um den Hieb von Wendels Gegner abzuwehren. Dieser leistete nur noch kurz Widerstand. Wendel war wieder zu sich gekommen, bevor jemand anderes hinzukam, aber weil beide Angreifer im Kampf gestorben waren, hatten er und Antonius keine Möglichkeit gehabt herauszufinden, wer hinter dem Angriff steckte.

Ein Gutes zumindest hatte der Vorfall gehabt. Für Erhard Füger hatte Antonius damit bewiesen, dass er in der Lage war, Wendel zu schützen.

»Sie kommen! Sie kommen!«, rief eins der Kinder, das hoch auf den Schultern seines Vaters saß.

Musik und Jubel drangen vom Marktplatz her. Zuerst sah Wendel über die Köpfe der anderen hinweg nur die Fahnen und Wappenschilde der Zünfte, dann, als die Menge ehrfurchtsvoll zur Seite trat, erkannte er die Gesichter. Vorneweg schritt im prächtigen tiefroten Surcot und blank gewichsten schwarzen Stiefeln Walther von Hayingen, der frischgewählte Bürgermeister der Stadt. Ihm folgten die Ratsherren.

Wendel erkannte die Oberhäupter der Patrizierfamilien: Volker Ammann, dem sein Vater im letzten Jahr das Ammändle abgekauft hatte, Bentz Gumpper, dessen Söhne ihrem Vater nichts als Ärger machten, den ehrwürdigen Greis Eberhard von Hansen, Heinrich Löterli von Wildenowe und Conrad Ungelter, dessen Vater selbst vor Jahren Bürgermeister gewesen war.

Wendel hatte mit diesen vornehmen Herrschaften wenig zu tun. Wie er selbst stammten auch die meisten seiner Freunde aus der Handwerkerschaft. Viele von ihnen waren Huser, Weingärtner, die wie ihre Väter in den Füger'schen Weinbergen arbeiteten.

Die Handwerker bogen hinter den Richtern in den Klosterhof ein. Wendel reckte den Hals, doch von der Zeremonie bekam er aus dieser Entfernung nicht viel mit. Wie ärgerlich! Später würden sie zum Tanz aufspielen, auf dem Marktplatz war bereits das große Festzelt aufgebaut, doch auch dort durfte er sich nicht blicken lassen. Er seufzte. Es wäre sein letzter Jacobitanz als unverheirateter Jüngling gewesen.

Als hätten sich seine Gedanken zu einer Gestalt verfestigt, stand plötzlich eine junge Frau mit langem hellblonden Haar und strahlend blauen Augen vor ihm. Engellin, seine Verlobte. Wie alle Jungfrauen trug sie zur Feier des Tages einen Kranz aus Blumen auf dem Haupt. Schüchtern lächelte sie ihn an.

»Engellin, was macht Ihr denn hier?«, fragte er verwirrt.

»Ich sehe mir den Zug an.« Sie runzelte die Stirn.

»Bitte verzeiht meinen rüden Tonfall, liebe Engellin. Ich

war so überrascht, Euch zu sehen. Ich vermutete Euch im Klosterhof bei der Zeremonie.«

Sie lächelte. »Ich wollte sehen, wie es Euch geht.«

»Mir geht es bestens«, versicherte er rasch. Er warf einen Blick zu Antonius, der demonstrativ in eine andere Richtung blickte. Niemand sonst belauschte ihr Gespräch, alle, die vor ihnen auf der Straße standen, wandten ihnen den Rücken zu und reckten sich, um mitzubekommen, was auf dem Klosterhof vor sich ging.

»Das freut mich, Wendel.« Wieder lächelte sie und sah ihn erwartungsvoll an.

Wendel fuhr sich nervös mit den Fingern durch das Haar. Es war das erste Mal, dass er mit ihr allein war, sofern man die Menschenmenge nicht zählte. Worüber sollte er mit ihr reden? Über Geschäfte? Die Weinlese? Den Ablauf der Wahlen? Schon in Gesellschaft fiel ihm nie etwas Passendes ein. Stets hatte er das Gefühl, seine Braut zu langweilen, und wenn er ehrlich war, langweilte er sich selbst ebenso. »Geht Ihr nachher zum Tanz?«, fragte er schließlich.

Sie nickte, ein Leuchten huschte über ihr Gesicht. »Ja. Ich werde dort sein.«

Wieder dieser Blick. Wendel begann zu schwitzen. »Leider werde ich nicht kommen können.«

Enttäuscht verzog sie den Mund. »Wegen Eurer Füße? Ihr lauft doch schon leidlich gut. Außerdem müsst Ihr ja nicht jeden Tanz mitmachen.«

»Es ist nicht wegen der Füße«, erklärte Wendel rasch. Es war ihm peinlich, dass er immer noch humpelte. »Ich – ich muss noch arbeiten.«

»Arbeiten? Am Schwörtag? Niemand arbeitet heute!«

Wendel zuckte mit den Schultern.

Offenbar deutete Engellin dies als Missbilligung, denn sie

senkte rasch den Kopf. »Ich verstehe«, sagte sie leise. »Dann sehen wir uns am nächsten Sonntag zum Essen?«

»Ja, sicher.«

Sie knickste und wandte sich zum Gehen.

Wendel blickte ihr ratlos hinterher. Er hatte Engellin verärgert, aber wie? Er fing Antonius' Blick auf. »Was ist?«, fragte er den Älteren. »Sag schon!«

Antonius lächelte. »Es ist nicht immer leicht, sie zu verstehen, Herr.«

»Weise gesprochen, mein lieber Antonius.« Er klopfte seinem Leibwächter, der ihn um einen halben Kopf überragte, auf die Schulter. »Komm, wir gehen ins Haus. Ich weiß, wo ein Krug kühler Wein steht. Den lassen wir uns munden.«

***

Hermann legte Melisande die Hand auf die Schulter. »Gut gemacht, Mechthild!«, sagte er und begutachtete erneut das Kaninchenfell. Er rieb es zwischen den Fingern, kein einziges Haar löste sich; er knetete und knitterte es, und jedes Mal fiel es wieder weich und seidig glänzend über seine Hand.

Melisande spürte Stolz wie schon lange nicht mehr.

»Das Fell bringt bestimmt einen guten Preis«, ergänzte er, schaute Melisande in die Augen und dann zu Boden. »Gut, dass du hiergeblieben bist.« Er drehte sich rasch um und verschwand im Haus.

Melisandes Herz machte einen Sprung. Das zuzugeben war ihm sicherlich sehr schwergefallen. Sonst zeigte Hermann kaum Gefühle, und ein Lob ging ihm so gut wie nie über die Lippen. Sie ließ den Blick wandern. Ein gelblicher Hauch lag über den Wäldern, die Tage waren merklich kürzer, denn der August neigte sich schon dem Ende zu. Hart hatten sie gearbeitet, um die Schäden, die die Bande des Ritters von Säckingen angerichtet hatte, wieder in Ordnung zu bringen. Und sie hatten es geschafft. Wenn der Herbst so wurde, wie der Sommer zu Ende ging, brauchten sie vor dem Winter keine Angst zu haben.

Melisande seufzte. Ida und Hermann sprachen jetzt immer von »uns dreien«, und Ida hatte bereits angekündigt, dass man für Mechthild einen tüchtigen Gatten finden werde, der ebenfalls auf dem Hof mit anpackte. Vielleicht konnte man einen Teil der Gebäude wieder aufbauen? Mehr Vieh anschaffen und die Felder bebauen? Land gab es genug und gutes Wasser auch. Der Gedanke gefiel Melisande. Ein neues Zuhause, ein anständiger Mann, Kinder, Familie. Und doch fiel ein Schatten über ihr Gemüt, wann immer sie sich das vorstellte. Der Gedanke, der ihr zum ersten Mal bei von Säckingens brutalem Überfall gekommen war, hatte sich immer tiefer in ihr Herz gegraben. Und er ließ sich nicht mit einem friedlichen Leben auf dem Fronhof vereinbaren.

Sie beschloss, nicht weiter zu grübeln. Heute ging es erst einmal nach Hülben. Sie liebte die Ausflüge in das kleine Dorf, auf denen sie Schinken, Schmalz und Hafer erwarben. Einige Male waren Ida und sie auch mit Hermann auf dem Markt in Urach gewesen. Zwar wurde gelegentlich hinter ihrem Rücken getuschelt, doch niemand betrug sich ihr gegenüber misstrauisch oder feindselig. Überall wurde angenommen, Mechthild habe zuvor als Magd im Haushalt der Schwester des Paulus Weigelin in Esslingen gearbeitet, und Melisande hütete sich davor, diese Geschichte zu korrigieren.

Bereits bei ihrem ersten Besuch hatte sie von den geschwätzigen Marktfrauen erfahren, dass der Reutlinger Weinhändlersohn, der in Esslingen des Mordes angeklagt war, aus dem

Kerker geflüchtet und heil in sein Vaterhaus zurückgekehrt war. Natürlich gab es die wildesten Gerüchte darüber, wie dem jungen Mann die Flucht gelungen war. Manche sagten, er sei auf dem Rücken einer Hexe aus der Stadt geflogen. Angeblich wohnte in der Fischergasse ein alter Mann, der den Hexenritt des Wendel Füger mit eigenen Augen gesehen hatte. Andere behaupteten, der Reutlinger sei mit dem Teufel im Bunde, der ihm die Kraft verliehen habe, durch Wände und Mauern zu gehen. Deshalb habe er sich auch mit dem Henker verbündet, denn der sei bekanntermaßen ein Diener Satans. Es gab natürlich auch vernünftige Stimmen, die vermuteten, dass eine Menge Geld den Besitzer gewechselt hatte, um diese ungewöhnliche Flucht zu ermöglichen. Einige hielten es sogar für denkbar, dass der angebliche Mörder, den sie in Ulm geschnappt hatten, das Bauernopfer war, denn irgendwer musste ja für das Verbrechen hingerichtet werden, und die Reutlinger waren bekannt dafür, unangenehme Wahrheiten mit ausreichend Münzen aus der Welt zu schaffen.

Melisande hätte jeden Eid darauf geschworen, dass der Karcher unschuldig war. Ob der Richtige für die Tat hatte büßen müssen? Das konnte sie nicht sagen, denn sie wusste, dass es keinen Menschen gab, der nicht früher oder später unter der Folter zusammenbrach.

Am nächsten Tag war es wieder an der Zeit, Rinde zu schneiden. Die Vorräte gingen zur Neige, und es gab noch viele Felle, die auf die Lohe warteten. Diesmal musste Melisande weiter laufen als je zuvor, denn Hermann hatte gehört, der Markvogt lasse die Wälder besonders streng kontrollieren. Seine Männer sollten lieber nicht in unmittelbarer Nähe des Fronhofes auf entrindete Stämme stoßen, denn in diesem

Fall würde der Verdacht unweigerlich auf Hermann fallen. Und die Strafen für Waldfrevel waren streng, vor allem in den Wäldern um Urach, wo der Holzhandel eine wichtige Einkommensquelle für den Vogt und die Stadt war.

Melisande gelangte an einen Aussichtspunkt, von dem aus sie das Elsachtal überblicken konnte. Es war ein nebeliger Frühherbstmorgen, und über dem Tal hingen weiße Schleier. Melisande sah, wie ein Händlerzug, der sich von Urach her auf die Ulmer Steige zubewegte, mehrmals unvermittelt im Dunst verschwand und wenige Augenblicke später wieder auftauchte, jedes Mal ein Stück näher. Es waren acht Wagen, gezogen von jeweils zwei Gäulen, die sich mit ihrer schweren Last sichtlich abmühten. Rechts und links der Wagen bewegten sich Männer, einige zu Pferd, andere zu Fuß, die Reiter in leichter Rüstung. Es waren offenbar Kaufleute, die sich von ihren Knechten begleiten ließen. Zusätzliche Bewaffnete oder Ersatzpferde schien der Zug nicht mit sich zu führen. Vermutlich ging es nur bis Feldstetten oder Laichingen, doch auch eine solche Reise war ohne den Schutz von Söldnern ein Wagnis.

Als der Zug um die Biegung verschwunden war, verließ Melisande ihren Aussichtspunkt und lief hinunter ins Tal. Sie nahm die kleine Holzbrücke über die Elsach, die hier weniger als sechs Fuß breit war. Vom anderen Ufer aus stieg sie einen schmalen Holzfällerpfad hinauf, der sich parallel zur Ulmer Steige auf den Gipfel nach Eberstetten schlängelte. Auf halber Höhe erreichte sie einen Felsvorsprung, von dem aus man einen guten Blick auf die Steige hatte. Melisande kletterte auf den Fels, um ein wenig zu verschnaufen, und blickte hinab auf die Steige. Etwa einen halben Bogenschuss unter ihr ächzten die schweren Wagen die Anhöhe hinauf, weiß dampfte der Atem vor den Mäulern der Zugtiere, schneidend klang das Knallen der Peitschen durch die Luft. Die Reiter gingen am

Anfang und am Ende des Zugs, immer zu zweit, denn die Straße war schmal.

Die Pferde. Die Reiter. Die Wagen. Das Sirren der Pfeile. Die Schreie der Getroffenen. Das Blut, das viele Blut. Unvermittelt begann Melisande zu zittern. Zugleich schalt sie sich eine Närrin. Warum hatte die Vergangenheit immer noch solche Macht über sie?

Ein Schwarm Krähen flog auf. Melisande erschrak. Eines der Pferde scheute, und sein Reiter hatte Mühe, es wieder zur Ruhe zu bringen. Im nächsten Augenblick prasselten Pfeile auf den Kaufmannszug hinab. Einige Männer stürzten sofort von den Pferden, die übrigen zogen ihre Schwerter und blickten sich mit angstgeweiteten Augen um. Rufe wurden laut, eines der Pferde ging durch und stob die Steige hinab, seinen toten Reiter, dessen Fuß sich im Sattelgurt verfangen hatte, schleifte es hinter sich her.

Von allen Seiten stürmten schwer bewaffnete Reiter aus dem Wald. Es waren mindestens drei Dutzend. Sie trugen dunkle Rüstungen, damit sie das Sonnenlicht nicht verriet, kein Wimpel gab Auskunft, welchem Herrn sie dienten.

Raubritter, schoss es Melisande durch den Kopf, das müssen Raubritter sein.

Ein Teil der Angreifer stürzte sich auf die Knechte, die den Zug zu Fuß begleiteten, und metzelten sie nieder. Die übrigen Raubritter griffen die berittenen Kaufleute an, die sich verzweifelt zur Wehr setzten.

Die Schlacht tobte nur kurz. Die Angreifer waren in der Überzahl und erprobte Krieger.

Als die Kaufleute und ihre Knechte reglos am Boden lagen, glitten einige der Raubritter von den Pferden und machten sich daran, den Toten die Beutel vom Gürtel zu schneiden und die Waffen einzusammeln. Die übrigen hievten Stoffballen aus den Wagen und luden sie auf Packpferde und auf die erbeuteten Pferde der Kaufleute. Als sie die Zugpferde ausspannten, geriet einer der Wagen ins Rollen, rammte eines der herrenlosen Reittiere und riss es mit in die Tiefe.

Einer der Raubritter bellte wütende Befehle, die anderen beeilten sich, ihnen Folge zu leisten. Schließlich kümmerten die Männer sich um ihre Verletzten und Toten, banden sie auf den Pferderücken fest. Sie setzten die Wagen in Brand, die trotz der nebelfeuchten Luft rasch Feuer fingen, und als alles lichterloh in Flammen stand, trabten sie mit ihrer Beute die Steige hinauf, wo sie nach wenigen Augenblicken im dichten Laub verschwanden.

Melisandes Herz hämmerte wild. Immer wieder hatte sie sich gesagt, dass sie fliehen müsse, weglaufen, so weit und so schnell sie konnte, um nicht von den Raubrittern entdeckt zu werden. Doch ihre Beine hatten ihr nicht gehorcht. Die Todesschreie, das Blut, das Klirren der Schwerter – sie hatte nicht die fremden Wagen vor sich gesehen, sondern den Karren, auf dem sie mit ihrer Mutter und Gertrud gesessen hatte. Die tapferen Kaufleute, die sich so erbittert zur Wehr setzten, das waren ihr Vater, Rutger und Siegfried von Rabenstein gewesen, der Ritter, der sie an Gawan erinnert und der gleich zu Anfang den Tod gefunden hatte. Und der Anführer der Raubritter …

Auch als die Mörder längst fort waren, stand Melisande noch da, unfähig, auch nur einen Finger zu rühren.

Einige der Angreifer waren unmittelbar unter dem Felsen, auf dem sie stand, aus dem Gebüsch hervorgestürmt. Wie leicht hätten die Männer sie bemerken können.

Ein seltsames Geräusch riss Melisande aus ihrer Erstarrung. Da! Noch einmal. Jemand stöhnte kaum hörbar. Einer der Männer rührte sich. Er lebte!

Die Starre brach. Ohne nachzudenken, rannte Melisande den steilen Abhang hinab.

Es war einer der Kaufleute, ein junger Mann mit breiten Schultern und ebenmäßigem Gesicht. Blut sickerte aus einer Wunde an seiner Seite, und auch sein Kopf war verletzt.

Melisande blickte sich suchend um. Die brennenden Wagen strahlten eine unerträgliche Hitze aus. Zum Glück stand kein Baum so dicht am Weg, dass das Feuer drohte, auf den Wald überzugreifen. Dann sah Melisande, dass aus einem der Wagen ein großer Ballen weißes Leinen gerollt war, an dem die Ritter offenbar nicht interessiert gewesen waren. Leinen war genau das, was sie jetzt brauchte.

Sie rannte zu dem Ballen und riss ein paar Streifen ab. Bei einem der Toten fand sie einen Weinschlauch. Mit dem Wein tränkte sie das Leinen und reinigte damit die Wunden. Dann legte sie dem Kaufmann, der nur halb bei Bewusstsein war und alles wehrlos über sich ergehen ließ, Verbände an, einen um den Leib, einen zweiten um den Kopf. Inzwischen hatte ein zweiter Mann angefangen, sich zu regen.

Melisande holte mehr Leinen.

Vier Männer hatten den Überfall überlebt. Sie versorgte sie, so gut es ging, verband Wunden, stillte Blutungen und schiente gebrochene Glieder. Wie aber sollte sie die Männer nach Urach bringen? Die Wagen waren völlig ausgebrannt, noch immer schwelte die Glut an den schwarzen Gerippen, außerdem hatten die Raubritter alle Pferde mitgenommen. Melisande wischte sich den Schweiß von der Stirn. Nachdenklich sah sie sich um. Fliegen schwirrten über die leblosen Leiber, der süßliche Geruch des Todes erfüllte die Luft. Doch ihre Angst war verschwunden. Es galt, vier Männern das Leben zu retten. Nur wie?

Kurz entschlossen machte Melisande sich daran, die Toten

zu durchsuchen. Viel fand sie nicht. Die Mörder hatten ganze Arbeit geleistet. Nur bei einem Mann, der halb unter einem toten Pferd begraben lag, wurde sie fündig. Sie brauchte all ihre Kraft, um den Leichnam unter dem Pferd hervorzuziehen, doch sie hatte im Schein des Feuers etwas aufblitzen sehen, das die Arbeit lohnend erscheinen ließ.

Endlich hatte sie es geschafft. Sie rollte den Mann auf den Rücken und fand, wonach sie gesucht hatte: ein leichtes Kurzschwert. Melisande hob es hoch und begutachtete es. Ein wahrhaft wertvolles Stück. Und eine mächtige Waffe. Zumindest für den, der damit umzugehen wusste. Sie kniete nieder, schlug ein Kreuz und bat Gott um Vergebung dafür, dass sie den toten Mann beraubte. Danach erhob sie sich, lief rasch zu ihrem Korb, den sie am Rande des Weges abgestellt hatte, und legte das Schwert hinein.

Noch einmal begab sie sich zurück zu dem Toten und untersuchte die Tasche, die er am Gürtel trug. Pergamentrollen, Tinte, Federn, Schaber, mit denen man alte Tinte oder Farbe von Pergamenten kratzen konnte, und sogar ein Lesestein. Einen unglaublich wertvollen Schatz hielt sie da in den Händen. Sie fand auch noch einige Urkunden und Dokumente, fein säuberlich gefaltet und mit einem Band verschnürt. Offenbar war der Mann ein Schreiber gewesen.

Beim Anblick der Gänsekiele und Pinsel huschte ihr ein Gedanke durch den Kopf. Zuerst erschrak sie darüber; das Schwert würde ihr vielleicht eines Tages das Leben retten, mit welchem Recht aber sollte sie das Handwerkszeug des Schreibers stehlen? Doch die Stimme, die sie genau dazu drängte, gab keine Ruhe, und so nahm sie die Gegenstände trotz ihres schlechten Gewissens an sich.

Sie kletterte ein Stück hinauf ins Unterholz und versteckte

den Korb in einem dichten Gesträuch, dann eilte sie zurück und sah nach den Verletzten. Und nun?

In diesem Augenblick tönten die Glocken der Amanduskirche durch das Tal. Kurz darauf war eine weitere Glocke zu hören und dann noch eine. Alarm! Vermutlich hatte endlich jemand die Rauchsäule entdeckt, die sich von der Ulmer Steige her in den Himmel wand. Melisande atmete auf. Jetzt würde bald Hilfe nahen. Sollte sie sich verstecken? Nein, besser nicht. In Urach kannte man sie. Ihr drohte keine Gefahr.

Wenig später sah sie, wie sich etwa ein Dutzend Reiter den Berg hinauf auf sie und die Verletzten zubewegte. Als sie näher kamen, erkannte Melisande einige Gesichter: den Metzger, Meister Fridel, bei dem sie gelegentlich zusammen mit Ida Fleisch kaufte, und den Mann, der auf dem Markt Töpferwaren feilbot. Sie trat vor und gab sich zu erkennen. »Gut, dass Ihr kommt! Hier sind vier Verletzte, die dringend Hilfe brauchen.«

Einige der Männer deuteten mit dem Finger auf sie, einer rief: »Seht ihr die Hexe? Bestimmt hat sie den Zug in Brand gesteckt.«

Melisande wurde es kalt ums Herz.

»Ja, greift euch das Teufelsweib! Es darf uns nicht entwischen!«

Die Reiter umzingelten sie.

»Seid ihr verrückt geworden, ihr abergläubisches Pack? Seht doch mal genau hin!« Meister Fridels tiefe Stimme donnerte über seine Gefährten hinweg. »Das ist Mechthild, die Magd des Rotgerbers vom Weigelin-Hof. Verratet mir, wie sie all diese braven Männer auf einmal niedergestreckt haben soll, so ganz ohne Waffe! Ihr seid mir rechte Esel.«

Die Männer verstummten und starrten verlegen zu Boden.

Melisande schluckte ihre Angst herunter und berichtete,

was vorgefallen war. Von den Männern erfuhr sie, dass ein aufgeregter Bauer in der Stadt gemeldet hatte, er habe eine dicke Rauchsäule über der Ulmer Steige gesehen. Daraufhin habe sich ein Trupp Freiwilliger gemeldet, um der Sache nachzugehen.

Meister Fridel schickte einige Männer zurück, um Karren für die Verletzten und die Toten herbringen zu lassen. Der Metzger befragte Melisande noch einmal, ließ sich jede Einzelheit von ihr berichten, während der Bader, der ebenfalls unter den Freiwilligen war, nach den Verletzten sah.

Nach einer Weile gesellte er sich zu Melisande und Meister Fridel. »Die Wunden sind vorbildlich versorgt. Das hast du nicht zum ersten Mal gemacht, Mädchen.«

»Ich habe früher schon als Heilerin gearbeitet«, erklärte Melisande. »Ida und Hermann wissen davon.«

»Heilerin. So, so.« Der Bader bedachte sie mit einem bohrenden Blick. »Das sieht allerdings mehr danach aus, als wärst du als Feldscher mit in die Schlacht geritten, du legst den Verband besser an als Meister Linhard, der städtische Wundarzt.«

Melisande senkte den Blick. »In der Tat. Mein Lehrmeister war viele Jahre auf Schlachtfeldern unterwegs. Daher weiß ich, wie man diese Verletzungen versorgt.«

Der Bader nahm sie am Arm und zog sie auf die Seite. »An deiner Stelle wäre ich vorsichtig. Mir ist es egal, aber es gibt einige gelehrte Herren der Zunft, die es gar nicht gerne sehen, wenn ihnen ein Weibsbild, noch dazu eine einfache Magd, den Rang abläuft. Du hast ja gehört, wie flugs man von einem gottgefälligen Helfer zu einer teuflischen Hexe wird. Sei vorsichtig, damit du nicht irgendwann brennst wie die Wagen der toten Kaufleute hier.«

* * *

Dicht gefolgt von Henner Langkoop kletterte Konrad Sempach die steile Treppe in den Keller des Schelkopftors hinab. Der mangelnde Appetit hatte auch einen Vorteil, musste er sich eingestehen. Das Laufen fiel ihm leichter, und er kam seltener aus der Puste.

Unten stank es wie üblich nach Fäulnis, getrocknetem Blut und Fäkalien. Sempach ließ sich davon jedoch nicht ablenken, sondern betrat den Thronsaal, wo der Delinquent, ein Büttel und der neue Henker bereits warteten. Der Beschuldigte, ein dürrer Greis, dessen Hände auch ohne Folter unaufhörlich zitterten, hatte angeblich die Metzger in der Pliensauvorstadt bestohlen. Sempach konnte sich nicht recht vorstellen, wie das alte Männlein schwere Schinken und Braten davongeschleppt haben sollte, doch er hatte in seinem Leben schon zu viel gesehen, um es nicht dennoch für möglich zu halten.

Er betrachtete Meister Ekarius, den neuen Henker. Er war fett, so fett, dass sein ganzer Körper wabbelte, wenn er sich bewegte. Außerdem war er nie nüchtern. Zumindest hatte er ihn in den drei Wochen, die er jetzt in Esslingen weilte, noch kein einziges Mal nüchtern angetroffen. Auch nicht, wenn Arbeit anstand. Und das machte sich bemerkbar. Nicht, dass Meister Ekarius seine Pflichten nicht ordnungsgemäß erfüllt hätte. Was das anging, war er absolut zuverlässig. Es war mehr die Art, wie er seinem Handwerk nachging. Es mangelte ihm an jeglichem Feingefühl, jeglicher Präzision. Anfangs hatte Sempach gedacht, dass mit diesem Henker die peinlichen Befragungen noch unterhaltsamer werden könnten. Doch das genaue Gegenteil war der Fall. Dieser grobe Klotz fuhrwerkte mit den Daumenschrauben und glühenden Zangen herum, als würde er eine Felswand behauen. Da blieben weder Zeit noch Raum, die Details zu genießen, weder die Angst in den Augen des Beschuldigten noch die feine Mechanik der Gerätschaften oder ihre besondere Wirkungsweise.

Sempach seufzte unwillkürlich. Wie viel besser war es doch mit Melchior gewesen. Doch der war nun offiziell für tot erklärt worden. Der Rat hatte beschlossen, dass eine weitere Suche keinen Sinn hatte und dass das Gerede über die Stadt Esslingen, der der Henker abhandengekommen war, endlich ein Ende haben musste. Also hatte Johann Remser vor einer Woche auf dem Marktplatz eine Erklärung verlesen, in der es hieß, Melchior sei im Wald von wilden Tieren getötet worden. Seine Leiche habe man an Ort und Stelle verbrannt, die Asche in alle Winde verstreut.

Leider war Sempach auch bei Meister Henrich nicht weitergekommen. Er hatte ihn zwar noch einmal eindringlich befragt, doch der Braumeister hatte sich nicht aus der Ruhe bringen lassen. Im Gegenteil, er hatte die Arme ausgebreitet und Sempach aufgefordert, sein Haus zu durchsuchen. Natürlich hatte Sempach sich nicht so weit erniedrigt, dieser Aufforderung Folge zu leisten. Wenn Henrich eine Ketzerbibel besaß, dann befand sie sich in einem sicheren Versteck. Doch er hatte weiterhin ein Auge auf den Braumeister. Früher oder später würde sich das auszahlen, davon war er überzeugt.

»Entschuldigt.« Der Schreiber kam atemlos die Treppe heruntergestürmt. »Ich wurde aufgehalten.«

»Das wurde aber auch Zeit«, brummte Sempach. »Fangen wir an.«

Eine halbe Stunde später war der Alte tot. Der eilig herbeigerufene Medicus bestätigte, dass der Verdächtige nicht seinen Verletzungen erlegen war, sondern sein Herz wohl vor Schreck aufgehört hatte zu schlagen. Der Henker hatte sich nichts zuschulden kommen lassen, ebenso wenig wie die beiden Ratsherren Konrad Sempach und Henner Langkoop. Trotzdem erwischte sich Sempach bei dem Gedanken, dass der Greis unter Melchiors geschickten Händen wohl nicht gestorben wäre.

Angewidert verließ er den Keller. Obwohl ihm die Treppe nach oben nicht mehr so steil erschien wie vor einigen Monaten, bereitete ihm jeder Schritt Schmerzen. Er war ein gescheiterter Mann, ein verweichlichter Schlappschwanz, dem von gebratener Ente und Wein übel wurde. Seine Pläne waren allesamt missglückt. Verflucht sei Meister Henrich, verflucht der Reutlinger! Verflucht seien Remser und die ganzen anderen überheblichen Ratsmitglieder! Vor allem aber: Verflucht sei Melchior.

Wo hast du dich verkrochen, du Ausgeburt der Hölle? Er reckte eine Faust gen Himmel. *Eines Tages werde ich dich in die Finger bekommen, du hinterhältiger Teufelsbraten, und dann gnade dir Gott!*

* * *

Wendel tauchte den Kopf in den Wassertrog, um sich abzukühlen. Als er ihn tropfnass wieder herauszog, atmete er tief durch. Jeder Muskel, jede Faser seines Körpers schmerzte, dennoch fühlte er sich so lebendig wie lange nicht mehr.

Meister Oswald trat zu ihm. »Für heute ist es genug, Herr. Morgen üben wir weiter.«

»Meinetwegen«, sagte Wendel und rieb sich mit einem Tuch trocken. »Aber nur, wenn ich mich morgen noch bewegen kann.«

Oswald lachte. »Das könnt Ihr, Wendel, keine Sorge. Ihr

seid jung und kräftig, so eine kleine Übungsstunde mit dem Schwert wirft Euch nicht um.«

Wendel stöhnte. »Ihr habt ja keine Ahnung. Ich fühle mich jetzt schon, als hätte ich Prügel bezogen.«

Meister Oswald klopfte ihm auf die Schulter. »Gehabt Euch wohl. Und auf morgen!«

Wendel winkte ihm hinterher, dann ließ er sich von Antonius seinen Surcot reichen. Sein Vater hatte darauf bestanden, dass er wieder Fechtunterricht nahm. Es war seine Bedingung dafür, dass Wendel das Haus verlassen und ein normales Leben führen durfte.

»Ihr habt Euch gut geschlagen, Herr«, sagte der Leibwächter.

»Du brauchst nicht zu lügen, Antonius. Ich weiß, dass ich ein erbärmlicher Kämpfer bin.« Wendel zog den Surcot über seinen Kopf und schlüpfte in die Ärmel.

»Das ist nicht wahr, Herr. Ihr habt eine gute Technik. Euch fehlen lediglich die Übung und ein paar zusätzliche Kniffe.«

»Und Mut«, ergänzte Wendel bitter.

Antonius sah ihn wortlos an.

»Was?«, stieß Wendel hervor.

»Darf ich Euch etwas fragen, Herr?«

Wendel wusste sofort, was Antonius wissen wollte. Seit einem Monat wartete er auf diese Frage. Aber wie sollte er etwas beantworten, wofür er selbst keine Erklärung hatte? »Was denn?«, fragte er unwillig.

»Ich habe gesehen, was mit Euch passiert ist«, begann Antonius vorsichtig. »Euch ist schwindelig geworden, als Ihr das Blut gesehen habt.«

Wendel zog scharf die Luft ein.

»Keine Sorge«, sagte Antonius schnell. »Euer Geheimnis ist bei mir sicher. Niemals würde ich jemandem davon erzählen. Wenn Eure Feinde davon erführen, wäre das Euer sicherer Tod.«

Wendel schluckte. So hatte er die Sache noch gar nicht betrachtet. Dann sah er Antonius an. »Und? Wie lautet nun deine Frage?«

»Wisst Ihr, warum Ihr auf den Anblick von Blut so reagiert? War das schon immer so, oder gab es vielleicht ein Ereignis, das Eure Angst ausgelöst hat?«

Wendel warf ärgerlich das Handtuch auf den staubigen Boden. »Ich wüsste nicht, was dich das anginge, Antonius. Du bist mein Leibwächter, nicht mein Beichtvater. Also verschone mich mit solchen Fragen.«

Wütend lief er über den Hof und schritt durch das weit geöffnete Tor in das Kelterhaus. Obwohl das Haus keine Außenwände hatte, war es hier still und dämmrig. Wendel taten seine bösen Worte bereits leid. Antonius meinte es gut mit ihm. Doch er hasste es, an seine Schwäche erinnert zu werden. Oder an jenen Tag im Sommer, an dem seine kleine Schwester Elisabeth gestorben war.

Sie war noch keine drei Jahre alt gewesen, ein süßes kleines Ding mit schwarzen Locken. Sie hatte im Hof gespielt, Steine zu bunten Mustern ausgelegt und dann erklärt, dass es sich bei dem steinernen Gebilde um ein fernes Land handle, in dem sie die Königin sei. Sie hatte sogar einen Namen für dieses Land erfunden: Fugerien. Wendel, der selbst kaum zwei Jahre älter gewesen war, hatte sie geneckt, die Steine mit den Füßen weggekickt und ihre Krone aus Blüten in den Dreck geworfen. Dann war ihm langweilig geworden, und er hatte sich ins Haus verzogen, um nachzusehen, ob die Speisekammer unverschlossen war.

Ein markerschütternder Schrei lockte ihn wieder nach draußen. Elisabeth stand allein mitten auf dem Hof. Der

Hund, der sonst an einer langen Eisenkette lag und das Tor bewachte, direkt vor ihr. Er musste sich losgerissen haben. Speichel troff aus seiner Schnauze, und er knurrte böse. Der Hund war fast so groß wie Elisabeth, ihre weit aufgerissenen Augen blickten direkt in seine. Ihre Unterlippe zitterte.

Plötzlich sprang der Hund nach vorn und verbiss sich in Elisabeths Unterarm. Wieder schrie sie. Wendel wollte ihr helfen, doch er wusste nicht, wie. Vor Angst vermochte er nicht, sich zu rühren. Elisabeth weinte und schrie, der Hund sprang wieder und wieder bellend an ihr hoch, biss ihr erst in die Schulter, dann in die Kehle. Blut spritzte auf Elisabeths Kleid, auf ihre nackten Arme, auf den Boden.

Elisabeth taumelte rückwärts und fiel um. Ihr Schreien wurde leiser, bis sie nur noch wimmerte. Doch der Hund ließ nicht von ihr ab. Er bellte wütend, zerrte an dem wehrlosen kleinen Körper, bis das Kleid aufriss und er seine mörderischen Zähne in Elisabeths nackten Bauch hieb.

Wendel zitterte. Er sah das viele Blut, den leblosen blutüberströmten Körper seiner Schwester, den die Bestie über den Boden schleifte wie einen Sack Mehl. Die Steine, die Elisabeth so sorgfältig ausgelegt hatte, rollten durcheinander.

Wendel wollte schreien: »Nicht die Steine! Du darfst sie nicht durcheinanderbringen! Das ist Fugerien, ein fernes Land, in dem Elisabeth die Königin ist!« Doch nicht einmal ein Flüstern drang über seine Lippen.

»Sie ist die Königin von Fugerien« war das Letzte, was er dachte. Dann sackten seine Beine unter ihm weg.

* * *

Ottmar de Bruce hörte das Würgen und wandte sich ab. Othilia ekelte ihn von Tag zu Tag mehr, vor allem seit sie schwanger war und jeden Morgen die Überreste des Abendessens in den Nachttopf erbrach. Normalerweise sollte ihn das nicht scheren, schließlich hatte er seine eigenen Schlafgemächer, in die er sich zurückziehen konnte, doch so leicht ließ sich seine Gemahlin nicht abschütteln. Mit großen Rehaugen bat sie ihn jeden Abend, bei ihr zu liegen. Auch wenn ihre schamlose Wollust ihn abstieß, ließ er sich meist erweichen. Oft war er gröber zu ihr als zu seinen Mägden, zog sie an den Haaren, schlug sie und stieß in sie hinein, als würde er sein Schwert in den Leib eines Feindes stoßen. Wenn sie vor Schmerzen schrie und keuchte, vergaß er, wie sehr er sie verabscheute. Und wenn er mit ihr fertig war, fiel er gewöhnlich sofort in einen tiefen Schlaf, was zur Folge hatte, dass er am nächsten Morgen von ihrem Würgen erwachte.

De Bruce rollte sich aus dem Bett. Rasch streifte er sich die Kleider vom Vortag über, die Beinlinge, die Cotte, den Surcot aus dunkelblauem Samt und die braunen Lederstiefel.

Er war schon bei der Tür, als Othilia mit ihrer hohen, näselnden Stimme seinen Namen rief. »Ottmar? Du gehst schon fort?«

Er zog es vor, nicht zu antworten, trat hinaus auf den Gang und knallte die Tür hinter sich zu. Es war noch still auf der Burg, doch er wusste, dass in der Küche und auf dem Handwerkerhof bereits alle bei der Arbeit waren.

Auf dem Turm schlugen ihm das Licht und die Wärme des Morgens entgegen. Der Himmel war tiefblau, ein paar weiße Wolkenfetzen stoben in der Ferne über den Horizont, eine Brise strich ihm über das Gesicht.

Er stellte sich an die Mauer und blickte hinab. Auf dem Hof ging alles seinen gewohnten Gang, ein Knecht fuhr eine Karre Stroh in den Pferdestall, ein Bursche schleppte zwei Eimer Wasser in Richtung Küche, eine schmale Rauchsäule zeigte an, dass in der Backstube bereits Feuer entfacht war, und aus der Schmiede drang ein regelmäßiges Klopfen.

Ein Junge trat vor die Tür. Er war noch keine vierzehn Jahre alt, doch sein Körper war muskulös wie der eines Mannes. Sein widerspenstiges schwarzes Haar hatte der Junge hinter die Ohren gestrichen, doch eine Strähne fiel ihm ins Gesicht, als er sich vorbeugte, um einen Korb mit Feuerholz zu füllen.

Ihn zu beobachten erfüllte de Bruce mit Stolz. Der Bursche hieß Nicklas und machte ihm alle Ehre – was an ein Wunder grenzte, wenn man bedachte, wer seine Mutter gewesen war. Sie hatte in der Küche gearbeitet, ein junges, recht hübsches, aber strohdummes Ding, das de Bruce sich nach einer durchzechten Nacht aus einer Laune heraus genommen hatte. Die dämliche Göre hatte die ganze Zeit geheult, er hätte ihr fast den Hals umgedreht vor Wut. Und dann war sie schwanger geworden. De Bruce hatte das Kind nach dem Tod seiner Mutter zu einer Amme geben lassen und sich nicht weiter darum geschert, bis die Amme vor drei Jahren mit dem Jungen bei ihm aufgetaucht war, weil das Geld aufgebraucht war. Er hatte sich den kleinen Nicklas angesehen, festgestellt, dass der Junge seiner Mutter zum Glück in keiner Weise ähnelte, und hatte ihn beim Waffenschmied in die Lehre gegeben. Dort machte er sich gut. Natürlich würde de Bruce den Bastard nie offiziell als seinen Sohn anerkennen können, und einem Vergleich mit Gernot hielt Nicklas nicht stand. Doch de Bruce spürte, dass es ihm noch von Nutzen sein könnte, einen tüchtigen jungen Mann auf der Burg zu haben, in dessen Adern sein Blut floss.

Als Nicklas in der Schmiede verschwand, richtete de Bruce seine Aufmerksamkeit auf das Treiben unter sich. Alles schien in bester Ordnung zu sein. Die Geschäfte liefen blendend, sein Gesinde war gehorsam, schweigsam und fleißig. Und doch waren ihm die wichtigsten Dinge entglitten. Schwere Niederlagen hatte er einstecken müssen: Dieser verfluchte Reutlinger Karcher war ihm ein zweites Mal entkommen, und Eberhard von Säckingen spielte ein eigenes Spiel, das er noch nicht durchschaute. Gestern hatte der Hauptmann ihn gebeten, in einer vertraulichen Angelegenheit nach Urach reisen zu dürfen. In einer vertraulichen Angelegenheit! Hah! Was für ein seltsames Anliegen. Er würde von Säckingen ziehen lassen, doch nicht, ohne ihm ein paar Spione hinterherzuschicken.

De Bruce schob die Ärmel seines Gewands hoch und rieb die nackten Unterarme über das raue Mauerwerk. Nicht einmal seine Gemahlin hatte er unter Kontrolle. Im Gegenteil! Obwohl er sie behandelte wie den letzten Dreck, wurde er das Gefühl nicht los, dass sie ihn kontrollierte. Dass sie die Fäden in der Hand hielt. Die Vorstellung ließ ihn schwindeln. Er erhöhte den Druck auf seine Arme, um seine Gedanken in die Wirklichkeit zurückzuholen. Die zarte vernarbte Haut platzte auf, süßer Schmerz jagte bis hinauf in seine Schulter. Er stöhnte.

»Nein!«, stieß er hervor. »Niemand beherrscht mich! Ich werde euch allen zeigen, wer euer Herr ist. Ihr alle werdet vor mir im Dreck kriechen und um euer Leben winseln. Ich bin Graf Ottmar de Bruce, und kein Mensch auf der Welt stellt sich mir ungestraft in den Weg.«

Er hob die Arme an und schob behutsam die Ärmel seines Surcots über das blutige Fleisch. Heftig atmete er ein und aus, während das Brennen langsam nachließ und einem gleichmäßigen Pochen Platz machte. »Und mit dir, Wendel Füger, fange ich an. Die Falle ist aufgestellt. Diesmal werde ich selbst bereitstehen, um dir den Todesstoß zu versetzen.«

De Bruce blickte über das Aichtal hinweg nach Süden, in die Richtung, in der Reutlingen lag. Ein Adler kreiste über der Dornhalde. Er grinste. Der Adler war sein Wappentier. Ein gutes Omen. Auch wenn es ihn manchmal schwer prüfte, stand das Schicksal auf seiner Seite.

***

Die Luft duftete nach reifem Obst und würzigen Waldkräutern. Heute war kein gewöhnlicher Tag. Zum ersten Mal ging Melisande allein nach Urach. Auf dem Pfad durch den Wald begegnete ihr keine Seele. Das änderte sich allerdings rasch, als sie auf die Hülber Steige stieß. Ein Bursche trieb eine Herde Schafe ins Tal, ein Bauer hieb unter lauten Flüchen mit einem Lederriemen auf seinen Ochsen ein, der offenbar keine Lust hatte, den mit Fässern beladenen Karren den steilen Weg hinaufzuziehen. Wie Melisande strebten zahllose Mägde, Bauersfrauen und Tagelöhner auf Urach zu.

Melisande betrat die Stadt durch das Pfähler Tor. Der Wächter warf nicht einmal einen Blick in ihren Korb, sondern grüßte sie nur und ließ sie passieren. Sie war inzwischen bekannt in Urach, so bekannt, wie sie es nie hatte werden wollen. Und doch war es ein angenehmes Gefühl, als Frau geschätzt und mit Respekt behandelt zu werden. Melisande war zwar nur eine einfache Magd vom Fronhof, doch fast jeder, der ihr begegnete, neigte den Kopf oder signalisierte seinen Gruß mit einem freundlichen Blick.

Drei Tage waren seit dem Überfall auf der Ulmer Steige vergangen. Als Melisande endlich wieder allein gewesen war, hatte sie den Korb zu ihrem Versteck im Wald getragen und ihre Beute dort zurückgelassen. Lediglich das Schwert hatte sie zum Fronhof mitgenommen und unter ihrem Strohsack verborgen. Sie hatte die Papiere kurz durchgesehen, das meiste waren alte Urkunden, die offenbar abgekratzt und überschrieben werden sollten. Sie hoffte, dass sich zwischen ihnen keine wichtige Korrespondenz befand, die zu ihrem Empfänger gebracht werden musste. Schließlich sollte niemand durch ihr frevelhaftes Verhalten Schaden nehmen.

Die vier Männer, deren Wunden Melisande versorgt hatte, waren bereits auf dem Weg der Besserung. Am Vortag waren sie nach der Sonntagsmesse unter schwerer Bewachung in ihre Heimatstadt aufgebrochen. Zwei konnten sogar schon wieder reiten, die beiden anderen wurden in einem Wagen befördert. Zum Abschied hatten sie Melisande mit einem Beutel Münzen ihre Dankbarkeit gezeigt.

Gleichzeitig hatte sich in ganz Urach herumgesprochen, dass sie den Kaufleuten das Leben gerettet hatte. Wie immer waren die Geschichten maßlos übertrieben. Gestern nach der Messe hatte eine Frau sie angesprochen, weil der gebrochene Arm ihres Sohnes nicht recht heilen wollte. Melisande war mit ihr gegangen und hatte sofort gesehen, dass das Gelenk ausgekugelt war. Mit einer geschickten Bewegung rückte sie es an Ort und Stelle, so wie sie es Dutzende Male bei Dieben und Betrügern gemacht hatte, denen das Geständnis auf der Streckbank entlockt werden musste. Dem Jungen war es sofort besser gegangen, seine Mutter war vor Dankbarkeit in Tränen ausgebrochen.

Kurz darauf hatte der Nagelschmied nach ihr rufen lassen. Anstatt den Bader oder den Wundarzt zu bemühen, hatte er eine Magd hinauf zum Fronhof geschickt, um die Heilerin zu holen.

Melisande freute sich über das Vertrauen, das die Menschen in sie setzten. Die Schattenseiten ihres neuen Ruhmes waren ihr jedoch ebenfalls bewusst. Dem Bader mochte ihr

Wirken gleich sein, aber der Wundarzt und der städtische Medicus würden sich über die Einmischung durch die fremde Heilerin nicht freuen. Schließlich nahm sie ihnen die Kundschaft weg. Und es würde nicht lange dauern, bis die ersten Gerüchte aufkamen. Darüber, wie sie zu ihren Heilkräften gekommen war. Mit welchen bösen Mächten sie im Bund stand. Einen Vorgeschmack auf den Aberglauben der Leute hatte sie am Tag des Überfalls ja bereits zu spüren bekommen. Auch jetzt, als sie durch die Pfählergasse auf den Marktplatz zuging, merkte sie, dass nicht jeder Blick freundlich war, nicht jeder Gruß von Herzen kam. In vielen Augen las sie Misstrauen, ja sogar Angst. Sie musste auf der Hut sein.

Obwohl kein Markttag war, herrschte auf dem Platz im Herzen der Stadt buntes Treiben. Ein Fuhrwerk war umgekippt, seine Ladung, Säcke mit Hafer, war auf die Straße gestürzt. Zwei der Säcke waren aufgeplatzt, und der Fuhrknecht hatte Mühe, eine Horde Jungen davon abzuhalten, sich an dem Hafer zu bedienen. Die Kinder schaufelten das Getreide mit bloßen Händen in ihre Cotten, die sie vor dem Bauch zu einem kleinen Beutel zusammengerafft hatten. Der Fuhrknecht versuchte, die Jungen mit der Peitsche zu vertreiben, doch sie schwärmten nur kurz aus wie eine Schar Fliegen, um sich gleich wieder auf ihre Beute zu stürzen.

Nichts schmerzt mehr als Hunger, dachte Melisande. Dagegen sind ein paar Peitschenhiebe ein regelrechtes Zuckerschlecken.

Als der Büttel dem ungleichen Kampf schließlich ein Ende bereitete, indem er mit einem halben Dutzend seiner Knechte herbeikam, wandte sich Melisande ab und bog ein in das Gewirr von kleinen Gassen, in denen die Handwerker wohnten. Schon von weitem hörte sie das Hämmern der Schmiede.

Meister Barthel, der Nagelschmied, erwartete sie an der Tür zu seiner Werkstatt. Drinnen schepperte, zischte und klopfte es, doch der Meister selbst konnte nicht arbeiten. Seine rechte Hand steckte in einem dicken Verband.

»Da bist du ja endlich, Mädchen«, begrüßte er Melisande. »Komm herein.«

»Seid gegrüßt, Meister Barthel.« Sie folgte ihm in die Küche seines kleinen Wohnhauses und ließ sich von der Magd Wein, Wasser und saubere Tücher bringen. Wie gut, dass sie in den letzten Wochen im Wald so viele Kräuter gesammelt hatte. Inzwischen war ihr Vorrat schon wieder fast so reichhaltig wie der des Henkers Melchior.

Meister Barthel stank nach Alkohol. Vielleicht hatte er sich für die Behandlung Mut angetrunken, vielleicht begann er aber auch jeden Tag mit ein paar kräftigen Schlucken aus dem Bierkrug. Solange er stillhielt, war es Melisande gleich, denn von ihren Schützlingen im Thronsaal von Esslingen war sie ganz andere Gerüche gewohnt.

Wie sie erwartet hatte, war die Wunde entzündet. Meister Barthel erzählte ihr, dass er nie den Arzt rief, sondern alles selbst behandelte. »Diese Halsabschneider ziehen einem den letzten Heller aus dem Beutel, und wofür?«, stieß er missmutig hervor. »Sie schmieren irgendwelche stinkenden Pasten auf die Wunden und zapfen einem das Blut aus dem Leib. Ich traue diesen Quacksalbern allesamt nicht.«

Melisande verkniff sich die Frage, wieso er ausgerechnet ihr vertraute. Die Antwort war naheliegend: Einer Magd musste man nicht viel zahlen. Die gab sich mit einem oder zwei Hellern zufrieden. Für diesen Betrag öffnete der Chirurgicus nicht einmal seine Haustür.

Es war schon nach Mittag, als Melisande das Haus des Nagelschmieds wieder verließ. Er hatte sich überschwänglich bei ihr bedankt, ihr sogar ein warmes Mittagsmahl angeboten, doch Melisande bezweifelte, dass seine Freude lange anhalten würde. Ihre Anweisung, die Wunde nur mit sauberen Tüchern zu verbinden, war auf taube Ohren gestoßen. Der Arm würde sich also vermutlich bald wieder entzünden, und so wie Meister Barthel die Welt sah, würde er ihr die Schuld geben und eine weitere kostenlose Behandlung fordern.

Melisande lief zurück in Richtung Marktplatz. Menschen tuschelten und hasteten an ihr vorbei, so als sei etwas vorgefallen. Neugierig eilte sie weiter. Doch auf dem Marktplatz gab es außer ein paar aufgeregt flüsternden Weibern und einem Knecht, der eine Karre mit Äpfeln vor sich her schob, nichts zu sehen.

In dem Augenblick fuhr vom Oberen Tor her ein Handelszug in die Stadt ein. Er bestand aus vier Wagen, die offenbar Weinfässer geladen hatten und von mindestens zwei Dutzend schwer bewaffneten Reitern und einem weiteren Dutzend Knechten mit gespannten Armbrüsten begleitet wurden.

Ganz vorn ritten zwei Männer in leichter Rüstung nebeneinander her. Sie waren ins Gespräch vertieft und schienen nicht zu merken, welches Aufsehen sie erregten. Auch sie trugen Waffen, das Schwert am Gürtel und die Armbrust auf dem Rücken. Der linke saß auf einem edlen Schimmel. Er hatte das Gesicht seinem Gesprächspartner zugewandt, sodass Melisande nur seine dunklen Locken sehen konnte. Der andere war ein wenig größer als der Gelockte und hatte sein aschblondes Haar zu einem Zopf zusammengebunden. Sein Gesicht war ernst und aufmerksam, und Melisande erkannte an seinen Augen, dass er sehr wohl mitbekam, was um ihn herum vorging. Sie hatte das Gefühl, ihn schon einmal gesehen zu haben, aber das lag womöglich daran, dass sein Gesicht abgesehen von einer kleinen Narbe am Kinn sehr gewöhnlich war.

Als sich der Schwarzgelockte plötzlich umwandte, trafen sich ihre Blicke. Melisande erstarrte. Es war Wendel Füger! Er war kräftiger und von gesünderer Gesichtsfarbe als bei ihrer letzten Begegnung, doch ohne Zweifel war dieser Reiter der Mann, den sie im Schelkopfstor in Esslingen gefoltert hatte.

Ein fragender Ausdruck lag in Wendels Gesicht, als suche er nach einer Erinnerung. Er fasste den Zügel fester, schien mit dem Gedanken zu spielen, den Schimmel anzuhalten. Doch er tat es nicht und ritt an ihr vorbei, ohne den Blick abzuwenden, ohne die Augen auch nur einen Herzschlag lang von den ihren zu lösen.

Melisandes Herz raste. Sie starrte dem Zug hinterher. Wie im Traum hörte sie das Tuscheln um sich herum.

»Das war der Reutlinger Karchersohn, der aus dem Kerker von Esslingen geflohen ist.«

»Ich habe gehört, dass er sich selbst vom Galgen geschnitten hat. Er ist ein Dämon. Hast du seinen Blick gesehen? Wenn der nicht mit dem Satan im Bund steht!«

»Unsinn! Ein Heiliger ist das, den hat der Herrgott selbst errettet. Er hat ihm auch die Füße nachwachsen lassen, die ihm der Scharfrichter abgehackt hatte.«

Melisande taumelte rückwärts und lehnte sich an eine Hauswand. Was war nur mit ihr los? Warum hatte sie sich nicht sofort abgewandt? Warum war sie nicht weggelaufen? Sie war eine Närrin. Anstatt ihre Haut zu retten, hatte sie den Karcher angeglotzt wie ein Schaf. Was, wenn er sie erkannt hatte? Wenn er sie verriet? Es wäre ein Leichtes für ihn, herauszufinden, wer sie war und wo sie lebte. Sie war in Urach nicht mehr sicher. So viel stand fest.

***

Seit Wochen hatte sich Wendel auf die Reise gefreut. Sein Vater hatte ihm genug Bewaffnete mitgegeben, um es mit einer Rotte Raubritter aufnehmen zu können, aber niemand war ihnen in die Quere gekommen. Wie in einem Triumphzug zogen sie in Urach ein, und dann stand da auf einmal die ses Mädchen.

Wendel schwirrte immer noch der Kopf. Dieses Gesicht! Diese Augen! Er könnte schwören, dass er sie schon einmal gesehen hatte. Ihre Züge erschienen ihm so vertraut. Andererseits: Musste es nicht so sein, wenn man der großen Liebe begegnete? Musste es nicht genau so sein, dass man das Gefühl hatte, diesen Menschen schon sein ganzes Leben zu kennen? Hatte er das nicht immer wieder in den Gedichten der großen Meister gelesen?

Antonius riss ihn aus seinen Fantastereien. »Kam Euch die kleine rote Schnepfe auch so bekannt vor, Herr?«

Verwirrt sah Wendel ihn an. »Dir auch, Antonius?«

»Ja, verflucht.« Er spuckte auf den Boden. »Ich könnte schwören, dass ich sie schon einmal gesehen habe. Aber mir fällt ums Verrecken nicht ein, wo das gewesen sein könnte.«

Wendel blickte sich um, doch der Marktplatz mit dem Mädchen war längst hinter der Straßenbiegung verschwunden. »Vielleicht sieht sie nur jemandem ähnlich.«

»Ja, vielleicht.« Antonius zögerte. »Soll ich Erkundigungen einziehen, Herr?«

Wendel schluckte. Das war Unsinn. Wahnsinn. Die Kleine

war eine einfache Magd, und er war mit einer der lieblichsten und reichsten Töchter Reutlingens verlobt. Es war Zeit, erwachsen zu werden. »Nein, Antonius. Das wird nicht nötig sein.« Er straffte die Schultern. »Und jetzt sollten wir uns bereithalten. Der Anstieg zur Burg Hohenurach ist äußerst steil und gefährlich. Wir müssen auf die Wagen und die Ladung Acht geben.«

Graf Ulrich hatte Füger'schen Wein angefordert. Und er hatte darauf bestanden, dass Wendel Füger das kostbare Getränk eigenhändig auf der Burg ablieferte. Angeblich wollte er den schneidigen jungen Karcher kennenlernen, der ihm den höchst lukrativen Vertrag abgeluchst hatte. Wendel jedoch wurde den Verdacht nicht los, dass der Bote, dieser Reinhard von Traunstein und Hofberg, etwas mit der Sache zu tun hatte. Vermutlich wartete er auf eine Gelegenheit, sich für die Demütigung zu rächen, die Wendel ihm bereitet hatte. Aber Wendel hatte nicht vor, sich provozieren zu lassen. Dieser Traunstein war ihm gleichgültig.

Es hatte ihn eine Menge Überredungskunst gekostet, seinen Vater dazu zu bewegen, ihn ziehen zu lassen. Mit Händen und Füßen hatte dieser sich dagegen gesträubt. Nicht einmal der exklusive Vertrag mit Graf Ulrich schien ihm das Risiko wert zu sein. Wendel hatte mit Engelszungen geredet, ihn darauf hingewiesen, dass seit dem Anschlag nun fast zwei Monate vergangen seien, dass man nicht einmal sicher sein könnte, ob es nicht doch gewöhnliche Räuber gewesen seien, die ihm und Antonius in der Gasse aufgelauert hatten. Schließlich hatte Antonius sich für Wendels Leben verbürgt, und Meister Oswald hatte Erhard Füger versichert, dass sein Schüler inzwischen ein leidlich guter Kämpfer war, den niemand so einfach niederstreckte. Doch Meister Oswald kannte Wendels Geheimnis nicht.

Die Sonne war bereits tief gesunken, als sie endlich den Burghof erreichten. Reinhard von Traunstein und Hofberg erwartete sie, diesmal ohne Rüstung, die Arme vor der breiten Brust verschränkt. Sein Gesicht war noch grauer als bei ihrer letzten Begegnung, und er wirkte missgestimmt, so als wäre ein Plan nicht aufgegangen, den er mühsam ausgeheckt hatte. Herrisch bellte er Befehle, gab Anweisungen, wohin die Fässer zu bringen seien, und zeigte den Männern ihr Nachtquartier. Zu Wendels Erstaunen weilte Graf Ulrich gar nicht auf der Burg.

»Er hat eine Versammlung seiner Lehnsgrafen einberufen«, erklärte Traunstein auf Wendels Frage. »Die sollte eigentlich auf Hohenurach stattfinden. Aber er hat es sich anders überlegt und die Grafen nach Stuttgart befohlen.«

»Euer Herr scheint voller Launen zu sein«, bemerkte Wendel.

Traunstein bedachte ihn mit einem bösen Blick. Ihm schien eine wenig freundliche Antwort auf der Zunge zu liegen. Doch statt auszusprechen, was er dachte, lud er Wendel ein, mit ihm zu Abend zu speisen.

Die Söldner ließen es sich im Hof bei reichhaltigem Essen und viel Wein gut gehen, doch Wendel verzog sich früh in die Kammer, die Traunstein ihm zugewiesen hatte. Nachdenklich legte er sich ins Bett, während Antonius sich auf dem Strohsack zu seinen Füßen ausstreckte. Beim Anblick des Weinkellers von Hohenurach hatte er sich an den Weinkeller auf der Adlerburg erinnert. Er war sich jetzt sicher, dass er am Abend des Festes ein zweites Mal dort gewesen war. Ein Bild hatte er vor Augen: einen langgestreckten Raum mit unzähligen Fässern zu beiden Seiten. Am Ende des Kellers befand sich eine Tür. Und dahinter?

Wendel biss sich auf die Unterlippe. Er war in diesem

Raum gewesen. Er hatte etwas gesehen. Etwas, das er nicht hatte sehen sollen, das wurde ihm jetzt klar. Doch was? Und was war danach geschehen? Hatte de Bruce ihn erwischt? Hatte er deshalb Mörder gedungen? Nein, das konnte nicht sein. Wenn de Bruce tatsächlich in der Kammer hinter dem Weinkeller ein Geheimnis verbarg und Wendel auf dieses Geheimnis gestoßen war, dann konnte der Graf nichts davon wissen. Andernfalls hätte er die Adlerburg niemals lebend verlassen.

***

Eberhard von Säckingen nagte die letzten Reste Fleisch von dem Hühnerbein und warf es in die Ecke. »Eine Heilkundige, so, so«, murmelte er. »Das ist ja höchst bemerkenswert. Weißt du auch, wo sie ihre Künste erlernt hat?«

Sein Gegenüber kratzte sich mit schmutzigen Fingern am Kopf. Es war ein Bauer aus Hülben, dem Dorf direkt bei dem verlassenen Fronhof. Von Säckingen war bei seinen Erkundigungen auf ihn gestoßen und hatte ihn auf ein Mahl und einen Becher Wein in den »Wilden Mann« eingeladen.

»Das weiß ich auch nicht«, sagte der Bauer kauend.

»Und wer weiß es?« Von Säckingen winkte einer Magd, die sofort einen frischen Krug Wein brachte. Die Gäste im »Wilden Mann« waren nicht die vornehmsten, aber die Bedienung war flott, das Essen reichhaltig und der Wein schmackhaft.

Wieder kratzte sich der Bauer. Von Säckingen widerstand der Versuchung, ihm die Hand vom Kopf zu schlagen. Sicher wimmelte es in der verfilzten Kleidung des Mannes von Ungeziefer. Ihn kribbelte es auch schon überall.

»Ich glaube, niemand weiß so genau, was das für eine ist«,

sagte der Bauer gedehnt. »Eines Tages war sie da. Die Ida kam mit ihr ins Dorf, um Würste zu kaufen. Das war, als der Hensel geschlachtet hat. Irgendwann um Johannis herum. ›Das ist Mechthild, unsere neue Magd‹, hat die Ida gesagt. Ich hab mir nichts weiter dabei gedacht, auch wenn ich überrascht war, dass der alte Hermann sich plötzlich eine Magd leisten kann. Dass die Mechthild etwas vom Heilen versteht, wissen wir ja erst seit dem Überfall.«

»Als sie den Kaufleuten das Leben gerettet hat«, ergänzte von Säckingen.

»Genau.«

»Sonst weißt du nichts über sie?« Von Säckingen fischte sich ein weiteres Hühnerbein aus der Schüssel, betrachtete die knusprige braune Haut und biss hinein.

Der Bauer schlürfte an seinem Wein. »Nichts, Herr.« Er glotzte gierig in die Schüssel.

Von Säckingen schob sie ihm hin. »Greif zu.«

Das ließ sich der Mann nicht zweimal sagen. Er packte sich mit der Rechten einen Schenkel und mit der Linken einen Flügel und hieb seine faulen Zähne in das zarte Fleisch. Von Säckingen spülte seinen Ekel mit einem Schluck Wein herunter und wartete, bis der Mann die Knochen säuberlich abgenagt hatte. Dann fragte er weiter. »Und was erzählt man sich so?«

»Eine Zauberin soll sie sein. Eine Hexe. Habt Ihr das Haar gesehen, Herr? Es ist feuerrot. Angeblich glüht es, wenn die Sonne darauffällt.«

Vom Nachbartisch beugte sich jemand herüber. Der Kleidung nach war es ein Handwerker, der mit Leder arbeitete, vielleicht ein Gürtler oder Sattler. »Ich hab es selbst gesehen, Meister«, flüsterte er verschwörerisch. »Als sie aus dem Haus des Nagelschmieds kam. Da loderte ihr Haar wie ein Dutzend

Sonnen.« Er senkte seine Stimme noch weiter, sodass von Säckingen ihn fast nicht mehr verstehen konnte. »Sie ist eine Buhle des Teufels. Von ihm hat sie ihre Zauberkräfte.«

Von Säckingen erhob sich. Er hatte genug gehört. Von diesen abergläubischen Wichten würde er nichts weiter erfahren außer immer fantastischere Variationen von Mechthilds angeblichen Zauberkünsten. Das brachte ihn nicht weiter. Er warf ein paar Pfennige auf den Tisch. »Trinkt noch einen Becher auf mich«, sagte er und wandte sich ab.

Draußen schlug ihm kühle Nachtluft entgegen. Er blickte gen Norden, wo sich schwarz der Egis erhob. Irgendwo dort oben lag Mechthild auf ihrem Strohsack und schlief. Er ballte die Faust. Dieses Mädchen umgab ein Geheimnis, so weit musste er dem Gerede der Leute zustimmen. Doch dieses Geheimnis bestand nicht darin, dass sie eine Hexe war und mit dem Teufel buhlte. An solchen Unfug glaubte er nicht. Er war sich sicher, dass ihr Geheimnis weltlicher Natur war. Und worin auch immer es bestand, er würde es lüften.

***

Wie die Zeit verging! Gestern noch schien Sommer gewesen zu sein, heute aber hüllten Nebelschwaden die Felder und die goldgelb gefärbten Kronen der Bäume am Waldsaum ein. Fröstelnd fuhr Melisande mit den Händen in die bereitstehende Schüssel und benetzte ihr Gesicht, um wach zu werden. Das Wasser bot einen eisigen Vorgeschmack auf den Winter. Rasch schlüpfte sie in ihre Kleider und trat vor die Tür. Es roch nach feuchtem Laub und Rauch. Sie wollte ums Haus gehen, um nach der Ziege zu sehen, stockte aber, als ihr Blick auf das Mauerwerk neben der Tür fiel.

Auf der Hauswand prangten der Schmutz und Staub vieler

Jahre, an manchen Stellen bröckelte der Mörtel, doch dieser Anblick war ihr vertraut. Neu war die Schmiererei, die jemand hinzugefügt hatte: eine mannsgroße hässliche Kröte mit riesigen Glupschaugen und abstoßenden Warzen auf der Haut. Die Kröte hatte jedoch nicht die braungrüne Farbe, die der Herrgott im Himmel für sie ausgesucht hatte. Sie war leuchtend rot, als wäre sie mit Blut gemalt.

Melisande blickte sich nach allen Seiten um, bereit, einem Angreifer entgegenzutreten. Doch niemand war zu sehen. Dabei musste der Maler in der Nähe sein, die Schmiererei war noch feucht. Außerdem hätte niemand es fertiggebracht, sie im Dunkel der Nacht so akkurat an die Wand zu pinseln. Irgendwer war hier gewesen, war ihr so nahe gewesen, dass nur die dünne Hauswand sie getrennt hatte, die Wand und eine Tür, zu der es keinen Riegel gab. Wer auch immer es gewesen war – er hätte auch ins Haus treten und sie im Schlaf erwürgen können, noch bevor sie begriffen hätte, was mit ihr geschah.

Melisande seufzte. Sicherlich hatten sich ihre Heilkünste schon über die Grenzen von Urach hinaus herumgesprochen. Auch wenn niemand auf die Idee kam, in der heilkundigen Magd auf dem Weigelin-Hof den Henker aus Esslingen oder die verschollene Melisande Wilhelmis zu sehen, so war sie dennoch in Gefahr. Die Kröte war das Zeichen für Hexerei und Teufelswerk, und Melisande wusste nur zu gut, was die Leute über sie sagten. Wie hatte sie nur so unvorsichtig sein können!

Sie war hier nicht sicher. Nicht hier und nirgendwo sonst. Solange sie vor Ottmar de Bruce auf der Flucht war, gab es auf der ganzen Welt keinen sicheren Ort für sie. Und es gab nur einen Weg, das zu ändern.

Melisande eilte ins Haus und holte die Waschschüssel. Mit

Schwung klatschte sie den Inhalt gegen die Wand. Ein Teil der roten Farbe rann in leuchtenden Streifen hinab. Sie holte einen Lappen und begann zu wischen. Am Brunnen holte sie mehr Wasser, Eimer um Eimer, und hörte erst auf, als ihre Finger von der Kälte und dem rauen Tuch steif und wund waren. Die Kröte war nicht mehr zu erkennen, doch die rote Verfärbung wollte nicht ganz verschwinden.

Erschöpft setzte sich Melisande auf den Brunnenrand. Sie durfte Ida und Hermann nichts davon erzählen. Das würde die beiden zu sehr beunruhigen. Aber sie durfte die guten alten Leute, die sie inzwischen wie eine Tochter behandelten, auch nicht in Gefahr bringen, ebenso wenig wie sich selbst.

Melisande hatte gehofft, wenigstens den Winter bei Ida und Hermann verbringen zu können, um in Ruhe Pläne zu schmieden. Doch die Kröte hatte ihr klargemacht, dass dafür keine Zeit blieb. Ihre Tage auf dem Hof waren gezählt.

Der Stoff fiel ihr ein. Gestern hatte sie der Frau des Gewandschneiders geholfen, die die Stiege hinuntergestürzt war. Dafür hatte der Gatte ihr vier Ellen dunkelgrünen Wollstoffes geschenkt, aus dem sie sich ein Kleid nähen sollte. Der Stoff war viel zu wertvoll als Lohn und außerdem zu kostbar, als dass eine Magd ihn tragen könnte. Doch der Schneider hatte nichts davon hören wollen.

»Das Grün wird wunderbar zu deinem roten Haar aussehen«, hatte er gesagt. »Wart's nur ab, mein Kind. Die jungen Männer werden dir zu Füßen liegen, und ehe du dich versiehst, bist du die Braut eines braven Handwerkerburschen. Du kannst doch nicht da oben bei den beiden Alten versauern!«

Sie hatte beschämt den Kopf gesenkt und sich bedankt. Ohne es zu wollen, war ihr Adalbert in den Sinn gekommen, der Mann, dessen Braut sie so gerne geworden wäre und in dem sie sich so getäuscht hatte. Sie lenkte ihre Gedanken in eine andere Richtung, und in ihrer Vorstellung wurde aus Adalbert der Karcher aus Reutlingen. Wendel Füger. Welch seltsame Streiche einem die Einbildungskraft spielte! Sie hatte sich selbst eine Närrin gescholten und rasch auf den Heimweg gemacht.

Der Wollstoff kam genau recht. Doch sie würde kein Kleid daraus nähen. Wenn sie floh, würden alle nach einem jungen Mädchen suchen. Also würde sie noch einmal in Männerkleider schlüpfen, um sich unsichtbar zu machen. Gleich heute Abend, wenn sie ihre Arbeit verrichtet hatte, würde sie mit dem Nähen beginnen.

***

Die Tafel war üppig gedeckt. Dutzende Kerzen flackerten in silbernen Leuchtern, bunte Kugeln aus Glas, die auf die seidenbestickten Tischtücher ausgestreut waren, reflektierten das Licht in alle Richtungen. Musikanten spielten auf, ließen die hellen Klänge der Schalmeien und den dunklen Rhythmus der Bodhran im Festsaal des Schlosses erschallen. Diener hatten die ersten Gänge aufgetragen, nun brachten sie Pfauen auf silbernen Platten herein. Die Tiere waren nach der Zubereitung wieder mit ihrem Federkleid geschmückt worden, sodass ihre Körper königsblau schillerten und die Augen der zum Rad aufgestellten Schwanzfedern die Gäste zu beobachten schienen.

Graf Ulrich III., der Herrscher von Württemberg, erhob sich, und augenblicklich wurde es still. Auch die Musikanten legten die Instrumente zur Seite.

»Verehrte Grafen und Edelleute, liebe Freunde«, begann er. »Lasst mich einen Trinkspruch ausbringen auf das wunderbare Gelingen unserer Versammlung. Wir haben hart verhandelt und gestritten, doch wir sind zu guten Ergebnissen gekommen. Württemberg darf sich stolz wähnen, von solchen Männern regiert zu werden. Ich danke Euch für Eure Treue!« Er erhob den Pokal, in dem rubinroter Wein funkelte.

Die Männer im Saal taten es ihm gleich.

»Auf unseren Fürsten, Graf Ulrich!«, rief ein korpulenter Mann mit mausgrauem Haar.

»Auf unseren Fürsten! Auf Ulrich!«, fielen die anderen ein.

Ulrich verneigte sich zum Dank und ließ sich auf seinen mit rotem Samt gepolsterten Stuhl fallen. Die Musik setzte wieder ein, ebenso rasch wie das Stimmengewirr angeregter Unterhaltung.

»Und Ihr wollt mich wirklich verlassen, werter Freund?« Ulrich wandte sich an seinen Tischnachbarn.

Der Mann mit dem mausgrauen Haar, Burkhard von Melchingen, ein enger Vertrauter und Freund des Fürsten, hob entschuldigend die Schultern. »Die Christenpflicht ruft. Schon lange will ich zu einer Pilgerreise aufbrechen. Wenn ich es nicht bald wage, bin ich zu alt und halte die Strapazen der Reise nicht mehr durch.«

»Mein lieber Burkhard, wem sagt Ihr das?« Ulrich seufzte. »Wir werden alle nicht jünger. Ich stehe selbst kurz vor dem vierzigsten Lebensjahr. Und wer weiß, wie viele der Herr mir noch gewähren wird.«

»Dann lasst uns von angenehmeren Dingen sprechen. Ich habe gehört, Ihr habt Aussicht auf weitere Erwerbungen im Elsass. Wie steht es damit?«

Ulrich lächelte. »Gut steht es. Doch verhaltet Euch still, noch sind die Verträge nicht ausgehandelt.«

Burkhard nickte verschwörerisch. »Ich werde schweigen wie ein Grab.«

»Ich verlasse mich auf Euch.« Sein Blick glitt zu Ottmar de Bruce, der mit finsterer Miene auf einer Pastete kaute. »Was haltet Ihr von ihm?«

»De Bruce?« Von Melchingen musterte den Grafen. »Ich weiß nicht recht. Wenn man den Gerüchten glauben soll, hat er mehr auf dem Kerbholz als der Teufel. Doch nachgewiesen wurde ihm nie etwas. Vielleicht ist es nur sein düsteres Äußeres, das die Leute verunsichert. Außerdem ist er nicht immer so übellaunig. Ich habe mir sagen lassen, dass er glanzvoll zu feiern versteht. Anlässlich seiner Hochzeit soll es mächtig zur Sache gegangen sein.«

»Traut Ihr ihm?«

»Er ist Euch ein treuer Vasall, Ulrich. Davon bin ich überzeugt.« Burkhard dachte nach. »Aber das Leben meiner Söhne würde ich nicht in seine Hände legen.«

Ulrich nickte. »Ich ebenso wenig. Doch das trifft auf die meisten Herren hier im Saal zu.« Er grinste. »Euch ausgenommen natürlich, geschätzter Burkhard.«

Mehr Gänge wurden aufgetragen, Fleisch, Fisch, köstliche, fantasievoll dekorierte Süßspeisen. Mehr Wein wurde getrunken, die Gespräche wurden ausgelassen, die Stimmung gelöst.

Ottmar de Bruce zog sich als einer der Ersten kurz nach Mitternacht in seine Schlafgemächer zurück. Ulrich sah ihm nachdenklich hinterher. Er beschloss, ein Auge auf diesen undurchsichtigen Mann zu haben. Man wusste ja nie.

* * *

Melisande zuckte zusammen und ließ beinahe den Krug fallen, mit dem sie ihre Waschschüssel mit frischem Wasser aufgefüllt hatte. Jemand klopfte an die Tür, als wollte er das ganze Gebäude zum Einsturz bringen. Weder Ida noch Hermann pflegten so energisch um Einlass zu bitten.

»Wer da?«, rief sie und gab sich Mühe, ihre Stimme fest klingen zu lassen.

Geschwind stellte sie den Krug ab und öffnete die Tür. Vor ihr stand ein Bursche, ein wenig jünger als sie selbst, und drehte verlegen eine Mütze in den Händen. »Mein Herr, Jakob, Sohn des Nathan aus Urach, schickt mich, Herrin.«

»Und was begehrt Jakob, Sohn des Nathan, von einer Magd?«

»Er bittet Euch, seiner Frau zu helfen. Das Kind will nicht heraus, sie hat furchtbare Schmerzen, und mein Herr fürchtet, dass Mutter und Kind die Nacht nicht überleben.«

Melisande schüttelte den Kopf. Nicht nur, dass sie nicht die geringste Ahnung hatte, was bei einer Geburt zu beachten war. Nein, die Schwangere war auch noch eine Jüdin, und Melisande wusste nicht einmal, welche Regeln und Gebote in jüdischen Haushalten herrschten, ja ob es Christen in Urach überhaupt erlaubt war, ein jüdisches Haus zu betreten. Jede Stadt hatte ihre eigenen Vorschriften, doch selbst wenn es nicht gegen das Gesetz verstieß, war es klüger, sich von den Juden fernzuhalten. Die Kröte war Warnung genug gewesen.

»Scher dich fort, und sag deinem Herrn, dass ich keine Hebamme bin«, herrschte sie den Knecht an. »Ich verstehe nichts davon, einem Kind auf die Welt zu helfen.«

Doch der Knecht ließ nicht locker. »Die Hebamme der Christen weigert sich, das Judenviertel zu betreten. Und unsere eigene ist krank. Es gibt keine Frau im Haus, die der Herrin beistehen kann.«

»Daran kann ich nichts ändern.« Melisande bemühte sich, hart und entschlossen zu klingen. »Ich habe meine eigenen Sorgen.«

»Mein Herr sagt, Ihr seid eine gute Frau, die es mit der christlichen Nächstenliebe ernst meint.«

Melisande kniff die Augen zusammen. »Was versteht denn Euer Herr von christlicher Nächstenliebe? Entstammt er nicht dem Volk der Christusmörder?«

Der Knecht senkte erschrocken den Kopf. »Er hat mir befohlen, nicht ohne Euch nach Urach zurückzukehren. Was soll ich denn tun?«

Melisande seufzte. Der Bursche tat ihr leid. Und auch die Frau, der niemand in dieser schweren Stunde beistand. Doch es half nichts. »Ich kann nichts für Eure Herrin tun. Am Ende würde ich mehr Schaden anrichten als Nutzen bringen. Sag deinem Herr, dass dies meine endgültige Antwort ist.«

Der Knecht begann zu weinen. »Dann ist alles verloren. Ich kann nicht mehr in das Haus meines Herrn zurückkehren, meine Herrin wird sterben und das Kind mit ihr. Mein Herr wird es nicht ertragen und sich das Leben nehmen. So wird in einer Nacht eine ganze Familie ausgelöscht. Und glaubt mir, Frau, Jakob, der Sohn des Nathan, hat Jesus Christus nichts angetan.«

Melisande fluchte leise, bekreuzigte sich, packte alles zusammen, von dem sie annahm, dass es bei einer Geburt hilfreich sein konnte, und befahl dem Knecht, sie nach Urach zu seinem Herrn zu bringen.

Es dämmerte bereits, als sie in die Stadt ritten. Der Knecht führte Melisande vom Marktplatz aus in die Judengasse, am

Haus des jüdischen Schlachters und des Goldschmieds vorbei. Vor einem großen Gebäude hielt er an, nahm die Pferde und schob Melisande zur Tür, die sich sofort öffnete.

Ein großer Mann mit Vollbart stand im Rahmen und füllte ihn fast aus. Melisande verstand von dem Wortschwall, der sich über sie ergoss, nicht ein Wort. Wahrscheinlich war es Hebräisch, die Sprache der Juden. Doch das dankbare Schimmern in seinen Augen bedurfte keiner Übersetzung.

Als er ihren verständnislosen Gesichtsausdruck bemerkte, schlug der Mann sich die Hand an den Kopf, wechselte die Sprache und rief eine Magd herbei. »Bring die Heilerin zu Lea, und tu alles, was sie dir aufträgt!«

Die Magd knickste und lief voran, Melisande folgte ihr.

Beim Anblick der Schwangeren erschrak Melisande zutiefst. Die Frau saß mit zusammengekrümmtem Oberkörper auf einem Stuhl und wimmerte. Ihr Gewand war schweißnass, zwei Mägde hielten ihre Arme und schauten Melisande erwartungsvoll an.

Und jetzt? Ein paarmal hatte Melisande zugeschaut, wie Kälber auf die Welt gekommen waren, und einmal hatte sie gesehen, wie ein Bauer seinen Arm in die Kuh gesteckt hatte, um das Kalb in die richtige Position zu bringen. »Immer mit dem Kopf zuerst«, hatte er vor sich hin gemurmelt. Vielleicht war es das? Und wenn nicht? Wenn die Frau, ihr Kind oder gar beide während der Geburt starben?

»Ihr erlaubt?« Sie kniete sich vor den Stuhl und wusch sich die Hände mit heißem Wasser und starkem Wein. Dann begann sie vorsichtig im Leib der Frau nach dem Köpfchen des Kindes zu tasten. Tatsächlich. Das Kind lag wie das Kalb ein wenig verdreht und blockierte sich selbst den Weg in die Welt. »Ich muss das Kleine ein Stück drehen«, sagte sie. »Es kann sein, dass es etwas wehtut.«

Lea gab keine Antwort, stöhnte nur leise. Vielleicht verstand sie nicht, was Melisande sagte.

Melisande schob ihre Hand weiter. Lea schrie auf vor Schmerzen, die Mägde wurden bleich, aber Melisande versuchte, nicht auf sie zu achten, nicht daran zu denken, in welch gefährlicher Lage sie sich befand. Ihre dünnen Finger bekamen den kleinen Kopf zu fassen, sie drückte ihn zur Seite, so vorsichtig, als wäre er ein rohes Ei. Immer und immer wieder setzte sie an, immer wieder glitt das Köpfchen zurück in die falsche Position, bis es endlich genau vor die Öffnung rutschte.

Plötzlich ging alles ganz schnell. Heftige Wehen setzten ein, Lea brüllte noch mehr, und dann auf einmal flutschte der Kopf heraus und mit ihm ein gesunder Junge, der sogleich anfing zu schreien.

Melisande band die Nabelschnur ab, durchtrennte sie und legte das Kind in die Arme der erschöpften, aber glücklichen Mutter. Sie wischte sich den Schweiß von der Stirn. Ihr war schwindelig vor Erschöpfung. Doch sie hatte es geschafft. Mutter und Kind waren wohlauf. Sie wusch sich die blutigen Arme, wies die Mägde an, der jungen Mutter ins Bett zu helfen, und verließ das Schlafgemach.

Draußen wartete ungeduldig der Hausherr, dem die Anwesenheit bei der Geburt bei Strafe verboten war. Er hatte die Schreie seiner Frau gehört, aber augenscheinlich nicht die seines Sohnes. Als Melisande ihm mitteilte, dass Mutter und Kind wohlauf seien, füllten sich seine Augen mit Tränen.

Er nahm ihre Hände, verneigte sich vor ihr und hielt ihr einen Beutel hin. »Bitte, nehmt!«

Aber sie hielt abwehrend die Hände hoch. Dass sie hatte helfen können, war nichts als Glück gewesen. Letztlich verdankten die beiden Gott ihr Leben, der es so beschlossen hatte. Und von einem Juden Geld zu nehmen war Sünde.

Jakob hatte verstanden, er steckte den Beutel weg, verneigte sich aber erneut vor Melisande. »So werde ich das Geld den Armen geben. Habt Dank, und Gott segne Euch. Wollt Ihr nicht wenigstens das Pferd nehmen?«

Melisande schüttelte den Kopf und wandte sich ab. Wenig später stand sie in der stillen Gasse. Sie fühlte sich seltsam friedlich. Der Anblick des Neugeborenen, dieses winzigen und doch so energisch brüllenden Bündels, hatte sie Hoffnung schöpfen lassen. Es gab viele schreckliche Dinge auf der Welt, so viel Elend, Leid und Tod. Doch das Leben ging immer irgendwie weiter.

Ein Mann kam die Gasse entlang, es war ein Jude, wie sie an seinem spitzen gelben Hut erkannte. Argwöhnisch schaute er zu ihr herüber, dann verschwand er in einem der Häuser.

Zeit, sich auf den Heimweg zu machen. Der Weg die Hülber Steige hinauf war schon bei Tageslicht beschwerlich, im Dunkeln musste sie doppelt aufmerksam sein.

Eiligen Schrittes bog Melisande auf den Marktplatz ein, wo sie auf zwei Frauen traf, die sie von ihren Marktbesuchen kannte. Als sie die beiden freundlich grüßte, wandten diese sich jedoch ab und murmelten etwas, das sie nicht verstand.

Mit einem Mal fröstelte sie. Rasch lief sie weiter, beeilte sich, durch das Pfähler Tor zu kommen, bevor es für die Nacht geschlossen wurde. Mit langen Schritten hielt sie auf die Hülber Steige zu. Doch nicht einmal bei dem steilen Anstieg hinauf zum Egis verschwand die Kälte aus ihren Gliedern.

* * *

Zacharias' Blick glitt suchend durch den Schankraum des »Wilden Mannes«, bis er ein paar bekannte Gesichter entdeckte. An einem Tisch saßen Freunde von ihm, Urban, Lucas, Georg und Veit. Zufrieden grunzte er und kämpfte sich mit seinen breiten Metzgerschultern durch das Gewühl.

»Zacharias, wie gut, dich zu sehen!«, dröhnte Lucas, der Seifensieder. Er reichte Zacharias nur bis zur Schulter, doch was ihm an Größe fehlte, machte er in der Breite wett. Und seine Bassstimme tat ein Übriges, um ihn imposant erscheinen zu lassen. »Was wir zu bereden haben, dürfte dich ebenfalls interessieren.«

Zacharias zog einen Schemel heran und ließ sich nieder. Er winkte einer Magd, und wenig später stand ein Becher Bier vor ihm auf dem Tisch. Er leerte ihn in einem Zug und verlangte nach einem weiteren. Erst als der vor ihm stand, widmete er seine Aufmerksamkeit wieder dem Seifensieder. »Spuck's aus, Lucas«, rief er. »Worüber habt ihr gesprochen?«

Bevor Lucas antworten konnte, beugte Urban, der Gürtler, sich vor. »Die Hexe«, flüsterte er. »Wir haben über die kleine Hexe vom Fronhof geredet. Am Mittwoch hat sich ein Fremder nach ihr erkundigt. Ein vornehmer Ritter. Er hat einen der Bauern aus Hülben ausgequetscht, als wolle er Wein aus ihm machen.«

»Ja, und da fragt man sich doch, was so einer von der Kleinen will, nicht wahr?«, ergänzte Veit, ein Seiler, dessen Arme dicker waren als Birkenstämme.

»Ich sage dir etwas«, fuhr Urban fort, wobei er Veit einen ärgerlichen Blick zuwarf. »Dieser fremde Ritter wusste, von was für einer er da redet. Sein Gesicht hättest du sehen sollen. Ganz finster hat er dreingeblickt.«

»Aber Ritter sind doch keine Ketzerjäger«, wandte Georg, der Bürstenbinder, ein. Er hatte ein Gesicht, als hätte er in seinem Leben schon mehr Prügel bezogen, als er Mahlzeiten gehabt hatte. Die Nase war plattgedrückt, und sein linkes Auge saß tiefer als das rechte. »Wenn's ein Predigerbruder gewesen wäre, dann wäre die Sache klar.«

»Glaubst du etwa nicht, dass sie eine Hexe ist?«, fauchte Lucas ihn an.

»Ich weiß nicht.« Georg hob verunsichert die Schultern. »Sie hat doch nichts Böses getan, oder?«

»Nichts Böses getan?«, fuhr Veit ihn an. »Letzte Woche ist die Grete krank geworden, die Frau des Knopfmachers Sewolt. Ganz plötzlich bekam sie hohes Fieber. Und wisst ihr was? Am gleichen Morgen war die Hexe bei ihr gewesen und hat Knöpfe gekauft.«

Einen Augenblick lang schwiegen alle betroffen. Die Magd brachte frisches Bier.

Zacharias räusperte sich. Das war der richtige Zeitpunkt, um seine Neuigkeit loszuwerden. »Das Beste wisst ihr noch gar nicht«, sagte er mit einem selbstgefälligen Grinsen. »Ratet mal, wo die feuerhaarige Metze sich den ganzen Abend herumgetrieben hat!«

»Auf dem Friedhof?«, fragte Georg, die schiefen Augen weit aufgerissen.

Zacharias schüttelte den Kopf.

»Beim Abdecker?«, riet Lucas.

»Im Hurenhaus?«, schlug Urban vor.

Veit schlug seine dicke Seilerfaust auf den Tisch. »Verflucht, nun sag schon, Zacharias. Wo denn?«

»Im Haus eines Juden.«

Lucas spuckte auf den mit Stroh ausgelegten Boden. »Dieses Drecksweib.«

»Zweifelt noch einer von euch daran, dass sie eine Hexe ist?«, fragte Urban triumphierend.

»Jemand sollte was dagegen unternehmen«, sagte Veit entschlossen. »Die muss angeklagt werden. Angeklagt, verurteilt und verbrannt.«

»Heißt das, wir müssen den Predigerbrüdern von ihr erzählen?«, fragte Georg.

»Das heißt es wohl.« Zacharias rieb sich nachdenklich über die Stirn. »Es sei denn, wir nehmen die Sache selbst in die Hand.«

Die anderen starrten ihn an.

»Wie meinst du das?«, flüsterte Georg. Sein plattes Gesicht war mit einem Mal ganz bleich.

»So, wie ich es sage«, antwortete Zacharias. »Wir schnappen uns die Metze und sorgen dafür, dass sie bekommt, was sie verdient. Einer muss es ja machen.«

Veit ließ seine Faust ein zweites Mal an diesem Abend auf die Tischplatte knallen. »Ich bin dabei.«

»Ich auch.« Urban verschränkte entschlossen die Arme. »Die Hexe muss brennen.«

* * *

Melisande starrte mit weit aufgerissenen Augen in die Dunkelheit. Ängstlich lauschte sie den Geräuschen, die von draußen in ihr Häuschen drangen. Das Fauchen einer Wildkatze, ein Rascheln, das entfernte Murmeln des Bachs. Nichts Ungewöhnliches. Warum war sie dann aufgewacht?

Spät am Abend war sie todmüde auf ihr Lager gesunken, erschöpft von der Entbindung und von dem langen Marsch die Hülber Steige hinauf.

Was war da draußen? Leise erhob sich Melisande von ihrem

Strohsack und streifte im Dunkeln ihr Kleid über. Wieder raschelte es. Diesmal waren es eindeutig menschliche Schritte. Wut packte Melisande. Sicherlich wollte wieder irgendein Feigling ihre Wand beschmieren. Dem würde sie das Handwerk legen!

Sie fuhr mit der Hand unter den Strohsack und zog das Schwert hervor, schlich zur Tür und drückte sie so leise wie möglich einen Spaltbreit auf. Der Mond tauchte den Fronhof in gespenstisches Licht. Ein kleines Tier, eine Maus vielleicht, huschte an ihr vorbei und verschwand in Richtung Kelterhaus. Ansonsten war niemand zu sehen. Hatte sie sich getäuscht? Hatte ihre Einbildungskraft ihr einen Streich gespielt? Hörte sie vor lauter Angst schon Laute, die gar nicht existierten?

Gerade als Melisande die Tür wieder schließen wollte, hörte sie ganz in der Nähe ein Wispern. Sie wandte den Kopf und sah ein Flackern wie von einer Fackel, das von irgendwo hinter ihrem Haus zu kommen schien. Mit klopfendem Herzen stieß sie die Tür ganz auf und schlich an der Hauswand entlang. Das Flackern wurde heller, schien nicht von einer, sondern von zahlreichen Fackeln zu kommen. Mit einem Mal wurde es taghell, eine riesige Flamme schoss in den Nachthimmel.

Ida! Hermann! Melisande stürzte um die Ecke. Sie hatte richtig vermutet. Das kleine Haus der beiden Alten brannte lichterloh. Holz knackte, das Strohdach knisterte, Funken stoben mit dem Wind über den Hof. Ein paar Gestalten standen vor dem Haus und johlten ausgelassen. Der Feuerschein machte aus ihren hassverzerrten Gesichtern hässliche Fratzen.

»Die Hexe brennt!«, schrie ein dürrer Mann mit langem strähnigen Haar.

»Die Flammen verschlingen das Teufelsweib!«, brüllte ein anderer und ballte siegestrunken die Faust.

Im selben Moment schrie Ida um Hilfe.

Melisande schossen die Tränen in die Augen. Sie musste ihr helfen! Doch wie? Zwischen ihr und dem brennenden Haus standen die Männer, deren Grölen immer lauter wurde. Soweit sie es erkennen konnte, waren es fünf. Selbst wenn die Männer betrunken und unbewaffnet waren, konnte Melisande gegen diese Überzahl nichts ausrichten.

Idas Hilfeschreie wurden immer lauter, schließlich kreischte sie in Todesangst. Von Hermann war nichts zu hören, vielleicht war er bereits erstickt. Oder die feigen Mörder hatten ihn umgebracht, bevor sie das Feuer legten.

Melisande hob das Schwert. Einer der Männer, ein kleiner mit einem merkwürdig verformten Gesicht, drehte sich um und riss die Augen auf.

»Da ist sie!«, schrie er aufgebracht. »Die Hexe! Sie entkommt uns! Sie darf nicht auf ihren Besen steigen! Schnell!«

Die anderen drehten sich ebenfalls um. Zwei Männer stürmten auf sie zu, während die anderen drei immer noch verständnislos zwischen ihr und dem brennenden Haus hin- und herblickten. Offenbar hatten sie nicht gewusst, dass Mechthild ein eigenes Häuschen bewohnte, und glaubten nun, sie sei den Flammen durch irgendeine Teufelei entkommen. Also waren nicht sie es gewesen, die ihr die Kröte an die Wand gemalt hatten.

Melisande packte das Schwert fester. Wenn diese gemeinen Mörder glaubten, sie besäße Zauberkräfte, konnte ihr das vielleicht das Leben retten.

In dem Augenblick, als die beiden Männer Melisande erreichten, brach das Dach des brennenden Hauses krachend zusammen. Idas Schreie erstarben.

»Herr, nimm die Seelen dieser beiden guten Menschen bei dir auf – und steh mir bei!«, betete Melisande stumm. Dann ließ sie die Klinge mit der ganzen Kraft ihrer Wut auf den ersten Feuerteufel niederfahren. Er glotzte sie verdutzt an und taumelte. Doch ihr Triumph währte nur kurz. Schon hieb der andere mit seiner Waffe auf sie ein. Nur mit Mühe gelang es ihr, seine Hiebe mit dem Schwert abzuwehren.

Auch die Übrigen hatten sich offenbar von ihrem Schreck erholt und rannten nun auf sie zu, ihre Schwerter zum tödlichen Schlag erhoben. Der Hass in ihren Gesichtern ließ Melisande das Blut in den Adern gefrieren. Sie riss ebenfalls die Waffe hoch. Wenn dies ihre letzte Stunde war, so würde sie sich zumindest nicht kampflos ergeben.

***

Eberhard von Säckingen setzte sich an einen Tisch und winkte dem Wirt. »Einen Krug Wein! Und zwar von Eurem besten!«

Er strich sich durch das Haar und gähnte. Morgen würde er zur Adlerburg zurückkehren, und er wusste kaum mehr über die Metze vom Fronhof als zuvor. Was hatte er sich auch eingebildet? Diese Reise war eine schwachsinnige Idee gewesen. Er sollte sich die Kleine aus dem Kopf schlagen, bevor sie ihm den Verstand raubte.

Der Wirt des »Wilden Mannes« brachte ihm den Krug eigenhändig. »Mein Herr, wenn ich recht unterrichtet bin, habt Ihr Euch erst kürzlich nach der Magd vom Weigelin-Hof erkundigt. Ist es nicht so?«

»Und?«, schnauzte von Säckingen ihn an. »Was geht Euch das an?«

Der Wirt hob die Schultern. »Ich dachte, es interessiert Euch vielleicht, dass vorhin ein paar Männer losgezogen sind, um der kleinen Hexe einen Besuch abzustatten.«

Mit einem Schlag war von Säckingen hellwach. »Was soll das heißen? Was für einen Besuch?«

»Genaues weiß ich auch nicht.« Der Wirt setzte eine ahnungslose Miene auf. »Meine Schankmagd, die Maria, hat gehört, wie sie sich unterhalten haben. Man müsse etwas gegen die Hexe unternehmen. Sie gehöre auf den Scheiterhaufen. Was solche Kerle halt von sich geben, wenn sie bereits ein paar Humpen Bier in sich hineingekippt haben.«

»Und weiter?« Von Säckingen war aufgesprungen.

»Dann sind sie weg. Mehr weiß ich auch nicht. Vermutlich sind sie nach Hause geschlichen und zu ihren Weibern ins Bett gekrochen. Geredet wird immer viel.«

Von Säckingen packte den Wirt am Kragen. »Betet zum Herrgott, dass Ihr Euch nicht täuscht.«

Er stürzte aus der Tür. Als wäre der Teufel hinter ihm her, trieb er seine Leute an und gab seinem Pferd die Sporen. Im gestreckten Galopp preschten sie die Hülber Steige hinauf, was ohne den Mond, der still vom Nachthimmel schien, blanker Selbstmord gewesen wäre.

»Los! Los!« Eberhard von Säckingen drängte die Männer zur Eile. Sein Gefühl sagte ihm, dass der Wirt sich täuschte. Dieser Pöbel war nicht einfach so nach Hause gegangen und hatte sich in sein Bett verkrochen. Seit Tagen war die Stimmung in Urach immer weiter hochgekocht. Eigentlich hätte er ahnen müssen, dass es darauf hinauslief. Alle Anzeichen hatten darauf hingedeutet. Wie hatte er nur so blind sein können!

Endlich hetzten sie aus dem Wald hinaus auf offenes Feld.

Die Pferde schnaubten, ihre Leiber dampften von der Anstrengung des Aufstiegs.

Schon von weitem war das flackernde Licht zu sehen, das die Nacht auf unnatürliche Weise erhellte. Feuer! Von Säckingen hieb seinem Pferd die Sporen in die Seite und stieß einen wütenden Kampfschrei aus. Weiber, dachte er, die Weiber machen uns zu Idioten.

***

Melisande duckte sich und sprang zur Seite. Sie musste den Mann außer Gefecht setzen, und zwar bevor die anderen Angreifer sie erreichten. Inzwischen hatte sich der kleine Dicke, den sie mit ihrem Überraschungshieb verletzt hatte, aufgerappelt, war wieder bereit, sich auf sie zu stürzen. Sie überlegte fieberhaft. Eine kleine Ablenkung, nur für ein paar Herzschläge, würde genügen. Die Männer waren betrunken und ein wenig schwerfällig in ihren Bewegungen, zudem kannten sie sich hier nicht aus. Sie brauchte nur einen winzigen Vorsprung, um in den Wald zu fliehen, in dem sie jeden Baum und jeden Fels kannte, wo ihr Versteck auf sie wartete.

Schon hatte der erste der drei Nachzügler sie erreicht. Es war der mit dem plattgedrückten Gesicht. Kampflustig schwang er sein Schwert. Melisande sprang rückwärts, um seinem Hieb zu entgehen. Von der Seite wankte der Verletzte herbei, blindwütiger Hass loderte in seinen Augen.

Melisande drehte sich in die andere Richtung, dort aber stand der Große, der ihr schon die ganze Zeit mit seinem Schwert zusetzte. Seine Reaktionen waren nicht sonderlich flink, nur so hatte sie ihn bisher abwehren können. Jetzt allerdings saß sie in der Falle.

Da dröhnte ein unmenschlicher Schrei vom Wald her über die Hochebene. Er hörte sich an wie eine Mischung aus dem Grollen eines Bären und dem Schrei eines Falken. Die Männer erstarrten. Ihre Köpfe flogen herum.

Ohne zu zögern, duckte Melisande sich unter dem erhobenen Arm des Verletzten hindurch und stürmte auf das Hoftor zu. Hinter sich hörte sie die Männer lautstark fluchen, doch sie wandte sich nicht um. Im Zickzack rannte sie über die Felder, benutzte Bäume und Büsche als Deckung. Vage machte sie Reiter aus, die von der Hülber Steige her auf den Hof zu galoppierten.

Ihre Lungen brannten, als sie den Wald erreichte. Sie ging hinter einer dicken Eiche in Deckung und wagte erstmals einen Blick zurück. Die fünf Männer waren ihr dicht auf den Fersen, weniger als zwei Steinwürfe trennten sie von dem Baum, hinter dem Melisande sich verbarg. Allerdings rannten die Männer in verschiedene Richtungen. Sie hatten also nicht genau gesehen, wohin sie verschwunden war.

Hinter den Männern waren die Reiter zu erkennen. Einige preschten durch das Tor auf den Fronhof, die anderen stürmten hinter den fünf Männern her. Ob sie diese verfolgten oder ihnen bei der Jagd auf die vermeintliche Hexe beistehen wollten, konnte Melisande nicht erkennen. Es spielte auch keine Rolle.

Schleunigst wandte sie sich ab und stolperte durch den Wald, die Hände vor sich ausgestreckt, um ihr Gesicht vor Zweigen und Dornenranken zu schützen. Immer wieder blieb sie stehen und horchte auf verräterisches Knacken oder Schnaufen, doch hinter ihr blieb alles still. Sie erreichte ihr Versteck in der Nähe des Bachs und drängte sich durch das Gestrüpp in die kleine Höhle. Sie kroch so tief hinein, wie es ging, zog die Beine zum Kinn und blieb liegen, bis sich ihr Atem beruhigt hatte. Ida und Hermann waren tot, ihr Zuhause zerstört, wieder jagte man sie, und doch blieben die Tränen aus. Denn heute würde sich der Hase in einen Uhu verwandeln.

Sie wusste, dass sie nicht lange in dem Versteck bleiben konnte. Spätestens bei Anbruch der Dämmerung würden die Männer den Wald nach ihr absuchen. Also tastete sie nach dem Bündel, das unversehrt an seinem Platz lag. Wie gut, dass sie die Männerkleider fertig genäht und ebenfalls hier verborgen hatte. Nun würde sie ein zweites Mal zum Mann werden. Aber nicht, um sich zu verstecken oder wegzurennen. Nie wieder sollte jemand ihretwegen leiden! Sie ballte die Hand zur Faust, schloss die Augen und schwor, dass dies ihre letzte Flucht gewesen war. Die Zeit war gekommen, sich de Bruce zu stellen.

Sie kroch aus der Höhle, streifte das blaue Kleid ab, schnürte sich ein und zog die Beinlinge und den Surcot aus grüner Wolle an, den sie in den letzten Tagen in aller Eile genäht hatte. Obwohl er nicht besonders kunstvoll geschneidert war, verlieh er ihr ein vornehmes Äußeres, denn der Wollstoff, den der Schneider ihr geschenkt hatte, war von vorzüglicher Qualität. Jetzt rettete ihr die Dankbarkeit dieses Mannes womöglich das Leben.

Sie schnürte das Kleid und alle anderen Habseligkeiten in dem Bündel zusammen und hängte sich die Tasche des Schreibers an den Gürtel. Mit ihrem Dolch schnitt sie sich das Haar bis auf Kinnlänge zurück. Das würde ihrem Gesicht eine etwas andere Form verleihen. Eine Gugel im gleichen Stoff wie der Surcot würde das Übrige tun.

Wieder lauschte sie, doch außer dem Murmeln des Bachs war nichts zu hören. Sie füllte ihren Schlauch mit Wasser und hängte ihn sich um. Dann brach sie auf. Ihr Ziel war Reutlingen. Von dort würde sie ihre Rache an Ottmar de Bruce in die Wege leiten. Und Wendel Füger war der Mann, der ihr helfen würde, ihrem Erzfeind die tödliche Falle zu stellen.

***

Eberhard von Säckingen blickte auf die fünf erbärmlichen Gestalten hinab, die seine Männer auf einem Feld zusammengetrieben hatten. »Ihr habt gegen die Gesetze Württembergs verstoßen! Ihr seid Verbrecher, Abschaum, widerliches Lumpenpack! Ihr habt drei Menschen heimtückisch ermordet. Darauf steht die Todesstrafe. Ich werde eigenhändig dafür sorgen, dass ihr am Galgen baumelt.«

Einer der Kerle regte sich. »Aber wir wussten –«

Sein Nachbar stieß ihn unsanft in die Seite, und er verstummte abrupt.

Von Säckingen beugte sich vor. »Du wolltest etwas sagen, Bürschlein?«

Der Mann, ein hässlicher Jüngling mit einem schiefen, plattgedrückten Gesicht, schüttelte heftig den Kopf.

Von Säckingen lachte bitter. Männer wie diese widerten ihn an. Feiglinge, die sich stark fühlten, wenn sie hilflose Weiber und alte Männer im Schlaf umbrachten, und die sich die Hosen vollmachten, wenn sie es mit einem Ebenbürtigen aufnehmen sollten. Er hatte solche Weichlinge oft genug im Krieg erlebt. Wenn die Gefahr weit weg war, rissen sie das Maul auf, doch wenn sie dem Feind gegenüberstanden, pissten sie sich vor Angst in die Hosen.

»Wartet es nur ab«, erwiderte er gelassen. »Der Scharfrichter wird euch allen im Nu die Zunge lösen. Ihr werdet euch noch darum streiten, wer zuerst gestehen darf. Und jetzt ab mit euch! Euer Anblick ekelt mich.«

Er gab seinen Männern ein Zeichen, die Gefangenen hinunter nach Urach zu eskortieren. Er selbst lenkte sein Pferd in Richtung des Fronhofs, dessen Umrisse im grauen Zwielicht der Morgendämmerung am Horizont aufragten.

Von Säckingen saß ab und schritt langsam auf das verkohlte Haus zu. Ein taubes Gefühl schnürte ihm die Brust ein, eine Art Schmerz, den er sich nicht erklären konnte. Mit den Füßen stieß er die schwarzen Balken auseinander, die immer noch eine ungeheure Hitze ausstrahlten.

Bald fand er, was er suchte: einen verkohlten menschlichen Körper. Dann noch einen. Er wühlte weiter in der Ruine herum, doch einen dritten Toten fand er nicht. War es möglich, dass einer der drei Bewohner so stark verbrannt war, dass nichts von seinem Leichnam übrig war? Oder hatte einer den Anschlag überlebt?

Eberhard von Säckingen blickte sich um. Mit einem Mal schlug sein Herz heftig. Er rannte von einem Gebäude zum anderen. Schließlich erreichte er ein kleines Steinhaus, dessen Fensterladen neu wirkte. Er zog die Tür auf, die nur angelehnt war, und hielt die Luft an. Tatsächlich. Hier wohnte jemand. Er betrachtete die wenigen Gegenstände, die herumlagen: Nähzeug, ein Rest grüner Zwirn, ein hölzerner Becher, eine Waschschüssel, ein Tuch und ein Strohsack, auf dem offensichtlich erst kürzlich jemand gelegen hatte. Dafür gab es nur eine Erklärung. Hier hatte Mechthild gewohnt, und die Hexenjäger hatten es nicht gewusst.

Er stürzte aus dem Haus. Noch einmal suchte er den ganzen Hof ab. Jedes Gebäude, jeden Schuppen, auch wenn der noch so verfallen aussah. Nirgendwo fand er eine Spur der jungen Magd. Schließlich kehrte er zurück zu seinem

Pferd. Das Mädchen musste seinen Mördern entkommen sein. Es war geflohen und hatte sich in den Wäldern versteckt.

Von Säckingen vergrub sein Gesicht in dem warmen, weichen Fell des Pferdes. Mechthild lebte. Am liebsten wäre er vor Dankbarkeit auf die Knie gefallen.

Die Vergeltung

September 1330

Konrad Sempach lächelte höflich in alle Richtungen, als er sich aus der Kirche drängte. Die Sonntagsmesse war vorüber. Er hatte die Zeit genutzt, um gründlich nachzudenken, obwohl ihn das Getuschel seiner Töchter beinahe wahnsinnig gemacht hatte. Zumindest die Älteste war jetzt verlobt, die war er bald los. Und für die beiden jüngeren wollte er auch schnell einen Gatten finden. Sollte seine Frau ruhig nörgeln, die kleinste sei mit ihren dreizehn Jahren noch zu jung, er wusste aus eigener Erfahrung, dass ein Mädchen in dem Alter durchaus als Weib taugte. Unwillkürlich leckte er sich die Lippen.

Doch dann verzog er das Gesicht. In den letzten Wochen war einiges schiefgelaufen, und er hatte bittere Rückschläge erlitten. Nun endlich schien es wieder bergauf zu gehen. Da der Henker offiziell für tot erklärt worden war, hatte er seine Suche heimlich und auf eigene Rechnung fortgesetzt. Er war sicher, dass Melchior lebte und dass er ihn früher oder später aufspüren würde. Und seine Investition hatte sich ausgezahlt, er hatte eine Spur. Sein Spion Petter hatte das Narbengesicht in Urach aufgetrieben und ihm recht interessante Neuigkeiten entlockt. Leider lediglich Andeutungen, mit denen man nicht viel anfangen konnte.

Sempach hatte Petter daraufhin noch einmal nach Urach geschickt und ihm eine nicht unbeträchtliche Summe Geld mitgegeben, womit er die Zunge des Mannes lösen sollte. Doch der war nicht mehr dort gewesen, hatte sich in Luft aufgelöst. Petter hatte sich ein bisschen in der Stadt umgehört, jedoch nichts weiter erfahren. Zu dumm.

Am liebsten wäre Sempach selbst nach Urach gereist. Was für ein Triumph wäre es gewesen, mit dem Henker im Schlepptau nach Esslingen zurückzukehren. Damit hätte er den übrigen Ratsherren zeigen können, dass er recht gehabt hatte, und sie hätten endlich aufgehört, ihn schräg anzusehen. Erst kürzlich hatte Gerold von Türkheim ihn einen Besessenen geschimpft, weil er immer noch nach dem ketzerischen Bibelübersetzer suchte.

Doch immerhin wusste er nun, dass Melchior noch lebte und dass sein Aufenthaltsort gerade einmal eine Tagesreise von Esslingen entfernt lag. Jetzt galt es nur noch, sein Versteck ausfindig zu machen.

Sempach nickte Henner Langkoop und dessen Gemahlin zu und bog mit seiner Familie in die Alte Milchgasse. Die Mädchen kicherten albern, seine Frau erzählte etwas von der Haube, die die Gattin des Kunibert von Engern getragen hatte. Er hörte nicht zu. Stattdessen überlegte er, ob die Zeit reif war, Ekarius, dem neuen Henker, das Geschäft vorzuschlagen, das er eigentlich mit Melchior hatte machen wollen.

Im Haus duftete es nach einem köstlichen Mittagsmahl, was Sempach ein wenig versöhnlicher stimmte. Gott sei Dank war mit dem Ende der Pechsträhne auch sein Appetit zurückgekehrt.

Sie erwarteten die Familie des Bräutigams seiner Tochter zum Essen, und der Koch hatte sich mächtig ins Zeug gelegt. Er machte es sich im Lehnstuhl bequem und ließ sich einen Becher Wein bringen. Dann malte er sich aus, was er mit Melchior machen würde, falls er ihn allein in seinem Schlupfwinkel anträfe.

***

Melisande ließ sich erschöpft auf einem Stein nieder. Es war nicht mehr weit bis Reutlingen, schon ragte vor ihr die Achalm mit der mächtigen Burg auf. Am nächsten Tag würde sie zusammen mit dem morgendlichen Strom von Händlern, Bauersfrauen und Handwerkern durch das Tor in die Stadt gelangen und sich im Gasthaus der Fügers eine Unterkunft suchen. Nun wurde es Zeit, sich zu überlegen, in welcher Gestalt sie sich in Reutlingen niederlassen wollte.

Der Gedanke, sich einfach so einen neuen Namen und eine neue Lebensgeschichte zuzulegen, hatte etwas Reizvolles und etwas Erschreckendes zugleich. Dabei sehnte sie sich eigentlich nur danach, wieder Melisande Wilhelmis sein zu dürfen. Das allerdings war ihr für alle Zeiten verwehrt. Selbst wenn Ottmar de Bruce tot und ihr Leben nicht mehr in Gefahr war, durfte sie niemals offenbaren, wer sie wirklich war. Die Leute würden wissen wollen, wie und wo sie die letzten Jahre verbracht hatte. Sie würden Fragen stellen, Nachforschungen betreiben. Die Gefahr, dass sie herausfanden, dass sie als Henker in Esslingen gelebt hatte, war zu groß.

Sie öffnete die Tasche des Schreibers und zog die Dokumente hervor. Bisher hatte sie nur einen flüchtigen Blick hineingeworfen, zu sehr hatte sie sich geschämt, dass sie den Toten beraubt hatte. Sie faltete ein Dokument auf und begann zu lesen. Es war eine Urkunde, die den Besitzer als Merten de Willms, einen Schreiber aus Augsburg, auswies, der einige Jahre lang zuverlässig im Dienst der Stadt tätig gewesen war und dessen Fleiß und Geschick man zukünftigen Auftraggebern wärmstens anempfahl.

Melisande schloss die Augen. Merten de Willms. Melisande Wilhelmis. Der Herr im Himmel war ihr gnädig, hatte ihre Schritte gelenkt und ihr diesen Mann geschickt, damit sie unter seinem Namen in Reutlingen Unterschlupf finden konnte. Die Wege des Herrn waren wahrhaft unerforschlich: Dem einen nahm er das Leben, um den anderen zu retten.

***

Wendel humpelte in Begleitung von Antonius über den Hof zum Kelterhaus. Dort herrschte Hochbetrieb, denn die Weinlese war in vollem Gange. Das Haus bestand aus einem riesigen, auf Balken ruhenden Dach ohne Seitenwände. Unter dem Dach stand die Baumkelter, die älter war als Wendels Vater.

Als Wendel und Antonius das Kelterhaus betraten, hatten die Kelterknechte gerade den Baum geöffnet und angefangen, die Körbe voller Trauben auf den Presstisch zu entleeren. Mit einem Eimer fing einer von ihnen den Vorlass auf, den Saft, der bereits jetzt aus den Trauben sickerte. Hieraus würde später ein besonders edler Wein reifen.

Im Kelterhaus hing der schwere, süße Geruch der Früchte. Die Knechte schwitzten trotz der herbstlichen Kühle.

Wendel achtete darauf, dass sie ihre Arbeit ordentlich verrichteten. Gerade wollte er einem eine Anweisung zurufen, als er aus den Augenwinkeln sah, dass jemand vor der Wirtsstube stand. Er übergab die Aufsicht an einen der Knechte und humpelte zurück über den Hof.

»Wir haben noch nicht geöffnet«, rief er schon von weitem.

Der Fremde drehte sich zu ihm um. Er schien noch sehr jung, sein Gesicht war fein geschnitten und bartlos, die blauen Augen leuchteten hell. Etwas an dem Mann erschien Wendel vertraut, vielleicht war er schon einmal als Gast in der Füger'schen Weinstube eingekehrt.

»Seid gegrüßt.« Der Fremde verneigte sich. »Merten de

Willms aus Augsburg. Ich suche eine Unterkunft. Ihr vermietet doch Unterkünfte? Private Kammern, in denen man für einige Tage oder Wochen wohnen kann?«

De Willms hatte eine merkwürdig heisere Stimme, so als sei er kürzlich erkältet gewesen. Bei diesem feuchten Herbstwetter kein Wunder. »Ja, sicherlich.« Wendel kratzte sich verlegen am Kopf. »Entschuldigt meine Unhöflichkeit, Meister de Willms. Ich dachte, Ihr wolltet in die Weinstube.«

De Willms lächelte. »Ich bin staubig und schmutzig von der Reise. Doch ich habe genügend Geld. Wenn Ihr möchtet, gebe ich Euch gern einige Kreuzer im Voraus.« Er griff nach seinem Beutel.

Wendel winkte ab. »Das erledigen wir später, Meister de Willms. Zuerst zeige ich Euch Eure Kammer. Habt Ihr Gepäck, mit dem ich Euch helfen kann?«

»Danke, nein. Nur mein Bündel.«

»Dann folgt mir, bitte. Ich gehe voraus und weise Euch den Weg. Die Stiege ist ein wenig eng, aber das Zimmer, das ich Euch anbieten kann, ist hell und geräumig. Gerade gestern ist es frei geworden.«

Wendel öffnete die Tür und stieg vor seinem Gast die Treppe hinauf. Antonius wollte den beiden folgen, doch Wendel bedeutete ihm, in der Schankstube zu warten.

Im Gegensatz zu den meisten anderen Herbergen, in denen die Gäste oft auf Strohsäcken in großen Sälen oder auf den Bänken der Schankstube nächtigten, boten die Fügers einige einzelne Schlafkammern für bessergestellte Reisende an. In ihrer Weinstube verkehrten daher meist wohlhabende Kaufleute auf der Durchreise oder die reicheren Handwerksmeister und adligen Familienoberhäupter der Stadt. Deshalb hatte Wendel selbst bisher gewöhnlich andere Gasthäuser aufgesucht, wo er sich mit seinen Freunden ungestört vergnügen konnte. In den letzten Wochen jedoch hatte er an derartigen Zerstreuungen keine Freude mehr gefunden.

»Bitte sehr!« Er öffnete die Tür zu einer kleinen Kammer, deren Fenster zum Hof hinausging. Ein einfaches Bett mit einer Strohmatratze und einer Decke aus Schafwolle nahm fast die Hälfte der Kammer ein, daneben stand eine schlichte gezimmerte Truhe für die Habseligkeiten des Gastes.

»Sehr schön«, murmelte de Willms.

»Möchtet Ihr nachher in der Schankstube zu Mittag speisen?«, fragte Wendel. »Dann sage ich dem Koch Bescheid.«

»Ja, das wäre mir sehr recht.« De Willms legte sein Bündel auf das Bett. »Und lasst mir bitte einen Krug Wein und eine Schüssel Wasser bringen.«

»Sehr wohl, mein Herr.« Wendel verneigte sich und schloss die Tür. Er stieg die Treppe hinab. Dieser Fremde übte eine merkwürdige Anziehungskraft auf ihn aus. Vielleicht lag es daran, dass er für seine jungen Jahre so ernst und ruhig war.

***

Das Leben als Mann war so viel einfacher. Keine unangenehmen Fragen, warum man allein reise, keine gierigen Blicke, keine anzüglichen Bemerkungen, nur zuvorkommende Höflichkeit. Melisande schaute sich in der Kammer um. Kein Dreck, keine Spinnweben. Das Stroh roch frisch, der Boden war mit Sand geschrubbt worden, wie man an den feinen Rillen im Holz erkennen konnte. Offensichtlich verstanden die Fügers ihr Geschäft.

Melisande legte sich auf das Bett und starrte an die Decke. Der erste Schritt war geschafft. Wendel hatte sie angegafft wie einen Geist, aber er hatte sie nicht erkannt. Und er hatte auch nicht gemerkt, dass sie eine Frau war.

Wieder zahlte es sich aus, dass Raimund so gründlich mit ihr geübt hatte. »Nicht die Hüften schwingen«, hatte er immer wieder gesagt. »Männer sind in der Hüfte steif. Und mach große Gesten! Stell dir vor, du kommst in einen Raum und willst den Eindruck vermitteln, dass alles darin dir gehört. So machen es Männer.«

Es hatte sie große Anstrengung gekostet, sich ständig so aufzuplustern, aber mit der Zeit war es ihr in Fleisch und Blut übergegangen. Bald konnte sie jederzeit allein durch ihre Körperhaltung als Mann oder Frau auftreten, und Raimund war verblüfft gewesen, als sie es ihm eines Tages vorgeführt hatte.

Sie seufzte. Raimund fehlte ihr so sehr, dass sie sich zusammenreißen musste, um nicht in Trübsal zu versinken. Dafür hatte sie ohnehin keine Zeit, denn ein Problem hatte sie nicht bedacht: In Esslingen war sie stumm gewesen. Als Merten de Willms jedoch musste sie sprechen. Zwar hatte sie für eine Frau eine recht dunkle Stimme, dennoch hatte sie Angst, sich zu verraten. Deshalb hatte sie auf dem Weg nach Reutlingen im Wald so lange geschrien, bis ihr die Stimme versagte. Sie hatte versucht, die Laute der Tiere nachzuahmen, den Schrei eines Raubvogels, das Fauchen einer Wildkatze, damit kein Reisender auf sie aufmerksam wurde. Nun war sie so heiser, dass erst einmal niemand ihre Stimme als die einer Frau erkennen konnte. Doch das würde nur wenige Tage anhalten. Danach musste sie sich etwas Neues einfallen lassen.

Es klopfte an die Tür.

Melisande setzte sich auf. »Ja, bitte?«, krächzte sie.

»Das Mittagsmahl ist fertig, Herr.«

An der Stimme erkannte sie, dass es die gleiche Magd war, die ihr am Vormittag die Waschschüssel und den Wein gebracht hatte. Bevor sie die Kammer verließ, vergewisserte sich Melisande, dass nichts Verräterisches herumlag. Das Henkersgewand und das Frauenkleid hatte sie mit wenigen Stichen in die Strohmatratze eingenäht, das Schwert hing griffbereit an einem Haken an der Wand. In der Stadt durfte sie es ohnehin nicht tragen.

In der Gaststube saßen ein paar ältere, vornehm gekleidete Herren, die offenbar etwas Ernstes zu besprechen hatten und Melisande nur einen flüchtigen Blick zuwarfen, bevor sie wieder die Köpfe zusammensteckten. An einem Tisch beim Fenster saß ein einzelner Gast, der einige Bögen Pergament mit Zeichnungen vor sich ausgebreitet hatte. An der Theke stand Wendel und lächelte ihr zu. Ihr Herz machte einen Satz.

Wendel trat vor. »Würdet Ihr mir die Ehre erweisen, mit mir zu speisen, Meister de Willms?«

Überrumpelt nickte Melisande. »Ja, gern, es ist auch mir eine Ehre.«

Er begleitete sie zu einem Tisch, der etwas abseits in einer Nische stand. Ein Knecht trug Suppe auf.

»Verratet Ihr mir, welche Geschäfte Euch nach Reutlingen führen, Meister de Willms?«, fragte Wendel, nachdem sie schweigend ein paar Löffel geschlürft hatten.

»Hm«, erwiderte Melisande, während sie fieberhaft überlegte, wie sie die Frage beantworten sollte.

»Oh«, sagte Wendel rasch. »Ich war vorschnell. Bitte verzeiht meine Neugier.«

»Das macht gar nichts, Meister Füger«, sagte Melisande. »Ich schätze Männer, die aufrecht und direkt sagen, was ihnen auf der Zunge liegt. Die Antwort auf Eure Frage ist nur leider nicht so einfach, wie es scheint. Ich war einige Jahre als Schreiber in Augsburg tätig. Nun suche ich – aus familiären Gründen – nach Veränderung. In Augsburg hält mich nichts mehr. Und ich dachte mir, Reutlingen ist ebenso gut wie jede andere Stadt.«

Sie hatte bemerkt, wie Wendels Augen bei der Erwähnung der familiären Gründe neugierig aufgeblitzt waren. Sicherlich hatte er sofort an eine verlorene Liebe gedacht oder an einen Familienzwist. Jedenfalls musterte er sie nun mit mitfühlendem Blick.

»Ich hoffte, dass hier die Dienste eines Schreibers gebraucht werden«, fuhr sie rasch fort, bevor Wendel sie mit Fragen nach der Vergangenheit löchern konnte.

»Ihr habt eine gute Wahl getroffen, Meister de Willms, der liebe Gott hat Eure Schritte in die richtige Richtung gelenkt. In der Tat wüsste ich eine Arbeit für Euch.«

Melisande brach der Schweiß aus. Einerseits schien ihr Plan bestens aufzugehen, andererseits ging sie ein ungeheuerliches Wagnis ein. Sie konnte flüssig lesen und schreiben, kannte die lateinische Sprache leidlich gut, doch das war alles, was sie an Voraussetzungen für das Handwerk des Schreibers mitbrachte. Sie kannte weder die Gepflogenheiten beim Aufsetzen von Verträgen noch die Formeln und Floskeln, die gewöhnlich in Testamenten und Briefen verwendet wurden. Bis auf die wenigen Dokumente, die sie bei dem toten Schreiber gefunden hatte, hatte sie fast nur die Geständnisse gesehen, die der Schreiber von Esslingen im Kerker verfasst hatte.

»Der alte Schreiber, der für uns immer die Handelspapiere aufgesetzt hat, hat zunehmend Schwierigkeiten mit dem Augenlicht. Letztens hat er mehrere Zeilen Text übereinandergeschrieben, ohne es zu merken. Ich selbst musste alles noch einmal abschreiben. Allerdings liegt mir diese Arbeit nicht, ich hatte am Ende mehr Tinte an den Fingern als auf dem Pergament.« Er lachte. »Nun, was meint Ihr?«

Melisande nahm einen Schluck Wein. »Das klingt gut«, antwortete sie. »Und sicher werdet Ihr die Geduld aufbringen, mich in Eure Art der Buchführung einzuweisen?«

»Selbstverständlich, Meister de Willms. Ich sehe schon, Ihr kennt Euch aus. Es wäre bitter nötig, im Lande die Dokumente zu vereinheitlichen. Jeder schreibt gerade, was er will, und wenn es dann zum Streit kommt oder wenn Fehler auftauchen, ist das Jammern groß.«

Melisande unterdrückte einen Seufzer der Erleichterung. Das machte die Sache leichter. Zudem konnte sie in Wendels Nähe bleiben, sich mit ihm anfreunden und sein Vertrauen gewinnen. Die erste Hürde war genommen.

Sie setzte den Becher ab und nickte. »Ich hätte es nicht besser ausdrücken können. Aber Graf Ulrich scheint das nicht zu interessieren, obwohl es doch auch für ihn von Vorteil wäre.« Sie nippte noch einmal an dem Wein, behielt ihn eine Weile im Mund, bevor sie schluckte. »Ein vorzüglicher Tropfen übrigens. Da bin ich leider ganz anderes gewohnt. Ich habe gehört, Ihr habt Abnehmer in ganz Württemberg. Sogar Graf Ulrich schätzt den Füger'schen Wein, habe ich mir sagen lassen. Das weist ihn als Kenner aus.«

Wendels Wangen röteten sich leicht. »Ja, das ist wahr.«

Melisande beschloss, die Gelegenheit zu nutzen, um mehr über Wendels Verhältnis zu de Bruce herauszufinden. »Kürzlich habe ich mit einem Ritter gesprochen, der auf der Adlerburg bei Ottmar de Bruce zu Gast war. Auch dort gab es Euren Wein.«

Wendels Miene verfinsterte sich augenblicklich. »Wie Ihr

gesagt habt, Meister de Willms«, presste er hervor. »Der Füger'sche Wein ist in ganz Württemberg beliebt.«

»Habt Ihr einen Zwist mit de Bruce?«, bohrte Melisande weiter. Sie ließ ihn keinen Wimpernschlag lang aus den Augen.

»Sagen wir, es wartet noch eine offene Rechnung zwischen dem Grafen und mir darauf, beglichen zu werden.« Er winkte dem Knecht, der den zweiten Gang auftrug, gebackenen Fisch mit Fenchel und Honig.

»Verzeiht, Meister Füger. Es war ungehörig von mir, Euch so auszufragen«, sagte Melisande, während sie innerlich jubelte. Wendel war kein Freund des Grafen, sondern verabscheute ihn ebenso, wie sie es tat! Da konnte es nichts schaden, wenn sie ein wenig von ihrem eigenen Geheimnis preisgab. »Es ist nur so«, fuhr sie fort, »dass de Bruce an meiner Familie ein großes Unrecht begangen hat. Seit Jahren warte ich darauf, dafür Genugtuung von ihm zu fordern.«

Wendel sah sie überrascht an, wechselte aber das Thema. So sprachen sie den Rest des Mahls über andere Dinge, über Reutlingen, die Weinlese und den älteren Mann beim Fenster, der wohl ein berühmter Baumeister auf der Durchreise war.

Schließlich zog Melisande sich zurück. Wendel versprach, sie später rufen zu lassen und seinem Vater vorzustellen, der entscheiden würde, ob man Merten de Willms als neuen Schreiber in Dienst nahm.

Benommen kehrte Melisande in die kleine Schlafkammer zurück. Sie stellte sich ans Fenster und blickte hinaus auf den Hof, in den gerade ein Fuhrwerk voller mit Trauben beladener Körbe einbog. Ihr Körper kribbelte vor Anspannung. Sie hatte nicht vorgehabt, gleich mit der Tür ins Haus zu fallen. Eigentlich hatte sie Wendel gar nichts von ihren Plänen erzählen wollen. Er hatte ihr nur dabei helfen sollen, ins Innere der Adlerburg zu gelangen, indem sie ihn als Schreiber bei einer seiner Lieferungen begleitete. Warum nur hatte sie ihm die Wahrheit angedeutet? Warum hatte sie so viel aufs Spiel gesetzt?

***

»Raus!« Ottmar de Bruce schleuderte den Brotkanten auf den Tisch, den er soeben noch in die Bratensoße getunkt hatte. »Raus!«, brüllte er erneut. »Alle raus hier, ich will euch heute nicht mehr sehen!«

Seine Höflinge und Ritter erhoben sich hastig, eine Magd half der alten Emelin beim Aufstehen. Othilia, deren Bauch sich bereits ein wenig rundete, blickte ihn fragend über den Rand des Weinkelchs hinweg an.

»Alle, habe ich gesagt!«, schnauzte er sie an. »Auch du!«

Eberhard von Säckingen hatte sich gemeinsam mit den anderen von der Tafel erhoben. Wenn de Bruce in solcher Laune war, tat man gut daran, seinen Anweisungen unverzüglich Folge zu leisten und sich unsichtbar zu machen. Doch Letzteres gelang ihm nicht. Er war schon bei der Tür, als sein Herr ihn zurückrief.

»Alle bis auf Euch, von Säckingen. Ihr bleibt und leistet mir noch ein wenig Gesellschaft!«

Von Säckingen seufzte tonlos und wandte sich um. Mit wenigen Schritten war er wieder bei der Tafel und ließ sich auf seinen Stuhl sinken.

Schließlich war der Saal leer. De Bruce starrte auf die Tafel. Von Säckingen folgte seinem Blick. Essensreste, umgeschüttete Kelche und angebissene Früchte und Hühnerknochen lagen bunt durcheinander.

»Ihr seid also nun ein echter Held, von Säckingen«, sagte de Bruce, ohne aufzublicken. »Der Rächer von Urach.«

»Ich habe getan, was meine Pflicht als Ritter im Dienste Württembergs ist«, antwortete von Säckingen.

»Ha!« De Bruce schlug mit der flachen Hand auf den Tisch, die Kerzen flackerten unruhig auf. »Und was habt Ihr in Urach gewollt? Und kommt mir nicht wieder mit ›vertraulichen Angelegenheiten‹!« Er sah von Säckingen mit zusammengekniffenen Augen an.

»Ich bin einer Spur gefolgt«, erklärte von Säckingen zögernd. Er hatte sich vor diesem Gespräch gefürchtet. Was sollte er seinem Herrn sagen, wo er doch nicht einmal selbst verstand, was er von dieser Mechthild wollte?

De Bruce hob die Augenbrauen.

»Der Spur von Dietrich, dem Fuchs«, fügte er rasch hinzu. Das war nicht einmal gelogen. Das Letzte, was Dietrich erwähnt hatte, bevor von Säckingen ihm seinen hässlichen Kopf abgeschlagen hatte, war der Fronhof gewesen, auf dem er angeblich eine Spur des Esslinger Henkers entdeckt hatte.

De Bruce verschränkte die Arme. »Ich dachte, der sei tot. Ihr habt mir seinen Kopf gebracht.« Sein Blick hatte jetzt etwas Lauerndes.

Von Säckingen wusste, dass er auf der Hut sein musste. »Ist er auch.« Er begann zu schwitzen. Seine Gedanken rasten, doch ihm fiel keine überzeugende Lüge ein, die er de Bruce auftischen konnte. Also musste er ihm die Wahrheit gestehen. »Ich war noch einmal auf dem Fronhof, von dem er erzählt hat. Die Magd dort, Mechthild –«

»Die Magd?« De Bruce warf die Arme in die Luft. »Ihr seid vier Meilen gereist für eine Magd? Gibt es hier auf der Adlerburg nicht Mägde genug, mit denen Ihr Euch vergnügen könnt? Was ist in Euch gefahren? Gefallen Euch etwa meine Mägde nicht?«

Eberhard von Säckingens Gesicht glühte. Er fühlte sich wie ein kleiner Junge, der von seiner Mutter zurechtgewiesen wird. Nur dass von einer Mutter gewöhnlich keine Lebensgefahr für den Sohn ausging. »Ihr missversteht mich, mein Herr.«

De Bruce neigte den Kopf. »Ach?«

»Mit dieser speziellen Magd stimmt etwas nicht«, berichtete er stockend. Er verfluchte sich dafür, dass er sich nicht rechtzeitig eine gute Geschichte zurechtgelegt hatte. Mechthild gehörte ihm, de Bruce hatte nie von ihr erfahren sollen. »Sie war viel zu vornehm gekleidet für eine Magd, und gesprochen hat sie wie eine Tochter aus gutem Hause.«

De Bruce strich sich nachdenklich über das Kinn. »Noch etwas?«

»Die Leute dort halten sie für eine Hexe, weil sie heilkundig ist.« Er biss sich auf die Lippen. »Und wegen ihres Haares. Es ist feuerrot.«

De Bruce starrte ihn ungläubig an. »Wie alt ist sie?«

»Noch keine zwanzig, würde ich sagen.« Ihm wurde schwindelig, als er begriff, worauf de Bruce hinauswollte. Todesangst jagte durch seinen schwitzenden Körper, ein Gefühl, das ihm fremd war.

De Bruce schüttelte langsam den Kopf. »Ihr seid ein Teufelskerl, Eberhard von Säckingen, wisst Ihr das?«

Von Säckingen schluckte und schickte ein Stoßgebet zum Himmel.

»Ihr wolltet mich mit einem kleinen Geschenk überraschen, ist es nicht so?«

Von Säckingen nickte heftig.

De Bruce sprang auf, schlug mit der Faust auf den Tisch

und reckte sie dann gen Himmel. »Wer auch immer da oben sich über mich lustig gemacht hat, jetzt ist es so weit! Fünf Jahre! Seit fünf Jahren jage ich dieser Teufelsbrut hinterher.« Er blickte auf von Säckingen herab, der am liebsten im nächsten Mauseloch verschwunden wäre. »Und, wo steckt die kleine Metze? Seit fünf Jahren warte ich darauf, sie ihrer Familie hinterherzuschicken. Spannt mich nicht länger auf die Folter!«

»Sie ist mir entwischt«, flüsterte von Säckingen und senkte den Kopf.

»Was?« De Bruce packte ihn beim Surcot und setzte ihm das Messer an den Hals. »Ihr habt sie entkommen lassen? Was seid Ihr nur für ein dämliches Stück Dreck!«

Von Säckingen spürte die kalte scharfe Klinge an seiner Haut. De Bruce' keuchender Atem, der nach Wein und Kohl stank, blies ihm ins Gesicht. »Lasst mich erklären«, bat er.

»Was gibt es da zu erklären?« De Bruce packte ihn beim Haar und zog ihm den Kopf in den Nacken. »Wenn ich meinen Blutdurst nicht an Melisande Wilhelmis stillen kann, müsst Ihr dafür herhalten.«

Eberhard von Säckingen spürte, wie de Bruce mit dem Messer in seine Haut ritzte. Es brannte, Blut rann ihm den Hals herab. »Der Pöbel war es, der den Fronhof in Brand gesteckt hat«, wisperte er. Der Druck des Messers wurde stärker, von Säckingen schloss die Augen.

»Sie ist tot?« De Bruce ließ das Messer auf den Tisch fallen. Er sah vollkommen fassungslos aus. »Verbrannt?«

Von Säckingen fuhr sich an den Hals und fühlte das klebrige Blut. Es war nur ein Kratzer. »Das glaube ich nicht«, sagte er. »Ich bin sicher, dass sie noch lebt. Ich war nach dem Feuer auf dem Hof und habe alles abgesucht. Ich habe nur zwei Leichen gefunden, wahrscheinlich die der beiden alten

Leute, für die sie gearbeitet hat. Das Mädchen muss entkommen sein.«

»Dieses Gör hat mehr Leben als eine Katze.« De Bruce musterte nachdenklich den Boden. »Ihr werdet sie suchen«, befahl er und bohrte von Säckingen seinen Zeigefinger in die Brust. »Ihr brecht sofort auf. Nehmt Fackeln mit, es ist dunkel. Und Eure besten Leute. Durchkämmt die ganze Gegend. Und lasst Euch ja nicht wieder hier blicken, bevor Ihr sie habt! Und zwar lebend.«

Die letzten Worte schrie de Bruce. Er rieb sich die Hände, schenkte sich Wein ein, sein Blick wurde glasig. »Der Tag der Rache ist nah.« Er trank in einem Zug aus, brüllte nach Mathis, seinem Pagen, und stürmte aus dem Saal.

Eberhard von Säckingen blieb allein zurück. Benommen starrte er in den Weinkelch. Mechthild war Melisande Wilhelmis? War das möglich? Die Umstände passten jedenfalls. Das Alter, das rote Haar, die vornehme Herkunft. Er selbst hatte das Mädchen damals bei dem Überfall nur flüchtig und von weitem gesehen. Ihr Gesicht war ihm fremd. Kein Wunder also, dass er sie nicht erkannt hatte. In Urach hatte man ihm erzählt, dass sie erst seit wenigen Wochen auf dem Fronhof lebte. Wo hatte sie sich all die Jahre versteckt? Wie hatte sie ihre Herkunft geheim gehalten?

Von Säckingen erhob sich. Sie selbst würde ihm diese Fragen beantworten. Wenn er sie gefunden hatte.

***

Melisande legte die Feder auf dem Schreibpult ab und betrachtete ihr Werk. Gar nicht so schlecht für jemanden, der in den letzten fünf Jahren nur mit einem Griffel auf einer Wachstafel herumgekratzt hatte. Allemal besser als die

Dokumente, die der alte Schreiber aufgesetzt hatte. Seine Schrift war zitterig, die Zeilen verliefen schief in alle Richtungen, als versuchten sie, von dem Pergament zu fliehen. Ihre Aufgabe war gewesen, eine Rechnung zu kopieren, Wendel hatte ihr erklärt, worauf es ankam. Gut, dass er sie dann allein gelassen hatte. So hatte sie in aller Ruhe herumprobieren können, ohne dass er merkte, dass ihr die Arbeit nicht gerade flüssig von der Hand ging. Das erste Dokument war geschafft, ab jetzt würde es leichter werden.

Erhard Füger, Wendels Vater, hatte nur zögernd eingewilligt, den fremden Schreiber zu beschäftigen. Melisande hatte ihm das Empfehlungsschreiben des Augsburger Rates gezeigt, doch selbst das hatte ihn nicht überzeugt.

»Ihr wart einige Jahre lang für die Stadt Augsburg tätig?«, hatte er argwöhnisch gefragt. »Darf man fragen, wie viele Sommer Ihr zählt, Meister de Willms? Ihr seht keinen Tag älter aus als sechzehn.«

»Ihr täuscht Euch, Meister Füger«, hatte sie geantwortet. »Ich bin in diesem Winter achtzehn geworden. Und mit dreizehn bin ich in meinem Handwerk in die Lehre gegangen. Als mein Meister plötzlich krank wurde, übernahm ich seine Geschäfte. Der Rat der Stadt war immer sehr zufrieden mit meiner Arbeit.« Nicht ein Wort von dem, was sie gesagt hatte, war gelogen, lediglich das Handwerk, das sie übernommen hatte, war ein anderes gewesen.

Erhard Füger hatte den Kopf geneigt und nachgedacht, sie aber schließlich beauftragt, auf Probe einige Dokumente aufzusetzen.

»Euer Vater ist sehr streng«, hatte sie zu Wendel gesagt, als sie wieder allein waren.

»Er hat ein gutes Herz«, hatte Wendel erwidert. »Und er beschützt seine Familie mit allem, was ihm zur Verfügung steht. Im Augenblick prüft er besonders genau, wen er in meine Nähe lässt. Im Sommer hätte er mich beinahe verloren, der Schreck sitzt immer noch tief.«

Melisande hatte nicht nachgefragt, was Wendel als besonders feines Taktgefühl ausgelegt hatte. »Danke, dass Ihr nicht in mich dringt, um zu erfahren, was vorgefallen ist. Es war grauenvoll, und ich spreche nicht gern darüber.«

Melisande verließ ihre Kammer, in die Erhard Füger ihr ein Schreibpult hatte bringen lassen, lief die Stiege hinab und trat auf den Hof. Sie suchte nach Wendel, um ihm Bescheid zu geben, dass die Rechnung fertig war. Da war er! Er stand beim Tor und sprach mit einer jungen Frau. Sie war elegant gekleidet, blond und anmutig wie ein Engel.

Melisande entging nicht, wie die junge Frau Wendel immer wieder bewundernde Blicke zuwarf, die dieser jedoch nicht zu bemerken schien. Sie musste lächeln.

Wendel wandte sich um und entdeckte sie. »Ach, Meister de Willms«, rief er. »Kommt herüber, ich möchte Euch jemanden vorstellen.«

»Aber gern.« Mit wenigen Schritten gesellte Melisande sich zu den beiden.

»Engellin«, sagte Wendel an die junge Frau an seiner Seite gewandt, »das ist Meister Merten de Willms, der Schreiber aus Augsburg, der neuerdings für uns arbeitet. Meister de Willms, das ist Engellin Urban, meine Verlobte.«

Melisande fühlte sich, als hätte ihr jemand den Boden unter den Füßen weggezogen. Mechanisch lächelte sie. »Sehr erfreut.«

Das Mädchen knickste und strahlte sie an. »Mein Wendel hält große Stücke auf Euch, Meister de Willms. Deshalb freut es mich besonders, Euch kennenzulernen.«

Melisande nickte. »Ganz meinerseits«, sagte sie tonlos.

»Doch bitte entschuldigt mich. Ich hatte beinahe vergessen, dass ich noch einen wichtigen Brief verfassen muss. Er soll dem Händlerzug mitgegeben werden, der am Mittag aufbricht. Ich muss mich sputen.«

Sie stolperte über den Hof zurück ins Haus. Benommen taumelte sie die Stufen zu ihrer Kammer hoch und warf sich aufs Bett. Er hatte eine Verlobte. Natürlich. Warum sollte ein Mann wie Wendel keine Verlobte haben? Was störte sie daran? Was hatte das mit ihr zu tun? Sie war nur aus einem Grund hier: um Ottmar de Bruce endlich zur Strecke zu bringen!

***

Weißer Nebel stieg aus den Wiesen und Feldern auf, die Sonne blinzelte durch den Dunst und versprach einen strahlenden Tag. Das Laub funkelte in zarten Gelb- und Rottönen. Seite an Seite ritten Melisande und Wendel durch das Obere Tor, dicht gefolgt von Antonius, der wachsam nach allen Seiten schaute.

Melisande lebte seit einer Woche als Merten de Willms im Haushalt der Fügers, und bereits jetzt war ihr alles so vertraut, als wohne sie seit vielen Jahren dort. Die Stimmung im Haus war gelöst und heiter, der Umgang miteinander voller Achtung und Respekt. Die Schreibarbeit ging Melisande leichter von der Hand als erwartet, der alte Erhard Füger hatte sein Misstrauen überwunden, und Engellin, die wunderschöne Braut, war zum Glück nicht wieder aufgetaucht.

Wendel wich ihr kaum von der Seite. Er hatte ihr von seinen Erlebnissen im Esslinger Kerker berichtet, auch von dem seltsamen Henker, der ihm das Leben gerettet hatte. Er hatte erklärt, dass er Ottmar de Bruce verdächtige, das Komplott eingefädelt zu haben, das ihn beinahe an den Galgen gebracht hätte. Und dass dieser ihm vermutlich immer noch nach dem Leben trachte, wahrscheinlich weil er in der Nacht der Brautschau auf der Adlerburg etwas gesehen hatte, das er nicht hätte sehen dürfen. Allerdings erinnere er sich nur bruchstückhaft, weshalb er nichts gegen den Grafen unternehmen könne. Melisande hatte aufmerksam gelauscht und das Gespräch geschickt immer wieder auf die Ereignisse auf der Adlerburg gelenkt, aber Wendels Erinnerung kehrte nicht zurück.

Sie ritten durch die Obere Vorstadt in Richtung der Achalm, wo Wendel sich vom Fortschreiten der Weinlese auf der Sommerhalde überzeugen wollte. Als es an den Aufstieg ging, auf einem schmalen Weg, der rechts und links von Reben gesäumt war, rief Wendel: »Ist es nicht wunderschön hier? Habt Ihr in Augsburg auch solche prachtvollen Berge, mein Freund?«

Woher sollte Melisande das wissen? Sie war noch nie im Leben dort gewesen. Aber sie wusste, dass Karcher oft weite Reisen unternahmen, also konnte es sein, dass Wendel zumindest aus Erzählungen das eine oder andere über Augsburg gehört hatte. »Ich schwöre, ich habe nie einen so eindrucksvollen Berg gesehen«, versicherte sie.

Wendel lachte auf. »Ihr seid ein wahrhaft höflicher Gast, mein werter Merten, und Eure Zunge ist ebenso flink wie gescheit. Ihr gefallt mir.«

»Das hat man mir in letzter Zeit des Öfteren gesagt.« Melisande deutete eine Verneigung an. »Ihr, geschätzter Wendel, habt es mir bereits unzählige Male versichert.«

»Dann muss es wohl stimmen.« Er grinste und zeigte nach vorn. »Da ist sie. Das ist die Sommerhalde. Unser bester Weinberg.« Er senkte die Stimme. »Von hier kommt auch der

Tropfen, den ich an den ehrwürdigen Graf Ulrich und an unseren gemeinsamen Freund Graf Ottmar de Bruce liefere.«

Melisande horchte auf. »Die beiden beziehen den gleichen Wein von Euch?«

»Ja, das tun sie«, antwortete Wendel. »Es ist ja unser bester.«

Melisande starrte vor sich hin, während die Stute, die Wendel ihr hatte satteln lassen, sie langsam den steilen Berg hinauftrug.

Sie erreichten einen großen Leiterwagen, der schon zur Hälfte mit Körben voller frisch geschnittener tiefroter Trauben beladen war. Der Ochse war ausgespannt und zupfte an dem Gras in der Mitte der Fahrspur. Ein Huser stand hinter dem Wagen, zwei kleine Jungen, die etwa drei und sechs Jahre alt waren, hockten ein Stück unterhalb auf einem zweiten Weg, der sich von Eningen her den Berg hinaufwand, und legten mit weißen Kieselsteinen Muster in den Staub.

Wendel stieß einen erschrockenen Laut aus, als er sie erblickte, eine Art Stöhnen. Überrascht sah Melisande zu ihm hinüber, doch er fasste sich schnell wieder und lächelte sie an. »Geschafft«, sagte er. »Wir sind da.« Er saß ab und schlenderte um den Wagen herum zu dem Huser.

Melisande betrachtete die weite Landschaft. Der Morgennebel hatte sich verflüchtigt, das Sonnenlicht ließ die Farben des Herbstes leuchten. Überall auf den Hängen waren Männer und Frauen mit auf den Rücken geschnallten Körben bei der Arbeit. Unter ihnen im Tal lag Reutlingen, die Türme der mächtigen Stadtmauer und der fast fertige Turm der Marienkirche ragten in den Himmel. Aus den Augenwinkeln sah Melisande, wie der ältere der beiden Jungen den Weg hinaufkam und wenig später mit einem dicken Steinbrocken zu seinem kleinen Bruder zurückkehrte. Irgendetwas kam ihr seltsam vor, doch Wendel sprach zu ihr, und sie vergaß den Jungen.

»Seid Ihr bereit, noch hinüber zum Georgenberg zu reiten, mein lieber Merten?«, fragte er.

»Gern.«

»Gut. Ich verabschiede mich nur noch von den zwei kleinen Husern hier.« Wendel zwinkerte und lief den Weg hinunter auf die Jungen zu.

»Recht so.« Melisande tätschelte ihrer Stute den Hals. Der Ausflug tat ihr unendlich gut. Als kleines Mädchen war es das Schönste für sie gewesen, mit ihrem Vater auszureiten. Unterwegs hatte er ihr von seinen Reisen in ferne Städte erzählt, sie hatte sich nicht ein Wort entgehen lassen und davon geträumt, selbst einmal mit einem Kaufmannszug mitzuziehen und die Welt zu entdecken. An Wendels Seite durch die Felder und Weinberge zu reiten war, als hätte man ihr ein Stück von ihrem alten Leben zurückgegeben.

Ein gellender Schrei riss sie aus ihren Gedanken. Er kam aus der Richtung der beiden Jungen. Melisande lugte um den Wagen herum, um besser sehen zu können. Der jüngere Bub blutete heftig an der Stirn, der ältere hielt noch den Stein in der Hand, mit dem er seinen Bruder geschlagen hatte. Die Wunde war vermutlich gar nicht tief, doch sie blutete stark. Wendel stand wie vom Donner gerührt vor dem Kleinen, sein Gesicht war weiß wie eine frisch gekälkte Wand.

Wieder ertönte ein Schrei. Diesmal war es der Vater der Jungen. Melisande sah in die andere Richtung. Der Wagen war in Bewegung geraten, hatte ihn umgeworfen und überrollt.

Der Stein, dachte Melisande entsetzt. Der Stein, den der Junge eben hinuntergeschleppt hat! Er hat vor dem Rad gelegen, um den Wagen zu sichern!

Der Wagen nahm rasch Fahrt auf. Der Huser krümmte sich stöhnend am Boden. Melisande und Antonius sprangen von ihren Pferden und rannten los. Melisande betete, der Wagen möge umkippen, bevor er Wendel und die Jungen erreichte. Doch obwohl er rumpelte und wankte, hielt er unermüdlich auf sein Ziel zu. Der ältere Junge hatte inzwischen die Gefahr erkannt und sich zwischen die Reben am Wegesrand geworfen. »Komm her!«, brüllte er seinem Bruder zu. »Mach schon! Geschwind!«

Doch der Kleine hörte ihn gar nicht. Er stand da und weinte, während das Blut aus der Wunde über sein dreckverschmiertes Gesicht strömte.

Trotz des Wagens, der ihr teilweise die Sicht versperrte, und trotz der Staubwolke, die dieser aufwirbelte, sah Melisande Wendels Gesicht. Es war angespannt, sein Blick wirkte leer, als wären seine Gedanken ganz woanders. Seine Lider flatterten. Er war kurz davor, das Bewusstsein zu verlieren.

»Nicht jetzt, Wendel!«, dachte sie verzweifelt. »Bitte, nicht jetzt, halte durch!«

Melisande hatte den Wagen erreicht, doch es gab keine Möglichkeit, an ihm vorbeizukommen. Entschlossen krallte sie ihre Hände in die hölzerne Umrandung und versuchte, seine Fahrt zu verlangsamen. Vergeblich.

Antonius packte ebenfalls zu. »Meister Füger!«, brüllte er. »Ihr müsst zur Seite springen! Schnell!« Seine Stimme überschlug sich, aber Wendel blieb wie zur Salzsäule erstarrt stehen, wo er war.

Der Wagen war nur noch wenige Schritte von Wendel und dem Jungen entfernt. Da endlich ging ein Ruck durch Wendel, sein starrer, abwesender Blick wurde klar. Er sprang zu dem Kind hin, zerrte es zur Seite und presste sich mit ihm gegen den Hang. Schützend stand er vor ihm, während der

Wagen eine Handbreit neben ihnen vorbeiraste und schließlich nach wenigen Schritten die Böschung hinunterkippte.

Keuchend erreichten Melisande und Antonius die Unglücksstelle.

»Alles in Ordnung, Herr?«, fragte Antonius besorgt.

Wendel drehte sich um. Er war immer noch kalkweiß und zitterte am ganzen Körper, doch in seinen Augen schimmerte Erleichterung. »Der Junge hat eine Verletzung am Kopf«, sagte er mit einem leisen Lächeln. »Ich glaube allerdings, es ist nicht so schlimm, wie es aussieht.«

Antonius und Wendel tauschten einen langen Blick. »Ihr habt ihm das Leben gerettet, Herr«, sagte Antonius schließlich und neigte leicht den Kopf.

Aus Wendels Lächeln wurde ein zufriedenes Grinsen. »Das habe ich in der Tat, wenn auch nur um Haaresbreite. Das war wirklich knapp.«

Der ältere Bruder kroch zwischen den Reben hervor. »Ich wollte das nicht«, schluchzte er.

Im gleichen Moment humpelte von oben der Huser herbei.

»Bist du verletzt?«, fragte Wendel.

»Nicht der Rede wert«, rief er. »Nur ein paar Kratzer. Hauptsache, meinen Jungen ist nichts passiert.« Er schloss die beiden in seine Arme. Blut aus der Kopfwunde des Kleinen tropfte auf seine Cotte. »Ihr Racker, ich sollte euch das Hinterteil versohlen.« Dann begann auch er zu weinen, und Melisande bezweifelte, dass er seine Drohung wahr machen würde.

Der Huser fasste sich, wischte sich die Freudentränen vom Gesicht und musterte seinen älteren Sohn.

»Ich wollte das nicht«, stammelte der. »Bitte, Vater, ich habe doch nicht gewusst …«

»Darüber sprechen wir später.« Sein Vater schaute ihn streng an. »Jetzt gehen wir zuerst in die Kirche und danken Gott, dem Herrn, dass er euch dumme Buben noch nicht zu sich befohlen hat.« Er wandte sich zu Wendel und sank auf die Knie. »Herr, wie soll ich Euch das jemals danken?«

Wendel zog den Mann hoch. »Sei gerecht und nachsichtig zu deinen Söhnen, das ist alles, was ich mir wünsche.«

Der Huser verneigte sich tief. »Sehr wohl, Herr, und habt nochmals Dank.«

Der überschwängliche Dank war Wendel sichtlich unangenehm. Inzwischen waren von überall her andere Huser, Mägde und Knechte herbeigekommen, die den Vorfall beobachtet hatten. Jemand beschaffte ein sauberes Tuch, mit dem Melisande den Kopf des Jungen verband, der Wagen wurde wieder aufgerichtet, beladen und an seinen Platz gezogen.

Wenig später ritten Wendel, Antonius und Melisande zurück zum Füger'schen Anwesen. Der Schreck steckte allen dreien tief in den Knochen. Doch Wendel saß kerzengerade, als sie das Stadttor passierten. Etwas an seiner Haltung hatte sich verändert. Melisande ahnte, was es war: Er hatte heute seinen ureigenen Dämon besiegt.

* * *

Wendel wusste nicht, ob der Wein ihn so trunken machte oder die Freude. Vermutlich beides. Am Nachmittag hatte er den Jungen, dem er das Leben gerettet hatte, noch einmal zu Hause besucht. Der Chirurgicus hatte sich die Wunde angesehen, erklärt, dass sie harmlos sei, und seinen Patienten zur Ader gelassen. Der Kleine saß im Bett und erzählte jedem, der es hören wollte, von seinem großen Abenteuer. Sein älterer Bruder war bestraft worden, jedoch nicht allzu streng, denn der Vater hatte sich an Wendels Wunsch gehalten und war außerdem viel zu glücklich, dass alles glimpflich ausgegangen war. Selbst die Trauben, die vom Wagen gekippt waren, hatten sich als noch brauchbar erwiesen.

In Windeseile war der Abend gekommen. Nun saß Wendel mit Merten im Hof auf einem Haufen Holzscheite, auf dem Boden zwischen ihnen standen ein Talglicht, ein Krug Wein und zwei Becher. Er fühlte sich so gelöst und froh wie schon lange nicht mehr. Er hatte Merten von Elisabeth erzählt, seiner kleinen Schwester, deren Tod er nicht hatte verhindern können. Von seiner Panik, wann immer er irgendwo Blut fließen sah, von der unendlichen Erleichterung, die er empfand, jetzt, wo der Bann gebrochen war.

Der stille junge Mann hatte schweigend zugehört, lediglich hin und wieder mit seiner seltsam rauen Stimme eine kurze Frage gestellt. Wendel wusste nicht, warum er ausgerechnet Merten de Willms, der doch ein Fremder war, so bedingungslos vertraute. Vom ersten Augenblick an, als er ihn vor der Weinstube hatte stehen sehen, hatte er sich ihm verbunden gefühlt, gerade so, als würden sie sich schon ihr Leben lang kennen.

Eine Weile saßen sie schweigend da, lauschten den Geräuschen, die aus der Schankstube und von der Gasse her zu ihnen herüberdrangen. Als der Schankknecht in der Tür auftauchte und das große Fass bei der Theke in Wendels Blickfeld rückte, erschien plötzlich ein Bild vor seinen Augen, eine Erinnerung an den Weinkeller auf der Adlerburg, an die kleine Kammer am Ende der langen Reihe von Fässern. Ruckartig setzt er sich auf. »Mir ist gerade etwas eingefallen.«

»Was?« Merten nippte an seinem Wein.

»Der Weinkeller. Ich erinnere mich.«

Merten starrte ihn an. »Meinst du de Bruce' Weinkeller? An was erinnerst du dich?«

»Da ist eine kleine Kammer am Ende des Kellers.« Er versuchte, das Bild in seinem Kopf so genau wie möglich zu beschreiben. »Ein Tisch steht in der Mitte, eine Fackel steckt in der Wand.«

»Bist du allein dort, oder ist jemand bei dir?«

»Ich glaube, ich bin allein. Ich bin in den Keller hinabgestiegen, weil die Tür offen stand. Es ist möglich, dass ich de Bruce suche. Oder ich bin einfach nur neugierig. Ich weiß es nicht mehr.«

»Was ist außer dem Tisch noch in der Kammer?«

»Ein Regal an der Wand. Darauf stehen Tiegel in unterschiedlichen Größen.«

»Was ist in den Tiegeln?«

»Keine Ahnung. Sie sind verschlossen.«

»Du hast nicht nachgesehen?«

»Nein.« Wendel zögerte. »Doch. Einer steht auf dem Tisch. Ein orangerotes Pulver ist darin.«

Auf einmal wurde es Wendel heiß. Jesus, Maria und Josef. Er wusste, was das für ein Pulver war! »Ich weiß, was es ist!« Er schrie fast.

»Was denn?«

»Goldglätte.« Wendel schlug die Faust klatschend in die Handfläche.

»Goldglätte? Das Farbpigment?«, fragte Merten verdutzt. »Warum bewahrt de Bruce Farben in seinem Weinkeller auf? Das ergibt doch keinen Sinn.«

Wendel starrte in seinen Weinbecher. Für einen Schreiber mochte das keinen Sinn ergeben, für einen Huser schon. »Oh doch, mein lieber Merten, das ergibt sehr wohl einen Sinn.

Und es erklärt auch, weshalb der Graf mir nach dem Leben trachtet.«

»Erklärst du es mir?«

Wendel verzog das Gesicht zu einem bitteren Grinsen. »Goldglätte ist nicht nur eine schöne Farbe.« Er nahm seinen Becher, setzte an und trank ihn leer. Ein wirklich guter Tropfen. Rein und unverfälscht. Zorn stieg in ihm auf. »Dieser widerliche Verbrecher!« Er stellte den Becher ab und schaute zu Merten, der geduldig auf eine Erklärung wartete. »De Bruce ist ein Weinpanscher übelster Sorte. Mit Goldglätte wird saurer Wein gesüßt. Aus einem Fass Essig wird ein edler Tropfen, der so gut schmeckt, als käme er aus dem Burgund oder aus Italien.«

»Und das ist verboten, nehme ich an.« Merten hatte sich nach vorne gebeugt, seine Augen leuchteten.

»Die Todesstrafe steht darauf. Goldglätte macht krank, ebenso wie Silberglätte und Bleiweiß. Man bekommt Koliken davon und Fieber. Sogar sterben kann man, wenn man es zu häufig zu sich nimmt.«

Merten nickte nachdenklich. »Das ergibt allerdings Sinn. Damit lässt sich bestimmt ungeheurer Gewinn erzielen. Aber eins verstehe ich nicht, Wendel: Wenn Ottmar de Bruce dich in dem Keller erwischt hat, warum hat er dich nicht auf der Stelle umgebracht? Es wäre doch viel zu riskant gewesen, dich weiterziehen zu lassen. Weißt du denn nicht mehr, was geschehen ist, nachdem du die Kammer entdeckt hast? Hattest du einen Streit mit de Bruce? Hat er dich bedroht? Was hat er gesagt?«

»Nein, ich glaube nicht, dass ich mit ihm gesprochen habe«, sagte Wendel. »Nachdem ich die Goldglätte erkannt hatte, bin ich Hals über Kopf aus dem Keller geflüchtet. Ich hatte wahnsinnige Angst, dass de Bruce mich dort finden könnte. Ich habe mich zu einer Gruppe von Kaufleuten gesellt, die ebenfalls auf dem Fest zu Gast waren, und Humpen um Humpen Bier in mich hineingeschüttet, um nicht über das nachdenken zu müssen, was ich entdeckt hatte. Deshalb war mein Gedächtnis wohl auch all die Monate verschüttet.«

»Es könnte also sein, dass der Graf dich nicht gesehen hat und dir aus einem ganz anderen Grund zürnt?«

Wendel hob hilflos die Arme. »Aber weshalb? Ich habe mir den Kopf zerbrochen, doch ich wüsste nicht, was das gewesen sein könnte.«

»Erzähl mir alles. Jede Kleinigkeit, die an jenem Tag vorgefallen ist, so gut du dich daran erinnerst. Vielleicht fällt mir etwas auf.«

Wendel begann zu erzählen, erst stockend, dann immer flüssiger. Er hatte die Geschehnisse jenes Tages nun schon so oft in seinem Kopf hin- und hergewälzt, dass sie ihm wie von allein über die Lippen kamen. Als er von dem Treffen mit dem Henker erzählte, schnappte Merten hörbar nach Luft, doch er sagte nichts. Schließlich schilderte Wendel noch seinen Abschied vom Grafen und die Einladung zur Hochzeit.

Da unterbrach ihn Merten. »Was hast du über seine Bastarde gesagt? Bitte wiederhole es, so genau, wie es dir in Erinnerung ist.«

Wendel begriff nicht, worauf Merten hinauswollte, doch er folgte seiner Aufforderung. »Ich sagte: ›Leider habt Ihr bisher nur Bastarde gezeugt, die es nicht wert waren, den Namen de Bruce zu tragen.‹«

Merten stöhnte.

»Was ist denn los?«, fragte Wendel ungeduldig. »Meine Worte waren vielleicht nicht sonderlich taktvoll, doch ich dachte, einem Mann wie de Bruce macht das nichts aus. Im

Gegenteil, der ist doch sicherlich stolz auf die vielen kleinen Zeugnisse seiner Manneskraft.«

»Du weißt nichts davon?«, fragte Merten.

»Wovon?« Wendels Herz klopfte mit einem Mal schneller.

»Von Ottmar de Bruce' Sohn Gernot. Das Kind, das er mit seiner ersten Frau hatte. Gernot war zwölf Jahre alt, als er starb. Er ist in einem Zweikampf gefallen, nachdem er einen braven Bürger beleidigt und dann von hinten mit dem Schwert attackiert hatte. Du hast de Bruce' toten Sohn als Bastard verunglimpft, Wendel. Das ist der Grund. Deshalb hat er dich auch nicht sofort getötet, sondern ein grausames Spiel mit dir gespielt. Er wollte dich leiden sehen. Erst als sein Plan misslang, beschloss er, dich umbringen zu lassen.«

»O mein Gott«, stöhnte Wendel. »Was bin ich nur für ein einfältiger Narr! Ich hätte es wissen oder doch zumindest merken müssen. Als ich das über die Bastarde sagte, hat er mich einen Moment angesehen, als wolle er mich zerfleischen. Aber ich habe es nicht begriffen, habe es für eine seiner Launen gehalten.« Er vergrub das Gesicht in den Händen. »Und jetzt erinnere ich mich, dass Richard von Alsenbrunn einen Sohn erwähnte, als er mit mir über die bevorstehende Hochzeit sprach. Wie konnte ich das vergessen!«

»Es hat auch etwas Gutes«, hörte er Mertens kratzige Stimme dicht an seinem Ohr. »Denn es bedeutet, dass de Bruce offenbar tatsächlich nichts davon weiß, dass du sein Geheimnis im Weinkeller entdeckt hast. Damit können wir ihn zu Fall bringen.«

Wendel nahm die Hände vom Gesicht. Mertens Stimme hatte sich verändert, lodernder Hass schwang mit einem Mal darin. »Welche Rechnung hast du eigentlich mit de Bruce offen?«, fragte er. Ein plötzlicher Argwohn legte sich wie ein

Schatten über ihn. Im Grunde kannte er diesen Merten de Willms überhaupt nicht. Und doch hatte dieser Bursche sich mir nichts, dir nichts in sein Vertrauen geschlichen. Was, wenn er ihn nur benutzen wollte?

Merten senkte den Kopf. »Ich sagte doch, dass es etwas mit meiner Familie zu tun hat. Er hat mir schreckliches Unrecht angetan. Mehr kann ich dir nicht sagen. Ich dachte, du vertraust mir, Wendel.«

»Das tue ich doch auch«, bestätigte Wendel rasch. Merten sah ehrlich betroffen aus, und er schämte sich für seinen Verdacht. »Ich bin nur so verwirrt. Außerdem begreife ich nicht ganz, wie uns das Wissen über de Bruce' geheime Kammer im Weinkeller nützen kann. Wenn wir damit zu Graf Ulrich gehen – vorausgesetzt, er empfängt uns überhaupt –, steht unser Wort gegen das von Ottmar de Bruce, und wir werden wahrscheinlich sofort in den Kerker geworfen.«

»Dann sollte es nicht unser Wort sein, das gegen ihn steht, sondern eins von mehr Gewicht«, erwiderte Merten, auf dessen Stirn sich eine tiefe Falte abzeichnete.

Wendel sah ihn neugierig an. »Ach, und an wessen Wort dachtest du?«

Merten winkte ab. »Gib mir zwei Tage. Ich muss ein paar Erkundigungen einziehen. Wenn das erledigt ist, unterbreite ich dir meinen Plan.«

»Plan? Du willst es tatsächlich mit einem Burggrafen aufnehmen, der mit einem gleichgültigen Schulterzucken Menschen tötet? Der verschlagen ist wie ein Fuchs und hinterlistig wie eine Schlange? Du wirst im Folterkeller enden und alles gestehen, was man von dir hören will, um dann wie eine Kröte auf dem Richtplatz zertreten zu werden.« Wendel atmete schwer.

Mertens Augen glühten wie Kohlen, als er antwortete.

»Willst du den Rest deines Lebens jedem Menschen misstrauen? Hinter jeder Ecke, um die du biegst, den Meuchler erwarten? Willst du, dass de Bruce sich eines Tages an dir rächt, indem er deine Engellin samt eurer Kinder an einen Baum nagelt? Willst du bis ans Ende deiner Tage ein Gefangener sein? Wenn du das willst, dann werde ich morgen die Stadt verlassen, und du wirst nie wieder von mir hören.«

Wendel ballte die Fäuste. Natürlich wollte er de Bruce zur Strecke bringen. Seit ihm klar geworden war, dass der Graf hinter dem Komplott gegen ihn stecken musste, wollte er nichts so sehr, wie endlich diesen Schatten über seinem Leben wieder loszuwerden. Doch bisher waren seine Rachepläne nichts als vage Fantasien gewesen. Es gehörte eine ordentliche Portion Tollkühnheit dazu, sie in die Tat umzusetzen.

Er sah Merten an. Mit wem, wenn nicht mit diesem Burschen, der ihm auf unerklärliche Art seelenverwandt war, sollte er die Ungeheuerlichkeit wagen? Ja. Es wurde Zeit, dass er sich wie ein Mann benahm und seinen Widersacher zurück in das stinkende Loch stieß, aus dem er gekrochen war.

Er schenkte Wein nach, reichte Merten seinen Becher und legte ihm eine Hand auf die Schulter. »Du hast recht, Freund«, sagte er. »Wir müssen de Bruce und seinen Machenschaften ein für allemal Einhalt gebieten. Ich bin dabei, welche Rolle auch immer ich dabei spielen muss. Auf uns!« Er stieß seinen Becher gegen Mertens. »Auf uns und darauf, dass wir Ottmar de Bruce zu Fall bringen!«

»Auf Ottmar de Bruce' Fall«, echote Merten heiser.

* * *

Eberhard von Säckingen bahnte sich einen Weg durch die Menschenmenge, die sich um den Galgen drängte. Er kämpfte gegen den Strom von Schaulustigen, die allesamt einen Blick auf die fünf Männer erhaschen wollten, die dort aufgeknüpft worden waren.

Zacharias, der Metzger, Urban, der Gürtler, Lucas, der Seifensieder, Georg, der Bürstenbinder, und Veit, der Seiler, hingen nebeneinander an einem Balken, der sich unter ihrem Gewicht ächzend bog. Ihre Gesichter hatten sich im Todeskampf zu hässlichen Fratzen verzerrt. Aaskrähen hockten bereits in den Bäumen rings um den Richtplatz und freuten sich auf das Festmahl. Ihre Schreie mischten sich mit dem Gejohle der Menschen zu einem schaurigen Totengesang.

Endlich hatte von Säckingen die Schaulustigen hinter sich gelassen. Im Gegensatz zu ihnen interessierte er sich nicht für die fünf Verurteilten, er hatte sich lediglich vergewissern wollen, dass sie ihrer gerechten Strafe nicht entgingen. Lynchmord war ein schweres Verbrechen und der Tod die gerechte Strafe.

Von Säckingen hatte sich umgehört, doch niemand wusste, was aus der Magd geworden war. Die meisten Uracher glaubten, dass sie mit den beiden alten Leuten verbrannt war. Zwar hatte man ihre Leiche nicht gefunden, doch das musste ja nichts heißen. Einige hatten ihm im Vertrauen zugeraunt, dass sie wohl doch eine Hexe gewesen sei und ihr Körper entweder sofort in die Hölle gefahren oder aber vom Leibhaftigen errettet worden sei. Eine Frau behauptete gar steif und fest, Mechthild in der Nacht des Feuers über die Hülber Steige fliegen sehen zu haben. Natürlich wagte es niemand, diese Behauptungen öffentlich zu wiederholen. Die meisten Bürger verurteilten zwar die feige Tat der fünf Mörder, zumal dabei zwei unschuldige alte Leute zu Tode gekommen waren, doch sie machten kein Hehl daraus, dass sie der fremden Magd die Schuld dafür gaben, dass es überhaupt so weit gekommen war.

Eberhard von Säckingen stieß die Tür zu dem Gasthof auf, in dem er und seine Männer untergebracht waren. Die Schankstube und der daran angrenzende Schlafsaal waren leer. Alles, was Beine hatte, war zur Hinrichtung geeilt. Er nutzte die Gelegenheit, um rasch die Gepäckstücke der fremden Reisenden durchzusehen, doch er fand nichts von Interesse. Nicht, dass er auf ihre Wertsachen aus gewesen wäre, die ohnehin jeder am Gürtel mit sich führte. Ihn interessierte einzig und allein, was aus Mechthild geworden war.

Von Säckingen kehrte in die Wirtsstube zurück, wo eine einsame Magd ihm ein Bier einschenkte. Er setzte sich an einen Tisch ans Fenster und dachte nach. Wie gut, dass de Bruce den wahren Grund für sein Interesse an Mechthild nicht erraten hatte. Den wahren Grund? Den kannte er eigentlich selbst nicht so genau, er wusste nur, dass er sie um jeden Preis wiedersehen musste. Je länger er in Urach weilte, desto unwahrscheinlicher erschien es ihm, dass Mechthild in Wahrheit Melisande Wilhelmis war. De Bruce war besessen von dieser Metze, vermutlich sah er sie in jedem Rotschopf, den er erblickte, doch von Säckingen selbst betrachtete das nüchterner. Wie hätte Melisande sich all die Jahre verstecken sollen? Es gab keinen Ort, an dem der Graf nicht nach ihr gesucht, kein rothaariges Mädchen, das er nicht genauestens unter die Lupe genommen hatte. Nur weil de Bruce die Suche nach Melisande Wilhelmis nie völlig aufgegeben hatte, hieß das nicht, dass sie noch lebte. Im Gegenteil. Melisande Wilhelmis war tot, daran hatte er keinen Zweifel.

Aber das half ihm nicht. Er würde seinem Herrn das Mädchen bringen müssen, daran führte kein Weg vorbei. Dabei hatte er sie für sich selbst haben wollen. Schließlich hatte er sie entdeckt. Mechthild, oder wie auch immer sie heißen mochte, gehörte ihm. Niemand anders sollte sie haben.

Von Säckingen stöhnte. Was für eine absurde Idee, sich wegen einer dummen Metze mit de Bruce zu überwerfen. Das war vollkommen lächerlich!

Er nahm einen Schluck Bier. Erst einmal musste er sie finden. Und bis dahin gab es schließlich auch noch andere Weiber. Er winkte der Magd. Sie war nicht besonders hübsch, doch sie war jung, und die Brüste unter ihrer fleckigen Cotte sahen weich und prall aus.

Sie blieb zögernd vor ihm stehen. »Ihr wünscht, Herr?«

»Ein wenig Spaß wünsche ich. Also mach nicht so ein trübsinniges Gesicht. Verstanden?«

Sie nickte ängstlich.

»Na los, komm her! Zier dich nicht so.« Vorfreude wogte heiß durch seine Lenden, als er ihre geweiteten Augen sah. Dann zog er sie grob zu sich auf die Bank.

***

Melisande musste sich beherrschen, um nicht die ganze Strecke vom Marktplatz bis zum Anwesen der Fügers zu rennen. Sie hatte es geschafft. In ihrem Beutel befand sich ein Brief des Grafen Burkhard von Melchingen an den Rat der Stadt Reutlingen, den sie dem Stadtschreiber entwendet hatte. Das Schreiben war mehr als drei Jahre alt und würde, so hoffte sie, niemals vermisst werden. Falls doch, so könnte sie in arge Schwierigkeiten geraten. Doch im Augenblick freute sie sich über ihren Erfolg. Sie war im Besitz eines Pergaments mit der Unterschrift und dem Siegel des Grafen! Den alten Text würde sie wegschaben und dann einen Brief an Graf Ulrich verfassen, der den Niedergang von Ottmar de Bruce einleiten würde.

Sie hastete hinauf in ihre Kammer und begann sofort mit der Arbeit. Es kostete sie einige Versuche, bis die Farbe der Tinte und die Handschrift in etwa stimmten, doch als sie es heraushatte, lief es wie von selbst.

Ihre Wahl war auf Burkhard von Melchingen gefallen, weil dieser nicht nur bekanntermaßen ein Freund von Graf Ulrich, sondern darüber hinaus vor einigen Tagen zu einer Pilgerreise aufgebrochen war. Ein Schreiben von Melchingens würde Ulrich sicherlich sehr ernst nehmen, auch wenn die Vorwürfe, die darin zum Ausdruck gebracht wurden, ungeheuerlich waren. Zugleich hatte er in den nächsten Monaten keine Gelegenheit, bei seinem Freund nachzufragen.

Schließlich war der Brief fertig. Stolz betrachtete Melisande ihr Werk. Am liebsten wäre sie sofort damit zu Wendel gelaufen, doch sie musste sich gedulden. Die Fügers hatten gerade Besuch. Der alte Urban war zu Gast, der Vater von Wendels Braut.

Der Gedanke an Wendels Hochzeit vertrieb Melisandes Freude über den gelungenen Brief. Engellin mochte ein hübsches und anständiges Mädchen sein, aber sie passte nicht zu Wendel. Das sah selbst ein Blinder. Wendel war ein kluger und leidenschaftlicher Mann, eine Frau wie Engellin würde ihn nur langweilen. Wendel sah es sicher ebenso, auch wenn er nur in den höchsten Tönen von seiner Braut sprach.

Melisande merkte, dass sie die ganze Zeit unruhig in der Kammer auf und ab gelaufen war, und hielt inne. Es war wohl besser, vor die Tore der Stadt zu gehen, um sich zu beruhigen. Außerdem musste sie etwas an ihrer Stimme tun, seit gestern war sie kaum noch heiser. Sie klappte die Schreibfläche hoch und deponierte die Schreibutensilien im Inneren des Pultes. Den Brief versteckte sie im Saum ihres Surcots. Er durfte auf keinen Fall in die falschen Hände geraten.

Es war ein wolkiger, windiger Tag. Die Menschen, denen sie begegnete, grüßten sie freundlich, einige Burschen wechselten ein paar rasche Worte mit ihr. Dann endlich wurde es einsamer, der Weg führte ein Stück durch den Wald auf Eningen zu. Als sie sicher war, dass niemand sich in der Nähe befand, schlug Melisande sich ins Unterholz. Sie versuchte sich an den Schreien verschiedener Vögel, Krähen, Elstern und Dohlen, schreckte ein Reh auf und stieß zu guter Letzt auf einen kleinen Jungen mit einer Steinschleuder, der sie mit großen Augen ansah.

»Jagst du auch Vögel?«, wollte er wissen.

Sie lächelte und legte einen Finger auf die Lippen. »Ich locke sie an mit meinen Rufen«, flüsterte sie.

»Verstehe.« Er zwinkerte verständnisvoll.

Von irgendwoher rief ein Mann. Erschrocken schlug der Junge die Hand vor den Mund. »Mein Vater. Er sucht mich.«

»Dann spute dich, Kleiner, und viel Glück noch bei der Jagd.«

Sie blickte ihm hinterher, ertappte sich bei der Vorstellung, dass es ihr Sohn sein könnte, in einem anderen Leben. Bevor der Gedanke anfing zu schmerzen, wandte sie sich ab und lief zurück nach Reutlingen.

Wendel erwartete sie vor dem Haus, lief ihr entgegen, als er sie sah. »Hat es geklappt?«, raunte er.

»Komm mit«, erwiderte Melisande, nahm ihn am Arm, ließ ihn aber sofort wieder los, als sie merkte, dass ihr von der Berührung schwindelig wurde.

Sie gingen hinauf in ihre Kammer. Melisande schob den Riegel vor die Tür und zog den Brief aus dem Saum.

Neugierig überflog Wendel den Inhalt. Dann schaute er sie an und grinste. »Wenn Graf Ulrich daraufhin nicht sogleich zur Adlerburg aufbricht, dann ist er nicht der Mann, für den ich ihn halte!«, rief er zufrieden aus. »Der Brief ist perfekt. Merten, du bist wahrhaft ein Meister deines Faches.« Er runzelte die Stirn. »Wie bist du eigentlich an das Siegel gekommen?«

»Frag lieber nicht. Je weniger du weißt, desto besser.«

»Aber es ist niemand zu Schaden gekommen?«, fragte er scharf.

»Natürlich nicht!« Was ein empörter Ausruf hatte werden sollen, wurde nicht mehr als ein heiseres Krächzen. Das Schreien im Wald hatte gewirkt.

»Entschuldige bitte, mein Freund«, sagte Wendel und klopfte ihr auf die Schulter. »Ich wollte dir nichts Böses unterstellen.«

»Ich weiß«, sagte sie. »Dann werde ich mein Kunstwerk jetzt vollenden.« Sie ließ sich den Brief geben und faltete ihn sorgfältig zusammen. Mit einem Kienspan erhitzte sie behutsam das Wachs an der Unterseite des Siegels und drückte es auf das gefaltete Pergament. Sie reichte Wendel den Brief. »Wann bricht der Kaufmann auf, dem du das Schreiben mitgibst?«

»Morgen.«

»Und er ist wirklich zuverlässig?« Der Überbringer des Briefs war der einzige Schwachpunkt an ihrem Plan. Wenn er verriet, von wem das Schreiben tatsächlich stammte, würden Wendel und sie und nicht Ottmar de Bruce vor Gericht gestellt werden.

»Er schuldet mir einen Gefallen«, antwortete Wendel. »Außerdem wird eine nicht unbeträchtliche Summe dafür sorgen, dass sein Mund verschlossen bleibt.«

»Das hoffe ich.« Melisandes Magen zog sich zusammen.

Wendel steckte den Brief ein, von unten rief seine Mutter. Er verdrehte die Augen. »Bestimmt ist der Gewandschneider gekommen«, stöhnte er. »Wegen des Stoffs für das Hochzeitsgewand. Ich bin noch nicht verheiratet und muss mich doch schon dauernd mit meiner zukünftigen Gemahlin beschäftigen. Wie wird das erst sein, wenn sie mit mir unter einem Dach lebt?«

Melisande versuchte ein spöttisches Grinsen, doch es misslang ihr gründlich.

Wieder rief Katherina.

»Frauen soll man nicht warten lassen«, sagte Wendel entschuldigend und schob eilig den Riegel zur Seite. Auf der Schwelle wandte er sich noch einmal um. »Du solltest dir in der Küche einen heißen Fencheltee mit Honig zubereiten lassen. Mir scheint, dass deine Halsentzündung wieder schlimmer geworden ist.«

Nachdem die Tür zugefallen war, ließ Melisande sich auf das Strohlager sinken. Von der überschwänglichen Freude, die sie noch vor wenigen Stunden empfunden hatte, war nichts mehr übrig. Die Falle für Ottmar de Bruce war aufgestellt. Und das bedeutete nicht nur, dass die Stunde der Rache nah war, sondern auch, dass ihre Tage in Reutlingen gezählt waren.

* * *

Wendel rannte die Treppe hinunter in die Schankstube, wo seine Mutter ihn ungeduldig erwartete.

»Wo hast du denn gesteckt, Wendel? Der Gewandschneider wartet! Meister Hellich hat noch andere Kundschaft, es ist unhöflich, ihm so die Zeit zu stehlen. Du musst endlich aussuchen, aus welchem Stoff dein Hochzeitsgewand gefertigt werden soll.«

»Hier bin ich, Mutter. Wo steckt der gute Mann?«

Sie seufzte. »In der Stube. Mach schon, beeil dich.« Sie eilte voraus, entschuldigte sich in Wendels Namen überschwänglich für die Verspätung und lobte in den höchsten Tönen die Auswahl an Samt und Seide, die bereits über den Tisch und die Stühle ausgebreitet war.

Wendel achtete kaum darauf, welche Stoffe Meister Hellich ihm vorführte und welche Schnitte er vorschlug. Seine Gedanken drifteten weg von der Stube, hinauf in die Kammer, wo er Merten zurückgelassen hatte. Jede Stunde des Tages konnte er mit seinem Freund verbringen, ohne dass es ihm lästig oder langweilig wurde. Sie hatten den gleichen Geschmack, teilten die gleichen Vorstellungen, lachten über die gleichen Scherze. Es war, als hätte er seinen Zwillingsbruder getroffen, sein zweites Ich. Merten war ihm in vielen Dingen ähnlich, und dort, wo er anders war, ergänzte er ihn perfekt. Wenn er nicht mit ihm zusammen war, fehlte ihm etwas.

Aber da war noch etwas. Etwas, das Wendel glücklich machte und zugleich mit großer Angst erfüllte. Vor zwei Tagen, in der Nacht, als er mit Merten draußen gesessen und ihm von Elisabeth erzählt hatte, hatte er es zum ersten Mal gespürt. Das Bedürfnis, Merten zu berühren, ihm über das Gesicht zu streichen oder über das Haar. Später, als sie ins Haus gegangen waren, waren sie an der Tür zur Schankstube zusammengestoßen. Die Berührung war durch seinen Körper gefahren wie ein Blitzschlag. Merten hatte ihn einen Herzschlag lang ganz seltsam angesehen. Deshalb glaubte Wendel, dass auch er es gespürt hatte. Doch was hatte das zu bedeuten? Konnte es sein, dass er für Merten empfand, was er eigentlich für eine Frau empfinden sollte? War das der Grund, warum er für die süße, zauberhafte Engellin, um die ihn jeder Mann in Reutlingen beneidete, nichts empfinden konnte?

Irgendetwas stimmte nicht. Der Schneider und Katherina starrten ihn merkwürdig an. Hatte er etwa seine Gedanken laut ausgesprochen?

»Mein Junge, willst du Meister Hellich nicht seine Frage beantworten?«

»Natürlich ... ja«, stotterte Wendel. Hilflos glitt sein Blick über die unzähligen Stoffbahnen.

»Welche Farbe wünschst du denn nun für dein Gewand, Wendel?« Eine steile Falte zeichnete sich auf Katherinas Stirn ab.

»Blau«, sagte er rasch, froh, dass eine einfache Antwort gefragt war. »Ich wünsche ein blaues Gewand.«

Der Gewandschneider lächelte zufrieden. »Eine vorzügliche Wahl, Meister Wendel. Blau kleidet Euch vortrefflich. Die Farbe betont Euer dunkles Haar und Eure schlanke Gestalt.«

Wendel war sicher, dass Meister Hellich bei jeder anderen Farbe das Gleiche gesagt hätte, doch es störte ihn nicht. Er wollte diese langweilige Prozedur lediglich so rasch wie möglich hinter sich bringen.

***

Graf Ulrich III. faltete das Pergament auf, las und fluchte leise. Dann rief er nach dem Hauptmann seiner Leibgarde und gab ihm einige kurze Anweisungen. Er trat ans Fenster, und seine Laune verfinsterte sich noch mehr. Schwere schwarze Wolken hingen tief am Himmel, der Regen, den sie verheißen, war bisher ausgeblieben, doch das konnte sich jederzeit ändern, denn es war Michaelis, der vorletzte Tag im September, und um diese Zeit regnete es immer viel. Er überschlug kurz die Wegstrecke und beschloss, unverzüglich aufzubrechen. Den Hauptmann hatte er angewiesen, fünf seiner besten Ritter als Vorhut auf die Adlerburg zu senden, um Ottmar de Bruce davon in Kenntnis zu setzen, dass er in Kürze eintreffen werde. Den Grund dafür würde der Graf erfahren, wenn er vor ihm stand. Gut, dass er gerade in Urach weilte. Von hier war die Adlerburg nur einen halben mäßig scharfen Tagesritt entfernt.

Im Hof der Burg Hohenurach hatten sich bereits drei Dutzend Berittene in voller Rüstung und Bewaffnung eingefunden. Ulrich gab dem Hauptmann das Zeichen zum Aufbruch und seinem Pferd die Sporen. Als sie im gestreckten Galopp durch das Ermstal preschten, besserte sich Ulrichs Laune. Der Regen ließ noch immer auf sich warten, gut so, denn auf matschigen Wegen hätten sie nur im Schritt gehen können.

Nach einer Meile parierte er seinen Wallach durch. Er winkte seinen Hauptmann zu sich. »Ihr sollt den Grund erfahren, warum wir diesen kleinen Ausflug auf die Adlerburg machen, damit Ihr den Ernst der Lage begreift.« Er blickte sich um, bevor er weitersprach. Schweigend ritten die Württembergischen Soldaten hinter ihrem Herrn durch das Tal. Nur das Schlagen der Hufe und ein gelegentliches Schnauben waren zu hören. »Burkhard von Melchingen hat mir einen kleinen Brief geschrieben, in dem er schwere Anschuldigungen gegen de Bruce erhebt.«

Ulrich wartete auf die Wirkung seiner Worte, aber der Hauptmann reagierte nicht. »Ich zweifle nicht an Burkhards Aufrichtigkeit. Was mich wundert, ist, dass er mir erst jetzt davon Mitteilung macht. Auf dem Grafentag hat er nichts verlauten lassen.«

Der Hauptmann neigte seinen Kopf, und Ulrich erteilte ihm mit einem Handzeichen das Wort.

»Womöglich hat er erst vor kurzem die nötigen Beweise gefunden, und da er seine Pilgerfahrt nicht aufschieben konnte, ging er davon aus, dass Ihr Euch darum kümmern würdet.«

»Klug gedacht. Ihr seid nicht umsonst Hauptmann.« Ulrich lächelte. Männer brauchten von Zeit zu Zeit ein Lob ihres Herrn; sie hatten es genauso nötig wie Geld und Rang. »Die Vorhut wird dafür sorgen, dass de Bruce keinen Verdacht schöpft. Wenn wir auf der Adlerburg einreiten, verteilt Ihr Eure Männer so, dass de Bruce keinerlei Möglichkeit zur Gegenwehr hat. Ich weiß, dass der Graf einen fähigen Hauptmann hat, Eberhard von Säckingen, doch der weilt meines Wissens zurzeit nicht auf der Burg. Das macht die Sache leichter.«

»Recht so. Sind wir erst im Hof, sitzt de Bruce in seinen eigenen Mauern in der Falle. Ich kenne die Adlerburg, sie ist wohldurchdacht erweitert worden, und müssten wir sie belagern, hätten wir mindestens ein halbes Jahr zu tun.«

Wenig später erreichte der Trupp das Aichtal. Er durchquerte die Furt bei Aichaha, danach tauchte hinter einer Biegung die Burg auf. Mächtig und uneinnehmbar thronte sie auf dem Felsen. »Wie recht Ihr habt«, sagte Ulrich. »Es wäre kein leichtes Unterfangen, die Burg zu belagern, und ein teures noch dazu.«

Eine Stunde später ritt Ulrich mit seinem Gefolge über die schmale Zugbrücke auf den Burghof. Eine lange Schlange von Bediensteten stand bereit, um die Gäste zu empfangen, an ihrer Spitze de Bruce in Begleitung seiner Gemahlin

Othilia. Der Burgherr schien überrascht, jedoch nicht argwöhnisch, wie Ulrich zufrieden bemerkte. Die Vorhut hatte gute Arbeit geleistet.

Die üblichen Begrüßungsformeln wurden ausgetauscht, Ulrich saß ab und nippte vorsichtig an dem Wein, den ihm de Bruce eigenhändig einschenkte. Am liebsten hätte er ihn gar nicht angerührt, doch er wollte de Bruce nicht vorwarnen. Er begrüßte Othilia, die übereifrig knickste, und machte ihr Komplimente zu ihrem Aussehen, obwohl er der Ansicht war, dass sie blass und kränklich wirkte.

»Erweist mir die Ehre, mein Gast zu sein, verehrter Graf«, sagte de Bruce und deutete in Richtung des Palas. »Und für Eure Männer soll ebenfalls gesorgt sein.«

Ulrich hob die Hand. »Habt Dank, Ottmar de Bruce. Doch ich kann Eure Einladung nicht annehmen. Kein Höflichkeitsbesuch führt mich hierher, sondern ein ernstes Anliegen.« Ulrich schaute sich kurz um und stellte fest, dass seine Männer alle strategisch wichtigen Punkte der Burg besetzt hatten.

De Bruce, der sich schon abgewandt hatte, um vorauszugehen, hielt abrupt inne. Langsam drehte er sich um. »Was für ein Anliegen, Graf?«, fragte er lauernd.

Ulrich streckte den Arm aus und ließ sich von seinem Schreiber ein Pergament reichen, die Anklageschrift, die er in aller Eile hatte aufsetzen lassen. Umständlich entrollte er es. »Graf Ottmar de Bruce, Ihr werdet beschuldigt, Wein, den Ihr erwerbt, in Eurem Keller mit Goldglätte zu verschneiden, um ihm künstliche Süße zu verleihen und ihn von höherer Qualität erscheinen zu lassen, als er ist, und diesen verschnittenen Wein dann zu überteuerten Preisen zu verkaufen.« Ulrich machte eine Pause und fügte dann hinzu: »Unter anderem auch an mich.«

Einen Augenblick lang sagte niemand etwas. Dann brüllte de Bruce los. »Infame Lügen! Alles Lügen! Sagt mir auf der Stelle, wer das behauptet, und ich schlage dem Lügenmaul eigenhändig den Kopf ab!«

De Bruce griff nach seinem Schwert. Der Hauptmann und vier seiner Männer aber waren schneller. Schon hatten sie ihre Schwerter gezogen und den Grafen der Adlerburg umstellt.

De Bruce nahm die Hand vom Schwert, trat einen Schritt zurück und sah Graf Ulrich an. »Mein Wein hat Euch immer gemundet, Graf. Hattet Ihr je Grund zur Klage?«

»Ihr könnt von Glück reden, de Bruce, dass ich gesund bin wie ein Fisch im Wasser«, erwiderte Ulrich. »Anscheinend hat mein Mundschenk nur die unverschnittenen Weine serviert. Allerdings liegt einer meiner Ritter, Reinhard von Traunstein und Hofberg, seit ein paar Tagen mit Krämpfen danieder. Der Medicus sagt, es muss eine Bleivergiftung sein. Goldglätte besteht aus Blei. Und Traunstein hat Eurem Wein immer sehr zugesprochen. Auch einige andere Männer klagen über dieselben Beschwerden.«

De Bruce lachte auf. »Ist er es etwa, der mich beschuldigt? Ihr wollt ihm doch nicht etwa mehr Glauben schenken als mir? Traunstein ist ein Betrüger. Wusstet Ihr, dass er in Eurem Namen Geschäfte macht und den Gewinn für sich einstreicht? Bestimmt hat er Angst, dass ich ihn verrate, deshalb hat er sich diese haltlosen Beschuldigungen gegen mich ausgedacht.«

»Ihr täuscht Euch, de Bruce«, erwiderte Ulrich gelassen. »Traunstein hat nichts damit zu tun. Es hilft Euch also wenig, den Mann zu beschuldigen.« Er winkte seinen Soldaten. »Genug der Worte sind gewechselt, jetzt sollen Taten folgen. Weist meinen Männern den Weg in Euren Weinkeller. Und vergesst nicht, die Kammer aufzuschließen, die sich an seinem Ende befindet.«

De Bruce wurde blass. Für einen Moment sah es so aus, als wolle er Ulrich angreifen, doch dann reichte er einem der Soldaten einen Schlüssel von seinem Gürtel und deutete wortlos auf eine Tür.

Es dauerte nicht lange, bis die Soldaten zurückkehrten und berichteten, was sie gefunden hatten. Graf Ulrich ließ es sich nicht nehmen, den Keller und die Kammer daraufhin selbst zu begutachten. Er schritt alles ab, ließ die verräterischen Tiegel einsammeln, alle Fässer beschlagnahmen und erklärte seinen Hauptmann bis auf weiteres zum Verwalter der Burg.

»Und ihm«, er wies auf de Bruce, »ihm legt Eisen an. Auch wenn er von edler Geburt ist, so hat er sich doch durch seine Schandtaten so erniedrigt, dass er nicht besser behandelt werden sollte als ein gemeiner Verbrecher.«

Othilia warf sich schluchzend in den Staub, als ihr Gatte auf einen Schimmel gesetzt wurde, doch niemand schenkte ihr Beachtung. De Bruce selbst ließ die demütigende Prozedur über sich ergehen, ohne mit der Wimper zu zucken. Sein Blick wanderte zu den Hütten der Handwerker und blieb bei der Schmiede hängen, wo ein Lehrbursche wortlos zusah, wie man seinen Herrn abführte.

»Wohin bringt Ihr ihn, Graf?«, wimmerte Othilia, die sich erhoben hatte und sich mit ihrem Ärmel die Tränen aus dem Gesicht fortwischte.

»Nach Urach, gnädige Frau«, erwiderte Graf Ulrich. »Ihm wird in Urach der Prozess gemacht, dort, wo er den vergifteten Wein hingeliefert hat. Dort, wo ein Mann seinetwegen im Sterben liegt und andere schwer krank geworden sind.« Er wollte losreiten, aber er besann sich und wandte sich noch einmal an die weinende Othilia. »Macht Euch keine Sorgen,

Gräfin. Die Burg steht vorerst unter meiner Verwaltung, aber Ihr werdet keinen Mangel erdulden müssen. Für Euch und Euer Kind wird gesorgt sein. Nur Euer Gatte wird nie wieder auf die Adlerburg zurückkehren.«

Othilia versuchte sich zu bedanken, aber ihre Worte gingen in einem erneuten Weinkrampf unter. Ulrich ritt los, der Hauptmann sowie ein Dutzend Soldaten blieben auf der Burg zurück. De Bruce' Männer waren überrumpelt und rasch entwaffnet worden und warteten im Hof auf Befehle. Von ihnen ging keine Gefahr aus, sie waren heilfroh, dass sie nicht gemeinsam mit ihrem Herrn angeklagt wurden.

Als der Zug mit dem Gefangenen durch das Burgtor ritt, brach der Regen aus den Wolken, gerade so, als hätte er auf ein Zeichen gewartet. Innerhalb weniger Augenblicke waren Pferde und Reiter durchnässt, der Boden auf dem steilen Weg ins Tal durchgeweicht. Trotzdem gelangten sie ohne Zwischenfälle zur Furt und von dort aus auf die Straße nach Urach.

Bei Tagelvingen schlugen sie ein Lager für die Nacht auf, und am Mittag des nächsten Tages traf Graf Ulrich III. von Württemberg mit seinen Soldaten und seinem Gefangenen auf Hohenurach ein. Knechte nahmen sich der Pferde an, zwei Ritter brachten de Bruce ins Verlies. Als Ulrich erschöpft den Palas betrat, empfing ihn ein Diener mit der Nachricht, dass Reinhard von Traunstein und Hofberg kurz zuvor seinen letzten Atemzug getan hatte. Jetzt hatte sich Ottmar de Bruce nicht nur für Weinpanscherei, sondern auch für den Tod eines Menschen zu verantworten.

***

Wie ein Lauffeuer verbreitete sich die Nachricht, dass der mächtige Burggraf Ottmar de Bruce von Ulrich III. ins Verlies geworfen worden war und dass ihn der Tod durch das Schwert erwartete.

Melisande und Wendel waren sich um den Hals gefallen, und Melisande hätte ihn am liebsten nie wieder losgelassen. Auch Erhard Füger war vor Freude außer sich gewesen und konnte nicht aufhören, den Grafen von Melchingen über den grünen Klee zu loben und auch Ulrich Respekt zu zollen, der zwar Württemberger war, aber vielleicht doch gar nicht so schlecht als Regent. Es war sogar ein Bote Graf Ulrichs eingetroffen und hatte sie eingeladen, als Geschädigte auf der Ehrentribüne am Prozess teilzunehmen.

Melisandes Freude nahm mit jedem Tag ab, den die Verhandlung näher rückte. Bald würde sie ihr Bündel schnüren müssen, Reutlingen verlassen und nie wieder zurückkehren. Und noch hatte sie ihren Schwur nicht ganz erfüllt. De Bruce musste durch ihre Hand sterben, nur so würde sie endlich Ruhe finden.

Ein wenig hatte sie ihren Plan umstellen müssen, denn Wendel hatte darauf bestanden, dass sie mit den Fügers nach Urach reiste. Sie hatte eigentlich während seiner Abwesenheit klammheimlich verschwinden wollen, doch jetzt musste sie von Urach aus ihre Reise in eine ungewisse Zukunft antreten. Sie hatte in ihrer Kammer alle Spuren verwischt, alles vernichtet, was auf ihre Herkunft verweisen konnte, und war mit Wendel und seinem Vater im Morgengrauen nach Urach aufgebrochen.

Der Oktober zeigte sich von seiner goldenen Seite, die Sonne strahlte vom Himmel, und es schien, als würde der Winter ausfallen und bereits das Frühjahr einsetzen. Aus allen Richtungen strömten die Menschen herbei; die Hinrichtung eines Grafen stand auf der Tagesordnung, wann gab es so etwas schon?

Die Tore waren verstopft, aber die Fügers zeigten ihre Einladung, und schon ließen die Wachen sie ein. Auf dem Weg zum Marktplatz ließ sich Melisande zurückfallen, bis sie unbemerkt in eine Gasse eintauchen konnte, aus der ebenfalls Menschen auf den Platz drängten. Sie musste sich sputen, damit ihr Plan gelang.

Wenig später zog sie unerkannt in Richtung Marktplatz. Ihr Vorhaben war leichter geglückt, als sie zu hoffen gewagt hatte, und nun betete sie dafür, dass der Herr im Himmel weiterhin seine schützende Hand über sie hielt.

Direkt neben dem Rathaus hatten Zimmerleute eine Tribüne gefertigt, auf deren Mitte ein hölzerner Thron stand. Er war mit Pelzen und wertvollen Tuchen ausstaffiert, der Platz für den Richter, Graf Ulrich III. von Württemberg.

Die Menschen verteilten Stüber und fluchten, wenn sie jemand zur Seite stieß. Jeder wollte möglichst dicht an der Tribüne stehen, denn die Aussichten standen gut, dass der Kopf des Burggrafen Ottmar de Bruce noch heute auf einem Pfahl vor den Toren der Stadt aufgespießt werden würde.

Auf einer kleineren Seitentribüne saßen die Gäste von Rang und Namen, reiche Bürger und die Oberhäupter einiger adliger Familien aus der Gegend. Dort hatten auch Wendel und sein Vater Platz genommen. Melisande konnte sehen, dass Wendel nicht bei der Sache war. Seine Augen glitten unruhig über die Menschenmenge, und sie wusste, dass er Merten suchte. Sie hatte ihn noch einige Male nach ihr rufen hören, nachdem sie sich fortgeschlichen hatte, und es hatte ihr fast das Herz gebrochen. Er würde seinen Merten nie wiedersehen.

Ein Raunen ging durch die Menge. Graf Ulrich III. trat auf die Tribüne. Dem Anlass entsprechend war er in prunkvolle Samtgewänder gehüllt, die ihn als Herrn und Inhaber des

Blutgerichts auswiesen. Zum Zeichen des Amtes, das er heute ausführen sollte, trug er zusätzlich eine rote Samtkappe und hielt einen reich verzierten Richterstab in der Rechten. Links von ihm ließen sich sieben nicht weniger prachtvoll gewandete Männer nieder, alles Grafen, mit denen gemeinsam er heute das Urteil fällen würde. Schließlich durfte ein Edelmann wie Ottmar de Bruce nur von seinesgleichen gerichtet werden. Zu Ulrichs Rechten saß der Schreiber. Melisande selbst stand etwas abseits hinter ihm, an einem Platz, der ihr einen guten Blick auf das Geschehen bot.

An einem Stand, an dem es Gebäck und heißen Würzwein zu kaufen gab, entdeckte Melisande einige von de Bruce' Rittern. Sie waren unbewaffnet, wie es das Gesetz verlangte, doch Melisande war sicher, dass jeder von ihnen zumindest einen Dolch im Schaft seines Stiefels verborgen hatte. So wie sie selbst. Unter den Rittern war auch Eberhard von Säckingen, de Bruce' Hauptmann, der damals mit seinen Männern so rücksichtslos den Fronhof durchsucht hatte. In Reutlingen hatte Melisande erfahren, dass er es gewesen war, der die Brandstifter festgesetzt hatte, und dass er noch tagelang in den Wäldern nach der Magd Mechthild gesucht hatte.

Sie fragte sich, was für ein Interesse der Ritter an ihr haben mochte. Für ein flüchtiges Vergnügen mit einer einfachen Magd hätte er ihr wohl kaum so lange nachgespürt. Der Gedanke, dass es auch nach de Bruce' Hinrichtung jemanden geben würde, der nach ihr suchte, machte ihr Angst. Es bestand keinerlei Aussicht darauf, dass de Bruce' Getreue ebenfalls vor Gericht kommen würden. Der Graf hatte ein umfangreiches Geständnis abgelegt und alle Schuld auf sich genommen. Er allein habe einen Schlüssel zu der Kammer besessen und eigenhändig den Wein mit der Goldglätte versetzt. Niemand sonst habe davon gewusst.

Es hatte Melisande erstaunt, dass ein Mann, dem das Leben anderer nichts wert war, einen solchen Ehrenkodex besaß, wenn es um seine Männer ging. Nun aber begriff sie, was das bedeutete. Sie waren alle hier. Ein schrecklicher Verdacht keimte auf. Würden diese Männer tatsächlich tatenlos zusehen, wie ihr Herr zum Tode verurteilt und hingerichtet wurde?

Unruhig blickte sie sich um. Wenn es einen Plan gab, de Bruce in letzter Sekunde zu retten, mussten weitere Männer bereitstehen. Sie entdeckte niemanden, der verdächtig wirkte. Allerdings sah sie ein anderes Gesicht in der Menge, das sie von irgendwoher kannte. Sie hätte schwören können, dass sie das magere Antlitz und das strähnige mausgraue Haar schon gesehen hatte, doch es fiel ihr nicht ein, wo.

Der Bursche sah zu ihr herüber, und sie erstarrte.

***

Petter kratzte sich am Kopf. Irgendetwas störte ihn, doch er konnte es nicht greifen. Eben hatte Graf Ulrich höchstselbst mit feierlichen Worten den Prozess eröffnet. Jetzt wurde de Bruce von zwei Bütteln auf das Podest vor der Tribüne gebracht. Man hatte ihm den Kopf geschoren, die Hände waren auf dem Rücken zusammengebunden. Doch sein Blick war trotzig und herausfordernd wie eh und je.

Petter leckte sich nervös über die Lippen. Diesen Mann wollte er nicht zum Feind haben, nicht einmal jetzt, wo er seinem Todesurteil entgegenschritt.

Der Richter verlas die Anklageschrift und forderte de Bruce auf, sein Geständnis zu wiederholen. Mit einem Mal wurde es totenstill auf dem Marktplatz. Alle warteten darauf, dass etwas geschah, dass der Graf leugnete, dass seine

Männer, die Petter bei einem Weinstand in der Ecke entdeckt hatte, eingriffen und ihn befreiten. Nichts dergleichen passierte.

»Ich, Graf Ottmar de Bruce, bekenne mich schuldig, im Keller meiner Burg verschiedene Weine mit Goldglätte und anderen Ingredienzien versetzt und sie danach zu überteuerten Preisen veräußert zu haben, um mich zu bereichern.« Mit monotoner, nahezu gleichgültiger Stimme gestand de Bruce seine Taten.

Ein erstauntes, fast enttäuschtes Raunen ging durch die Menge. Das erwartete Spektakel war ausgeblieben. Petters Blick wanderte über die Urteilsfinder, die übrigen Grafen. Sie alle sahen ernst und gefasst aus. Er schaute auf die andere Seite, wo der Schreiber eifrig die Feder über das Pergament kratzen ließ. Zum Henker, der völlig reglos dastand.

Ein Zucken ging durch Petters Körper. Fassungslos glotzte er den Henker an. In der Tat. Es gab keinen Zweifel, auch wenn der Mann das Antlitz unter einer schwarzen Kapuze verborgen hatte. Eine Strähne feuerroten Haares lugte darunter hervor. Der Scharfrichter schob sie jetzt zwar eilig unter den Stoff, aber zu spät. Diesen Henker kannte er. Die Statur, die Körperhaltung, die schmalen schlanken Finger, die das Richtschwert umklammerten. Mehr als einmal hatte er ihn eingehend bei der Arbeit beobachtet, mit Bewunderung jede seiner vollkommenen Bewegungen studiert. Das war Melchior, der Henker von Esslingen.

Petter grinste. Er war ein gemachter Mann. Konrad Sempach würde äußerst zufrieden mit ihm sein.

***

Eberhard von Säckingen biss sich auf die Unterlippe. Er war hin- und hergerissen. Da vorne stand sein Herr, dem er bedingungslose Treue geschworen hatte, und war dem Tode geweiht. Auch wenn Graf Ulrich das Urteil noch nicht verkündet hatte, bestand kein Zweifel daran, wie es ausfallen würde. De Bruce war zu weit gegangen. Niemand interessierte sich dafür, welche krummen Geschäfte der Herr der Adlerburg machte oder was er mit den Leuten niederer Stände anstellte, solange er seinesgleichen unbehelligt ließ. Viele Grafen waren wie er, ja sogar schlimmer, verdienten ihren Lebensunterhalt mit Raubzügen. Nur selten wurden sie dafür zur Rechenschaft gezogen, nicht nur, weil ihnen kaum etwas nachzuweisen war, sondern auch, weil niemand Lust hatte, monatelang eine Burg zu belagern, um den Burgherrn zu verhaften. Mit de Bruce war Graf Ulrich ein äußerst seltener Handstreich gelungen, weil er nicht damit gerechnet hatte, festgenommen zu werden.

Warum war de Bruce so leichtsinnig gewesen, ausgerechnet Graf Ulrich mit dem gepanschten Wein zu beliefern? Es war doch abzusehen gewesen, dass dieser hart durchgreifen würde, wenn er davon Wind bekam, zumal jetzt, wo auch noch einer seiner Ritter elend an dem Wein krepiert war.

Die Grafen auf der Tribüne tuschelten miteinander. Sie schienen sich einig zu sein, das war kein gutes Zeichen.

Von Säckingen versuchte, nicht daran zu denken, wie sein Leben nach de Bruce' Tod aussehen würde. Kein anständiger Graf würde ihn in seine Dienste nehmen, auch wenn er ein erfahrener und guter Hauptmann war. Jeder musste annehmen, dass er in viele von de Bruce' ungesetzliche Machenschaften verwickelt gewesen war. Zu Recht. Nur von der Weinpanscherei hatte er tatsächlich nichts gewusst. Blieben die unlauteren Burgherren.

Von Säckingen seufzte. Er hatte keine Lust, einem der Raubritter zu dienen und für den Rest seiner Tage Handelszüge zu überfallen und vogelfrei zu sein. Auf diese Art seinen Lebensunterhalt zu verdienen widerte ihn an. Er hatte nichts gegen eine anständige Fehde, so wie de Bruce sie mit Konrad Wilhelmis geführt hatte. Der Mann hatte de Bruce' Sohn vielleicht zu Recht, aber ohne Sinn und Verstand getötet. Eine solche Tat rechtfertigte jegliche Rache. Aufrechte Kaufleute aus Habgier zu überfallen war etwas ganz anderes.

Der einzige Vorzug, den de Bruce' Tod für ihn haben würde, war, dass er nun nicht mehr zwischen ihm und Mechthild stand. Doch das war ein bitterer Trost. Zumal die Metze nach wie vor spurlos verschwunden war.

Ulrich hob den Richterstab. »Das Urteil ist gefunden«, rief er. »Ottmar de Bruce, Graf der Adlerburg, soll den Tod durch das Schwert erleiden. In Anbetracht der besonderen Umstände wird es gleich hier an Ort und Stelle vollstreckt.«

Das Grölen Hunderter Kehlen ließ den Marktplatz erzittern. Neben von Säckingen fluchte einer der Ritter. Es war Adam, der schon als Knappe dem Grafen gedient hatte. De Bruce' Kopf war auf die Brust gefallen, aller Hochmut schien von ihm gewichen. Mit Mühe drängten die Büttel die Menschen zurück, die sich nichts von dem Schauspiel entgehen lassen wollten.

Von Säckingens Blick fiel auf den Henker und seine Knechte. Einen Herzschlag lang glaubte er, einer Täuschung erlegen zu sein. Der Henker erinnerte ihn an jemanden. An einen anderen Henker, dem er früher einmal begegnet sein musste. So ein Unsinn! Er verwarf den Gedanken so schnell, wie er gekommen war. Er hatte bereits so vielen Hinrichtungen beigewohnt, dass er sie nicht mehr zählen konnte. Mit

Sicherheit hatte er auch diesen Mann schon bei der Arbeit gesehen.

* * *

Wendel sah, wie der Henker langsam auf das Podest zuschritt. Er stutzte. Dann brach die Erinnerung über ihn herein. Melchior! Das war Melchior, der Henker aus Esslingen! Das war der Mann, der ihn erst gefoltert und dann aus dem Kerker befreit hatte. Der Gang, die Statur. Aber vor allem die widerspenstige Haarsträhne, die unter der Henkerskapuze hervorlugte und aussah wie eine züngelnde Flamme.

Was machte Melchior hier? War er nicht schon vor Monaten für tot erklärt worden? Hektisch sah Wendel sich um. Alle Augen folgten dem Schauspiel auf dem Podest, niemand schien bemerkt zu haben, was er bemerkt hatte. Wie auch? In Urach kannte niemand den Esslinger Henker.

Wendel runzelte die Stirn. Wie kam der Mann hierher? Hatte er eine neue Stelle in einer anderen Stadt gefunden? Einfach so, unter einem neuen Namen, ohne dass jemand nachgefragt hatte, wer er war?

Wendel blickte genauer hin. Melchior wirkte ein wenig kräftiger, als er ihn in Erinnerung hatte. Doch womöglich hatte er sich nur die Kleider ausgestopft, damit man ihn nicht an der Statur erkannte. Die Maskerade war ihm gründlich misslungen. Was für ein seltsamer Mann! Zu gern hätte Wendel gewusst, warum er damals sein Leben aufs Spiel gesetzt hatte, um ihn zu retten. Und sich bei ihm bedankt. Vielleicht ergab sich nach der Hinrichtung die Möglichkeit, den Henker aufzusuchen. Doch er musste vorsichtig sein, er wollte seinen Retter keinesfalls in Gefahr bringen, und der

Umgang mit einem Henker war auch in Urach ein gewagtes Spiel.

De Bruce kniete nieder. Der Henker stellte sich vor ihn. Er schien etwas zu sagen, vermutlich sprach er die formelle Entschuldigung, die jeder Scharfrichter aufsagte, bevor er das Urteil vollstreckte. Wendel stutzte, sah genauer hin. Doch es gab keinen Zweifel, der Henker sprach.

Aber der Esslinger Henker war stumm gewesen! Wie war das möglich? Wendel hätte schwören können, dass es der gleiche Mann war. Jetzt war er sich nicht mehr sicher. Konnte es sein, dass er in jedem Henker seinen Folterknecht und Retter sah? Wusste er überhaupt noch, wie der Mann aussah? Seine Erinnerung war so verschwommen, dass er nicht einmal mehr die Augenfarbe von Melchior hätte benennen können, und nun meinte er plötzlich, ihn unter einer Kapuze sicher erkannt zu haben. Rotes Haar hatten viele Menschen. Das waren die Nerven, keine Frage.

Er schaute in die Menge, ob er irgendwo Mertens Schopf sah, doch der blieb verschwunden. Wie gern hätte er den Freund jetzt an seiner Seite gehabt. Mit ihm, da war er sicher, konnte er alles durchstehen.

Wendel blickte zurück zu dem Podest vor der Tribüne. Gerade rechtzeitig. Der Henker hatte bereits das Schwert erhoben, der Priester war zurückgetreten. De Bruce erwartete den Schlag erhobenen Hauptes, die Schlaffheit, die seinen Körper vorübergehend ergriffen hatte, war verschwunden.

Der Henker holte aus, sein Körper vollführte eine halbe Drehung. Keinen Wimpernschlag später landete das Schwert einen Fingerbreit neben de Bruce im Holz des Podestes, wo es zitternd stecken blieb.

Einen Moment lang senkte sich fassungsloses Schweigen

über den Marktplatz. Dann geschahen mehrere Dinge gleichzeitig. Der Henker sprang vom Podest und bahnte sich einen Weg durch die Menge. Die Büttel rannten hinter ihm her. Die Soldaten, die rund um den Richtplatz Wache hielten, blickten verunsichert in alle Richtungen. De Bruce rollte sich zur Seite, einige seiner Männer kämpften sich zu ihm vor und halfen ihm vom Podest. Der Priester fiel auf die Knie und betete. Graf Ulrich sprang auf und rief nach den Bütteln, die die Verfolgung des Henkers aufgaben und zurück zum Podest rannten. Ebenso wie die Soldaten, die nun endlich begriffen, wie ernst die Lage war.

Das Ganze dauerte nur wenige Augenblicke. Sowohl der Henker als auch Ottmar de Bruce tauchten im Gedränge unter. Graf Ulrich ließ seine Truppen ausschwärmen, doch Wendel bezweifelte, dass sie etwas ausrichten würden, denn die Menge verwandelte sich in eine tobende Herde. Noch einmal hielt er nach Merten Ausschau. Doch auch der schien immer noch vom Erdboden verschluckt.

Die ersten Schmerzensschreie drangen auf die Tribüne. Alle versuchten, in Windeseile den Platz zu verlassen, kein Rufen und keine Befehle konnten die Masse aufhalten.

Immer mehr Menschen drückten von hinten nach, bald würden die ersten auf die Zuschauertribüne steigen und alles überrennen, was ihnen im Weg war. Wendel sprang auf. »Komm! Wir müssen hier weg!« Er zog seinen Vater hinter sich her und verschwand in einer Gasse hinter der Tribüne, die für die Menschen auf dem Platz noch unerreichbar war.

Das Schreien und Toben wurde leiser, aber in Wendels Kopf rauschte es umso lauter. Merten war verschwunden, der Henker und de Bruce ebenso. Wenn der Henker Melchior war, dann gehörte er doch zu de Bruce' Männern. Ein wahrhaft teuflischer Plan, und er war aufgegangen.

Er musste so schnell wie möglich zurück in die sicheren Mauern von Reutlingen. Sie erreichten ihre Pferde. Kurz darauf jagten Wendel und sein Vater im gestreckten Galopp aus der Stadt hinaus.

***

Die Männer trieben ihre Pferde zum Äußersten an. Es ging eine steile Böschung hoch, der Pfad war eng und steinig. Nachdem seine Leute ihn von dem Podest geholt und rücksichtslos durch die Menge zu dem Platz geschleust hatten, wo die Pferde warteten, hatte de Bruce sofort das Kommando übernommen. Niemand hatte auch nur ein Wort mehr als nötig verloren. Sie hatten den Weg nach Süden eingeschlagen, nach Ulm. Das lag in entgegengesetzter Richtung zur Adlerburg, hier würde man sie vorerst nicht vermuten.

Als sie etwa zwei Stunden von Urach entfernt waren, hob de Bruce die Hand. Augenblicklich blieben alle stehen.

»Männer«, sagte der Graf. »Ich danke Euch für Eure Treue. Ich bin stolz auf Euch. Der Plan war perfekt. Auch wenn Ihr mich ein bisschen früher hättet einweihen können.« Er lachte grölend. Niemand wandte etwas ein.

Von Säckingen räusperte sich. »Was habt Ihr nun vor, Herr? Wohin wollt Ihr fliehen?«

»Ich habe mächtige Freunde jenseits der Alpen«, erwiderte de Bruce. Er war froh, dass er sich rechtzeitig darum bemüht hatte, viele Bündnisse einzugehen. Dass es genügend Männer gab, die ihm Gefallen schuldeten. »Von hier aus werde ich allein weiterziehen. Das ist sicherer. Für mich und für Euch.« De Bruce hielt inne. »Eberhard von Säckingen, denkt an den Auftrag, den ich Euch erteilte. Solltet Ihr erfolgreich sein, will ich umgehend informiert werden. Ich lasse Euch so bald wie möglich eine Nachricht zukommen, wie Ihr mit mir in Verbindung treten könnt. Bis dahin dient Ihr meiner Gemahlin.«

»Wie Ihr befehlt, Herr«, erwiderte von Säckingen. »Habt Ihr sonst noch Anweisungen?«

De Bruce winkte ab. »Nein. Aber ich brauche ein Schwert.« Er streckte die Hand aus, von Säckingen löste seinen Schwertgurt und reichte ihn de Bruce. Der band ihn sich um, zog das Schwert und fuhr mit dem Finger über die Scheide. »Sehr schön«, murmelte er. »Jetzt noch Geld. Alles, was Ihr bei Euch tragt. Und ein Gewand, in dem man mir nicht gleich ansieht, dass ich soeben dem Richtschwert entgangen bin.«

Von Säckingen entkleidete sich mit unbewegter Miene und reichte de Bruce sein Gewand und seinen Umhang. Dann knotete er seinen Beutel vom Gürtel, die anderen Männer taten es ihm gleich. Von Säckingen zählte kurz. »Das sind mehr als sieben Pfund Heller. Das sollte für den Anfang genügen.«

De Bruce zog kurz die Augenbrauen hoch. Ein beträchtliches Vermögen, das seine Leute für ihn aufgebracht hatten.

Wenig später ritt er allein weiter. Seine Männer hatten kehrtgemacht, um in einem Bogen über Esslingen zur Adlerburg zurückzureiten. Niemand hatte in dem Durcheinander auf dem Uracher Marktplatz Zeit gehabt, sich ihre Gesichter einzuprägen. Wer also wollte behaupten, dass sie überhaupt dort gewesen waren? Sie kamen von einer Geschäftsreise aus Heilbronn zurück, was der Graf dort, ein Vertrauter von de Bruce, jederzeit bestätigen würde.

De Bruce selbst hatte ebenfalls die Richtung geändert und ritt jetzt gen Westen. In Rottweil kannte er jemanden, der ihm mit Sicherheit weiterhelfen würde. Doch das hatte er nicht einmal seinen Männern verraten. Je weniger sie wussten, desto besser. Diese Teufelskerle. Hatten den Henker bestochen, um ihn zu retten! Bestimmt war das von Säckingens Idee gewesen. Wie gut, dass er seinem Hauptmann die Sache mit Wendel Füger vergeben hatte. Keinem anderen seiner Männer wäre ein so genialer Plan in den Sinn gekommen. Nach Württemberg würde er vorerst nicht zurückkehren können, zumindest, solange Ulrich an der Macht war. Aber es hieß, jenseits der Alpen seien die Sommer ebenso lieblich wie die Frauen, und Wein gab es dort auch.

Als ein kleiner Bach den Weg kreuzte, beschloss de Bruce, eine Rast einzulegen. Er saß ab und führte das Pferd am Bachlauf entlang in den Wald hinein. Nach einer Weile tat sich eine Lichtung auf. De Bruce hielt erschrocken inne, als er bemerkte, dass er nicht allein war, dann hätte er beinahe laut aufgelacht.

Dort stand der Mann, dem er noch Dank schuldete. Der Henker, der ihn verschont hatte. Und jetzt, wo er die schwarze Kapuze nicht mehr trug, erkannte er ihn auch. Das feuerrote Haar verriet ihn. Es war Melchior, der Mann, der vor einigen Monaten auf rätselhafte Weise aus Esslingen verschwunden war. Der Mann, der das Schwert führte wie kein Zweiter, der Mann, der angeblich den Karcher Wendel Füger aus dem Verlies befreit hatte.

Offenbar hatte Melchior ihn noch nicht bemerkt. Er stand mit dem Rücken zu ihm und war damit beschäftigt, seine bunten Gewänder abzulegen. Auf einem Baumstumpf neben ihm lag ein unauffälliger grüner Surcot, daneben ein Kurzschwert und ein kleines Bündel.

De Bruce fragte sich, wie von Säckingen den Mann aufgespürt und warum er ihn nicht eingeweiht hatte. Vielleicht hatte er verhindern wollen, dass er unter der Folter etwas verriet. Doch de Bruce war nicht gefoltert worden, einem Mann von seinem Stand tat man so etwas nicht an. Er betrachtete Melchior wohlwollend. Ein Bursche wie er war Gold wert. Er würde ihm nicht nur die Entführung des Karchers verzeihen, sondern ihn sogar in seine Dienste nehmen.

Er sah zu, wie der Henker die Cotte über den Kopf zog und sich über den Bach beugte, vermutlich, um sich zu waschen. Seltsamerweise trug er eine Schnürung um den Oberkörper, so als sei er an der Brust verletzt. Er löste die Schnürung, wickelte sie Schicht für Schicht ab.

De Bruce stutzte. Der Körper des Henkers war noch schlanker und schmaler, als er unter den Gewändern gewirkt hatte. Jetzt, ohne die Schnürung, sah er aus wie ein zwölfjähriger Knabe. Oder wie ...

In dem Augenblick wandte der Henker sich um.

De Bruce hielt den Atem an. Vor ihm auf der Lichtung stand eine Frau. Ihr schulterlanges rotes Haar leuchtete wie Feuer, ihre blauen Augen strahlten, doch de Bruce hatte nur Augen für ihre kleinen weißen Brüste. Der Henker von Esslingen war eine Frau. Er brauchte genau drei Atemzüge, bis er begriff.

Lautlos zog er Eberhard von Säckingens Schwert aus der Scheide.

* * *

Melisande spürte die Anwesenheit eines anderen Menschen, noch bevor sie das Knacken hinter sich hörte. Langsam drehte sie sich um. Zunächst sah sie nichts, doch dann entdeckte sie am Rand der Lichtung eine Gestalt, die ein Pferd am Zügel hielt. Schlagartig wurde ihr bewusst, dass sie fast unbekleidet war. Erschrocken machte sie einen Schritt rückwärts, während der Mann zwischen den Bäumen hervortrat. Ihr wurde eiskalt. Vor ihr stand Ottmar de Bruce, ein Schwert in der erhobenen Hand. Das von der Kerkerhaft eingefallene, unrasierte Gesicht und der kahl geschorene Schädel ließen ihn aussehen, als sei er geradewegs der Hölle entsprungen.

Melisandes Gedanken überschlugen sich. Sie hätte ihn töten sollen, als sie die Gelegenheit dazu gehabt hatte. Als er vor ihr kniete und auf den Hieb des Richtschwerts wartete. Aber sie hatte es nicht tun können. Ihre Arme hatten sich geweigert, ihren Dienst zu versehen, denn es wäre nicht Melchior, der Henker, gewesen, der de Bruce den Kopf zu Recht abschlug, sondern Melisande Wilhelmis, die billige Rache geübt hätte für die Ermordung ihrer Familie. Damit hätte sie sich mit de Bruce gemein gemacht. Sollte doch der rechtmäßige Henker das Urteil an Ottmar de Bruce vollstrecken, wie Recht und Gesetz es vorsahen, ihr stand es nicht zu.

Nachdem sie das Schwert in das Holz gerammt hatte, war sie geflohen. Offenbar hatte de Bruce die allgemeine Verwirrung genutzt, um ebenfalls zu flüchten. Und nun war er hier. War er ihr gefolgt? Hatte er sie schon in den Henkersgewändern erkannt? Oder hatte das Schicksal sie hier im Wald zusammengeführt?

De Bruce lief über die Lichtung auf sie zu. Als er noch etwa zehn Schritte von ihr entfernt war, blieb er stehen. »Melisande Wilhelmis ...« Ein siegessicheres Lächeln umspielte seine Lippen. »Welch eine Überraschung! Oder soll ich Euch lieber Melchior nennen?«

Sie antwortete nicht.

Sein Lächeln wurde breiter. »Egal, ob Melchior oder Melisande, eins müsst Ihr mir erklären: Warum habt Ihr mich nicht getötet, als ich wehrlos vor Euch kniete?«

Sie blickte ihm fest in die Augen. »Weil ich nicht so ein feiger Mörder bin, wie Ihr einer seid.« Ihre Stimme war immer noch heiser, doch sie klang laut und furchtlos.

Er schüttelte den Kopf. »Na, na. Was für ein dummes Kind Ihr doch seid! Ihr mögt nun im Körper einer Frau stecken, Melisande Wilhelmis, doch Ihr redet immer noch wie ein kleines Mädchen. Das Leben ist ein Kampf, das solltet Ihr doch am besten wissen. Es gilt nur eins: fressen oder gefressen werden. Ihr hattet die Gelegenheit, mich zu fressen. Ihr habt sie verstreichen lassen. Jetzt werde ich Euch verschlingen, und zwar mit Haut und Haaren.« Er befeuchtete seine Lippen mit der Zunge. »Ich kann es kaum erwarten, denn ich bin sicher, dass Ihr köstlich munden werdet.«

Melisande warf einen raschen Blick auf das Schwert, das neben ihr im Gras lag. Sie wusste, dass sie kaum eine Aussicht gegen einen erfahrenen Krieger wie de Bruce hatte, doch sie würde sich nicht kampflos ergeben.

Er hatte ihre Gedanken offenbar erraten. »Macht schon, Melisande! Schnappt Euch das Schwert. Ihr würdet mich tödlich beleidigen, wenn ihr Euch ohne Gegenwehr ergeben würdet. Außerdem haben wir noch einen Kampf auszutragen, wenn ich mich recht erinnere. Damals wurden wir jäh unterbrochen.«

Ohne zu zögern, bückte sich Melisande und griff nach der Waffe.

Ottmar de Bruce grinste. »Was für ein Anblick! Ich wünschte, ich könnte Euch malen lassen, so, wie Ihr jetzt vor mir steht, bevor ich Euch in die Hölle befördere.«

Melisande kniff die Augen zusammen, entschlossen, ihn ihre Angst nicht spüren zu lassen. »Wir werden noch sehen, wer hier wen in die Hölle befördert.«

»Starke Worte. Dann wollen wir doch mal herausfinden,

ob Eure Arme ebenso stark sind wie Eure Zunge.« Er trat mit erhobener Waffe auf sie zu.

Sie parierte seinen Schlag, erkannte, dass er nicht Herr seiner Kräfte war. Die Haft hatte ihn wohl mehr geschwächt, als er sich eingestehen wollte. Sie duckte sich und vollführte eine halbe Drehung. Ihre Wendigkeit war ihr einziger Vorteil. Den musste sie nutzen, bevor er erneut zum Angriff übergehen konnte. Ihr Hieb hatte ihn am Hals geritzt. Er schien überrascht und taumelte rückwärts. Blut sickerte aus einer Wunde unter seinem Kinn. Doch er war nur leicht verletzt.

Bevor er sich von seinem Schreck erholt hatte, stieß sie nach. Er trug keine Rüstung, nur ein Gewand aus glänzendem Samt, und sie erwischte ihn an der Seite, ein Stück oberhalb der Hüfte. Er schrie auf, doch es gelang ihm, ihr mit einer blitzschnellen Bewegung das Schwert aus der Hand zu schlagen.

Sie stolperte ein paar Schritte nach hinten, war sicher, dass sie verloren war. Ohne Waffe hatte sie de Bruce nichts mehr entgegenzusetzen.

Keuchend wankte er auf sie zu. Sein Gesicht war verzerrt. Erst dachte sie, es sei die Wut, doch dann wurde ihr klar, dass er große Schmerzen hatte. Das samtene Gewand war an der verletzten Seite blutdurchtränkt. Er hieb auf sie ein, doch seine Bewegungen waren langsam und unkoordiniert. Sie hatte keine Schwierigkeiten, ihm auszuweichen. Sein nächster Hieb ging in den Baumstamm, hinter den sie sich geduckt hatte. Er brauchte einen Moment, um die Waffe aus dem Holz zu ziehen, und Melisande nutzte die Gelegenheit, ihr Schwert aufzuheben. Als sie sich zu de Bruce umdrehte, kniete er am Boden und stöhnte. Ein schmaler Blutfaden lief ihm aus dem Mundwinkel über das Kinn.

Sie ließ das Schwert sinken und stellte sich vor ihn.

»Du verfluchte Hexe!«, gurgelte er. »Fahr zur Hölle, Melisande Wilhelmis.«

»Ich glaube, Ihr seid es, der dort bereits erwartet wird, Ottmar de Bruce«, erwiderte sie ruhig. »Ich wollte Euch nicht töten. Nicht mehr. Mein Hass war erkaltet, als Ihr vor mir unter dem Richtschwert knietet. Ihr selbst habt darauf bestanden, durch meine Hand zu sterben.«

De Bruce röchelte.

»Unser beider Schicksal ist erfüllt«, fuhr Melisande fort. »Nun müsst Ihr Euch vor Gott für Eure Taten verantworten. Möge er Eurer Seele gnädig sein.«

Ein Hase tauchte am Rand der Lichtung auf, schnupperte und hoppelte an Melisande vorbei. Ottmar de Bruce' Augen brachen, er kippte nach hinten, blieb leblos auf dem Rücken liegen.

Melisande blieb einige Minuten schweigend vor ihm stehen, dann kniete sie nieder, nahm das Kruzifix, das sie um den Hals trug, legte es in seine leblosen Hände, faltete sie und sprach ein kurzes Gebet.

***

Wendel trat vor die Tür in den kalten, nebeligen Herbstmorgen. Unter ihm, kaum erkennbar unter der Decke aus Dunst, lag Reutlingen mit seinen vertrauten Gassen und Winkeln, dem Haus seines Vaters, dem Hof, der Kelter und dem Weinkeller. Seine Heimat und doch nicht mehr sein Zuhause.

Auf dem Weg von Urach nach Reutlingen vor zwei Wochen hatte er viel nachgedacht. Die kurze Freundschaft mit Merten, dessen plötzliches Verschwinden. Beides hatte ihn völlig aus der Bahn geworfen. Niemals hätte er gedacht, dass er einen Menschen, den er erst so kurz kannte, so schmerzlich vermissen würde. Die Ereignisse in Urach, das unerklärliche Fehlverhalten des Henkers und de Bruce' erfolgreiche Flucht hatten ihn seltsam unberührt gelassen. Das Schicksal des Grafen der Adlerburg war ihm mit einem Mal gleichgültig.

Als die Stadtmauer von Reutlingen am Abend vor ihnen aufgetaucht war, hatte Wendel eine Entscheidung getroffen. Er war sich darüber im Klaren gewesen, dass er seine Eltern bitter enttäuschen würde, dass nicht nur sie, sondern eine ganze Reihe Menschen in Reutlingen verletzt und zornig sein würden, doch er war fest entschlossen. Gleich am folgenden Morgen hatte er Engellin aufgesucht und mit ihr gesprochen. Sie hatte seinen Entschluss, den er ihr stockend vortrug, erstaunlich verständnisvoll aufgenommen. Sie habe sich so etwas gedacht, hatte sie mit leiser, enttäuschter Stimme erklärt, und sie zürne ihm nicht, sondern wünsche ihm alles Gute für die Zukunft.

Engellins Vater hatte weniger Verständnis gezeigt. Er hatte gedroht, Wendel vor Gericht zu bringen. Er verlangte als Entschädigung das doppelte Kranzgeld und eine öffentliche Erklärung, dass es allein seine Schuld sei und dass seine Tochter sich kein Fehlverhalten habe zu Schulden kommen lassen.

Erhard Füger hatte zuerst kein einziges Wort gesagt, als Wendel ihm eröffnet hatte, dass er Engellin nicht heiraten werde. Dann hatte er auf die Tür gezeigt, ohne seinen Sohn anzusehen. »Dieses Haus ist nicht mehr dein Heim«, hatte er gesagt. »Ich will dich nie wiedersehen.«

Wendel hatte versprochen, das Geld aufzubringen, das der Braut als Entschädigung zu zahlen war, und öffentlich alle Verantwortung auf sich zu nehmen. Damit hatte er zwar die

Familie Urban besänftigt, nicht aber seine Eltern. Es tat ihm weh, ihnen solches Leid zuzufügen, doch er vertraute fest darauf, dass sie ihm eines Tages verzeihen würden, auch wenn sie seine Entscheidung nicht verstanden.

Jetzt wohnte er in einer winzigen Hütte auf der Achalm. Sie stand inmitten der Rebstöcke und wurde während der Lese von einem Huser bewohnt, der die Trauben bewachte. Im Winter stand sie leer. Die Familie, die diesen Teil des Weinbergs bewirtschaftete, war die, deren kleinem Sohn Wendel das Leben gerettet hatte. Täglich kam der Junge mit seinem älteren Bruder zu ihm herauf und brachte ihm einen Laib Brot und einen Krug Wein. Manchmal waren auch ein Stück Käse oder eine Scheibe Schinken dabei. Der Huser hätte ihn gern hin und wieder zum Essen eingeladen, doch er wagte es nicht, den Geächteten zu sich nach Hause zu bitten und damit den Zorn seines Herrn auf sich zu ziehen.

Wendel fuhr mit den Händen in die Regentonne, die neben der Hütte stand, und wusch sich mit dem eisigen Wasser das Gesicht. Er war zuversichtlich, dass sich die Wogen bald glätten würden. Spätestens bei Wintereinbruch würde seine Mutter zu ihm heraufkommen und nachsehen, ob ihm etwas fehlte. Bei jedem Gewitter oder Schneesturm würde sie ihrem Gatten in den Ohren liegen, voller Sorge um ihren einzigen Sohn, der ganz allein dort draußen in der Hütte hauste, und irgendwann im Frühjahr würde sie ihn so weit haben. Das zumindest hoffte Wendel, auch wenn es Tage gab, an denen er glaubte, sein ganzes Leben verpfuscht zu haben. Dennoch bereute er seine Entscheidung keinen einzigen Moment, auch nicht in den dunkelsten Stunden. Er zog es vor, ein aufrechtes Leben in Einsamkeit zu führen, als für alle Zeit mit einer Lüge zu leben. Und auch wenn Engellin im Moment traurig und verletzt war, eines Tages, davon war er überzeugt, würde sie ihm für seine Offenheit dankbar sein.

Wendel ging zurück in die Hütte. Ein Strohsack mit einem Schaffell als Decke und eine kleine Truhe waren das einzige Mobiliar. Er setzte sich auf die Truhe, hob den Kanten Brot, den er noch übrig hatte, vom Boden auf und wickelte ihn aus dem Leinentuch. Aus dem Krug goss er einen Schluck Wein in seinen Becher. Er tunkte das harte Brot in den Wein, um es aufzuweichen.

Während er kaute, überlegte er. Schon mehrfach hatte er mit dem Gedanken gespielt, in einer anderen Stadt sein Glück zu suchen. Er war ein erfahrener Karcher, und er verstand etwas vom Weinbau, sicherlich konnte man einen Mann wie ihn vielerorts gebrauchen. Allerdings würde er wohl nur als Knecht eine Anstellung finden, ein Bürger konnte er nicht einfach so werden. Es sei denn, er ging nach Esslingen. Dort schuldete man ihm Wiedergutmachung. Vielleicht hatte der Rat ein so schlechtes Gewissen, dass er ihm ohne viele Umstände die Erlaubnis erteilte, einen Weinhandel zu eröffnen. Er würde Tag und Nacht arbeiten, und in ein paar Jahren würde er nicht als Bittsteller, sondern als gemachter Mann in einem Wagen vor seinem Elternhaus vorfahren, seinem Vater das Zehnfache des Kranzgeldes überreichen, das er an den alten Urban hatte zahlen müssen, und mit ihm Frieden schließen.

Wendel seufzte. Ein schöner Traum.

Ein Geräusch ließ ihn aufschrecken. Das Schlagen von Hufen. Hastig sprang er auf und trat vor die Tür. Jemand kam die Achalm herauf. Konnte es sein, dass die Wut seiner Eltern bereits verraucht war, dass seine Mutter unterwegs war, um nach ihm zu sehen?

Eine einsame Gestalt auf einem Schimmel ritt auf ihn zu.

Es handelte sich in der Tat um eine Frau. Doch es war nicht seine Mutter, sondern eine Fremde. An ihrer Kleidung und an ihrer Haltung erkannte er, dass es sich um eine vornehme Frau handeln musste. Sie trug ein Gewand aus rotem Samt, das an den Seiten locker geschnürt war. Die Ärmel ihres Surcots reichten nur bis zu den Ellbogen und endeten dort in langen spitzen Zipfeln. Unter der seitlichen Schnürung und an den Unterarmen war das Unterkleid aus dunkelgrüner Seide zu erkennen. Die Reitstiefel waren aus feinstem Leder und liefen vorne modisch spitz zu.

»Seid Ihr Wendel Füger?«, fragte die Fremde.

Erst jetzt blickte Wendel ihr ins Gesicht. Der Anblick raubte ihm fast den Atem. Ihre Augen leuchteten blau wie der Sommerhimmel, die zarte blasse Haut wurde gerahmt von feuerrotem Haar, das zu zwei Zöpfen geflochten und am Kopf festgesteckt war. Doch es war nicht ihre Schönheit, die sein Herz hämmern ließ. Es war die unerklärliche Vertrautheit, die er bei ihrem Anblick empfand, das Gefühl, diese Frau seit Langem zu kennen.

Die Unbekannte lächelte. »Was ist denn los? Hat es Euch die Sprache verschlagen?«

Er räusperte sich. »Bitte verzeiht meine Unhöflichkeit. Es kommt nicht häufig vor, dass ich hier oben solch bezaubernden Besuch erhalte.«

»Ihr habt meine Frage noch nicht beantwortet«, erinnerte sie ihn. »Seid Ihr Wendel Füger, der Karcher aus Reutlingen?«

»Der bin ich«, bestätigte Wendel. Er versuchte, gegen das Rauschen in seinem Kopf anzureden, gegen den Schwindel, der ihm das Gefühl gab, leicht zu sein wie eine Daune im Frühlingswind. »Allerdings seid Ihr nun mir gegenüber im Vorteil, gnädige Frau. Ihr wisst, wer ich bin, doch ich kenne Euren Namen nicht.«

Sie neigte den Kopf. »Wisst Ihr denn wirklich nicht, wer ich bin?«

Mit einem Mal erkannte er die Ähnlichkeit. »Ihr seid ... Ihr seid verwandt mit Merten de Willms?«

Wieder lächelte sie. »Verwandt? Ja, so könnte man es nennen. Ich bin, nun, sagen wir einfach, ich bin seine Schwester. Seine Zwillingsschwester.«

»Geht es ihm gut?«, fragte Wendel. »Ich war in Sorge, weil er so plötzlich verschwunden ist.«

»Es geht ihm gut. Sehr gut sogar. Leider musste er ... verreisen, weit weg. Doch dafür hat er mich zu Euch geschickt.«

»Verreisen? Aber wohin denn?«

»Was spielt das für eine Rolle? Er ist fort. Und ich bin hier.«

»Und Ihr habt mir noch immer nicht Euren Namen verraten.«

Sie schien zu überlegen. »Melissa«, sagte sie dann. »Melissa de Willms.«

»Es ist mir eine Ehre, Euch kennenzulernen, Melissa de Willms.«

»Ganz meinerseits, Wendel Füger.« Sie saß ab und ging auf ihn zu. »Ich habe gehört, Ihr seid bei Eurer Familie in Ungnade gefallen?«

Er senkte den Kopf. »Ich habe meine Eltern sehr enttäuscht. Doch das wird sich geben, eines Tages werden sie mir verzeihen.« Er deutete auf die Hütte. »Leider ist mein Heim sehr bescheiden, sonst würde ich Euch hereinbitten. Ich habe nicht einmal etwas, das ich Euch zur Erfrischung anbieten könnte.«

»Ich brauche keine Erfrischung, Wendel.«

»Kann ich sonst etwas für Euch tun?«

»Das könnt Ihr in der Tat.«

»Was auch immer es ist, betrachtet es als erledigt.« Sein Herz schlug so heftig, dass er sicher war, dass sie es hören konnte.

Sie streckte ihre Hand aus und fuhr mit den Fingern sanft über seine Wange. »Kannst du das denn nicht erraten, Wendel?«

Und in dem Augenblick begriff er. Er nahm ihr Gesicht in seine Hände, ganz behutsam, so als sei sie eine Erscheinung, die sich bei der Berührung in Luft auflösen könnte, beugte sich vor und presste seine Lippen auf die ihren. »Melissa«, flüsterte er. »Melissa oder Merten oder wie auch immer du heißen magst. Wage es ja nicht, noch einmal einfach so zu verschwinden.«

Epilog

Melisande stieß den Spaten in den Boden und wischte sich mit dem Ärmel über die schweißnasse Stirn. Es war vollbracht. Ein wenig frisch aufgewühlte Erde auf einer Lichtung im Wald, mehr war nicht übrig von ihrem früheren Leben. Alles, was an die Tochter des Kaufmanns Konrad Wilhelmis, an den Henker Melchior, an die Magd Mechthild und den Schreiber Merten erinnerte, lag darunter in einem tiefen schwarzen Loch. Das Henkersgewand und die übrigen Kleider, die Wachstafel und auch das Schwert, mit dem sie Ottmar de Bruce getötet hatte, waren für immer begraben. Lediglich das Buch mit den Abenteuern von Gawan und das Fläschchen mit dem Rosenöl hatte sie behalten. Ebenso das Geld, das sie bei de Bruce gefunden hatte. Mit den sieben Pfund Heller und ihren eigenen Goldmünzen konnten sie und Wendel ein neues Leben beginnen. Bereits im nächsten Frühjahr würde ein Teppich aus altem Laub, frischem Gras und Brombeerranken das Versteck überwuchern, sodass niemand es jemals finden würde.

Ein Knacken ließ Melisande aufschrecken. Sie fuhr herum, starrte auf das dichte Gestrüpp zwischen den Stämmen. Nichts zu sehen. Wieder knackte es. Melisande griff nach dem Spaten. Im gleichen Augenblick brach ein Reh aus dem Wald hervor, blieb verschreckt stehen und witterte, bevor es in entgegengesetzter Richtung davonlief.

Erleichtert lächelte Melisande.

Nicht einmal Wendel wusste, wohin sie heute Morgen geritten war. Es gab Dinge, die auch er nicht wissen durfte, Dinge, über die sie auch ihm gegenüber für immer würde schweigen müssen. Bei dem Gedanken an Wendel schlug ihr Herz schneller. Sie musste sich beeilen, sicherlich fragte er sich, wo sie steckte. Womöglich suchte er sie bereits. Sie wollte nicht, dass er sich Sorgen machte.

Rasch gurtete sie den Spaten am Sattel fest und nahm das Pferd am Zügel, um es zurück auf den Weg zu führen. Am Rand der Lichtung drehte sie sich noch einmal um. Wie ein Grab sah es aus. Das Grab ihrer Vergangenheit.

Ein Schauder lief ihr über den Rücken, rasch wandte sie sich ab. Sobald sie und das Pferd den Weg erreicht hatten, saß sie auf und galoppierte los.

Glossar

Bader	Leiter des Badehauses und eine Art Kombination aus Zuhälter und Wundarzt, weshalb seine Tätigkeit, wie die des Henkers, zu den sogenannten unehrlichen Berufen zählte.
Barfüßer	Bestimmte Ordensgemeinschaften, deren Mönche und Nonnen barfuß oder in Sandalen unterwegs waren.
Beutelschneider	Diebe, die ihren Opfern den Geldbeutel vom Gürtel schnitten. Siehe *Geldkatze*.
Bihänder	Ein Schwert, das man mit beiden Händen führte. Es war bis zu 2 Meter lang und bis zu 6 Kilogramm schwer.
Bodhran	Eine einfache Rahmentrommel.
Bogenschuss	Ein Längenmaß, das etwa 150 Metern entspricht.
Chirurgicus	Der Wundarzt, häufig in städtischen Diensten. Sein Alltagsgeschäft bestand aus dem Verabreichen von Salben, Pulvern und Ölen, dem Öffnen von Geschwüren und Pestbeulen, dem Einrenken von Knochen, dem Schienen von Brüchen und ähnlichen Eingriffen. Chirurgicus war ein Lehr- und Handwerksberuf mit eigenen Zünften, denen oft auch die Bader und Barbiere angehörten.

Cotte	Ein Schlupfkleid aus Wolle, Leinen oder Seide, das im Mittelalter von Männern und Frauen getragen wurde. Gewöhnlich diente die Cotte als Unterkleid unter dem Surcot.
Esslinger Eimer	Ein Hohlmaß, das 300 Litern entsprach. Ein Bayrischer Eimer umfasste hingegen etwa 65 Liter.
Feldscher	Wundarzt, der im Krieg Verletzte versorgte.
Fuder	Ein Raummaß, das regional sehr unterschiedlich bemessen wurde. In Württemberg entsprach es etwa 17,6 Hektoliter.
Geld	Das mittelalterliche Währungssystem war von regionalen Eigenheiten geprägt. Hier einige Richtwerte: 1 Pfund = 240 Pfennige/60 Kreuzer/20 Groschen 1 Groschen = 12 Pfennige 1 Kreuzer = 4 Pfennige 1 Pfennig = 2 Heller Zwei Laibe Brot kosteten etwa 1 Heller. Der Jahresverdienst eines Handwerkergesellen betrug etwa 3 bis 4 Pfund.
Geldkatze	Ein am Gürtel befestigter verschließbarer Beutel zum Aufbewahren von Münzgeld oder anderen Wertgegenständen.
Gugel	Eine spitz zulaufende Kapuze mit Schulterteil aus Wolle oder Loden.
Hunde des Herrn	Eine Bezeichnung für den Orden der Dominikaner, die darauf anspielt, dass es vor allem Dominikaner waren, die im Auf-

trag des Papstes Ketzer verfolgten und Inquisitionsgerichte abhielten.

Huser	Lokale Bezeichnung für die Reutlinger Weingärtner. In Esslingen hießen sie Wengerter.
Karcher	Eine der acht Zünfte in Reutlingen. Karcher waren alle, die Fuhrdienste leisteten. Auch Wirte gehörten zu den Karchern.
Komplet	Der Abendgottesdienst im Kloster.
Krammen	Auch Krippen oder Brecheln genannt. Hölzer bzw. Bretter, die beim Radern hochkant unter die Gelenke des Verurteilten platziert wurden, um das Brechen der Knochen zu erleichtern.
Laudes	Der Morgengottesdienst im Kloster.
Malter	Ein altes Hohlmaß, dessen genaue Größe bereits von Dorf zu Dorf variieren konnte. Es fasste zwischen 1,2 (Hessen) und 12,5 (Sachsen) Hektoliter.
Medicus	Im Gegensatz zum Wundarzt ein studierter Mediziner, der als städtischer Angestellter für die höheren Stände tätig war. Er heilte vor allem »innere Leiden« und hatte die Aufsicht über die Apotheker. Seine Dienste waren sehr kostspielig.
Meile	Je nach Region galten im Mittelalter andere Längenmaße. Eine Württembergische Meile betrug etwa 7,45 Kilometer, eine Hessische hingegen nur 6,03 Kilometer.
Meister Hans	Eine der vielen Bezeichnungen für den Henker.
Schalmei	Ein flötenähnliches Holzblasinstrument.

Stunde	Im Mittelalter hatte eine Stunde nicht genau sechzig Minuten, denn ihre Dauer war von der Jahreszeit abhängig. Die Stunden des Tages bzw. der Nacht begannen immer bei Dämmerung. Im Juni dauerte die erste Stunde des Tages von 4.27 Uhr bis 5.42 Uhr, also 75 Minuten, die erste Stunde der Nacht begann etwa um 19.30 Uhr. Zur Wintersonnenwende dauerte die erste Stunde des Tages dagegen nur von 7.33 Uhr bis 8.17, also 44 Minuten. Die Nacht begann bereits gegen 16.30 Uhr.
Surcot	Eine kleidähnliche Ärmeltunika für Männer und Frauen.
Tasseln	Kleine Schmuckplatten, die an der Kleidung, oft als Verzierung von Verschlüssen, befestigt wurden.
Textura	Mittelalterliche Schriftart, die vor allem im 14. und 15. Jahrhundert verwendet wurde. Die Gutenberg-Bibel ist in Textura gedruckt.
Trippen	Hölzerne Gestelle, die unter die Schuhe geschnallt wurden, um sie vor Schmutz zu schützen.
Umgeld	Eine im Mittelalter in den Städten erhobene Abgabe, vor allem auf Bier, Wein, Getreide und Fleisch.
Waldenser	Eine christliche Gemeinschaft, die von der Kirche als ketzerisch betrachtet und verfolgt wurde.
Würzwein	Mittelalterlicher Wein war oft sehr sauer

und wurde daher häufig mit allerlei Gewürzen wie Honig, Zimt oder Nelken verfeinert.

Dank an Frederiko, der den Stein ins Rollen brachte.

Werde Teil der Bastei Lübbe Welt
You Tube
www.luebbe.de
Lesen, rezensieren, Bücher gewinnen
Lerne Autoren, Verlagsmitarbeiter und andere Leser kennen